HEYNE BÜCHER

NICOLE JORDAN

DER SCHWARZE DRACHE

Roman

Deutsche Erstausgabe

WILHELM HEYNE VERLAG
MÜNCHEN

HEYNE ROMANE FÜR »SIE«
Nr. 04/190

Titel der Originalausgabe
THE WARRIOR

Aus dem Amerikanischen
von Amanda Loewenthal (Kap. 1 - Kap. 4)
Delphine Forrest (Kap. 5 - Kap. 28)

Printed in France 1997
Umschlagillustration: Pino Daeni/Agentur Schlück
Umschlaggestaltung: Atelier Ingrid Schütz, München
Satz: Fotosatz Prechtl, Passau
Druck und Bindung: Brodard & Taupin

ISBN 3-453-11871-5

Für Sandra Chastain,
die stets hilfsbereite Freundin.

Alle Liebende sind Krieger,
und Cupido hat sein Feldlager auch.

Ovid

Anmerkung der Autorin

Ein Königreich in Aufruhr ...

Als Heinrich I. von England 1135 starb, raubte sein Neffe, Stephan von Blois, Heinrichs Tochter Mathilde den Thron und stürzte England in einen Bürgerkrieg, der fast zwei Jahrzehnte andauerte. Mächtige Grafen und Barone schlugen sich auf die eine oder andere Seite und trugen private Fehden um Grund und Boden und Macht aus, bis selbst Stephans Anhänger über das Chaos und die Gesetzlosigkeit unter der Herrschaft ihres Königs klagten.

Von überlegenen Streitkräften besiegt, zog sich Mathilde schließlich über den Ärmelkanal in die Normandie zurück, wo sie weitere Intrigen spann, um die englische Krone für ihren ältesten Sohn, Heinrich Plantagenet von Anjou, zurückzugewinnen. Der junge Heinrich erhob mit etlichen, wenn auch erfolglosen Versuchen Anspruch auf seinen Thron, doch erst 1153, als Stephan Mathildes Sohn zum Erben einsetzte, kam ein Friede zustande.

Allerdings wurde dieser Friede nicht von Englands gesamtem Adel gebilligt. Obwohl die meisten Heinrich, der jetzt Herzog der Normandie war, Gefolgstreue gelobten, stellten sich einige aufrührerische Barone hinter Stephans Bruder, während andere Stephans unehelichem Sohn zur Herrschaft verhelfen wollten. Und so geriet England in dem Jahr nach Stephans Tod erneut in Aufruhr ...

Prolog

Burg Claredon, England: Juni 1150

Sein Geschenk — eine Rose — verwirrte sie. Blutrot und vollkommen geformt, schien diese Blume zu zart für die Hand des harten Kriegers, der das Schwert so führen konnte, daß es tötete. Der Schwarze Drache von Vernay hatte die Rose gepflückt, während sie durch den Burggarten spazierten, und nun war er stehengeblieben und hielt sie Ariane mit seinen langen, sehnigen Fingern entgegen.

Überrascht von dieser Geste, die eher zu einem schwärmerischen Liebhaber gepaßt hätte, blickte Ariane zu dem normannischen Ritter mit dem kantigen Gesicht auf, der sie um einiges überragte. Bernsteingelbe Augen, so durchdringend wie die eines Falken, betrachteten sie unter dichten schwarzen Brauen, und in den goldenen Tiefen jener Augen schlummerte eine Frage.

»Habe ich Euch sprachlos gemacht, edles Fräulein?«

Ariane spürte, wie ihr das Blut in die Wangen schoß, doch sie reckte tapfer das Kinn. »Ich ... ich bin nur verwundert.«

Als sie sein Geschenk nicht gleich annahm, schüttelte er den Kopf. »Ach, ich habe die Dornen übersehen«, sagte er leise mit seiner tiefen Stimme.

Ariane beobachtete erstaunt, wie Lord Ranulf den Dolch aus seinem Gürtel zog und in stummer Konzentration die Dornen vom Stiel der Rose abschnitt. Sie wagte kaum zu atmen und musterte den Mann, der bald ihr Verlobter werden sollte.

Von der Sonne gebräunt und wie aus Stein gemeißelt, waren seine Gesichtszüge eher außergewöhnlich als schön. Das beinahe drahtige, ungebändigte Haar fiel in Überlänge fast bis zu den Schultern. Von prächtiger Statur und eine ehrfurchtsgebietende Kraft ausstrahlend, versetzte er seine Feinde in Angst und Schrecken. Seine Freunde hingegen faßten respektvoll Mut.

In all ihren vierzehn Jahren war Ariane noch keinem Mann wie ihm begegnet.

Die Damen und die Aufwärterinnen von Claredon beneideten sie einerseits, andererseits zitterten sie um Ariane. An diesem Morgen freilich überwog der Neid. Ariane dagegen zitterte eher. Schließlich war sie es, die in ein paar Stunden ihre Verlobung feiern würde. Sie würde eines Tages jenen dunklen Fremden zum gesetzlich angetrauten Mann nehmen. Würde ihn in ihrem Bett empfangen und seine Kinder gebären.

Als Ranulf sie ansah und ihrem aufmerksamen Blick begegnete, flatterte Arianes Herz.

»Fürchtet Ihr mich, Demoiselle?« fragte er, als ob er Gedanken lesen könnte.

Fürchtete sie ihn? Bis zu diesem Moment hätte Ariane ja gesagt. Ranulf war fast zehn Jahre älter als sie. Mit seiner stattlichen Körpergröße und seiner gewaltigen Statur überragte er andere bei weitem. Auch waren seine Taten in der Schlacht und beim Turnier bereits Legende. Am meisten aber beunruhigte Ariane sein ziemlich zweifelhafter Ruf. Man sprach nur mit gedämpfter Stimme davon, aber der Schwarze Drache von Vernay war Gegenstand von schlimmen Geschichten und skandalösen Gerüchten, die ihren Weg aus der Normandie über den Kanal gefunden hatten.

Ariane wäre lieber in der Geborgenheit von Claredons großem Saal geblieben, bei den zahlreichen Gästen, die sich dort zur Verlobungsfeier eingefunden hatten. Doch als der Herr von Vernay sie gebeten hatte, sich mit ihm allein im Garten zu ergehen, hatte sie's ihm nicht abzuschlagen gewagt. Zu ihrer Bestürzung fielen ihr, die von ihrer Mutter so oft für ihr dreistes Mundwerk und ihren respektlosen Witz gescholten worden war, keine passenden Worte ein.

Er wird sich fragen, ob er den Dorftrottel überhaupt heiraten soll, wenn du weiterhin stumm bleibst, haderte Ariane mit sich, als sie zu ihm aufblickte.

Völlig überraschend hob Ranulf die Rose, um Arianes Wange damit zu liebkosen. Er ließ die samtigen Blütenblätter mit einer Behutsamkeit über Arianes Haut streifen, die bei einem solchen Mann fast unmöglich schien.

»Solche Unschuld«, murmelte er, als sei er ihn Gedanken weit fort. »Wie lange sie wohl hält?«

Ariane war nicht sicher, ober er von der Rose sprach oder von ihr. Dann aber schien sich der mächtige Ritter zu sammeln. »Ich glaube, Ihr habt meine Frage nicht beantwortet, Demoiselle.«

»Welche Frage, edler Herr?« erkundigte sich Ariane, wie gebannt von der stillen Kraft seiner bernsteingelben Augen.

»Ob Ihr mich fürchtet.«

Ja, wollte Ariane erwidern. Sie verstand, warum Männer vor diesem Krieger zitterten. Nie mehr würde sie vergessen, wie sich Lord Ranulf gestern Claredon genähert hatte. Hoch zu Roß, in einen Kettenpanzer gekleidet, war er eine bedrohliche Gestalt mit Banner und Schild, die sein Wappentier zeigten — einen schwarzen Drachen, drohend aufgerichtet auf rotem Grund. Seit seiner Ankunft hatte er einen distanzierten, ja abweisenden Eindruck gemacht, und bis zu diesem Moment hatte Ariane ihn für kalt, hart, gefährlich gehalten. Doch schien er nicht so wild, so erbittert, wenn er eine Rose in der Hand hatte statt eines Schwertes.

»Nein, edler Herr, ich fürchte Euch nicht«, antwortete Ariane schließlich und erkannte überrascht, daß es der Wahrheit entsprach.

»Dann werdet Ihr diese Blume als mein bescheidenes

Geschenk annehmen?« Der Ritter neigte sich formvollendet, und die Andeutung eines Lächelns kräuselte seine Lippen. »Ihr müßt, Demoiselle, und sei es auch nur, um mich zu beschützen.«

»Um Euch zu beschützen?«

»Ganz recht. Wenn einer bei Edlen Rosen stiehlt, wird das gemeinhin als Verbrechen betrachtet, doch wenn ich sie Euch gebe, brauche ich keine Vergeltung zu fürchten.«

Ariane riß verblüfft die Augen auf. Machte er Scherze? Doch die Vorstellung, ein so gefürchteter Ritter brauche ihren Schutz, ließ sie lächeln.

»So ist es viel besser«, sagte er zufrieden.

Ariane nahm die Rose entgegen und steckte ihre Nase, froh um seine Bemühungen, ihre Angst zu lindern, zwischen die duftenden Blütenblätter. »Ich danke Euch, edler Herr«, murmelte sie. »Diese Rosen sind der Stolz meiner Mutter, aber sie wird Euch sicher keine mißgönnen, da wir uns so bald verloben.«

Jetzt schien es naheliegend, daß Ariane äußerte, was sie beschäftigte, seit sie mit Lord Ranulf durch den Garten spazierte. »Gibt es einen bestimmten Grund dafür, daß Ihr in meiner Gesellschaft sein wolltet, edler Herr?«

Er schien zu zögern, bevor er ihr einen kurzen, rätselhaften Blick zuwarf. »Ja, Demoiselle. Ich habe Euch eine Frage zu stellen.« Und wieder trat eine Pause ein. »Wünscht Ihr Euch, daß wir heiraten?«

»Ich bin nicht sicher, ob ich begreife, was Ihr meint.«

»Seid Ihr mit der Verlobung einverstanden?«

Arianes Augen wurden ein wenig größer. »Ja, edler Herr. Ich kenne meine Pflichten. Ich bin bereit, meinem Vater zu gehorchen.« Als Ranulf die Stirn runzelte, erkannte Ariane, daß dies nicht die Antwort war, die er erwartet hatte.

Sie beeilte sich hinzuzufügen: »Ich weiß, daß Claredon einen starken Herrn braucht. Und nun, da mein Bruder ... nicht mehr da ist und mein Vater keinen Erben mehr hat, möchte er Vorkehrungen für die Zeit treffen, wenn er nicht mehr wirken kann — möchte sein Land in tüchtige Hände geben und mich in die Obhut eines starken Ehemanns.«

»Darum ging es nicht bei meiner Frage, Demoiselle. Ich begreife sehr wohl, warum Sir Walter für diese Verbindung ist.«

Ariane blickte zu Ranulf auf und wußte nicht, was er von ihr hören wollte. Sie war so erzogen, daß sie Pflicht und Verantwortung über persönliche Erwägungen stellte, und durch den Tod ihres Bruders Jocelin in diesem Jahr war sie Erbin geworden mit allen Verbindlichkeiten, die eine solche Position beinhaltete. Wenn ihr Vater wünschte, daß sie jemanden aus politischen Gründen heiratete, würde sie es bereitwillig tun. Doch Lord Ranulf brauchte wohl keine derartige Erklärung, denn diese Ehe würde auch für ihn ein politisches Bündnis sein.

Es dauerte eine Weile, bis er wieder sprach, und nun klang seine Stimme seltsam angespannt, ja gepreßt. »Ich möchte keine junge Dame zwingen, meine Werbung zu erhören. Ich habe des öfteren gesehen, wie Ehen als Katastrophen endeten, wenn die Braut im Grunde nicht heiraten wollte.«

Ariane beobachtete Ranulf immer noch, und ihr fiel auf, wie sein Unterkiefer straffer wurde, hörte den Beiklang von Verbitterung in seinen Worten und fragte sich, ob er von eigenen Erfahrungen sprach.

Aber vielleicht mißdeutete sie seine Worte. Vielleicht versuchte er, die Verlobung zu widerrufen und es ihr auf möglichst freundliche Weise beizubringen.

Ariane streckte ihre Hand aus und berührte Ranulfs Arm — eine Geste, die ihn zu erstaunen schien und bei der er abrupt stehenblieb. »Möchtet Ihr aus der Verlobung entlassen werden, edler Herr?«

Er erforschte ihr Gesicht, und als sie seinem faszinierenden goldenen Blick begegnete, meinte sie, in der Tiefe jener Augen Untröstlichkeit zu sehen, eine Regung von Qual. Doch sogleich war es wieder verschwunden. »Ich möchte sicher sein, daß Ihr nichts gegen eine Heirat mit mir einzuwenden habt.«

Fragte er tatsächlich, ob sie ihrer Vermählung zustimmte? Arianes zugegebenermaßen begrenzter Erfahrung nach suchte kein Kriegsherr das Einverständnis eines Mädchens — es ging ihm nur um Land- und Machtgewinn. Gewiß zählte Grundbesitz in der Normandie wie in England sehr viel und das Einverständnis der Dame sehr wenig, obwohl sich die Kirche bemühte, Bräute, die eine Verbindung nicht wollten, besser zu schützen. Lord Ranulf heiratete Ariane wegen der weitläufigen Ländereien, die sie ihm eines Tages bringen würde, wenn ihr Vater starb, das wußte Ariane.

Sie konnte die Frage in seinen Augen nicht ergründen. Er war still geworden, sein Gesichtsausdruck ernst, fast reserviert. Ariane vertraute diesen Augen. Sie waren hart und durchdringend, aber nicht grausam.

»Ich habe keine Einwände, edler Herr. Ich stimme der Verlobung aus freien Stücken zu.«

Die Härte wich aus seinen Zügen, der strichdünne Mund wurde weicher, und der starke Körper schien sich zu entspannen. Erst jetzt erkannte Ariane, daß er ihre Frage nicht beantwortet hatte. Sie wollte so dringend wissen, ob er sich die Ehe mit ihr wünschte, aber Ranulf war ein mächtiger, begüterter Ritter, der es sich leisten konnte, seine Braut selbst auszusuchen. Wenn er gegen die Verbindung gewesen wäre, hätte er den Vorschlag von Arianes Vater gewiß nicht angenommen.

»Wolltet Ihr das hören?« erkundigte sie sich unsicher.

»Ja, Demoiselle. Es war mir darum zu tun, Eure Meinung zu ergründen.« Das Thema — oder Ariane — schien ihm plötzlich Unbehagen zu bereiten, denn er schaute weg zur Außenmauer der Burg.

Auch Ariane wollte ihm die Befangenheit nehmen. Sie

lächelte ironisch. »Mein Vater würde sagen, daß Töchtern keine Meinung zusteht und daß ich bereits mehr Meinungen habe, als gut für mich ist. Es mag sein, daß er recht hat.«

Ranulf sah Ariane verwundert an. »Und seid Ihr immer einig mit Eurem Vater, edles Fräulein?«

Ariane rümpfte die Nase. »Nein, nur selten. Er behauptet, das sei mein größter Fehler.«

Ranulf kicherte. Es hörte sich kratzig und rostig an, und Ariane war sicher, daß er kein Mann war, der oft lachte.

»Vater möchte mich unbedingt loswerden — ich glaube, er ist froh, daß Ihr hier seid und mir den Hof macht.«

»Daß ich Euch den Hof mache?« Der hochgewachsenen Ritter verzog das Gesicht ein wenig. »Ich bin Soldat, Demoiselle, kein Dichter.« Ein bescheidenes, irgendwie gewinnendes Lächeln umspielte seine Lippen. »Ich verstehe mich kaum darauf, um eine Dame zu freien.«

Ariane war sicher, daß das nicht stimmte. Sie vermutete, wenn dieser starke, charismatische Mann es sich vornahm, konnte er die Nachtigallen in den Bäumen verführen.

»Nun, auch ich verstehe gar nichts vom freien«, erwiderte Ariane dreist, »also braucht Ihr kein hartes Urteil von mir zu befürchten. Tatsächlich seid Ihr der erste, der um mich wirbt.«

»Der erste? Nicht zu fassen. Kann es sein, daß die Männer in England blind sind?«

Jetzt wußte Ariane, daß Ranulf sie auf freundliche Weise zum Narren hielt. Sie konnte schwerlich behaupten, schön zu sein angesichts ihrer wenig eleganten Körpergröße und der Sommersprossen, die ihre helle Haut verunzierten und von ihren blonden Haaren ablenkten. Ihre Hauptvorteile waren ihre vornehme Geburt und Claredon mit seinen weitläufigen Ländereien, das war ihr nur zu klar.

»In dieser Angelegenheit«, lachte sie, »besagt mein

Aussehen leider wenig. Mein Vater wollte nichts von Freiern hören, bevor er sicher war, woher der Wind wehte — politisch gesprochen.«

Ranulf betrachtete Ariane nachdenklich. »Ihr scheut Euch offenbar nicht, freimütig zu sein.«

Ariane fragte sich, ob sie diese Bemerkung als Kritik auffassen sollte, und errötete. Ihre Mutter hatte sie immer gewarnt, daß sie eines Tages mit ihrer losen Zunge in Schwierigkeiten geraten werde. Vielleicht war sie Lord Ranulf gegenüber zu naseweis gewesen, aber ein natürliches Gespür sagte Ariane, daß er keine duckmäuserische Braut würde haben wollen. Sie reckte das Kinn. »Nein, und ich scheue mich auch nicht, Euch zu heiraten, edler Herr.«

Da lächelte er. Breit, langsam, zärtlich, sinnlich. Es machte seine harten Züge weicher und ließ Arianes Herz ins Stolpern geraten. Nicht vorbereitet auf die Hitzewallung, die sich plötzlich in ihr regte, blinzelte sie, hatte das Gefühl, die Sonne sei hinter dichten Wolken hervorgekommen.

Hatten Arianes Frauen das bewundert und ihr geneidet? Dies Kühne, Männliche, das so schockierend war wie ein Blitzstrahl? Sollte es möglich sein, daß er mit einem einzigen Lächeln das Herz der Damen gewann?

Dann hob Ranulf behutsam die Hand, um mit der Spitze seines Zeigefingers über Arianes Unterlippe zu streichen. Er hatte sie kaum berührt, doch ihr Puls schlug wie wild, und eine seltsame Wärme breitete sich in ihr aus, verwirrte all ihre Sinne.

Ariane blickte in stummer Betroffenheit zu Ranulf auf, fast entsetzt über die Empfindungen, die er mit einer kleinen Zärtlichkeit in ihr wachgerufen hatte. Noch nie war sie sich so bewußt gewesen, Frau zu sein, wie in diesem Moment.

»Dann sind wir uns einig, edles Fräulein? Die Verlobung findet statt?«

»Ja, edler Herr«, murmelte Ariane atemlos.

Als Ranulf ihr seine Hand entgegenstreckte, zitterte Ariane. Nicht aus Bangigkeit, sondern aus Faszination und Erregung. Sie wollte mit diesem Mann verheiratet sein. Sie wollte diesen mächtigen Ritter, dem immerhin soviel an ihr lag, daß er sich mit ihren Gefühlen und Befürchtungen beschäftigte, als Bräutigam haben. Einen Mann, der sie beben machte mit einem einzigen Lächeln, einer einzigen Berührung. Trotz der wilden Gerüchte über seine Vergangenheit wollte sie Teil seiner Zukunft sein.

Hoffnung beflügelte Ariane, als sie Ranulf ihre zitternde Hand gab. Sie würde eine glückliche Ehe führen, das schwor sie sich stumm. Sie würde versuchen, Ranulf eine gute Frau zu sein, sich bemühen, daß er nie Grund hatte, diesen Tag zu bereuen.

Mit zaghaftem Lächeln faßte Ariane die Rose, die ihr der Schwarze Drache von Vernay gegeben hatte, fester, und ließ sich von ihm in den Großen Saal von Claredon geleiten, wo schon bald die Verlobungsfeier beginnen würde.

Kapitel 1

Burg Vernay, Normandie: November 1154

Die warmen Lippen, die seine nackte Haut liebkosten, vermochten ihn jetzt ebensowenig zu erregen wie das kühle, seidige Haar, das aufreizend über seinen bloßen Rücken strich. Ranulf lag, Arme und Beine von sich gestreckt, in einem nach Moschus duftenden Bett, befriedigt und verausgabt. Nach all den Bemühungen glänzte sein Körper von Schweiß. Zwei sinnliche junge Frauen zu befriedigen, forderte selbst einen Mann von seiner Kraft und Ausdauer heraus.

Doch Layla setzte ihren gnadenlosen Angriff mit Mund und Zunge fort, drückte ihre Rundungen gegen Ranulf, jagte ihm mit ihren Fingernägeln wohlige Schauer über den Rücken und biß hin und wieder mit den Zähnen in seine Hinterbacken, mit einer Festigkeit, die an Schmerz grenzte.

»Genug«, murmelte er heiser, doch er hatte nicht mehr die Energie, seinem Befehl Geltung zu verschaffen.

Als sie sich über ihn beugte und ihm spielerisch eine schwere Brust anbot, mit der dunklen Spitze seinen Mund berührte, wandte Ranulf den Kopf ab. Als sie mit ihren Fingern durch seine rabenschwarzen Haare fuhr und an ihnen zerrte, packte er Layla bloß beim Handgelenk und lockerte ihren Griff. Erst als sie die Nägel in breiter Spur über seinen vernarbten Rücken zog, reagierte er deutlich. Sie wußte sehr wohl, daß sie dies nicht durfte, auch wenn es ihm nicht gelungen war, ihr diese Unart auszutreiben.

»Laß das, Mädchen.«

Angesichts seines scharfen Tons zuckte der zweite reife

junge Körper auf Ranulfs anderer Seite zusammen, und er mußte Flore etwas Freundliches zumurmeln und sie beruhigend streicheln, bevor sie sich wieder an ihn schmiegte.

Was das Temperament anging, zog er die zierliche blonde Flore bei weitem der üppigen Layla vor, deren Flechten den seinen so sehr glichen: dunkel wie Ebenholz. Flore war eine fast unterwürfige, süße Normannin, immer bereit zu tun, was Ranulf sie hieß, während Layla ein fragendes, aufrührerisches Wesen hatte. Nur ihrer exquisiten Fähigkeit wegen ließ er der schönen Sarazenin ihren Willen.

»Ich möchte Euch bloß befriedigen, Herr«, sagte sie jetzt schmollend mit ihrem breiten Akzent. »Ihr wißt doch genau, Layla befriedigt Euch besser als jede andere.«

Das konnte Ranulf nicht bestreiten. Layla war ihrer Familie entrissen, in einem Bordell für Ungläubige versklavt und in den erotischen Künsten des Orients unterwiesen worden. Sie verstand sich wirklich darauf, Männer zu befriedigen und ihre Begierde bis zum Wahnsinn zu steigern. Auch wenn es ihm eine bittere Genugtuung bereitete, die exotische Konkubine zu besitzen, die sein verhaßter Vater aus dem Heiligen Land mitgebracht hatte ... nun, er versagte sich diese Lust nicht, obwohl er dafür Laylas scharfe Zunge und ihre rasende Eifersucht ertragen mußte. Er hätte die Wahl unter einem Dutzend Bauernmädchen gehabt, die genauso beflissen waren, sein Bett zu wärmen, doch heute abend hatte er die wilde Erleichterung gebraucht, die ihm die Sarazenin schenken konnte. Er mußte vergessen. Flore hatte er dazugeholt, weil es dadurch noch wahrscheinlicher wurde, daß ihm die Dämonen, die im Hintergrund lauerten, eine Ruhepause gönnten.

»Ihr seid grausam, Herr«, beschwerte sich Layla und fuhr mit der Zunge über ihre vorgeschobene Unterlippe.

»Mir scheint, dreimal ist selbst für eine so leidenschaftliche Frau wie dich genug«, erwiderte Ranulf trocken.

Layla faßte seine Hand und führte sie an ihre Brust. »Ihr verabscheut meine Leidenschaft? Ihr wollt Layla nicht mehr?«

Ranulf grinste unwillkürlich, als er Laylas straffe Brustknospe drückte. »Um meine Begierde nach dir zu unterdrücken müßtest du mich entmannen, Mädchen. Nein, es wird nur Zeit, daß du dein Lager aufsuchst.« Als Layla protestieren wollte, hob Ranulf seinen mächtigen Körper an. »Du kennst meine Wünsche. Ich schlafe allein.«

Tatsächlich bestrafte er sie nicht, indem er sie fortschickte. Sein einsamer Schlummer war eine Regel, die er sich selbst auferlegt hatte. Obwohl er sich stets gerne an weiblichen Körpern freute, verweilte er selten bei Frauen. Zuviel sinnlicher Luxus verweichlichte den Krieger. Wer zu oft solche Kurzweil suchte, wurde faul und nachlässig.

Als Layla nicht nachgab, versetzte Ranulf ihrer bloßen Flanke einen leichten Klaps, gegen den sie lautstark Einspruch erhob.

Trotzig legte sie sich wieder in die zerwühlten Kissen und blickte schmachtend-verführerisch zu Ranulf auf. Sie spielte mit ihren Brüsten, liebkoste die dunkelroten Spitzen, lud ihn dazu ein, Gleiches zu tun, während sie ihren üppigen Schenkel öffnete. »Nur noch einmal, edler Herr, ich flehe Euch an ...«

Trotz ihres Ungehorsams lachte Ranulf rauh. Er war im Moment befriedigt genug, um sich über ihre Strategie zu amüsieren, und weise genug, um nachzugeben. Manchmal sollte ein Mann seine Dirne kleine Siege erringen lassen, dann gab sie in wichtigeren Angelegenheiten schneller nach.

»Also gut, noch einmal.« Ranulf legte die Hand auf den weichen kleinen Hügel zwischen Laylas Schenkeln, rasiert nach Sarazenenart, schob die Lippen auseinander, suchte das zarte Gebilde, das Sitz der Lust der Frauen war.

Layla rang nach Atem und schloß die Augen, während sie die Beine weit öffnete und Ranulfs Fingern vollen Zugang zu ihrer erhitzten, feuchten Mitte gewährte. Behutsam und erfahren liebkoste er ihr Fleisch, streichelte die heiße, glatte Feuchtigkeit. Layla bebte vor Erregung. Es dauerte nur einen Moment, bis sie kehlig aufstöhnte. Sie wölbte den Rücken, und ihr Kopf fiel ekstatisch zurück, während sich ihr goldener Körper im Flackerschein der Kerzen wand.

Ranulf beobachtete ihre Reaktion mit Dankbarkeit. Gewiß hatte Layla eine Belohnung für ihre Dienste verdient. Sie hatte ihm heute abend Trost gespendet, da war es nur fair, daß er sich revanchierte. Tatsächlich hatte ihm Layla in den vergangenen vierzehn Tagen — seit er nach Vernay heimgekehrt war, um darauf zu waren, daß Herzog Heinrich ihn zu sich rief — häufig beigestanden. Vielleicht hätte er seine Abweichung von der selbstauferlegten, gewohnten Selbstzucht bedauern sollen. Doch daß er seiner Lust öfter frönte als sonst auf Burg Vernay, lag daran, daß solche Ablenkung half, Erinnerungen zu unterdrücken.

Nervös wandte Ranulf jetzt den Blick von der keuchenden Frau ab und schaute durch die offenen Bettvorhänge. Das Turmzimmer von Vernay, wo der Burgherr schlief und seine freie Zeit verbrachte, war und blieb eine kalte, kahle, spartanisch eingerichtete Kammer ohne Komfort, bis auf ein gelegentliches Feuer im Kamin und mehrere Wandbehänge zum Zurückdämmen der eisigen Kälte, die von den Mauern ausging. Ranulf hatte sich geweigert, etwas an der Einrichtung aus der Zeit seines Vaters zu ändern, war fest entschlossen, die bittere Erinnerung an seine Vergangenheit zu bewahren.

Doch jetzt bin ich hier der Herr, sagte sich Ranulf. Vernay gehörte ihm. Herzog Heinrich hatte es ihm samt einem Privileg verliehen, das ihn wieder in seinen rechtmäßigen Stand einsetzte. Randulf war kein enterbter Ausgestoßener mehr.

Doch trotz all seiner gegenwärtigen Macht und Wohlhabenheit konnte er sich nicht des Unbehagens erwehren, das ihn immer in dieser Kammer überfiel, wo ihm sein Vater das Fleisch vom Rücken gepeitscht hatte. Selbst jetzt wurde ihm jedesmal, wenn er den Raum betrat, beklommen zumute, denn er mußte an das Entsetzen und die Qual seiner Jugend denken. Er brauchte keineswegs die Augen zu schließen, um sich darauf zu besinnen, wie er als Kind, nackt und zitternd, an der Wand gegenüber gehockt und auf die Strafe seines rachsüchtigen Vaters gewartet hatte. Selbst der momentane Trost des warmen, weiblichen Fleisches konnte die Erinnerungen nicht ganz vertreiben — obwohl er bis zu einem gewissen Grad die Stunden der Furcht und des Schmerzes aufwog, die Ranulf hier verbracht hatte.

Vom Nachtwächter kam ein Hornsignal, und der Ritter hob den Kopf wie ein Wolf, der etwas im Wind gewittert hat. Ebenso plötzlich schlug Layla die Augen auf.

»Nein! Edler Herr! Ihr könnt doch nicht . . .« Es klang fordernd — und atemlos.

Ranulf lächelte, während seine brutalen Erinnerungen verblaßten. »Uns bleibt noch Zeit genug.«

Und das stimmte. Jeder Neuankömmling mußte darauf warten, daß sich die Zugbrücke senkte. Dann ging es über den äußeren und inneren Burghof. Eher gelangte man nicht zum Bergfried von Vernay.

Ranulf hatte tatsächlich die Muße, Layla zur Erfüllung zu verhelfen.

Doch bevor die dankbare, schluchzende Frau gegen ihn gesunken war, waren Ranulfs Gedanken bereits vorausgewandert. Er überblickte noch einmal seine Pläne. Wenn der Neuankömmling des Herzogs Bote war und einen Befehl brachte, bedeutete dies, daß König Stephan gestorben war und Heinrich sich darauf vorbereitete, seine legitimen Rechte auf die englische Krone geltend zu machen. Und da Heinrich gewiß auf Widerstand treffen würde, mußte er Streitkräfte aufbieten, die ihm zur Thronbesteigung verhalfen.

Ranulf blickte dem Konflikt mit Spannung entgegen. Er war nicht nur bereit, an Geldeswert zu geben, was er als Lehnsmann seinem Lehnsherrn schuldete, er fieberte vielmehr dem Zeitpunkt entgegen, da er für Heinrich zu den Waffen eilen konnte. Er war zu lange tatenlos gewesen, sein Schwert und seine Lanze hatten Rost angesetzt. Für ein gutes Vierteljahr hatte Friede in der Normandie geherrscht. Es hatte keinen Aufruhr gegeben, keine Scharmützel, nicht einmal Turniere, bei denen er seine Fähigkeiten perfektionieren, seine Frustration im Getümmel abbauen oder seinen Reichtum vermehren konnte, indem er feindliche Ritter gegen Lösegeld gefangennahm.

In den letzten zwei Wochen war deshalb alles bereit gewesen für die bevorstehende Reise: die Rüstung poliert, die Waffen geschärft, die Wagen für den Troß nur noch ihrer Beladung harrend. Ranulfs Ritter und Bewaffnete hatten sich täglich geübt mit Scheingefechten, waren mit der Lanze gegen Holzpuppen geritten, hatten mit Pfeil und Bogen auf Scheiben geschossen. Doch auch sie sahen mit Nervosität, daß sich alles verzögerte, und wollten, daß der Feldzug endlich wirklich begann.

Nun schien es soweit zu sein.

Wie Ranulf erwartet hatte, verging geraume Zeit, bevor jemand an die eisenbeschlagene Tür klopfte — unterdessen kümmerte er sich zum Dank für ihre süße Art und Geduld um Flores Lust. Auf seinen Befehl, einzutreten, schritt Ranulfs Vasall Payn FitzOsbern in den Raum, halb angezogen mit einem nicht zugeschnürten Hemd und breit grinsend.

»Herzog Heinrich?« fragte Ranulf, als er sich aufsetzte.

»Ja, der Herzog — bald wird er König von England sein. Er bricht in zwei Tagen zur Küste auf und erwartet, daß wir mit ihm reiten.« Payn versuchte nicht, den freudigen Ton in seiner Stimme zu unterdrücken. »Der Bote wollte mit dir sprechen.«

Ranulf lächelte breit und zog die Decke über die beiden nackten Frauen in seinem Bett. »Dann laß ihn ein.«

Der Bote hatte offenbar einen anstrengenden Ritt hinter sich, den sein Umhang und sein Gesicht waren mit Dreck bespritzt, und er wirkte erschöpft. Er bestätigte, was Payn bereits verkündet hatte, fügte weitere Einzelheiten über die Abreisepläne und die Aufstellung von Heinrichs Streitkräften hinzu und machte warnend auf den Widerstand aufmerksam, den man in England von den Anhängern des verstorbenen Königs zu erwarten habe.

Zufrieden entließ Ranulf den Mann mit der Anweisung, sich im Saal Essen und ein Lager zu suchen. Dann schritt er nackt zu einem Tisch, auf dem Erfrischungen standen. Er goß Wein aus einem Krug in zwei Zinnbecher, gab Payn den einen und erhob den anderen selbst.

»Also auf nach England!«

»Ja, auf nach England! Mögen wir zahlreiche englische Rebellen finden, die wir zerschmettern können, bevor du durch deine Ungeduld noch übellauniger wirst als in jüngster Zeit.«

»Ich?« Ranulf zog in gespielter Unschuld eine schwarze Augenbraue hoch. »Ich bin immer lammfromm gewesen.«

Ranulfs Vasall schnaubte vor Lachen. »Und was ist dann mit den drei Turnierpuppen, die du gestern vernichtet hast? Wären es Ungläubige gewesen, so hätten wir inzwischen das Heilige Land befreit! Seit du hier längere Zeit auf Vernay eingesperrt bist, sind mir wilde Keiler untergekommen, die nicht halb so gefährlich waren wie du.«

Ranulf zuckte mit den Achseln, während er seinen Becher leerte. »Vielleicht.«

»Doch ich sehe, daß du an einer Kur für deine Übellaunigkeit gearbeitet hast.« Payn deutete grinsend auf die Frauen im Bett seines Herrn. »Und dann gleich zwei auf einmal, Ranulf? Hättest du nicht wenigstens eine für uns aufsparen können?«

Ranulf betrachtete den hübschen Ritter mit seinen kastanienbraunen Haaren ironisch und amüsiert. »Mußtest du denn jegliche weibliche Gesellschaft entbehren?«

»Das nicht, aber aus irgendeinem Grund, der mir völlig rätselhaft ist, geben die Frauen offenbar dir den Vorzug, obwohl du immer ein so finsteres Gesicht machst.«

»Einfach weil ich mir Zeit nehme, auch für ihre Lust zu sorgen, statt bloß meine zu suchen.« Als Payn das Gesicht verzog, war es an Ranulf, zu grinsen. »Weniger Selbstsucht würde dir gute Dienste leisten, mein Freund.«

»Da hast du sicher recht.« Payn warf den Kopf zurück, schluckte die Neige seines Weins und blickte dann mit einer gewissen Verschlagenheit zu Ranulf auf. »Und du handelst überdies klug. Befaßt dich mit deinen Mätressen, solange es geht. Deine Braut wird dich schließlich nach der Vermählung nicht teilen wollen. Eine Dame von solch hohem Stand erwartet, daß du deine Aufmerksamkeit gänzlich ihr widmest, zumindest am Anfang.«

Ranulfs gute Laune verschwand angesichts dieses Hinweises. In England erwartete ihn seine Verlobte — der einzige Grund, weshalb ihm jener Feldzug nicht ganz zusagte. »Bei dem Widerstand, der uns zweifellos erwartet«, meinte er steif, »kann es Monate dauern, bis ich Zeit für die Vermählungsfeierlichkeiten finde.«

»Trotzdem werden sie sich nicht mehr lange aufschieben lassen, diese Feierlichkeiten«, meinte Payn lachend.

Um seine Gedanken zu verbergen, drehte sich Ranulf abrupt um und füllte seinen Becher nach. Payn wußte schon seit geraumer Zeit vom Widerwillen seines Freundes, England zu besuchen, doch erst vor kurzem waren ihm die Gründe dafür aufgegangen: Der Schwarze Drache von Vernay hatte sich mit seinem vielgepriesenen Mut in einer Sackgasse verrannt.

Ranulf schüttelte den Kopf. Wie war das möglich? Er war ein Krieger, ein mächtiger Ritter, der sich schon früh — mit siebzehn — seine ersten Sporen verdient hatte. In den elf Jahren seitdem hatte er immer wieder seinen Mut bewiesen. Seine bemerkenswerten Leistungen im Kampf hatten ihm den Namen ›Schwarzer Drache‹ eingetragen — seine Feinde zitterten, wenn sie ihn hörten. Und doch entnervte ihn der Gedanke, die Erbin von Claredon zu heiraten.

Er fürchtete sich vor einem kleinen Mädchen.

Payn hätte das für einen ungeheuren Spaß gehalten, für wahnwitzig komisch. Und es war in der Tat lustig, das mußte Ranulf zugeben, wenn auch nicht im Hinblick auf die Folgen. Erfuhren seine Männer von seiner Angst, so würden sie ihn nicht nur aufziehen, sondern ihr Respekt vor ihm würde nachlassen, was sich als verheerend erweisen konnte.

Als spürte er Ranulfs Unbehagen, gab Payn ein wieherndes Lachen von sich und klopfte ihm auf die Schulter. »Sei guten Mutes! Wie du schon gesagt hast — es dauert vielleicht Monate, bis du deiner Braut gegenübertreten mußt. Wenn du Glück hast, geben Stephans Anhänger ihr England nicht so leicht auf, und du wirst kämpfen und Aufsässige unterdrücken müssen. Vielleicht kannst du deinen Besuch auf Claredon bis zum Sommer nächsten Jahres verschieben.«

»Ja«, bestätigte Ranulf und trank einen großen Schluck Wein. Zur Ablenkung von der bevorstehenden Hochzeit hatte er einen hitzigen Kampf gebraucht. Krieg, Jagd, Turniere, das waren seine Passionen. Nicht Frauen. Auch nicht seine Braut. Ihm stand der Sinn nach Auseinandersetzungen, und sei es auch nur, damit er noch eine kurze Weile den Bedrängnissen der Ehe entkam.

»Ich kümmere mich um die letzten Reisevorbereitungen, du kannst dich auf mich verlassen«, sagte Payn. »Wir werden beim ersten Morgenstrahl aufbrechen.«

Ranulf nickte, doch als sein Vasall ging, merkte er es kaum, so sehr war er mit dem Schicksal beschäftigt, das ihn jenseits des Kanals erwartete. Nein, abgesehen von der Vorfreude auf den Feldzug drängte es ihn wahrhaft nicht, seinen Fuß auf englischen Boden zu setzen.

Vor über vier Jahren war der Verlobungsvertrag unterzeichnet worden, und Ranulf hatte diese Zeit mit Kampf und Diensten für seinen Lehnsherrn verbracht. Er hatte die Monate verstreichen lassen, zu beschäftigt mit seinen Pflichten in der Normandie und überzeugt davon, daß seine Verlobte lieber bei ihrer Familie in England blieb, als in die angsterregende Höhle des Schwarzen Drachen verschleppt zu werden. Dann hatte sich zwar eine Gelegenheit gegeben, aber auch da hatte Ranulf keinen Anspruch auf seine Braut erhoben, sondern einen Grund gefunden, in der Normandie zu verweilen. Und voriges Jahr hatte er nicht einmal Heinrich nach England begleitet — als der Herzog mit König Stephan zusammengetroffen war und die Thronfolge gesichert hatte.

Ranulf stand zerstreut vor dem prasselnden Feuer im Kamin, den Blick auf die Flammen gerichtet.

Ursprünglich schien die Verlobung mit Ariane von Claredon eine gute Idee gewesen zu sein — ein politisch zweckdienliches Manöver, das Land und Erben bringen würde. Außerdem wurde dadurch das Bündnis mit einer mächtigen Familie geschmiedet, die Lehen in ganz England hatte. Und nachdem Ranulf einen großen Teil seines bisherigen Lebens ohne Grundbesitz, ja ohne Namen gewesen war, hatte er bei dieser Gelegenheit vor, seinen Wohlstand zu mehren und seine Macht auf England auszuweiten, wo er nur kleinere Liegenschaften besaß. Er legte großen Wert auf die Verbindung, die ihm angeboten wurde, war fest entschlossen, mächtiger als sein verhaßter Vater zu werden, eine Dynastie zu schaffen, die sich mit denen der anderen Herren im Land messen konnte. Daß zu dem Geschäft eine Dame von vornehmer Geburt gehörte, schien ihn kein allzu hoher Preis zu sein. Jedenfalls damals nicht.

Auch Walter, der Vater der Dame, wollte diese Ehe, und seine Gründe dafür waren ebenso materiell — und vielleicht ein bißchen mehr politisch. Walter unterstützte König Stephan, wußte aber, Kaiserin Mathilde und ihr Sohn Heinrich konnten eines Tages die Oberhand gewinnen. Und so hatte der Herr von Claredon seine vierzehnjährige Tochter klugerweise mit einem normannischen Kriegsherrn verlobt, der Heinrich unterstützte. Damit war das Mädchen, sollte die englische Krone in den Besitz von jemand anderem übergehen, gut versorgt von einem mächtigen Ehemann.

Der Skandal seiner Geburt und seine zweifelhafte Abstammung waren nun kein Hindernis mehr, dachte Ranulf, denn er war in sein Erbe wiedereingesetzt worden und durfte sich Herr von Vernay nennen. Das machte ihn neben den Wertgegenständen, die er im Krieg und bei Turnieren erbeutet hatte, zu einem der vermögendsten Ritter der Normandie.

Es hatte also auf beiden Seiten nach einer guten Partie ausgesehen.

Nur war die Tinte auf dem Pergament kaum trocken, da sehnte sich Ranulf schon nach seiner Freiheit zurück.

In diesen unsicheren Zeiten war es ein Leichtes, Verlobungsverträge zu brechen, denn wer konnte dem Gesetz Geltung verschaffen? Die Herrschaft des Staatswesens gab es in England praktisch nicht mehr. König Stephan vermochte seine Untertanen weder zu kontrollieren noch Recht zu sprechen. Doch im Laufe der Jahre hatte Ranulf keinen guten Grund zur Auflösung des Vertrags gefunden. Was sollte er sagen? Daß er eine solch vorteilhafte Ehe fürchtete? Seine Feinde wären entzückt gewesen über seine Hasenfüßigkeit, und er hätte als Narr dagestanden. Durch den Tod ihres Bruders war Ariane von Claredon eine große Erbin geworden, eine Trophäe, um die jeder Adlige gekämpft hätte.

Ranulf strich mit flachen Händen über seine entblößte Brust, während er in die züngelnden Flammen starrte, und nahm vage die Hitze wahr, die seine nackten Lenden wärmte.

Er hatte seine Braut nur ein einziges Mal gesehen — bei der Verlobungsfeier. Ariane war damals ein kleines Mädchen gewesen, aber er erinnerte sich nach wie vor an sie: ein langer, magerer Körper, noch mit einer Spur von Fohlenanmut, helles Haar irgendwo zwischen strohblond und rötlich, klare, scharfgeschnittene, mit Sommersprossen bedeckte Gesichtszüge, große graue Augen, die mehr zu sehen schienen, als Ranulf offenbaren wollte.

Er hielt ihre Jugend für einen Vorteil. Eine sanfte Braut, das hatte er sich gewünscht — jemand Formbares, den er dazu bringen konnte, seinem Willen zu gehorchen, den er, wenn schon nicht Loyalität, so doch Ergebenheit zu lehren vermochte. Er hatte sich sehr gründlich ihrer Ehebereitschaft versichert, die Treulosigkeit seiner Mutter gegen seinen Vater sollte sich nicht wiederholen.

Ariane war, so schien es, unschuldig genug, sie besaß sogar einen jungfräulichen Charme, der Ranulf überrascht und bezaubert hatte. Doch im Laufe der letzten Jahre, so vermutete er bedauernd, würde sie sich wohl verändert haben. Inzwischen hätte sie vermutlich Gelegenheit gehabt, die Künste zu erlernen, die bei ihrem Geschlecht so weit verbreitet waren: Grausamkeit und Lügen und Verrat.

Schon ihre Abkunft und hohe Stellung galten Ranulf als Anlaß zur Vorsicht. Von der Wiege an hatten qualvolle Erlebnisse mit vornehmen Frauen seine Seele so gezeichnet, wie ihm die Geißel seines Vaters den Rücken aufgerissen hatte. Seine ehebrecherische Mutter hatte ihn zu einem Leben im Schmerz verurteilt, ihn in die Hölle des Zorns seines Vaters gesperrt. Mütterlicher Untreue wegen war er gezwungen gewesen, um sein Geburtsrecht zu kämpfen, um seine Identität, seine schiere Existenz.

Tatsächlich hatte er wenig Verwendung für Frauen, jenseits der Lust, die sie mit ihren Körpern spendeten. Er war ein Mann von geradezu gefräßigem erotischem Appetit, aber den hochwohlgeborenen Damen zog er schlichte Bäuerinnen vor. Lebenslustige Dirnen, deren einfache und bescheidene Bedürfnisse leicht zu befriedigen waren. Die nicht so taten, als verständen sie Prinzipien wie Ehre und Loyalität und Ergebenheit. Die ihn nicht seiner unwürdigen Herkunft wegen verachteten.

Kurz, er brauchte eigentlich jemand anderen als seine Verlobte, Ariane von Claredon.

Ranulf stieß einen tiefen Seufzer aus und erinnerte sich abermals daran, daß es viel zu spät war, seinen Antrag rückgängig zu machen. Er würde sein Wort halten, den Vertrag erfüllen. Wenn England erobert und Heinrichs Herrschaft gefestigt war, würde er nach Claredon reisen und die Hochzeitsfeierlichkeiten, die er allzu lange aufgeschoben hatte, über sich ergehen lassen. Selbst wenn er lieber gegen ein feindliches Heer gekämpft hätte, als sich seiner Verlobten zu stellen.

Ranulf bemerkte die Absurdität dieses Gedankens und lachte leise über sich selbst. Wie war er in jenes Dilemma geraten? Angst vor einem kleinen Mädchen, das halb soviel wog wie er und vielleicht ein Zehntel seiner Kraft besaß? Was konnte sie ihm eigentlich anhaben?

Ranulf schüttelte den Kopf, um Klarheit in seine Gedanken zu bringen. Warum befaßte er sich mit seiner Braut? Warum überhaupt mit Frauen, welche es auch sei? Der Kampf war das, worauf er sich wirklich verstand. Und zwei, drei schneidige Schlachten waren das, was er wirklich wollte. Und doch . . . Seine Zukunft stand auf dem Spiel. In dem Moment, da er den Fuß auf englischen

Boden setzte, würde sein Schicksal besiegelt sein. Er konnte nur auf eine Verzögerung hoffen: Aufstände gegen den neuen König, die niedergeworfen werden mußten —

Ranulf wurde durch seidenweiche Arme aus seinen unangenehmen Überlegungen gerissen, die sich von hinten um ihn legten, von einem üppigen, vertrauten weiblichen Körper, der sich verführerisch an seinen schmiegte. Layla spürte die Kälte unter der vom Feuer oberflächlich erwärmten Haut, während sie Ranulf streichelte. Seine verspannten Muskeln lockerten sich. »Sie wird Euch keine solche Lust bereiten wie ich«, gurrte Layla, die jetzt an seinem Bizeps knabberte.

»Sie?«

»Eure englische Braut.«

Ranulf verzog das Gesicht. Er mochte sich nicht über seine Braut auslassen, wollte auch nicht mit seiner Mätresse über das Thema Ehe sprechen. »Sie ist keine Engländerin, sondern Normannin wie die Mitglieder aller tonangebenden Familien dort.«

»Ob Normannin oder Engländerin ... sie wird Euch keine solche Lust bereiten wie Layla.«

»Genug.« Ranulf hob die Hände, um die Arme seiner Konkubine von seiner Taille zu entfernen. »Ich möchte nicht über sie reden.«

Layla stellte sich mit schlangengleicher Bewegung vor Ranulf hin und machte einen Schmollmund. »Verzeiht mir, edler Herr, Layla will Euch nicht erzürnen.«

Ranulfs Lippen kräuselten sich amüsiert. »Nein? Es ist dir ein Vergnügen, mich zu ärgern, das weiß ich doch, Mädchen.«

Unbeeindruckt kam Layla näher, um ihren Mund an Ranulfs Brust zu drücken. Sie ließ ihre Zunge über seine Brustwarze kreisen. Weiter, durch den schwarzen Pelz auf seinem Bauch, und noch weiter, an seinem schlaffen Glied entlang. Und dann kniete sie auf dem steinernen

Boden und erregte ihn. »Nur weil ich mich darauf verstehe, meinen prachtvollen Hengst danach wieder zu besänftigen«, flüsterte sie.

»Ja«, bestätigte er mit fast erstickter Stimme. Schon rührte sich etwas in seinen Lenden, pulste sein Schwert. »Was zauderst du? Besänftige mich jetzt.«

Eine Hand auf ihrer Schulter, zog er Layla an sich. Sie wußte, was er von ihr wollte, was er brauchte. Lächelnd schloß sie liebkosende Finger um sein Glied, das jetzt groß und steif war, und nahm es in ihren warmen Mund.

Ranulf schloß lustvoll die Augen. Sein Gesäß straffte sich, während er mit langsamer, schaudernder Zurückhaltung in Laylas Wärme hineinstieß. Dies war seine letzte Nacht in Vernay, und er würde sie nutzen, würde die ungewöhnlichen Fähigkeiten der exotischen Sarazenin voll auskosten.

Seine Hand lag auf ihrem Kopf, während er versuchte, sich in die Lust fallenzulassen, die sie ihm bot, während er sich erfolglos bemühte, sein lachhaftes Dilemma zu vergessen. Er, ein mächtiger normannischer Kriegsherr und einer von Herzog Heinrichs fähigsten Vasallen, hatte sich zum Feigling gewandelt.

Und das war nicht auf seine bedrohlichen Feinde und deren Heere zurückzuführen, sondern auf eine junge Adlige. Ein Mädchen.

Absurderweise, wider alle Vernunft und sämtlichen Argumenten zum Trotz, die er selbst ins Feld brachte, fürchtete Ranulf seine Braut.

Und die Begegnung mit ihr ließ sich nicht mehr lang aufschieben.

Kapitel 2

Burg Claredon, England: April 1155

Als Ranulf seine reizende Braut auf den Zinnen erspähte, reagierte er zunächst mit äußerster Vorsicht. Dann war er angenehm überrascht. Das magere, fast unscheinbare Kind, das er vor fünf Jahren kennengelernt hatte, wies kaum Ähnlichkeit mit der hochgewachsenen, königlichen Schönheit auf, die er jetzt zu Gesicht bekam.

Heiliger Gott! Die jüngsten Meldungen von Arianes verwirrender Schönheit waren vielleicht übertrieben, aber nicht sehr, das mußte Ranulf widerwillig zugeben. Die untergehende Sonne verwandelte ihr helles, zu Zöpfen geflochtenes Haar in lichte Flammen, und ihr feinknochiges Profil hätte aus Alabaster sein können.

Ranulf spürte unwillkürlich ein Gefühl von Spannung in den Lenden und unterdrückte es abrupt. Ansehnliche Frauen sprachen ihn immer an, doch dies war nicht die Zeit, seine Braut zu begehren — gewiß nicht, wenn sie mit dem Gedanken an Verrat gegenüber der Krone spielte.

Ranulf fluchte leise, als er so dastand und Ariane aus dem Schatten heraus beobachtete. Während der vergangenen Monate hatte er in ganz England rebellische Regungen gegen den neuen König unterdrückt, doch der Widerstand aus dieser Richtung kam gänzlich unerwartet. König Heinrich hatte Walter von Claredon zu seinen treuesten Anhängern gerechnet, was Walters Verrat um so empörender machte. Walter hatte sich Hugh Mortimers Revolte in Bridgenorth angeschlossen und damit Heinrichs berühmt-berüchtigten Zorn auf sich gezogen. Ranulf war nach Claredon geschickt worden, damit er den Grundbesitz des Verräters konfiszierte und dessen Tochter festnahm.

Im Moment stand sie kühl und trotzig auf dem Wehrgang, von dem man das Tor überblicken konnte, und leitete die Vorbereitungen zur Verteidigung der Burg. Unten war alles Chaos. Menschen und Tiere wirbelten bunt durcheinander und brachten eine Fülle von ohrenbetäubenden Geräuschen hervor — Rufe, Hufschlag, Schreie, Quieken und Brüllen —, indes sie über die Zugbrücke in den äußeren Burghof strömten. Die Leibeigenen und Dörfler von Claredon waren nicht dumm. Sie suchten Schutz hinter den dicken Mauern der Burg, flohen vor dem Zorn des Schwarzen Drachens.

Doch keiner ahnte, daß jener Ritter schon vor Stunden mit der ersten Flüchtlingswelle durchs Tor gezogen war und nun im Schatten einer Nische in der Mauer stand, nur einen Steinwurf von Ariane entfernt.

»Herr?« flüsterte Burc, sein Schildknappe. »Nehmen wir die Demoiselle jetzt fest oder warten wie noch?«

»Wir warten noch.«

Ranulf würde seiner Verlobten erlauben zu zeigen, was sie vorhatte. Ihr Vater empörte sich offensichtlich gegen König Heinrich, was an sich ihre Verhaftung rechtfertigte, aber es würde leichter mit ihr gehen, wenn sie Sir Walters Verrat verurteilte und kapitulierte. Noch war es möglich, daß sie nachgab, obwohl ihre momentanen Aktionen das Gegenteil nahelegten. Allem Anschein nach rüstete sich die Erbin von Claredon zum Kampf.

Ranulf hätte sie am liebsten gleich verhört, doch er mochte es nicht riskieren, jetzt schon an sie heranzutreten. Erst wenn es dunkel wurde und er sich einigermaßen sicher fühlen konnte in seiner Verkleidung. Die Mönchskutte verbarg mit ihrer Kapuze sein Gesicht und seine Haare, doch seine Körpergröße und muskelstarke Statur ließ sich kaum verbergen. Er hatte die Schultern gekrümmt und sich ein Kissen um den Bauch gebunden, damit er feister wirkte, denn er zog es vor, nicht erkannt zu werden. Es paßte ihm nicht ins Konzept, daß er sich den Weg durch eine so bunte Menge bahnen mußte.

Die Ritter und Bogenschützen mit ihren Rüstungen, die die Zinnen säumten, ließen bereits das verletzliche Fleisch zwischen Ranulfs Schultern zucken. Er trug keinen Kettenpanzer und kein Schwert unter seinem Mönchsgewand und war nur mit einem Dolch bewaffnet. Ranulfs bester Knappe würde, so aufgeweckt er war, wenig Schutz bieten, sollten Claredons Streitkräfte den Feind in ihrer Mitte entdecken. Doch Ranulf hatte sich für die Kutte entschieden, weil sie den geringsten Argwohn weckte, ihm gleichzeitig die beste Gelegenheit gab, seine Verlobte zu beobachten — und ihm ein wirksameres Handeln ermöglichte, falls sie dem Befehl des Königs trotzte und die Tore vor dem Schwarzen Drachen schließen ließ.

Und genau das stand, nach den hektischen Vorbereitungen des Moments zu schließen, unmittelbar bevor.

Ranulf knirschte mit den Zähnen. Wenn seine Braut ihn zwang, die Burg zu belagern und das Leben seiner Männer aufs Spiel zu setzen, würde er es ihr mit dem Schwert vergelten.

Ranulf kniff die Augen zusammen, betrachtete Ariane, ohne es zu wollen, mit Bewunderung. Sie war hochgewachsen, anmutig, gertenschlank, mit rostroter und goldfarbener Rüstung angetan und, so schien es, zu zart, um einen Trupp von Rittern und Bewaffneten gegen ihren neuen Lehnsherren zu führen. Sie würde unter Heinrichs Untertanen weder der erste noch der letzte sein, der es versuchte. Heinrich hatte, seit er vor vier Monaten gelandet war, stets Auseinandersetzungen mit unbotmäßigen englischen Baronen gehabt. Nach der Krönung hatte er sich sofort bemüht, die Ordnung in England wiederherzustellen, Burgen niederzureißen, die während der Regierung des verstorbenen Stephan unrechtmäßig erbaut worden waren, Aufstände niederzuschlagen und sämtliche Anhänger Stephans, die ihrem neuen Herrscher den Treueid verweigerten, zum Einlenken zu zwingen.

Der gegenwärtige Aufstand wurde angeführt von Hugh Mortimer. Hugh wollte an Heinrichs Stelle dessen unehelichen Sohn Wilhelm auf den Thron bringen. König Heinrich belagerte im Moment Hughs Burgen in Shropshire. Und Ranulf war nach Berkshire geschickt worden, um Walter von Claredons Besitz zu konfiszieren und dessen Tochter kaltzustellen. Offenbar überlegte sie gerade angestrengt, was Ranulfs Mißtrauen nur noch vermehrte. Seiner Erfahrung nach führten Frauen ihres Standes, die zuviel dachten, Ungutes im Schilde. Oder sie intrigierten.

Ranulf beobachtete, wie Ariane eine Hand an die Stirn hob und ihren Kopf beugte. Weinte sie? Betete sie?

Egal. Er würde sich nicht von ihren Tränen beeinflussen lassen. Und Gott konnte sie nicht vor seinem, Ranulfs, Zorn bewahren, wenn sie Verrat üben wollte. Wenn auch sie sich gegen Englands rechtmäßigen König erhob, würde sie teuer für ihren Verrat bezahlen. Es lag allein bei ihr.

»Sollen wir die Zugbrücke schließen, edles Fräulein?« erkundigte sich Simon Crecy leise bei seiner Herrin. »Für die meisten Leibeigenen ist gesorgt.«

»Warten wir noch eine Weile«, antwortete Ariane. »Es kann sein, daß die einen oder anderen noch unterwegs sind, um Schutz auf Claredon zu suchen.«

Ariane spürte, daß Simon neben ihr blieb. Als wichtigster Vasall und Befehlshaber der Garnison von Claredon war Simon mit einem Trupp von Rittern und Bewaffneten zurückgelassen worden, während sich Walter auf den Weg zu Hugh Mortimer machte. Ariane war dankbar für Simons Gesellschaft — so wurde ihr die große Last der Verantwortung, die sie trug, ein wenig erleichtert.

»Simon?«

»Ja, my Lady?«

»Ihr habt Eure Sache gut gemacht. Mein Vater wird von Euren Bemühungen erfahren.«

Ariane blickte verstohlen zur Seite und sah, daß Simon

bei ihrem Lob rot geworden war. Sie waren gleich groß, aber Simon war um einige Dutzend Jahre älter als Ariane und weitaus erfahrener in politischen und militärischen Dingen. Ariane hatte sich oft gefragt, ob er um ihre Hand angehalten hätte, wäre da nicht ihre Verlobung gewesen.

Meine ewige Verlobung, dachte sie verbittert.

Sie ballte die Fäuste, schob die Erinnerung weg. Ariane hatte sich gelobt, nicht lange bei ihren verlorenen Hoffnungen, ihren gescheiterten Träumen zu verweilen.

Nun hob sie das Kinn und schaute über die Mauer hin auf die frisch ausgesäten Felder von Claredon, auf den Fluß, der sich, golden schimmernd im Sonnenuntergang, dem Horizont entgegenwand. Alles wirkte so friedlich und war trotzdem eine Illusion.

Ariane hatte nie gewußt, was echter Friede ist. Sie war in einer der turbulenten Zeiten der englischen Geschichte aufgewachsen, und ihr Vater hatte seinen Besitz zwar durch kluge Taktik und geschickte Strategie vor der Verheerung zu schützen vermocht, die England während eines großen Teils von Stephans Herrschaft widerfahren war, doch ansonsten war nichts in ihrem Leben unberührt geblieben. In den vergangenen zehn Jahren hatte Walter ein Vermögen ausgegeben um rings um Claredon steinerne Umwallungen errichten zu lassen statt der alten hölzernen, aber keine Mauer konnte so lang sein, daß sie auch das Land vor einer Besatzungsarmee geschützt hätte. Wenn der Herr von Vernay Claredon belagerte, würde er zunächst die Felder und Scheunen und Bauernhäuser zerstören, um die Burgbewohner auszuhungern und zur Kapitulation zu zwingen.

Und sein Heer war auf dem Marsch. Der verzweifelte Bote, der am Morgen mit der unglaublichen Nachricht des Verrats von Arianes Vater eingetroffen war, hatte auch vor den Streitkräften des Schwarzen Drachens gewarnt.

Heilige Maria, Mutter Gottes, wie fürchtete Ariane den Krieg! Gab es eine Möglichkeit, ihn zu verhindern, ohne bedingungslos zu kapitulieren? Konnte sie ihren Leuten das Leben retten und doch ihrem Vater gegenüber loyal bleiben? Sie hatte versprochen, Burg Claredon in seiner Abwesenheit zu halten, und sie würde sich eher mit siedendem Öl übergießen lassen, als ihn zu enttäuschen.

»Simon?« fragte Ariane besorgt. »Glaubt Ihr, daß wir den richtigen Kurs einschlagen?«

Simon schüttelte den Kopf. »Ich weiß es nicht, Herrin. Aber ich glaube, das hätte sich mein Herr Walter gewünscht. Und was Euren Verlobten angeht: den kennt Ihr besser als ich.«

»Das möchte ich bezweifeln. Ich bin ihm nur einmal kurz begegnet, und da war ich noch sehr jung.« Ariane verzog den Mund zu einem freudlosen Lächeln, als sie sich an ihre faszinierende Begegnung mit Ranulf von Vernay erinnerte.

Damals hatte Ariane ihr Herz verloren. Sie hielt den Herrn von Vernay für einen wunderbaren Mann, für die Verkörperung eines Jungmädchentraums. Und sie hatte sich damals geschworen, Ranulf eine gute, treue Frau zu sein.

Welche Torheit!

»Ich habe ihn für freundlich und zart gehalten«, murmelte sie Simon zu. »Könnt ihr fassen, wie sehr ich mich geirrt habe?«

»Ich habe Furchterregendes über ihn erfahren.«

Auch Ariane hatte die Geschichten im Laufe der Jahre gehört — über die Fähigkeiten des Schwarzen Drachens beim Kampf, über seine gnadenlose Rache. Schon sein Name, abgeleitet von seinem Wappentier, weckte Angst und Schrecken bei Männern, die keine alten Haudegen waren.

»Manche Leute sagen, von Vernay sei Heinrichs bester Feldherr«, erklärte Simon. »Und sein brillantester Stratege. Jedenfalls ist bekannt, daß er seinen eigenen Vater zur offenen Feldschlacht herausgefordert und besiegt hat. Ein sehr widernatürlicher Sohn.«

Ariane verstummte. Dies waren die schockierendsten Geschichten über Lord Ranulf. Seine wohlgeborene Mutter, so lautete das Gerücht, habe sich, bevor Ranulf zur Welt kam, einen bäuerlichen Liebhaber gehalten, er konnte also durchaus der Sohn eines gewöhnlichen Freisassen sein. Sicher war, daß Yves von Vernay an seiner Vaterschaft gezweifelt hatte. Selbst nach dem Tod seiner zwei älteren Söhne weigerte er sich, Ranulf als Erben anzuerkennen. Der Schwarze Drache hatte mit der Waffe in der Hand beansprucht, was er für sein Eigentum hielt.

»Es müßte recht gut gehen«, sagte Simon gerade. »Unseren Streitkräfte sind in Stellung. Dank Eurer Bemühungen, Herrin, haben wir genug Vorräte. Eine Weile halten wir jede Belagerung durch.«

»Und Ihr habt meinen Vater in Bridgenorth benachrichtigt?«

»Mit zwei separaten Boten, Herrin, weil sie dann bessere Aussichten auf einen Durchbruch haben. Wenn es Sir Walter freisteht zu kommen, wird er das tun.«

Wenn es ihm freisteht ...

Ariane schüttelte den Kopf. Ihr Schock über die neueste Wendung der Ereignisse hatte sich noch nicht gelegt. Man bezichtigte ihren Vater des Hochverrats: er habe sich mit Hugh Mortimer gegen die Krone verschworen. Sie konnte einfach nicht glauben, daß er schuldig war, sie kannte ihn zu gut.

Simon unterbrach Ariane in ihren bangen Gedanken. »Die Zugbrücke, my Lady« , drängte er. »Es ist gefährlich, noch länger zu zaudern.«

»Ja«. Ariane sah auf den Weg nach Claredon hinunter und merkte, daß die letzten Nachzügler den Burghof betreten hatten. »Schließen wir das Tor.«

Simon drehte sich um und rief einem Wächter etwas

zu. Unmittelbar darauf rasselten Ketten: die große Holzbrücke wurde langsam hochgezogen.

Und keinen Moment zu früh, denn in der Ferne sah man jetzt eine Wolke goldenen Staubs — die Art Gebilde, die ein rasch nahendes Herr aufwirbelte. Ariane spürte, wie sich ihr Magen vor Furcht verkrampfte.

Der Schwarze Drache. Ihr Verlobter. Der Mann, mit dem sie schon lange hätte verheiratet sein sollen.

Der Krieger, der nie gekommen war, um sie als Braut heimzuholen.

Arianes Nerven lagen bloß, als die Horde in sicherem Abstand vor den Burgmauern haltmachte.

Die Sonne war bereits untergegangen, doch Ariane erkannt einen Trupp von ungefähr zweihundert Leuten — ein Viertel von ihnen angsterregende, normannische Ritter mit spitz zulaufenden Stahlhelmen und langen Kettenhemden auf schnaubenden Schlachtrössern, Lanzen und Schilde und Bereitschaft. Die übrigen waren Bogenschützen und Fußsoldaten in Lederrüstung. Ein Banner — schwarzer Drache auf rotem Feld — wehte über der Schar.

Bald löste sich ein gepanzerter Ritter aus der Formation und bewegte sich mit weißer Parlamentärsflagge der Burg entgegen, um in Verhandlungen einzutreten. Ariane zuckte zusammen, als sie einen Trompetenstoß von dem Feind hörte, obwohl sie natürlich wußte, daß damit zu rechnen gewesen war. Sie registrierte Simon Crecys Gegenwart abermals mit Dankbarkeit.

Der Ritter hielt mit seinem Braunen in Hörweite an und rief zu den Verteidigern auf den Zinnen hinauf: »Im Namen Heinrichs, des Herzogs der Normandie und rechtmäßigen Königs von England, befehle ich Euch, die Tore zu öffnen!«

Ariane holte tief Luft und antwortete, obwohl ihre Stimme weder so kräftig noch so klar war, wie sie es sich gewünscht hätte: »Warum, edler Herr, sollen wir Euch, die ihr sichtlich gekommen seid, um zu kämpfen, die Tore öffnen?«

Eine Pause trat ein, als hätte Arianes Frage den Ritter überrascht. »Weil es Verrat wäre, dies zu verweigern. König Heinrich hat Walter von Claredons Festnahme angeordnet und dessen Ländereien und Besitzungen an den Herrn von Vernay übertragen, der Eure sofortige Kapitulation fordert. Ich habe die Erklärung des Königs bei mir.« Der Bote hielt ein Pergament empor, damit Ariane es sehen konnte.

Sie zwang sich, die Finger, die sie zu Fäusten geballt hatte, zu entkrampfen. »Ich bin die Herrin von Claredon. Habe ich die Ehre, mit dem Herrn von Vernay zu sprechen?«

»Ich bin sein Vasall, Demoiselle. Mein Name ist Payn FitzOsbern. Lord Ranulf hat mich damit betraut, die Bedingungen Eurer Kapitulation auszuhandeln.«

Ein Teil der Verspannung fiel von Ariane ab. Dies war nur der Bote des Schwarzen Drachen ...

»Eurer Herr hatte nicht die Zeit, selbst hierherzukommen?« fragte sie. »Ich würde meinen, wenn ihm wirklich wichtig wäre, was mit Claredon geschieht, wäre er mit gebührender Eile hierhergeritten.«

»Edles Fräulein ... er ... er ist aufgehalten worden.«

»Ach ja?« Arianes Stimme troff vor Ironie. »Doch, ich erkenne selbst, daß fünf Jahre zu kurz sein mögen für einen Besuch bei der Frau, mit der man verlobt ist.«

FitzOsbern zögerte, er war offensichtlich um Worte verlegen. »Demoiselle, werdet Ihr die Tore öffnen?«

»Ich bespreche das, was ich zu tun gedenke, mit Ranulf von Vernay und keinem anderen. Das könnt Ihr ihm ausrichten.«

Eine Pause trat ein. »Eure Antwort wird ihm nicht gefallen.«

Ariane lächelte kühl. Die Weigerung ihres Verlobten, in eigener Person nach Claredon zu kommen, war vielleicht berechnend gemeint, aber sie konnte ihren Vorteil daraus ziehen. »Trotzdem werdet Ihr ihm diese Antwort übermitteln.«

Ariane spürte die Frustration des Ritters deutlich. »Ihr weigert Euch also, uns die Burg zu übergeben?«

»Ich betone noch einmal, daß ich dieses Thema gern mit dem Herrn Ranulf selbst bespreche. Bitte bestellt ihm meine Grüße. Das ist alles, edler Ritter.«

FitzOsbern faßte die Stange seiner Parlamentärsflagge fester, eindeutig abgeneigt zu akzeptieren, daß er entlassen war. Ariane beobachtete ihn, bis er schließlich kehrtmachte mit seinem tänzelnden Pferd, zu den Streitkräften seines Herrn zurückritt.

Langsam stieß sie den Atem aus. Mit einigem Glück war es ihr gelungen, Zeit zu gewinnen, bevor die Belagerung begann — ein, zwei Tage vielleicht, doch jeder Aufschub konnte für die Chancen ihres Vaters von entscheidender Bedeutung sein. Solange Sir Walter Claredon besaß, blieb er jemand, mit dem König Heinrich rechnen mußte. Selbst ein überführter Verräter konnte mit Hilfe von Besitz um sein Leben schachern.

Ariane tröstete sich mit dem Gedanken, daß ihre Reaktion bis jetzt kein direkter Trotz gegen den Befehl des Königs gewesen war. Doch sie würde sich bald entscheiden müssen. Der Schwarze Drache würde zweifellos wütend sein, wenn er erfuhr, daß sie sich geweigert hatte, die Burg seinem Abgesandten zu übergeben, aber ihr war keine andere Wahl geblieben. Ohne Claredon konnte sie ihrem Vater nicht helfen. Und sie würde ihn nicht enttäuschen wie so viele Male zuvor. Sie würde ihn nicht im Stich lassen, auch wenn es sie den letzten Atemzug kostete.

»Es macht den Eindruck, daß sie ein Lager aufschlagen, Herrin«, bemerkte Simon.

Ariane nickte müde und resigniert. In der zunehmenden Dunkelheit konnte sie sehen, daß Ritter absaßen.

Ihre Knappen kümmerten sich geschwind um Pferde und Waffen, während die Bogenschützen gegenüber von der Burg eine Verteidigungslinie aufbauten. Bald würden Zelte stehen und Feuer brennen — und Payn FitzOsbern würde wahrscheinlich einen Boten zu seinem Lehnsherrn schicken. Dann konnte es durchaus sein, daß Lord Ranulf selbst kam.

Ariane schauderte im Abendwind. Sie hätte sich in Wahrheit lieber mit Hunderten seiner Gesandten abgegeben als mit dem Herrn von Vernay selbst.

»Ist Euch kalt, Demoiselle? Erlaubt mir, daß ich einen Mann zum Turm schicke. Der soll Euren Umhang holen.«

»Danke, Simon.« Der Frühling war dieses Jahr zeitig in England eingezogen. Trotzdem lag in der feuchten Luft etwas Schneidendes, das Ariane durch ihr wollenes Über- und Untergewand und ihr Leinenhemd spürte. Und ihre Bangigkeit verstärkte zweifellos das Kältegefühl.

Simon ging, und Ariane beklagte die Unzulänglichkeiten der Weiblichkeit. Wäre sie ein Mann gewesen, so hätte sie Ranulfs Ritter zum offenen Kampf auf dem Schlachtfeld herausfordern können . . .

Sie preßte die Lippen zu einem bitteren Lächeln zusammen. Wäre sie ein Mann gewesen, so hätte sie nie Ranulf von Vernays Bekanntschaft gemacht. Zumindest wäre sie nicht mit ihm verlobt worden, damit ihr Vater einen Verbündeten für Claredon gewann.

Heilige Maria, warum war sie nicht als Mann auf die Welt gekommen? Wieviel besser, ein Sohn zu sein, dessen Vater darauf bauen konnte, daß er seinen Adelstitel übernehmen und den schwererrungenen Besitzstand wahren würde! Welche Freiheit, zu den Waffen zu greifen und sein Land zu verteidigen, statt bloß eine Marionette in den politischen Spielen von Männern zu sein! Oder, schlimmer noch, eine vernachlässigte Braut, die unter den Launen ihres zögerlichen Bräutigams leiden mußte!

Ariane ballte unwillkürlich die Fäuste. Die tiefere Wahrheit gab sie nur vor sich selbst zu: daß unter anderem auch der Schmerz über die lange Vernachlässigung durch Ranulf ihren Widerstand jetzt mehrte.

Es tat weh, nicht begehrt zu sein. Das Getuschel zu hören. Sie war die vergessene, die zurückgewiesene Braut. Ist etwas so schlimm an mir, daß es nicht einmal durch die Aussicht auf Reichtum wettgemacht werden kann? Jahrelang hatte Ariane über diese Frage nachgesonnen, hatte sich mit Selbstvorwürfen über ihre vermeintlichen Fehler zerfleischt. Ja, fünf nicht endenwollende, vergeudete Jahre hatte sie gewartet und sich gesorgt, sich vor Kummer verzehrt — bis schließlich jede Hoffnung geschwunden war und nur Zorn, Erbitterung und Verzweiflung blieben. Bis der Groll gegen Ranulf an ihr fraß wie eine vergiftete Wunde.

Und doch war dies nicht der Hauptgrund dafür, daß sie ihm jetzt die Stirn bot. Das Leben ihres Vaters stand auf dem Spiel. Wenn Ariane seinen Besitz an Dritte abtrat, war alles verwirkt, worum er sich bemüht hatte. Und er war machtlos, der Gerichtsbarkeit des Königs auf Gedeih und Verderb ausgeliefert. Solange er nicht da war, trug Ariane die Verantwortung für Claredon und dessen Leute, deren Leben und deren Wohl. Ihr Schicksal lag in Arianes Händen.

Wie so viele Male in der Vergangenheit wanderte Arianes Blick nach Osten, konzentrierte sich auf eine Lichtung im Birken- und Eichenwald, eine Viertelmeile von der Burgmauer entfernt. In dem Wald, hieß es, gingen böse Geister um, führten menschenfresserische Wölfe das Regiment, doch Ariane wußte es besser. Nur eine Handvoll Menschen war in das Geheimnis dieses Waldes eingeweiht. Werden seine Einwohner vor dem Schwarzen Drachen sicher sein?

Arianes Augen umschleierten sich, aber sie wandte den Blick ab und konzentrierte sich wieder auf die feindlichen Streitkräfte. Nach wie vor sah sie den grimmigen schwarzen Drachen auf rotem Feld über den Fremden wehen. Was hätte ihre Mutter unter solch schwierigen Umständen getan?

Warum, Ranulf? Warum bist du nie zu mir gekommen?

Ariane schluckte, wischte entschlossen die Zornestränen fort, die ihr in den Augen brannten. Sie konnte es sich nicht leisten zu weinen, durfte keinem Selbstmitleid frönen. Zeit für Trauer blieb vielleicht an einem anderen Tag. Jetzt mußte sie mehr denn je stark sein.

Trotzig reckte Ariane das Kinn.

Sollte Ranulf von Vernay doch nach Claredon kommen. Sie war darauf vorbereitet, die Burg und deren Leute gegen ihren rachsüchtigen Verlobten zu verteidigen.

Und sie würde loyal gegen ihren Vater bleiben, selbst wenn sie sich damit des Hochverrats schuldig machte.

Im Schutz seiner Mönchskutte beobachtete Ranulf seine Verlobte mit zunehmender Wut und Enttäuschung. Eine brennende Fackel war in einem Halter an der Mauer der Zinne befestigt worden und warf eine Art Engelslicht über diese Frau, die in tiefem Nachdenken dastand. Doch das Unschuldsbild führte in die Irre, das schien Ranulf sicher, und ebenso Arianes zaghafter, beängstigter Gesichtsausdruck. Das war kein liebes, fügsames Mädchen. Mit ihrer List von vorhin konnte sie ohne weiteres den schlauesten Damen des normannischen Hofes das Wasser reichen — weigerte sie sich doch tatsächlich FitzOsbern die Burg zu übergeben, während sie sich gleichzeitig nicht offen zum Aufruhr bekannte. Raffiniert, aber zur Erfolglosigkeit verdammt. Es würde ihr nicht gelingen, mit solcher Taktik dem Zorn des Königs zu entrinnen, oder die Strafe für ihren Trotz abzuwenden, das schwor Ranulf im stillen.

Ranulfs Augen wurden schmaler, als der Ritter, der Simon hieß, beflissen einen mit Pelz besetzten Umhang um Arianes Schultern zog. Zwischen den beiden herrschte eine offenkundige Vertrautheit und Zuneigung. Die Zuneigung von Liebenden? Irrationale Eifersucht machte sich in Ranulf breit. Ariane von Claredon gehörte ihm — genauso wie die Burg ihres Vaters. Sie war seine Verlobte und würde bald seine Geisel sein. Wenn sie ihn mit dem Vasallen ihres Vaters betrog, würde sie die Folgen tragen müssen. Wenn sie seine Autorität in Frage stellte, ebenso.

Er hatte den Auftrag, allen Widerstand zu brechen und dem Land den Willen des Königs aufzuerlegen, und er würde sich nicht daran hindern lassen. Nicht von einer Frau. Und gewiß nicht von seiner eigenen Braut. Wenn sie ihn zwang, Gewalt auszuüben, würde er sie ohne Gnade zerschmettern.

Als hätte sie seine Gedanken erahnt, hob Ariane langsam den Kopf und drehte sich halb um. Ihr besorgter Blick wanderte über den Schatten, in dem Ranulf stand.

Ranulf erstarrte und holte tief Luft, so schön war Ariane im Fackelschein. Nein, die Berichte waren nicht übertrieben, dachte er, als Begierde ihn mit verblüffender Intensität durchzuckte. Wo zuvor nur Haut und Knochen und Augen gewesen waren, sah man jetzt sanfte Rundungen, und Augen und Flechten von blasser Kupferfarbe, die vor Leben schimmerten und vibrierten. Eine bezaubernde, betörende Kombination.

Die Veränderung machte Ranulf zu schaffen. Einem Kind hätte er vielleicht verzeihen können in dem Sinne, daß es durch Fehlurteile seiner Ratgeber in die Irre geleitet worden war, doch Ariane von Claredon war kein Kind mehr. Sie war eine erwachsenen Frau. Eine Dame von Stand. Durchaus fähig, sich einer Rebellion anzuschließen und ihren verräterischen Vater zu unterstützen.

Und er mußte mit ihr fertig werden.

Die Reaktion seines Körpers, solch trotzige Schönheit in seiner Macht zu haben, ließ sich kaum kontrollieren, aber bevor die Regung in seinen Lenden ein unbehagliches Maß annehmen konnte, straffte Ranulf seinen Unterkiefer und zog die Kapuze seiner Kutte enger um das Gesicht. Dann trat er vor, achtete darauf, dem Lichtkreis, den die Fackeln warfen, fernzubleiben, und hielt den Blick auf seine Braut und deren bewaffneten Beschützer gerichtet.

»Ein Mönch bittet darum, mit Euch sprechen zu dürfen, my Lady«, verkündete Simon.

Ariane zuckte zusammen, als die Stimme ihres Vasallen sie in ihren Grübeleien unterbrach. Seufzend drehte sie sich um, schickte sich an, den Neuankömmling zu begrüßen — und hielt jählings inne. Eine dunkle Gestalt hatte sich aus dem Schatten gelöst, hochgewachsen, stark, unheildrohend.

Ariane faßte nach ihrer Kehle. Ein Dutzend Herzschläge lang blieb sie wie erstarrt, während die nächtlichen Geräusche der Burg verhallten. Ariane vergaß ihre eigenen Soldaten, die Not der Flüchtlinge aus der Umgebung und das feindliche Heer vor den Toren. Sie war sich nur noch jener ungewöhnlich großen, reglosen, gleichsam in eine Decke aus Dunkelheit gehüllten Erscheinung bewußt.

Angst überlief sie angesichts der Nähe dieser Figur. Die Fackeln warfen einen so seltsamen Schatten, daß Ariane sich fast vorstellen konnte, die mächtige Silhouette sei ein gefährlicher Drache.

Alles Einbildung, sagte sie sich mit bemühter Gelassenheit. Ein durch Licht hervorgerufenes Trugbild. Ariane zwang sich, keine Furcht zu zeigen, und trat zaudernd einen Schritt näher — worauf das gräßliche Phantom glücklicherweise verschwand. Das Licht berührte zwar nur den Saum seiner Kutte, aber Ariane atmete erleichtert aus, als sie sein Gewand erkannte. Nur ein Mönch. Von hier drohte keine Gefahr.

Arianes Erstarrung löste sich, doch ihre Unruhe blieb. Ein Mann von solcher Statur war kraftvoll, stark, und konnte ohne weiteres ein Krieger sein. Selbst auf die Distanz spürte Ariane seine ausgeprägte Männlichkeit.

»Gott zum Gruße«, sagte der Schatten leise.

Irgend etwas regte sich in Ariane beim Klang dieser tiefen, gedämpften Stimme. Solch ein sonderbares Gefühl von ... Vertrautheit? Intimität?

Sie stand still, während die seltsamsten Regungen sie durchzuckten. »Kenne ich Euch, Bruder?«

»Ich glaube kaum, edles Fräulein.«

Ariane zögerte, hin- und hergerissen zwischen Mißtrauen und Neugier. Der Mann wirkte faszinierend, und sei es auch nur, weil er so geheimnisvoll war. Seine Hände, zum Teil verborgen durch die weiten Ärmel seines Gewands, waren kräftig, die Finger lang ... zu brutaler Gewalt fähig oder zu zartem Mitgefühl?

Mit Mühe verbannte Ariane diese Fantasien aus ihrem Kopf. Sie trat wieder einen Schritt näher und fragte sich, warum der Mann hier war und was er von ihr wollte.

Ranulf, dem unbehaglich wurde bei dem Gedanken, Ariane könnte seine Verkleidung durchschauen, beugte in geheucheltem Respekt den Kopf und hellte seine Stimme zum klangvollen Tenor auf. »Ich danke Euch dafür, daß Ihr einem armen Mönch Obdach gewährt. Ich war zum Kloster in Frotham unterwegs, da begegneten mir fliehende Dörfler. Ich hielt es für klüger, ihnen zu Eurer sicheren Burg zu folgen.«

»Ihr seid willkommen auf Claredon, Bruder.« Ariane wartete höflich darauf, daß er fortfuhr, doch ihr Blick war wach, und in ihren klaren grauen Augen lag ein Ausdruck gespannter Vorsicht.

»Ich habe mich gefragt, edles Fräulein, ob ich Euch in diesen Zeiten der Not auf irgendeine Weise helfen kann. Da Euer Herr Vater fort ist, sucht Ihr vielleicht geistliche Führung ...«

Ranulf sah, wie Arianes Mundwinkel in der Andeutung eines Lächelns zuckten. »Gebete wären nicht verkehrt, lieber Bruder, aber wenn Ihr nicht zufällig Fachmann für Kriegslisten seid, werde ich mich wegen guter Ratschläge an die Vasallen meines Vaters wenden müssen.«

»Ihr wollt Euch also gegen den Herrn von Vernay stellen?« fragte Ranulf.

Ihr Gesichtsausdruck wurde kühl, aber sie vermied es, ihm direkt zu antworten. Statt dessen sagte sie: »Ich bedauere, daß Ihr aufgehalten wurdet, denn ich muß befürchten, daß uns eine lange Belagerung bevorsteht. Ich wage es nicht, die Zugbrücke zu öffnen, damit Ihr die Möglichkeit habt, Claredon zu verlassen, aber wenn Ihr wollt, können wir Euch an der Mauer abseilen — vielleicht vermögt Ihr Euch so in Sicherheit zu bringen.«

Eine lange Belagerung? Dann hatte sie also vor, ihm den Eintritt zu verweigern?

»Ihr mißversteht mich, edles Fräulein. Es war mir nicht um meine Sicherheit zu tun, sondern um die braven Leute hier. Wäre es nicht klüger, die Burg dem Herrn von Vernay sofort zu übergeben?«

»Klüger für wen?«

»Für Euch. Für Eure Schutzbefohlenen.« Da Ariane die Stirn runzelte und zögerte, fügte Ranulf schnell hinzu: »Ihr könnt mir Eure Befürchtungen anvertrauen.«

»Das ist ein tröstlicher Gedanke«, erwiderte Ariane mit einem Ernst, der vielleicht nicht ganz überzeugend wirkte, »nur habe ich sie bereits Gott anvertraut.«

Ranulf hatte die Grenze überschritten, die auch Klerikern gesetzt war. Er schaute Simon an und stellte fest, daß der Ritter die Faust um den Griff seines Schwerts geschlossen hatte. »Verzeiht mir, Demoiselle. Ich wollte Euch mit meiner Wißbegier nicht beleidigen, nur meine Hilfe anbieten.«

Ranulf spürte wieder Arianes prüfenden Blick auf sich. Es war, als wollte sie sein Gesicht, das im Schatten lag, erkunden. »Ich bin dankbar für Euer Interesse, aber ...«

»Ja Demoiselle? Aber was?«

Ariane wandte sich ab und starrte auf das abenddunkle Land, das von den flackernden Lagerfeuern der Besatzungsarmee matt erleuchtet wurde.

»Aber über meine Schwierigkeiten spreche ich gewöhnlich nur mit unserem eigenen Geistlichen«, sagte Ariane schließlich.

»Es scheint, daß Ihr viel mitgemacht habt in letzter Zeit.«

Der freundlichen Intensität solcher Bemerkungen konnte sich Ariane nicht entziehen. »Nun ... nicht mehr als die meisten.«

»Aber die gegenwärtige Krise ... ich meine, Lord Ranulfs Heer vor Euren Toren. Er ist Euer Verlobter, nicht wahr?«

»Ja«, antwortete Ariane mit schneidender Verbitterung. »Leider.«

»Leider? Ihr seid nicht unbedingt erpicht darauf, ihn zu heiraten?«

Da Ariane schwieg, fügte der Mönch sinnend hinzu: »Es erstaunt mich, daß Ihr die Verlobung gebilligt habt. Zwar sind viele Damen nur mit Gewalt zu solchen Verbindungen gebracht worden, aber die Kirche verlangt das Einverständnis der Braut, bevor sie den Segen zur Ehe gibt.«

»Ich hatte nichts gegen die Heirat«, sagte Ariane leise. »Mein Vater hatte Lord Ranulf als Ehemann für mich ausgewählt, doch ich war es zufrieden, einen Ritter zu heiraten, der die Kraft hat, alle Ländereien zu schützen, die ich eines Tages erben werde. Eine Frau braucht einen Mann mit dieser Fähigkeit, mit verläßlicher Autorität. Sonst bewegt sie sich auf unsicherem Terrain.«

»Klug gedacht. Und was den Ritter betrifft, so hat Euer Vater eine ebenso kluge Wahl getroffen.«

»Das habe ich auch einmal geglaubt. Der Herr von Vernay ist dank seiner Brutalität einer der mächtigsten Barone der Normandie.«

»Ihr haltet ihn für brutal? War er unfreundlich zu Euch?«

»Nein.« Ariane erinnerte sich sogar an ihre nahezu schockierte Verwunderung darüber, wie freundlich ein so grimmiger Krieger wie Lord Ranulf zu einem nervösen jungen Mädchen gewesen war.

»Warum bereut Ihr Eure Verlobung dann?«

Weil er sich seit fast fünf Jahren von mir fernhält, dachte Ariane in stummer Qual. Fünf endlose Jahre, die sie im Haus ihres Vaters geschmachtet hatte, bemitleidet von ihren Freundinnen und Bekannten. Sie war jetzt beinahe zwanzig. In diesem fortgeschrittenen Alter hatten andere Mädchen schon geheiratet und mehrere Kinder geboren. Sie aber blieb unvermählt und niemand lag bei ihr, einer Jungfrau, ahnungslos, was die Leidenschaft betraf, das Leben. »Weil ich die Wahrheit über den höchst unedlen Herrn von Vernay herausgefunden habe«, flüsterte Ariane.

»Die Wahrheit?«

»Er ist kein echter Ritter, sondern ein habgieriger Gemeiner, der nur so tut, als sei er ein Mann von Stand, ein Schurke ohne Grundsätze und ohne Ehre, der den Besitz seines Vaters mit Waffengewalt für sich eingefordert hat. Ich wünschte, ich hätte seinen Namen nie gehört.«

Ranulf erstarrte angesichts solcher Verurteilung. Arianes Bitterkeit entging ihm, er hörte nur eine Verachtung, die so schneidend war wie Messerstiche — oder die Geißel, die ihm einmal den Rücken aufgerissen hatte. Er kannte die Herablassung der Damen in Arianes Kreisen wegen seines nicht vorhandenen Geburtsrechts, doch bei dieser Frau schmerzte sie mehr als sonst.

Ranulf ballte die Fäuste — der vertraute Zorn. »Wollt Ihr ihm den Einzug verwehren?« fragte er barsch, ohne an seine Verkleidung zu denken.

Ariane runzelte plötzlich die Stirn. Warum befaßte sich ein Kleriker eigentlich mit so weltlichen Angelegenheiten? Und warum sprach sie überhaupt so offen mit ihm?

Nervös betrachtete sie den Mönch im Schatten und antwortete: »Mein Vater hat mich mit dem Auftrag betraut, Claredon in seiner Abwesenheit zu verteidigen. Ich kann seine Burg nicht einem Dritten übergeben, ohne zu wissen, was er will.«

»Obwohl Claredon nicht mehr ihm gehört? Der Besitz eines Rebellen fällt an die Krone, und es heißt, Walter von Claredon habe am Aufstand der Barone teilgenommen, einem Angriff auf seinen Oberherrn.«

Arianes Rücken verkrampfte sich. »Toren sagen mancherlei Törichtes, Bruder.«

»Dann hat sich Walter von Claredon nicht dem Aufstand angeschlossen?«

»Ich weiß nicht, was geschehen ist, aber als er nach Bridgenorth ritt, hatte er nicht die Absicht, sich gegen den König zu stellen.«

»Vielleicht hat er Euch nicht in seine Absicht eingeweiht«, sagte Ranulf.

»Weil ich nur eine Tochter bin?« Ariane reckte den Hals. »Ich versichere Euch, mein Vater würde mich über Pläne mit so weitreichenden Folgen unterrichten. Und er ist kein Verräter.«

»Und doch hat Hugh Mortimer einen Aufstand angezettelt, womit Euer Vater als Mortimers Vasall und Anhänger des Verrats schuldig ist — es sei denn, er widerruft seinen Treueid.«

»Ich erfasse die Lage durchaus«, erwiderte Ariane frostig. »Obwohl ich dem schwachen Geschlecht angehöre, versagt mir mein Verstand keineswegs den Dienst.«

Ranulf erinnerte sich mit einiger Mühe an die Rolle, in die er geschlüpft war, und unterdrückte die Erwiderung, die ihm über die Lippen wollte. Angesichts der Ungehaltenheit in Arianes Augen dachte er, sie werde gleich wieder etwas Bissiges bemerken, aber die faltete die Hände in den langen, sich bauschenden Ärmeln ihres Gewands und sagte mit bewundernswerter Gelassenheit: »Treue bin ich an erster Stelle meinem Vater schuldig. Ich werde niemandem seine Burg übergeben, bevor ich Beweise für seine Fehltritte habe. Und nun verzeiht mir, Bruder — so manches erfordert meine Aufmerksamkeit.«

Womit er in Ungnaden entlassen war, erkannte Ranulf, zornig gegen alle Vernunft. Er hätte seine widerborstige Braut gern bei den Schultern gepackt und geschüttelt oder sie in seine Arme geschlossen und eine andere, leidenschaftlichere und weniger gewalttätige Handlung an ihr verübt, doch wenn er sie auch nur berührt hätte, wäre ihr die Wache zu Hilfe geeilt. Zögern wiederum hätte nur Argwohn erregt. Ranulf mußte die Abrechnung also auf einen späteren Zeitpunkt verlegen.

Er verneigte sich deshalb tief und segnete die junge Frau. Dann machte er unvermittelt kehrt, schritt schweigend über den Wehrgang und verschwand im Schatten.

Ariane blieb noch eine Weile, nachdem er gegangen war, und konnte sich nicht ihrer bösen Ahnungen erwehren. Er hatte den Finger auf zu viele offene Wunden gelegt, und seine dreisten Fragen vermehrten den Tumult in ihrem Kopf, die ganze Ungewißheit. Hatte sie sich falsch entschieden? Wäre es klüger gewesen, sich dem Schwarzen Drachen zu fügen?

Indes sie nachdachte, bedeutete Ranulf seinem Schildknappen, ihm zu folgen, und stieg mit zusammengebissenen Zähnen die steinerne Treppe zum Burghof hinunter. Eine Kuhherde floh vor ihm, aber Ranulf verlangsamte nicht einmal das Tempo, als er auf das ferne Tor zuhielt, das Zugang zum Innenhof gewährte. Er mußte sicherstellen, daß er diese Nacht in die zentralen Gebäude der Burg eingelassen wurde, daß er im großen Saal schlafen konnte mitsamt den Vasallen und Bedienten des Herrn von Claredon.

Das Mädchen ließ Ranulf keine andere Wahl. Er hatte

mit eigenen Ohren gehört, mit welchen Absichten sie sich trug. Ariane wollte Ranulf trotzen — und ihrem König. Doch bei Gott, er würde ihren Widerstand brechen, das schwor sich Ranulf, und er würde Entschädigung für ihren Aufruhr verlangen. Er würde seine Rebellenbraut im Sturm nehmen und seine Freude daran haben.

Bei diesem Gedanken fluchte Ranulf leise und schmeckte Gallenbitternis auf der Zunge. Er blieb beim Tor zum inneren Burghof stehen und zitterte, während ihm eine Wolke des Zorns den Blick verfinsterte — ein schwarzer Zorn, der ihm entsetzlich vertraut war. Er hatte das schon einmal erlebt, als ihm sein Vater das rechtmäßige Erbe verweigerte. Der Schmerz war noch da, eine unverheilte Wunde, anders als die Striemen auf seinem Rücken, die in seinem Inneren nagte.

Er hatte gegen seinen Vater gekämpft — und nun würde er gegen seine Verlobte kämpfen müssen.

Im Grunde solltest du zufrieden sein. Deine Braut hat dir reichlich Grund gegeben, die Verlobung aufzulösen, dachte Ranulf grimmig. Widerstand genügte zur Ablehnung der Ehe. Doch Ranulf war nicht zufrieden, sondern nur grausam enttäuscht, weil Ariane von Claredon beschlossen hatte, ihren verräterischen Vater zu unterstützen.

Solche Loyalität mochte bewundernswert sein, wäre sie nur nicht so unklug gewesen. Mit diesem Kurs riskierte Ariane ihre Einkerkerung und Schlimmeres. Aber war Loyalität wirklich ihr Motiv? Vielleicht stellte all das bloß einen Versuch zum Selbstschutz dar, zur Absicherung gegen eine Festnahme. Ariane wußte natürlich, daß ihr als politische Gefangene keine von den Freiheiten und Privilegien vergönnt sein würde, die sie jetzt genoß. Die Tochter eines Verräters würde weniger Rechte besitzen als eine Leibeigene.

Ihr Trotz schien töricht, dachte Ranulf. Wäre sie wirklich gewitzt gewesen, so hätte sie ihn, den Schwarzen

Drachen, in der Hoffnung seine Gunst zu gewinnen, als neuen Herrn auf Claredon begrüßt, und ihn beim König ein gutes Wort für sie einlegen lassen.

Doch nun war sie wie ihr Vater des Verrats schuldig. Ihr Besitz war verwirkt, und sie selbst konnte festgenommen werden.

Der Schwarze Drache von Vernay würde für rasche Gerechtigkeit sorgen. Ariane von Claredon war jetzt seine Feindin, und er hatte einen klaren Anspruch auf ihre Burg und ihre Ländereien.

Er plante jedoch nicht, Burg Claredon und Umgebung zu belagern und zu zerstören oder das Leben seiner Männer unnötig aufs Spiel zu setzen. Solange es einfachere Mittel gab ... Er würde die Burg nach seiner Fasson erobern. Claredon konnte sich so vieler Ritter rühmen, daß es kaum in die Knie zu zwingen war, aber Ranulf brauchte keine überwältigenden Truppenkontingente, da er die Umstände zu seinem Vorteil zu nutzen gedachte. In diesem Fall würde List ihm bessere Dienste leisten als rohe Gewalt.

Ranulf unterdrückte jede Regung zur Milde. Er zwang sich zum Handeln. Als Mönche verkleidet und von seinem Knappen gefolgt, stieg er über die Außentreppe des mächtigen Bergfrieds hinauf ins zweite Geschoß, zum Großen Saal, in dem es jetzt drunter und drüber ging, da dort Leibeigene und Bewaffnete unablässig hin und her rannten.

Ranulf lächelte grimmig, als er sich unter die Menge mischte.

Die Schlacht würde bald beginnen — und er würde siegen.

Kapitel 3

Die große Nachtkerze flackerte. Mit ihrem unruhigen Licht schien sie durch die Bettvorhänge hinausspähen zu wollen. Blasse Schatten tanzten über die blonde Haut im Bett. Ranulf hielt den Atem an, als er die Frau betrachtete, die so friedlich schlief. Sie war fast zu schön, um Wirklichkeit zu sein.

Ihr rotblondes Haar fiel schimmernd und prachtvoll über bloße Schultern, liebkoste die leichte Erhebung ihrer Brust, die sich unter einer Wolldecke abzeichnete. Ranulfs Nüstern sogen den Frauengeruch ihres schlafwarmen Körpers ein, einen verführerischen Duft, der seine urmännlichen Instinkte weckte und intensivste Begierde anfachte. Ein Muskel zuckte an Ranulfs Kiefer, so sehr mußte er sich bemühen, die Hand nicht nach ihr auszustrecken.

Er konnte eine Andeutung der Ader sehen, die an ihrem weißen Hals pulste, während er dastand und Arianes Schönheit bewunderte. Weiß und vollkommen. Zart wie eine Rose. Unschuldig und verletzlich wie ein Kind ... Nur daß sie keines war, sondern eine erwachsene Frau, die seine Leidenschaft stärker entflammte als jede andere vor ihr.

Er wollte sie berühren.

Ohne nachzudenken ließ er seinen Daumen über der weichen Haut ihrer Stirn schweben. Dann aber zog er sich abrupt zurück und verwünschte sich für seine Schwäche. Wenn sie die Augen aufschlug, würde die Verachtung in ihrem silbergrauen Blick ihn gnadenlos treffen.

Und doch konnte er der Versuchung nicht widerstehen. Seine Finger strichen, als hätten sie einen eigenen Willen, über Arianes Wangen, zeichneten die feinen Knochen und die leichte Höhlung darunter nach. Ihr Seufzen, als sie sich unter seinem Griff rührte, war nur ein Hauch von Geräusch, die Bitte einer Geliebten.

Ranulfs Körper erhärtete sich, während Bilder vor seinen Augen lohten ... Ariane erschauernd im Liebeskampf unter ihm ... Ariane willig und vollauf bereit, ihn in ihrem Bett, in ihrem Körper zu begrüßen ...

Ranulf verzog den Mund zu einem bitteren Lächeln. Sie würde sich nie danach sehnen, von ihm berührt zu werden. Sie bedauerte ihre Verlobung, bedauere es sogar, jemals seinen Namen gehört zu haben. Sie würde froh sein, wenn sie ledig war.

Er ist kein echter Ritter, sondern ein habgieriger Gemeiner, der nur so tut, als sei er ein Mann von Stand.

Es hätte Ranulf im Grunde erleichtern müssen, daß die Verlobung Ariane so zuwider war. Durch ihre Trotzreaktionen war er aller Verpflichtungen ihr gegenüber enthoben. Er hätte sein Wort durchaus gehalten, doch nun brauchte er nicht zu bereuen, daß er so spät gekommen war, beziehungsweise ihrer beider Verbindung verschmäht hatte. In Wirklichkeit war es ein Glück, daß Ranulf Arianes wahre Gefühle — die Verachtung, die sie für ihn hegte — gerade noch rechtzeitig entdeckt hatte, bevor er unauflöslich mit ihr verbunden war.

Und doch ... Ein dumpfer Schmerz, den er nicht erklären konnte, und andere, weniger präzise Empfindungen des Aufruhrs regten sich in seiner Brust.

Der wilde Zorn, mit dem er gegen sie angetobt hatte, hatte sich gelegt und eine vertraute Leere hinterlassen. Er hatte sich weniger gegen Ariane gerichtet, das erkannte Ranulf in einem dunklen Winkel seiner Seele, als gegen seinen verachteten Vater, der ihn zwang, um das zu kämpfen, was ihm von Rechts wegen gehörte.

Die Auseinandersetzung um Claredon würde der Schlacht um Vernay gleichen, doch diesmal war von Ranulfs Seite keine Rache im Spiel, sondern nur Verantwortung. Er bedauerte fast, daß er Ariane als Geisel nehmen mußte, aber ihm blieb keine andere Wahl. Heinrichs Befehle waren unmißverständlich. Ein Verräter verwirkte seine Ländereien automatisch, und rasche Vergeltung in Walter von Claredons Fall sollte auch eine Lehre für andere sein, die sich Heinrichs Herrschaft gern widersetzt hätten. Außerdem hatte Ariane mit dem, was sie tat, ihr Schicksal selbst besiegelt. Ihre Weigerung, Claredon kampflos an den Abgesandten des Königs zu übergeben, machte sie zur Hochverräterin. Ranulf konnte vielleicht verstehen, daß sie die Burg verteidigen und ihrem Vater gegenüber loyal bleiben wollte, aber er durfte es ebensowenig dulden wie ihren fortgesetzten Trotz.

Ich wünschte, daß ich seinen Namen nie gehört hätte.

»Aber Ihr habt meinen Namen gehört, Demoiselle«, murmelte Ranulf.

Mit einem gedämpften Seufzer setzte er sich auf das Bett neben seiner schlafenden Verlobten. Behutsam hob er die rotblonden Ringellocken von ihrem Ohr und faßte, um sie still zu wecken, nach der feingezeichneten Linie ihres Kiefers. Ihr Traum schien so wahr! Der sanfte Druck auf ihrer Haut ... die verführerische Wärme an ihrer Wange ... die Lust eines zärtlichen Rhythmus ...

War das die streichelnde Hand eines Geliebten?

Bist du endlich gekommen, um mich zu holen?

Schlaftrunken, selbstvergessen wölbte sich Ariane gegen die unvertraute Hitze. Sie suchte namenlose Erfüllung. Ihr Körper schien zu brennen vor Sehnsucht. Ihre Augenlider fühlten sich so schwer an ... und doch, sie sah ihn beinahe ... ihren Traumgeliebten ... groß und kräftig, wie ein Gott im Aussehen, im Auftreten. Seine Leidenschaft war genauso, wie es sich Ariane immer vorgestellt hatte — wild, zart, überwältigend. Blindlings versuchte sie nach ihm zu greifen, aber ihre Arme blieben neben ihr liegen, als seien sie dort festgenagelt.

Sie spürte beinahe sein Gewicht neben sich. Er hatte die Stimme zum Gemurmel gedämpft, während seine starke, liebkosende Hand langsam über Arianes Kiefer strich, um ihre Lippen zu berühren ... Der sanfte Druck wurde hartnäckiger. Verwirrt schlug Ariane die Augen auf — und blinzelte in eine Kerzenflamme. Es war noch dunkel, aber die Damastvorhänge ihres Bettes waren aufgezogen, damit das Licht der großen Kerze, das die ganze Nacht lang brannte, hereinleuchtete. Über Ariane ragte eine dunkle Gestalt auf, ein verschattetes Gesicht, indes sich Fingerspitzen warm gegen ihre Lippen drückten.

»Schreit nicht, Demoiselle. Habt Ihr verstanden?«

Arianes Schlaftrunkenheit floh mit dem Bewußtsein der Gefahr. Ihre Augen weiteten sich, als sie den Eindringling anstarrte. Kein Traumgeliebter. Auch keine von ihren Kammerzofen, die gekommen war, um sie zu wecken. Dies war ein Mann aus Fleisch und Blut, dessen breite Schultern und kräftige Statur einen seltsam vertrauten Eindruck machten.

»Habt Ihr verstanden?« wiederholte er eindringlicher, während er liebkosend über Arianes Unterlippe fuhr.

Die tiefe, rauhe Stimme wirkte ebenfalls vertraut. Ariane fragte sich, wo sie in letzter Zeit solche Töne gehört hatte. Eine dunkle Gestalt mit Mönchskutte, wenn auch ohne Tonsur, kam ihr in den Sinn. Sein Haar war nachtschwarz und offenbar ein wenig gekräuselt, aber Ariane konnte seine Züge, die im Schatten lagen, nicht erkennen. Sein Geruch hatte etwas Betörendes — Pferde und Leder und entschieden Männlichkeit, überlagert von einem Hauch von Würze.

Sie beantwortete seine Frage nicht, wagte es aber, ihre Augen niederzuschlagen, um mehr von ihm zu erkennen. Er trug jetzt nicht mehr die Mönchskutte mit Kapuze, sondern ein dunkelfarbiges Gewand aus feiner, bestickter Wolle, und einen juwelenbesetzten Dolch an der Hüfte. Sein Leibesumfang war mächtig geschrumpft, aber er hatte dieselben breiten Schultern wie vor einigen Stunden.

»Bruder?« flüsterte Ariane mit vor Unsicherheit brüchiger Stimme.

»Ich bin kein Mönch, edles Fräulein, sondern der Schwarze Drache, Euch gern zu Diensten ...«

»Nein ...« Arianes Herz, das bereits unregelmäßig klopfte, machte plötzlich einen Sprung vor Entsetzen. Sie lag nackt unter dem Laken, verletzlich und unbewaffnet, während ihr rachsüchtiger Verlobter dreist neben ihr saß.

Sich kaum ihres Tuns bewußt, versuchte Ariane, zur anderen Seite des Betts zu gelangen, ihm zu entfliehen, fand sich aber gehemmt durch die Decke und Ranulfs blitzschneller Reaktion: Er packte Arianes bloße Schulter und hielt sie fest. Als sie schrie, um ihre Kammerzofen zu alarmieren, drückte er sie in die Kissen zurück und verschloß ihr den Mund mit seiner schwieligen Hand.

»Seid nicht töricht«, befahl er leise. »Ich werde Euch kein Leid zufügen. Es sei denn, Ihr trotzt mir. Habt Ihr verstanden?«

Ariane nickte, und er nahm die Hand von ihrem Mund. Nach Atem ringend bemühte sie sich, ihre Panik niederzukämpfen.

Ranulf betrachtete sie fragend, aber auch mißtrauisch. »Werdet Ihr Euch mir fügen, Demoiselle?«

»Habe ich denn eine andere Wahl?«

Ranulfs harte Züge wurden ein wenig sanfter im trüben Licht. Er lächelte. »Nein.«

Der Hochmut, mit dem er seine Überlegenheit ausspielte, war ebenso demütigend wie realistisch. Er konnte sie ohne weiteres überwältigen, das wußte Ariane genau — ein Drache, der ein Kätzchen erschlägt. Wenn sie kämpfte, würde sie es nur bereuen. Und doch, sie konnte nicht einfach artig kapitulieren ...

Ariane merkte, daß sie den rechten Arm jetzt frei hatte. Sie dachte nicht nach, tastete blindlings nach dem Dolch an Ranulfs Hüfte und bekam ihn erstaunlicherweise zu fassen. Ihre Finger schlossen sich um den Griff, und sie riß den Arm zurück und wollte zustechen.

Polierter Stahl blinkte, nur Zentimeter von Ranulfs Gesicht, im matten Kerzenschein, doch er war ein kampferprobter Ritter mit messerscharfen Instinkten. Er streckte seine Hand aus, um Arianes Gelenk zu packen und ihren Dolchstoß abzuwehren. Er verstärkte den Griff mit einer Kraft, die Ariane aufschreien ließ, entwand ihr die tödliche Waffe und warf sie übers Bett.

Leise fluchend stieß Ranulf dann Arianes Hände über deren Kopf, drückte sie nieder mit seinem Körper, verurteilte sie zur Hilflosigkeit. Sie war entsetzt. Lautstark stieß sie den Atem aus.

Arianes Herz raste, eher zornig als furchtsam, aber sie konnte sich nicht wehren, konnte keinen Muskel bewegen. Ranulfs wütendes Gesicht war jetzt so nahe, daß sie seinen Atem auf ihren Lippen spürte, die Spannung in seinen zusammengebissenen Kiefern fühlte. Dann begegnete ihr sein glühender Blick. Sie starrten einander an, und plötzlich waren seltsame Schwingungen zwischen ihnen. Für ein Dutzend Herzschläge schien die Zeit stillzustehen ... ein langes, sinnlich aufgeladenes Intervall, zitternd, bebend. Ein Moment voller Spannung, voller Gefahr ... und mit noch mehr.

Ariane ertrank fast in den Fluten von Ranulfs Augen. Sie waren Feinde, kein Liebespaar! Er würde sie nicht küssen ... oder?

Er hatte den Blick gesenkt, betrachtete ihre Lippen und zögerte, als dächte er nach. Dann senkte er den Blick tiefer, seine Augen wurden schmäler, und er musterte lange ihren Hals, ihre Brust ... Sie erstarrte. Ihr Atem stockte, als sich sein Gesichtsausdruck merklich änderte.

Bisher hatte Ariane noch nie die Sitte, nackt zu schlafen, in Frage gestellt — Adlige und Leibeigene taten es gleichermaßen — , doch nun wünschte sie sich sehnlich, sie hätte wenigstens ein Unterkleid, um ihre Blöße zu bedecken. Ranulf starrte auf ihre rechte Brust, die sich unter der Wolldecke zeigte, die rosige Spitze nackt im Kerzenschein. Überlegungen nach Männerart zeichneten sich in seinen bernsteingelben Augen ab, ein Aufblinken von Bewunderung, das Ariane oft bei den Leuten ihres Vaters gesehen hatte, wenn es sie nach einer Frau gelüstete.

Ebenso nervös wie vergebens versuchte sie, ihren Körper unter der Decke zu verstecken, ihre Nacktheit zu verbergen. Doch Ranulf hinderte sie daran. Er hielt ihren Körper nieder, unterdrückte jede Bewegung.

Als er die Augen wieder aufhob und ihrem Blick begegnete, war sein Mund leicht gekräuselt. »Ich muß zugeben, das ist eine Premiere, Demoiselle. Noch nie hatte ich eine Dame im Bett, die mich erstechen wollte ... oder es fertigbrachte, mir meinen Dolch zu entreißen. Gewöhnlich sind die Frauen nur an der Lust interessiert, die ich ihnen schenke.«

Arianes Herz schlug schneller beim verheißungsvollen Ton der Verführung in Ranulfs Stimme, und sie zitterte haltlos. Wenn er sie haben, wenn er gewalttätig werden wollte, konnte sie es ihm nicht verbieten.

Sie wagte kaum zu atmen. Sie starrte in sein überschattetes Gesicht, erforschte seine harten Züge. Sein rabenschwarzes Haar, üppig und schimmernd, fiel so, daß es seine hohen Backenknochen und die Kaumuskeln an seinen eckigen Kiefern streifte.

»Werdet Ihr Euch mir fügen?« wiederholte er, eine neue Rauheit in der Stimme.

»Ja.« Arianes Flüstern war in der angespannten Stille kaum zu verstehen.

Zu ihrer Überraschung und Erleichterung löste er seinen Griff und setzte sich auf.

»Warum seid Ihr gekommen?« fragte sie bebend und griff nach der Bettdecke, um ihren Körper seinem Blick zu entziehen. »Was ... was wollt Ihr von mir?«

Der hitzige Schimmer in Ranulfs Augen wurde dunkler, während sich seine Lippen erneut zu einem spöttischen Lächeln kräuselten. »Euren Grundbesitz, Demoiselle, weiter nichts. Ich bin gekommen, um Anspruch auf die Ländereien Eures Vaters zu erheben, die jetzt mir gehören.«

»Euch?«

»Ganz recht. Durch Heinrichs Erlaß.«

»Durch Diebstahl, meint Ihr!« Ariane hätte in ihrer Hilflosigkeit am liebsten um sich geschlagen. »Durch Tücke. Ihr habt Euch wie ein Dieb auf Claredon eingeschlichen, als Diener des Herrn verkleidet. Das ist Gotteslästerung!«

Ihre flammende Anklage wurde mit einem kühlen Lächeln erwidert. »Mag sein. Aber ich nehme nicht mit Gewalt, was ich mit List an mich bringen kann.«

»Oder durch Verrat.«

»Hättet Ihr Euch meinem Vasallen FitzOsbern ergeben, so hätte ich zu keiner solchen List greifen müssen.«

»Ihr seid widerlich.«

Ranulfs dunkles Gesicht wurde im Kerzenschein plötzlich hart, und Ariane besann sich darauf, wie unsicher ihre Position war.

»Ihr wagt es, mich des Verrats und verächtlicher Handlungen zu bezichtigen, Demoiselle, und sucht mir gleichzeitig vorzuenthalten, was mir von Rechts wegen gehört?«

Verzweifelt dachte Ariane an ihrer beider Gespräch auf der Burgmauer zurück. Was genau hatte sie zu Ranulf gesagt? »Mein Vater hat mich in seiner Abwesenheit mit Claredon betraut —«

»Das behauptet Ihr, ja. Aber gut gediehen ist es Euch nicht, oder? Ihr seid jetzt meine Gefangene.«

Wut und Niedergeschlagenheit kämpften in Ariane miteinander. »Was habt Ihr vor?«

»Zunächst soll sich die Garnison der Burg ergeben. Ich glaube kaum, daß Eure Männer Euch in Lebensgefahr bringen wollen. Wenn sie merken, daß ich ihre Herrin in meiner Gewalt habe, dann werden sie schnell die Waffen niederlegen.«

»Seid Ihr so feige, daß Ihr gegen Frauen kämpfen würdet?«

»Hütet Eure Zunge, Demoiselle.« Die harte Stimme war bedrohlich leise geworden. »Ihr seid des Hochverrats schuldig. Ich könnte Euch hängen lassen, und niemand würde mir widersprechen.«

Als sie schwieg, streckte Ranulf erneut die Hand nach Ariane aus. Seine Finger schlossen sich behutsam über ihrer Kehle, zwangen ihr Kinn empor. Diese langen, von der Schlacht schundigen Finger hatten eine Kraft, die ihr das Leben abdrücken konnte, erkannte Ariane in hellem Entsetzen. Sie spürte den wilden Schlag ihres Herzens, während Ranulf ihr in die Augen sah. »Trotzt mir nicht, edles Fräulein. Ihr werdet nicht gewinnen. Ich werde Euch zerquetschen wie eine Fliege.«

Ariane biß sich so heftig auf die Unterlippe, daß es weh tat. Sie wußte, solche Worte waren keine leere Drohung. Im sehnigen, muskelstarken Körper des Schwarzen Drachens wohnte die Kraft zweier Männer.

Er lockerte den Griff um Arianes Hals, lehnte sich zurück und stützte sein Gewicht mit einer Hand ab. »Zieht Euch an.«

»Warum?« fragte sie mit bebender Stimme.

»Weil ich es befehle. Ihr wollt Eurem Haushalt doch gewiß nicht nackt vorgeführt und von allen angegafft werden.« Ranulf zog eine dunkle Augenbraue hoch. »Zwar gebührt einer Verräterin eine solche Behandlung, aber ich werde Euch die Schande ersparen, wenn Ihr Eure Niederlage mit der passenden Ergebenheit hinnehmt.«

Ergebenheit! Ariane konnte sich kaum einer Antwort darauf enthalten.

»Was zögert Ihr? Ich habe Euch etwas befohlen.« Und ich erwarte Gehorsam, besagte sein Ton klar und unmißverständlich.

Ariane wollte die Wolldecke an sich nehmen, um ihre Nacktheit zu verbergen, aber Ranulfs Finger legten sich über ihre. Er ertrug ihren wütenden Blick und entriß ihr die Decke. »Es besteht kein Grund zu solcher Züchtigkeit zwischen uns.«

Arianes Augen weiteten sich. »Ihr — Ihr werdet mir zuschauen?« fragte sie ungläubig.

»Ja, ich muß. Ich darf Euch nicht aus den Augen lassen.« Das penetrante Grinsen zeigte sich wieder. »Nicht daß ich solche Pflicht für eine Härte hielte. Ich habe es immer sehr erfreulich gefunden, zu beobachten, wie eine wohlgebaute Frau ihr Bett verläßt, erhitzt vom Schlaf — oder von gewissen Tätigkeiten.«

Da Ariane sich nicht rührte, fügte er honigsüß hinzu: »Muß ich Euch selbst ankleiden, Demoiselle? Ich kann Euch versichern: Meine Dienste werden Euch nicht behagen.«

Mit zusammengebissenen Zähnen zwang sich Ariane, die anderen Decken und Laken abzustreifen, ein schwieriges Unterfangen, schließlich saß Ranulf auf einem großen Teil davon —, und schlüpfte durch die Bettvorhänge auf der anderen Seite. Doch ihre Hoffnung auf Ungestörtheit währte nicht lange. Aufreizend faul beugte Ranulf sich vor und zog die Bettvorhänge auf, wodurch er einen guten Blick hatte.

Zitternd vor Wut und Angst kehrte Ariane ihm den Rücken, während er auf dem Bett herumlungerte. Noch nie war sie so dankbar für ihr hüftlanges Haar gewesen, das ihre Blöße zum großen Teil bedeckte. Aber trotzdem spürte sie Ranulfs Augen auf sich, als sie ihre Hand nach den Kleidern ausstreckte, die ihre Kammerzofe auf eine Truhe neben dem Bett gelegt hatte.

Bevor sie selbst einen Blick riskierte, streifte sie schnell ihr Unterkleid über. Der Rüpel grinste. Ein arrogant-anerkennendes Schmunzeln, bei dem Ariane das Blut kochte. Bei der Heiligen Jungfrau, wie gern hätte sie ihm eine Ohrfeige gegeben!

»Eure Rundungen sind stärker geworden, seitdem ich Euch das letzte Mal gesehen habe«, murmelte er unverschämt. »Die Wirkung ist sehr ansprechend. Sehr erregend für einen Mann.«

Ariane bis sich derart auf die Zähne, daß ihr die Muskeln weh taten.

Sein Spott war nicht nur aufreizend wegen seiner Dreistigkeit, sondern er erinnerte Ariane auch an den wilden Groll, den sie gegen den Herrn von Vernay hegte, weil er sie jahrelang vernachlässigt hatte. Doch sie wagte es nicht, etwas auf seine Worte zu erwidern. Wenn sie so scharf geantwortet hätte, wie sie es eigentlich wünschte, hätte sie ihr Leben aufs Spiel gesetzt.

Verzweifelt um Disziplin bemüht, streckte sie die Hand nach ihrem wollenen Oberkleid aus, ohne sich die Mühe zu machen, vorher ein Unterkleid anzulegen. Sie zog das Gewand mit einem Ruck an, glättete den Schoß und kämpfte darum, die Ärmel unter ihren Achseln festzubinden. Dann stieg sie ohne Strümpfe in ihre Hose und wandte sich schließlich trotzig Ranulf zu.

Ihre Stimme zitterte ein wenig. »Was jetzt?«

»Ihr werdet mir als Geisel dienen« antwortete Ranulf, während er den Dolch wieder an sich nahm. Mit bemerkenswerter Anmut für einen so großen Mann erhob er sich aus dem Bett. »Als Sicherheitsleistung für die gute Führung der Ritter Eures Vaters.«

Zu Arianes kompletter Überraschung holte er ihren Umhang von dem Haken an der Wand und legte ihn ihr um ihre Schultern. »Wollen wir gehen, edles Fräulein?«

»Warum fragt Ihr mich das?« erwiderte Ariane. »Ihr habt mir bereits gesagt, daß mir keine Wahl bleibt. Daß ich Eure Gefangene bin.«

»Ja, das seid Ihr. Ein Jammer.«

Einen Moment stand er da und schaute auf sie nieder, einen versonnenen Ausdruck im Gesicht. Dann hob er seine Hand, um ihre Wange mit leichtem Druck zu liebkosen — fast so, als wollte er sie beruhigen. Er murmelte mit freundlichem Ton: »Wenn Ihr Zeit zum nachdenken hattet, werdet Ihr auch feststellen, daß dies der bessere Kurs ist.«

Die sanfte, verführerische Stimme — seine Mönchsstimme — erinnerte sie an Ranulfs Verrat, rief ihr all die Jahre des Elends und der Ungewißheit zurück, die sie seinetwegen durchlitten hatte. Deshalb mußte sie jetzt auch seiner trügerischen Freundlichkeit widerstehen.

»Besser für wen?« entgegnete Ariane bitter.

»Für Euch . . . für Eure Leute. Für meine Männer. So wird es weniger Blutvergießen geben. Und ich kann meinem König besser dienen, wenn ich nicht bei unnötigen Kämpfen gute Männer verliere.«

»Und was ist mit den Männern meines Vater? Welches Schicksal erwartet sie?«

»Darüber werden wir später sprechen, wenn ich die Burg befehlige. Wo schläft der Kommandant Eurer Garnison? Der Ritter, der den Namen Simon trägt?«

»Ihr werdet ihm nichts tun?«

»Nein, es sei denn, er leistet Widerstand. Mit ihm muß ich mich logischerweise befassen, wenn die Burg kapitulieren soll. Geht er voran, so werden die anderen folgen. Führt mich zu ihm, Demoiselle — und ich will kein Laut von Euch hören. Das Haus soll nicht geweckt werden.«

Mit der einen Hand faßte Ranulf nach Arianes Oberarm, mit der anderen hielt er seinen juwelenbesetzten Dolch in Bereitschaft, und so führte er die Burgherrin zu der großen Eichentür und öffnete sie langsam. Als sie an dem Schlafsaal vorbeikamen, in dem ihre Damen auf Pritschen oder in mit Vorhängen abgeteilten Wandnischen schlummerten, verzog Ariane voll Abscheu das Gesicht. Nicht eine von ihnen hatte sich gerührt, als sich Ranulf ins Gemach ihrer Herrin stahl, um sie gefangenzunehmen.

Ihre Räumlichkeiten befanden sich im vierten Geschoß des massigen Turms. Unmittelbar darunter lagen das Turmzimmer des Burgherrn und die geräumige Kammer für die Damen der Burg, zum spinnen und weben und nähen. Der erste und der zweite Stock wurden fast ganz vom großen Saal ausgefüllt, dem Zentrum der Aktivitäten einer jeden Burg, während im Erdgeschoß, unzugänglich vom Burghof aus, Küche und Lagerräume untergebracht waren.

Fackeln in Wandhalterungen leuchteten den Weg die Wendeltreppe des Turms hinunter. Keine Wachen kamen, um sie zu retten, was Ariane mit zunehmendem Ärger erfüllte, bis sie sich darauf besann, daß die Männer, die nicht schliefen, Claredons Mauern für den Fall einer Belagerung durch den Schwarzen Drachen abschirmten.

In müder Ungläubigkeit schüttelte sie den Kopf. Ranulfs Plan war wirklich schlau. Er hatte alle Schwächen von Claredon genutzt, schamlos seinen Vorteil aus Arianes Verwundbarkeit geschlagen. Sie war wie betäubt von der plötzlichen Wende der Ereignisse, entsetzt über die Leichtigkeit von Ranulfs Sieg. Ihr Vater hatte sie gebeten, die Burg zu halten, bis er zurückkam, doch sie hatte ihn bitter enttäuscht und Claredon binnen weniger Stunden verspielt.

Ariane stellte enttäuscht fest, daß im großen Saal alles ruhig war. Nach dem aufregenden Tag lagen die Mitglieder des Haushalts und Bedienstete auf Pritschen an der Wand. Als sich ein Schatten aus einer Wölbung löste, versagte ihr fast der Atem.

Ariane erkannte, daß es nur ein Junge war, aber er hielt ein schimmerndes Schwert in der Hand.

»Herr«, flüsterte der Junge verschwörerisch. »Ich habe ein Schwert besorgt, wie Ihr es mich geheißen habt.«

Ranulf schob den Dolch in das Gehenk an seiner Hüfte, nahm das Schwert entgegen und prüfte dessen Gewicht. »Hervorragend, Burc. Du darfst mich jetzt begleiten. Ich brauche dich.«

»Ja, Herr.« Beflissenheit war aus dem Ton des jungen Mannes herauszuhören.

»Wo schläft der Ritter Simon?« erkundigte sich Ranulf bei Ariane.

»Das weiß ich nicht genau«, antwortete sie ausweichend.

Grob verstärkte Ranulf seinen Griff und riß an Arianes Arm. »Ich warne Euch nur noch einmal, Demoiselle. Belügt mich nicht.« Sein Gesichtsausdruck war hart und rachsüchtig geworden, in seinen Augen etwas Kaltes und Gnadenloses getreten.

Obwohl sie innerlich zitterte, hob Ariane stolz das Kinn. Sie wich Ranulfs Blick nicht aus. »Sucht, so werdet Ihr finden. Ich helfe Euch nicht.«

Ranulf starrte Ariane mit aufkommendem Zorn und widerwilligem Respekt an. Er mußte ihren Mut bewundern. Sie hatte sich nicht gefürchtet, als er sie in ihrem Bett überrascht hatte — viele andere Frauen wären halbverrückt vor Angst gewesen. Und sie hatte sich nicht aufs Flehen verlegt oder versucht, ihn mit strategisch eingesetzten Tränen zu beeinflussen.

»Herr«, sagte Burc beklommen, »dieser Simon hat den großen Saal nicht betreten. Aber unten im Hof, neben den Quartieren für die Bewaffneten, ist das Arsenal. Vielleicht schläft er dort bei seinen Leuten.«

Ranulf biß die Zähne zusammen und nickte knapp. Er ließ Arianes Trotz von sich abprallen und befahl Burc, eine Fackel zu holen.

Ariane atmete erleichtert aus. Als Ranulf sie zum Haupteingang führte, wollte sie zurückbleiben, aber er packte ihren Arm fester und zwang sie, sich seinen langen Schritten anzupassen.

Der Nachtwind wehte beiden kühl ins Gesicht, als sie über die Außentreppe des Turms in den Hof stiegen, doch was Ariane so heillos zittern ließ, war Furcht. Nur zu bald hatten sie den Innenhof durchquert und gelangten zu einer Reihe von hölzernen Gebäuden, den Stallungen und Unterkünften für die Garnison.

Ariane näherte sich den Quartieren der Bewaffneten mit zunehmender Bangigkeit, betete darum, Simon möge gerade die Runde auf den Umwallungen machen. Als Ranulf mit dem Griff seines Schwerts an die Holztür schlug, atmete sie tief ein. Die Tür schwang auf, und Ariane stieß einen durchdringenden Warnschrei aus.

»Flieht, Simon! Das ist eine Falle!«

Ariane hörte Ranulfs Flüche, die sofort ein Echo im Rasseln von Rüstungen und dem Lauf gestiefelter Füße fanden. Die kleine Gruppe war plötzlich von waffenstarrenden Männern umgeben, einer zwanzigfachen Übermacht.

Bogenschützen zielten auf Ranulfs Rücken, doch Ranulf hielt Ariane die Klinge seines Schwerts an die Kehle.

»Ihr werdet die Waffen strecken, wenn Euch an eurer Herrin gelegen ist, Leute«, sagte er gebieterisch.

Der wichtigste Vasall von Arianes Vater, ohne Helm, aber im Kettenpanzer, trat langsam durch die Tür, das Schwert zur Seite.

Sein Blick wanderte von Ariane zu Ranulf. Schließlich begriff Simon, welch mörderische Absichten der Häscher hatte, und fragte: »Wie lauten Eure Bedingungen?«

»Ich werde die junge Dame am Leben lassen, wenn Ihr mir kampflos die Burg übergebt.«

»Vor unseren Toren lagert ein ganzes Heer. Warum sollte ich da Euch die Burg übergeben?«

»Weil es mein Heer ist. Ich bin der Herr von Vernay.«

Ein Raunen durchlief die Menge, dazwischen, geflüstert, die entsetzten Worte: »Der Schwarze Drache.«

Simon starrte ihn an und begriff allmählich. »Der Mönch.«

»Eine kluge Schlußfolgerung. Nur schade für Claredon, daß sie zu spät kommt.«

Ariane biß angesichts der boshaften Erheiterung in Ranulfs Stimme die Zähne zusammen. Sie wußte, in ihren eigenen Zügen spiegelte sich Simons Ausdruck frustrierter Hilflosigkeit wider. Und sie sah, daß er schwankte.

»Ihr werdet Euren Rittern die Kapitulation befehlen«, forderte Ranulf mit großem Nachdruck.

»Und dafür sind sie ihres Lebens sicher?« fragte Simon.

»Ich werde ihnen ehrenhafte Bedingungen gewähren. Wer sich fügt, darf sich seine Freiheit erkaufen. Wer sich weigert ...« Ranulf sprach die Drohung nicht zu Ende.

»Und meine Herrin?« drängte der Ritter. »Was wird aus ihr?«

»Wenn sie sich mir unterwirft und mich als Gebieter anerkennt, wird ihr kein Leid geschehen.«

Ariane biß sich auf die Unterlippe. Sie konnte sich doch nicht einfach so aus der Treue stehlen, wie Ranulf es forderte!

»Hört nicht auf ihn, Simon«, sagte sie verzweifelt. »Es sind nur zwei. Die können wir überwältigen.«

Der Ritter schüttelte den Kopf. »Verzeiht mir, edles Fräulein. Ich könnte nicht in Frieden mit mir leben, wenn ich dulden würde, daß Euch Leid geschieht.«

Er hatte es noch nicht ausgesprochen, da stieß Ranulfs Knappe einen Warnruf aus: »Hinter Euch, Herr!«

Mit blitzschnellem Instinkt wandte Ranulf sich um, nahm das Schwert von Arianes Kehle und drehte die Klinge so, daß der Hieb abgelenkt wurde, der gegen seinen Kopf gezielt war. Stahl klirrte, und Ranulf konnte den Angreifer — einen gepanzerten Ritter, der sich hinter ihm angeschlichen hatte — an erneuten Hieben hindern.

Ranulf wirbelte ganz herum, wollte seinen Widersacher frontal angehen, hatte das Gewicht auf die Fersen verlagert. Sich allein gegen einen Überraschungsangriff zu verteidigen wäre einfacher gewesen, als gleichzeitig Ariane im Griff zu behalten und sie vor Gefahr zu schützen.

Doch seine Geschicklichkeit leistete ihm gute Dienste. Ein rechtzeitiger Stoß, eine weitausholende Parade, und er blieb in der Offensive. Noch ein Hieb, und er durchschlug den Kettenpanzer am Ellenbogen des Ritters. Mit einem Schmerzensschrei ließ der Mann sein Schwert fallen und faße nach seinem blutenden Arm.

Ohne Anstrengung, zumindest schien es so, nahm Ranulf die Herrin von Claredon wieder in seinen tödlichen Griff und warf ihrem Vasallen einen wilden Blick zu. »Kapituliert Ihr nun? Ich frage zum letzten Mal.«

Mit einem traurigen Blick zu Ariane nickte Simon. Als er seinen Männern befahl, die Waffen zu strecken, ließ Ariane gequält den Kopf hängen, so schmachvoll fand sie die Niederlage.

Mit ungläubigem Entsetzen hörte sie Ranulfs Anweisungen, wie mit dem Rest der Garnison zu verfahren sei. Es dauerte nicht lange, da hatte sein Knappe Burc alle Männer von Claredon, die in Sicht waren, zusammengetrieben, in einen leeren Lagerraum gedrängt und die Tür verriegelt, damit sie nicht fliehen konnten.

»Jetzt die Zugbrücke«, sagte Ranulf zu Simon. »Ihr werdet befehlen, daß sie für mein Heer hinuntergelassen wird.«

Ohne Widerrede schritt Simon bei Fackelschein durch den inneren Burghof, gefolgt von Ariane und Ranulf. Der Knappe Burc bildete die Nachhut. Der Wächter am Tor sperrte sich zunächst, aber nach einem Wort von Simon über die Gefahr, die dem Leben ihrer Herrin drohe, gab er nach.

Die Gruppe ging langsam über die Brücke und durch den überfüllten äußeren Burghof. Leibeigene und Tiere huschten aus dem Weg. Die Luft war mit Entsetzen aufgeladen. Gerüchte darüber, was bevorstand, hatten sich wie ein Lauffeuer in der Burg verbreitet.

Ariane stolperte im Dunklen, aber Ranulf schloß den Arm um ihre Taille und fing sie auf. Hilflos beobachtete sie, wie Simon die Wächter von der Burgmauer holte, die Zugbrücke öffnen ließ und sich jeden Protest verbat. Arianes letzte Hoffnung schwand, als Simon und sie auf

Ranulfs Befehl dem neuen Burgherrn die Treppe zum Wehrgang über dem großen Tor nachstiegen. In der Ferne sah sie die flackernden Lichter der Lagerfeuer des fremden Heers.

Die Ketten knirschten laut — offenbar ein Signal für Ranulfs Männer, denn sofort erschienen seine Ritter und Bewaffneten wie ein einziger dunkler Schatten am Horizont. Als sich die tänzelnden Pferde näherten, sah Ariane das rote Banner des Herrn von Vernay im Fackelschein wie eine Spottgebärde. In ihrer Fantasie erkannte sie sogar das kühne Bild darauf, den schwarzen Leib eines sich aufbäumenden Drachens.

Der Trupp hielt an. Ranulf begrüßte seinen obersten Vasallen, und wurde seinerseits von rauhem Triumphgelächter begrüßt.

»Es ist dir gelungen!« rief Payn FitzOsbern.

»Hast du daran gezweifelt?«

»Nein, my Lord. Dafür kenne ich dich zu gut.«

Ranulf, der immer noch Ariane umfaßt hielt, deutete mit seinem Schwert auf das Tor unten. »Ihr dürft meinen neuen Besitz betreten. Und sputet euch. Wir haben noch viel zu tun, bevor wir sagen können, der Sieg sei unser.«

Hufschlag hallte dumpf über die hölzerne Zugbrücke, gefolgt von Marschtritten, während das Heer die Burg belegte. Als der letzte Mann drinnen war, spürte Ranulf, wie die Anspannung der Frau in seinen Armen wich. Sie neigte den Kopf, und alles Leben schien aus ihr zu schwinden.

Erst jetzt gab Ranulf seine Geisel frei, die Herrin von Claredon hatte ihren Zweck erfüllt. Er merkte, daß ihr Tränen übers Gesicht liefen, aber er ignorierte dies ebenso wie seinen eigenen rätselhaften Drang, das Mädchen zu trösten. Er würde sich durch Weibertränen nicht umstimmen lassen.

»Was habt Ihr jetzt vor?« fragte sie leise.

»Erst einmal die Burg sichern.«

»Und dann? Werdet Ihr Euer Wort halten und unseren Bewaffneten das Leben schenken?«

Ranulf schaute Simon an, der mit grimmiger Miene dastand. »Was ich verspreche, das halte ich auch. Und Ihr? Werdet Ihr mir Gehorsam schwören, Demoiselle?«

Ariane schwieg. Dergleichen hatte sie Ranulf nie versprochen – sie würde es auch nicht tun. Doch dies schien nicht der klügste Moment, es ihm zu sagen. Der Herr von Vernay betrachtete sie durchdringend. Seine bernsteingelben Augen waren hart und kompromißlos.

»Hier bin ich jetzt der Herr«, sagte er scheinbar sanft zu Ariane.

»Claredon gehört mir. Und jetzt kommt«, fügte er hinzu, als habe er das Gespräch satt. »Meine Leute sind müde. Sie mußten heute über zwanzig Meilen marschieren und haben sich ihre Ruhe verdient.«

Mit vorgehaltener Klinge schickte er Ariane und Simon die Treppe zum Burghof hinunter und befahl einem Mann, sie zu bewachen. Seine Ritter übernahmen bereits die Kontrolle über den Bergfried, aber Ranulf rief Payn FitzOsbern zu einer Besprechung. Die ganze Garnison sollte gefangen genommen, und alle wehrfähigen und arbeitstüchtigen Leibeigenen den Rest der Nacht zusammengetrieben und unter strenge Bewachung gestellt werden.

»Nur pfleglich mußt du mit ihnen umgehen«, sagte Ranulf so laut, daß Ariane es hören konnte. »Ich möchte keine Probleme haben.«

Ranulfs Fürsorge war keine Erleichterung für Ariane. Sie hatte so bedrückende Schuldgefühle, daß sie an kaum etwas anderes denken konnte.

Was hätte sie nicht darum gegeben, die letzten Stunden ausstreichen zu können! Wenn es nur eine Möglichkeit gegeben hätte, den von ihr angerichteten Schaden wiedergutzumachen, einen Weg, ihrem tückischen Verlobten zu trotzen –

Und wenn es ihn gäbe?

Ariane konnte nichts mehr an Claredons Kapitulation beschönigen, aber vielleicht gelang es ihr, Widerstand zu leisten, statt die Niederlage einfach hinzunehmen. Noch gab es eine Chance, die Ehre ihres Hauses zu retten ...

Langsam hob sie den Kopf. Ein Mann war zu ihrer Bewachung abkommandiert worden, aber der widmete den Tätigkeiten auf dem Burghof mehr Aufmerksamkeit als seiner Gefangenen.

Ariane behielt ihren Wächter und seinen Herrn im Auge und schob sich unterdessen näher an Simon heran. Sie neigte den Kopf, als weinte sie, tat so, als suchte sie Trost bei ihm, und flüsterte: »Simon?«

»Ja, my Lady?« flüsterte er zurück.

»Ihr müßt fliehen ... nach Norden reiten und meinen Vater alarmieren, Hilfe bei ihm suchen ...«

Simons Antwort klang bekümmert. »Nein, ich kann Euch hier nicht im Stich lassen ... dem Zugriffs des Herrn von Vernay preisgegeben ...«

»Ihr müßt — und zwar schnell. Wir haben nicht viel Zeit. Ihr habt den Herrn Ranulf gehört. Wir werden seine Gefangenen sein. Schwerbewacht. Wir haben nur noch jetzt eine Chance. Geht und sagt meinem Vater, was geschehen ist. Vielleicht kann er eine Streitmacht aufbieten und zurückkehren, um uns zu retten.«

»Aber my Lady —«

»Bitte, Simon! Ihr habt die Wahl unter fünfzig gesattelten Pferden. Ihr könnt Euch binnen weniger Augenblicke eines nehmen und über der Zugbrücke sein, bevor Ranulfs Leute überhaupt Gelegenheit hatte zu reagieren.«

Als Simon immer noch zögerte, hob Ariane den Kopf und schaute ihren obersten Ritter flehentlich an. »Bitte, Simon«, sagte sie. »Ich flehe Euch an. Es ist unsere einzige Chance.«

»Nun denn, my Lady ... aber ich möchte Euch nicht verlassen —«

»Geht jetzt!« wiederholte Ariane ungeduldig. »Ich werde tun, was ich kann, um für Ablenkung zu sorgen.«

Simon verschwendete zögernd weitere kostbare Zeit, während Ariane den Atem anhielt, aber schließlich bewegte er sich langsam in Richtung Burgtor.

Ariane folgte ihm mit klopfendem Herzen und löste zugleich die edelsteingeschückte Brosche, die gewöhnlich ihren Umhang zusammenhielt, vom Gewand. Erleichtert sah sie, daß Ranulf in ein Gespräch mit seinem Vasallen vertieft war. Ringsum herrschte eine Art geordneter Tumult, mit dem seine Männer Besitz von den Burggebäuden ergriffen.

Aus dem Augenwinkel sah Ariane, wie Simon vor einer Reihe von Pferden haltmachte, die ein gelangweilter Page festhielt. Sie trat behutsam näher, als Simon die Mähne eines robusten Braunen faßte und sich zum Aufsitzen anschickte. Auf sein Nicken hin sprach sie ein inbrünstiges Gebet und stach dem Pferd, das ihr am nächsten war, mit der scharfen Spitze ihrer Brosche ins Hinterteil.

Wie als Erwiderung auf Arianes Gebet brach das Chaos los. Das verwundete Tier rammte schrill wiehernd ein anderes, das sich aufbäumte und mit den Vorderhufen in die Luft ausgriff, während der Page besorgte Warnungen schrie. Gleichzeitig sprang Simon in den Sattel. Er riß das Pferd herum, grub ihm wild seine Hacken in die Flanken, beugte sich tief über den Rücken des Tiers und galoppierte durch das Tor.

Ariane entging den dreschenden Hufen, doch sie spähte bang nach Ranulf und sah, wie ein Bogenschütze einen Pfeil einlegte. Mit verzweifeltem Aufschrei trat sie ihm in die Schußbahn, hob ihre Arme, wollte sich selbst zum Ziel machen. Den Vasallen ihres Vaters schützen, seine Fluchtmöglichkeiten verbessern — das war ihr einziger Gedanke.

Sie hörte Ranulf rüde fluchen, sah, wie er hinzustürzte und dem Bogenschützen die Waffe entriß. Der Pfeil löste sich mit klimperndem Ton, flog schief und blieb zitternd im Boden stecken, nur ein paar Ellen rechts von Ariane.

Der schlug das Herz bis zum Hals. Schlotternd stand sie da, während der Herr von Vernay ergrimmt auf sie zuschritt. Er bellte einem halben Dutzend Männer Befehle zu: Sie sollten den entsprungenen Gefangenen jagen und stellen.

Während die Männer aufsaßen, machte Ranulf abrupt vor Ariane halt. Sie starrte furchtsam zu ihm auf, betete darum, Simon möge es schaffen.

»Närrin! Das hätte Euer Tod sein können!«

Ranulfs Miene war so wild, daß Ariane dachte, er werde sie schlagen. Sie schloß die Augen in dem Wissen, ein einziger Hieb seiner starken Faust werde ihrem Leben ein Ende machen, doch er stand hochaufragend vor ihr, ohne sie zu berühren.

Ariane grub, während sie darauf wartete, was Ranulf tun würde, ihre Fingernägel in die Handflächen. Aber sie fürchtete nicht nur um sich selbst, sondern hörte mit Bangen, wie Simons Verfolger über die Zugbrücke sprengten.

»Payn!« schrie Ranulf plötzlich.

»Ja, Herr?«

»Packt sie!«

Ariane spürte, wie neues Entsetzen in ihr aufstieg, als Ranulfs Vasall gehorsam hinter sie trat und ihre Arme faßte. Lieber Gott, wollte Ranulf sie totschlagen? Er ballte und lockerte die Fäuste, als könnte er sich nur mit äußerster Willenskraft zurückhalten.

»Bring das Mädchen in den Turm und sperr sie in ihre Kammer.«

»In ihre Kammer, Ranulf? Nicht in den Kerker?«

Ranulfs Kiefer mahlten. Es wäre eine passende Strafe gewesen, Ariane für ihren Verrat ins Verließ der Burg zu werfen. Sie hatte einem wertvollen Gefangenen die Flucht ermöglicht — offenbar nach Plan und offenbar, um Hilfe zu holen. Das konnte tödliche Folgen haben, konnte das Leben von Ranulfs Männern und den guten Ausgang seiner Mission gefährden, indem es dem Feind erlaubte, Verstärkungstruppen ins Feld zu führen und zum Gegenangriff zu schreiten.

Und doch trieb Ranulf es nicht so weit, daß er Ariane einkerkerte oder eine vorschnelle Entscheidung über ihr Schicksal traf. Ihr Verrat hatte seine Zorn wieder angefacht, aber bis er ruhig genug war, um sich mit dem Mädchen zu befassen, überließ er die Angelegenheit besser seinen Rittern.

»Sie ist ein Weib«, sagte er barsch. »Ich möchte ihre Leute nicht unnötig erbosen. Stell eine Wache vor ihre Kammer und sorge dafür, daß sie nicht entkommen kann. Niemand darf ihr auch nur einen Augenblick trauen.«

Payn zog eine Braue hoch, nickte jedoch. Er schob Ariane vor sich her und bedeutete zweien von seinen Männern, ihnen zu folgen.

Ariane zuckte nicht zurück, als sie den Herrn von Vernay passierten. Sie hob stolz das Kinn, obwohl sie wußte, daß er sich dadurch keineswegs täuschen ließ.

Als sie ihren Halbbruder Gilbert und Vater John, den Priester von Claredon, zur Hilflosigkeit verurteilt in der Zuschauermenge erspähte, lächelte sie ihnen beruhigend zu. Doch sie zitterte sichtlich, als sie im vierten Geschoß des Turms ankam, wo sich ihre erschrockenen Damen drängten. Sie brachte es fertig, ein paar Worte der Beschwichtigung zu sprechen, den Damen zu sagen, daß sie gelassen bleiben und den Eindringlingen gehorchen sollten, aber die Anspannung und Furcht der vergangenen Stunde hatten ihr Tribut gefordert. Ariane war fast dankbar dafür, daß sie in ihr Gemach eingesperrt wurde, obwohl der gepanzerte Ritter, der den Namen Payn trug, sie zwang, sich auf ihr Bett zu legen, und ihre Hände und Füße mit Stricken fesselte, die er an den Bettpfosten festband.

Sie merkte, daß er sie nachdenklich betrachtete.

»Ich gestehe, daß mich Ranulfs Milde erstaunt, Demoiselle«, sagte Payn in rätselhaftem Ton — Ariane wußte nicht, ober er verächtlich oder verwundert war.

»Milde?«

»Ja. Ihr solltet Euch glücklich schätzen. Wenn ihr ein Mann wärt, hättet Ihr Eure Widerspenstigkeit vermutlich nicht überlebt. Ranulf würde Euch mindestens auspeitschen lassen.«

»Wenn ich ein Mann wäre«, antwortete Ariane, »wäre Claredon nicht so schnell gefallen.«

»Vielleicht will er Euch fürs Bett. Ihr wärt gewiß nicht die erste Frau, die er mit Leidenschaft gezähmt hat.«

Die Bemerkung des Ritters war schockierend, und Ariane rang nach Atem. Ranulf wollte sie? Fürs Bett? Hatte er sie deswegen nicht geschlagen? Weil er vorhatte, sie sich für eine andere Schändung zu bewahren?

Niemals! schwor Ariane sich stumm und ballte die Fäuste. Sie würde sich mit dem letzten Quentchen Kraft, das sie noch hatte, gegen ihn wehren.

Payn band den abschließenden Knoten, überprüfte sein Werk und richtete sich auf. Dann mahnte er Ariane keinen Unfrieden mehr zu stiften, und ging aus der Kammer. Hinter ihm knirschte der Schlüssel bedrohlich im Schloß.

Ariane blieb bestürzt zurück. Eine neue Sorge quälte sie. Ihre Träume von einem zärtlichen Liebhaber waren erschüttert. Neben dem Verlust von ihres Vaters Besitz, der Furcht um die Sicherheit ihres Vasallen, der Schmach, Ranulfs Gefangene zu sein, würde sie nun womöglich auch noch körperliche Gewalt von seiner Seite erdulden müssen.

Kapitel 4

Erst am folgenden Abend wurde Ariane vom neuen Herrn von Claredon zu sich gerufen. Sie hatte den ganzen Tag eingeschlossen in ihren Gemächern verbracht — nur eine Dame wartete ihr auf und brachte ihr etwas zu essen. Durchs Fenster konnte sie hören, was drunten im Burghof vor sich ging. An die Stelle der üblichen häuslichen Geräusche war der Lärm von maschierenden Bewaffneten und wiehernden Pferden getreten: der Schwarze Drache ergriff endgültig Besitz von der Burg und der umliegenden Gegend.

Mit jeder Stunde sank Ariane der Mut mehr. Das Versagen lastete wie ein Stein auf ihrem Herzen, ebenso die Angst um Claredons Leute. Sie konnte nur darum beten, daß Ranulf nicht allzu streng mit ihnen verfahren würde.

Als der Ruf schließlich kam, war Arianes Verzweiflung so ausgeprägt, daß sie kaum noch mit der Wimper zukken konnte. Tatsächlich war sie fast froh, es jetzt hinter sich zu bringen. Die strengste Strafe würde besser sein als diese Agonie der Ungewißheit.

Von ernsten Wachen geführt, stellte Ariane fest, daß Ranulf sein Quartier im Turmzimmer des Burgherrn aufgeschlagen hatte. Daß er auch räumlich den Platz ihres Vaters einnahm, schmerzte wie eine offene Wunde und erfüllte sie mit neuem Zorn, aber sie wagte nicht, ihre Gefühle zu zeigen. Sie bewegte sich langsam zur Eichentür, stand dann still bei der alten Mauer, wartete darauf, daß der Schwarze Drache auf sie aufmerksam wurde, und wünschte trotzdem, sie könne sich unsichtbar machen.

Es war voll in dem Gemach. Vasallen umdrängten Ranulf, der, immer noch in einen Kettenpanzer gekleidet, Kapaunenschenkel aß und Wein trank, während ein halbes Dutzend von Claredons Leibeigenen einen großen Zuber füllte, damit er baden konnte. Sein Knappe Burc war damit beschäftigt, Ranulfs Kettenhemd zu entfernen

— es war so schwer, daß der Junge beinahe unter dem Gewicht taumelte. Ranulf hatte sich offenbar angestrengt, denn sein rabenschwarzes Haar war schweißnaß und zusammengedrückt vom Gesicht seiner Helmkappe und seines Helms.

Doch er achtete nicht auf sie — ein Affront, den Ariane mit Erleichterung begrüßte. Wenn er sein Urteil über sie sprach, dann zog sie es vor, daß er es wenigstens ohne Publikum tat.

Benommen von Müdigkeit und Anspannung hob sie die gefesselten Hände, um sich unbeholfen die pochende Schläfe zu reiben, wenigstens versuchsweise den Schmerz zu lindern. Bauen konnte sie nur auf ihren Verstand, und sie würde alle Energie und Kraft brauchen, wenn sie sich gegen den Schwarzen Drachen von Vernay behaupten wollte.

Erst als die Ritter ihren Herrn verließen, wuchs Arianes Nervosität erneut.

»Und Payn«, endete Ranulf gerade, während sich sein Vasall zum Gehen wandte, »Sei mir nicht zu streng mit den Frauen hier. Sie haben auch noch andere Pflichten als die, dich zu bedienen.«

»Keine Angst, Herr. Ich werde ihnen bloß die Festigkeit meines Schwertes zeigen, aber sie nicht damit schlagen.«

Männerlachen folgte auf den zotigen Spaß, und die Vasallen gingen einer nach dem andern an Ariane vorbei. Ihre Blicke waren ernst und vielleicht ein bißchen anzüglich. Payn FitzOsberns Erheiterung schwand abrupt, als er sie erspähte. Seine Miene wurde grimmig. Er ließ die Tür hinter sich offen für die Bediensteten, die immer noch hin und her eilten und Badewasser brachten.

Ariane wandte die Augen wieder zum Schwarzen Drachen. Er saß auf einer Bank und ließ sich von seinem Knappen aufwarten. Bis jetzt hatte er in keiner Weise zur Kenntnis genommen, daß Ariane da war. Sein wollener Umhang war entfernt worden, und nun zog der Knappe ihm die mit Dreck gesprenkelten Stiefel aus, band das Untergewand auf, und Ranulfs Lenden waren nur noch von etwas Leinen bedeckt.

Ariane hielt den Atem an beim Anblick dieses machtvollen Körpers. Sie hatte schon oft unbekleidete Männer gesehen. Zu ihren Pflichten als Dame des Hauses gehörte der Umgang mit solcher Blöße — sie mußte dem Herrn beim Ankleiden helfen, Besucher von hohem Stand baden, ihr medizinisches Wissen einsetzten, um die Wunden von Rittern und Bewaffneten zu versorgen. Aber noch nie hatte ein Mann sie so beeindruckt wie dieser. Kein Körper war ihr je so faszinierend erschienen wie der von Ranulf: gestählt, muskulös, vom Kriegshandwerk gezeichnet.

Seine Schultern waren breit, breit und dunkel behaart war auch seine Brust, die Narben des Kampfes trug. Der flache, straffe Bauch lief in schmalen Hüften aus, Schenkel und Waden waren prall von Muskeln. Doch gefesselt wurde Arianes Aufmerksamkeit durch die Kraft und Energie, die von diesem Körper ausging, auch wenn er nicht handelte. Irgendwie beherrschte Ranulf von Vernay den ganzen Raum.

Ariane stellte mit Bedauern fest, daß er sie immer noch tief zu beeindrucken vermochte, aber er war jetzt ein weitaus furchterregenderer Widersacher denn je. Kalt, hart, gnadenlos ... Er war nicht mehr Arianes Verlobter, der Freier ohne Liebe, der sie so viele Jahre hatte schmachten und dahinkümmern lassen. Er war ihr Feind.

Die letzten Bediensteten zogen sich zurück, schauten Ariane im Vorübergehen reumütig an, als bäten sie um Entschuldigung, daß sie ihre Herrin dem entsetzlichen Schwarzen Drachen auslieferten. Ariane lächelte einigen beruhigend zu, tat so, als ließe der Mut sie nicht im Stich. Als die Bediensteten jedoch fort waren, stand sie reglos an der Wand und wagte es nicht, Aufmerksamkeit auf sich zu lenken.

Einen Augenblick später entließ Ranulf seinen Knappen. Als sich die Tür leise hinter dem Jungen schloß, schlug Ariane das Herz bis zum Hals. Sie hatte es vorgezogen, mit Ranulf allein zu sein, wenn er zu ihrer Bestrafung schritt, doch nun, da es so weit war, hoffte sie törichterweise, er habe sie vergessen.

Er lungerte auf seiner Bank herum, spielte mit dem Dolch in seiner Hand, strich in fast geistesabwesender Liebkosung über die scharfe Klinge. Ariane hatte das unbehagliche Gefühl, sein Schweigen sei Absicht, ein Versuch, ihre Nerven noch mehr zu zerfetzen.

Dann blickte er plötzlich auf, und sie sah den bedrohlichen Glanz seiner bernsteingelben Augen. Es nahm ihr den Atem. In seinen falkenartigen Zügen lag Zorn, während sein Blick einer Lanze glich, die Ariane durchbohrte. Nein, Ranulf hatte nicht vergessen, was sie gestern abend getan hatte — und er hatte es erst recht nicht vergeben.

Ariane gebot allen Mut auf, den sie besaß, reckte das Kinn und sah Ranulf kühl in die Augen. Sie würde sich nicht vor ihm ducken. Dafür war die Herrin von Claredon zu stolz.

Ranulfs Blick wurde dunkler, kämpfte mit ihrem — bis er schließlich auf ihren gebundenen Händen zu ruhen kam.

»Kommt her.«

Ariane stand da wie angewurzelt.

»Ich wiederhole mich nicht gern, Demoiselle«, sagte Ranulf warnend.

Ariane drückte den Rücken durch und zwang ihre Beine, sich zu bewegen.

Sie hatte erst ein paar Schritte gemacht, als sich die Tür erneut öffnete. Eine Aufwärterin trippelte in den Raum mit Leinenhandtüchern und einem Kästchen aus Holz, das kostbare Seifen barg.

Obwohl Ariane dankbar für den Aufschub war, ballte sie mißbilligend die Fäuste. Nur sie und der Majordomus der Burg hatten Schlüssel zu dem Lagerraum, der Seifen und Gewürze und Heilkräuter enthielt. Daß eine Bedienstete, nun, da auf Claredon niemand mehr rechtmäßige Autorität ausübte, die Bestände plünderte, erregte Arianes Zorn. Und weil sie mit den Nerven am Ende war, sprach sie in schärferem Ton als sonst.

»Was hat das zu bedeuten, Dena? Du hast gelernt, ein Gemach nicht ohne Aufforderung zu betreten.«

Das Mädchen schlug ihre braunen Augen nieder. »Ich bitte um Verzeihung, Herrin. Ich habe gedacht, ich bade den neuen Herrn ...«

»Dann klopf' nächstes Mal an!«

»Was habt Ihr zu dem Mädchen gesagt?« wollte Ranulf wissen.

Ariane fuhr zusammen und betrachtete ihn mißtrauisch. Sie hatte Englisch zu dem Mädchen gesprochen, die Sprache, die von den meisten Leibeigenen auf Claredon verstanden wurde, statt des Anglofranzösischen von Englands herrschender Klasse. Konnte Ranulf kein Englisch? Das mochte ein Vorteil sein ... Oder stellte er Ariane nur auf die Probe?

»Ich habe ihr geraten«, antwortete Ariane wahrheitsgemäß, »sich auf das zu besinnen, was sie gelernt hat, und anzuklopfen, bevor sie in ein Zimmer tritt.«

Ranulfs harter Blick traf Ariane. »Ihr tätet gut daran, Euch auf Eure eigene Position zu besinnen. Ihr seid nicht mehr die Herrin und habt nicht das Recht, meinen Bediensteten zu befehlen. Eure Autorität hier ist nicht größer als die einer Leibeigenen.«

Ariane errötete bei diesem Tadel und verstummte. Dena sah Ranulf verschlagen an. Sie schien zu ahnen, was seine rüden Worte bedeuteten, und Freude an der Demütigung ihrer Herrin zu haben.

»Sagt ihr, sie soll ihre Sachen irgendwo hinlegen und wieder gehen.«

Als sich Ariane widerwillig fügte, machte Dena einen

Knicks und beeilte sich zu gehorchen während sie gleichzeitig ihren Blick über Ranulfs fast nackten Körper wandern ließ. Sie beugte sich vor, legte die Handtücher samt der Seife neben dem Zuber ab. Dabei glitt ihr das Oberkleid von der Schulter, und eine üppige Brust wurde sichtbar. Als Dena ging, schwang sie die Hüften für Ranulf und bekundete damit, daß sie dem neuen Herrn zur Verfügung stehen und gern auch das Bett mit ihm teilen würde.

Er schien es nicht zu merken. Er heftete die Augen unverwandt auf Ariane, bis sich die Tür erneut schloß und sie wieder allein waren.

»Die Dirne kommt mir freundlicher vor als meine eigene Braut«, sagte Ranulf honigsüß.

»Vielleicht kennt sie Euch nicht so gut wie ich«, entgegnete Ariane ironisch. »Oder sie nimmt keinen Anstoß am Gestank des Betrugs.«

Diese Bemerkung traf wieder einen wunden Punkt bei Ranulf. Sie wagte es, von Betrug zu sprechen, nachdem sie selbst Verrat geübt hatte?

Ein Muskel zuckte an Ranulfs Wange, und er spießte Ariane buchstäblich auf mit seinem Blick. »Ihr habt eine böse Zunge, Demoiselle. Ich empfehle Euch, sie im Zaum zu halten.«

Ariane schwieg, doch in ihren Zügen flackerte Verachtung auf. Ranulf biß die Zähne zusammen. Sie hätte nachgiebig und erschrocken sein sollen. Er hatte mit Demut und Flehen um Gnade gerechnet, nicht mit solch hoheitsvoller Herablassung.

»Kommt hierher! Jetzt sofort«, bellte Ranulf mit tiefer, ungeduldiger Stimme, als Ariane zögerte.

Wieder nahm sie ihren Mut zusammen und zwang sich zu gehorchen. Als sie vor Ranulf stehen blieb und ihn nervös betrachtete, befahl er ihr, die gebundenen Hände auszustrecken, was sie zaudernd tat.

Ranulf hob seinen Dolch, und Ariane war einen Moment besorgt. Ihre Sorge steigerte sich noch, als er ihre Fesseln durchschnitt und ihre Hände löste. Ariane starrte ihn an und stellte erleichtert fest, daß sie wieder etwas Gefühl in den abgestorbenen Fingern hatte. Sie massierte ihre Gelenke, versuchte dabei Ranulfs Gesichtsausdruck zu ergründen, und fragte sich, welches Spiel er trieb.

»Warum habt Ihr das getan?«

»Was?«

»Mich freigelassen.«

»Ich habe Euch durchaus nicht freigelassen, Demoiselle.«

Der Schwarze Drache verzog den Mund zu einem schiefen Grinsen. »Im Gegenteil. Ihr seid nach wie vor meine Geisel. Aber ich sehe keine Notwendigkeit, Euch zu fesseln. Wenn ihr fliehen wolltet, kämt Ihr nicht weit.«

Ariane biß sich auf die Unterlippe bei dieser schwer zu akzeptierenden Wahrheit. Ranulf hatte sie ganz und gar in seiner Gewalt. Sie stand reglos da, war sich verschwommen des moschusartigen Geruchs nach Schweiß und Männlichkeit bewußt, der von ihm ausging. Nicht unangenehm, sondern auf eine seltsame und verwirrende Weise erregend.

Ariane befahl sich, mutig zu sein und die Frage zu stellen, deren Beantwortung sie fürchtete. »Also ... was wollt Ihr dann mit mir tun?«

Ranulf musterte sie. »Das habe ich noch nicht entschieden.« Arianes Erleichterung war nur von kurzer Dauer. »Daß Ihr die Burg verteidigt habt, könnte ich Euch vielleicht verzeihen, aber daß Ihr einem Gefangenen zur Flucht verholfen habt ...«

»Simon ist entkommen?« Ariane vermochte die hoffnungsvolle Freude in ihrer Stimme nicht zu unterdrücken.

»Er ist nicht gefunden worden«, erwiderte Ranulf knapp. »Der Wächter, der seine Flucht zu verantworten hat, sitzt jetzt im Burgverlies.« Es sah so aus, als habe

Ariane Schuldgefühle. Der Schwarze Drache wölbte eine Augenbraue empor. »Was wollt Ihr mit Eurem Verrat erreichen, Verehrteste? Soll Euer Ritter Hilfe suchen? Verstärkung holen, um euch zu retten? Einen Aufstand anzetteln?«

Als Ariane keine Antwort gab, wurden Ranulfs Augen schmaler. »Ihr habt mich um eine Menge Lösegeld gebracht, und seine Flucht wird zweifellos Schwierigkeiten bringen. Ich muß mir also genau überlegen, welche Strafe Ihr verdient.« Er strich nachdenklich über den Stoppelbart an seinem Kinn. »Was würdet Ihr an meiner Stelle tun?«

Die Frage erstaunte Ariane. Sie betrachtete Ranulf und überlegte sich, welche Absicht er verfolgte. »Ich ... ich würde Euch gefangenhalten ... bis Ihr nachgäbt.«

»Und gebt Ihr nach, Demoiselle?«

»Nein«, erwiderte Ariane barsch.

»Dann hätte es also keinen Sinn, Euch einzusperren, oder? Euch in Eurem Gemach unter Arrest zu stellen und auszuhungern? Nein? Ich fürchte, es käme dabei nur heraus, daß Ihr bloß noch Haut und Knochen wärt.« Ranulfs dreister Blick wanderte langsam über Arianes schlanken Körper. »Ihr könnt es Euch nicht leisten, vom Fleisch zu fallen. Und ich hätte dann keine Verwendung mehr für Euch.«

Ariane verabscheute die vage Drohung, die in diesen Worten lag, und ebenso das leise Lächeln, das Ranulfs schöngeschnittene Lippen kräuselte. Er war amüsiert, als wollte er mit ihr spielen wie die Katze mit der Maus. Vielleicht sollte das ihre Strafe sein: Folter durch Ungewißheit.

»Nein«, sagte Ranulf langsam. »Ich werde auf eine bessere, passendere Strafe sinnen müssen.«

Obwohl Ariane merkte, daß er sie einzuschüchtern versuchte, konnte sie nicht verhindern, daß sie zu wiederholten Male zum Bett spähte. Traf die Mutmaßung von Ranulfs Vasallen zu? Wollte er sie schänden?

Ariane atmete tief durch, um sich zu beruhigen. »Was ist mit den anderen ... den Männern meines Vaters? Ihr habt ihnen kein Leid getan?«

»Sie sind meine Gefangenen, ihr Schicksal geht Euch nichts mehr an.«

»Aber der Mann, den Ihr gestern abend verwundet habt? Kann ich mich nicht wenigstens um seine Verletzungen kümmern?«

»Nein.«

Die grobe Antwort duldete im Grunde keinen Widerspruch, doch Ariane gab sich nicht so leicht geschlagen. Sie versuchte es erneut, bemühte sich, den Zorn aus ihrer Stimme zu verbannen. »Herr Ranulf ... Wollt Ihr es Euch bitte nicht noch einmal überlegen? Als Hausherrin ist es meine Pflicht, mich um die Kranken und Verwundeten zu kümmern.«

Wütend erwiderte er ihren Blick mit seinen bernsteingelben Augen. »Ihr seid hier nicht mehr die Dame des Hauses. Habt Ihr das vergessen?«

»Aber niemand sonst versteht auf Claredon etwas von Medizin.«

»Mein eigener Arzt wird sich seiner annehmen. Euer Mann erhält die bestmögliche Versorgung.«

Ariane wußte, daß sie sich damit würde begnügen müssen.

Ranulf erhob sich langsam, und Ariane wich entsetzt zurück. Doch er streckte nicht, wie sie erwartet hatte, die Hand nach ihr aus. Statt dessen entfernte er sein Lendentuch.

»Was macht Ihr da?!« rief Ariane entnervt.

Ranulfs Mund zuckte spöttisch, als er sich entblößte.

»Ich bade jetzt, was sonst? Ich will den Gestank von mir abwaschen, der für meine Herrin so anstößig ist.«

Der Schwarze Drache drehte sich um und schritt zum Zuber, und Ariane stellte bestürzt fest, daß sie den Blick nicht von seinem muskulösen Körper wenden konnte.

Selbst seine Hinterbacken waren wohlproportioniert und straff —

Ariane mußte nach Luft schnappen, als ihr Auge auf Ranulfs breiten Rücken fiel. Er war wie mit farbigen Bändern gestreift: das fahle Weiß von totem Fleisch mit Striemen dunkleren Gewebes vermischt. Ein Schwert allein rief keine so bösen Narben hervor. Ariane hatte schon Auspeitschungen erlebt und die dabei entstandenen Wunden versorgt, aber so schlimme hatte sie noch nie gesehen. Wie war Ranulf zu solch schrecklichen Verletzungen gekommen?

Er schien gar nicht zu merken, daß sie ihn betrachtete. Er legte seinen Dolch in Reichweite auf den Boden, stieg in den Zuber und ließ sich, Ariane halb zugewandt, ins Wasser sinken. Nachdem er einmal untergetaucht war, griff er nach einem mit Rosmarinöl parfümierten Stück Seife und begann kraftvoll seine Arme und seine Brust zu schrubben.

Ariane stand zögernd da und fragte sich, ob sie ihm helfen sollte wie anderen hochwohlgeborenen Gästen auch. Würde er sie darum bitten, daß sie seinen Rücken wusch, diese furchtbaren Narben berührte?

Das Schweigen dehnte sich so lange, daß Ariane voll Optimismus hoffte, Ranulfs habe sie vergessen. Doch nachdem er sein schwarzes Haar gewaschen hatte, blickte er zu ihr auf. »Ich habe heute den ganzen Tag damit verbracht, Burg und Umgebung zu sichern. Morgen werde ich mich um Wyclif kümmern. So heißt doch das Gutshaus Eures Vaters im Norden, oder?«

»Ja.«

»Ich möchte einen friedlichen Machtwechsel. Und ich brauche dazu Eure Mitarbeit.«

Ariane riß die Augen auf. »Ihr erwartet, daß ich Euch bei der widerrechtlichen Aneignung von meines Vaters Besitz helfe?«

Widerrechtliche Aneignung — solche Wortwahl war

wie Salz in einer offenen Wunde. Wie oft hatte Ranulf schon gehört, daß er die Früchte seiner Arbeit nicht verdiente?

»Ihr vergeßt, Demoiselle, daß dies nicht mehr der Besitz Eures Vater ist. Der König hat ihn auf mich übertragen. Claredon gehört mir.«

»Weil Ihr es mit Arglist gestohlen habt.«

»Gestohlen?« Bei Arianes hitziger Anklage riß Ranulf die Geduld. »Meiner Treu!« Er packte den Rand des Zubers und erhob sich halb aus dem Wasser. »Von Diebstahl kann keine Rede sein! Euer Vater hat seine Ländereien und seine Burg durch den Verrat am König verwirkt — es ist also eine passende Strafe für einen Verräter.«

»Mein Vater ist kein Verräter! Dafür lege ich meine Hand ins Feuer!«

Ranulf knirschte mit den Zähnen, kämpfte um Selbstbeherrschung. »Wie töricht, Demoiselle. Wollt Ihr bestreiten, daß sich Euer Vater in diesem Moment auf Burg Bridgenorth verschanzt hat, die von König Heinrich belagert wird?«

Arianes beherzte Verteidigung erlahmte unter Ranulfs bösem Blick. »Nein, das kann ich nicht bestreiten. Aber mein Vater ist vorigen Monat dorthin gerufen worden, um Vasallendienst zu leisten. Er konnte sich dem Befehl seines Lehnsherrn nicht verweigern. Doch er hat nur eine Handvoll Männer mitgenommen, nur die zwanzig Ritter, die er Mortimer unbedingt schuldig war. Wenn ihm der Sinn nach Verrat stand — warum hat er dann einen so kleinen Trupp ins Feld geführt?«

»Wenn er Heinrich gegenüber loyal war — warum hat er dann nicht Mortimer die Treue gekündigt, als der mit seinem Aufruhr begann?«

»Ich weiß es nicht!« rief Ariane gequält. »Ich weiß nur, daß er dem neuen König niemals die Stirn geboten hätte, nun da England endlich Aussicht auf Frieden hat!«

Als Ranulf den verzweifelten Ton in Arianes Stimme

hörte und den Schmerz in ihren schimmernden grauen Augen sah, ließ er sich langsam in seinen Zuber zurücksinken. Ihre Überzeugung schien echt. Vielleicht glaubte sie wirklich an die Unschuld ihres Vaters.

Ranulfs beneidete sie fast um solchen Glauben. Er konnte sich an keine Zeit in seinem Leben erinnern, da er an jemanden oder etwas geglaubt hätte. Rache war sein einziges Credo gewesen. Er wollte es nicht zulassen, daß er durch diese Frau die Kontrolle verlor.

Sie hatte eine Strafe für ihren Gefühlsausbruch verdient, das wußte Ranulf, aber sein Gewissen machte ihm jetzt schon zu schaffen. Es hatte ihn zutiefst verstört, als er ihre wundgescheuerten Handgelenke sah, die Striemen, die letztlich von seinem Befehl herrührten, ihre Flucht zu verhindern.

Tatsächlich verstörte ihn alles an der Frau. Als sie vor einer Weile die Kammer betreten hatte, war er sich sofort ihrer Gegenwart bewußt geworden — sämtliche Sinne wach, auf sie eingestellt, sein Körper in Bereitschaft, die Nerven vibrierend wie bei einem Hengst, der eine paarungswillige Stute wittert. Und nun da ihre grauen Augen flehten, ihre Brüste sich hoben und senkten von der Leidenschaft, mit der sie ihren Vater verteidigte, ihre ganze Haltung so stolz war wie die einer Königin, regte sich Ranulfs Blut in einer ihm bislang unbekannten Weise. Heiße und süße Begierde brannte in seinen Lenden, während gleichzeitig der Zorn über die Hinterlist, mit der sie ihren Vasallen befreit hatte, in seinen Adern rauschte. Um so mehr erboste ihn, daß er sich trotzdem so glühend nach ihr sehnte.

Er durfte sich von ihr nicht erweichen lassen. Sie war seine Feindin, und man konnte ihr nicht trauen. Auch verdiente sie Tadel mit ihrem Ungehorsam. Sie würde lernen müssen, daß sie Ranulf nicht straflos provozieren könnte. Ihm blieb nichts anderes übrig, als ihren Eigensinn zu ersticken, bevor er Raum griff.

»Wie edel gedacht«, sagte Ranulf deshalb ironisch. »Ein Jammer nur, daß ich nicht an Eure Motive glaube, Demoiselle. Natürlich versichert Ihr, Euer Vater sei unschuldig — um Eure eigene Festnahme aufzuheben. Ich hätte es Euch eher abgekauft, wenn ihr nicht dem Befehl des Königs zuwidergehandelt und Euch geweigert hättet, mir Claredon kampflos zu übergeben.«

»Ich hatte keine andere Wahl.«, entgegnete Ariane.

»Ihr hattet jede«, erwiderte Ranulf. »Und Ihr habt immer noch Möglichkeiten. Tatsächlich hängt Euer Schicksal von dem Weg ab, für den Ihr Euch jetzt entscheidet.«

»Wie ... wie meint Ihr das?«

»Eure vollständige Unterwerfung, Demoiselle. Dazu bedarf es Eures Gehorsams. Und Ihr müßt mir als Eurem obersten Lehnsherrn den Treueid schwören.«

»Ich ...« Ariane biß sich auf die Unterlippe. »Das geht nicht. Ich habe meine Loyalität schon an meinen Vater vergeben.«

Ranulf stieß einen undefinierbaren Knurrlaut aus. »Diese theatralische Betonung Eurer Loyalität ist ermüdend. Ihr wollt doch sicher nicht die Folgen tragen, die es hätte, wenn Ihr mit einem Verräter verbündet bliebt?«

»Das hat nichts mit Theatralik zu tun. Ich halte zu meinem Vater.«

»Solche Halsstarrigkeit wird einen hohen Preis fordern.«

»Ich weiß.« Arianes Antwort war ein tonloses Flüstern.

Ranulfs Unterkiefer straffte sich, als er grimmig die junge Frau musterte. Er hatte ihr Gelegenheit gegeben, sich selbst zu retten, aber sie schien auf Widerstand erpicht. Was ihn zwang, strengere Maßnahmen zu ergreifen, damit sie ihm gehorchte. Nur welche? Ranulf fürchtete, er werde mehr Gewalt üben müssen, als er eigentlich wollte, um sie zum Einlenken zu zwingen.

»Ihr werdet bald lernen, daß Trotz sinnlos ist, Demoiselle«, sagte er sanft.

Im Zuber sitzend, hob Ranulf den Dolch auf, den er auf den Boden gelegt hatte, und es war ihm eine Genugtuung, daß sich nun in den Augen seiner Braut höchste Besorgnis zeigte. Er schaute sie unverwandt an, zog die Bartstoppeln ab, lächelte, als die Anspannung von Ariane wich.

Ranulf empfand wenig Reue über seine Taktik. Das Mädchen sollte ihn fürchten nach allem, was sie getan hatte. Und sie verdiente weitaus härtere Strafen als die, zu denen er sich aufraffen konnte.

Verstört über seine geringe Entschlossenheit, ließ Ranulf den Kopf zurückfallen, drehte ihn von einer Seite zur anderen, um den stechenden Schmerz im Halsbereich zu lindern. In den letzten Stunden hatte sich die Schwermut wie ein Bahrtuch über ihn gesenkt. Er hatte Claredon mit Leichtigkeit und ohne Blutvergießen für sich gewonnen, doch der Sieg hinterließ einen bitteren Geschmack in seinem Mund: Es erinnerte ihn an die gräßliche Auseinandersetzung mit seinem Vater. Der hatte Ranulfs bloßes Existenzrecht in Frage gestellt, aber Ranulf hatte sich mit einer Entschlossenheit gewehrt, die aus Qual geboren war. Er hatte, getrieben, von Rachegelüsten und Haß, ein Schicksal für sich geschmiedet, und am Ende hatte er triumphiert.

Und er hatte gedacht, gehofft, die Erwerbung von Claredon werde ihm die Chance geben, neu anzufangen, zu beweisen, daß er aus eigenem Verdienst das Kommando über ein so großes Lehen führen konnte, ungeachtet seiner niedrigen Herkunft und der Skandale, die ihn ein Leben lang begleitet hatten.

Ranulf sammelte sich und verbannte die Überlegungen aus seinem Kopf. Er neigte normalerweise nicht zu mißmutigem Wühlen in seiner Vergangenheit, und er hatte im Moment gar nicht die Muße dazu. Widerwillig wandte er Ariane erneut seine Aufmerksamkeit zu. Im Moment wollte er diese ebenso erbosend wie erregende Frau nur los sein und sich erholen. Doch er würde sich mit ihr beschäftigen müssen.

»Auf die eine oder andere Weise werden wir dazu gelangen, daß Ihr Euch mir unterwerft, Demoiselle. Ich würde also vorschlagen, daß Ihr Eure Antwort sorgfältig abwägt. Als politische Gefangene habt Ihr eine bestenfalls wackelige Position. Die Tochter eines Verräters besitzt nicht einmal soviel Recht wie eine Leibeigene.«

Ariane betrachtete Ranulf voll Verachtung. »Ich bin weder die Tochter eines Verräters noch eine Leibeigene. Ich bin Eure Verlobte — oder habt Ihr das vergessen?«

Ranulf ignorierte Arianes Sarkasmus. »Ich bitte Euch, das ein wenig anders zu sehen«, sagte er bewußt beiläufig. »Ihr seid nicht mehr meine Verlobte. Unsere Verlobung ist null und nichtig. Ich lasse mich nicht zwingen, eine Verräterin zu heiraten.«

An Arianes entsetztem Gesichtsausdruck erkannte Ranulf, daß er sie überrascht hatte. »Ich habe die Justiz hinter mir. Kein kirchliches Gericht würde mich jetzt noch zur Einhaltung des Vertrags zwingen. Und was die Vorteile der Ehe betrifft, so brauche ich Euch nicht mehr zu heiraten, um die Ländereien zu bekommen, die Ihr beim Tod Eures Vaters geerbt hättet. Sie gehören mir bereits.«

Ranulf beobachtete das Spiel der Gefühle in Arianes ausdrucksvollen Augen — keines von diesen Gefühlen war erwartet.

Er beobachtete, wie sich die Gefühle in ihren ausdrucksvollen Augen abwechselten. Mit keinem hatte er gerechnet. Er hätte schwören können, daß sie beinahe verletzt aussah.

Es dauerte lange, bis sie antwortete. »Nach all den Jahren ... habt Ihr vor, mich wie einen alten Mantel abzulegen?«

Er konnte ihre Reaktion nicht verstehen, es sei denn, daß sie versuchte, sein Mitleid zu erregen. Sie hatte doch behauptet — und das sehr nachdrücklich — daß sie ihre

Verlobung bedauerte! Tatsächlich klang ihm ihre niederschmetternde Verurteilung noch bitter in den Ohren. »Ich habe Euch nicht abgelegt, Demoiselle. Eure eigenen Taten sind daran schuld. Hättet Ihr mir Claredon willig übergeben, hätte ich Euch als meine Frau angenommen.«

Ariane sah fort, unfähig, seinem herausforderndem Blick standzuhalten. Es verletzte sie, daß er so leichtfertig die Jahre voller Leid und Unsicherheit abtun konnte, die er verursacht hatte. »Ich hätte das ja getan«, sagte sie still, »wäret Ihr irgendwann innerhalb der letzten fünf Jahre gekommen — selbst noch vor zwei Wochen hätte mir gereicht.«

Ranulfs Lippen wurden schmal. Sie benahm sich, als wäre *sie* diejenige, der Unrecht zugefügt worden war. Vielleicht *war* er ja auch im Verzug damit, sie als seine Braut anzunehmen, aber die Ablehnung und der Hohn, die sie ihm entgegenbrachte, waren ihm Grund genug, die Verlobung beenden zu wollen. Und sie war es schließlich, die einen königlichen Befehl getrotzt und dann das Vergehen noch erschwert hatte, indem sie dem Vasallen ihres Vaters die Flucht ermöglichte. Sie hatte sich zu seiner Feindin erklärt und sollte nun keine Gnade erwarten. Und dennoch stellte Ranulf zu seinem Ärger fest, daß er ihr auf irrationale Weise Erklärungen geben wollte, zu denen er überhaupt nicht verpflichtet war, daß er sich sogar bei ihr dafür entschuldigen wollte, daß er ihre Verlobung aufgelöst hatte.

»Ich bedauere, daß ich nie kam, Euch zu holen«, sagte er steif, »aber ich kann das Geschehene nicht ungeschehen machen — oder entgegen Heinrichs Wünschen handeln. Mein Befehl lautet, Euch als Geisel zu halten.« Als sie immer noch stillblieb, ihn mit jenem verletzten anschuldigen Blick ansah, spürte Ranulf, wie eine defensive Wut ihn packte. »Ihr dürftet eigentlich nichts gegen die Auflösung unserer Verlobung haben, Verehrteste. Unsere Hochzeit sollte schließlich politischen Interessen dienen.

Tatsächlich habt Ihr mir Euer Bedauern doch erst gestern mitgeteilt. Ein ›habgieriger Gemeiner, der nur so tut, als sei er ein Mann von Stand‹ ist meiner Erinnerung nach die Bezeichnung, die Ihr verwandtet. Ihr gabt an, meinen Namen nicht hören zu können.«

Die Erinnerung daran, daß sie zu einer solchen Aussage verführt worden war, erfüllte Ariane mit machtloser Wut und Verzweiflung. Sie wollte ihn schlagen, Ranulfs hartes, gutaussehendes Gesicht mit ihren Fingernägeln verunstalten. Sie wollte ihn anschreien und ihn so verletzen wie er sie. Und doch wagte sie es nicht, derartigen Widerstand geradeheraus zu leisten, nicht wenn er die Macht über Leben und Tod ihrer selbst und ihrer Leute in Händen hielt.

»Ich werde Eure Entscheidung nicht anfechten, edler Herr.« Ihr Kinn hob sich stolz und ihre Stimme wurde durch eisige Verachtung scharf. »Ich werde Euch mit Freuden aus dem Vertrag entlassen. Tatsächlich könnte man mich gar nicht mehr eines anderen überzeugen. Nach Eurem Verrat würde ich mich unter allen Umständen weigern, Euch zu heiraten.«

Alle Erleichterung, die Ranulf bei ihrer raschen Zustimmung spürte, wurde von der Verachtung in ihrem stolzen Tonfall getrübt. Mit Mühe hielt er die Wut zurück, die ihre Erklärung in ihm aufsteigen ließ. Er würde sich von dieser Frau zu keiner Antwort hinreißen lassen — und er würde sich von ihr auch nicht die Stirn bieten lassen.

Aber es war die Frage, wie er sie bestrafen konnte, ohne übermäßig grausam zu sein. Er wollte keine Zeichen der Schwäche riskieren, und doch hatte er sich selbst die Hände gebunden, indem er mit Ariane verhandelte. Er würde es nicht nur außerordentlich geschmacklos finden, einer so zarten und schönen Jungfrau körperlichen Schaden zuzufügen, sondern er hatte auch geschworen, niemals eine Frau so zu mißhandeln, wie es sein verabscheuter Vater mit seiner Mutter getan hatte — oder ihr das Leid zuzufügen, das er selbst erlitten hatte. Er weigerte sich, in solche Tiefen der Sittenlosigkeit hinabzusinken, oder seinen gewalttätigen Zorn an Wesen auszulassen, die zarter und schwächer waren als er.

Er ließ seinen Blick durch die herrschaftlichen Privatgemächer der Familie schweifen, auf der Suche nach einer Antwort. Da er so damit beschäftigt gewesen war, die Burg einzunehmen und zu sichern, hatte er bislang keine Zeit gehabt, seine neuen Wohnräume zu begutachten. Der Anblick war angenehm. Die normannische Gesellschaft lebte im allgemeinen eleganter als die von England, aber die Ausstattung dieses Raumes hielt einem Vergleich mit den wohlhabenderen Besitzungen in der Normandie durchaus positiv stand. Wesentlich freundlicher als seine eigenen Privatgemächer in Vernay war es hier, zudem frei von quälenden Erinnerungen. Der Raum zeigte Wohlstand ohne Protzerei, und Bequemlichkeit, die für einen Kriegsmann nicht übermäßig verweichlicht war. Ein riesiges Himmelbett bestimmte den Raum, während zierlich geschnitzte Truhen und dick gepolsterte Bänke vor dem mit einer Bronzehaube bedeckten Herd standen, in dem warm die Glutasche lag. Die beiden hohen, jetzt verschlossenen Fensterleibungen würden tagsüber ausreichend Licht hineinlassen, und die in die tiefen Fensteralkoven eingelassenen gepolsterten Sitze gaben einen ruhigen Platz für die Damen ab, während sie sich mit Stickerei oder Konversation beschäftigten. Außerdem waren da mehrere vergoldete Schirme, die für Diskretion sorgten und Durchzug verhinderten, fein gewebte Teppiche lagen auf dem Dielenboden, und Tapisserien waren an den weiß getünchten Wänden zu sehen. Ein buntes Wandgemälde mit Blumen schmückte das Kopfende des Bettes.

Langsam kehrte Ranulfs Blick zu diesem Bett zurück, auf dem eine üppige Überdecke aus Brokat und weitere Decken aus Marderfellen lagen. Der Anblick erinnerte ihn an die gegenwärtigen Umstände und an sein Dilemma. Er war allein mit einem schönen Mädchen, das seine Gefangene war, und er hatte keine zufriedenstellende Vorstellung davon, was er mit ihr anfangen sollte.

Natürlich wußte er, was er gerne tun würde. Er wollte sie ausgestreckt im Bett, auf dem Rücken, ihre Beine fest um seine Hüften geschlungen, während er seinen fleischlichen Hunger an ihr stillte —

Ranulf murmelte leise einen Fluch vor sich hin. Die Vorstellung von Ariane, wie sie unter ihm lag, ihr schlanker, seidiger Körper seinem Vergnügen hingegeben, ließ seine Lenden schmerzhaft hart werden und seinen Körper sich anspannen wie eine feste Bogensehne. Aber sie war keine niedergeborene Gespielin, die er nach Bedarf nehmen konnte. Und der bestehende Verlobungsvertrag hielt ihn noch mehr zurück. Er konnte Ariane nicht anrühren, jedenfalls nicht, solange die Rechtsunterlagen noch existierten, denn dann wäre er so gut wie mit ihr verheiratet. Nein, er mußte sich zu seinem großen Bedauern eine andere Methode ausdenken, wie er sie bestrafen konnte.

Aber was für eine? Es lag ihm eigentlich nichts daran, sie weiter gefangen zu halten, doch er wagte es nicht, ihr auf dem Bergfried Freiheit zu gewähren, denn dann konnte sie viel zu leicht auch den Männern ihres Vaters zur Freiheit verhelfen. Selbst wenn sie ihm ihr Ehrenwort gab, konnte er ihr nicht trauen. Adlig geborene Damen hatten nach seiner Erfahrung einen angeborenen Instinkt zum Verrat. Seine eigene Mutter ... die Frau seines hochwohlgeborenen Erziehers, der ihn zum Ritter ausgebildet hatte ... die Damen am normannischen Hof ... alle hatten sie bewiesen, wie gut sie betrügen konnten. Und auch Ariane von Claredon hatte schon gezeigt, wie gefährlich es war, ihr zu trauen. Er würde dauernd wachsam sein müssen.

Ranulfs Blick wurde schmal, und er schaute nachdenklich auf das Bett. Ein Jammer, daß er seine Hände von ihr fernhalten mußte. Sie für eine Nacht in seinem Bett zu haben, könnte bedeuten, daß er ihre Unterwerfung ohne jede Gewalt erreichte. Seine Fähigkeiten als Liebhaber waren selten in Frage gestellt worden. Er wußte sehr gut, wie er einer Frau Vergnügen bereiten konnte, und wie er sie dazu bringen konnte, seinen körperlichen Überredungskünsten zu gehorchen. Wenn dieses edle Fräulein wie die anderen Weiber war, die er kannte, hätte er sie bald so weit, daß sie bei der geringsten Berührung schon zitterte.

Aber Ariane, so kam ihm langsam der Verdacht, war vielleicht eine Frau ganz anderer Art. Ihre königliche Haltung, ihre kühle Ablehnung waren so irritierend wie neu für ihn. Es wäre spannend, zu sehen, ob er sie zum Nachgeben bringen konnte, und er jene stolze Art zum Schmelzen, ihre Verachtung zu keuchender Hingabe ...

Ranulf prüfte die Glätte seines rasierten Kinns mit der Handfläche und wandte dann seine Aufmerksamkeit wieder Ariane zu. Er betrachtete sie mit einem abschätzenden nachdenklichen Blick. »Es wird spät. Es ist Zeit, sich zum Schlafen zu legen.«

Sie starrte ihn einen langen Moment an, ehe sie sich vorsichtig und wortlos zur Tür wandte.

»Wohin des Wegs, meine Dame?« fragte Ranulf mit seidenglatter Stimme. »Ich gab Euch nicht die Erlaubnis, Euch zurückzuziehen.«

»Aber Ihr sagtet doch ... Ihr wolltet zu Bett.«

»Das tat ich wohl. Ich schlage vor, Ihr bereitet Euch auf das Nachtlager vor.«

»W-was?«

»Ihr könntet damit anfangen, indem Ihr Euch entkleidet.«

»Ihr wollt, daß ich mich ausziehe?«

Ein Lächeln zog seine Lippen nach oben. »Welch kluge Beobachtung, mein Herz. Ihr dürft gerne in mein Badewasser steigen, wenn Ihr es wollt. Ich werde gleich mit meinem Bad fertig sein.«

Ariane stand wie festgefroren und starrte ihn an, als wäre er von allen guten Geistern verlassen.

»Ihr werdet die Nacht über hierbleiben«, erklärte Ranulf. »Ich beabsichtige, Euch in der Nähe zu behalten, da ich Euch nicht trauen kann, sobald Ihr mir aus den Augen seid. Zweifellos werdet Ihr dies vorziehen, anstatt im Kerker eingeschlossen zu sein.«

»Ich würde den Kerker ohne jede Einschränkung vorziehen«, antwortete sie hitziger, als die Vernunft gebot.

»Ich habe allerdings nicht vor, Euch die Wahl zu überlassen. Ihr werdet hier bleiben, damit ich Euch im Auge behalten kann. Ihr werdet in diesem Raum, in diesem Bett schlafen, ob Ihr es wollt oder nicht.«

Ihre Blicke fochten einen wahren Krieg aus, aber Ranulf weigerte sich, nachzugeben. Er genoß es, daß sie sich in bezug auf seine Absichten sorgte. Ohne Zweifel würde sie es vorziehen, keusch in einem anderen Raum eingeschlossen zu sein, anstatt seine Gesellschaft ertragen zu müssen. Es dürfte ein beschämendes Erlebnis für sie werden, gezwungenermaßen das Bett mit ihm zu teilen, mit dem habgierigen Gemeinen, den sie verachtete, weil er nur so tat, als sei er ein Mann von Stand.

Ariane hatte sich noch nicht bewegt. »Es wird einfacher für Euch sein, wenn Ihr Euch mir freiwillig fügt«, warnte er mit leichtem Tonfall.

»Ich werde mich nicht entehren lassen«, antwortete Ariane mit zitternder Stimme.

»Entehren? Ist es denn das, was geschehen würde, Demoiselle?«

»Aber ja, wenn Ihr mich ohne den Segen der Kirche nehmt.«

»Das setzt voraus, daß Ihr noch eine Ehre habt, die Ihr verlieren könntet.«

Ranulf ließ seinen Dolch laut klirrend zu Boden fallen

und stieg tropfend aus der Wanne. Sein nackter Körper glänzte, als er zielstrebig auf sie zuschritt.

Ariane zuckte zusammen und versuchte, zu entkommen, aber er griff nach ihrem langen Zopf und wand ihn sich um die Hand. Dann bewegte er sich näher an sie heran, drängte seinen starken Körper gegen sie, und sein bernsteinfarbener Blick bohrte sich in ihre Augen. Er war so nah, daß Ariane die Hitze seiner Haut spürte und seinen sauberen männlichen Geruch wahrnahm, gewürzt von dem Duft des Rosmarin.

»Seid Ihr immer noch keusch, Verehrteste? Oder habt Ihr mich in dieser Angelegenheit auch belogen?«

»Natürlich bin ich noch keusch ...« erwiderte sie außer Atem.

»Der Vasalle Eures Vaters, dem Ihr entkommen halft. Ihr behauptet, Ihr wart nie seine Geliebte?«

»Geliebte? Simon? Selbstverständlich war ich nie seine Geliebte —«

»Ihr wollt, daß ich Euch glaube, daß Ihr niemals einen Mann erkannt habt?«

»Ja ..., denn selbstverständlich stimmt es!«

»Ihr seid viel älter als die meisten Mädchen, fast schon eine alte Jungfer.«

Von der Ungerechtigkeit dieses Vorwurfs verletzt, spürte Ariane, wie neue Wut in ihr aufkeimte. »Und wessen Schuld ist das, edler Herr? Ihr habt mich über Jahre vernachlässigt statt Euer Versprechen einzulösen.«

Seine Augenbrauen hoben sich in die Höhe und er betrachtete forschend ihr Gesicht. »Vergebt mir meine Zweifel. Meine bisherigen Erfahrungen mit adligen Damen haben mich dazu gebracht, ihren Unschuldsbehauptungen keinen Glauben zu schenken.«

Sie fragte sich, welches Ereignis wohl solche Bitterkeit in seinem Tonfall verursacht hatte. Dennoch begegnete sie Ranulfs Blick verachtungsvoll. »Es ist mir gleichgültig, was Ihr glaubt. Ich bin noch unberührt.«

»Es gibt eine sichere Methode, herauszufinden, ob Ihr die Wahrheit sagt.«

Ihre Antwort geriet zum Aufkeuchen, als sich seine Hand hob, um sich sanft um ihren Hals zu legen. Ihre Hände fuhren hoch, um ihm Widerstand zu leisten, doch das war ein Fehler, wie sie feststellte, als ihre Handflächen gegen die harte Wand seines Brustkorbs stießen. Es war ein beunruhigender Schock, das warme, pelzige Fleisch zu spüren, das noch feucht vom Bad war.

Verzweifelt versuchte Ariane, sich seiner zu erwehren. »Ihr werdet ... mich nicht ohne die Heiligung durch ein Ehegelöbnis nehmen.«

»Dazu habe ich das Recht«, sagte Ranulf leise, entschlossen, ihr deutlich zu machen, welche Macht er über sie hatte, damit sie später dankbarer für die Milde war, die er ihr zu zeigen beabsichtigte. »Ich könnte Euch an mein Bett ketten lassen, Euch zwingen, mir zu Willen zu sein. Ich könnte Euch als Kriegsbeute beanspruchen, und niemand würde es mir verweigern. Selbst der König würde Verständnis haben. Ich könnte Euch jetzt nehmen, und niemand würde mich daran hindern.«

Ariane spürte, wie ihr das Herz im Halse schlug, während sie zu ihm empor starrte. Sein strenges, sonnengebräuntes Gesicht war so dicht vor ihrem, daß sie seinen Atem sanft über ihre Lippen streichen spürte. »Ihr ... Ihr würdet eine Edelgeborne vergewaltigen?«

Ein Lächeln huschte über seinen Mund, während er ihre Frage beantwortete. »Ich bezweifle ernsthaft, daß es eine Vergewaltigung wäre. Noch nie habe ich es nötig gehabt, derartige Methoden anzuwenden. Die Dirnen, die ich bislang bändigen mußte, haben irgendwann keinen Widerstand mehr geleistet. Sie kamen freiwillig in mein Bett, und sogar gern.«

Ihre Augen weiteten sich ungläubig. »Ihr wagt es, mir gegenüber mit Euren Eroberungen zu prahlen?«

»Keine Prahlerei, Verehrteste, das sind einfache Tatsachen. Frauen finden in meinen Armen zu ihrer Lust — wie auch Ihr es würdet, davon bin ich überzeugt.«

Seine arrogante Andeutung ließ Ariane vor Empörung sprachlos werden. Die Vorstellung, sie könne ihre Vergewaltigung genießen, war eine Beleidigung. »Ich werde *nie* Euer Bett ohne eine Eheschließung teilen. Ich werde nie freiwillig zu Euch kommen!«

»Das werden wir noch sehen.«

In seiner leisen Feststellung schwang eine Drohung mit, davon war Ariane überzeugt, aber es war Ranulfs gefährlicher Blick, der sie weitaus mehr beunruhigte. Seine stürmisch-dunklen Gesichtszüge waren weich geworden, etwas Hitziges und Intensives lag in seinen goldenen Augen. Sie war sich noch nie eines Mannes so bewußt gewesen — seines Körpers, seiner Nacktheit. Als er sich noch fester an sie drängte, sich gegen sie preßte, konnte sie seine erwachende Leidenschaft spüren, die sich erhärtende Wulst seiner Mannheit an ihrem Bauch.

Mit einem entsetzten Aufkeuchen versuchte sie erneut, sich aus seinem festen Griff freizukämpfen, aber seine Finger an ihrem Hals waren wie samtene Fesseln.

»Je eher Ihr mich als Euren Lehnsherren anerkennt, desto einfacher wird es für Euch sein.«

Ariane hielt die Luft an, zwang sich, vollkommen still zu stehen und ihre Angst nicht zu zeigen, doch sie wußte, daß Ranulf ihren Puls fühlen konnte, der wild unter seiner Handfläche hämmerte.

Einen unendlichen Moment lang starrte er auf sie hinunter ... doch dann fiel seine Hand plötzlich von ihr ab, und er lächelte sie herausfordernd an. »Ihr habt Glück, daß ich zu erschöpft bin, um Euch heute Abend angemessen zu versorgen, Demoiselle. Eine feste Regel gilt für mich — ich nehme nie eine Dirne, wenn ich nicht die Energie habe, für ihr Vergnügen ebenso wie für mein eigenes zu sorgen. Aber nachdem ich bereits zwei Tage und Nächte durchwacht habe, vermute ich, daß eine solche

Anforderung jetzt selbst mein Durchhaltevermögen übersteigen würde.«

Er trat zurück und ließ Ariane stehen, der ob solcher Kühnheit die Kinnlade herunterfiel. Er wandte sich um, nahm ein Leintuch und trocknete sich ab. Zu ihrem Entsetzen sah sie, daß seine rote, pralle Erektion fast bis zu seinem Bauch hochstand. Nach einem nervösen Blick dorthin wagte sie es jedoch nicht, ihn noch länger anzustarren.

Als Ranulf bemerkte, daß sie ihren Blick abwandte, schmunzelte er vor Vergnügen. Es war auf eine besondere Art befriedigend, zu sehen, wie verunsichert dieses verachtungsvolle, hochmütige Wesen war. »Ihr solltet Euch geehrt fühlen, Demoiselle«, stichelte er. »Normalerweise erlaube ich es meinen Weibern nicht, daß sie die ganze Nacht über bei mir bleiben dürfen.«

»Geehrt!« Die Frechheit seiner Behauptung raubte ihr den Atem. »Es ist keine Ehre! Und ich bin nicht Euer Weib!«

»In Wahrheit seid Ihr das wohl, Demoiselle. Ihr gehört mir, und ich kann mit Euch nach meinen Wünschen verfahren.«

Das Bedürfnis, ihn in sein arrogantes Gesicht zu schlagen, ließ Arianes Handflächen brennen, aber als sie sah, wie das humorvolle Glänzen seiner Augen heiß und drängend wurde, hielt sie davon ab. »Schurke«, murmelte sie leise, eine Erwiderung, die Ranulf leider hörte.

»Welch verletzter Stolz. Welch selbstgerechte Empörung.«

Ihr Kinn warf sich empor. »Ihr wagt es, Euch über mich lustig zu machen.«

»Ja, das tue ich«, antwortete er mit einem aufreizenden Lächeln. »Ich genieße es, zuzuschauen, wenn Ihr Euch erregt.«

»Ihr seid grausam.«

»Grausam?« Eine scharf geschnittene Augenbraue hob

sich abrupt in die Höhe, und sein Lächeln verschwand. »Ihr glaubt, Ihr verdientet Freundlichkeit? Nachdem Ihr mir gestern so getrotzt habt? Da Eure Handlungen gleichbedeutend waren mit Hochverrat? Ihr solltet Euch glücklich schätzen, Demoiselle. Jeder andere Herr hätte Euch bis zur Ohnmacht auspeitschen lassen, oder er hätte Euch die Beine gespreizt und Euren Leib gebraucht, ohne Rücksicht auf Euren Stand oder Eure Unschuld. Ich hingegen habe Euch kein Leid zugefügt — und ich werde es auch nicht tun, es sei denn, Ihr gebt mir noch einmal Grund dazu.«

Sie wurde stumm, und ihr vorwurfvoller Blick war eine blitzende Mischung aus Ohnmacht und Verzweiflung und machtloser Wut. Diese Reaktion wühlte Ranulf in stärkerem Maße auf, als es eine Fortführung des Streits hätte tun können. Er beschloß, seine Versuche, sie zu provozieren, zu beenden und erwiderte ihren Blick geradeheraus, wobei er versuchte, sich den Anschein von Gleichgültigkeit zu geben.

»Ihr könnt ruhig sein, Verehrteste. So sehr ich Euren Körper auch genießen würde, beabsichtige ich doch, mir das Vergnügen zu versagen. Denn Euch zu nehmen, würde unserem Verlobungsvertrag ein neues Fundament verleihen und unsere Ehe rechtmäßig machen, was Gott verhüten möge. Es würde einen päpstlichen Erlaß benötigen, sie wieder zu annulieren, und mit diesem Aufwand möchte ich nicht belastet sein.«

Ihre Augen wurden ungläubig weit, und er spürte ihren Blick in seinem Rücken, als er durch den Raum ging, um die Kerzen in den Wandhaltern auszulöschen.

Er hatte allerdings die Wahrheit gesagt. Dieses eine Mal war er tatsächlich zu erschöpft, seiner Bettgenossin und auch seiner eigenen fleischlichen Lust zu genügen, trotz des Blutes, daß sich in seinen Lenden sammelte, heiß und machtvoll, trotz der Art, wie seine feurige Braut — ehemalige Braut, korrigierte Ranulf sich — ihn erregte. Er würde sie also zwingen, sein Bett mit ihm zu teilen, obwohl heute Nacht nichts Körperliches zwischen ihnen beiden geschehen würde, nicht heute Nacht.

Und dennoch, ihre offensichtliche Abneigung gegen seinen Körper verletzte seinen männlichen Stolz. Er war noch nie zuvor von einer Frau, die er begehrte, abgelehnt worden. In Wahrheit war es sogar so, daß er mehr Kummer damit hatte, daß die Dirnen zu sehr von ihm angezogen waren. Seine weiblichen Leibeigenen waren oft lautstark um seine Gunst bemüht, wollten ihm eifrig Söhne gebären, die sie über ihren Stand erheben würden und ihnen dadurch zu einem besseren Leben verhelfen könnten.

Sie kannten seine Gefühle in bezug auf Kinder. Er liebte das halbe Dutzend Söhne und Töchter, die er gezeugt hatte — er, der sich ansonsten nicht erlaubte, irgendein Gefühl zu haben, für nichts und niemanden. Kinder waren seine einzige Schwäche, und er war trotzig entschlossen, seinen eigenen ein besseres Leben zu ermöglichen, als er es gekannt hatte, eines ohne die Schande, den Schmerz, die öde Einsamkeit, die er hatte durchmachen müssen.

Ranulf ließ eine einzige große Kerze zur Nacht angezündet und zog die Bettdecke auf, ehe er sich erneut zu Ariane umwandte. »Was zögert Ihr?«

Ihre Vorsicht war zurückgekehrt, wie auch jener stolze Widerstand, der seinen Zorn und seine unfreiwillige Bewunderung erregte.

»Ich sagte Euch doch, ich werde nicht mit Euch liegen«, antwortete sie mit vorgetäuschtem Mut.

Noch nie hatte sie jemanden so rasch reagieren gesehen. Mit zwei Schritten hatte Ranulf die Entfernung zwischen ihnen überbrückt und sie in seine Arme gerissen. Mit drei weiteren hatte er sie zum Bett getragen und auf die weiche Federmatratze geworfen, wo er sie mit der ganzen Länge seines Körpers niederhielt. Rücksichtslos faßte er ihre umherschlagenden Arme und hielt sie ihr über dem Kopf fest.

Schockiert und außer Atem konnte Ariane ihn nur noch anstarren.

»Ihr werdet bei mir liegen, Dirne«, sagte er mit tödlicher Sanftheit. »Ihr werdet mein Bett wärmen, wenn ich Euch das befehle. Ihr werdet meine Stiefel putzen, wenn ich das will. Und bei der Heiligen Jungfrau, Ihr werdet Eure trotzige Zunge in meiner Gegenwart im Zaum halten, habt Ihr mich verstanden?«

Ariane biß die Zähne zusammen und starrte Ranulf innerlich zitternd, doch kochend vor Wut an. »Ja, ich verstehe.«

»Ja, was?«

»Ja, mein Herr.«

Seine glitzernden Augen wurden schmal, als sein Blick sich in ihren versenkte. Plötzlich wurde ihm die Weichheit ihres Körpers unter sich bewußt, und er fluchte leise.

Herrgottnochmal, er brauchte eine Frau. Er hatte längere Zeit zölibatär gelebt, hatte sich in den fünf Monaten der letzten Kampagne oft das Vergnügen versagt. Jetzt eine so hübsche Gefangene dicht bei sich zu haben, würde eine schwere Belastung seiner Standhaftigkeit bedeuten. Aber er hatte sich selbst in dieses Dilemma gebracht. Verflucht, diese direkte Nähe sollte doch ihr eine Strafe sein, nicht ihm selbst!

Ranulf schloß die Augen und zwang sich, langsam auszuatmen. Herr Jesus, er war müde. Durch und durch müde, sein Körper steif vor Erschöpfung — und vor Bedürfnis. Ranulf streckte die Hand aus, um die Laken und die Felldecke über sie beide zu ziehen und verlagerte sein Gewicht von ihr herab. Er drehte sich mit dem Gesicht zur gegenüberliegenden Wand, schloß die Augen und zwang seinen Körper, sich zu entspannen, ließ mit seiner Willenskraft die Anspannung und Erschöpfung aus seinen Muskeln und Sehnen herausfließen.

Ariane wagte es nicht, sich zu bewegen, sie starrte auf seinen Hinterkopf, wobei sie ein Gefühl der Erleichterung überkam. Es schien, als ob Ranulf tatsächlich meinte, was er eben gesagt hatte, daß er nicht vorhatte, sie zu vergewaltigen ... jedenfalls nicht heute abend.

Ihre Auseinandersetzung war nicht so verlaufen, wie sie gedacht hatte. Ranulf hatte ihr nicht weh getan. Er hatte sie mit Drohungen gequält, ja, hatte ihre Furcht mit seinen Sticheleien und Andeutungen geschürt. Und doch war sie immer noch frei, zu einem gewissen Teil. Er hatte sie nicht in den Kerker gesperrt, und dafür war sie dankbar. Gezwungen zu sein, in Ranulfs Zimmer zu schlafen, gar in seinem Bett, war bei weitem die geringere Strafe, denn eingekerkert war sie den Bewohnern von Claredon zu nichts nutze, konnte sie nicht gegen den Schwarzen Drachen verteidigen. Nicht daß sie das heute Abend besonders gut für sich selbst geschafft hätte.

Dennoch hatte sie sich Ranulf nicht ganz unterworfen ... und er hatte sie nicht vergewaltigt ...

Sie zitterte vor Erleichterung, während sie gleichzeitig mit wachsendem Groll hörte, wie Ranulfs Atemzüge in einen geruhsamen Rhythmus fielen. Er hatte offensichtlich keine Angst, ihr den Rücken zuzukehren. Er hatte sich noch nicht einmal die Mühe gemacht, eine seiner Waffen zu verstecken, offenbar in dem Glauben, daß sie niemals den Mut aufbringen würde, sie gegen ihn zu erheben. Mut hatte in dieser Sache allerdings wenig Bedeutung. Sie wäre bestimmt nicht so dumm, einen Anschlag auf sein Leben zu wagen. Selbst wenn sie es schaffte, den Herrn von Vernay umzubringen, so würden seine Vasallen ohne jeden Zweifel seinen Tod rächen, nicht nur an ihr, sondern auch an den hilflosen Menschen von Claredon. Nein, für den Moment würde sie seine Herrschaft anerkennen müssen.

Ihr Blick wandte sich seinem Haar zu, und sie bemerkte, daß seine nassen rabenschwarzen Strähnen zu feuchten Locken geworden waren, die mit blauen Reflexen leicht schimmerten. Einen Moment lang fragte sich Ariane, ob sein Haar wohl so weich und seidig war, wie es aussah, aber sie unterdrückte ihr Verlangen, die Hand auszustrecken und das zu prüfen. Sie senkte den Blick. Über dem Rand der Bettdecke erspähte sie einen Teil seines breiten Rückens und die schrecklichen Narben, die sich quer darüber zogen. Rücksichtslos löschte sie das aufflackernde Mitleid, das sich in ihr regte. Der Herr von Vernay war ein Teufel mit schwarzem Herz, der kein Mitgefühl und kein Mitleid brauchte, von niemandem, und schon gar nicht von seiner hilflosen Gefangenen.

Ariane wandte den Kopf und starrte blind auf das Dach des Himmelbettes über sich, einen stumpfen Schmerz in ihrer Brust. Nein, diese Begegnung mit Ranulf glich in keiner Weise dem, was sie einst erwartet und erhofft hatte.

Dies hätte ihre Hochzeitsnacht sein sollen. Sie hatte von ihrer ersten Nacht mit Ranulf geträumt. Unzählige Male hatte sie sich vorgestellt, bei ihm zu liegen, sich ihrem Mann in Liebe und in Ehren hinzugeben, ihm ihren Körper zu öffnen, seinen zärtlichen Liebkosungen zu antworten ...

Ihre Träume hatten keine Ähnlichkeit mit dieser ... dieser Verhöhnung einer Hochzeitsnacht. Sie teilte sein Bett, ja, doch weder in Liebe noch in Ehren.

Sie waren jetzt Feinde. Der Herr von Vernay hatte sie und ihre Verlobung von sich gewiesen und weigerte sich, sie zu berühren. Sie wiederum war voller Angst und Abneigung vor ihm zurückgeschreckt.

Kapitel 5

Wieder träumte sie von ihrem Liebhaber. Es war eine ständig wiederkehrende erotische Fantasie, die wie Rauchwolken verschwand, als sich die Dämmerung durch die Fensterläden stahl.

Ariane erwachte langsam aus einem unruhigen Schlummer, und verspürte eine unglaubliche Trauer. Nur langsam erinnerte sie sich: ein sehniger Arm, der sich besitzergreifend um ihre Taille geschlungen hatte ... die brennende Hitze eines männlichen Körpers in ihrem Rücken ... eine heftige Sehnsucht in ihr, die heiß und unbekannt und mächtig in ihr hochstieg.

Ranulf.

Süße Mutter Maria ... Sie erstarrte, spürte seine sie einhüllende Umarmung, seinen Stab, der sich pulsierend und hart gegen ihr Gesäß preßte, selbst durch die Lagen ihrer Kleider hindurch. Zwanzig Herzschläge lang lag Ariane starr da, wagte es nicht, sich zu bewegen. Sie konnte Ranulf atmen hören, leise und regelmäßig, fühlte seine entspannte Haltung ...

Gnädiger Gott ... er schlief noch.

Ariane hielt den Atem an und glitt unter seinem Arm hindurch vom Bett. Leise flüchtete sie sich in den Fensteralkoven, und kauerte sich dort zitternd auf dem gepolsterten Sitz zusammen. Nach der Wärme von Ranulfs Bett bot ihr zerknittertes Unterkleid nur noch geringen Schutz vor der morgendlichen Kühle. Und kein Kleidungsstück konnte sie vor ihren eigenen schamlosen, verräterischen Gedanken schützen. Sie konnte immer noch die Keckheit seines Körpers spüren, der seine Männlichkeit an sie drückte, konnte immer noch die namenlose Sehnsucht fühlen, die sie bei seiner unbewußten Umarmung durchflutet hatte.

Heilige Muttergottes, was war nur über sie gekommen? Ihre einzige Ausrede war ihre Schwäche. Zwei Nächte hintereinander hatte sie kaum geschlafen, und ihre Nerven waren überreizt von der Angst und der Erschöpfung.

Als sie ein leises Geräusch hörte, schaute Ariane vorsichtig zu Ranulf. Er hatte sich bewegt und sich quer über das riesige Bett gelegt, eine überaus männliche Figur auf flachsfarbenen Bettüchern. Aufmerksam betrachtete sie seine schlummernde Gestalt, und fragte sich, wie er selbst im Schlaf so achtungsgebietend und kraftvoll aussehen konnte.

Sein Gesicht hatte strenge Züge, sinnlich und doch rücksichtslos gemeißelt. Seine schweren, gerade geschnittenen Augenbrauen waren schwarz wie die Nacht, seine Nase stark und adlergleich, das Kinn eckig mit einem kleinen Grübchen. Lange, ebenholzfarbene Wimpern schlossen über seinen Augen, von denen sie wußte, daß sie einen Braunton hatten, der an Gold grenzte.

Was seinen Körper anging ... Ariane biß sich bestürzt auf die Lippen. Daß sie Ranulf körperlich so anziehend fand, beschämte sie und machte sie zugleich rasend wütend. Sie war zwar nicht mehr das nervöse, sprachlose Mädchen, das er einst so beeindruckt hatte, und dennoch konnte sie ihre jetzige Faszination nicht leugnen. Alte Gewohnheiten ließen sich nur schwer ablegen. Sie hatte von diesem Mann als von ihrem Liebhaber geträumt, das Idol aller Fantasien ihrer Mädchenzeit ...

Abrupt schüttelte sie den Kopf. Sie würde diese Faszination verdrängen, und wenn es jedes Gramm Kraft kosten sollte, das sie besaß. Ranulf war ein kalter, herzloser Teufel, der Mann, der sie zur Geisel gemacht hatte. Sie hatte fünf der besten Jahre ihres Lebens damit verschwendet, auf ihn zu warten und sich nach ihm zu sehnen — und er hatte ihre kostbarsten Träume grausam zerstört, ohne jegliche Reue, hatte ihrem Eheabkommen so leichtfertig abgesagt, als würfe er einen Mantel beiseite, der seinen Zweck nicht mehr erfüllten konnte.

Fluch über dich, Ranulf von Vernay. Sie war ihm gleichgültig. Noch schlimmer, er hielt sie für eine Verräterin, weil sie ihm die Burg verschlossen und dem Lehensmann ihres Vaters zu entkommen geholfen hatte. Der Mann, der ihr Herr und Ehegatte hätte sein sollen, war nun ihr erbitterter Feind.

Das einzig Gute war, daß sie nicht fürchten mußte, von ihm vergewaltigt zu werden. Ranulf hatte sie darauf hingewiesen, daß sie nach kirchlichem Recht verheiratet wären, wenn er ihre Verbindung vollziehen sollte. Und allein der Gedanke daran war ihm offensichtlich zuwider.

Ariane schloß die Augen, versuchte, die Bitterkeit zu schlucken, die sie zu ersticken drohte, versuchte, der stechenden Hitze der nahenden Tränen Einhalt zu gebieten. Verlorenen Träumen nachzuweinen hatte keinen Sinn. Sie mußte ihre Bemühungen auf dic Zukunft richten, darauf, ihre Leute und das Heim, das sie liebte, zu beschützen. Sie waren davon abhängig, daß sie sie schützte, für sie kämpfte.

Wenn sie sich Mühe gab, konnte sie es vielleicht auf irgendeine Art wiedergutmachen, daß sie unfähig gewesen war, Claredon zu verteidigen, irgendwie die Schuldgefühle lindern, die sie empfand, weil sie ihren Vater enttäuscht hatte. Walter hatte sie sicher durch die Jahre des Bürgerkriegs und der Gesetzlosigkeit gebracht, nur um jetzt sehen zu müssen, wie sein Grundbesitz an einen Kriegsherrn fiel, der eigentlich sein Verbündeter hätte sein sollen. Und des Hochverrats angeklagt zu sein, wegen der angeblichen Teilnahme an einem Aufstand gegen den neuen König ... Ariane würde ihren Vater nie eines solch dummen Verhaltens für fähig halten, vor allem nicht, da er so sehr den Frieden für England herbeisehnte. Ganz bestimmt hatte er keinen Verrat im Sinn gehabt, als er Claredon vor einigen Wochen verlassen hatte, um zu Mortimers Burg in Bridgenorth zu reisen.

Doch jetzt war das Leben ihres Vaters womöglich verspielt. Sie hatte seinen Grundbesitz verloren, das einzige, das ihm in seiner Angelegenheit noch hätte nützlich sein können, das Einzige, womit er hätte verhandeln können. Selbst wenn Gott in seiner Güte ihm sein Leben ließ, war doch die Strafe für Verrat hart. Der Gedanke an ihren Vater, geblendet oder mit abgehackten Händen oder entmannt, ließ heiße Tränen in ihr aufsteigen.

Ariane preßte eine Hand an ihren Mund, um das Schluchzen, das in ihr zitterte, zurückzuhalten, aber sie konnte die Tränen nicht verhindern. Heilige Jungfrau, sie war völlig hilflos, konnte nichts tun! Gegenwärtig hatte sie noch nicht einmal die Kraft, die Verlassenheit niederzukämpfen, die sich ihrer bemächtigte ... Sie vergrub ihr Gesicht in den Händen, gab der Anstrengung und der Verzweiflung nach und weinte leise.

»Ich kann mich nicht erinnern, Euch erlaubt zu haben, mein Bett zu verlassen, Demoiselle.«

Der heisere, schlaftrunkene Klang von Ranulfs Stimme ließ sie aufschrecken. Ariane würgte ihr Schluchzen hinunter und wandte sich rasch um. Ihr Blick begegnete seinen goldenen Augen, die sie aufmerksam betrachteten. Sie schluckte schwer und wischte sich hastig die Augen. Ihre Scham über ihre Niederlage war schon groß genug, ohne daß noch die Schande dazukommen mußte, daß sie vor ihm weinte.

»Kommt her.«

Einen Moment zögerte sie, aber der unversöhnliche Ausdruck seiner Augen ließ keinen Widerstand zu, und so ging sie zum Bett. Zu ihrem Entsetzen streckte Ranulf die Hand aus, faßte nach ihrem Kleid und zog sie mit einem sanften Ruck hinunter, daß sie sich neben ihn auf das Bett setzen mußte.

Er beobachtete sie einen langen Moment lang, versuchte festzustellen, ob die Gefühle, die in ihren Augen glänzten echt oder vorgetäuscht waren, ob das leise Schluchzen, das er bei seinem Erwachen gehört hatte, etwa eine kalkulierte Maßnahme war, die sein Mitleid erregen sollte. Er erschrak über das Unglück, das in ihre liebreizenden Züge gemeißelt war, und dennoch konnte er ihr nicht ganz trauen. In Wahrheit traute er keiner Frau und nur wenigen Männern. Und insbesondere die kühle, zauberhafte Schönheit dieser Dirne, mit ihren spitzen nassen Wimpern und den zitternden Lippen, ließ ihn umso mehr auf der Hut bleiben.

Sein Bedürfnis, sie zu berühren, war stark — und außerordentlich beunruhigend. Er verstand das Verlangen, das an seinen Lenden zerrte. Seine übliche morgendliche Erregung hatte ihn unter den Bettlaken hart werden und pulsieren lassen, aber es war ihm durchaus vertraut, in diesem schmerzhaften Zustand zu erwachen — und eine so bezaubernde Dirne so nahe bei sich zu haben, trug nicht dazu bei, sein hitziges Blut zu kühlen. Doch die weicheren Gefühle, die in ihm freigesetzt wurden, verwirrten ihn. Das Bedürfnis, Ariane in seine Arme zu nehmen, sie zu umarmen und zu trösten und ihre Trauer fortzuküssen, war eine neue und überraschende Erfahrung für ihn. Er hatte noch nie eine Frau umarmt nur um ihr Trost zu spenden, ohne daß ihn die Lust getrieben hätte.

Entschieden stählte sich Ranulf gegen das Bedürfnis, sie zu trösten. Er wünschte nicht, daß die Dirne sähe, wie sehr er sie begehrte, oder daß sie merkte, wie sehr ihre Tränen ihm nahegingen. Er würde ihr nicht derartige Waffen geben, die sie gegen ihn verwenden könnte, noch würde er sie auf die Idee bringen, ihre weiblichen Eigenschaften zu nutzen, um ihre Stellung zu verbessern. Im Moment saß sie stocksteif neben ihm, ihr zierliches Kinn trotzig hochgereckt, ihr Blick achtsam.

»Weswegen habt Ihr geweint?«

»Ich weinte nicht«, antwortete sie, doch das Schwanken ihrer Stimme verriet sie.

»Nein?« Er hob die Hand, um mit seinem Zeigefinger eine Träne von ihrer Wange zu wischen. »Und was ist dann diese Nässe auf Eurem Gesicht?« Als sie schwieg, wurde Ranulfs Blick schmal. »Man kann mich mit Tränen nicht manipulieren, Demoiselle. Oder mit sonstigen weiblichen Künsten überreden.«

Ein Blitz neuerlicher Wut durchschoß Ariane bei seiner gefühllosen Annahme, sie sei von kaltblütigen Motiven geleitet. Sie war viel zu stolz, um jemals eine solche Taktik anzuwenden, und außerdem fehlte ihr das Talent dazu. Da sie nie bei Hofe gelebt hatte, besaß sie nur geringe Erfahrung in der Kunst des Kokettierens oder darin, einen Mann dazu zu überreden, das zu tun was sie wünschte. Schließlich hatte ihre Mutter sie immer Ehrlichkeit und Prinzipien im Umgang mit anderen gelehrt.

»Ich bezweifle, daß ein Mann Eures Wesens verstehen würde, wie eine Frau sich in einem schwachen Moment der Verzweiflung ergibt«, sagte sie mit stolzer Stimme.

Er zuckte innerlich ob der Verachtung in ihrem Tonfall zusammen. Ein Mann Eures Wesens. Ein habgieriger Gemeiner, der sich seinen Stand ergaunert hat, der der Ehren nicht würdig ist, die er sich mit dem Schwert angeeignet hat, das meinte sie. Offenbar wußte Ariane von dem Skandal um seine Geburt. Wußte, daß er sich seinen Weg hoch in die Ränge des Adels mit Zähnen und Klauen hatte erkämpfen müssen. Eine hochwohlgeborene Dame wie sie würde ihn selbst für nicht gut genug halten. Nur sein Besitz von Vernay hatte das damals ermöglicht.

Ranulf sah sie scharf an und vermied mit aller Kraft, daß sie sehen konnte, wie ihre Worte ihn getroffen hatten. »Ich habe eine Frage an Euch gerichtet, my Lady, und ich erwarte eine ehrliche Antwort. Warum habt Ihr geweint?«

Ariane wandte ihren Blick ab. »Mein Vater ist als Verräter verurteilt worden ... Ich trage die Schande, seinen Eigenbesitz verloren zu haben ... Ich bin Eure Gefangene ... Ihr habt unsere Verlobung aufgelöst ... Ich glaube, ich habe genug Gründe, zu weinen.«

»Ihr habt nichts, weswegen Ihr Euch schämen müßtet, was den Fall dieser Burg angeht. Eure Niederlage war unvermeidbar.«

»Das ist nicht wahr!« erwiderte sie mit leiser, leidenschaftlicher Stimme. »Ihr hättet Claredon nie einnehmen können, wenn Ihr nicht Betrug und List zu Hilfe genommen hättet.«

Absichtlich ignorierte Ranulf ihre Anklage und unterdrückte seinen Ärger darüber, um lieber mit Logik darauf zu antworten. »Die Tatsache, daß ich ein Blutvergießen und die Kosten einer langen Belagerung vermieden habe, indem ich eine Kriegslist anwandte, beruhigt Euer Gewissen nicht?«

Ariane schüttelte traurig den Kopf. Nichts konnte ihre Schuldgefühle lindern, daß sie ihren Vater enttäuscht hatte.

»Mein Vater hat sich auf mich verlassen.«

»Und mein König hat sich auf mich verlassen«, erwiderte Ranulf vernünftig. »Ich habe Heinrichs Befehle ausgeführt. Bestimmt könnt Ihr das verstehen.«

»Ihr werdet mich niemals davon überzeugen können, daß es nicht Euer Hauptziel war, Eure eigenen Interessen durchzusetzen.«

»Natürlich war es das. Aber überlegt doch meine Position. Ich konnte Euch nicht erlauben, meine Autorität herauszufordern. Ich wäre wie ein Tor erschienen, hätte ich es nicht geschafft, meine eigene Verlobte in Schach zu halten.«

Es gab ihr einen Stich, daß er ein derartig rationales Argument in diesem vernünftigen Tonfall vorbringen konnte, aber ehe ihr eine angemessene Antwort einfiel, befragte er sie schon wegen eines anderen Themas, das sie angesprochen hatte.

»Ihr sagtet, Ihr würdet die Auflösung unserer Verlobung mit Vergnügen zur Kenntnis nehmen. War das die Wahrheit?«

Königlich hob sie ihr Kinn empor. »Ich lüge nicht, my Lord.«

»Und warum weint Ihr dann deswegen?«

»Nur, weil ich Euch nicht mehr zu heiraten wünsche, heißt das noch nicht, daß ich gar nicht heiraten möchte.«

Ranulf beobachtete sie nachdenklich, fragte sich, was sie beunruhigte. Sie war noch jung und hübsch genug — unglaublich hübsch — und würde leicht einen anderen Freier anziehen können. »Ich sehe keinen Grund, warum eine Jungfrau Eures« — sein Blick strich über sie, und sein Ton wurde trocken — »fortgeschrittenen Alters nicht noch in der Lage sein sollte, einen Mann zu umgarnen.«

»Nachdem Ihr mich zurückgewiesen habt? Ohne Mitgift, die ich meinem neuen Herrn zu bieten hätte?« Sie sah fort. »Ich vermute, Ihr habt eine zukünftige Heirat für mich unmöglich gemacht.«

Er hatte eigentlich wenig mit dem Verlust ihres Erbe zu tun gehabt, der Verrat ihres Vaters war die Ursache. »Nicht unmöglich, Demoiselle. Es mag ungerecht sein, daß das Schloß Eures Vaters mir zugesprochen wurde ... aber Eure fehlende Mitgift dürfte kein unüberwindlicher Hinderungsgrund für eine Ehe sein. Ihr seid von der Natur begünstigt. Für ein adliges Mädchen, das noch Jungfrau ist, wird es immer Männer geben, die eine Braut suchen. Vielleicht sind sogar einige meiner Lehnsleute interessiert.«

»Die wären an Euren abgelegten Resten interessiert?«

»Abgelegt?«

»Wer würde mir denn noch meine Jungfräulichkeit glauben, nachdem Ihr mich gezwungen habt, in Eurem Bett zu schlafen?«

Seine Stirn wurde glatt, und er lachte — was sie völlig durcheinander brachte. »Wer würde glauben, daß ich es einer Dirne erlaubt hätte, die ganze Nacht mit mir zu verbringen? Vor allem einer Eures Standes? Keiner, der mich kennt, würde mich beschuldigen, Euch befleckt zu haben. Meine Aversion gegen Adelsdamen ist gut bekannt wie auch meine Fähigkeit, Dirnen zu finden, die gerne das Bett mit mir teilen. Ich habe es nicht nötig, Vergewaltigung als Mittel einzusetzen, das kann ich Euch versichern. Nein, man wird Euch für meine Geisel halten, nicht mehr. In dieser Hinsicht braucht Ihr Euch nicht weiter zu beunruhigen.«

Sie sah ihn skeptisch und verwirrt an. »Wie leicht Ihr Euch über meinen Schmerz lustigmachen könnt.«

Sein Blick wurde weicher. »Ich mache mich über Euch nicht lustig, edles Fräulein.« Er hielt inne und blickte forschend in ihr Gesicht. »Ist Euch eine Eheschließung denn so wichtig?«

»Sie ist für alle Frauen wichtig. Ein Mann kann kämpfen und auf Turnieren sein Können zeigen und durch die Lande reisen. Eine Frau hat nur ihr Heim und ihre Familie, für die sie Sorge trägt.« Sie biß sich auf die Lippe und sah fort. »Und jetzt habe ich keins von beiden mehr.«

Ranulf verlagerte unbehaglich sein Gewicht. Er war es nicht gewöhnt, sich schuldig zu fühlen, aber jetzt spürte er einen Stich. Er hatte sich noch nie über ihre Sicht der Dinge Gedanken gemacht. Er hatte gedacht, ein so junges Mädchen wäre es zufrieden, auf der Burg ihres Vaters zu bleiben, anstatt als die Braut des Schwarzen Drachen in die Normandie geschleppt zu werden — aber vielleicht hatte er sich ihre Zurückhaltung auch eingeredet, um seine eigene Zögerlichkeit zu rechtfertigen. Um sein schlechtes Gewissen zu beruhigen, das ihn mahnte, weil er die Hochzeit nicht vorantrieb. Er hätte früher zu ihr kommen sollen, auf jeden Fall. Aber nun gab Ariane doch vor, ihn zu verabscheuen! Sie hatte scheinbar noch weniger den Wunsch, ihn zu heiraten, als umgekehrt.

»Ihr könntet doch immer noch in ein Kloster eintreten«, schlug er lahm vor, als sie immer noch stumm blieb.

Ariane schüttelte den Kopf. »Ich bin für die Kirche nicht geeignet. Meine edle Mutter sagte immer . . .« Sie verstummte, da sie merkte, daß sie auf gefährliches Terrain geraten war.

»Ja? Was sagte Eure Mutter?«

»Daß meine Zunge zu spitz für den Frieden eines Klosters sei.«

Ranulfs harter Mund verzog sich zu einem plötzlichen Grinsen. »Eine weise Frau, Eure Mutter. Ich habe auch schon die eine oder andere Spitze feststellen können.« Er bemerkte das in Arianes Augen aufblitzende Feuer mit Zufriedenheit, denn merkwürdigerweise zog er dieses Anzeichen von Lebendigkeit ihrer Verzweiflung vor. »Lady Constance ... ich habe sie nur ein einziges Mal, bei der Verlobung, gesehen, und sie war äußerst huldvoll. Sie ist vor einigen Jahren gestorben?«

Ariane wurde bei der Erinnerung steif. »Wir haben sie vor vier Frühlingen verloren«, sagte sie vorsichtig, zurückhaltend, denn sie wollte über den Weggang ihrer geliebten Mutter nicht sprechen. Was die Welt wußte, entsprach nicht der Wahrheit, aber es würde reichen müssen.

»Ihr trauert um ihren Verlust?«

»Ja ... sehr.« Das jedenfalls war wahr.

Er hörte die Trauer in ihrer Stimme, sah den Kummer in ihren Augen. Ohne es zu wollen, hob Ranulf seine Hand, um die zarte Höhlung unter ihrem Wangenknochen zu streichen, doch sie zuckte bei seiner Berührung zusammen und zog sich zurück.

Er verlagerte sein Gewicht, schob die Kissen hinter seinen Rücken und setzte sich aufrecht, wodurch er Arianes Blick auf seinen kraftvollen bloßen Brustkorb lenkte, auf die weiche Matte von lockigem Haar auf seiner Brust. Als sie es sah, erinnerte sie sich an die vergangene Nacht, als sie versucht hatte, Ranulf abzuwehren, und spürte ein völlig unerwartetes Pulsieren in ihrem Körper.

»Ich würde lieber nicht zur ewigen Jungfernschaft verdammt sein«, murmelte sie in einem Versuch, die

Unterhaltung wieder auf das vorherige Thema zu bringen.

»Verdammt? Das ist ein starkes Wort für den ehelosen Stand.« Sein forschender Blick wurde nachdenklich und glänzte mit einer Kraft, die Unheil versprach. »Man würde meinen, es täte Euch leid, daß Ihr noch nie mit einem Mann gelegen habt.«

Unkontrollierbar stieg ein Erröten in Arianes Wangen auf. »Ihr dreht mir die Worte im Munde herum, my Lord. Ich wünsche mir Kinder. Wenn ich die körperlichen Zuwendungen eines Ehemannes erdulden muß, um sie zu bekommen, dann bin ich willens, meine Pflicht zu tun.«

»Erdulden? Pflicht?« Ein amüsiertes Leuchten flammte in seinen Augen auf. »Eure Vorstellung vom Ehelager ist eine alte, scheint es mir. Zweifellos ist es Eure Unschuld, die hier spricht. Wenn Ihr mehr Erfahrung hättet, dann wüßtet Ihr, welch Vergnügen auch in der Pflicht zu finden ist.«

»Und wenn Ihr weniger Erfahrung hättet, my Lord«, gab Ariane trocken zurück, »dann würdet ihr die ernste Verpflichtung des Fleisches angemessen wertschätzen.«

»Ah, aber ich schätze sie doch sehr«, antwortete er, und seine Wärme schwand. »Viel zu sehr, als daß ich eine unwiderrufliche Verbindung riskieren wollte. Obwohl ich durchaus Eure hübschen Reize zu genießen wünsche, so habe ich jedoch keinerlei Absicht, unseren Vertrag zu erfüllen.«

»Ihr werdet nie meine Reize genießen!« erwiderte sie steif. »Ich werde für Euch nicht die Hure spielen!«

Ein provozierendes Lächeln umspielte seinen Mund. »Darum würde ich Euch auch nicht bitten, Demoiselle. Ich mag meine Dirnen mit mehr Honig und weniger Essig. In meinem Bett haben Mädchen bescheiden zu sein und keine Zankteufel.«

Seine leise vorgebrachte Schmähung gab ihr nicht nur einen Stich, sondern verletzte sie tief. Doch sie rettete sich in den Sarkasmus. »Da Ihr mich so unattraktiv findet, erstaunt es mich, daß Ihr damals überhaupt der Verlobung zugestimmt habt.«

Ranulf zuckte mit seinen breiten Schultern. »Ich habe wegen der üblichen Gründe zugestimmt. Ich fand eine Allianz mit Claredon politisch günstig. Und Euer Vater hat die Vereinbarung mit einem Geschenk von Land im Süden versüßt.«

Ariane konnte diese Gründe mit dem Verstand nachvollziehen. Für die meisten Adligen war die Ehe eine Sache kühler Kalkulation, ein Mittel, den Stand zu verbessern, zu Reichtum zu gelangen, Land und Kinder zu haben. Und Ranulf war außerdem noch bestochen worden, damit er sie heiratete. Ihm war nicht ein Lehen gegeben worden, für das er den Lehnseid hätte ablegen und Tributzahlungen hätte leisten müssen, sondern ein Geschenk.

»Ich wollte nie eine Braut, ich wollte Euer Land«, fügte er mit schneidender Ehrlichkeit hinzu.

Ariane schlang ihre Finger ineinander, damit sie aufhörten, zu zittern. Es sollte eigentlich nicht weh tun, die Wahrheit so schonungslos gesagt zu bekommen, aber das tat es doch. Sie blickte auf ihre Hände hinab. »Ist es das, warum Ihr nie zu mir gekommen seid? Weil mein Vater immer noch lebt, und ich noch nicht seinen Besitz geerbt habe?«

Schuldbewußt gab Ranulfs Gewissen einen Stich. Er konnte ihr gegenüber nicht die wahren Gründe für seine Zurückhaltung zugeben: daß er es fürchtete, von jeder Braut betrogen zu werden, daß er eine namenlose Angst davor hatte, daß sich die Treulosigkeit seiner Mutter oder die gewalttätige Rache seines Vaters in seinem Leben noch einmal wiederholte.

»Ja«, flüchtete er sich in eine Notlüge. »Ich sollte den Hauptpreis Eures Erbes — Clarendon — erst beim Tod Eures Vaters in meine Gewalt bekommen, und das schien noch weit in der Zukunft zu liegen. Es schien mir zudem keinen Grund zur Eile zu geben. Beide Seiten genossen die Vorteile dieses Bündnisses ohne die Lasten. Und Walter sah auch keine Dringlichkeit, den Vertrag abzuschließen.«

»Aber nun, da Ihr Clarendon in Eurem Besitz habt, müßt Ihr Euch auch nicht länger mit mir belasten.«

Ranulf preßte die Kiefer aufeinander und fragte sich, wie sie es schaffte, die Wahrheit so zu verdrehen, daß er der Bösewicht war, wo sie doch dieses Unglück selbst über sich gebracht hatte, indem sie dem König trotzte, einem Gefangenen der Krone zur Flucht verhalf, und die Rebellion ihres Vaters unterstützte. »Ich bin nicht in der Pflicht, eine Verräterin mit meiner Treue zu belohnen«, antwortete er zu seiner Verteidigung.

Sie hob ihren Blick — und ihr Kinn. »Ich wüßte gerne, was Ihr vorhabt, my Lord. Was wird aus mir?«

Er runzelte die Stirn. »Wird Euer Vater schuldig gesprochen, so werdet Ihr ein Mündel der Krone. Eine Ehe wird Euch dann vom König zugesprochen, von ihm nach seinem Ermessen zugeteilt. Aber für's erste soll ich Euch als politische Gefangene halten.« Er machte eine Pause. »Es muß Euch doch aufgefallen sein, welchen Wert Ihr als Geisel für Heinrich habt, oder daß Eure Verhaftung vielleicht die Rebellion schneller beenden wird . . .«

Ranulfs Erklärung wurde immer leiser, während ihm die Situation abermals unbehaglich wurde. Warum ließ er es zu, daß sie ihm Schuldgefühle gab dafür, daß er seine Pflicht tat, und warum bloß empfand er für ihre Lage Mitleid? Er sollte doch nach ihren jüngsten verräterischen Handlungen wissen, daß er es sich nicht leisten konnte, ihr gegenüber weich zu werden. Er durfte seine Wachsamkeit nicht verringern. »Ihr seid meine Gefangene, mit der ich nach meinen Wünschen verfahren kann, Demoiselle.«

Angesichts seines plötzlich so schroffen Tons grub

Ariane ihre Fingernägel in die Handflächen. Wie konnte er in einem Moment so sanft und vernünftig und im nächsten so kalt und herzlos sein? »Wenn Ihr vorhabt, mich zu bestrafen, dann würde ich wünschen, daß Ihr es gleich tut.«

»Eure Wünsche interessieren mich nur wenig, edles Fräulein.«

Stimmt, dachte Ariane bitter. Sie konnte auch nichts anderes erwarten. Sie war für Ranulf nichts weiter als eine Feindin, die gebrochen und benutzt werden sollte. Und wenn er mit ihr fertig war, würde er sie an irgendeinen dankbaren Lakaien verheiraten oder sie in irgendein Kloster stecken. Bei der Heiligen Jungfrau, wie konnte sie jemals so zarte Träume über ihn gehegt haben?

Er beobachtete sie genau, sein Gesichtsausdruck war rätselhaft. »Wie auch immer ich von Euch Vergeltung fordern werde«, sagte er endlich, »so wird das geschehen, wann *ich* es will. Wie ich Euch gestern abend bereits mitteilte, habt Ihr jedoch noch Gelegenheit, auf Euer Schicksal Einfluß zu nehmen.«

»Wie ... meint Ihr das?«

Wie sehr sollte er ihr entgegenkommen? fragte sich Ranulf. Trotz seines gerechtfertigten Mißtrauens ihr gegenüber, trotz der geratenen Vorsicht, würde es hilfreich sein, wenn sie bei der Machtübergabe mitarbeitete. Hätte er die Unterstützung ihrer ehemaligen Herrin, so würden die Leute der Burg ihn rascher als ihren Herrn annehmen, vielleicht sogar im Frieden. Und dennoch wollte er Ariane nicht auf die Idee bringen, sie könne seine Verwundbarkeit zu ihrem Nutzen verwenden.

»Ich wünsche, daß Ihr im Hinblick auf die Leute von Claredon mit mir zusammenarbeitet. Ich möchte deren guten Willen. Von den Rittern Eures Vaters wird man die Einhaltung ihres Ehrenkodexes erwarten müssen, aber nicht von den Leibeigenen und den Freien. Ich will nicht, daß sie gegen mich sind, womöglich eine Rebellion anzetteln. Es ist nie lohnend, gegen den eigenen Besitz Krieg zu führen, und ich habe nicht die Absicht, meine Kasse durch unnötigen Streit zu belasten.«

»Noch ist Claredon nicht Euer Besitz. Mein Vater ist noch nicht verurteilt worden, ihm ist noch nicht einmal ein Gerichtsverfahren zuteil geworden. Ihr seid hier noch nicht der Herr.«

Ranulf besann sich auf die Selbstbeherrschung, die er sich so gnadenlos anerzogen hatte, und zwang sich, seine Antwort milde zu gestalten. »Ich *bin* der Herr, nach Heinrichs Befehl. Ich halte diesen Ort, Demoiselle. Und was mein ist, das behalte ich auch.«

»Dann könnt Ihr es auch ohne meine Hilfe halten.«

Wut verdunkelte seine Züge. Sie würde sich nicht leicht beugen, das spürte Ranulf langsam.

Ohne Warnung warf er die Bettdecke zur Seite. Erschrocken sprang Ariane auf und sah ihn entsetzt an.

»Wenn Ihr Eure mädchenhafte Tugend bewahren wollt«, sagte er höhnisch, »dann schlage ich vor, daß Ihr Euch zurückzieht. Ich wünsche mich zu bekleiden.«

Sofort floh sie in eine Ecke des Raumes.

Ranulf zog einen Mundwinkel hoch, als er sich vom Bett erhob und nackt auf die Tür zuschritt. Er öffnete sie und brüllte seinem Knappen zu, er möge sich erheben. Dann ging er zur Bank, an der er sich am vergangenen Abend ausgezogen hatte, zog seine Beinkleider an und band die Kordel in der Taille zusammen.

»Ihr habt zwei Tage, um Euer Verhalten zu bedenken«, sagte er mit gezwungenem Gleichmut zu Ariane. »Ich reite heute morgen nach Wyclif und werde mindestens eine Nacht dort bleiben. In meiner Abwesenheit wird mein Vasalle Ivo de Ridefort die Herrschaft über die Burg haben. Ihr werdet hier festgehalten bis zu dem Zeitpunkt, an dem Ihr mir als Eurem Lehensherr den Eid schwört.«

»Den werde ich nie schwören.«

Nur mit Mühe konnte Ranulf sich beherrschen. Die

Dirne hatte dringend eine starke Hand nötig, die ihren Trotz bändigte, und es würde seine Hand sein. Er war entschlossen, ihren Willen zu brechen — irgendwann, sobald er ein Mittel gefunden hatte, durch das er mit ihr fertigwerden konnte, abgesehen von körperlicher Gewalt. Bis jetzt hatte nichts funktioniert. Aber zwei Tage dürften ausreichen, um über eine passende Vorgehensweise zu entscheiden.

»In der Zwischenzeit«, fuhr er fort, als hätte sie die letzten Worte nie gesprochen, »dürft Ihr Euch frei in diesem Raum bewegen. Ich werde Euch nicht fesseln lassen, und Eure Damen dürfen Euch dienen.«

»Eure Großzügigkeit überwältigt mich, my Lord.«

»Vorsicht, Demoiselle. Meine Geduld ist bald am Ende.«

»Wirklich? Ich vermute, ich sollte jetzt vor Furcht zittern?« erwiderte sie beißend.

Er warf ihr einen dunklen festen Blick zu. »Wäret Ihr weise, so tätet Ihr das. Ich kann Euch eine Menge Leidens zufügen.«

»In der Hinsicht habe ich nicht den geringsten Zweifel. Ich würde von einem Rohling nichts anderes erwarten.«

»*Rohling*?« Seine schwarzem Brauen zogen sich bei dieser ungerechten Beschimpfung zusammen. Er hatte sich große Mühe gegeben, sie sanft zu behandeln — sogar mit weitaus größerer Milde, als sie es verdiente. Aber er war ein Dummkopf, sich von ihr herausfordern zu lassen, das erkannte Ranulf jetzt. Wenn er es zuließ, daß ihre spitzen Bemerkungen ihn dazu provozierten, seinen Gleichmut zu verlieren, dann belohnte er sie damit, daß sie in dieser Schlacht die Oberhand gewann.

Ranulf schüttelte den Kopf, gab leise ein rauhes Lachen von sich und zwang sich, seine steifen Muskeln zu entspannen. »Habe ich Euch etwa weh getan, my Lady?« brachte er dann mit Mühe eine gelassene Antwort heraus.

»Nein ... doch habt Ihr mir auch nicht den geringsten Respekt gezollt.«

»Das Recht darauf habt Ihr durch Euren Trotz verloren. Euer Stand ist nunmehr nicht höher als der eines Leibeigenen.«

Ariane starrte ihn wütend an. Wenn er gehofft hatte, sie ducken zu sehen, hatte er noch einiges zu lernen.

Es brauchte jedoch alle ihre Willenskraft, nicht zusammenzuzucken, als Ranulf sich umwandte und wie nebenbei zu ihr geschlendert kam. Er starrte sie finster an, seine bernsteinfarbenen Falkenaugen waren in ihrer Intensität beunruhigend.

»Ihr werdet Euch mir ergeben, Demoiselle«, versprach er ihr leise. »Ihr werdet mich Herr und Gebieter nennen.«

Ariane sammelte jedes Quentchen an Mut, das sie besaß und hob trotzig ihr Kinn. »Ihr mögt hier der Herr sein, Sir Ranulf, doch Ihr werdet nie, *nie* mein Gebieter sein.«

Ein grausames Lächeln trat plötzlich auf seine Lippen, ein gefährliches, wolfsartiges Grinsen, das ihr Böses ankündigte. »Paßt auf, Dirne. Ich könnte durchaus die Herausforderung annehmen, Euch zu zähmen. Ich glaube, mir könnte der Versuch sogar gefallen.«

Ariane fixierte ihn mit einem glitzernden, wütenden Blick, den Ranulf schlicht ignorierte, während er sich zum Becken umwandte, um sich zu waschen.

Der Knappe trat mit einem Tablett ein. Ranulf nahm sein Frühstück, das aus einem Stück Brot, kaltem Wildbret und einem Glas Wein bestand, während der Knappe ihm in seine Rüstung half. Binnen kürzester Zeit war er nach ritterlicher Art angezogen. Sein Brustharnisch aus geschmiedeten Ketten lag eng an seinem breiten Brustkorb an und goldene Sporen waren an seinen Stiefeln angebracht.

Ranulf schaute Ariane an, während er sich einen ledernen Hüftgürtel anlegte, an dem das Schwert in seiner Scheide hing. »Wenn ich zurückkehre, werden wir unsere Unterhaltung beenden. Ich schlage vor, daß Ihr Eure Antwort sorgfältig überlegt.«

Ohne ein weiteres Wort zu sagen, legte er einen konischen Helm mit breitem Nasenschutz an, der den meisten Teil seines Gesichts verdeckte. Dann wandte er sich um und verließ den Raum, wobei sein Knappe ihm dicht auf den Fersen folgte.

Mit einem dumpfen Knall schloß sich hinter ihnen die eichene Tür, und Ariane hörte das sanfte Scharren eines Riegels, der vorgeschoben wurde. Sie war allein. In machtloser Wut starrte sie die Tür an. Er hatte sie eingeschlossen — nachdem er mit ihr umgegangen war wie mit den niedrigsten Leibeigenen, oder schlimmer noch — wie mit einem *Weib.* Mochte Gott doch diesen hartherzigen Schurken strafen! Sie konnte ihren Ärger kaum zurückhalten, konnte eher den legendären Zorn des Schwarzen Drachen akzeptieren, als von ihm derart beiseitegeschoben zu werden.

Leise Verwünschungen vor sich hinmurmelnd, trat sie an eine der Fensterlaibungen und machte den Laden auf. Die Fenster des herrschaftlichen Raumes waren aus Scheiben von kostbarem Glas gefertigt. Sie sah hinunter auf die Schloßanlagen. Eine Truppe von Rittern und Bogenschützen auf Pferden, die mit Kettenpanzern oder ledernen Brustwehren bekleidet waren, erwarteten den Herren von Vernay im inneren Hof, während sein scharlachrotes seidenes Banner, auf dem der aufrechtstehende Drachen zu sehen war, in der Brise flatterte.

Kurz danach sah sie Ranulf, der mit großen Schritten über den Hof auf ein riesiges schwarzes Kriegspferd zuschritt. Nachdem er das Roß bestiegen hatte und seine Waffen von einem Knappen entgegengenommen hatte, sah er ausgesprochen gefährlich aus. Das Sonnenlicht des frühen Morgens reflektierte von der sieben Meter langen Stahllanze und dem hohen, drachenförmigen normannischen Schild, und seine frisch polierte Rüstung glitzerte silbern. Dann ließ Ranulf sein Streitroß auf der Stelle wenden und führte unter seinem Drachenbanner die Gruppe berittener Leute durch die inneren Höfe. Sie durchquerten den äußeren Hof in einem leichten Galopp und donnerten dann über die Zugbrücke des Schlosses, ohne innezuhalten.

Ariane sah ihnen lange nach, selbst noch, als sie schon außer Sicht waren. Irgendwann jedoch wurde es ihr bitter bewußt: Die Geräusche des Burglebens waren wieder normal geworden. Die Laute der Tiere in ihren Ställen, das unregelmäßige Klingen des Hammers in der Schmiede, die Schreie der Falken in ihren Mauserkäfigen waren nicht anders als unter der Herrschaft ihres Vaters, vor der Ankunft des schwarzen Drachen. Das Leben ging weiter, so wie immer, trotz der Veränderung in der Herrschaft.

Nur für mich selbst nicht, dachte sie verzweifelt. Sie war jetzt Ranulfs Geisel, in diese Kammern eingeschlossen wie irgendein hochwohlgeborener Verbrecher. Sie waren eingeschworene Feinde, in einen Kampf des Willens verstrickt — in einen Kampf, den sie nicht verlieren durfte. Es ging um zuviel. Viel zuviele Leben hingen von ihr ab.

Ariane wandte ihren Kopf nach Osten, zur aufgehenden Sonne, und schaute über die prächtigen Felder und grünen Wiesen, die durch einen goldenen Nebel schimmerten. Ihre Augen wurden beim Anblick des dahinter gelegenen Waldes feucht.

Mutter wie sehr wünschte ich mir, daß Du jetzt hier wärest, um mich anzuleiten.

Aber ihre Mutter war nicht mehr da, erinnerte Ariane sich bitter. Noch war es ihr Vater. Sie mußte mit diesem schrecklichen Dilemma selbständig fertig werden. Irgendwie, auf irgendeine Art mußte sie den schwarzen Drachen in seine Schranken verweisen und Claredon zurückgewinnen. Und da sie eine Frau war, mußte sie mit denjenigen Waffen, die ihr zur Verfügung standen, auskommen. Aber sie würde Ranulf von Vernay besiegen, und wenn es nur mit ihrem letzten Atemzug geschehen konnte.

Kapitel 6

Am Nachmittag des nächsten Tages ritt Ranulf mit seinen Rittern und Wachleuten wieder auf Claredon zu, sehr zufrieden mit seinen jüngsten Erfolgen. Die hölzernen Tore von Wyclif hatten sich ihm ohne Kampf aufgetan, und er hatte mit Leichtigkeit die Gewalt über die nächstgelegene Herrschaft von Walter erlangt. Viele der Vasallen hatte ihrem neuen Herren bereits die Treue geschworen, und diejenigen, die sich weigerten, würden von ihren Familien mit Geldzahlungen ausgelöst werden. Die Unterwerfung von Claredon ging also vonstatten, wie er es geplant hatte.

Mit der Ausnahme eines kleinen Details, dachte Ranulf bitter. Die Herrin von Claredon. Seine ehemalige Verlobte. Wie er mit Ariane umgehen sollte, war sein größtes Dilemma. Immer noch nagte Ärger in ihm, Ärger über ihren Trotz, doch er spürte, daß er wider seinen Willen ihr gegenüber weicher wurde.

Reiner Wahnsinn, dachte Ranulf unmutig. Ariane hatte nicht die geringste Reue darüber gezeigt, daß sie ihm den Zugang zur Burg verwehrt hatte, oder darüber, daß sie ihrem Lehensmann geholfen hatte zu fliehen. Auch hatte sie nicht im Geringsten erkennen lassen, ob sie bereit war, sich seinem Willen zu unterwerfen. Obwohl ihre Weigerung, sich zu beugen, seine Bewunderung erregte, konnte er es nicht zulassen, daß sie ohne Bestrafung davonkam, denn er mußte bei ihren Leuten den Respekt wahren. Doch wie sollte er das erreichen? Eine Strafe zu wählen, die ihrem Vergehen entspräche, war nicht die Schwierigkeit. Jedoch eine zu erdenken, mit der sein Gewissen zurechtkäme, war es sehr wohl. Darüber hinaus verspürte er nicht den Wunsch, weiterhin mit ihr zu kämpfen. Er wollte einen friedlichen Übergang der Herrschaft, und dafür brauchte er Lady Ariane, brauchte sie und begehrte sie. Obwohl er das ungerne zugab, erregte sie sein Blut, wie es seit Jahren keine Dirne mehr getan hatte. *Geistloser Trottel, daß du sie mit deinem Mitleid spielen läßt! Gerade in diesem Moment wird sie wahrscheinlich deinen Niedergang aushecken.*

Doch zu seinem eigenen Unwillen spürte Ranulf, wie sein Puls erwartungsvoll schneller wurde, als sie über eine Bergkuppe ritten und er die grauen Mauern von Claredon in der Ferne erspähte. Er mußte seinen tänzelnden Hengst zügeln, der seine Erregung spürte.

Ranulfs Mund verzog sich im Spott über sich selbst. Er war ehrlich erfreut darüber, in seine neue Burg zurückzukehren und die kühle trotzige Schönheit zu konfrontieren, die ihn dort erwartete. Allerdings hatte sie seine Gedanken in letzter Zeit viel zu sehr beschäftigt.

Als er neben sich ein Räuspern hörte, wandte er sich um und stellte fest, daß Payn ihn genau beobachtete. Ein Lächeln amüsierten Verständnisses war unter dem stählernen Helm zu erkennen.

»Du hättest gestern nacht doch die Dirnen der Burg ausprobieren sollen, Herr. Da gab es eine kleine flammenhaarige Süße, die selbst deinen verwöhnten Geschmack getroffen hätte.«

Ranulf ging auf diese Bemerkung nicht ein. Payn wußte, daß er das Vergnügen nicht mit der Pflicht vermischte.

»Hast du die Dame in dein Bett genommen?«

Ranulfs Kopf wirbelte herum. »Wen?«

»Ich kann mir nur eine Frau vorstellen, die deinen Geist so erbarmungslos beschäftigen kann, daß du deine Waffenbrüder vergessen würdest. Du hast in den letzten Stunden kaum mehr ein Wort gesagt. Deine Verlobte meine ich, natürlich.«

»Ich habe sie nicht angerührt«, zischte Ranulf durch zusammengebissene Zähne.

»Das dachte ich mir. Deine Laune war auch zu schlecht dafür.«

Nur wenige Menschen durften den schwarzen Drachen

selbst auf freundliche Weise hochnehmen, ohne Strafe zu fürchten. Aber Ranulf und Payn waren in dem selbem Adelshaushalt in der Normandie aufgezogen worden. Payn kannte seine tiefsten Geheimnisse, kannte die Dämonen, die ihn trieben.

»Es sind nicht nur meine Lenden, die mich schmerzen«, erwiderte Ranulf trocken. »Es ist ihr Benehmen. Die Dirne hört nicht auf, mir zu trotzen.«

»Wenn du sie willst, dann nimm sie dir. Du wärst nicht der erste Ritter, der eine edle Geisel als Kriegsgewinn beansprucht.«

Ranulf verzog den Mund. »Du bist ganz offensichtlich im Kirchenrecht nicht bewandert, sonst wüßtest du, wenn ich sie mir 'nähme', wie du mir rätst, dann wäre sie in Wahrheit meine Frau. Und das ist wahrlich das Letzte, das ich will: diese verräterische Dirne zur Frau zu haben.«

»Aber du mußt zugeben, daß sie hübsch und anmutig ist.«

Ranulf grunzte. »Wie die Blüte der Schierlingspflanze, aber ihr Gift ist tödlich.« Er zog eine Grimasse. »Ich dachte, daß ich einem süßen, gehorsamen Mädchen versprochen sei, doch die Dirne hat eine Zunge, die so spitz ist wie ein Messer, und ihr Willen ist so störrisch wie der eines Esels. Sie wird nicht nachgeben. Und sie ist zudem gefährlich — man kann ihr nicht trauen.«

»Dann wirf sie in den Kerker und laß es damit gut sein.«

»Sie ist eine Dame!« erwiderte Ranulf hilflos.

Payn gab ein leises Lachen von sich und schüttelte den Kopf. »Ein schöner Drachen bist du mir. Ich habe dich gnadenlos mit deinen Feinden umgehen sehen. Aber bei dieser Dirne hast du nicht mehr Willenskraft als das zarteste Kätzchen. Ich rate dir, festige dein Herz, mein Herr, sonst wird die Dame Ariane dein Mitgefühl am Ende für Schwäche halten.«

»Ja so ist es«, stimmte Ranulf angesichts seiner Unfähigkeit kleinlaut zu. »Ich muß ihr unbedingt zeigen, wer der Herr ist und wer die Geisel.«

»Du könntest auch immer noch deine sarazenische Bettgespielin aus der Normandie herrufen, damit sie deine Schmerzen lindert und deine Gedanken von deiner ehemaligen Braut fernhält.«

Ranulf lachte lauthals bei diesem provokanten Vorschlag. Payns Neckerei hatte ihm seine gute Laune wiedergegeben. Obwohl sie nicht seine einzige Liebesdienerin war, so war Layla bei weitem die beste. Und doch war selbst sie nicht den Preis wert, den er für ihre exquisiten Dienste würde zahlen müssen. Er hatte kein Verlangen, einer besitzergreifenden, gierigen Dirne wie ihr eine derartige Gnade zu erweisen, denn sie würde mitleidslos ihren Vorteil aus seiner Schwäche zu ziehen wissen. Aus diesem Grund hatte er Layla während des ausgedehnten militärischen Kampfzuges nicht mitgenommen.

»Ich könnte mir die Kosten, sie herzuholen, nicht leisten«, erwiderte Ranulf trocken.

»Wie wirst du denn dann also mit deiner ehemaligen Braut umgehen?« fragte Payn.

»Das weiß ich nicht.« Ranulf verfiel in Schweigen und bedachte zum wiederholten Male sein Dilemma. Wenn er nicht eine gute Lösung fand, würde Ariane sich als tödlicher Dorn in seiner Seite erweisen.

Besitzergreifend betrachtete Ranulf die steinerne Burg, die hoch und königlich in der Ferne vor ihm aufstieg. Vielleicht hatte er doch einen Fehler gemacht, daß er nicht vorher schon nach England gekommen war ... Obwohl, selbst wenn er Ariane zur Frau genommen hätte, hätte er Claredon nicht als sein eigen beanspruchen können, jedenfalls nicht solange ihr Vater Walter lebte. Aber jetzt war die Burg sein, durch königlichen Erlaß. Seine Lehensherrschaft über Claredon bedeutete ihm mehr, als er zugeben wollte. Zum ersten Mal in seinem Leben leuchtete in seiner Zukunft die Vision von Frieden. Hier hatte er die Möglichkeit, neu anzufangen. Dies war nicht Vernay, mit seinem Erbe von Haß und Qual. Claredon war eine reiche Herrschaft, war einen großen Herren wert — und er wollte ihrer wert sein.

Ranulf spürte Hoffnung in sich aufkeimen, während er die üppige Landschaft betrachtete. Er hatte niemals gewagt, sich nach einem solchen Glücksfall zu sehnen, außer in den geheimsten Winkeln seiner Seele. Selbst jetzt konnte sich sein Glück noch als vergänglich erweisen. König Heinrich bevorzugte ihn derzeit, weil er gut und hart gekämpft hatte, um die Krone zu unterstützen. Doch Heinrich konnte ihm jederzeit alle Ehren aberkennen, oder ihn wieder in den Stand eines Bastards zurückverweisen, wenn seine königliche Laune ihm dies diktierte.

Bis dahin hatte er jedoch vor, seinen Wohnsitz in Claredon zu nehmen. Im Moment wollte er den Preis, der ihm zuerkannt worden war, genießen.

Er wollte ein gerechter Herr sein, beschloß Ranulf mit einer unvertrauten Sehnsucht. Doch die Dame Ariane würde seine Herrscherfähigkeiten stark beeinflussen. Ohne ihre Solidarität könnte er gezwungen sein, mit den Leuten von Claredon hart umzugehen. Seine ehemalige Braut konnte ihm sogar noch mehr Ärger verursachen, als sie es bislang schon getan hatte.

»Ich werde mir irgendetwas ausdenken müssen«, murmelte Ranulf zu sich selbst. »Ich werde diesen Ort nicht aufgeben.«

»Vielleicht solltest du eine andere Strategie anwenden«, schlug Payn jetzt vor. »Wie du sagtest, ist die Geisel eine Dame — ein Mitglied des schönen Geschlechts — und ist daher der Überredungskunst zugänglich. Warum bringst du also deine allseits bekannten Talente nicht nutzbringend an?«

»Talente?«

»Wenn irgendjemand die Dame dazu verführen kann

nachzugeben, bist das wohl du, Ranulf. Du mußt ja nicht tatsächlich die Ehe mit ihr vollziehen. Aber ohne Zweifel würdest du doch die Herausforderung, sie zu zähmen, angenehm finden!«

Verführung? Ariane? Ranulf wurde bei dem Vorschlag still. In Wahrheit hatte er tatsächlich diesen Weg bereits bedacht, allerdings nicht ernsthaft.

Aber vielleicht *sollte* er seine Strategie tatsächlich ändern, um ihr Wohlwollen zu gewinnen. Er wußte, wie er eine Dirne übereden mußte, so daß sie seinen Willen befolgte. Jedenfalls die normalen, dachte Ranulf mit einem jämmerlichen Grinsen.

Die Dame von Claredon mochte sich aber als eine wesentlich größere Herausforderung erweisen, als er bewältigen könnte. Ariane reagierte auf ihn entweder mit eisiger Ablehnung oder mit kochendem Spott. In Vernay stolperten die Dienstmägde meist übereinander bei dem Versuch, in sein Bett zu gelangen. Aber so war Ariane nicht.

Ranulf lachte sich im Stillen aus. Wenn er sich irgendetwas auf seine Erfolge bei Frauen einbilden wollte, so war sie imstande, dies schnell zu unterbinden.

Aber Ariane war seine Geisel, unter seiner Kontrolle, was ihm vor ihr einen Vorteil verschaffte. Und ohne es eigentlich zu wollen, hatte er die idealen Voraussetzungen für eine Verführung geschaffen. Sie zu zwingen, mit ihm das Bett zu teilen, mußte ja keine Strafe, sondern konnte ein Mittel sein, ihre Ergebung zu erreichen.

Wäre sie in der Lage, ihm zu widerstehen, wenn er sich wirklich daran machte, sie zu gewinnen? Seine Mundwinkel zogen sich in einem Lächeln nach oben. Wie gerne würde er durch diese eisige, verachtungsvolle Fassade brechen, die sie ihm zeigte. Beweisen, daß er diese stolze Verachtung zum Schmelzen bringen konnte. Sollte es ihm im übrigen gelingen, so würden die Vorteile den Aufwand bei weitem überwiegen.

»Ich könnte tatsächlich meine Fähigkeiten erproben«, erwiderte Ranulf gedankenvoll.

Er hatte die Worte kaum gesprochen, als er eine rasche Bewegung im dicht bewachsenen Unterholz bemerkte. Sie waren einen eingefahrenen Weg entlanggeritten, der von Eichen und Ulmen gesäumt war, doch Ranulf hatte seiner Umgebung wenig Aufmersamkeit gewidmet. Plötzlich rauschte ein Pfeil an seinem Kopf vorbei, gefolgt von einem spitzen Aufschrei, da einer seiner Bogenschützen in die Brust getroffen worden war.

»Herr Jesus Christus, ein Hinterhalt!« brüllte Ranulf.

Stahl zischte, als er sein Schwert zog. Mit seinen über Jahre des Kampfes geschärften Reflexen ließ er sein Roß auf der Stelle wenden und stürmte in den Wald, wo die Angreifer sich versteckt hielten. Payn war dicht hinter ihm.

Ein Hagel gefederter Pfeile kam mit tödlicher Absicht aus den Bäumen geflogen, aber die Männer Ranulfs ritten mutig in den Kampf hinein, gegen eine Horde von Bogenschützen und Bauern, die mit Sicheln bewaffnet waren. Doch die Anführer der Bande waren Ritter in Kettenhemden. Der Wald wurde durch das singende Zischen der Pfeile und das Klingen von Stahl auf Stahl lebendig.

Ranulf erledigte einen Bogenschützen, der seinen Pfeil direkt auf ihn gerichtet hatte, während Payn einen Rebellen mit seiner Lanze von einem Baum holte. Als er einen Reiter entdeckte, der den Männern im Hinterhalt Befehle zurief, spornte Ranulf sein Pferd an, um ihn im Kampf zu engagieren, da er offensichtlich der Anführer der Truppe war.

Ihre Schwerter kreuzten sich, und Ranulf zeigte seine Zähne in einem wölfischen Grinsen. Blutgier sang in seinen Adern.

Eine Weile hielt der fremde Ritter noch sein Terrain, aber an seinen Verteidigungsmanövern wurde bald deutlich, daß Ranulfs Geschick und seine schiere Kraft triumphieren würden. Er war kurz davor, einen letzten Schlag zu tun, als er rechts von sich ein heiseres Brüllen hörte.

»Mein Herr, hinter Euch!«

Er wandte den Kopf, aber nicht mehr rechtzeitig. Ein Leibeigener stürmte wild auf ihn zu, eine Mistgabel in der Hand wie eine Lanze. Ranulf spürte die Zinken sein Kettenhemd durchdringen. Die Gabel stach schmerzhaft in seine Seite, aber die Rippen trugen den Stoß des Angriffs. Er wandte sich im Sattel um, gab einen Kriegsschrei von sich, hob sein Schwert in die Höhe und ließ es heruntersausen, wobei er den Mann beinahe in zwei Teile spaltete.

Heftig atmend beugte sich Ranulf über den Hals seines Pferdes und lehnte seinen Körper gegen den hohen hölzernen Knauf seines Sattels. Als er um sich sah, war der Kampf fast schon zu Ende gegangen. Seine Männer obsiegten, erkannte Ranulf mit nur geringer Zufriedenheit. Die Kerle waren erledigt oder vertrieben, und etliche von ihnen lagen auf dem Boden hingestreckt, tot oder sterbend. Doch der feindliche Ritter war geflohen und hatte die Reste seiner rebellierenden Truppe mit sich genommen.

Payn gab den Befehl, dem fliehenden Feind zu folgen, und nachdem einige von Ranulfs Leuten gehorsam losgaloppiert waren, brachte er sein Streitroß neben das seines Herrn. Der Wald war merkwürdig still geworden, abgesehen von dem schweren Atmen der erschöpften Pferde und dem Keuchen der Männer.

»Du bist voller Blut«, bemerkte Payn sorgenvoll.

Ranulf schüttelte den Kopf, seine Züge dunkel vor Wut. »Ich werde überleben. Das ist mehr, als ich über den armen Kerl da drüben sagen kann.«

Einer seiner Bogenschützen lag auf dem Boden des Waldes hingestreckt, ein Pfeil hatte sein tödliches Ziel mitten in seiner Brust gefunden. Ein leises Stöhnen erregte Ranulfs Aufmerksamkeit und er wandte seinen

Blick auf einem anderen hingestreckten Kameraden — und stieß einen wilden Fluch aus.

»Burc ...« Ranulf hielt sich die schmerzenden Rippen und stieg rasch vom Pferd ab, um sich neben den Jungen zu knien und sorgfältig den Pfeil zu begutachten, der ihm aus der blutigen Schulter stakste.

Sein Knappe stöhnte wieder und blickte ihn mit schmerzerfüllten Augen an. »Ich bitte Euch um Verzeihung, mein Herr. Es war so dumm von mir.«

»Schsch, Junge. Nicht reden. Du trägst keine Schuld.«

Ranulf fluchte noch einmal, diesmal über sich selbst. Er allein war schuld an dieser Sorglosigkeit, mit der sie geritten waren, weil er es zugelassen hatte, daß seine Gedanken von einer hellhaarigen, samthäutigen Dirne abgelenkt gewesen waren. Er hatte seine Truppe geradewegs in einen Hinterhalt geführt.

Mit der Qual der Selbstverurteilung steckte er sein Schwert in die Scheide. Er mißachtete seine eigenen Wunden, beugte sich hinab, hob behutsam seinen Knappen auf die Arme, und übergab ihn einem berittenen Vasallen, mit dem Befehl, eilig nach Claredon zu reiten und den Wundarzt aufzusuchen. Glücklicherweise war der Junge in Ohnmacht gefallen und würde wenig von dem holpernden Ritt mitgekommen. Ranulf konnte nur hoffen, daß der Junge so lange ohnmächtig blieb, bis der Pfeil entfernt worden war — und daß der stählerne Pfeilkopf sauber entfernt werden konnte. Er hatte mehr Männer als er erinnern wollte daran sterben sehen, daß ihre Wunden durch Schmutzreste vergiftet worden waren.

Er fühlte eine große Müdigkeit auf sich hinabsinken, während er zusah, wie sein Knappe fortgetragen wurde. Sein Blut raste noch in den Adern von diesem jüngsten Kampf, doch es war begleitet von einer tödlichen Wut. Herrgott nochmal! Seine Truppe war von Bauern angegriffen worden, die mit Mistgabeln bewaffnet waren und von rebellierenden Rittern angeführt wurden! Die Vorstellung von Simons Gesicht stieg in ihm auf, rasch gefolgt von dem der Gefährtin dieses Ritters, Ariane von Claredon.

»Wir haben fünf Männer getötet und zwei Gefangene genommen, beide verwundet«, teilte ihm Payn mit. »Einer scheint ein Ritter zu sein.«

»Wieviele sind entkommen?«

»Ein Dutzend ungefähr, würde ich denken.«

»Tragt die Gefangenen nach Claredon«, befahl Ranulf grimmig, »und kettet sie im Kerker an. Und versorgt auch ihre toten Kameraden. Ihr wißt, was zu tun ist.«

»Jawohl, my Lord.«

Die Leichen der gefallenen Rebellen würden an den Burgmauern zur Schau gestellt werden, um anderen als Abschreckung zu dienen. Seine Feinde sollten schon noch erfahren, daß es sinnlos war, dem neuen Herren von Claredon zu trotzen.

»Und Payn, ich will, daß fortan regelmäßig Patrouillen ausgeschickt werden.«

»Wie du willst, Herr. Wir werden die gesetzlosen Banditen schon noch bei Fuß bringen. Widerstand wird denen nichts nutzen.«

»Ja, sie werden schon sehen, was ihnen Rebellion einbringt«, bestätigte Ranulf dunkel, als er sich umwandte und sein Roß bestieg.

Die Glocke der Kapelle hatte gerade zur Vesper geläutet, als die Eichentüren zu den herrschaftlichen Privatgemächern aufkrachten. Ariane erschrak tödlich bei diesem Lärm, obwohl sie schon vorher von Ranulfs Ankunft erfahren hatte, da das Horn des Torhüters das Nahen von Reitern angekündigt hatte. Sie mußte mit Schrecken sehen, wie die Leichen von mehreren Männern von den Pferden geholt und achtlos auf dem Boden gestapelt worden waren. Eine ihrer schlimmsten Besorgnisse war scheinbar Wahrheit geworden: Daß die Leute von Claredon die gnadenlose Wut des schwarzen Drachens zu erleiden hätten.

Nun schlug ihr das Herz bis zum Halse, als sie die kraftvolle, bedrohliche Figur anstarrte, die im Türbogen stand. Der hohe Helm mit dem breiten Nasenschutz verdeckte einen Großteil von Ranulfs Gesicht, doch seine wilden goldfarbenen Augen durchstießen sie förmlich, während sich sein harter Mund vor Zorn zusammenpreßte.

»Ich vermute, Ihr seid zufrieden mit dem Teufelszeug, daß Ihr bereitet habt«, sagte er mit belegter Stimme, als er die Tür hinter sich zutrat.

»Wen — was meint Ihr damit?«

»Wir sind bei unserer Rückkehr von Wyclif in einen Hinterhalt geraten. Einer meiner Männer ist erschlagen worden, und mein bester Knappe liegt schwer verwundet.«

Er nahm seinen Helm ab, der eine große Beule auf der linken Seite erhalten hatte, wie vom Schlag eines Schwertes. Ein derart kräftiger Schlag hätte ihn umbringen können, dachte Ariane erschrocken. Der Helm würde jedenfalls zum Waffenschmied gebracht werden müssen, ehe er wieder benutzt werden konnte. Und Blutspuren trockneten auf den Ketten seiner geschmiedeten Halsberge! Ranulf war offensichtlich beim Kampf verwundet worden.

Er warf den Helm auf eine Kiste, ohne seinen durchdringenden Blick von ihr zu nehmen. »Ich rate Euch, seid nicht allzu zufrieden mit Eurem Werk, Dirne. Zwei der Vasallen Eures Vaters sitzen im Kerker von Claredon — einer von ritterlicher Geburt. Und fünf Eurer Leibeigenen liegen tot an der Außenmauer der Burg. Deren Ermordung belastet nun Euer Gewissen.«

»Fünf? Heilige Mutter Gottes!« Ihr Herz zog sich entsetzt zusammen.

»Ja fünf. Seht Ihr nun, was Euer Verrat geschafft hat?«

»Meiner?«

»Ihr habt Eurem Ritter Simon dabei geholfen zu entfliehen, und er hat dafür meine Truppen angegriffen. Das Resultat ist jenes Blutvergießen.«

Schwach erhob Ariane eine Hand an ihre Schläfe. Vor kurzem erst war sie nach all den schlaflosen Nächten endlich in einen leichten Schlummer gefallen, und ihr Kopf fühlte sich vor Erschöpfung so schwer an, daß sie kaum denken konnte. »Seid Ihr sicher, daß es Simon war?«

»Was macht es denn für einen Unterschied, wer den Angriff anführte?« zischte Ranulf. »Euer Trotz hat Euer Gefolge dazu angestachelt, sich gegen mich zu erheben.«

»Es tut mir leid. Ich wollte niemals, daß irgendjemandem etwas zu Leide geschieht.«

Ihre Bitte um Vergebung stieß auf taube Ohren. Auf Ranulfs harten Gesichtszügen war kein Anzeichen von Verzeihung zu sehen, als er seine Helmkappe zurückschob und seine rabenschwarzen Haare zu Vorschein kamen, die vor Schweiß feucht waren. »Euer Kummer wird weder meinen Bogenschützen ins Leben zurückbringen, noch wird er meinem Knappen helfen, sich von seinen Wunden zu erholen.«

Ariane schluckte schwer. »Ich verstehe etwas von der Heilkunst. Euer Knappe . . . würdet Ihr mir erlauben, nach ihm zu sehen? Um es wieder gutzumachen?«

Ranulf schüttelte den Kopf. »Ihr habt bereits genug Unheil angerichtet, my Lady.«

Sie biß sich auf die Lippe, wunderte sich, wie sie auch nur hatte hoffen können, Mitleid bei diesem harten, rücksichtslosen Mann zu finden, insbesondere da er zu Recht durch das Blutvergießen in Rage gebracht worden war. Steif vor Furcht ging sie auf ihn zu und stellte sich vor ihn. Sie nahm ihren ganzen Mut zusammen und legte eine bittende Hand auf seinen durch das Kettenhemd geschützten Arm, doch er schüttelte sie ab, als brenne die

Berührung. »Die Männer, die gestorben sind. Werdet Ihr erlauben, daß sie ein ordentliches Begräbnis erhalten?«

»Eine solche Ehre wird ihnen nicht erwiesen. Ihre Leichen werden zu sehen sein, als Warnung an die, die sich gegen mich zu erheben wagen.«

»Nein, das ist doch barbarisch, Ihr könnt doch nicht —«

»Ich kann nicht?« Ranulfs Augen wurden vor Wut schmal und blitzten sie zornig an. »Versucht nicht, mich herauszufordern, Verehrteste. Es würde mich nur eine Sekunde kosten, auch aus Euch das letzte Restchen Atem zu schlagen!«

Sie wußte, daß er die Wahrheit sprach. Er würde ihr mit Leichtigkeit das Leben nehmen können, sie mit einem einzigen Schlag hinstrecken. Doch sie durfte den Versuch nicht aufgeben, ihn mitleidig zu stimmen.

»Und Eure Gefangenen?« brachte sie kaum heraus. »Wie wird es denen ergehen?«

»Für ihren Verrat werden sie mit ihren Leben zahlen müssen.«

Sie betrachtete ihn verzweifelt. »Nein ... bitte ... my Lord Ranulf. Habt Ihr denn kein Mitgefühl? Könnt Ihr denn keine Gnade zeigen?«

»Für Verräter kenne ich keine Gnade.«

»Ich flehe Euch an —«

»Beendet Euer Flehen, meine Dame!« brüllte er. »Mich könnt Ihr nicht umstimmen.«

Bebend vor seiner gewalttätigen Wut neigte Ariane den Kopf. »Ich bitte in aller Demut um Eure Vergebung, my Lord.«

Ein Muskel in Ranulfs Kiefer zuckte, als er ihren durchsichtigen Versuch, ihn zu manipulieren und seinen Zorn zu lindern, erkannte. Herrgott, sie schien wirklich entschlossen zu sein, ihn bis an seine Grenzen zu treiben. Auch jetzt noch weigerte sie sich, klein beizugeben.

»Werdet ... werdet Ihr mir nicht erlauben, mich wenigsten für ihr Leben einzusetzen?«

Ranulf wollte ihr gerade erneut eine scharfe Zurechtweisung erteilen, doch hielt er inne. Zum ersten Mal zeigte sie Anzeichen von Schwäche. Er wäre ein Dummkopf, sich dies nicht zunutze zu machen, erkannte er. Er brauchte ihre Mithilfe, um seine Ziele zu erreichen. Bislang war ihm Ariane mit Trotz und Verachtung begegnet, wenn er auf irgendeine Art vorschlug, daß sie ihm dabei behilflich sein möge, die Herrschaft über die Ländereien zu erlangen. Sie hatte ihn einen Thronräuber, und Gauner genannt. Wenn er jedoch ihre Unterstützung gewinnen konnte, so ungerne sie sie auch gewähren mochte, so würden ihn die Leute von Claredon bereitwilliger als ihren Lehensherren annehmen, würden ihm ihre Treue um so rascher schwören. »Was bietet Ihr mir denn dafür?«

»Ich ... ich habe nichts, was ich Euch geben könnte«, erwiderte Ariane. »Ihr habt alles, was mein war, an Euch gerissen, als Ihr Claredon übernahmt.«

»Da wäre ja noch Euer Schwur.« Sie sah ihn leicht verwirrt an. »Werdet Ihr Heinrich die Treue schwören?« drängte Ranulf. »Werdet Ihr mich als Euren Lehensherren annehmen?«

»Ihr wißt, daß ich das nicht tun kann. Meine Treue gehört meinem Vater.«

Er fluchte leise vor sich hin über ihren Starrsinn. »Unter den gegebenen Umständen habt Ihr keinen Grund, Euch an Euren Vater gebunden zu fühlen.«

»Vielleicht ... aber ich werde ihn nicht verlassen.«

»Und dafür würdet Ihr das Leben Eurer Lehensleute aufs Spiel setzen?«

Ein Schmerz stieg in ihrem Hals auf, und sie konnte ihren Widerspruch kaum daran vorbei formulieren. »Nein. Was verlangt Ihr von mir?«

»Ich wünsche Euren heiligen Schwur Demoiselle. Ihr werdet schwören, daß Ihr mir die Treue wahren werdet, und daß Ihr Euch widerstandslos meiner Herrschaft unterwerft.«

»Wenn ich Euch in dieser Hinsicht nachgebe, werdet Ihr Euren Gefangenen nichts antun?«

Ranulf starrte auf ihr wunderschönes, ihm zugewandtes Gesicht hinunter, in die leuchtenden Augen, in denen die Tränen schwammen, und etwas in ihm wurde weich wie das Wachs vor einer Flamme. Er mußte ihren Mut bewundern. Sie hatte nicht für sich selbst gebeten — nicht jetzt und nicht, als er sie als Geisel genommen hatte — sondern nur für die Leute ihres Vaters. »Ich werde es nicht zulassen, daß sie ohne Bestrafung ausgehen, Demoiselle. Nicht nur haben sie es gewagt, meine Autorität in Frage zu stellen, sondern sie haben mich auch um einen guten Mann gebracht, und vielleicht sogar noch um einen weiteren. Aber ich werde zustimmen, ihr Leben zu schonen.«

Ariane sah forschend in Ranulfs strenge Gesichtszüge. Sie erkannte, daß sie keine weiteren Zusagen von ihm bekommen würde, nicht, wenn er so voller Wut durch dieses sinnlose Blutvergießen war. Es wäre nicht klug, ihn weiter zu bedrängen. Plötzlich wußte sie, was ihre edle Mutter ihr raten würde: eine Weide, die sich mit dem Wind bog, würde den Sturm überleben, doch eine mächtige Eiche würde von ihm entzwei gebrochen. Diesmal würde sie sich biegen müssen, würde abwarten müssen, bis ihre Zeit kam. Es war keine Schande, eine solche Vereinbarung einzugehen, wenn sie dazu diente, weiteres Blutvergießen zu verhindern.

»Sehr wohl«, sagte Ariane deshalb leise. »Ich leiste Euch den feierlichen Eid, mich Euren Wünschen zu fügen.«

Ranulf schüttelte den Kopf. Sie sah so arglos aus. Ihre Augen waren so weit und voller Reue. Doch er konnte es nicht zulassen, daß sie gänzlich ungestraft aus dieser Angelegenheit entkam. Sie hatte ihm bislang nichts als Treulosigkeit und Verrat gezeigt. Und sie hatte den Tod, zumindest indirekt, von einem halben Dutzend Leute verursacht und beinahe seinen Knappen umgebracht, einen mutigen Jungen, der ihm nichts als Treue und Anhänglichkeit bewiesen hatte. »Nicht so rasch, Demoiselle. So einfach werdet Ihr der Strafe nicht entkommen. Ich habe einige weitere Bedingungen.«

»Bedingungen?«

»Ihr werdet Eure Leibeigenen und Lehensleute zu Euch befehlen und mich zum Herrn von Claredon ausrufen. Ihr werdet mir Eure Gefolgschaft schwören, und zwar in aller Öffentlichkeit, und mich eindeutig als Euren Lehensherrn annehmen.«

»Aber . . . Frauen können nicht die Gefolgschaft beeiden.«

»Dann wird es eine symbolische Geste sein. Das reicht. Ich werde jedenfalls dafür sorgen, daß Eure Leute Eure Unterwerfung sehen, damit sie mir um so williger folgen.«

»Ich werde es tun, wie Ihr es wünscht.«

»Das ist nicht alles. Ihr werdet mir von jetzt an dienen. Mein Knappe ist dank Eurer Intrige verwundet, also werdet Ihr seine Pflichten übernehmen. Ihr werdet mich als meine Leibdienerin versorgen, jeden der Dienste ausführen, die ich von ihr benötigte, und zwar solange, bis er wieder in der Lage sein wird, seine Pflichten zu übernehmen.«

Ariane nickte langsam. Zweifellose hatte Ranulf vor, sie zu erniedrigen, indem er sie zwang, öffentlich seine Dienerin zu spielen, doch war das kein zu hoher Preis — nicht, wenn er dafür das Leben ihrer Leute schonen würde.

»Und noch eines. Ich verlange Euren absoluten Gehorsam. Ihr werdet springen, um jeden meiner Wünsche zu erfüllen und meine kleinsten Befehle ausführen.«

Ariane spürte, wie ihre Finger sich automatisch zu einer Faust ballten, doch wagte sie es nicht, auch nur das geringste Anzeichen von Rebellion zu zeigen.

»Und jetzt Euren Eid, Demoiselle.«

Sie wußte, daß sie keine Wahl hatte. Und so beugte sie den Kopf. »Ihr habt ihn schon, my Lord«, erwiderte sie feierlich. »Bei meinem Eid schwöre ich, Euch in allen Dingen zu gehorchen, Eure Dienerin zu sein, und zu versuchen, die Leute von Claredon davon zu überzeugen, daß sie Euch als ihren rechtmäßigen Lehensherren annehmen.«

Ranulf starrte vorsichtig auf sie hinab. Er zögerte, ihr zu trauen, und war noch weniger willens, seinen eigenen Sinnen zu trauen. Ihre Stimme bebte, rauh vor Erleichterung oder vor ungeweinten Tränen, da war er sich nicht sicher. Sie hatte nach wie vor eine Macht, die unbarmherzig mit seinem Mitleid spielte. Es war unmöglich, das Mitgefühl zu ignorieren, das sie in ihm weckte — genausowenig wie die erregende Wirkung ihrer Nähe. Er konnte ihren Duft riechen, ihren leichten süßen Duft von Rosenöl und von einem warmen Frauenkörper. Er war sich deutlich der Wärme ihres Körpers bewußt, und dem dauerhaften Strom der Anziehung, der zwischen ihnen beiden floß, und den Urbedürfnissen, die sie in ihm mit solcher Leichtigkeit weckte. Ranulf spürte, wie seine Lenden sich spannten, wie sie schwer und voll wurden, und er fluchte leise.

Mit Bedacht machte er einen Schritt zurück und griff geistesabwesend an seine schmerzende Seite, während er eine sicherere Entfernung zwischen sie beide brachte. Doch ein Runzeln ging über seine Stirn. Er hatte Arianes Versprechen erreicht, sich zu unterwerfen, ihren Schwur des absoluten Gehorsams. Warum hatte er dennoch das Gefühl, daß sie die Siegerin und er der Besiegte war?

Kapitel 7

In der großen Halle der Burg war die Menge tödlich still, so still, daß nur eine Maus zu hören war, die sich in dem Streu auf dem Boden raschelnd fortbewegte.

Alle Augen waren auf die Dame von Claredon gerichtet, als sie dem schwarzen Drachen von Vernay ihren Lehenseid schwor. Ariane kniete vor Ranulf, den Kopf gebeugt, ihre Hände in seine gelegt, und schwor, ihm treu zu dienen.

Als sie sich erhob und seinen winterkalten Blick auf sich spürte, hielt sie sich stolz und gerade. »Mein Herr«, sagte sie deutlich — und fühlte sich wie der gemeinste aller Verräter. Es war in ihrer Verantwortung gewesen, den Besitz zu verteidigen, und ihr Versagen schmerzte sie tief.

Ihr Blick trübte sich, und sie wandte sich um, stellte sich zum ersten Mal dem Blick ihrer Leute, seit Claredon vor drei Tagen gefallen war. Sie sah Mitgefühl und Trauer auf den Gesichtern derer, die ihr ein ganzes Leben lang gedient hatten: der Priester von Claredon, Pater John. Sein Sekretär, der ihr Halbbruder Gilbert war. Ihre Hofdamen und die Näherinnen, Küchendirnen und Dienstmägde, darunter auch die freche Dena, Pagen und Kammerdiener, die die zahllosen häuslichen Aufgaben übernahmen. Den Seneschall der Burg sah sie nicht, auch nicht den Verwalter oder irgendeinen anderen der höheren Dienstleute. Zweifellos hatte Ranulf sie in den Kerker werfen lassen, weil sie sich geweigert hatten, ihn als ihren Lehnsherren anzuerkennen.

»Der neue Herr von Claredon befiehlt Euch, Eure Waffen niederzulegen und Euren Plichten nachzukommen«, sagte sie ihnen auf englisch und mit zitternder Stimme. »Er sagt, daß es kein weiteres Blutvergießen geben wird, wenn wir ihm dazu keinen Anlaß geben und ihm gut dienen.«

Sie wiederholte die Botschaft auf französisch, damit die

normannischen Eroberer sie auch verstünden. Sie zögerte und blickte zu Ranulf hoch. Seine strengen Gesichtszüge waren während der Zeremonie kalt und ausdruckslos gewesen, und nun beobachtete er sie mit einer Intensität, die sie schaudern ließ. »Reicht das, my Lord?«

»Fürs erste. Morgen werdet Ihr die bäuerlichen Leibeigenen versammeln und anordnen, daß sie das Land wieder bearbeiten. Ich wünsche, daß mein neuer Besitz gedeiht.«

»Jawohl, my Lord« erwiderte Ariane leise und freundlich, denn sie wollte ihm auf keinen Fall einen Grund geben, die Vereinbarung, die sie getroffen hatten, zu widerrufen.

Ranulf befahl, das Festessen aufzutragen, und die Menge ging auseinander. Seine Lehensleute fanden ihre Plätze an den langen Tischen, die für die Mahlzeiten aufgebaut worden waren. Die Höhergestellten saßen auf der hölzernen Empore am vorderen Ende der Halle, am Tisch der Herrschaft. Ohne dazu aufgefordert worden zu sein, folgte Ariane Ranulf zu seinem Platz und wartete dort, bis er sich in einen reich geschnitzten, hochlehnigen Sessel gesetzt hatte — es war einer der beiden einzigen Stühle mit Lehnen. Sie nahm eine Karaffe und goß ihm Wein in seinen Kelch. Dann stellte sie sich gehorsam hinter seinen Stuhl.

Die Aufgaben, die er ihr zugeteilt hatte, waren nicht so schwierig, stellte sie erleichtert fest. Als seine Leibdienerin hatte sie seine Kleidung auszusuchen, ihm beim Ankleiden zu helfen und bei Tisch zu dienen. Hierbei war ihre Aufgabe, sein Fleisch zu schneiden und ihm als Mundschenk den Weinkelch zu reichen. Sie wußte genau, was von ihr erwartet wurde. Über die Jahre hatte sie die Ausbildung von zahllosen Pagen und Knappen beobachtet, von denen die meisten Söhne von Adligen waren, die wiederum gemeinsam mit ihrem Vater erzogen worden waren. Ihre Mutter hatte die Bediensteten der Burg mit einer ähnlich festen Hand angeleitet, und als Ariane vor vier Jahren diese Pflichten übernommen hatte, war sie in jeder Hinsicht gut unterrichtet, was den Dienst anging.

Es war außerdem eines Knappen Pflicht, nach der Rüstung und den Waffen des Herren zu sehen, aber Ranulf hatte soeben behauptet, daß er ihr nicht zutraute, sie angemessen zu pflegen.

Ein leichtes Lächeln zog Arianes Mundwinkel empor, als sie sich an Ranulfs Ablehnung erinnerte, als er ihr befohlen hatte, ihm die Kriegsausrüstung abzunehmen. Ihre Grimasse, als sie seine blutiges Schwert abgegurtet hatte, hatte ihr einen raschen Tadel eingehandelt. So großgewachsen sie auch war, sie hatte sich auf einen Schemel stellen müssen, um ihm seine Halsberge aus Kettenpanzer über den Kopf zu ziehen, und dann war sie so unter deren Gewicht gestolpert, daß Ranulf sie ihr abnehmen mußte. Sie hatte erschrocken Atem geholt, als sie erkannte, daß sein wollenes Hemd von Blut durchtränkt war.

»Freut Euch nicht zu früh, Demoiselle«, hatte Ranulf trocken bemerkt. »Es ist nur ein Kratzer.«

Als jedoch sein Oberkörper frei war, konnte Ariane sehen, daß er die Ernsthaftigkeit seiner Verletzung unterschätzt hatte. Zweifellos waren die entzündeten Wunden in seiner Seite nur mehr Nadelstiche, wenn man sie mit den Wunden verglich, die er in vorangegangenen Schlachten erlitten haben mußte. Aber es würde gefährlich werden, wenn sie sich entzünden. Sie hatte ihm angeboten, die Wunden zu versorgen und eine Kräuterkompresse anzulegen. Aber Ranulf hatte es kühl abgelehnt.

»Mein Kelch ist leer, hole sie mir mehr Wein.«

Sie zuckte zusammen und beeilte sich, zu gehorchen. Dennoch biß sie bei seinem Kommandoton die Zähne zusammen. Die Rolle, die Ranulf sie zu spielen zwang, sollte nicht nur seinen verwundeten Knappen zu ersetzen — Auge um Auge —, sondern auch ihre Unterwerfung deutlich zur Schau zur stellen.

Doch obwohl sie das nur ungerne zugab, war seine erwählte Form der Heimzahlung sogar gnädig, das wußte Ariane. Nach dem Zwischenfall hätte der neue Herr von Claredon durchaus das Recht gehabt, vernichtende Rache zu üben. Von anderen Kriegsherren war bekannt, daß sie unter ähnlichen Umständen ganze Dörfer auslöschten und in ihrer Rachlust selbst Frauen und Kinder folterten und töteten.

Allerdings würde sie sich lieber in Öl kochen lassen, ehe sie Ranulf gegenüber auch nur das geringste Anzeichen von Dankbarkeit oder Furcht zeigte. Sie war fest entschlossen, ihn nicht die Oberhand gewinnen zu lassen.

Sie reckte ihren Kopf empor, entschlossen, jeden seiner Wünsche vorauszuahnen, ihm keinen Grund zum Tadel zu liefern. Leibeigene trugen jetzt Platten mit altbackenem Brot herein, die als Schüsseln und Teller dienen sollten.

Ranulf unterhielt sich beiläufig mit seinen Rittern, während er aß und trank: zuerst eine dicke Suppe, dann Braten und schließlich Käse und süßen Wein. Ariane hatte den Verdacht, daß die Gerichte nicht mit der Sorgfalt zubereitet waren, die unter ihrer Aufsicht gewaltet hätte. Dennoch roch das Essen köstlich. Ihr eigener Hunger erstaunte sie, da sie in den letzten vier anstrengenden Tagen nur wenig Appetit verspürt hatte.

Es war daher eine willkommene Erleichterung, als Ranulf ihr endlich einen nachlässigen Blick zuwarf. »Ihr habt meine Erlaubnis zu essen, Demoiselle.«

Ariane tat so, als sei es ihr gleichgültig, zog sich jedoch zurück, ehe er es sich anders überlegen konnte. Sie suchte sich einen Platz am gegenüberliegenden Ende der Halle, so weit weg vom Herrschaftstisch, wie es nur ging. Sie spürte Ranulfs Blick, der sich in sie bohrte, als sie von

Pater John und seinem Gehilfen Gilbert begeistert begrüßt wurde. Beide sprangen eifrig auf, um ihr zu dienen.

Gilbert, ein Junge von fast sechzehn Jahren, war eigentlich ihr Halbbruder — der Sohn ihres Vaters und einer leibeigenen Bäuerin. Von Rechts wegen konnte der Bastard einer Leibeigenen nicht die Lehen eines Adligen erben, doch Gilbert schien das noch nie gekümmert zu haben. Großgewachsen und dünn, war er offensichtlich für die Anforderungen des ritterlichen Lebens nicht geschaffen, doch er war intelligent und schnell und hatte so die Aufmerksamkeit seines edel geborenen Vaters und der Gattin des Herrn, Arianes Mutter, erworben.

Es war tatsächlich Lady Constance gewesen, die Gilbert aus dem überaus anstrengenden Arbeitsleben eines Leibeigenen geholt hatte. Sie hatte dafür gesorgt, daß er von Kirchenleuten ausgebildet wurde. Obwohl es nicht ungewöhnlich war, daß eine Dame die illegitimen Söhne ihres Ehegatten aufzog, hatte Constance sich im Falle von Gilbert außerordentlich großzügig gezeigt, da sie selbst nicht in der Lage gewesen war, ihrem edlen Gatten mehr Kinder zu schenken. Claredon wie auch Gilbert hatten beide davon profitiert. Als Kanzlist zu arbeiten, war ein ehrenvoller Beruf und sehr gefragt. Viele Adlige konnten zwar ein wenig schreiben, doch die meisten übertrugen es den Kanzlisten, die Korrespondenz zu schreiben und die Buchhaltung für ihre Seneschalle und Verwalter zu führen.

»My Lady!« rief Gilbert jetzt mit einem wilden Unterton aus, der Ariane erschrak. Normalerweise besaß er Gleichmut und auserlesene Manieren, doch jetzt waren seine blassen Züge vor Wut rot. »Es schmerzt mich, die Schande zu sehen, die jener schwarze Teufel auf Euch gehäuft hat.«

Es schmerzte sie auch, aber sie hielt es für weiser, ihren Halbbruder nicht weiter in Rage zu bringen. »Es ist nicht allzu unerträglich«, erwiderte Ariane beruhigend.

»Aber er behandelt Euch so schlecht.«

»Er hat mir nichts zugefügt, Gilbert.«

Pater John schalt den Jungen, er solle schweigen. Während sie aß, erzählte ihr der alte Priester, was in den vergangenen drei Tagen während ihrer Haft geschehen war. Es schien, daß der neue Herr die volle Herrschaft über Claredon erlangt hatte. »Doch wir haben nicht verzweifelt. Euer Mut wird von allen gelobt, edles Fräulein.«

»Mein Mut?«

»Ja. Wie ihr den schwarzen Drachen überlistet und daß Ihr Lord Simon zur Flucht verholfen habt. Ihr habt uns Hoffnung gegeben.«

»Falsche Hoffnungen, fürchte ich.« Sie warf verstohlen einen Blick zum hinteren Ende der Halle, wo Ranulf mit seinen Leuten saß. »Alles, was ich getan habe, ist, seine Rache über unsere Köpfe zu bringen.«

»Man sagt, er sei ein Teufel«, murmelte Pater John mit ängstlicher Stimme.

»Er gibt kein bißchen nach«, stimmte Ariane zu.

»Unser Vater hätte mit ihm kurzen Prozeß gemacht«, murmelte Gilbert.

Zerknirschung durchschoß Ariane bei der Erinnerung an ihr Versagen. »Aber unser Vater ist nicht hier, also muß ich so handeln, wie es mir richtig dünkt.«

Die Züge ihres Bruders verfinsterten sich. »Welche Schurkerei hat er angewandt, um Eure Ergebung zu erzwingen? Es wird behauptet, daß er angedroht hat, die verwundeten Gefangenen umzubringen und daß Ihr deren Leben gegen Eure Untertänigkeit eintauschen mußtet, my Lady.«

»Er war zu Recht wegen des Angriffs auf seine Leute wütend«, murmelte sie.

»Aber Euch so schlecht zu behandeln — verfluchter Teufel, er! Er sollte niedergeschmettert werden, dafür, daß er Euch geschändet hat.«

»Er hat mich nicht geschändet. Er hat mir nur meinen Stand als Dame verweigert.«

»Er hat Euch nicht als seine Geliebte genommen?«

Ariane spürte die Röte in ihren Wangen hitzig hochsteigen, sie wußte, daß Gilbert nur annahm, was der Rest der Leute auf der Burg sowieso glaubte. »Nein, das hat er nicht. Er wollte den Verlobungsvertrag nicht wirksam werden lassen.«

Ihre Versicherungen konnten die Wut des Jungen nicht besänftigen. »Das mag ja sein, doch hat er Euch durch diese öffentliche Demütigung entehrt. Was gäbe ich darum, zu wissen, wie man ein Schwert führt! Ich schwöre Euch: Ich würde ihn da, wo er gerade steht, niederschlagen.«

»Wir werden Euch helfen, zum Kloster von Frothom zu entkommen«, unterbrach der Priester diese ungute Unterhaltung. »Die Kirche wird Euch beistehen. Sagt nur ein Wort.«

»Ja«, pflichtete Gilbert ihm bei. »Hier gibt es viele, die für Euch ihr Leben lassen würden.«

»Ich will aber nicht, daß irgendjemand für mich sein Leben gibt!« sagte sie mit Nachdruck.

»Aber Ihr müßt irgendwo Zuflucht suchen, verehrte Dame.«

Ariane schüttelte ihren Kopf und schaute den Priester an. »Ich kann Claredon nicht im Stich lassen. Ich trage für die Menschen hier Verantwortung. Wie könnte ich es mit mir selbst aushalten, wenn ich in die Sicherheit des Klosters flüchtete, während die, die ich zurückließ, leiden müßten.«

Pater John nickte ernst.

»In Zukunft werdet ihr keinen weiteren Widerstand leisten. Lord Ranulf hat schon zu viele Männer getötet und verwundet, und ich wünsche keine weitere sinnlose Verluste. Wir werden einfach warten müssen, bis mein Vater zurückkehrt ...« Arianes Stimme brach, würgte die letzten Worte heraus, doch sie zwang sich, weiterzusprechen. »Ihr dürft die Hoffnung nicht aufgeben. Es kann immer noch bewiesen werden, daß Lord Walter unschuldig ist. Ihr müßt das so weitergeben, Pater John. Keine Hinterhalte mehr gegen Lord Ranulfs Leute, habt Ihr mich auch recht verstanden? Er ist jetzt hier der Herr, und als solcher muß er anerkannt werden.«

»Ja, my Lady. Obwohl es mir sehr gegen den Strich geht, einen so grausamen Ritter als Lehensherren anzuerkennen.«

»Er ist nicht grausam gewesen«, erwiderte Ariane widerwillig. »Es mag ja barbarisch sein, die Leichen seiner erschlagenen Gegner zur Schau zu stellen, aber dazu hat er das Recht.«

»Aber, my Lady, ich bezweifle, daß er das überhaupt vorhat. Lord Ranulf hat mir vor kurzem befohlen, sie zu beerdigen.«

Ariane blickte ihn erleichtert an. Ranulf war also doch ihrer Bitte nachgekommen, die Achtung der Toten zu wahren und daß er als Herr von Claredon ihrer beider Abmachung einhalten würde.

Sie blickte noch einmal verstohlen zu Ranulf. Sein Blick nagelte sie fest, so daß sie hastig wieder wegschaute. Seine mißbilligende Miene verkündete ihr Übles. Sie schwieg und wandte ihre Aufmerksamkeit besorgt wieder ihrer Mahlzeit zu.

Sie hätte noch mehr Anlaß zur Sorge gehabt, hätte sie die Unterhaltung mitanhören können, die am anderen Ende der großen Halle stattfand, wo Ranulf sich einen Tadel von Payn FitzOsbern einholte. »Ihr hättet die Verbrecher hängen sollen«, bemerkte Payn grimmig. »Eure Strafe war viel zu mild, my Lord.«

»Wenn ich den willigen Gehorsam der Leute hier gewinnen kann«, erwiderte Ranulf besänftigend, »dann wird meine Nachsicht einen guten Zweck erfüllt haben.«

Payn trank seinen Wein bis zur Neige. »Mag sein, doch

fürchte ich, daß du mit deinen Lenden denkst statt mit deinem Kopf.«

Ranulf wandte den Kopf um, richtete seinen Blick aus schmalen Augen auf seinen Lehensmann.«Was meinst du damit?«

»Nur, daß du von deiner Braut verhext zu sein scheinst.«

Ranulf erstarrte. »Sie ist nicht mehr meine Braut, und in deiner Anschuldigung kann ich die Logik nicht erkennen.«

War Ariane eine Hexe, die ihn gebannt hatte? Zögernd wandte ihr Ranulf seinen Blick wieder zu, als sei er ohnmächtig gegen ihre Anziehungskraft. Sie hielt sich mit der königlichen Grazie einer Herrscherin, und das trotz der erniedrigenden Qual, die er ihr aufgezwungen hatte. Zumindest fühlte er sich wild zu ihr hingezogen, trotz ihres Widerstands, trotz ihrer edlen Geburt. Ranulf atmete langsam aus. Er konnte es nicht zulassen, daß er derartige Gefühle für sie hegte. Payn hatte in dieser Hinsicht jedenfalls recht. Er würde sein Herz festigen und sich gegen ihre Listen wappnen müssen. Hochgeborene Damen wie Ariane brachten einem nichts als Schmerz und Ärger ein. Er hatte ihr Gnade gezeigt, eine Gnade, die er selbst nie erfahren hatte. Damit würde sie sich zufrieden geben müssen.

Sie hatte Glück, daß ihr keine Verbindung zu dem Hinterhalt nachgewiesen werden konnte. Nach den Geständnissen der Männer, die gefangengenommen worden waren, war es nicht jener Simon Crecy, dem sie kürzlich zu entkommen verholfen hatte, der den Angriff in die Wege geleitet hatte. Die Schuld lag eindeutig bei anderen treuen Rittern und Leibeigenen, die Claredon zurückerobern wollten. Nachdem sich seine Wut jetzt ein wenig abgekühlt hatte, war er allerdings bereit zuzugeben, daß seine Forderung, sie möge ihm als Knappe dienen, womöglich übertrieben gewesen war. Allerdings würde Arianes

Dienst auch bewirken, daß sie ihn wegen der persönlichen Erniedrigung schon bald um Gnade anflehen würde. Er wollte sie nicht schlecht behandeln, aber er war fest entschlossen, sie seiner Autorität zu unterwerfen.

Ein Musikant, der auf einer Gambe herumgeklimpert hatte, bat um die Erlaubnis des Herren, die Menge mit einer Ballade zu unterhalten. Ranulf nickte, lauschte jedoch nur mit einem Ohr, da er ungeduldig die Rückkehr von Ariane erwartete. Die wilden Blicke, die der gutaussehende blonde Jüngling neben ihr ihm zuschoß, gefielen ihm gar nicht.

In Ranulfs Augen dauerte es viel zu lange, bis sie ihr Abendbrot beendet hatte und zu ihren Pflichten an seiner Seite zurückgekehrt war.

»Ihr prüft meine Geduld, Dirne«, bemerkte er, als sie endlich wieder da war. »Ich sagte, Ihr dürftet zum Essen gehen, nicht, mit den Leuten der Burg die Zeit vertrödeln.«

»Ich bitte um Eure Verzeihung, my Lord.«

Sein Mund verzog sich. »Was habt Ihr denn mit solchem Ernst da drüben beschlossen? Ein Komplott geschmiedet, für mein Hinscheiden?«

Ariane wurde rot. »Nein, my Lord, wir haben kein Komplott geschmiedet.«

Sie hob ihr Kinn und betrachtete ihn gerade heraus. »Falls es Euch interessiert, wir haben die Beerdigung der Toten besprochen — und das Leid der Familien, die sie hinterlassen haben«, zog sie sich aus der Affäre. »Ein Thema, mit dem auch Ihr Euch befassen solltet. Als Herr von Claredon seid Ihr jetzt für das Wohlergehen der Leute verantwortlich.«

»Über meine Pflichten bin ich mir sehr wohl im Klaren, Demoiselle.«

»Dann werdet Ihr Schritte unternehmen, um für sie zu sorgen? Ich bin mir sicher, daß Ihr es nicht zulassen würdet, daß sie hungern«, fügte sie spitz hinzu. »Schließlich habt Ihr zugesagt, Claredons Leute mit Milde zu behandeln.«

Ranulfs Augen wurden schmal, doch dann lächelte er, ein dunkles, gefährliches Lächeln, daß ihren Puls plötzlich schneller schlagen ließ. Sie zwang ihr Herz jedoch zur Ruhe und seufzte in sich hinein.

Irgendwann war auch der letzte Gang vorüber und die Tische abgeräumt. Die Gesellschaft schien sich auf einen langen Abend mit Wein und Feiern einzurichten, das Würfelspiel und die Musik hatten schon begonnen.

»Erlaubt Ihr mir, mich zurückzuziehen, edler Herr?« fragte Ariane nach einer Weile. Ranulf schüttelte den Kopf und schickte ihr ein herausforderndes Lächeln. »Eure Pflichten sind noch nicht beendet. Geht und laßt eine Bad für mich bereiten, dann kommt zurück.«

Ariane hielt fest an ihrem Groll, tat jedoch, was ihr aufgetragen war. Sie suchte einige der vertrauenswürdigeren Diener von Claredon und befahl ihnen, in den herrschaftlichen Räumen ein Bad für den neuen Herrn zu bereiten.

Als sie in die Halle zurückkehrte, wurde ihr eine äußerst unangenehme Überraschung zuteil. Einige der Burgdirnen schwebten vor dem Tisch der Herrschaft herum, und waren eindeutig bemüht, die Aufmerksamkeit des Herren zu erregen. Ranulf gönnte ihnen ein galantes Lächeln.

Er war hinreißend, wenn er sein echtes Lächeln zeigte, dachte Ariane bedauernd. Seine harten Züge wurden dann weich, und seine ohnehin schon mächtige männliche Anziehungskraft vermehrte sich um ein Zehnfaches.

Als ob er ihren Blick spürte, wandte Ranulf den Kopf und seine Augen verbanden sich heiß mit ihren. Doch sofort änderte sich sein Lächeln, wurde von herausfordernder, fast spöttischer männlicher Arroganz, und erinnerte Ariane deutlicher an den Konflikt, der zwischen ihnen tobte, als es Worte hätten tun können.

Sie hatte gerade widerwillig ihren Platz an Ranulfs Seite eingenommen, als am Eingang zur Halle Unruhe entstand. Ariane blickte auf und sah mehrere bewaffnete Ritter, die rasch zur Empore schritten, gefolgt von zwei Wachleuten, die einen um sich schlagenden Mann zwischen sich hielten.

Sofort wurde es in der Halle still. Einer der Ritter machte vor Ranulf eine Verbeugung.«Ich bitte, die Störung zu verzeihen, my Lord, aber hier ist eine Angelegenheit, die Eures Urteils bedarf. Diesen Kerl trafen wir dabei an, als er Waffen aus dem Zeughaus stahl.«

Ranulfs Augen wurden schmal und er blickte den kräftigen Mann scharf an. »Wer ist er?«

»Der Lehrling des Waffenschmieds, Herr, mit Namen Edric. Er hat ein paar Dutzend Schwerte und Dolche genommen, darunter ein mit einem Juwelen besetzen Griff.«

»Was hat er also für sich zu sagen, Edric?« verlangte Ranulf zu wissen. Er sagte dies auf englisch, wenn auch mit schwerem Akzent.

Der stark muskulöse Edric ließ den Kopf hängen, doch seine angriffslustige Haltung zeigte kein Anzeichen von Reue.

»Ich habe ihm eine Frage gestellt!« bellte Ranulf. »Antworte er!«

»Ich ... brauchte die Waffen, my Lord«, murmelte Edric schließlich.

»Warum?«

»Soll ich das Geständnis ein bißchen herauskitzeln, Herr?« fragte einer der Wachmänner, als der Gefangene weiter schwieg.

Ariane, die den Vorgang beobachtet hatte, konnte nicht länger stillhalten. »My Lord, habe ich Eure Erlaubnis zu sprechen?«

Ranulf wandte seinen stechenden Blick auf sie.

»Hier muß es sich um ein Mißverständnis handeln. Ich habe Edric noch nie als unehrlich erlebt. Er würde nichts stehlen, davon bin ich überzeugt.«

»Und wie erklärt Ihr Euch dann, daß er diese Waffen gestohlen hat?«

»Edric ...« Sie wandte sich dem Schmied zu. »Warum hast du die Schwerter genommen? Wolltest du sie vielleicht in der Schmiede bearbeiten?«

»Nein, my Lady.« Der Schmied blickte vorsichtig zu Ranulf. »Ich ... es ist nur ... ich wollte nicht, daß Euch Schaden geschieht, edles Fräulein. Irgendjemand muß Euch doch verteidigen.«

»Ihr wolltet die Burg verteidigen?«

»Ja, für Euch und für meinen Herren Lord Walter.«

Ariane biß sich auf die Lippe, während Ranulf erneut von Wut erfaßt wurde — eine Wut, die Ariane galt. Dieser neue Vorfall war ein neuerlicher Beweis des Ärgers, den sie dadurch verursacht hatte, daß sie sich geweigert hatte, sich seiner Autorität zu beugen. Sie hatte mit ihrem schamlosen Widerstand seine Männer, seine Herrschaft in Gefahr gebracht.

»Das hast du jetzt von deiner Milde, Ranulf«, murmelte Payn voller Wut, laut genug, daß Ariane ihn hören konnte. »Wenn schon ein gemeiner Schmied sich herausnimmt, dich angreifen zu wollen — »

»Man sollte ihm für den Diebstahl eine Hand abhacken«, warf Ritter Ivo ein.

Ariane holte rasch Luft. Eine Hand abzuhacken, war die übliche Strafe für Diebstahl, doch war dies kein normaler Fall.

»My Lord«, wandte sie sich ernst an Ranulf. »Ich flehe Euch an, Gnade walten zu lassen. Er hat nicht für seinen eigenen Nutzen stehlen wollen, sondern nur, um die Burg zu verteidigen. Wenn Ihr jemanden bestrafen wollt, dann straft mich.«

Ranulfs Lippen wurden schmal. Ariane bat ihn schon wieder um Gnade?

Und doch war dies die erste wirkliche Probe seines Regiments. Würde ihm Gnade einen besseren Dienst erweisen als ein erbarmungsloses Festhalten an den vorgegebenen Regeln?

»Er wollte die Burg *verteidigen?«* fragte Ranulf leise, und seine Stimme hatte einen spöttischen Unterton. »Vor meiner Herrschaft? Manch einer würde dieses Vergehen für noch schlimmer halten als einen Diebstahl. Es nennt sich Verrat, wenn man Ränke schmiedet, den eigenen Herrn zu stürzen.«

Da sie darauf keine Antwort geben konnte, blieb Ariane still.

Sein harter Blick durchbohrte sie. »Seht Ihr, was Euer Ungehorsam erreicht hat, meine Dame? Hättet Ihr die Burg aufgegeben, anstatt mich abzuweisen, hättet Ihr dem Befehl des Königs Folge geleistet, dann würde ich mich jetzt nicht gegen Herausforderungen von allen Seiten wehren müssen.«

»Ja, my Lord«, flüsterte sie, und ihr Blick war voller Verzweiflung.

Ihre offensichtliche Reue konnte Ranulfs Zorn nur um ein Geringes vermindern, während er sie in knisterndem Schweigen anstarrte.

»Dennoch muß der Missetäter für sein Verbrechen bestraft werden«, sagte Payn scharf, als spüre er die Unsicherheit seines Herrn.

»Laßt den Hund auspeitschen«, rief ein anderer dazwischen.

Ranulf zögerte. Er wollte keine Strafe verhängen, die er selbst verabscheute. Doch wenn durch die Statuierung eines solchen Exempels andere potentielle Aufrührer abgeschreckt werden konnten, dann würde es einen sinnvollen Zweck erfüllen.

»Holt die Peitsche«, sagte er schließlich tonlos.

Er war sich bewußt, daß Payn ihn scharf anblickte, doch er ignorierte es. Er verabscheute Auspeitschungen seit seinen eigenen Erfahrungen damit, doch er zwang sich gelegentlich dazu. Er konnte nicht einfach einen Verbrecher nicht bestrafen, nur weil er das Auspeitschen haßte. Und in Wahrheit war es schließlich die mildere Strafe. Ein Schmied ohne Hand würde bald darauf angewiesen sein, um seinen Unterhalt zu betteln.

Ranulf gab sich entschlossen einen Ruck und winkte einem seiner Männer. »Gib er ihm einundzwanzig Hiebe. Dann sperre er ihn dort ein, wo er über seine Missetaten nachdenken kann und seine Voreiligkeit überdenkt.«

Bedächtig stand Ranulf vom Tisch auf und ging in die Mitte der Halle, von wo aus er zusehen konnte, wie seine Befehle ausgeführt wurden. Er würde sich vor dieser schrecklichen Pflicht nicht drücken.

Bei seinem Urteilsspruch hatte Ariane langsam den Atem entweichen lassen, wobei sich Entsetzen mit Erleichterung mischte. Die Strafe, die er verhängt hatte, war gerecht. Ein so schweres Vergehen gegen den eigenen Lehensherrn durfte nicht ignoriert werden. Seine Autorität würde sonst in Zukunft dauernd herausgefordert. Sie kannte den hohen Zoll, den ein schwacher Herrscher verlangte — zu ihrem Leidwesen. König Stephen war so einer gewesen, und über zwanzig blutgetränkte Jahre war sein Reich in der Gesetzlosigkeit und Fehde versunken. Gute Herrscher schafften es, die Grenze zwischen Schwachheit und Gnade zu wahren, zwischen Mitleid und Gerechtigkeit. In diesem Fall wenigstens hatte Ranulf gezeigt, daß er Gnade walten lassen konnte.

Edric trat um sich und warf sich gegen den Griff seiner Bezwinger, doch irgendwann gab er auf. Sein Hemd wurde ihm ausgezogen, dann wurde er mit den Händen über seinem Kopf an eine hölzerne Säule gebunden. Mit einem knappen Nicken gab der neue Herr von Claredon den Befehl, zu beginnen.

Als der erste Schlag herunterzischte, ergoß sich eine kalte Welle der Übelkeit über Ranulf, doch er blieb dort stehen und zwang sich, zuzusehen, wie die Strafe ausgeführt wurde. Innerlich zuckte er jedesmal zusammen, wenn die Peitschenschnur aus Ochsenleder auf den nackten Rücken des Mannes klatschte, und die Erinnerung an die Geißel, die seinem eigenen Rücken die Haut abgezogen hatte, war grausam. Wenn er die Augen schloß, konnte er noch fühlen, wie es war, sich nackt auf einem kalten Steinfußboden hinzuknien, wie verzweifelt die Schmerzensschreie, wie groß der Haß auf seinen rohen Vater und die ehebrecherische Mutter, die dieses Leid durch ihren Verrat verursacht hatte.

Brut des Teufels! Frucht der Hölle! Die wütenden Anwürfe seines Vaters donnerten noch in seinen Ohren.

Beim zehnten Hieb war Edrics Rücken von Striemen blutig, und beim letzten war er nur noch rohes Fleisch. Ranulfs eigener Körper war von kaltem Schweiß übergossen, als die Bestrafung zuende war.

Er mußte Edric Mut zugestehen. Der Mann hatte nicht ein einziges Mal geschrien, und nur einmal seinem Schmerz ein Zugeständnis gemacht: Als seine Fesseln durchgeschnitten und er von der Säule befreit wurde, gaben seine Knie nach. Doch mit haßerfüllten Augen starrte er empor, als er in der Streu kniete. Ranulf erinnerte sich, seinen verabscheuten Vater genauso angestarrt zu haben.

Mit zusammengebissenen Zähnen wandte sich Ranulf ab, und begegnete gleich Arianes sorgenvollem Blick. Sie hatte ihre Hand über den Mund gelegt, um ein Wimmern zu ersticken.

»Ich hoffe, Ihr seid zufrieden, meine Dame«, hörte sie Payn neben sich wütend sagen.

»Nein ...« murmelte sie. »Ich habe nie gewollt, daß er Ranulf herausfordert — noch habe ich irgendjemanden eine so strenge Strafe erleiden sehen wollen.«

»*Streng?* Nicht halb so streng, wie es der Kerl verdient hätte. Ich schwöre, daß es Ranulf mehr als den verfluchten Übeltäter geschmerzt hat.«

»Was ... meint Ihr damit?«

»Ranulf weiß, wie die Peitsche zu beißen versteht. Sein Vater hat ihn das wohl gelehrt.«

»Sein Vater?«

»Ja, Yves, der edle Herr von Vernay.« In Payns Tonfall lag nichts als Hohn. »Ihr habt doch schon Ranulfs Rücken gesehen, oder?«

»Diese schrecklichen Narben«, flüsterte Ariane, und ihre Stimme war vor Entsetzen schwach.

Sie begegnete Ranulfs Blick in der Menge der Vasallen und Gefolgsleute erneut. Er stand unbeweglich, sein Gesicht eine dunkle, ausdruckslose Maske. Seine Augen ... bildete sie sich das nur ein, daß in seinen bernsteinfarbenen Augen ein gequälter Ausdruck lag? Selbst über die Entfernung hinweg konnte sie seinen Schmerz spüren ... doch sie wußte, er würde niemals wollen, daß sie ihn bemerkte.

Sie bewegte sich auf ihn zu, als würde sie von einer unsichtbaren Gewalt gezogen. Ranulfs Blick war vorsichtig, doch lag in seinen Augen eine geisterhafte Leere. Die tiefen Falten um seinen Mund waren ein stummes Zeugnis seines Schmerzes.

Sie wußte nicht, was sie ihm sagen sollte. Instinktiv wußte sie, daß er ihren Trost nicht wollte.

»Die Verantwortung für sein Verbrechen liegt auf Euren Schultern, Demoiselle«, beschuldigte er sie hölzern und mit tonloser Stimme.

Sie war nicht in der Lage, diese Anklage zu widerlegen, und so antwortete sie nicht darauf. »Darf ich nach Edrics Wunden sehen?« fragte sie statt dessen.

Ariane war erstaunt, als Ranulf brüsk nickte und ihr Erlaubnis gab, den verwundeten Mann zu versorgen. Sie hatte nicht erwartet, daß er so milde sein würde.

Sie befahl einigen Leibeigenen, Edric hinunter in eine kleine Kammer bei der Küche zu tragen, während sie in das Herbarium eilte, um ihre Mittel zu holen.

Die blutenden Wunden auf seinem ausgepeitschten

Rücken waren ernst, doch eine abgehackte Hand wäre schlimmer gewesen. Sie wusch die Wunden mit einem duftenden Öl, um das zerfurchte Fleisch zu beruhigen und legte dann eine Kräuterpackung auf seinen Rücken. Schließlich gab sie ihm noch einen Kräutersud zu trinken.

Edric schien große Schmerzen zu leiden, die er jedoch stoisch ertrug. Ariane verlieh ihrem Kummer über sein Leiden Ausdruck, doch gab sie dem Schmied auch sanft zu verstehen, daß er Ranulf als Herrn über Claredon annehmen mußte, so wie sie es auch getan hatte.

Als sie in die Halle zurückkehrte, hatte die Belustigung wieder begonnen, und die Deckenbalken hallten von dem Lärm geselligen Gesanges und Gelächters wieder. Es schien so, als wäre die Auspeitschung nie gewesen. Sie jedoch konnte diesen Zwischenfall nicht so leicht abtun. Sie hatte sich den gespenstischen Schmerz in Ranulfs Augen nicht eingebildet, obwohl jetzt keine Spur mehr davon zu sehen war. Der Ausdruck seiner kantigen, schönen Gesichtszüge war kühl, distanziert, losgelöst.

Ariane wußte nicht, ob sie erleichtert oder beleidigt sein sollte, daß Ranulf ihre Gegenwart schlicht ignorierte, doch ihr Herz setzte einen Schlag aus, als er nach einigen Augenblicken aufstand und ihr mit einem kurzen Nicken befahl, ihn zu begleiten. Ohne Widerrede folgte sie ihm aus der großen Halle, wobei sie sich bewußt war, daß zahllose Augenpaare sie beobachteten. Und ebenso wußte sie, daß alle sie verdächtigten, das Bett des Schwarzen Drachens zu teilen.

Zu ihrem Erstaunen ging Ranulf jedoch nicht direkt in die herrschaftlichen Privatgemächer im Stockwerk über der Halle, sondern machte einen Umweg zu einer kleinen, nahegelegenen Kammer. Das Zimmer war nur schwach von einer Kerze erleuchtet und wurde von glühenden Kohlen in einem kupfernen Rost gewärmt. Auf einem Strohlager lag ein Junge in Wolldecken eingehüllt.

Ariane erkannte Burc, den Knappen Ranulfs, und sah, daß der verwundete junge Mann zwar erhitzt und fiebrig war, doch wach.

Ranulf ließ sich neben dem Lager auf ein Knie nieder und berührte Burcs unverletzte Schulter. »Wie geht es dir mein Junge?« Ariane hatte noch nie seine Stimme so weich oder sanft gehört.

Der junge Mann schluckte und antwortete mit schwacher Stimme: »Es geht schon, my Lord.«

»Ich höre, daß man den Pfeil sauber hat entfernen können.«

»Ja, my Lord... da hatte ich Glück.«

Ranulfs Kiefernmuskeln spannten sich, doch er sah von einer Antwort ab, während er Burcs Kopf anhob und eine Tasse an seine Lippen führte. »Schlaf jetzt«, sagte er dann. »Ich werde morgen früh noch einmal nach dir schauen.«

Er sagte kein weiteres Wort, doch seine Gesichtszüge hatten den finsteren Ausdruck angenommen, den Ariane so fürchtete. Sie folgte Ranulf den steinernen Korridor entlang zu den Privatgemächern.

Zu ihrer Bestürzung fand sie dort die Dienstmagd Dena vor, die auf Ranulf wartete, ein lüsternes Glitzern in den Augen, ein verführerisches Lächeln auf den Lippen. Sie kniete neben der Wanne, ganz offensichtlich bereit, dem Herrn bei seinem Bad zu Diensten zu sein — und auch später, sollte er das begehren.

Als Ranulf ihren Blick abschätzend erwiderte, mit offensichtlichem männlichen Interesse, war Ariane zutiefst von der wilden Eifersucht, die durch sie wogte, erstaunt. Es sollte ihr nicht das mindeste ausmachen, wem Ranulf seine Gunst schenkte. Von ihr aus konnte er es mit einem Dutzend Dienstmägde treiben.

Dennoch spürte sie eine unerklärliche Genugtuung, als er die Dirne fortschickte.

Einen Moment später jedoch, als die enttäuschte Dena

sich zurückgezogen hatte, erkannte Ariane, daß ihr Triumph voreilig gewesen war. Es war nun ihre Pflicht, Ranulf beim Bad zu dienen.

»Ich warte, Demoiselle«, bemerkte er in jenem gefährlichen, seidigem Tonfall, der deutlich besagte, daß das folgende eine unvergeßlich Erfahrung werden würde.

Kapitel 8

Als Ariane begriff, daß er von ihr entkleidet werden wollte, biß sie die Zähne zusammen und setzte ihre Tasche mit den Arzneimitteln ab. Langsam ging sie auf Ranulf zu, und war sich sehr wohl des unregelmäßigen Schlagens ihres Herzens bewußt. Schweigend löste sie die Knoten seines Hemdes und zog es über seinen Kopf. Dann folgte das Unterhemd. Sie bemerkte, daß die Wunden an seiner Seite zu bluten aufgehört hatten und inzwischen mit Schorf bedeckt waren.

Vergeblich bemühte sie sich, seinen nackten Oberkörper zu ignorieren, während sie sich hinkniete, um seine Strümpfe auszuziehen. Als sie jedoch die ledernen Knoten, die sie an den Unterkleidern befestigt hielten, aufgemacht hatte, spürte Ariane eine schamvolle Hitze durch ihren Körper fließen.

»Weiter, Demoiselle«, drängte Ranulf, als sie zögerte. »Ich kann schließlich nicht halb angekleidet baden.«

Ihre Wangen färbten sich scharlachrot, doch sie knotete die Zugschnur auf und zog ihm die kurzen Beinkleider über die Hüften, mit etwas mehr Kraft als unbedingt notwendig. »Soll ich Euch vielleicht auch noch ins Bad tragen?« murmelte sie.

Ein maliziöses Lächeln ging über Ranulfs Mund. »Das würde ich nur ungern sehen. Eure schlanke Figur könnte mein Gewicht nicht tragen — jedenfalls nicht im Stehen.

Möglicherweise wäre es im Liegen etwas anderes. Lägt Ihr im Bett unter mir, so würde ich wetten, daß Ihr meine Schwere anregend fändet.«

Er wollte sie provozieren, das wußte sie. Er war fest entschlossen, sie herauszufordern, ihr zu zeigen, wie machtlos sie gegen ihn war, wollte ihr beweisen, daß er ihre vollständige Unterwerfung erreichen konnte. Und er hatte Erfolg damit, wenn ihr rasch gewordener Puls irgendein Maß dafür war. Instinktiv wußte sie, daß er ein wunderbarer Liebhaber wäre –

Sie war in einem Irrgarten unwillkommener Gefühle gestolpert: Mitleid, Zärtlichkeit, Trauer. Hatte Ranulfs Vater wirklich diese schrecklichen Narben dort auf seinem Rücken verursacht? Ihr Vater hatte sie oft nicht beachtet, ihr selten Zuneigung gezeigt – sie war ja nur eine Tochter. Doch niemals hatte er gewalttätig die Hand gegen sie erhoben.

Sie beobachtete, wie Ranulf sich in das dampfende Wasser hinabsenkte, fragte sich, wie er jenes Leid ertragen hatte, fragte sich auch, ob seine körperlichen Narben nicht auch innerliche Wunden hinterlassen hatten. Sie konnte erkennen, wie erschöpft er war, als er seinen Kopf nach hinten fallen ließ.

Zu ihrem Schreck erweckte dieser Anblick in ihr den dringenden Wunsch, ihn zu berühren, ihm Trost zu spenden. Sie bewegte sich unwillkürlich langsam auf ihn zu.

Ranulf blickte auf, als er ihren vorsichtigen Schritt neben der Wanne vernahm.

Hart stählte er sich gegen das Mitgefühl, das er in ihren Augen wahrnahm. Er wollte ihr Mitleid nicht, weigerte sich, es anzunehmen. Diese bezaubernde Frau sollte ihm lediglich helfen, die letzten Stunden von Tod und Schmerz, die fürchterlichen Erinnerungen zu vergessen.

»Worauf wartet Ihr noch, my Lady?« fragte er herausfordernd.

Ariane versteifte sich. Der verräterische Schmerz war aus seinen Augen geschwunden.

Widerwillig kniete sie sich neben die Wanne. Mit zitternden Händen nahm sie ein Stück Seife, um ihm zu dienen.

Zuerst wusch sie sein Haar, massierte auf seiner ganzen Kopfhaut den Schaum mit ihren Fingern ein und spülte dann mit klarem Wasser aus einer Kanne nach. Dann war sein prachtvoller Körper dran, angefangen bei seinen sehnigen Armen und den kraftvollen Schultern.

Während sie ihre Hand zögerlich auf seine breite und muskulöse Brust legte, biß sie sich mit den Zähnen auf die Unterlippe. Es war ihr um so unangenehmer, da sie wußte, daß er ihr aufmerksam zuschaute. Als er seinen Arm über den Kopf hob, um sie an seine Rippen zu lassen, erinnerte sie sich an die Wunden und befaßte sich dankbar mit ihnen. Es war ein guter Vorwand, ihre Aufmerksamkeit von seinem Leib abzuwenden.

»Ihr solltet mir erlauben, diese Wunden zu versorgen«, sagte Ariane sorgenvoll, während sie mit einem vorsichtigen Finger das rohe entflammte Fleisch um die verschorften Stellen herum prüfte. »Ich habe meine Arznei mitgebracht.«

Ranulf zuckte schmerzhaft zusammen und rückte von ihr ab. »Es macht Euch ein wenig zu sehr Freude, mich zu untersuchen, Dirne.«

Möglicherweise machte es ihr wirklich zuviel Freude, doch es waren nicht seine Wunden, die sie so faszinierten. Es war das Gefühl, ihn unter ihren Fingerspitzen zu wissen: die granitenen Muskeln, die weichen, rabenschwarzen Haare, die Hitze seiner Haut. Sie wagte kaum zu atmen.

Ranulf hielt sich stocksteif. Die Art, wie Ariane sich um seine Wunden kümmerte, schien ihm verdächtig. Sie war sehr sanft, als sie das getrocknete Blut abwusch und die aufgerissenen Wunden reinigte, und auf ihrem Gesicht erschien ein leiser Ausdruck der Pein, fast so, als mache ihr sein Schmerz tatsächlich etwas aus.

Doch ihre Sorge war gespielt, davon war er überzeugt. Er zwang sich, bewegungslos dazuliegen, während sie ihn wusch. Bis ihre sorgsamen Hände zu seinem Rücken kamen und sie die erhobenen Striemen des Narbengewebes nachzuzeichnen begann —

Sie erschrak darüber, wie rasch Ranulf sich bewegte. Seine Finger umfaßten ihr Handgelenk wie eiserne Schellen, er stieß sie fort, und sein Gesicht wurde tief finster. »Rühr sie mich dort nicht an.«

Ihre Augen wurden groß. »Wie soll ich Euch denn den Rücken waschen, wenn ich Euch nicht berühren darf?«

Ranulfs schwere Brauen gingen zusammen. »Ihr dürft waschen, aber haltet Euch nicht so lange damit auf.«

»Wie Ihr es wünscht, my Lord«, erwiderte sie mit erzwungener Demut.

Bei ihrer unterwürfigen Antwort spürte er, wie sein Argwohn wuchs. Er wagte es nicht, den stillen Trost anzunehmen, den sie anbot. Wenn er dem nachgab, würde er sich selbst zu sehr öffnen, sich ihr gegenüber zu verwundbar machen. Jetzt schon spürte er, wie er bei ihrer Zärtlichkeit weich und schwach wurde. Allein ihre Nähe war beruhigend.

»Ich warte, Demoiselle«, schalt er sie, sich selbst zur Ordnung rufend.

Sie beeilte sich, mit seinem Rücken fertigzuwerden, doch als er einen Fuß auf den Rand der Wanne legte, so daß sie sein Bein waschen konnte, wurde sie immer langsamer. Und als sie an die Stelle kam, an der seine Schenkel zusammenwuchsen, gab Ariane ganz auf.

Ranulf schenkte ihr sein Wolfslächeln. »Ihr habt doch geschworen, mir zu gehorchen«, erinnerte er sie. »Brecht Ihr so schnell schon Euren Eid?«

»Nein. Mein gegebenes Wort ist meine Ehre.«

»Ehre?« Sein Lächeln wurde spöttisch. »Ich kenne wenig hochgeborene Damen, die überhaupt eine Vorstellung davon haben.«

»Ihr glaubt nicht, daß eine Frau ihrem Lehensherren treu bleiben kann?«

»Ich habe bei adligen Frauen häufiger Verrat erlebt als Treue.«

Ariane betrachtete sein Gesicht. Sie fragte sich, was geschehen war, daß er so bitter gegenüber den Frauen ihres Standes geworden war. »Ihr seid streng, wenn Ihr uns alle verdammt«, sagte sie leise.

Er machte ein Geräusch, daß einem Grunzen sehr ähnelte. »Dazu habe ich allen Grund.« Dann schüttelte er sich und erinnerte sie an ihre Pflicht. »Meine Lenden, Demoiselle. Eure Aufgabe ist noch nicht beendet.«

Sie hatte gehofft, daß er das vergessen hätte. Ariane biß sich auf die Lippe, wandte ihren Blick von seinem wissenden Gesichtsausdruck ab und zwang sich, sich auf jenen maskulinen Teil zu konzentrieren.

Ranulf wurde starr, als sie mit der Seife über seine anschwellenden Lenden ging, denn plötzlich erkannte er die Gefahr, die seine neue Taktik mit sich brachte. Ihre unschuldigen Dienste erregten ihn körperlich. Zu eindringlich war er sich ihrer Nähe bewußt ... Ihrer erglühten Haut, ihrer weißen Zähne, die auf ihre rosa Unterlippe bissen, ihr süßer Duft ... seine Nüstern weiteten sich mit urmännlicher Erregung, und er konnte fast schon spüren, wie ihr weicher Frauenkörper unter ihm lag ...

Sie hatte ihn tatsächlich verhext. Und dennoch war sie so widerspenstig wie eh und je. Wäre er klug, würde er alles daran setzen, die Situation zu beenden. Doch nicht mit Gewalt. Er wäre besser beraten, der alten Weisheit zu folgen, daß Honig mehr Fliegen fängt. Er sollte tun, wozu Payn ihm geraten hatte: zu versuchen, sie zu verhexen und so ihre Ergebung zu gewinnen.

Er würde jene stolzen Mauern herunterreißen und sie dazu bringen, zu keuchen und um seine Berührung zu betteln. Dann wäre sie nur zu bereit, seine Wünsche zu befriedigen ... Ariane hatte ihre Aufgabe jetzt mit übermäßiger Hast beendet, und er spürte seine Lenden pulsieren. Er zwang sich zur Geduld und nahm ihr die Seife aus den zitternden Fingern, um in seinen Händen Schaum zu bereiten.

»Reicht mir mein Messer«, sagte er mit weichem Tonfall. Als ihre Augen sich besorgt weiteten, fügte Ranulf zu ihrer Beruhigung mit einem Lächeln hinzu: »Ich habe lediglich vor, mich zu rasieren. An Eurer hübschen Haut würde ich mich nicht vergehen wollen.«

Zufrieden bemerkte er ihr verwundertes Gesicht. Ranulf hielt ihrem Blick beiläufig stand, während er fast gelangweilt sein Kinn einseifte.

»Löst Euer Haar«, befahl er sanft.

»Warum?«

»Weil es mir gefällt, wenn Ihr das tut.«

Ariane spürte, wie in ihr Widerwillen emporstieg, und dennoch konnte sie ihm dies nicht verweigern. Ihr Haar lag als geflochtene Krone auf ihrem Kopf, und es dauerte einige Minuten, die Haarnadeln daraus zu entfernen und es aufzuflechten. Als sie endlich fertig war, wirbelte eine Wolke von hellkupfernen Locken um ihre Schultern.

Bei dem Anblick holte Ranulf tief Luft. Der Gedanke daran, jenes helle seidige Haar über sein Kissen ausgebreitet zu haben, während er sein männliches Schwert in ihre warme Spalte versenkte, ließ das Blut in ihm zusammenströmen, und er schwoll zu seiner vollen pulsierenden Länge an.

»Und jetzt Eure Kleider, Demoiselle.«

»Ihr wollt, daß ich mich entkleide?« Ihre Stimme war ein atemloses Flüstern geworden.

»Wie sollte ich denn sonst Eure weiblichen Reize genießen?«

Ihr Kinn hob sich trotzig. »Ihr werdet meine Reize nicht ›genießen‹, my Lord.«

»Nein?« Er klang amüsiert. »Eure Pflichten lauten, mir zu dienen und für mein Wohlergehen zu sorgen.«

»Das ist wahr, aber Eure Geliebte werde ich nicht spielen. Das Recht habt Ihr verloren, als Ihr unsere Verlobung rückgängig gemacht habt.«

Im Geiste lobte er ihren Mut, doch die Verachtung in ihrer Stimme verletzte ihn tief. »Vielleicht machte ich einen Fehler, als ich gerade die Dienstmagd fortschickte«, sagte er mit einem leisen, provozierenden Lachen. »Sie jedenfalls begehrt mich, im Gegensatz zu Euch.«

Ariane begegnete seinem Blick mit entschlossener Festigkeit. »Ich wäre mehr als froh, sie Euch rufen zu dürfen, damit Ihr Eure Begierde an ihr stillen könnt.«

»Nein, Demoiselle. So einfach werdet Ihr um Euren Gehorsamsschwur nicht herumkommen. Euer Kleid . . . Oder muß ich selbst es Euch abnehmen?«

Unter stillen Verwünschungen ihrer Ohnmacht wandte sich Ariane ab, um sich auszuziehen, nahm ihr Überkleid und ihr Hemd und den Unterrock ab, bis sie nichts mehr trug als ihr Unterkleid. Das dünne Leinen bot ihr wenig Schutz. Zwar hatte es lange Ärmel, und der Saum fiel unter das Knie, doch durch den zarten Stoff waren ihre Brustwarzen und das Dreieck von Locken an ihrer Weiblichkeit zu sehen — und es gab wenig, sie vor Ranulfs prüfendem Blick zu schützen, als er ihr befahl, sich ihm zuzuwenden. Seine Augen glitten langsam über ihren Körper, als nähmen sie das Maß ihrer Brüste und ihrer Beine.

Errötend und wütend kreuzte Ariane ihre Arme vor der Brust. »Müßt Ihr mich wie ein prämiertes Schaf auf einem Markt anstarren?«

»Ich sehe keinen Schaden darin, ein bißchen zu schauen.« Sein Blick unter halb geschlossenen Lidern war anerkennend. »Ich gebe zu, daß ich vieles an Euch sehe, das mir gefällt.« *Mehr als nur gefällt,* verbesserte sich Ranulf im Stillen. Er wünschte nichts mehr, als sie auf das Bett zu werfen und seinen brennenden Stab tief, tief in sie zu versenken ... Vor gebremster Lust mußte er mit den Zähnen knirschen. In dieser Hinsicht hatte er sich selbst ein Bein gestellt. Er konnte Ariane nicht anrühren, ohne die Konsequenzen tragen zu müssen, selbst wenn er ihren Widerstand bräche.

Ranulf hatte sich zu Ende rasiert und wusch sein Gesicht. Er stieg tropfend aus der Wanne und sagte:

»Das Handtuch, my Lady. Es wird mir langsam kalt.«

»Ich kann keinen Schaden darin sehen, wenn Euch kalt wird«, erwiderte sie trocken. »Vielleicht wird das ja Eure Lust kühlen.«

Sein Lächeln wurde breit, doch sie konnte an dem harten Glitzern in seinen bernsteinfarbenen Augen erkennen, daß er nicht nachgeben würde. Er wollte, daß sie ihn abtrocknete, und er würde keine Ruhe geben, bis sie jeden seiner Befehle ausgeführt hatte, bis hin zum letzten Detail.

Ariane nahm ein Leinentuch und ging vorsichtig auf ihn zu, während sie verzweifelt versuchte, die Beherrschung zu bewahren. In den bemerkenswerten Tiefen seiner Augen tanzte ein unheiliges Leuchten. Ihre unleugbare Faszination für diesen Mann ließ sie nur noch wütender werden, deshalb wandte sie mehr Kraft als nötig an, als sie seinen wunderschönen vernarbten Körper abtrocknete.

»Ein bißchen mehr Vorsicht, Demoiselle. Meine Haut würde ich gerne behalten.«

Mit Mühe verlangsamte Ariane ihre Bewegungen. Sie haßte die Hilflosigkeit und Machtlosigkeit, die er sie spüren ließ. Und dann fügte er der Schande noch Spott zu, indem er mit einer weichen Stimme sagte: »Und außerdem sollte ich Euch warnen: Gewalt regt meine Lust nur noch mehr an.«

Bei diesen Worten stand sie bewegungslos. Sie war nicht willens, ihm irgendeinen Vorwand zu geben, ihr seine unerwünschten Aufmerksamkeiten aufzuzwingen. Dann jedoch erblickte sie das frische Blut, das aus den Wunden an seiner Seite herauslief, und holte erschrocken Luft. Sie hatte mit ihren heftigen Bewegungen Ranulfs Wunden erneut geöffnet.

Sofort tat es ihr leid, und sie blickte zu ihm auf. »Ihr blutet schon wieder.«

»Das macht nichts.«

Ariane schüttelte den Kopf, voller Schuldgefühle. Sie schuldete Ranulf für seine Zurückhaltung von vorhin wenigstens ein Minimum an Dankbarkeit.

»Ich muß diese Wunden versorgen.«

»Ich sagte Euch doch, es ist nichts, Demoiselle.«

Trotzig hob sich ihr Kinn. »Ich handle anstelle Eures Knappen, my Lord — Ihr werdet mir wohl erlauben, meinem Eid zu folgen und Euch zu dienen.«

Sie sprach mit einer Stimme voller Autorität, mit der königlichen Beherrschtheit einer Burgherrin, die es gewohnt war, eine riesige Dienerschar zu befehligen. Ranulf starrte sie einen langen Moment an, sein Blick war vorsichtig, als fürchtete er, daß sie ihm körperliches Leid zufügen könnte.

»Sehr wohl«, sagte er endlich.

Ranulf erlaubte ihr widerwillig, eine Packung aufzulegen und seine Rippen mit Leintuchstreifen zu verbinden, doch er beobachtete sie dabei genau. Er sagte sich jedoch, daß Ariane ihm kein Leid zufügen könne. Vielleicht fühlte er sich einfach zu verwundbar. Seine ehemalige Braut sah mit ihren leuchtenden grauen Augen zuviel, sie gab ihm das Gefühl, seine Seele läge nackt vor ihr.

Gegen seinen Willen erhob er die Hand, um ihre Wange zu berühren. Als Ariane rasch Luft holte und erfolglos versuchte, sich vor ihm zurückzuziehen, hielt Ranulf inne. Er wollte nicht, daß sie vor ihm zurückwich.

Mit einem Finger unter ihrem Kinn zwang er sie, seinem Blick zu begegnen. »Ihr braucht vor mir keine Angst zu haben. Ein so strenger Meister bin ich nicht. Ich bin sanft mit Pferden, Falken, Frauen ...«

»Ich habe keine Angst«, log Ariane, die angesichts der dunklen Flamme in seinen goldenen Augen ihren Puls rasen fühlte. »Doch werde ich Euch nicht zuhören, wie Ihr mit Euren Eroberungen prahlt.«

Das vertraute höhnische Lächeln kehrte auf seine Lippen zurück, und diese Gelassenheit brachte sie in Rage. Doch als sie versuchte, sich zurückzuziehen, packte er sie am Handgelenk. »Mir scheint, ich könnte Euch gewinnen, sollte ich es darauf anlegen.«

Seine Frechheit kannte wirklich keine Grenzen. Sie biß die Zähne zusammen und riß ihr Handgelenk aus seinem Griff — doch sie konnte ihm nicht entkommen. Mit überraschender Geschwindigkeit schlang sich sein Arm um ihre Taille, und er zog sie in die heiße Mulde seiner Lenden hinein. Augenblicklich wurde ihr Körper mit einem Schauder der Erregung lebendig. Erschrocken preßte Ariane ihre Handflächen gegen seinen breiten Brustkorb, für einen Kampf gerüstet, doch es war so, als schöbe sie gegen eine Steinmauer an.

»Laß er mich los!« rief sie aus, jedoch ohne Erfolg.

»Warum sollte ich das tun?« Sein Tonfall war rauh, sinnlich, amüsiert. »Vorhin wart Ihr noch bereit, Euren Körper für das Leben Eurer Männer einzutauschen.«

»Nicht meinen Körper«, erwiderte Ariane durch zusammengebissene Zähne. »Nur meine Dienste.«

»Also bedient mich jetzt.«

Der heiße hungrige Blick in seinen goldenen Augen ließ sie erschrecken. »Ihr wart es doch«, sagte sie etwas zu atemlos, »der sich geweigert hat, den Verlobungsvertrag zu vollziehen.«

Seine Stimme sank zu einem verführerischem Murmeln hinab. »Es gibt Möglichkeiten, fleischliche Lust zu genießen, die den Verlust Eurer Jungfernschaft nicht zwingend mit sich bringen müssen, mein Herz.«

Ihre Augen wurden weit, als sie zu ihm aufstarrte. Als er langsam seine Hand hob und nur beinahe die volle, schmerzende Rundung ihrer Brust mit seiner Handfläche streifte, keuchte sie auf.

Er bemerkte die willenlose Erwiderung ihres Körpers und lächelte zärtlich. »Ihr begehrt mich, Demoiselle, das ist offensichtlich. Eure Brustwarzen stehen vor ... Euer Herz schlägt zu rasch ... Euer Atem geht schnell ... Eure Haut ist gerötet.«

»Ich begehre Euch nicht.«

»Euer Leib begehrt mich. Es ist ein eindeutig, daß Ihr ein Mädchen seid, das sich nach einem Mann förmlich verzehrt.«

Ariane schloß die Augen und betete um Erlösung. Sie hätte es niemals zulassen dürfen, daß er erführe, wie sehr ihr jungfräuliches Dasein ihr zuwider war. »Ich verzehre mich nach niemandem, schon gar nicht nach Euch!«

»Ihr wollt mir damit sagen, daß Ihr Euch nie gefragt habt, wie es wäre, einen Mann zwischen Euren Schenkeln zu haben?«

»Nein ... Ich meine ja, ich habe nie ...«

»Dann erlaubt mir, Euch das zu zeigen«, murmelte er, und seine Stimme wurde noch weicher, noch tiefer, und streichelte ihre Sinne wie dunkler Samt. »Laßt uns schauen, ob wir Euren schönen Körper zu einem Verräter machen können.«

Er wiegte sie mit einer Sanftheit in seinen Armen, die der gefährlichen Entschlossenheit in seinen Augen widersprach. Und dann, zu ihrer vollständigen Überraschung und zu ihrem Schrecken, beugte er sich hinab und küßte sie, seine Lippen warm und unglaublich weich. Der Schreck ließ eine Hitzewelle durch Ariane schießen. Es war ein so mächtiger Schock, daß er sie lähmte. Sie konnte nichts tun, um sich gegen die sanfte Liebkosung seines Mundes zu wehren, während er den ihren aufschmeichelte, und sie spürte seine Zunge, langsam und heiß und naß, die sie gelassen erforschte.

In Wahrheit wollte sie sich viel lieber an Ranulf klammern, anstatt ihn zu bekämpfen. Es schien so, als hätte sie fast ihr ganzes Leben darauf gewartet, den Geschmack seines Kusses kennenzulernen. Sie hatte geträumt von diesem Mann, als ihrem Geliebten, als Ehemann. Sie konnte es kaum glauben, daß ein so kraftvoller Krieger so unglaublich sanft sein konnte.

Eigenmächtig hoben sich ihre Arme und schlangen sich um seinen Hals. Mit einem leisen Triumphgeräusch tief in seinem Hals festigte er seinen Halt, schloß sie in die Hitze und in den Geruch seines Körpers ein, während sein Mund dem ihren zärtliche Gewalt antat. Er war ein dunkles Feuer, das langsam ihre Sinne in Brand steckte.

Eine Ewigkeit später zog Ranulf sich zurück, aber nur, um gegen ihre Lippen zu flüstern: »Laß mich dir die Lust zeigen, Ariane. Laß mich dir wohltun, so wie ich mir von dir wünsche, daß du mir wohltust ...«

Einen verrückten Moment lang hätte sie seinen honigsüßen Worten fast nachgegeben. Ranulf kannte die Frauen, Leidenschaft war ihm vertraut, und sie wollte so verzweifelt gerne erleben, was ihr über so viele Jahre versagt worden war.

So viele Jahre ...

Die Erinnerung daran stieß Ariane wieder ins Bewußtsein zurück. Sie wollte tatsächlich Leidenschaft erfahren, aber dieser schwarze Schurke würde es nicht sein, der sie ihr zeigte.

Mit einem plötzlichen Aufschrei stieß sie ihn fest gegen die Brust. Zu ihrer Überraschung ließ er sie sofort los. Befreit floh sie durch den Raum, ihre kühlen Hände gegen die brennende Wangen gepreßt, am ganzen Körper zitternd.

Als er keine Bewegung auf sie zu machte, riskierte sie endlich einen Blick auf Ranulf. Er war dort geblieben, wo sie ihn stehengelassen hatte. Das Licht des Kamins zeichnete die glatten Muskeln und Sehnen seines nackten Körpers nach. Er beobachtete sie, einen rätselhaften Gesichtsausdruck auf den strengen Zügen.

Sein Tonfall jedoch war gelassen, ohne Hitze. »Ihr seid wahrhaftig störrisch, aber das bin auch ich, mein süßes Füchslein. Es ist Zeit, sich zur Nachtruhe zu begeben«, fügte er dann beiläufig hinzu.

Ariane schluckte schwer. Mit steifen Schritten ging sie zum Bett und schlüpfte unter die Decke. Sie drehte sich auf die Seite, wandte ihm den Rücken zu und wartete starr, daß Ranulf sich neben sie legte.

Sie konnte nicht verhindern, daß sie zurückzuckte, als sie spürte, wie sein Gewicht die Matratze neben ihr hinabsinken ließ. Einen unendlichen Moment lang beugte er sich über sie, während Ariane die Luft anhielt. Sie spürte seinen bernsteinfarbenen Blick, der sie streichelte, sie begutachtete, als prüfe er die Stärke ihrer Widerstandskraft.

Doch ›angenehme Träume‹ war alles, was er sagte, ehe er sich umdrehte und sofort einschlief.

Der Traum kehrte zurück. Doch diesmal war er weit erotischer als alle Realität. Sie konnte die intensive Hitze von Ranulf an ihrem Rücken spüren, seine Härte und die Konturen seines Körpers, der sich gegen sie preßte. Unter der Bettdecke verflochten sich ihre glatten nackten Beine mit seinen haarigen, rauhen, und sein granitharter Schenkel war zwischen ihre Knie gedrängt.

Durch einen verschwommenen Nebel spürte sie, wie er langsam ihren Bauch streichelte, hochglitt, um ihre Brust zu bedecken, und sie sanft mit seiner schwieligen Handfläche knetete. Ariane seufzte leise im Schlaf, sie bäumte ihren Rücken gegen diesen sinnlichen Druck auf, drängte sich vor seine streichelnde Handfläche hinein. Sie wünschte, es gäbe die dünne Barriere des Leintuchs zwischen ihnen nicht. Ihre Brustwarze wurde in seiner Hand fest, und sie schauderte vor Lust. Für eine so große, rauhe Hand war seine Berührung wie Seide. Ihre Hüften waren in den Sattel der seinen gebettet, und sie wand sich, als angenehme Schauder an den Innenseiten ihrer Schenkel entlangliefen.

Sie genoß seine nackte Hitze und Kraft, und so murmelte sie einen Protest, als seine streichelnden Finger ihren erotischen Raubzug beendeten. Doch seine Hand glitt nur unter die Bettdecke, um unter den Saum ihres Unterkleides zu tauchen und den dünnen Stoff hochzuziehen. Sie spürte ihren Körper straff werden, als seine Handfläche ihren Schenkel entlangstrich. Die Berührung seiner Hand auf ihrer nackten Haut ließ ihren Puls rasen. Als seine Finger vertraut zwischen ihre Schenkel glitten, um Haaresbreite entfernt von der Hitze ihrer Weiblichkeit, erregte sie das auf fast unerträgliche Weise.

Sie sollte jetzt wach werden, sagte sich Ariane. Sie sollte ihre Augen aufzwingen und diesen schamlosen Traum beenden. Doch dann würde sie vielleicht nie erfahren, wie ihre Fantasievorstellung zu Ende ging, würde nie die schwer greifbare Erfüllung aller ihrer Sehnsüchte erleben. Und die wunderbare, feuchte, schmerzende Schwäche, die gerade an jenem geheimen, schamhaften Ort zwischen ihren Schenkeln pulsierend geweckt wurde, die exquisiten Gefühle, die durch ihr Fleisch strömten, waren nicht zu leugnen. Ihr Frauenkörper begehrte seine Berührung, sehnte sich nach seiner Männlichkeit. Ihre Schenkel öffneten sich und erlaubten ihm den Zugang. Seine Finger spreizten sich, um ihren Venushügel zu umfassen, drückten gegen die weichen Locken, die ihre Weiblichkeit schützten. Ariane nahm einen raschen Atemzug, und ihr Körper wurde steif. *Ganz ruhig, mein Herz. Vor mir hast du nichts zu fürchten.* Sein rauhes Flüstern beruhigte sie, brachte ihre ruhelosen, fiebrigen Glieder dazu, sich zu entspannen. Bei allen Heiligen, dieser Traum war so wahrhaftig — und so sündig! Fast so, als wäre Ranulf wirklich hier, läge hier bei ihr und streichelte sie auf diese verbotene Weise.

Sie sollte ihn wegschieben, doch hinderte sie der Aufruhr in ihrem Blut daran, diese wunderbare Illusion aufzugeben. Ihr Körper hatte Feuer gefangen, brannte unter seiner Berührung. Ihre Brustwarzen waren schmerzende Flammenpunkte. Sie keuchte, und ihre Hüften hoben sich in instinktiver Bitte, als er ihre weiche seidige weibliche Spalte fand, und die zitternden Falten teilte. *Ja, öffne dich für mich, Cherie .. . Laß mich hinein ... Laß mich deine Schätze genießen ...* Mutter Gottes, sie wollte dies alles, sie wollte seine unglaublich magische Berührung so sehr!

Seine Finger waren jetzt wagemutiger, erforschten sie mit heißen, glatten Strichen, glitten in sie hinein, prüften sie. *Herr Jesu, so heiß bist du, so feucht für mich.* Seine hitzigen Worte gelangten flüsternd an ihr Ohr, versprachen ihr eine Einladung in sein eigenes, besonderes Paradies.

Ariane wimmerte. Süße Jungfrau, war es möglich, vor lauter Lust zu sterben? Ihr Wille war nicht mehr ihr eigener. Seine schlanken, sehnigen, streichelnden Finger hatten ihn ihr gestohlen. Das Verlangen in ihr war wie ein fester Bogen, von seinen unverschämten Fingern immer stärker gespannt. Er erfuhr all ihre feuchten Geheimnisse.

Ja, zeig mir deine Leidenschaft, meine Schöne. Laß ruhig los ...

Ihr Atem kam heftig, ihre Sinne waren im Taumel. Ihr Geist war an einen heißen dunklen Ort geflohen, der mit Sinnen gefüllt war, doch ihr Körper war von Feuer umgeben, richtete sich nach dem gefangennehmenden Streicheln seiner Hand. *Komm für mich, Geliebte. Gib der Lust nach. Spür sie ...*

Plötzlich wand sie sich vor Begehren, streckte sich zu einer wachsenden lodernden Raserei. Sie schluchzte auf, griff gierig nach ihm, während die Welt zu explodieren schien. Mit einem Aufschrei wogte sie gegen seine Hand. Sein Arm schloß sich um sie, hielt ihren zitternden Körper im Nachbeben der Verzückung fest.

Einen endlosen Moment lang, während die Flammen zurückwichen und ihr Körper sich abkühlte, lag Ariane schwach da. Sie wollte nicht glauben, daß sie an einem solch liederlichen Geschehen beteiligt gewesen war, sich gewunden und gedehnt hatte mit einem so intensiven Begehren, daß sie außer sich gewesen war. Sie konnte in ihrem Rücken Ranulf spüren, sein Körper fest gegen ihren gepreßt, pulsierend mit seinem eigenen männlichen Begehren. Ihre schweren Augenlider hoben sich, und sie bemerkte langsam das Kerzenlicht, die schwachen grauen Bänder der Morgendämmerung, die durch die Fensterläden schlüpften.

Sie blinzelte verwirrt, und ihre Wangen färbten sich vor abgrundtiefer Scham scharlachrot. Das hier war wahr — kein Traum. Ranulf hatte sie aus dem Schlaf geweckt, hatte sie in die Extase gestreichelt, ohne ihr Wissen oder ihre Erlaubnis. Er hatte die Kontrolle über ihren Körper ergriffen, und seine Macht über sie auch hier gezeigt.

Ariane spürte eine Woge der Verzweiflung über sich gehen. Ranulf hatte geschworen, ihre Unterwerfung zu erlangen, und dies war sein Beweis. Vielleicht hatte er sie nicht gezwungen, doch er hatte sie verführt, beschämt — und ihr dabei mehr Lust bereitet, als sie es sich jemals hätte vorstellen können.

Lieber Herrgott, was sollte sie jetzt tun? Sie konnte die Leidenschaft in seinem großen starken Körper spüren, die pulsierende Hitze des Begehrens in dem geschwollenen Stab, der sich in ihr Gesäß preßte.

Mit einem sanften Ziehen an ihrer Schulter drehte Ranulf sie auf den Rücken. Er sah, wie sie die Augen geschlossen hielt, sich weigerte, ihn anzusehen, und ein hartes Lächeln großer Zufriedenheit zog über seinen Mund. Ihr Leib hatte sich ihm ergeben, von blindem Verlangen überrumpelt, wenigstens diesen Sieg hatte er errungen.

Möglicherweise war seine Verführung nicht ganz ehrenhaft gewesen, denn er hatte gewartet, bis sie schlief. Doch er hatte Ariane genau das gegeben, was sie wollte, was ihr williger Körper verlangt hatte. Und wonach sein eigener Leib jetzt auch verlangte.

Pulsierend mit dem Urbedürfnis, die heiße, erregte Frau in seinen Armen zu besteigen, zog Ranulf langsam die Bettücher hinab und brachte ihre wunderschöne schlanke Figur zum Vorschein, genoß ihren entkleideten Zustand. Ihr Unterkleid war ihr über die Hüften emporgerutscht, und der Fleck rotgoldener Locken an dem Ort, an dem ihre blassen Schenkel zusammenwuchsen, zog seinen heißen Blick auf sich. Er beugte sich über jenes süße Portal, und seine Nasenflügel weiteten sich leicht, als er ihren verlockenden Duft einsog. Er wollte nichts mehr, als seinen Körper über den ihren bringen und sich in sie versenken, den honigsüßen Schatz dort beanspruchen, doch er würde sein Vergnügen auf weniger übliche Weise bekommen müssen.

»Meine Schöne ...« murmelte er heiß. »Öffne dich wieder für mich, meine Süße. Laß mich dich schmecken. Laß mich dir einen weiteren Höhepunkt der Extase zeigen. Laß mich dich erfüllen.«

Er senkte seinen Kopf. Den Mund gespitzt, küßte er sanft die tauige Spalte zwischen ihren Schenkeln, während seine Zunge herausschnellte, um die darin versteckte Knospe zu streicheln.

Ariane hatte angespannt und stocksteif unter seinem brennenden Blick gelegen, doch bei diesem skandalösen Vorhaben gab sie ein erschrockenes Aufjaulen von sich und ergriff fest sein Haar.

Als er seinen Kopf hob, trafen sich ihre Augen, ihre voller Panik, seine heiß und hell.

»Nein ... Du kannst doch nicht ...«

»Ich kann sehr wohl, mein Herz.« Der rauhe Ton seiner Stimme streichelte über ihre sensiblen Nervenenden.

»Nein ... Bitte ... Ich flehe dich an ...«

Er lächelte nachsichtig, als sie die freche Hand festhielt, die fortgewandert war, ihren Schenkel zu bedecken. »Du kannst mich soviel anflehen, wie du willst.«

»Nein! *Ranulf!*«

Als Ranulf ihren wirklichen Schrecken erkannte, gab er seinen Versuch auf. Seine Augen loderten, als er mit seiner Hand ihr Handgelenk einfing. »Dann berühr du mich. Fühl du, wie hart, wie erregt du mich werden läßt.«

Vorsichtig zog er ihre Handfläche gegen seinen flachen, muskulösen Bauch und drückte ihre Finger gegen sein pulsierendes Glied. Sie konnte ihn in ihrer Hand spüren, heiß und riesig und fremd.

»Nein!« Wieder versuchte sie erfolglos, sich aus seinem Griff zu befreien. »Das ist doch sündig!« rief sie aus — jeder Vorwand war ihr recht, der sie aus dieser Situation befreite.

Sein Ausdruck wurde ernst. »Du willst mir die Lust versagen, nachdem ich dir solches Vergnügen verschafft habe?«

»Ja! Es ist gottlos, gegen die Gesetze der Kirche!«

Als sie ihm endlich ihre Hand entrissen hatte, stöhnte Ranulf auf. Er wollte Ariane süß und willig bei sich haben, nicht voller Panik und zitternd wie ein erschrockenes Kaninchen. Und sich selbst befriedigen konnte er wohl nicht, ohne ihren Ekel zu erregen.

Er hatte immerhin eine Art von Sieg errungen, erinnerte er sich selbst. Ariane hatte unter seiner Berührung zur Extase gefunden. Aber auch wenn er schon eine wilde Zufriedenheit darin fand, zu wissen, daß er sie so erregen konnte, würde er nicht eher aufgeben, als bis sie sich ihm voll ergeben hatte.

»Ich bezweifle, daß du die Übertretung der kirchlichen

Gesetze stärker fürchtest als die Lust, die ich dir bereiten kann«, murmelte Ranulf trocken.

Ariane wandte das Gesicht ab, da sie die Wahrheit seines Vorwurfs erkannte. Es war ihm ein Leichtes gewesen, sie zu erobern. Sie war zutiefst beschämt über ihre Reaktion auf seine sündigen Zärtlichkeiten, über ihre liederliche Hingabe. Sie hatte nicht das mindeste an Widerstand geleistet. Sie hatte gewollt, daß er sie berührte. Sie wollte ihn als Geliebten und Ehemann und Herrn.

Ihr Herz krampfte sich bei dieser Erkenntnis zusammen. Sie hätte selbst seinen skandalösesten Zärtlichkeiten nicht widersprochen, wären sie in Liebe gegeben worden, hätte Ranulf auch nur das mindeste für sie empfunden. Aber er betrachtete sie als seine Feindin, und dies war seine Methode, sie zu bestrafen, seine Macht über sie zu beweisen.

Ariane schloß die Augen und wünschte, sie könne einfach verschwinden.

Er hatte seine Finger in ihre langen wirren Haare getaucht und fuhr geistesabwesend durch sie hindurch, als prüfe er die Qualität eines Stranges Seide. Als er jedoch eine Locke an seinen Mund hob, keuchte Ariane auf und zog sie ihm rasch aus den Fingern.

»Habe ich Eure Erlaubnis, mich anzuziehen?« zischte sie und weigerte sich immer noch, ihn anzusehen.

»Ich würde lieber die nächsten paar Stunden damit verbringen, dir die rechte Art von Unterwerfung beizubringen.« Sein Ton war weich, selbstsicher, voller Zufriedenheit.

Ariane warf ihm einen kläglichen Blick zu, der sie gleich reute. Ranulf sah aus wie ein Strolch, seine rabenschwarzen Haare wirr, sein hartes, gemeißeltes Gesicht vom Schatten eines Bartes verdunkelt.

»Glaubst du, daß du mir noch lange widerstehen wirst, meine Schöne?« fragte er in einem leisen rauhen Murmeln, das über ihre Sinne strich.

Nein. Und das war das Problem. Sie konnte diesem Mann nicht widerstehen, nicht wenn er sie so anschaute, seine Augen erhitzt mit einer Mischung aus Begehren und Versprechen. Ariane sammelte jedes Gramm Widerstandskraft, reckte ihr Kinn empor, und verlieh ihrer Miene bewußt einen spöttischen Ausdruck. »Ihr schmeichelt Euch, my Lord, wenn Ihr glaubt, daß ich mich Euch jemals willig hingeben werden.«

Ranulfs Lippen verzogen sich zu einem männlichen Lächeln. »Dann eben widerwillig, das macht nichts, meine Dirne. Ich werde es genießen, deinen Trotz zu zähmen … und eine Buße für ihn zu ersinnen, die wir beide genießen können.«

Ariane zitterte in dem Bemühen, ihn ihre Unsicherheit nicht spüren zu lassen.

»Ich werde Euch immer verabscheuen«, erklärte sie mit heftig zitternder Stimme.

Kapitel 9

»Hast du eine gute Nacht verbracht, Herr?« erkundigte sich Payn, als Ranulf sich zu ihm in die große Halle setzte, um das Frühstück einzunehmen.

Ranulf beantwortete die Frage nur mit einer Grimasse, nahm einen Holzbecher mit Honigmet von einem jungen Pagen an und setzte sich in den Herrschaftsstuhl.

»Das verstehe ich als Verneinung«, sagte sein Vasalle mitleidig. »Die Dame Ariane war also nicht entgegenkommend?«

»Wenn dir deine Haut lieb ist, wirst du davon absehen, den Namen dieser Dirne noch einmal in meiner Gegenwart zu nennen.«

Payn unterdrückte ein Grinsen, ehe er antwortete: »Ich dachte, du hattest vor, der Dame eine Lektion im Gehorsam zu erteilen, doch es scheint, daß sie so widerborstig war wie zuvor.«

»Die Schlacht hat erst begonnen, das versichere ich dir«, sagte Ranulf finster. Als Payn schmunzelte, spürte Ranulf, wie sein Ärger floh. Gegen seinen Willen mußte er schwach grinsen. »Hast du eigentlich nichts Besseres zu tun, als dich über mein Versagen lustig zu machen?«

»Aber natürlich, my Lord«, murmelte Payn kameradschaftlich. »Ich bin klug genug, mich nicht bei dir aufzuhalten, wenn du in einer solch schwarzen Laune bist. Ich werde dich in Frieden lassen, damit du deine Strategie in bezug auf die Zähmung der Dirne überdenken kannst.« Er hieb Ranulf auf die Schulter, erhob sich und ging fort, um sich mit zwei Rittern zu besprechen, die gerade in die Halle gekommen waren.

Ranulf war erleichtert darüber und starrte in seinen Seidel mit Met. Noch einmal bedachte er das jüngste, einzigartige Erlebnis. Er war es nicht gewöhnt, daß sich ihm irgendeine Dirne verweigerte, und darüber hinaus war es neu, daß er diese Zurückweisung so sehr bedauerte. Noch nie hatte er eine Frau in seinem Bett gehabt, die es nicht ganz und gar befriedigt verließ; noch nie hatte er einer erlaubt, es zu verlassen, ehe er ebenfalls vollkommen befriedigt war.

Beim Kreuz, welche Macht hatte diese wunderschöne Hexe über ihn, daß er sie so begehrte?

Ranulf schüttelte jämmerlich den Kopf und schalt sich selbst, daß er sich wie ein dummer Junge benahm, der es zuließ, daß seine Lenden ihn an der Nase herumführten. Er sollte es besser wissen. Er hatte Männer gesehen, die von intrigierenden Adelsfrauen so betört waren, daß sie jegliche Vorsicht vergaßen. Und die Gefahr, die es bedeutete, seine ehemalige Braut auch nur einen Moment lang zu unterschätzen, kannte er gut. Sie war eine Gegnerin, die alle Vorsicht lohnte.

Doch er war entschlossener denn je, Ariane zum Nachgeben zu bringen. Wenn er seine Fähigkeiten klug einsetzte, würde er zuletzt ihre Hilfe gewinnen, wenn nicht gar ihre Treue. Indem er die Leidenschaft als Waffe nutzte, indem er sie zwang, die Extase in seinen Händen zu erleben, würde er ihren Willen zerstören ...

Ein gefährliches Lächeln ging über Ranulfs Lippen, als er an die Schlachten dachte, die bevorstanden. Man würde schon noch sehen, wer als Sieger aus ihnen herausginge.

Mit diesem beruhigenden Gedanken nahm er den letzten Schluck seines Weines und rief nach mehr. In genau diesem Moment trat Ariane auf die Empore, auf der die herrschaftliche Speisetafel aufgebaut war.

»Ihr kommt zu spät zu Eurer Arbeit«, bemerkte Ranulf mild, getroffen von der Art, wie sein Körper schon allein bei ihrem Anblick reagierte. »Ich habe Euch nicht erlaubt, den ganzen Tag im Bett herumzufaulenzen.«

»Ich habe *nicht* herumgefaulenzt, my Lord. Ich empfand es als notwendig, mich zu waschen«, erwiderte Ariane mit vorsichtigem Hochmut. In Wahrheit hatte sie ihre Haut geschrubbt, bis sie brannte, doch sie hatte es nicht geschafft, die Erinnerung an ihre schamlose Reaktion auf Ranulfs Berührungen auszulöschen.

Sie spürte jetzt seinen prüfenden Blick und hob ihr Kinn in die Höhe. Seine Augen wurden bei ihrem Anblick schmal. Sie trug ein üppiges Überkleid aus rotem Samt, unter dem ein tief blaues Unterkleid leuchtete. Ein Tuch aus gemusterter Seide schmückte ihr Haar, von einem dünnen silbernen Reif um ihre Stirn gehalten, während ein mit Edelsteinen besetzter Gürtel aus silbernen Kettengliedern um ihre schmale Hüfte lag.

»Ihr kleidet Euch verschwenderisch für eine Dienerin«, sagte er bedächtig.

»Ihr hattet gesagt, ich solle heute morgen die leibeigenen Bauern versammeln und meinen Treueeid an Euch wiederholen. Ich hielt dies für ein angemessenes Gewand.«

Auch wenn es nicht ganz der Wahrheit entsprach, so fühlte sich Ariane doch bei dieser Lüge gerechtfertigt. Sie hatte eines ihrer hübscheren Kleider angezogen, nicht um die Leibeigenen von Claredon mit ihrer Konsequenz zu beeindrucken, sondern um ihre eigene Widerstandskraft zu stärken — sie wollte wenigstens einen Anschein von Fassung bewahren. Mochte der Schwarze Drache von Vernay mit seinen sündigen Liebkosungen ihr den Geist verwirrt und sie beschämt haben, sie war immer noch die Herrin dieser Halle, sie hatte immer noch ein eigenes Maß an Stolz. Wenn er von ihr erwartete, daß sie sich demütig ergab, dann hatte er sich gewaltig verrechnet.

Ariane hob die Kanne mit Wein empor und füllte seinen Becher aufs Neue, erfreut, daß sie dies tun konnte, ohne übermäßig zu zittern.

Als ein Junge eine Schüssel mit Haferporridge brachte, nahm Ariane sie ihm ab und setzte sie Ranulf mit heftigen Bewegungen vor. Sie hätte sie lieber über seinem Kopf ausgeleert.

Er blickte sie herausfordernd an, als könne er ihre Gedanken erraten. »Das würde ich nicht tun, wäre ich an Eurer Stelle, sonst würdet Ihr mich dazu zwingen, strengere Maßnahmen zu ergreifen. Ich glaube nicht, daß Ihr gerne im Kerker an Ketten gebunden sein möchtet.«

»Das wird auch nicht nötig sein, my Lord«, erwiderte sie steif. »Ihr habt mich genauso wirksam mit meinem Euch gegebenen Wort angekettet.«

»Habe ich das, Demoiselle?« Er gab ein leises Lachen von sich, in dem der Zweifel mitschwang. »Dann schlage ich vor, daß Ihr eine rechte Folgsamkeit an den Tag legt. Geht und eßt, und holt dann Euren Umhang. Die Morgenluft wird frisch sein, und ich würde nicht wollen, daß meine Geisel sich verkühlt.«

Ariane biß ihre Kiefer fest zusammen und wandte sich ab.

Ranulf spürte immer noch die Hitze ihres sengenden

Blickes. Dann nahm er den Löffel auf, um sich seinem Essen zu widmen, doch seine Gedanken waren woanders. Bei jedem Treffen mit dieser Dirne entstand ein Willenskampf, ein Kampf, den er nur mit Mühe gewinnen konnte ...

Eine plötzliche Unruhe neben ihm unterbrach seine Gedanken. Ein Klirren war es, dem ein leiser Schreckensschrei folgte. Ranulf blickte sich um, und auch Ariane wandte sich noch einmal um.

Sie hatte nicht gesehen, was geschehen war, doch es war einfach, das zu erraten. Ein kleiner Page, ein Junge von vielleicht sieben Jahren, war gestolpert und neben Ranulfs Stuhl hingefallen. Er hatte dabei eine Zinnkanne fallenlassen und den Wein über die Streu und auf die Stiefel seines Herren verschüttet.

Ariane kam rasch zurück und bückte sich, um dem Kind aufzuhelfen. Der Kleine schien ihre Hilfe kaum zu bemerken. Er zitterte und schaute Ranulf voller Furcht an, als habe er Angst, daß der Herr ihn mit seiner mächtigen Faust niederschlagen könnte.

Instinktiv trat Ariane vor den Jungen, gab ihm hinter ihrem Rücken Schutz. »My Lord ... Es war nur ein Unfall.«

Ranulf blieb still, als er das weiße Gesicht des Knaben und dessen verschreckten Gesichtsausdruck sah. »Komm her, mein Junge«, sagte er leise. Als der Junge wie festgewachsen stehenblieb, fügte Ranulf noch leiser hinzu: »Ich werde dir nicht wehtun. Kleine Jungen schlage ich nicht.«

Langsam kam der junge Page Zentimeter um Zentimeter hinter Ariane hervor und ging auf Ranulf zu. »Ich bitte um V- Verzeihung, m-my L-Lord«, stotterte er, während sich seine Augen mit Tränen füllten.

»Wie heißt du, Junge?«

»W-William.«

»Du bist aus Versehen hingefallen, nicht wahr, William? Du hast den Wein nicht absichtlich auf mich geschüttet.«

»Ja, my L-Lord. Ich m-meine, n-nein.«
»Dann sehe ich auch keinen Grund, dich zu bestrafen.«
»A-aber ich war u-ungeschickt, my L-Lord.«
»Wenn du dir in Zukunft Mühe gibst, mir gut zu dienen, dann werde ich diesen Zwischenfall vergessen.«
»Ja, my L-Lord.«
Ranulfs überraschende Sanftheit schockierte Ariane nicht so sehr, wie sie es vielleicht früher getan hätte, obwohl diese Freundlichkeit sehr im Gegensatz stand zu seinem zweifelhaften Ruf als der gefürchtete Schwarze Drache.
»Er ist der Sohn von Lord Aubert, einem Freund meines Vaters«, sagte sie erklärend. »William wird hier als Page ausgebildet.«
Ranulf lächelte jenes seltene, strahlende Lächeln, das den Eindruck erweckte, die Sonne sei gerade durch geballte Sturmwolken gebrochen. Die Wirkung raubte Ariane fast den Atem. »Also möchtest du gerne ein Ritter werden?«
Williams kleines Gesicht strahlte auf. »Oh, ja, edler Herr! Mein Herr Walter hat mir zugesagt, mich dazu zu erziehen ...« Der Junge wurde plötzlich leiser und hörte dann ganz auf zu sprechen, als ob er sich erinnerte, daß sein Herr nicht mehr an der Macht war.
»Ich sehe keinen Grund, warum deine Ausbildung nicht weitergehen kann«, sagte Ranulf mild. »Wenn du deine Pflichten als Page eifrig lernst, dann werde ich dich bald zum Knappen befördern und dir beibringen, wie man ein Schwert handhabt.«
»*Ihr* werdet mir das beibringen? Oh, my Lord ...« Der Tonfall des Jungen war aufgeregt und ehrfürchtig, als wäre es der Gipfel aller seiner Wünsche, vom Schwarzen Drachen ausgebildet zu werden.
Ariane wußte, daß Ranulf einen Folgemann fürs Leben gefunden hatte. Und sie erkannte das Gefühl wieder. Sie hatte einstmals Ranulf mit genau derselben Verehrung

betrachtet — es war die Anhimmelung eines mächtigen Kriegsherren gewesen, der zu einem nervösen jungen Mädchen freundlich war.

»Ich habe einen Sohn, der ungefähr so alt ist wie du«, hörte sie Ranulf zu ihrem Erstaunen sagen, und war noch mehr von seinem Gesichtsausdruck überrascht. Sein Gesicht war vollkommen weich geworden, und seine Augen füllten sich mit Wärme und Sanftheit. Er ließ den Jungen gehen und seufzte leise.

»Ich wußte nicht, daß Ihr einen Sohn habt.«

Er blickte Ariane abwesend an. »Ich habe drei. Und drei Töchter.«

Dieses Geständnis war für sie eine weitere Überraschung. Viele Edle hatten keine Ahnung von der Anzahl der Kinder, die sie gezeugt hatten, im allgemeinen mißachteten sie derartige Nachkommen als die bedauerlichen Folgen der Leidenschaft. Doch Ranulf wußte nicht nur von den seinen, sondern erwähnte sie auch mit Stolz.

»Sie sind alle Bastarde.« Sein Tonfall war spitz, fast herausfordernd.

»Das ist wohl naheliegend«, erwiderte Ariane freimütig, »schließlich habt Ihr ja keine Frau.«

Sie sah, wie er sich bemühte, nicht zu lächeln.

»Ich hätte kaum erwartet, daß eine edle Dame wie Ihr«, sagte er leicht spöttisch, »illegitime Kinder, die Leibeigenen geboren werden, mit Nachsicht beurteilt.«

»Habt Ihr sie anerkannt?«

»Ja. Und habe für ihr Wohlergehen gesorgt.«

»Dann ist ihre Geburt ohne Schande. Und was die Nachsicht angeht, so habe ich in meiner edlen Mutter ein Beispiel gefunden. Sie hat den Bastard meines Vaters nicht nur angenommen, sondern hat ihn sogar auf die Burg geholt, um ihn als Kanzlist ausbilden zu lassen.«

»Wären doch alle Adelsdamen so großmütig!«

Seine bitterer Ton verwirrte und beunruhigte sie, doch

ehe sie ihn darüber befragen konnte, wurde Ranulf plötzlich steif, als erinnerte er sich, mit wem er sprach.

»Ich glaube, ich hatte Euch bereits entlassen, Demoiselle«, sagte er kühl.

Sein distanzierter Ton, der so rasch auf die Wärme für den jungen William folgte, ließ Ariane zusammenzucken. Erneut knisterte die Feindschaft zwischen ihnen, und sie wandte sich mit einer Heftigkeit ab, die fast schon ein Davonstürmen war.

Ranulf nahm abwesend sein Frühstück zu sich. Er konnte Arianes vernünftige Haltung in bezug auf seine unehelichen Kinder nicht ganz glauben. Er hatte zu viele schmerzhafte Erfahrungen gemacht mit dem Spott und dem Gelächter derjenigen von Arianes edlem Stand.

Es vergingen Momente, vielleicht auch Stunden, ehe Ranulf neben sich ein Räuspern hörte. Er blickte sich um und erkannte den alten, glatzköpfigen Priester von Claredon neben seinem Stuhl. »Dürfte ich wohl ein Wort an Euch richten, Herr?«

Ranulf nickte höflich. »Pater John, nicht wahr?«

»Ja, my Lord.«

»Solltet Ihr nicht die Messe singen, Pater?«

»Es war niemand in der Kapelle.« Seine sanften braunen Augen blickten leicht vorwurfsvoll. »Ihr habt die Leute von Stand in den Kerker werfen lassen, und die Leibeigenen haben Angst, Eure Wut zu riskieren, my Lord.«

Ranulf runzelte die Stirn. »Ihr könnt Eure Herde ohne Angst vor Strafe zum Gebet versammeln, Pater. Ich würde den Leuten von Claredon niemals ihren geistigen Trost versagen.«

»Ich danke Euch, my Lord.«

»Ist das alles?«

»Nein, edler Herr.« Der Priester stand einen Moment lang da, rang voller Unruhe die Hände. »Ich fürchte, daß ich es sagen muß. Ich kann nicht länger schweigen. Ich muß Euch das Sündige Eurer Taten sehen lassen.«

Ranulfs scharf gebogene Augenbrauen hoben sich. »Tatsächlich?«

»Es geht um die Dame Ariane, Herr ... und Eure ähm ... Art, wie ihr sie behandelt.«

»Was ist damit?«

Der alte Mann zögerte, zu antworten. »Ihr habt sie entehrt.«

Ranulf konnte seinen Tonfall nur mit Mühe freundlich halten. »Wie soll das geschehen sein, Pater? Ich habe von ihr verlangt, daß sie mich bei Tisch bedient und mein Knappe ist, nichts mehr.«

»Ihr habt sie in den vergangenen drei Nächten als Eure Gefangene in Euren Räumen gehalten.«

»Nur, um ein Auge auf sie zu halten. Ich kann ihr nicht vertrauen, wenn ich sie frei herumlaufen lasse, sie würde einem weiteren der Vasallen ihres Vaters zur Flucht verhelfen.«

»Aber Eure ... Ihr ... der Mangel an Respekt, den Ihr ihr gerade eben gezeigt habt ... Es ist nicht ziemlich, daß Ihr sie in der Halle wie eine Leibeigene umarmt.«

»Hat Euch die Dame gebeten, mich um ihretwillen zu bitten?«

»Nein, my Lord! Das würde sie nie tun! Aber ich habe Augen, zu sehen, und Ohren, zu hören. Ich habe gehört ... daß Ihr vorhabt, sie nicht zu heiraten.«

»Wir sind nicht mehr verlobt, das ist wahr«, erwiderte Ranulf abweisend. »Sie ist gegenwärtig meine Geisel.«

»Werdet Ihr ihr nicht erlauben, in einem Kloster Zuflucht zu suchen?«

»Die Dame behauptet, sie wünsche nicht, in ein Kloster einzutreten.«

»Aber was ist mit ihrer Zukunft? Wenn sie nicht für die Kirche bestimmt ist, dann muß sie einen Mann haben.«

»Das Thema liegt außerhalb Eurer Zuständigkeit, Pater«, bemerkte Ranulf. »König Heinrich wird sich zur rechten Zeit um ihre Zukunft kümmern, je nachdem, wie der Verrat ihres Vaters ausgeht.«

»Aber ich habe doch eine Pflicht —«

Abrupt erhob Ranulf eine Hand und hieß so den alten Mann schweigen. »Eure Pflicht ist es, nach Eurer Herde zu sehen, nicht, meine Taten in Frage zu stellen. Die Dame Ariane ist meine Gefangene, mit der ich umgehen kann, wie ich es für richtig halte. Unsere Unterredung ist beendet. Ich bin mir sicher, daß Ihr Geschäfte habt, die dringend Eurer Aufmerksamkeit bedürfen.«

»Ja, my Lord ...« Mit einer demütigen Verbeugung ging der Priester davon.

Diese Zurechtweisung war zu Recht geschehen, das wußte Ranulf. Die Bediensteten einer Burg waren wie die ganze feudale Gesellschaft in eine ständische Ordnung eingegliedert, von der man glaubte, daß sie von Gott gewollt sei. Er hatte diese Ordnung durcheinandergebracht, indem er Ariane anstelle seines Knappen dienen ließ. Er hatte gedacht, es sei der beste Weg, ihre Unterwerfung zu erreichen, indem er sie zwang, öffentlich seine Autorität anzuerkennen, um so auch die Unterwerfung ihrer treuen Folgeleute zu gewinnen. Doch er hätte sie niemals öffentlich lächerlich machen dürfen.

Er war bereit, zuzugeben, daß er zu weit gegangen war — aber beim Kreuz, daß er ihren Gehorsam einklagen mußte, hätte von Anfang an nicht sein müssen. Doch er hatte nicht bedacht, daß sie sich erniedrigt fühlen würde. Die wenigsten Adelsfrauen seiner Bekanntschaft besaßen auch nur das geringste Schamgefühl, und noch weniger Ehre.

Sie setzten ihren Herren die Hörner auf, verließen ihre Kinder, intrigierten und planten und schmiedeten Ränke, um ihre eigene Lage zu verbessern. Und doch verdiente der ehemalige Stand der Dame Ariane als Schloßherrin wenigstens ein gewisses Maß an Respekt. Er konnte die Herrin von Claredon wohl doch nicht wie eine gemeine

Burgdirne behandeln, wenn er den Respekt der Leute gewinnen wollte.

Nun gut, beschloß Ranulf widerwillig, und biß die Zähne zusammen. Wenn sie ihm gehorsam war, würde er Ariane von dem Eid lossprechen, ihm zu dienen. Wenn sie Willens war, ihre Niederlage zuzugeben, wäre er bereit, Milde walten zu lassen, auch wenn sie diese mitnichten verdiente.

In den Privatgemächern ein Stockwerk höher ging Ariane ihren eigenen schwelenden Gedanken nach, derweil sie ihren Umhang holte, wie Ranulf es ihr befohlen hatte.

Während sie die Spange ihres Umhangs an einer Schulter befestigte, konnte sie ihren Blick nicht von dem Bett abwenden, auf dem Ranulf sie zur Lust gebracht hatte. Ihre Wangen färbten sich, als sie sich an die Hitze und das Begehren erinnerte, das er so mühelos in ihr geweckt hatte. Süße Mutter Gottes. Sie hatte diesen ersten Geschmack der Leidenschaft unglaublich genossen, obwohl selbst die weißglühenden Eisen eines Gottesurteils sie niemals dazu brächten, ihm das zuzugeben.

Einen Moment lang bewölkten sich ihre Augen mit Trauer. Mochte Gott doch seine bernsteinfarbenen Augen und sein schwarzes Herz verfluchen! Warum konnte er nicht dem Vertrag Folge leisten und sie heiraten? Sie wäre ihm eine gute Frau gewesen, auch unter diesen anstrengenden Umständen. Sie hätte sich bemüht, sein Glück zu sichern. Sie hätten ein gemeinsames Ziel gehabt: ihr Land zu regieren und ihrem König zu dienen. Vielleicht hätten sie sogar zur Liebe gefunden, obwohl sie nicht wußte, wie ein solch strenger, gefühlloser Kriegsherr wie der Schwarze Drache von Vernay überhaupt Raum in seinem Herz haben konnte für eine so zarte Regung wie die Liebe. Er war ein Teufel.

Sie würden niemals ein gemeinsames Ziel finden, nicht bei der Feindseligkeit und dem Mißtrauen, das jetzt zwischen ihnen wütete. Ranulf würde sie nie ehren, sie war nichts als ein Besitz, ein Pfand, eine Geisel, der er beweisen mußte, daß er sie beherrschte. Er verlangte ihre unterwürfige Aufgabe und wäre mit nichts Geringerem zufrieden. Sie konnte von einem so mächtigen und gleichzeitig gewissenlosen Mann keine Gnade erwarten.

Als sie die Privatgemächer verließ, war sie erstaunt, ihren Halbbruder Gilbert im Schatten herumlungern zu sehen. Offensichtlich hatte er hier auf sie gewartet. Und die roten Flecken auf seinem hellen Teint ließen sie ahnen, daß er vor Wut kochte.

»My Lady! Diesmal ist er zu weit gegangen! Das ist unerträglich! Ihr müßt mir erlauben, Eure Ehre zu rächen!«

Ariane seufzte ermattet. So gern sie auch den Schwarzen Drachen besiegt sehen wollte, Gilbert war nicht der richtige für diese Aufgabe. Der Junge würde von einem derart geschickten und kraftvollen Krieger wie Ranulf ausgelöscht werden — wenn der Herr überhaupt eine solche Herausforderung durch einen niedrig geborenen Bastard als standesgerecht annahm. Als Sohn eines Leibeigenen war Gilbert von verschiedenen Vorrechten ausgeschlossen, darunter von dem Recht, Mitglieder des Adels zum Zweikampf herauszufordern. Nach dem ritterlichen Ehrenkodex konnten nur ebenbürtige Männer gegeneinander antreten. Auch war Gilberts Jugend zu seinem Nachteil. Jungen durften nicht die Waffen eines Ritters führen. Selbst Knappen durften nur Holzlanzen und Schwerter zur Übung benutzen.

»Ich ertrage es nicht, die Dame von Claredon so herabgewürdigt und verspottet zu sehen!« rief der Junge. »Er behandelt Euch schlechter als eine Leibeigene! Er herzt Euch, als wäret Ihr seine Bettgespielin!«

Ariane wurde rot, ohne es zu wollen. »Ganz so war es nun auch wieder nicht.«

»War es wohl! Und ich will Eure Ehre rächen!« wiederholte Gilbert wütend. »Ich will Lord Ranulf auf dem Feld der Ehre herausfordern!«

Ariane schüttelte den Kopf. Sie würde den Jungen davon überzeugen müssen, daß sein Plan nicht nur dumm, sondern selbstmörderisch war. »Gilbert«, sagte sie sanft, »du bist nicht als Krieger ausgebildet, kannst mit Waffen nicht umgehen. Lord Ranulf hat selbst die mächtigsten seiner Feinde überwunden. Er würde dich innerhalb von Minuten umbringen.«

»Das ist mir egal. Ich kann nicht herumstehen und nichts tun! Ich habe das Recht, edles Fräulein. In der Abwesenheit unseres Vaters bin ich Euer nächster männlicher Verwandter. Es fällt mir zu, Euch zu beschützen.«

Ariane seufzte erneut. »Gilbert, ich danke dir von ganzem Herzen, daß du mein Kämpe sein willst, doch ich könnte es nicht ertragen, wenn dir ein Leid geschähe. Jetzt, wo mein Vater unter dem Verdacht steht, einen Verrat begangen zu haben und meine Mutter fort ist, habe ich beinahe alle Menschen verloren, die mir teuer sind. Ich könnte es nicht ertragen, Dich auch noch zu verlieren. Ich brauche dich, Gilbert.«

Er ballte die Fäuste, doch die Wildheit schien aus seinen blauen Augen zu schwinden. »Wenn Ihr mir nicht erlaubt, ihn zu bekämpfen, müssen wir unser Recht vor den Gerichten suchen.«

»Vor den Gerichten?«

»Ja. Von Gesetzen verstehe ich etwas, my Lady. Ihr habt das Recht auf Eurer Seite. Wir können den Herren von Vernay vor dem Zivilgericht verklagen, daß er die Verlobung aufgelöst hat.«

Einen langen Moment starrte Ariane Gilbert an. »Angenommen, wir reichen die Klage ein, und angenommen, wir überzeugen die Gerichte des neuen Königs davon, sie zuzulassen, was würden wir denn gewinnen , wenn wir eine solch kecke Maßnahme ergreifen?«

»Naja, Wohlstand und Land, my Lady. Lord Ranulf hat

die Gesamtheit der Güter Eures Vaters beansprucht und Euch in die Armut gestoßen. Die Einrichtung eines Unterhaltsfonds würde es Euch ermöglichen, nicht mehr von der Großzügigkeit des neuen Herren abzuhängen, noch müßtet Ihr ihm dienen. Und er wäre gezwungen, Euch für den Schaden, den er Euch zugefügt hat, zu entschädigen.«

Sie nickte langsam. »Doch einen solchen Fall zu gewinnen könnte schwierig sein, vor allem, da er durch die Situation unseres Vaters kompliziert ist. Ich werde als König Heinrichs politische Geisel betrachtet.«

»Dennoch sollten wir den Versuch unternehmen.«

»Ich würde gerne etwas Zeit haben, deinen Vorschlag zu bedenken, Gilbert.«

»Aber my Lady —«

»Ich werde darüber nachdenken, das verspreche ich dir.«

Ihre Versicherung konnte offensichtlich die Aufregung des Jungen nicht beschwichtigen. »Es ist nur ziemlich, daß er Euch dafür Schadenersatz leistet, daß er Euch nach so langer Zeit abgelegt hat. Und auch für die Entehrung, die er Euch zugefügt hat. In Wahrheit seid Ihr in den Augen der Kirche ja schon mit ihm verheiratet. Nur die letzten Gelübde und der Vollzug fehlen. Hättet Ihr einen Beweis, daß er Euch vergewaltigt hat, dann könnte selbst der teuflische Drache nicht mehr die Ehe leugnen.«

Ariane runzelte gedankenvoll die Stirn. Es würde viele ihrer dringendsten Probleme lösen, wenn Ranulf auf irgendeine Weise die Verlobung einzuhalten gezwungen würde. Gilbert hatte Recht. Ranulf mußte für die vorübergegangenen Jahre ihrer Jugend Ersatz leisten, und auch dafür, daß er ihre Chancen, ehrenvoll einen anderen Mann zu heiraten, zerstört hatte. Wenn Gilbert wüßte, daß Ranulf sie tatsächlich in gewisser Hinsicht vergewaltigt hatte! An diesem Morgen hatte er sie ihrer fleischlichen Unschuld beraubt, hatte er sie die Leidenschaft gelehrt und eine Intimität geschaffen, die nur ein Ehemann zu beanspruchen das Recht hatte. Doch ihre Gründe, die Ehe doch herbeizuführen, gingen über Rache weit hinaus. Als die Gattin des Herrn wäre sie besser in der Lage, Claredon und seine Abhängigen zu schützen, und auch das Geheimnis, daß sie schon so lange hütete — ein Geheimnis, für dessen Schutz sie ihr Leben geben würde. Zudem war es wichtig, daß sie als Dame von Stand für ihren Vater tätig werden könnte, um zu versuchen, die Verratsklage gegen ihn zu widerlegen. Er war nicht schuldig, das wußte sie in ihrem Herzen, doch nur von einer Machtposition aus konnte sie überhaupt erst anfangen, seine Unschuld zu beweisen. Als Geisel Ranulfs konnte sie nichts tun, doch als seine Frau ...

Zum ersten Mal, seit Ranulf Claredon vor vier Tagen in seinen Besitz gebracht hatte, spürte Ariane eine wildes Aufwallen von Hoffnung. Plötzlich raste ihr Herz, und sie preßte eine zitternde Hand an ihre Lippen. Süße Mutter Gottes. Sie hatte wenig zu verlieren und so viel zu gewinnen ...

»Was ist, my Lady?« fragte ihr Bruder sie sorgenvoll.

»Schschsch, laß mich denken!«

Auch wenn sie lieber in Öl gesotten würde, als Ranulf von Vernay nach all dem, was er ihr angetan hatte, als ihren Mann zu nehmen, so mußte sie es doch versuchen. Doch was sollte sie versuchen? Der Verlobungsvertrag war nicht bindend, solange er unvollzogen blieb. Und damit die Kirche die Ehe segnete, mußte bewiesen werden, daß sie vollzogen worden war. Also ... gab es eine Möglichkeit, den Vollzug herbeizuführen?

Ranulf hatte geschworen, sie nie zu berühren — oder wenigstens, verbesserte sie sich, als sie sich an seine sündigen Annäherungen von diesem Morgen erinnerte, daß ihre Jungfernschaft vor ihm sicher war. Sie konnte versuchen, seine Zuneigung zu gewinnen, und selbst auch Verliebtheit vorspiegeln, doch wenn sie ihm gegenüber auch nur um ein geringes Maß weicher würde, würde er sie sofort durchschauen. Sie wußte nichts von den Künsten, die manchen Frauen so natürlich waren — kokettieren und einfältig tun und schmeicheln. Sie würde eine miserable Verführerin abgeben.

Doch irgendetwas mußte sie tun. Gilbert hatte Recht. Nur ihre Hände zu ringen und ihr Unglück zu beweinen, würde ihr nicht weiterhelfen.

Irgendwie mußte sie Ranulf davon überzeugen, den Eheplan noch einmal zu überdenken. Zumindest mußte sie es ihm unmöglich machen, den Verlobungsvertrag aufzulösen.

»My Lady?« fragte Gilbert besorgt.

Ariane sammelte sich, hob das Kinn und streckte die Schultern.

»Beruhige dich, Gilbert, ich schwöre dir, es wird alles gut«, sagte sie mit einer Zuversicht, die mit jedem Augenblick wuchs.

»Aber was wollt Ihr denn tun?«

»Ich bin mir noch nicht sicher.« Sie zwang sich zu einem Lächeln, als sie sein sorgenvolles Gesicht ansah. »Aber ich versichere dir, daß ich mir deinen Rat zu Herzen nehme. Irgendwie muß Lord Ranulf deutlich werden, wie ungerecht es ist, unsere Verlobung aufzulösen. Und dann … dann muß er davon überzeugt werden, daß er mich als seine Frau braucht.«

Kapitel 10

Es war eine gezähmte und nachdenkliche Ariane, die Ranulf und sein bewaffnetes Gefolge auf die Felder begleitete. Mehr als einmal sandte er ihr einen mißtrauischen Blick, während sie folgsam neben ihm auf ihrem Zelter ritt, bis sie sich endlich sammelte und in ihrem gewohnt spröden Ton Antworten gab, um seinen Argwohn zu zerstreuen.

Sie wies die Leibeigenen auf den Feldern mit stoischer Ruhe an, sich dem neuen Herren zu beugen. Nur so würden sie in ihm einen gnädigen Herrscher finden.

Ariane betete, daß ihr Rat der Wahrheit entsprach. Sie wollte nicht, daß die Leibeigenen von Claredon unter der Herrschaft des Schwarzen Drachen zu leiden hätten. Doch irgendwie bezweifelte sie das sowieso. Ranulf mochte sie selbst bedrohen und ihr gegenüber den Menschenfresser spielen. Doch er war eindeutig nicht der Rohling, als den ihn sein schrecklicher Ruf darstellte. In Wahrheit hatte er seinen rebellierenden Feinden größere Gnade erwiesen, als sie erwarten durften. Vielleicht gab es unter dieser strengen Schale doch noch etwas Weiches, eine Weichheit, die er vor der Welt versteckt.

Gerade in diesem Moment ritt sie mit Ranulfs Gefolge von Rittern und Wachleuten durch den östlichen Wald mit seinen engen Beständen von Eiche und Birke und den verwachsenen Weißdornhecken. Ariane gab acht, die Augen abzuwenden und an diesem bestimmten Teil des Waldes kein besonderes Interesse zu zeigen. Es war erst vier Tage her, seit Ranulf Claredon in Besitz genommen und sie zur Geisel gemacht hatte, doch nagte an ihrem Gewissen eine große Sorge. Wann würde sie nur der Beobachtung des Schwarzen Drachen lang genug entkommen können, um die Burg für einen geheimen Besuch in diesem Teil des Waldes zu verlassen?

Es war eine Mission, die sie niemandem anvertrauen konnte, ein Geheimnis, das sie niemals teilen konnte —

Verstohlen blickte Ariane zu Ranulf, der neben ihr ritt. Wie würde er reagieren, wenn er ihr Geheimnis entdeckte? Wie würde er ihre Hilfe für die bedauernswerten Seelen beurteilen, die Gott verlassen hatte?

Er sah gerade außerordentlich kraftvoll und vollkommen gewissenlos aus, in voller Rüstung hoch aufgerichtet auf seinem tänzelnden schwarzen Kriegsroß.

Sie war daher überrascht, als er beinahe andächtig zu sprechen begann. »Diese Landschaft hier hat eine eigene Seele.«

Er blickte über die sanft wogenden Felder, die grünen Wiesen und den Wald und sah dann Ariane an. Seine gedämpfte, fast sehnsüchtige Stimme hatte jedoch einen besitzergreifenden Unterton, der sie steif werden ließ. Dieser Grundbesitz sollte von Rechts wegen immer noch ihrem Vater gehören.

»Mein Herr Vater sagte das auch immer.« Sie konnte sich die Bemerkung nicht verkneifen.

Als Ranulf sie scharf anblickte, biß sich Ariane auf die Zunge und schwor, sich immer an ihren Eid zu erinnern, mit dem sie ihn als Herrn angenommen hatte.

Einige Stunden später jedoch, als er sie unter Bewachung zurück zur Burg schickte, reizte sie sein abschließender Befehl und sein irritierendes Lächeln ohne Maßen.

»Ich erwarte, daß Ihr bei meiner Rückkehr eine Mahlzeit für mich bereitet habt, Demoiselle«, sagte er in jenem spöttischen Ton, den er ausschließlich anwandte, um sie zu provozieren. »Ich habe vor, den restlichen Morgen Rebellen zu jagen, und werde ohne Zweifel einen riesigen Hunger mitbringen.«

»Welch mutiger, furchtloser Ritter Ihr doch seid«, bemerkte Ariane verachtungsvoll, »Krieg mit Bauern zu führen, die ihre Heime und ihren rechtmäßigen Herren verteidigen.«

Ihre unbedachten Worte reuten sie noch ehe sie das schockierte Murmeln von Ranulfs Leuten hörte und seine flammenden Augen sah. Ariane war von ihrer Unvorsichtigkeit entsetzt und holte schon Luft, um sich für den unüberlegten Kommentar zu entschuldigen. Doch bevor sie überhaupt den Mund aufmachte, hatte Ranulf sein Streitroß neben ihr Reitpferd gebracht und sie in seine Arme gerissen. Ariane fand sich in seinem Sattel ausgestreckt wieder. Halb lag sie in seinem Schoß, und sein kraftvoller, kettengepanzerter Arm stützte ihren Rücken.

Erschrocken kämpfte sie gegen seine Umarmung an, während Ranulf mit einem knappen Befehl seine Männer anwies, vorauszureiten.

»Sollen wir auf dich warten?« fragte Payn mild.

»Ja. Ich habe vor, dieser Dirne eine Lektion in Gehorsam zu erteilen. Es dürfte nicht lange dauern.«

Seine beleidigende Arroganz forderte Ariane zu einem erstickten Ausruf der Wut heraus, doch obwohl sie weiter versuchte, sich aus seinem Griff zu befreien, hielt er sie fest gegen seinen Körper gepreßt, während seine Männer fortritten.

In dem bedrohlichen Schweigen spürte Ariane, wie ihr das Herz wild gegen die Brust schlug. Sie war mit Ranulf allein. Er konnte mit ihr tun, was immer ihm einfiel, und es gäbe niemanden, der sie retten könnte, oder ihre Rufe hören würde. Als sie einen Blick auf ihn riskierte, sah sie, daß Ranulf auf sie herabstarrte. Seine Augen glitzerten bedrohlich.

»Ich habe Euch gewarnt, Demoiselle«, sagte er leise. Mit seinen Zähnen zog er den ledernen Panzerhandschuh an seiner rechten Hand ab.

In ihr stieg namenloses Entsetzen auf, und sie fing an, sich ernsthaft zu wehren, doch sie konnte ihn nicht davon abhalten, unter ihren Rock zu greifen. Ranulf hatte offenbar vor, sie mit seinen sündigen Gefälligkeiten zu strafen, vielleicht sogar, sie zu vergewaltigen!

»Ich könnte Euch hier auf dem Boden nehmen wie eine Leibeigene des Feldes, my Lady«, drohte er.

»Nein!« schrie sie auf, als seine Finger den Hügel ihrer Weiblichkeit fanden. Seine Berührung war ein Echo der magischen Zärtlichkeiten, die sie noch heute morgen zu den Höhen der Lust gebracht hatte. Ariane wand sich vor

Scham, doch sie konnte seinen tastenden Fingern nicht entkommen.

Als sie schließlich keuchend um Gnade flehte, hielt Ranulfs Hand still. »Werdet Ihr nun Frieden geben, meine Dame? Werdet Ihr mich als den wahren Herrn dieses Grundbesitzes anerkennen?«

»Ja«, antwortete sie mit einer Bitterkeit, die sie nicht verbergen konnte.

»Sage sie es also!«

»Ihr seid hier der wahre Herr.«

Sein lodernder Blick nagelte sie fest, doch nach einem schier unendlichen Moment nahm er seine Hand unter ihren Röcken fort. Ohne ein weiteres Wort setzte Ranulf sie auf ihren Zelter und nahm die Zügel ihres Pferdes in die Hand.

Zitternd vor Wut und auch vor anderen Gefühlen verfluchte Ariane diesen Teufel, während er sie zu seinen Leuten führte. Gedemütigt, außer sich vor Wut, trug sie den Kopf dennoch stolz emporgereckt, blickte weder rechts noch links.

Ihre Entscheidung war gefällt. Was sie plante, mochte zwar ihr eigenes Leben gefährden, doch der Gedanke an das Risiko war nichts im Vergleich zu ihrem Wunsch, diesen arroganten Kerl für sein widerwärtiges Benehmen zu strafen. Er würde sie heiraten, und wenn sie das Letzte dafür geben mußte.

Es war allerdings von größter Wichtigkeit, daß sie den Segen der Kirche erhielt, wenn sie eine rechtliche Grundlage für die Ehe schaffen wollte. Und sie würde zunächst einen Beweis erbringen müssen, um ihre Behauptung zu belegen — das allerdings dürfte keine Schwierigkeit darstellen. Auf Pater John konnte man sich verlassen, dachte Ariane, obwohl sie sich nicht sicher war, daß der sanfte alte Gottesmann in der Lage sein würde, dem Sturm zu widerstehen, den sie demnächst anfachen würde.

Als Ariane auf dem Bergfried ankam, war sie erleichtert, daß sie Gilbert nicht erst herbeirufen lassen mußte, denn sie traf ihren Halbbruder gleich in der großen Halle.

»Kann ich dich zur Geheimhaltung verpflichten, Gilbert?« fragte sie mit zitterndem Unterton, während sie ein Auge auf Ranulfs Lehnsmänner hielt, die mit ihr zurückgekehrt waren.

»Selbstveständlich, my Lady!«

»Dann bitte ich um deine Hilfe. Geh in die Küche und bring mir ein Stück rohes Fleisch, Kalbsleber oder ein frisch ausgenommenes Wild, das ist mir egal, solange es recht blutig ist.«

Gilbert nickte eifrig. Seine Treue war so groß, daß er noch nicht einmal ihre merkwürdige Bitte in Frage stellte.

»Gut. Bring es mir hinauf in die Privatgemächer und suche dann Pater John und schicke ihn zu mir. Und Gilbert, kein Wort davon zu irgendjemandem, vor allem nicht zu Lord Ranulf. Ich verlasse mich auf deine Diskretion.«

»Ja, edles Fräulein«, sagte der Junge mit einem eifrigen Glitzern in seinen Augen. »Selbst unter Folter würde ich dieser Brut des Teufels nichts verraten.«

Ariane hoffte von ganzem Herzen, daß es dazu niemals kommen würde.

Als Ranulf später mit seinen Vasallen hereingestürmt kam, erwartete Ariane ihn mit dem Mittagsmahl in der Halle, genau wie er es befohlen hatte. Er hatte den Helm abgenommen, und sein Haar war feucht und lockte sich, denn er hatte sich am Brunnen im Hof mit Wasser übergossen.

Er lachte mit seinen Leuten über irgendeinen Scherz. So bemerkte er die merkwürdige Stille in der großen Halle erst, als er die herrschaftliche Speisetafel erreichte. In genau demselben Moment sah er, daß Ariane in dem geschnitzten Stuhl saß, der der Dame der Burg zustand.

Ranulfs gute Laune schwand und er runzelte ob dieser Anmaßung die Stirn. »Ihr vergeßt Euch, Demoiselle.«

»Ich glaube nicht, my Lord«, sagte sie tonlos, und erwiderte mutig seinen Blick. »Ich bin der Überzeugung, daß ich das Recht auf diesen Sessel habe, da mir als Eurer Frau der Platz an Eurer Seite gebührt.«

»*Als meine Frau*?« Seine Augenbrauen fuhren zusammen. »Ihr seid wohl kaum meine Frau!«

»In Wahrheit bin ich das wohl, my Lord. Aber ... »Vielleicht zieht Ihr für unser Gespräch ein kleineres Publikum vor.«

Mit einer ungeduldigen Handbewegung entließ Ranulf sein Gefolge und die Knappen, die sich in andere Ecken der riesigen Halle verzogen. Auch seine Vasallen, mit Ausnahme von Payn und Ivo, zogen sich sofort höflich zurück.

»Also was soll dieser Unsinn?« verlangte Ranulf zu wissen.

»Ich vermute, dies ist alles, was ich an Beweisen anzuführen brauche.« Ariane macht eine Handbewegung zum Tisch hin. Vor ihr lag ein damastenes Bettuch, dessen saubere Fläche von dunklen Flecken verunziert war. »Die Laken unseres Hochzeitslagers sind gerade vom Priester den Burgleuten zur Schau gestellt worden, so wie es in einer offiziellen Beilagerzeremonie der Fall gewesen wäre, hätten wir uns den Regeln gemäß vorher verheiratet. Da unser Verlobungsvertrag nicht rechtmäßig annuliert worden ist, und da dies der Beweis ist, daß unsere Ehe vollzogen ist, bin ich nach zivilem und kirchlichem Recht jetzt Eure Frau.«

Mehr als zwanzig Herzschläge lang starrte Ranulf das Tuch an, ehe sein Blick zurück zu Ariane ging. »Was für ein Lug und Trug ist das hier?« fragte er so leise, daß sie zusammenzuckte.

»Kein Lug und Trug, my Lord. Pater John hat die Laken geprüft, wie es Brauch ist, und hat gesagt, daß auf ihnen die Flecken meiner Jungfernschaft zu sehen sind. Ihr seid doch mit diesem Brauch auch in der Normandie vertraut? Blutflecken sind das Zeugnis für die Reinheit eines Mädchens und bestätigen ihre Jungfräulichkeit.«

In Ranulfs Augen brannte rasch dunkle Wut, als er das Laken in seiner Faust zusammenballte. »Ihr erwartet doch nicht ernsthaft, daß irgendjemand auf Eure Lügen hereinfällt?«

Ariane schüttelte den Kopf. Sie hatte nicht wirklich gelogen, denn sie war rein gewesen, als Ranulf sie in sein Bett genommen hatte. Vielleicht hatte sie die Wahrheit ein wenig gedehnt, indem sie die Bettlaken mit Kalbsblut färbte und Pater John erlaubte, seine eigenen Schlußfolgerungen aus den Flecken zu ziehen, doch schließlich hatte sie nur gefordert, was ihr rechtlich und moralisch zustand.

»Ich habe nicht gelogen, my Lord. Indem ich dem Priester erlaubte, die Bettwäsche zur Schau zu stellen, sehe ich nur zu, daß Ihr Eure Pflichten erfüllt und Eurem langjährigen Eheversprechen nachkommt.«

Ranulf warf das Tuch von sich. Sein Blick war vernichtend. »Das nennt Ihr Beweis? Das hier beweist gar nichts!«

»Nein? Wollt Ihr denn leugnen, daß ich gestern nacht bei Euch gelegen habe, und auch in der Nacht davor?«

Ein Muskel pulsierte in seinem zusammengebissenen Kiefer. »Wenn Ihr keine Jungfrau mehr seid, so habe ich nichts damit zu tun.«

»Nein? Würdet Ihr vielleicht mit dem guten Pater erörtern wollen, wie Ihr mich heute morgen vergewaltigt habt?«

»Vergewaltigt? Das habe ich nicht —« Ranulf brach mitten im Satz ab und blickte zu den Leuten in der Halle, von denen die meisten taten, als wären sie mit etwas anderem beschäftigt. Nicht einer von denen würde glauben, daß er die Dirne nicht genommen hatte, wie sie es behauptete. In Wahrheit war er auch kurz davor gewesen,

Ariane zu vergewaltigen, war in seinen Zärtlichkeiten sündig weit gegangen, hatte sie in einer Art zum Höhepunkt gebracht, die die Kirche für sündhaft und sittenlos erachtete. Doch hatte er ihr nicht die Jungfernschaft geraubt.

Bei Gottes Atem, er war von ihrer ungeheuerlichen List geradewegs in eine Falle gelockt worden — es sei denn, er könne die Falschheit ihrer Anschuldigung beweisen.

Unvermittelt winkte er einem seiner Männer. »Hol er mir sofort eine Hebamme.« Er schoß Ariane einen wütenden Blick zu.

»Selbstverständlich werdet Ihr nicht davor zurückschrecken, Euch untersuchen zu lassen, um Eure Behauptung zu beweisen.«

Ariane hob das Kinn und blickte ihn durchdringend an, obwohl ihre Hände bei seiner Drohung zitterten. »Wie Ihr wünscht, my Lord ... Doch wenn sie mein Jungfernhäutchen zerrissen vorfindet, wird das nur meine Behauptung beweisen.«

Einen unendlich langen Moment starrte er sie an, seine Gesichtszüge vor Wut verzerrt. Ariane hielt den Atem an, während sie auf seine Antwort wartete, und betete, daß ihr der Schachzug gelungen war.

»So haltet Ihr also Euren Eid zu mir?« sagte er endlich mit einer tödlichen Stimme. »Mit List und Verrat?«

Sie schluckte. »Ich habe geschworen, Euch zu dienen, und ich werde das auch weiterhin tun — als Eure Frau. Ich werde Euren Haushalt führen und für Eure Bequemlichkeit sorgen und Euch in allen Dingen in Ehren halten.«

»Bei Jesu Christi heiligem Blut!« stieß Ranulf wütend hervor. Ariane zuckte zusammen. Der Herr von Vernay ähnelte einem verwundeten Eber, der in eine Ecke gedrängt worden war und nicht mehr entkommen konnte. Doch ein in die Ecke gedrängter Eber wandte sich oft um und griff an ...

Als wolle er ihren letzten Gedanken in die Tat umsetzen, machte er einen Schritt auf sie zu, und seine Hand ergriff das Heft seines Schwertes.

Es war sein Vasalle Payn, der rasch herbeikam und eine besänftigende Hand auf seinen Arm legte. »Vorsicht, my Lord, Ihr werdet das Fräulein nicht umbringen wollen.«

»Werde ich das nicht?« Ranulfs Miene deutet anderes an. Seine Augen waren vor Wut fast schwarz, sein zusammengepreßter Mund vor Rage weiß.

»Das wird dir später leidtun«, warnte ihn Payn. »Natürlich sollte sie bestraft werden, doch vielleicht wäre es klüger, wenn du mir erlaubtest, sie zu zähmen.«

Die leisen Worte durchdrangen Ranulfs blinde Wut. Sein Vasalle hatte Recht. Er war zu wütend, um noch klar denken zu können, doch er zwang sich, einen beruhigenden tiefen Atemzug zu nehmen. Die Lügen dieser Dirne hatten sein Mißtrauen ihr gegenüber stets gerechtfertigt, doch es war ihre angeblich verlorene Unschuld, die ihn merkwürdigerweise am meisten in Rage brachte. Hatte irgendein anderer Mann jenen wunderschönen weißen Leib genossen? Hatte irgendein anderer Liebhaber ihr beigebracht, mit Leidenschaft zu reagieren? Oder war sie doch noch Jungfrau? Es sollte ihm eigentlich nichts ausmachen, wenn sie bei anderen Männern gelegen hatte, doch das tat es, sogar sehr. Ranulfs Hände verkrampften sich in dem plötzlichen Bedürfnis, die Wahrheit aus ihr herauszuschütteln — eine Wahrheit, die er jetzt im Geheimen herausfinden mußte, wenn er nicht das Risiko eingehen wollte, daß ihr Komplott in aller Öffentlichkeit aufging.

»Was hofft Ihr eigentlich zu gewinnen?« verlangte er jetzt von Ariane zu wissen.

Sie schlang ihre Finger ineinander und begegnete seinem rasenden Blick. Sie hatte natürlich jede Menge zu gewinnen. Sie kämpfte um ihr Heim, um die Menschen, die sie liebte, um das Leben ihres Vaters. Als Ranulfs Frau würde sie ihre Burg und die Bewohner besser beschützen können. Doch was noch wichtiger war: Wenn ihr ihre Rechte wieder eingeräumt würden, könnte sie beim König als Bittstellerin für ihren Vater auftreten. Doch sie glaubte nicht, daß der Schwarze Drache von Vernay in diesem Moment solche Überlegungen hören wollte.

»Gerechtigkeit, my Lord«, sagte sie deshalb leise. »Ich werde nicht zulassen, daß Ihr unsere Verlobung ungestraft auflöst.«

Ranulf starrte sie an.

»Eure List wird nicht funktionieren«, stellte er kochend vor Wut fest. »Diese Ehe wird nicht zustandekommen.«

»Da bin ich anderer Meinung, my Lord. Wie Ihr mir einst aufgezeigt habt, kann jetzt nur noch der Papst unsere Ehe auflösen.«

»Dann werde ich sofort einen Boten nach Rom schicken, um beim Papst um eine Annulierung anzuhalten.« Ranulf wirbelte herum, suchte jemanden in der nahestehenden Menge. »Pater John!«

»Ja, edler Herr?« Der alte Priester trat widerwillig vor.

»Welche Gründe gibt es für die Auflösung einer Ehe?«

»Üblicherweise ist zu nahe Verwandtschaft die Rechtfertigung, my Lord, doch Eure Abstammung ist nicht dieselbe wie die der Dame Ariane. Ihr Vater Lord Walter hat sich insbesondere in dieser Hinsicht versichert, ehe er die Verlobung arrangierte.«

»Was noch?«

»Naja . . . Mißgestaltetheit oder Krankheit —«

»Nun denn, ich werde alle drei Gründe anführen.«

»Alle drei?«

»Zu nahe Verwandschaft, Mißgestaltetheit, Krankheit. Ich habe gerade festgestellt, daß die Dame Ariane meine Kusine zweiten Grades ist.«

»Aber das ist doch gar nicht wahr.«

»Es ist nicht weniger falsch als ihre Behauptung, von mir vergewaltigt worden zu sein. Und was die Mißgestaltetheit angeht, so hat die Dirne scheußlich verunstaltete Glieder, die mir nicht gezeigt wurden, als ich der Verlobung zustimmte.«

»Aber edler Herr! Ihr seht doch, daß die Dame Ariane eine wohlgestaltete Figur hat.«

»In Rom kann man das nicht wissen«, erwiderte Ranulf mit bitterer Zufriedenheit. Natürlich konnten solche Behauptungen leicht widerlegt werden, wenn man die entsprechenden Möglichkeiten und das politische Gewicht hatte, doch Ariane hatte weder das eine noch das andere.

»Es ist darüber hinaus festgestellt worden, daß die Dame von einer Krankheit befallen ist«, fügte Ranulf mit unnachgiebiger Entschlossenheit hinzu.

Arianes Herz wurde schwer wie ein Stein. Sie hatte gehofft, es Ranulf unmöglich zu machen, ihr die Ehe zu verweigern, doch es schien, als würde er jeden ihrer Versuche, sich auf gleicher Ebene zu begegnen, zunichte machen wollen.

»Und welche Krankheit genau soll ich mir also zugezogen haben?« verlangte sie mit zitternder Stimme zu wissen.

»Die Pocken ... Lepra ... eine Geisteskrankheit, das soll mir egal sein. Selbstverständlich werdet Ihr in Euren Räumen bleiben müssen, damit Ihr niemanden ansteckt.« Er lächelte brutal. »In der Zwischenzeit werdet Ihr nichts von den Privilegien einer edlen Gattin genießen, sondern werdet als Leibeigene behandelt.«

Sein fester Blick ging über die Menge und blieb an der Dienstmagd Dena hängen.

»Du da, Mädchen, wie heißt du?« fragte er mit stark akzentuiertem Englisch.

Das dralle junge Mädchen trat zögernd vor. »Dena, my Lord.«

»Was sind sonst deine Pflichten?«

»Ich bin in der Küche, my Lord.«

»Von nun an nicht mehr. Jetzt untersteht dir die Halle.

Und du wirst bei den Mahlzeiten den Platz deiner Herrin einnehmen.«

Er trat auf die Empore und ging um den langen Tisch herum zu Ariane. Er ergriff ihren Arm, zerrte sie grob aus dem geschnitzten Stuhl und wies dann mit einem befehlenden Finger auf den leeren Sitz. Alle Anwesenden keuchten entsetzt auf. Es war eine schwere Beleidigung, eine Leibeigene so hoch zu erheben, insbesondere eine Schlampe wie Dena — und darüber hinaus brach es das Gesetz.

Ranulf ignorierte die Reaktion der anderen und sagte statt dessen zu ihnen: »Ihr werdet diese Dirne nicht mehr Herrin nennen. Sie ist meine Sklavin und nichts mehr. Bis die Ehe annuliert ist, wird sie mich wie alle anderen Leute des Gesindes bedienen. Ihr werdet allesamt aufhören, sie in irgeneiner Form zu ehren.«

Ariane schloß verzweifelt die Augen. Ranulf war nicht nur geschickt ihrem Netz entwichen, er schien auch noch entschlossen, Schande auf ihr Haupt zu häufen. Sie zuckte zusammen, als er seinen Griff an ihrem Arm verstärkte.

»Komm jetzt. Wir ziehen uns nach oben zurück. Ich sehe keinen Grund, unseren Disput weiter öffentlich auszutragen.«

Ariane biß die Zähne zusammen. Sein Griff schmerzte, als er sie auf das Treppenhaus zuführte. Er würde sich als ihr Meister erweisen — und wenn es von jetzt an bis zum Ende der Christenheit dauerte.

Er zwang Ariane die beiden gewundenen Treppenaufgänge hoch, führte sie am Frauenschlafsaal vorbei und stieß sie in die Schlafkammer, die sie einst ihre eigene genannt hatte. Ranulf schlug die Tür hinter sich zu und wandte sich zu seiner Braut um . . . seiner Feindin.

Ariane stand vor ihm, rieb sich den Arm, und beobachtete ihn mißtrauisch. »Ich werde nicht erlauben, daß Ihr unsere Verlobung auflöst«, wiederholte sie, und ihr Kinn war trotzig in die Luft gereckt.

»Erlauben?« Seine Brauen kamen abrupt zusammen. »Wie oft muß ich dich erinnern, Sklavin, daß du keine Befehlsgewalt und überhaupt keine Rechte mehr hast?«

Sie wurde vor seinem wilden Blick still.

»Euer Plan war nicht wohl beraten«, sagte er endlich, und sein Tonfall war eisig. »Ihr wart dumm, zu denken, daß ihr mich zwingen könntet, gegen meinen Willen zu heiraten, oder daß Ihr Eure Haut mit einer Lüge retten könntet. Unsere Verbindung ist nie vollzogen worden, wie Ihr ganz genau wißt. Ich habe niemals Eure Jungfernschaft geraubt.«

»Was Ihr heute morgen mit mir angerichtet habt, war dicht genug daran, um keinen Unterschied mehr zu machen.«

Ranulf gab ein scharfes, bellendes Lachen von sich. »Da irrt Ihr Euch gewaltig, Dirne. Was ich heute morgen getan habe, war nur eine Probe dessen, was ich in Zukunft noch zu tun gedenke.«

In ihren Augen flackerte der Schreck auf, während er langsam seinen Schwertgurt abnahm.

»W-as habt Ihr vor?«

»Nun, Eure Wahrhaftigkeit zu überprüfen.« Er brauchte dazu weiß Gott keine Hebamme. Er legte das Schwert und den Gurt auf eine Kiste, ehe er geradewegs auf sie zutrat. »Erst vor zwei Tagen habt Ihr behauptet, ein unberührtes Mädchen zu sein. Entweder habt Ihr da gelogen, oder Ihr lügt jetzt. Ich habe vor, das jetzt herauszufinden.«

Als Ranulf auf sie zukam, spürte Ariane plötzlich, daß ihr Hals trocken wurde. Wenn er sie jetzt entjungferte, so wütend, würde es eine Vergewaltigung werden.

Seine Augen waren wild vor Wut, aber auch vor Leidenschaft, als er den Arm ausstreckte und sie unerbittlich in seine Arme zog.

»Nein!« rief sie aus, einen Moment, ehe sein Mund sich auf den ihren preßte und ihre wütenden Worte erstickte.

Sie wand sich, kämpfte ohne Erfolg gegen ihn an. Seine Zunge zwang ihre Lippen in einem wütenden, hungrigen Angriff, sich zu öffnen.

Ariane spürte, wie ihr Herz wild hämmerte. Er hatte ihren Kopf nach hinten gezogen, und ihre Wirbelsäule bog sich so, daß sich ihre Brüste fest gegen seine kettengepanzerte Brust preßten. Seine Umarmung schmerzte, und sein Kuß war räuberisch, ein brutaler agressiver Akt. Doch sie würde nicht um Gnade betteln. Er kannte sowieso keine.

Seine Zunge plünderte in ihr, bezwang sie, nahm ihr den Atem. Sie wimmerte, doch Ranulf achtete nicht auf ihren Protest. Seine Arme schlossen sich in einem mitleidslosen Griff eng um sie, der ihr nicht erlaubte, sich zu bewegen, und seine kampfbereiten Schenkel waren förmlich an die ihren geschmiedet.

Er würde sie nicht schlagen oder verletzen oder foltern, schwor er sich, als er sie sich zu Willen machte. Er wollte sie nur so erschrecken, daß sie die Wahrheit preisgab. Er würde sie zwingen, ihr Komplott aufzugeben. Und außerdem ... wollte er sie mit ihrer eigenen Lust bestrafen. Er wollte, daß sie von Sinnen und keuchend unter ihm lag. Er wollte dieses unbarmherzige Verlangen befriedigen, daß er für sie spürte, wollte sein wildes Bedürfnis erfüllen, sich tief in sie zu stürzen und vielleicht endlich jene wütende Leidenschaft stillen, die sie in ihm weckte. Bei Gott, wie sehr er sie begehrte! Wut und Erregung ließen sein Blut heiß aufkochen, seinen Körper hart werden und pulsieren. Er preßte sie eng an sich, hielt ihren Kopf fest und verschlang ihren Mund.

Ariane war nicht in der Lage, ihm zu entkommen. Sie öffnete sich hilflos seinem Angriff. Sie versuchte, sich an die zahllosen Gründe zu erinnern, warum sie ihm widerstehen mußte, versuchte die beschämenden Erinnerungen an ihre jüngste Ergebung zurückzuholen, und doch wich alle Vernunft aus ihr.

Eine merkwürdige Wärme machte ihren Puls rasen. Bestürzung loderte am Rande ihres Bewußtseins. Sie würde sich selbst genauso bekämpfen müssen wie ihn, wenn dies so weiter ging. Sie fühlte sich, als ertrinke sie in seinem Halt ...

Sie hörte Ranulf knurren, roh und primitiv, und schrie auf, als er seinen erhitzten Kuß unterbrach. Ihre Knie hätten unter ihr nachgegeben, wenn seine starken Hände nicht ihr Gesäß gehalten hätten. Er stützte sie ganz, während sein Mund heiß über ihren Hals flog. Hilflos stöhnte Ariane auf und hielt sich an seinen mächtigen Schultern fest. »Ranulf ...«

Ranulf wurde bei ihrer heiseren Bitte um Erfüllung stocksteif. Plötzlich fluchte er, preßte die Augen zusammen und mühte sich verzweifelt um Selbstbeherrschung. Wie hatte er sich so vergessen können, wo er sie doch noch nicht einmal hatte berühren wollen? Sein Stab war steif und schmerzte unter seinem Hemd, sein ganzer Körper pulsierte in verbotenem Begehren, sein Verlangen nach ihr war so heiß, daß er den eigentlichen Zweck seiner Umarmung vergessen hatte, wie auch, daß diese betrügerische Dirne seine Feindin war. Das war ja genau, was sie wollte — daß er ihre Verbindung vollzog!

»Nein, bei allen Heiligen! Gott sei mein Zeuge, Ihr werdet nicht gewinnen.«

Seine Hände kamen hoch, schoben sie grob von sich fort. Er würde ihr nicht die Genugtuung bereiten, sich von ihrer List besiegen zu lassen.

Ranulf starrte auf sie hinab und atmete schwer, während er dem Verlangen widerstand, sie wieder in seine Arme hineinzuziehen. »Ihr werdet für Eure Treulosigkeit voll und ganz bezahlen, Dirne. Euer Leben werde ich zu einer einzigen Trübsal machen — das schwöre ich Euch! Von nun an werden die niedrigsten Aufgaben im Schloß Euch zugewiesen. Solltet Ihr schon den Dienst als mein Knappe erniedrigend gefunden haben, so werden

Euch Eure neuen Pflichten dreimal so drückend erscheinen.«

Seine Augen schweiften verächtlich über sie. »Ich werde Euch unberührt lassen. Wenn Euch Eure Haut lieb ist, werdet Ihr mir aus den Augen bleiben, bis eine Annullierung dieser Ehe ausgesprochen ist und ich Euch für immer los bin.«

Ranulf drehte sich auf der Stelle um und stürmte aus dem Zimmer. Die Tür warf er mit solcher Kraft zu, daß sie in den Angeln bebte.

Erschrocken starrte Ariane ihm nach und hob eine Hand an ihre wunden Lippen. Ihre Gedanken wirbelten durcheinander.

Sie hatte nicht gewollt, daß er ginge. Sie hatte seine Berührung gewollt, hatte sich gewünscht, daß er sie in Besitz nähme, daß er sie sich ganz nähme.

Wie war das möglich? Ranulf war ihr Feind, der Mann, den fortan zu hassen sie sich geschworen hatte. Doch bei seiner Berührung war sie augenblicklich geschmolzen. Seine wilden Küsse hatten ihr Blut entflammt, sein Geruch und sein Geschmack brannten immer noch in ihrer Erinnerung. *Heilige Mutter Gottes, was sollte sie nur tun?* Er hatte sie einfach stehenlassen, voll schmerzender Sehnsucht, ihr Körper vor Verlangen und Bedauern zitternd.

Kapitel 11

Ranulf hatte es mit einer Revolte zu tun.

Sie begann so subtil, daß er sie zunächst gar nicht bemerkte. Doch als überall auf dem Bergfried immer häufiger unerklärliche Unfälle geschahen, und Zwischenfälle von Widerstand zeugten, erkannte er, daß sich die Leute der Burg von Claredon gegen ihn auflehnten, und zwar um ihrer Herrin willen.

Der erste Zwischenfall ereignete sich zwei Tage nachdem er Ariane zur Burgsklavin verurteilt hatte. Die Speisen seines Mittagsmahles waren so versalzen, daß man sie nicht essen konnte, der Wein so schlecht, daß er den Verdacht hatte, er sei vergiftet. Würgend spuckte Ranulf ihn aus und brüllte, man möge ihm den Koch der Burg herholen.

Der dickbäuchige Mann, der aus der Küche hochgeeilt kam, trug eine demütige Miene zur Schau und entschuldigte sich auf das unterwürfigste, beklagte selbst, daß er wohl zu großzügig mit dem Salz gewesen sei, und schwor, daß ihm über dem Weinfaß der Salzstreuer aus Versehen aus der Hand gefallen sei.

Ranulfs Anschuldigung, die ehemalige Herrin von Claredon habe ihn wohl zu diesen Anschlägen angestiftet, leugnete er vehement. Da Ranulf das Gegenteil nicht beweisen konnte, unterdrückte er sein Bedürfnis, den Einfallspinsel zu ohrfeigen. Doch er zwang ihn zur Strafe, die gesamte Karaffe Wein auszutrinken, und lächelte vor befriedigter Rachsucht, als der Mann anschließend hinausrannte, um seinen Magen zu leeren.

An Nachmittag schwand jedoch seine Zufriedenheit, denn er entdeckte, daß ein Dutzend Sattelgurte durchgeschnitten worden waren. Die Schnitte waren gerade tief genug, um nicht sofort entdeckt zu werden, hätten aber die Reiter schwer stürzen lassen können, wenn sie beim Ritt ganz durchgerissen wären. Ranulf brüllte vor Wut, ließ jeden Stallknecht und Lakai vor sich bringen, um sie zu befragen, doch keiner gab die Tat zu.

Die Zwischenfälle gingen auch in der folgenden Woche weiter, keiner von ihnen tödlich, jeder einzelne jedoch hochgradig ärgerlich und eine direkte Herausforderung an seine Autorität. Als nächstes wurden seine Leute von einer Epidemie an Hautausschlägen heimgesucht. Man hatte Brennesseln über die Strohlager verstreut. Dann kam Ranulfs Lieblingshemd vollkommen zerstört aus der

Wäscherei zurück. Und während der Herr eines Nachts fort war, um ein weiteres der entfernten Güter von Claredon zu erobern, schlich sich jemand in die Mauserkäfige und befreite die Falken und Habichte aus ihren Fußriemen.

Die kleinliche Rebellion brachte Ranulf in Rage, bohrte in seiner seelischen Wunde, die immer noch in ihm eiterte, nachdem er sein ganzes Leben lang abgelehnt worden war. Es frustrierte ihn, daß er die verantwortlichen Übeltäter nicht ausfindig machen konnte. Alle arbeiteten wie immer und hatten jederzeit eine Entschuldigung für ihre schlampige Arbeit, doch ihre feindlichen Blicke sagten ihm deutlich, daß sie sich gegen ihn verschworen hatten.

Die Schuld daran schob er Ariane zu. Er hatte keine Beweise, doch er war sich sicher, daß sie ihre Leute zu diesem Widerstand ermutigte.

In Wahrheit war Ariane tatsächlich nicht ganz unschuldig an diesen Dingen, obwohl sie anfangs viel zu müde war, als daß sie zur Revolte hätte beitragen können. Sie erfüllte die niederen Pflichten, die Ranulf sich für sie ausgedacht hatte: Sie schuftete in der Spülküche, drehte die Spieße über dem großen Ofen in der Küche, schob flache Laibe Weißbrot in die Backöfen, schwitzte über kochenden Wannen Wäsche und brachte die Fleischabfälle und den Kehricht auf den Müllhaufen der Burg. Ranulf hatte zwei Wachleute damit beauftragt, jede ihrer Bewegungen zu beaufsichtigen und ihre Leute davon abzuhalten, ihr zu helfen oder gar jene abscheulichen Aufgaben für sie zu übernehmen, so wie sie es anfänglich versucht hatten.

Als sie dann von den Vorfällen hörte, wollte Ariane gleichzeitig lachen und weinen. Sie konnte nicht anders als sich freuen, daß die Diener von Claredon ihr die Treue hielten, doch sie erschrak, als sie bedachte, wie Ranulfs Rache für diese Taten aussehen würde, die um ihretwillen ausgeführt wurden. Und doch hatte sie die stille Hoffnung, daß Ranulf ihren verzweifelten Versuch, seine

Frau zu werden, nicht dadurch vergelten würde, daß er an ihren Leuten Rache übte. Sie hatte seine Milde gegenüber Abhängigen erlebt. Er durfte nur nicht jemanden auf frischer Tat ertappen.

Ranulf hatte seinen Schwur gehalten, ihr Leben zu einer einzigen Trübsal zu machen. Jede Nacht, wenn Ariane endlich die Treppen zu ihrer Kammer hochstieg, kroch sie in ihr Bett, biß die Zähne vor Schmerz und Müdigkeit zusammen, stöhnte über ihre schmerzenden Muskeln, die von der ungewohnten körperlichen Arbeit angespannt waren, zuckte bei jeder Berührung der Blasen an ihren Händen und Füßen zusammen. An jedem Morgen, wenn sie ihren schmerzenden Körper aus dem Schlaf zerrte, verfluchte sie im Stillen den Grund für ihre Qual und fragte sich, wie sie nur jemals Mitleid für Ranulfs Leiden gefühlt haben konnte, oder auch nur einen Moment des Mitgefühls für die schrecklichen Narben auf seinem Rücken.

Die Demütigung, die ihre niedrige Stellung bedeutete, war jedoch noch schwerer zu ertragen als die körperliche Erschöpfung. Die Wachleute beobachteten jede ihrer Bewegungen, als wäre sie eine gemeine Verbrecherin, und behandelten sie mit kalter Verachtung — ohne Zweifel, so vermutete Ariane, hatte Ranulf ihnen mit dem Tod gedroht, falls sie in dieser Hinsicht ihre Pflichten vernachlässigten.

Sie durfte mit keinem ihrer Leute sprechen und war wie eine Sklavin gekleidet. Ranulf hatte befohlen, daß alle ihre Roben aus feinstem Leinen und aus Seide konfisziert wurden und verlangt, daß sie die minderwertigsten, gröbsten Stoffe trug. Eines ihrer schönsten Hemden gab er Dena, die eindeutig große Freude daran hatte, von dem neuen Herrn bevorzugt zu werden und ihre neue Stellung stolz zur Schau trug.

Es wurde allgemein angenommen, daß Dena mit Ranulf das Bett teilte — obwohl bekannt war, daß sie kein einziges Mal die ganze Nacht in seinen Privatgemach verbracht hatte. Bei den Mahlzeiten saß sie am herrschaftlichen Tisch neben ihm auf dem Stuhl der Dame des Hauses. Mochte sie auch in den üppigsten Zindeltaft gewandet sein, so sah Dena doch immer noch aus wie eine Hure, und es schmerzte Ariane zu sehen, wie solch ein Wesen den Platz ihrer geliebten Mutter einnahm. Es schmerzte auch zu sehen, wie Ranulf mit der gemeinen Dirne scherzte, ihr immer wieder sein so seltenes und wunderschönes Lächeln schenkte und sie mit der üblichen Zuneigung eines Herrn für seine Lieblings-Bettgespielin bedachte. Ariane war jedoch fest entschlossen, ihre knechtische Stellung mit Würde zu ertragen. Sie würde nicht zerbrechen. Sie würde sich wie ein Weidenast dem Druck beugen, doch wenn der Sturm vorüber war, würde sie noch lange aufrecht stehen.

Sie hielt es für klüger, Ranulf aus dem Weg zu gehen. Wollte es ein unglücklicher Zufall, daß sie dennoch seine Aufmerksamkeit erregte, so zeigte ihr seine eisig kalte Maske deutlich, daß seine Wut auf sie unvermindert war.

Der schlimmste Moment kam immer dann, wenn sie sich allnächtlich zurückzog, denn sie mußte die Halle durchqueren, um zur Treppe hinter der Empore zu gelangen, immer in Begleitung ihrer Wachen. Ranulf richtete jedesmal einen durchdringenden Blick auf sie, sein Gesicht starr und hochmütig, und sie konnte spüren, wie seine goldenen Habichtaugen jedem ihrer Schritte folgten. Es war ihr immer eine Erleichterung, ihre Kammer unversehrt zu erreichen, ihren einzigen Zufluchtsort, doch oft folgte ihr der Schall von Denas mißtönendem Gelächter auch dorthin.

An einem Abend, als ihr die Roheit der Dienstmagd besonders auffiel, wäre Ariane hocherfreut gewesen, hätte sie erfahren, daß Ranulf ihre Meinung durchaus teilte. Unten in der Halle leckte sich Dena die Lippen und warf verführerisch den Kopf zurück. »Die hat sich ja immer schon für etwas besseres gehalten«, sagte sie gerade verächtlich über Ariane.

Ranulf warf einen vernichtenden Blick auf das Mädchen. »Du vergißt dich, Dirne. Es steht dir nicht zu, deine ehemalige Herrin zu kritisieren.«

Dena erschrak über den Tadel. »My Lord, vergebt mir«, murmelte sie verschwörerisch. »Ich meinte das nicht böse.« Sie beugte sich zu ihm, ergriff seinen Arm und preßte voller Geilheit ihre vollen Brüste gegen ihn. »Es wird behauptet, daß die ehemalige Herrin von Claredon bei jeder sich bietenden Gelegenheit den Pflichten aus dem Weg geht, die Ihr ihr gesetzt habt.«

Ranulfs Gesicht wurde immer finsterer, und er zog seinen Arm aus Denas besitzergreifendem Klammern. »Ich habe keine Lust, mir dieses Gerede anzuhören.«

Dena trällerte erneut ihr durchdringendes Lachen. »Das ist nicht nur Gerede, edler Herr. Ich könnte Euch Sachen erzählen, die ich gesehen habe ... My Lady Ariane ist gar nicht so rein, wie sie tut. Wißt Ihr, daß sie in der Vergangenheit oftmals die Burg unbegleitet verließ und in den Wald ging, um dort ihren Liebhaber zu treffen?«

Die boshafte Tratscherei der Dirne traf Ranulf wie ein Schlag in seine Magengrube und weckte schreckliche Erinnerungen. Mit lebhafter Deutlichkeit erinnerte er sich an den Schmerz und die Furcht, die ihm einstmals die Treulosigkeit seiner Mutter verursacht hatte, die alle Hoffnungen und Träume in ihm zerstört hatte ...

Ranulf war blind vor Wut, als er mit seiner Faust auf den Tisch hieb. »Genug!«

Sein scharfer Befehl bereitete Denas grobem Geschwätz ein jähes Ende. »Du hast meine Erlaubnis, zu gehen. Heute abend benötige ich deine Anwesenheit nicht mehr. Und für die Zukunft schlage ich vor, mir nie wieder von Dingen zu reden, die dich nichts angehen.«

Dena stand hastig vom Tisch auf. Der Schreck glitzerte in ihren Augen, als sie einen ängstlichen Knicks machte. Nachdem sie gegangen war, spielte Ranulf schlecht gelaunt mit seinem Dolch und schnitt Muster in den Rest seiner Fleischpastete.

An seiner Seite saß Payn und beobachtete ihn mit einem Stirnrunzeln Die beiden waren jetzt allein.

»Diese faule Dirne weiß ohne Zweifel ganz genau, was Schludrigkeit heißt«, bemerkte Payn, »doch sie lügt, wenn sie behauptet, ihre ehemalige Herrin wäre pflichtvergessen.«

Ranulf grunzte seine Zustimmung. Die Berichte, die er in bezug auf Arianes Arbeit gehört hatte, bezeugten, daß sie jeden seiner Befehle klaglos ausgeführt hatte. Und soweit er wußte, hatte sie ihre unverschämte Behauptung nicht wiederholt, in Wahrheit seine Frau zu sein. Er hatte ihr nichts vorzuwerfen — was widersinnigerweise seine Wut nur noch verschlimmerte. Und der Zweifel, den Dena gerade in seinem Herzen gesät hatte, tat nichts dazu, ihn zu beruhigen. Hatte die Dirne etwa die Wahrheit gesagt? Hatte die Dame Ariane oft die Burg ohne Begleitung verlassen, um sich im Wald mit einem Liebhaber zu verlustieren?

»Dena wird langsam übermütig, scheint mir«, murmelte Payn, »jedenfalls seit du sie von ihren Pflichten entbunden hast. Sie hält sich für deine Favoritin, und ich wundere mich, daß du ihr diese Anmaßung erlaubst. Ihre drallen Reize sind nicht gar so umwerfend.«

Ranulf nickte abwesend. Von Anfang an hatte er die unbedachte Tat bedauert, Dena in den Stand ihrer Herrin zu erheben, doch weigerte er sich störrisch, diesen Befehl zurückzunehmen. Er hatte irrational gehandelt, aus Rage über Arianes List mit dem Bettlaken, doch jetzt konnte er davon nicht mehr zurücktreten, nicht, wenn er noch einen letzten Rest Hoffnung haben wollte, daß ihn die Leute von Claredon irgendwann einmal respektierten. Er würde ohnehin bald genug überlegen müssen, wie ein taktischer Rückzug aus dieser Situation aussehen könnte. Ohne Zweifel würde König Heinrich demnächst dagegen protestieren, daß eine seiner edlen Untertanen — und sei sie auch eines Verräters Tochter — als Sklavin in die Knechtschaft gezwungen worden war.

Ranulf mußte insgeheim auch zugeben, daß ihm Denas offensichtliche und willige Bereitschaft, sein Bett mit ihm zu teilen, lästig war. Die rohe, üppig ausgestattete Dirne zog ihn nur wenig an. Innerhalb eines Tages waren ihm ihre Reize langweilig geworden.

Allzu oft ertappte er sich bei den Gedanken an jene irritierende, trotzige, hochwohlgeborene Dame, die einstmals seine Braut gewesen war. Keine Bäuerin, und mochte sie noch so anziehend sein, konnte Ariane das Wasser reichen. Ihre Eleganz, ihre königliche Anmut, ihr süßer fraulicher Duft, selbst ihre spitze Zunge zogen ihn an, und er konnte absurderweise nichts dagegen tun. Alle Heiligen wußten, daß er es versucht hatte. Doch jedesmal, wenn er sie sah, spürte er seine Lenden. Allein schon, sie anzusehen, weckte seinen fleischlichen Hunger.

Und seine männlichen Instinkte ließen ihn auf das deutlichste spüren, daß einige von seinen Leuten dasselbe fühlten wie er, dasselbe Verlangen spürten, mit ihr das Bett zu teilen. Sie besaß eine kühle Sinnlichkeit, die jeder heißblütige Mann einfach als Herausforderung empfinden mußte.

Auch ihre eigenen Leute spürten das ohne Zweifel. Insbesondere dieser blonde Junge namens Gilbert, der ihr wie ein sabbernder junger Hund überall hin folgte. Auch jetzt schoß Gilbert ihm wieder Blicke wie Pfeile durch die ganze Halle zu. *War er einer der Liebhaber, von denen Dena geredet hatte? Der Liebhaber, den Ariane im Wald getroffen hatte?* »Halten mich die Leute hier eigentlich für einen Trottel?« fragte er unvermittelt.

Payn antwortete nicht sogleich, sondern nahm eine Laute auf und klimperte gelangweilt eine Melodie. Der Ritter war ein passabler Musiker und hatte eine klare melodische Stimme. »Ich vermute, sie finden, du hättest ihre Dame schlecht behandelt«, sagte er schließlich.

»Schlecht behandelt?« Ranulfs Gesichtsausdruck wurde dunkel, und er murmelte: »Ich habe sie nicht halb so schlecht behandelt, wie ich es hätte tun sollen. Sie hat Glück, daß ich sie für ihren Verrat nicht in Ketten legen ließ.«

»Wir haben alle mal irgendwann die List einer Frau erleiden müssen. Immerhin hat Lady Ariane geglaubt, sie hätte ausreichenden Grund, sich zu deiner Frau zu erklären.«

Ranulfs Blick wurde gefährlich schmal. »Verteidigst du diese Dirne etwa?«

»Bestimmt nicht, my Lord«, behauptete Payn ausdruckslos. »Doch fürchte ich, daß du diese Schlacht nicht gewinnst. Vielleicht wärst du gut beraten, deine Strategie zu ändern.«

»Fleh' mich jetzt nicht ihretwegen an«, zischte Ranulf.

»Nicht ihretwegen, my Lord, sondern deinetwegen. Du weißt, daß ich immer nur deine Interessen vertrete. Lady Ariane wird auf ungewöhnliche Weise von ihren Leuten unterstützt, und darin liegt ihre Stärke —«

»Lady? Ich habe dir doch gesagt, du sollst sie nicht so nennen.«

Payn zuckte mit den Schultern. »Ich fürchte, der Titel ›Lady‹ ist nichts, was du ihr mit einem einfachen Befehl wegnehmen kannst.«

Mürrisch starrte Ranulf in seinen Weinbecher. Es war ihm wohl bewußt, daß sein Vasalle Recht hatte. Die Frau, die er widerrechtlich zur Sklavin gemacht hatte, war von Kopf bis Fuß eine edle Dame, trotz der Lumpen — stolz, unbezwingbar, wunderschön. Bei allem Machtgepränge hatte er es doch nicht geschafft, sie zu beugen. Zweimal in den vier Tagen seit ihrer unverschämten Erklärung hatte er sich sogar dabei ertappt, wie ihn zärtliche Gefühle für sie übermannten. Oft lauschte er wider Willen nach Arianes leisen Fußschritten, schnupperte die Luft, ob er eine Andeutung ihres Parfums erhaschen könnte, oder suchte sie in der Menge, die sich zu den Mahlzeiten in der Halle versammelte.

»Was rätst du mir also?« fragte er seinen Vasallen. »Die Dirne muß schließlich begreifen, daß sie meinem Willen unterworfen ist. Ich habe keine Beweise, doch weiß ich, daß sie ihre Leibeigenen zur Rebellion anstachelt.«

»Ich bin mir nicht sicher, daß sie die Schuldige daran ist — obwohl sie unleugbar der Grund ist. Ich vermute, daß der Aufruhr unter ihren Leuten dadurch angefeuert wird, daß sie ihre Strafe als ungerecht betrachten. Zweifellos glauben sie, daß sie um ihre Rechte betrogen worden ist, indem sie um ihren Platz als deine Gattin gebracht wurde, und nun auch noch ihrer herrschaftlichen Stellung verlustig ging und als Sklavin dienen muß. Vielleicht ist ihre Strafe zu offensichtlich, Ranulf. Könntest du nicht ein etwas ... privateres Strafmaß wählen? Eines, daß sie nicht vor ihren Leuten zu einer Märtyrerin machen würde?«

In dem Moment schwang die riesige Eichentür zur Halle auf, um zwei Wachen einzulassen. Sie eilten den Gang zwischen den langen Tischen hinauf. »My Lord«, sagte einer der Männer mit dringendem Unterton. »Ich fürchte, ich bringe schlechte Nachricht. Es hat wieder einen Fall absichtlicher Zerstörung gegeben.«

Ranulf warf Payn einen grimmigen Blick zu, ehe er fragte: »Was ist es denn diesmal?«

»Es ist das Zeughaus ... Aber vielleicht solltet Ihr Euch das selbst anschauen.«

Der neue Herr von Claredon und sein Vasalle folgten den Wachen hinaus und die Stufen in den Turm hinab zum Waffenlager, dessen Tür jetzt offenstand. Im Lichte einer Fackel konnten sie den Glanz einer zähen, glitzernden Flüssigkeit erkennen, die über die Waffen und Rüstungen gegossen worden war.

Mit einem Finger schmeckte Ranulf die klebrige Substanz. »Honig! Beim Heiligen Kelch ...«

Jemand hatte Honig über die Halsbergen aus Kettenpanzer, über die stählernen Helme, die Schwerter und Lanzen und Schilde laufen lassen. Die Knappen und Pagen würden zahllose Stunden arbeiten müssen, um das Metall mit Sand und Essig zu reinigen und den klebrigen Belag zu entfernen.

»Ungerecht, sagtest du eben?« fragte Ranulf Payn mit gefährlichem Unterton, ehe er sich auf der Ferse umwandte und aus dem Gebäude hinausstürmte.

Er ging direkt in den vierten Stock des Turmes in Arianes Kammer. Die Wachen, die vor ihrer Tür standen, nahmen schlagartig Haltung an, als sie ihren Herren erspähten, und eilten, einen Schlüssel zu holen.

Ranulf schloß die Tür auf und stürmte hinein.

Abrupt blieb er stehen, als er die Situation erkannte. Er hatte Ariane dabei überrascht, wie sie sich für das Bett fertigmachte.

Er erwischte einen köstlichen Blick auf die weiße Haut ihres Gesäßes und ihrer langen schlanken Beine, ehe sie aufkeuchend das erste, was zur Hand war, griff — ihr wollenes Hemd — und herumwirbelte. Sie drückte das Kleid an die Brust.

»My Lord ... Was wollt Ihr?« fragte sie außer Atem.

Seine vor Wut glitzernden Augen wurden von einer anderen Regung dunkel, während er sie aufmerksam anstarrte. »Ich wünsche, mit dir zu sprechen, Dirne.«

»Ich bin dabei, mir den Schmutz des Tages abzuwaschen. Erlaubt Ihr mir einen Augenblick Ungestörtheit? Ich würde mich gerne anziehen.«

»Nein.«

Ihre Augen wurden weit. »Nein?«

»Eine Sklavin hat kein Bedürfnis danach zu haben, ungestört zu sein.«

Bei diesen Worten richtete sich Ariane gerader auf. »Ich bin keine Sklavin, my Lord, wie ich es Euch schon einmal gesagt habe. *Ich bin Eure Frau.*«

Abrupt kehrte die Empörung in Ranulfs bernsteinfarbene Augen zurück. »Ihr seid mein Besitz, und nichts mehr. Ich werde Euch niemals als meine Frau anerkennen. Nie werdet Ihr von meinen Reichtümern und meiner Stellung profitieren.«

»Euer Reichtum und Eure Stellung sind mir gleichgültig«, schoß sie zurück, und ihre Augen blitzten vor Widerspenstigkeit.

Ranulf starrte sie an. In ihm kämpften Wut und Verwunderung miteinander. Die Wut obsiegte. Sein Mund verzog sich. »Schon wieder Lügen, Sklavin? Es ist ohnehin gleichgültig. Diese Ehe wird bald annulliert sein. Ich habe einen Antrag nach Rom geschickt, begleitet von einer ansehnlichen Bestechungssumme, und um einen raschen Prozeß gebeten. Doch bin ich nicht gekommen, um diese Angelegenheit erneut mit Euch zu besprechen. Ich will die Unfälle und schamlose Zerstörungswut erörtern, die jüngst den Burgfried befallen haben. Ich verlange, daß sie augenblicklich enden.«

»Und warum kommt Ihr da zu mir, edler Herr? Ich habe nichts damit zu tun. Ich habe immer genau das getan, was Ihr mir aufgetragen habt.«

»Mag sein.« Sein Blick, kalt und leuchtend golden, hielt dem ihren stand. »Es wird Euch also auch obliegen, die Rüstungen zu reinigen, die Eure Komplizen zu zerstören suchten. Und Ihr werdet Eure ehemaligen Leute noch einmal ansprechen und verlangen, daß sie ihrem Ungehorsam abschwören.«

»Und wenn nicht, my Lord?«

Ihre abfällige Gelassenheit brachte Ranulf in Rage. Er ballte die Fäuste zusammen. »Ich warne Euch, Dirne, ich bin am Ende meiner Geduld. Ein weiterer Fall derartiger Auflehnung, und ich werde alle bestrafen, ohne auf Gerechtigkeit zu achten! Die Inhaber von Hofämtern werden in den Kerker geworfen. Die Freien lasse ich aus der Burg jagen, damit sie verhungern. Die Leibeigenen kommen aufs Feld, wo sie anstelle der Ochsen den Pflug ziehen müssen. Die Schuldigen werden mit den Unschuldigen leiden.«

Ariane zuckte innerlich bei dieser Drohung zusammen, doch begegnete sie seinem wilden Blick mit einem unschuldigen Ausdruck voller Gemütsruhe.

»Ich werde mit den Leuten sprechen, my Lord. Doch kann ich Euch nichts versprechen. Die Leute von Claredon sind keine Schafe, die einem neuen Herrn blind ihre Treue schenken. Sie muß verdient werden.« Sie lächelte schelmisch. »Und Krieg gegen mich zu führen, ist nicht der beste Weg. Zweifellos würden sie Euch bereitwilliger akzeptieren, wenn Ihr mir erlaubtet, wieder den Haushalt zu führen.«

Seine schweren Augenbrauen fuhren zusammen. »Bei Gottes Allmacht! Glaubt Ihr ernsthaft, ich wäre dumm genug, Euch eine derartige Autorität anzuvertrauen?«

»Ich glaube, Ihr wärt ein Dummkopf, mir nicht zu trauen.«

Ranulf verbrannte sie förmlich mit einem lodernden Blick. In einem schweigenden Willenskampf starrten sich die beiden an. Sie konnte sehen, wie sich die Muskeln in Ranulfs Kiefer spannten.

Langsam, ohne eine Wort, ging er auf sie zu, bis er direkt vor ihr stand. Seine Nähe war einschüchternd.

Doch Ariane reckte ihr Kinn empor. Sein nächster Befehl überraschte sie allerdings vollkommen.

»Ich möchte Euch ohne Eure Kleider sehen. Entfernt sie.«

»Was?« Sie starrte ihn ungläubig an, und ihre Fassung war plötzlich erschüttert.

»Seid Ihr taub, mein Herz? Ich sagte, ich wolle Euch sehen. Nehmt das Kleid weg.«

Als sie wie festgefroren stehen blieb, lächelte Ranulf herausfordernd. »Eine Sklavin braucht kein Schamgefühl. Und«, sein Blick strich dreist über sie hinweg, »ich bezweifle sehr, daß Ihr irgendwelche Reize besitzt, die ich noch nicht kenne. Ich habe jede Menge nackter Frauen gesehen ... übrigens auch schon Euch.«

»Und warum müßt Ihr mich dann noch einmal sehen?« fragte Ariane außer Atem.

»Weil ich das will.«

Er hatte vor, ihr seine Macht über sie zu beweisen, erkannte Ariane und knirschte mit den Zähnen. Aber es gab wenig, was sie tun konnte, um ihn davon abzuhalten.

Mit trotzigem Entschluß reckte sie königlich ihr Kinn und tat so, als sei es ihr gleichgültig. Sie würde ihn ihre Scham nicht spüren lassen.

Stolz, doch zitternd tat Ariane, wie ihr befohlen war und ließ das Hemd fallen. Zu ihrer Bestürzung spürte sie förmlich Ranulfs erhitzten Blick, wie er ihren Körper prüfte, maßnahm, wie sein Blick sie vertraulich berührte, langsam über jeden Zentimeter ihres Leibs hinwegzog, sie so untersuchte, wie er eine Sklavin untersuchen würde. Es war merkwürdig und auf unerklärliche Weise erregend.

Noch erregender war es für Ranulf. Er hielt bei dem Anblick die Luft an, ließ seine Augen die hohen, süßen Hügel ihrer Brüste streicheln ... die schmale Taille und die wohlgeformten Hüften ... verweilte auf dem Flecken rotgoldener Locken zwischen ihren Schenkeln ... ihren langen schlanken Beinen. Er wußte, daß er sofort gehen sollte, ehe er seine eiserne Beherrschung unwiderruflich verlor, und doch konnte er sich nicht dazu zwingen, diesen Schritt zu tun.

Er sah sich satt, begutachtete sie ungeniert, nahm jede Nuance und jedes Detail ihrer exquisiten Figur in sich auf. Sie war eine Frau, wie für einen Mann geschaffen, ihre Brüste von zierlichen rosenfarbenen Warzen gekrönt, ihre Hüften köstlich rund, ihre Schenkel lang und glatt. Sein eigener Körper straffte sich mit Verlangen. Er wollte ihre elfenbeinfarbene Haut berühren, in ihrer seidigen Glätte schwelgen, diese einladenden Brustwarzen saugen, ihre frauliche Essenz schmecken. Er sehnte sich danach, sie nackt unter sich zu haben, die nackte Hitze ihrer Spalte sollte ihn umschließen, er wollte sie reiten, wollte ihre Beine um seine Hüfte geschlungen wissen, während sie sich vor Extase wand ...

Ranulf erkannte, wohin sein Instinkt ihn führte und verfluchte sich im Stillen.

Ariane schauderte, als sich die angespannte Stille dehnte. Ranulfs Blick war immer schon wie glühende Kohle gewesen, doch jetzt schien er sie überall zu verbrennen.

»My Lord?« fragte sie atemlos und schämte sich der Schwäche in ihrer Stimme.

Ranulfs Stimme war jetzt leise und rauh und intensiv. »Eure Gestalt ist angenehm anzuschauen. Ich wundere mich, daß Ihr sie nicht besser nutzt, mein Wohlwollen zu erringen.«

Bei dieser beleidigenden Andeutung richtete sie sich stocksteif auf und zog das wollene Hemd wieder hoch, um sich zu bedecken. »Ich bin keine Hure, ebensowenig wie ich Eure Sklavin bin.«

»Nein?«

Ariane bereitet sich auf einen Angriff vor, als Ranulf seine Hand ausstreckte und mit seiner Hand unter das zerknitterte Hemd glitt, das sie hielt. Seine Handfläche streifte ihre aufgerichtete, angeschwollene Brustwarze. Unter dieser leichten Berührung wurden ihre Brüste fast schmerzhaft voll.

Sie keuchte auf und tat einen Schritt zurück, doch gab es keinen Ort, an den sie hätte fliehen können. Ihr Gesäß traf auf den Eichentisch, in dem sich die Waschschüssel befand.

Ranulfs Zähne blitzten in einem wolfsgleichen Lächeln auf. Mit Daumen und Zeigefinger kniff er leicht ihre linke Brustwarze. Der Schock ließ ihre Knie weich werden, doch sie biß die Zähne zusammen und weigerte sich, der Lust nachzugeben.

»Erinnert Ihr Euch an das Vergnügen, das ich Euch gab, als ich Eure Brustwarzen streichelte?« fragte Ranulf und sein rauhes Murmeln liebkoste ihre Sinne, so wie seine Finger ihren Brüsten wohltaten.

»Nein ... bitte ... nicht.«

Ihr Flehen wurde jedoch ganz und gar ignoriert. Er stand über ihr, bedrängte sie mit seinem kraftvollen Körper und riß ihr das Hemd aus den kraftlosen Fingern. »Erinnerst du dich noch, was ich mit der feuchten Rosenknospe zwischen deinen Schenkeln gemacht habe?« Er hielt ihren Blick fest und führte einen Finger zwischen ihren Brüsten hinab zu ihrer schmalen Taille. »Ich könnte dir wieder solche Lust bereiten, meine Süße ...«

Ariane wandte ihr Gesicht ab. Sie war nicht in der Lage, das herausfordende Glimmern in seinen Augen zu ertragen, diese harte Sinnlichkeit. Doch konnte sie sich auch nicht bewegen. Hilflos stand sie vor ihm, als er seine Finger durch die dichten Locken führte, die ihre Weiblichkeit beschützten. Ihr Körper wurde bei seiner kundigen Berührung steif, ihre Wangen färbten sich scharlachrot.

Er führte seine Hand zwischen ihre Schenkel und streichelte ihre feuchte Spalte. »Findest du das nicht erregend?«

Ihr Aufkeuchen wurde zu einem Stöhnen, als das Verlangen sie durchzuckte. Ihre Hüften wölbten sich ihm entgegen, und ihre bebenden Schenkel öffneten sich ihm.

»Dachte ich es mir doch.« Ranulf lachte leise. »Die Wette würde ich wohl gewinnen. Ich könnte Euch hier nehmen und Euch zum Betteln bringen.«

»Könntet Ihr das?« Zitternd hob sie ihren Blick zu seinen Augen.

Ranulf hielt inne. Aufmerksam hatte er jedes Flackern von Erstaunen, jede überraschte Reaktion auf ihrem Gesicht verfolgt. Nun sah er den Triumph in Arianes grauen Augen und wurde starr. Er kämpfte die Schlacht zwischen Begehren und Selbstbeherrschung, die in ihm wütete. Sie würde sich seine Schwäche zunutze machen, wenn er jetzt nachgab ...

Sein Lachen war mißtönend. »Oh nein, Sklavin. So einfach wirst du nicht obsiegen. Unsere Verbindung wird niemals vollzogen werden. Statt dich selbst zu genießen, werde ich dich meinen Leuten vorwerfen und zuschauen, wie sie dich nehmen.«

Die Drohung war falsch. Eher würde er seinen Eid brechen und sie im Kerker einsperren, bevor er zuließ, daß eine anderer Mann sie nahm. Ariane gehörte ihm. Niemals würde er einem anderen Mann erlauben, sie zu berühren.

Er nahm seine Hand von ihr, und sein Mund verzog sich voller Verachtung, als er zurücktrat.

Ihrer beider Augen kämpften wortlos.

»Ich werde gewinnen«, wiederholte er mit bedrohlicher Sanftheit, ehe er sich abrupt umwandte und aus der Kammer ging.

Ariane hätte vor Wut schreien mögen. Sie grub ihre Nägel in das wollene Hemd, das sie immer noch an die Brust gepreßt hielt. Ihr Herz raste nach dieser gefährlichen Begegnung, und ihr Atem kam rasch und nervös. Erst jetzt, nachdem er gegangen war, wurde ihr bewußt, wie sehr sie sich gewünscht hatte, daß Ranulf bleiben möge. Erst jetzt, nachdem sie so knapp entkommen war, konnte sie klar genug denken, um in Worten die verschwommene Idee zu fassen, die ihr gekommen war, während er sie mit seinen sinnlichen Liebkosungen gequält hatte: Irgendwie mußte sie seine lustvolle Leidenschaft zu ihrem Vorteil wenden. Sie war keine Verführerin, doch irgendwie mußte sie lernen, den Drachen zu zähmen. Denn wenn Ranulf überredet werden könnte, sie in sein Bett zu nehmen, würde es auf jeden Fall ihren Anspruch, seine Frau zu sein, untermauern.

Ariane schalt sich eine Idiotin. Wenn sie nur ihre Zunge im Zaum gehalten hätte, würde Ranulf sie genau jetzt ihrer Jungfernschaft berauben und seinen Samen in ihr ergießen. Spitze Seitenhiebe auszuteilen war nicht der Weg, die Zuneigung eines Mannes zu gewinnen, oder eine Ehe zu vollziehen.

Ariane warf das Hemd auf den Boden und starrte wütend auf die eichene Tür mit ihren schweren eisernen Beschlägen.

»Auf einen Sieg würde ich noch keine Wetten abschließen, mein arroganter Lord«, murmelte sie. »Ihr seid weder so unbarmherzig, wie man es von Euch berichtet, noch so unbesiegbar, wie Ihr es vorgebt.«

Kapitel 12

Wie zähmte man einen Drachen?

Ariane begann ihr Vorhaben, indem sie sich den Anschein absoluten Gehorsams gab und jeden von Ranulfs Befehlen ausführte: Sie bat erneut die Leibeigenen und Freien von Claredon wie auch die Hofbeamten, ihren Widerstand aufzugeben und dem neuen Herren willig zu dienen. Sie sagte ihnen voller Ernst, ihre treue Unterstützung erfülle sie mit großem Stolz, doch wolle sie sie nicht in der Faust des Schwarzen Drachen zerquetscht sehen. Bis jetzt, so erklärte sie, hatte er Missetätern gegenüber Gerechtigkeit walten lassen, noch hatte er ihr selbst Böses getan, auch wenn er ihre Verlobung aufgelöst hatte. Ihr Streit war ein persönlicher, gab Ariane zu, und würde nicht rasch beizulegen sein. In jedem Fall aber würde eine Revolte ihrer Sache nicht dienlich sein. Sie sei sich im übrigen sicher, daß Lord Ranulf ein guter Herrscher für Claredon war.

Diese letzte Behauptung Arianes überraschte Ranulf und weckte erneut seinen Verdacht. Daß die ehemalige Herrin von Claredon seine Herrschaft lobte, ließ ihn sich fragen, ob sie nicht irgendeinen Plan ausheckte, um ihre eigenen Ziele zu verfolgen.

Als jedoch die umstürzlerischen Zwischenfälle aufhörten, fing Ranulf an, jeden Morgen in der großen Halle Hof zu halten, gab Audienzen, sprach Recht und löste Streitfälle.

Ariane war von dieser neuen Taktik Ranulfs überrascht. Ihr Arbeitsplatz war in die Halle verlegt worden, damit er sie genauer beobachten konnte, während sie ihrer Aufgabe nachkam, die Rüstungen zu reinigen. Sie konnte sich nicht vorstellen, daß ein so mächtiger Herr ein Interesse an den Angelegenheiten der Bauern hatte. Selbst ihr Vater hatte dererlei Dinge dem Seneschall und dem Renteneinehmer überlassen.

Doch der Schwarze Drache hörte sich auch die geringsten Sorgen von Claredons Leibeigenen und Freisassen ernsthaft an, und obwohl Ariane das nur ungern zugab, beeindruckte er sie oft mit seinen Urteilssprüchen.

Als ein freier Bauer böswillig den Ochsen eines anderen Mannes tötete und keinen Schadensersatz dafür leisten wollte, verurteilte Ranulf ihn dazu, den Pflug selbst zu ziehen. Als ein Schweinehirt, der seine Schweine in den Wald getrieben hatte, die Sau eines anderen Mannes dazu brachte, in seine Herde zu kommen, sprach Ranulf dem Geschädigten drei der Ferkel des Missetäters zu, verlangte jedoch, daß er für die Weiderechte bezahlte.

Daß beide Männer die Gerechtigkeit dieses Urteils einsahen, wurde darin deutlich, daß sie sich freundschaftlich auf den Rücken klopften und gemeinsam den Hof verließen.

»Fortan wirst du als der Herr der Schweine bekannt sein«, stellte Payn lachend fest.

Ariane war überrascht, daß Ranulf seinen Vasallen nicht wegen des Spottes tadelte, doch war seine Zuneigung für Payn offensichtlich. Genauso deutlich war, daß er seine Rolle als oberster Schiedsrichter genoß, und daß er sich Mühe gab, ein gerechter Herr zu sein.

Allerdings war der Urteilsspruch, der Ariane am meisten überraschte, einer, bei dem Ranulf zwei jungen Geliebten dazu verhalf, ihren Herzenswunsch zu erreichen. Sie baten den Herrn um Erlaubnis, gegen den Wunsch ihrer Eltern heiraten zu dürfen, die als Freisassen für ihre Kinder bereits andere Ehen arrangiert hatten.

Als die jungen Leute ihre Liebe zueinander gestanden und ihre Bereitschaft erklärten, in Armut zu leben, erlaubte ihnen Ranulf nicht nur zu heiraten, er gab der Braut auch noch eine Aussteuer und schenkte dem Paar eine Hütte und eine Kuh, mit der sie ihr Leben zusammen beginnen konnten. Auf ihren strahlenden Gesichtern war die Freude eindeutig, und ihre Dankbarkeit offensichtlich, als sie auf die Knie fielen und dem Herrn die Hand küßten.

Payn schien an diesem Urteilsspruch nichts merkwürdig zu finden, doch Ariane starrte Ranulf ungläubig an.

Doch sie zügelte ihre Neugier für den Moment. Erst als sie ihm sein Mittagsmahl brachte, gab sie ihre Unterwürfigkeit auf, um ihn wegen seiner Entscheidung zu befragen.

»Ich gestehe meine Überraschung, my Lord«, sagte sie in einer Stimme, die zu leise war, um von seinen Vasallen gehört zu werden, »Euer Mitleid ist beachtlich. Und man stelle sich nur vor, die Welt glaubt tatsächlich, Euer Herz wäre von einer Stahlhülle umgeben.«

Einen Moment lang schwankte Ranulf zwischen Wut

und Amüsiertheit über diese Bemerkung, doch beantwortete er sie nur mit Spott. »Ihr irrt Euch, Demoiselle. Ich habe überhaupt kein Herz.«

Ariane sah ihn aufmerksam an. Ranulf, der sich plötzlich unter ihrem Blick unwohl fühlte, senkte seine Augen — auf ihre Hände. Ihr Zustand ensetzte ihn. Ihre Haut war fast so rot wie frisches Fleisch.

Eine Welle der Reue stieg so rasch in ihm hoch, daß er sie nicht bremsen konnte. Er streckte die Hand aus und nahm sanft Arianes Hände in seine. Er wandte ihren zarten Handballen nach oben und blickte entsetzt auf die eiternden Blasen.

»Bei Gott, wie ist Euch denn das geschehen?« fragte er, obwohl er fürchtete, daß er die Antwort bereits kannte.

»Beim Reinigen Eurer Rüstung, my Lord. Mit Sand und Essig Kettenpanzer zu schrubben, ist nicht gerade pflegend.«

»Warum habt Ihr nichts davon gesagt?« verlangte Ranulf zu wissen, und sein Tonfall wurde vor Wut über seine eigene Gedankenlosigkeit brüsk.

»Ich dachte nicht, daß es Euch interessieren würde, edler Herr«, erwiderte sie trocken.

Ranulf ignorierte den Sarkasmus und runzelte die Stirn, während seine Daumen über ihre von Blasen gezeichnete Haut strichen, sorgsam darauf achtend, die wunden Stellen nicht zu berühren. Gegen seinen Willen spürte er einen widerwilligen Respekt für ihre Tapferkeit.

Nicht ein einziges Mal hatte sich Ariane über die wüste Behandlung beschwert, die er ihr angedeihen ließ. »Ich habe schon Kriegsverletzungen gesehen, die so schlimm waren wie diese.«

»Ihr sagtet doch, Ihr wolltet mich leiden sehen«, erinnerte ihn Ariane.

»Ich hatte nicht den Wunsch, Euch verwundet zu sehen«, antwortete er ausweichend, und die Widersprüchlichkeit seiner Argumentation war ihm wohl bewußt. »Habt Ihr denn kein Heilmittel für Eure Hände?«

»Doch.« Das Wort entkam ihr atemloser, als sie es gewollt hätte.

»Dann nutzt es.«

Er ließ ihre Hand los, doch seine Gesichtszüge blieben beunruhigt, während er sie betrachtete.

»Und Ihr dürft die Aufgabe, Rüstungen zu reinigen, an meine Knappen übergeben.« Er zögerte. »Eure Arbeit läßt ohnehin einiges zu wünschen übrig. Geht jetzt und seht nach Euren Wunden.«

»A-aber ... was wird aus meinen Pflichten?« stammelte sie nervös, aber gleichzeitig auch mißtrauisch, denn seine Motive waren ihr unklar.

»Morgen früh könnt Ihr zu Eurer Arbeit in der Küche und als Serviermädchen zurückkehren. In der Zwischenzeit haltet Euch dort auf, wo ich Euch im Blick habe.«

Ariane wog die Vorteile dieser Aufgabenzuteilung ab und nickte langsam. Wenn sie in seiner Nähe blieb, wäre sie zwar seinen ärgerlichen Schikanen unterworfen, doch böte ihr dies auch bessere Gelegenheit, ihren Plan zu verfolgen, den Drachen zu zähmen. Und schließlich würde umgekehrt sie auch Ranulf gut im Blick behalten können, würde in der Nähe sein, um einzuschreiten, sollte er mit irgendeinem ihrer Leute rauh umgehen.

Sie beobachtete ihn fortan genauer. Ranulf war auch außerhalb der Burgmauern erfolgreich. Er festigte seinen militärischen Griff auf die Ländereien, und seine Patrouillen machten endlose Züge in die umliegende Gegend, um Rebellennester auszuheben, während Ranulf selbst die anderen beiden Landsitze einnahm, die einen Tagesritt von der Burg entfernt waren. Am Ende ihrer zweiten Woche auf Claredon folgten seine Truppen bereits einer vorhersehbaren Routine, wechselten sich die Patrouillen ins Umland mit einem täglichen Waffenappell auf dem Übungsfeld des unteren Burghofs ab.

Ariane war der Anblick vertraut, erfahrene Ritter zu sehen, die gegenseitig auf sich einschlugen, um sich in der Kriegskunst zu üben — allerdings waren das hier die falschen Ritter. Ihr Vater Walter sollte hier Herr sein. Schmerz ergriff sie, wann auch immer sie an das unsichere Schicksal ihres Vaters denken mußte. Sie konnte nur beten, das sein Vasalle Simon ihn schon erreicht hatte, und daß Walter durch irgendein Wunder von dem Vorwurf des Verrats befreit würde. Vielleicht würden die beiden sogar einen Weg finden, Claredon von dem Schwarzen Drachen zu erlösen.

Sie betete auch für die Bewohner des östlich gelegenen Waldes. So streng bewacht, wie sie war, hatte sie keine Gelegenheit gefunden, aus der Burg zu schlüpfen, um sie zu besuchen, und die Zeit wurde knapp.

Auch ihr eigenes Schicksal schien ungewiß, obwohl ihr Dasein sich nach ihrer letzten Begegnung mit Ranulf geringfügig verbessert hatte. Er verringerte ihre Arbeitsbelastung ein wenig und erlaubte ihr, die weniger körperlich anstrengenden Aufgaben auszuführen, und so heilten ihre Hände. Doch er hatte ihr nicht im mindesten ihre Behauptung verziehen, von ihm vergewaltigt worden zu sein. Zwischen ihnen braute sich nach wie vor ein Sturm zusammen, das fühlte sie. Und sie hatte den Verdacht, daß er recht bald über ihrem Kopf zum Ausbruch käme. Ranulf bewachte jede ihrer Bewegungen — und er registriere jeden bewundernden Blick der anderen Männer auf der Burg mit wütendem Knurren. Ariane war darüber empört. Schließlich war er doch für die Entehrung verantwortlich, die sie erlitten hatte. Ihre Herabsetzung zu einer Dienstmagd hatte ihr den Verlust des Respekts seiner Vasallen eingebracht, und Ranulfs eigene verachtungsvolle Behandlung ihrer Person hatte in den letzten zwei Wochen andere ermutigt, ähnlich mit ihr umzugehen. Doch jedesmal, wenn Ranulf Ariane mit einem anderen Mann entdeckte, sei es einer seiner eigenen Männer oder einer von Claredon, spürte sie seinen glühenden Blick. Hätte sie es nicht besser gewußt, hätte sie ihn für eifersüchtig gehalten. Doch Ranulf machte sich nichts aus ihr, davon war Ariane überzeugt. Er beobachtet sie nur, um zu sehen, ob sie eine falsche Bewegung machte. Seine Vorsicht irritierte sie, bis sie sich seiner Verachtung für hochwohlgeborene Edelfräulein erinnerte. Aus irgendeinem Grund vertraute Ranulf keinen Edelfrauen — und nach ihrem Versuch, ihn mit List an sich zu binden, traute er ihr am allerwenigsten.

Dennoch hegte Ariane einen leichten Verdacht: seine Wachsamkeit war nicht ausschließlich in Mißtrauen begründet. Die wilde Hitze in seinen Augen war nicht nur bloße Feindseligkeit, oder die Entschlossenheit, zu erobern.

Es lag auch Begehren darin.

Jedesmal, wenn sie in Ranulfs Nähe kam, war die Luft von einer Spannung erfüllt, die zu einem Teil sinnlich war. Und Ariane war sich sicher, daß er ihr das Verlangen, das sie in ihm weckte, übelnahm. Eine Explosion zwischen ihnen beiden schien unausweichlich. Doch Ariane stellte fest, daß sie sie mit einer merkwürdigen Mischung aus Furcht und Aufregung erwartete.

Die Explosion ereignete sich beinahe an jenem Tag, als Gilbert sich ihr auf dem Weg zur Frühmesse in den Weg stellte. Ranulf hatte ihre Strafe auch dahingehend gemildert, daß sie Trost für ihre Seele suchen durfte. Als sie gerade die Kapelle im inneren Burghof betrat, zog Gilbert sie beiseite, vorgeblich, um ihr ein kühles Glas Wasser aus dem Brunnen anzubieten.

Zunächst hörte sie ihm nur mit halbem Ohr zu, denn ihre Gedanken waren abgelenkt. Sie überlegte, ob es weise wäre, Gilbert zu bitten, an ihrer Stelle den Besuch im Wald zu machen. Doch bald erschrak sie ob seiner Schwadroniererei.

Als Ranulf auf seinem Streitroß von einem Ausritt im

äußeren Burghof zurückkehrte, spürte er, wie sein Herz einen Schlag ausließ, als er die beiden so dicht beieinander stehen sah. Das helle Haar des Jungen war etwas blonder als das von Ariane, und ihre Köpfe glitzerten im frühen Morgenlicht.

Der Anblick ließ brennende Eifersucht durch Ranulf flammen. Er hatte wenig Vertrauen in die Treue von Frauen, insbesondere von adligen Frauen. Und seitdem er von der Dena das Gerücht über Arianes zügellose Unternehmungen gehört hatte, verfolgte ihn die Vorstellung, wie seine ehemalige Braut sich aus der Burg schlich, um die Gesellschaft ihres Liebhabers zu suchen, insbesondere die dieses Jungen.

Sein erster Instinkt war es, den jungen Welpen zusammen zu prügeln, doch den unterdrückte er. Wahrscheinlich war dies gar kein Liebestreffen. Hier wurden Ränke geschmiedet, um gegen seine Herrschaft zu rebellieren. Der Junge schien Ariane überreden zu wollen, er schien mit ihr zu streiten, doch konnte Ranulf aus der Entfernung nicht hören, worüber. Der Junge redete intensiv auf sie ein, während Ariane immer wieder den Kopf schüttelte.

Ranulf brachte sein kraftvolles Streitroß näher und vernahm einen Fetzen ihrer Unterhaltung: »... dieser Teufels-Herr.«

Ranulf schloß daraus, daß er das Thema der Unterhaltung war, und er hörte Arianes Antwort: »Wenn du ihn weiter bekämpfst, wirst du dafür nur zu leiden haben.«

»Und wenn ich ihn zum Zweikampf herausforderte —«

»Nein, das kannst du nicht tun. Er würde dich umbringen —«

Sie mußte wohl die Hufe seines Pferdes gehört haben, denn sie brach plötzlich ab und wandte sich erschrocken um. In ihren Augen lagen Geheimnisse, bemerkte er, und seine Brust wurde eng. Geheimnisse, die nur seinen Verdacht nährten, daß die beiden gegen ihn intrigierten.

»Wo sind Eure Wachen?« verlangte Ranulf zu wissen, während er sein Streitroß zügelte.

Ariane beäugte ihn nervös. »In der Ka- Kapelle, my Lord«, stotterte sie als Erwiderung.

Doch Ranulf hörte schon nicht mehr zu. Seine Aufmerksamkeit war ganz und gar auf Gilbert gerichtet, sein Ausdruck hart und unfreundlich. Er zwang sich, seine Stimme leise zu halten, und versuchte, auch vor sich selbst zu verbergen, wie stark die Eifersucht war, die er verspürte. »Kenne ich dich, Junge?«

»Man nennt mich Gilbert, my Lord«, erwiderte der Junge mürrisch. »Ich diene Baldwin, dem Verwalter der Burg, als Kanzlist.«

»Ach, der Verwalter, der versucht hat, mich mit den falschen Büchern zu betrügen.«

Gilbert errötete und sah verlegen aus, doch er schwieg. Nur sein Kiefer schob sich kampfeslustig vor.

»Habt Ihr keine Pflichten, denen Ihr nachkommen müßt?«

»Meine Pflicht ist es, meiner Dame zu dienen.«

Ariane keuchte bei der Unverschämtheit auf, die in der Antwort ihres Bruders lag, während Ranulf nach dem Griff seines Schwertes tastete. Er wollte den frechen Welpen nicht mehr nur auspeitschen, er wollte ihn schlicht aufspießen. Ihm reichte dieser dauernde Trotz — diese ewige Verachtung seiner Autorität und seines Rechts, die Herrschaft auszuüben.

Ariane stellte sich dem massigen Streitroß erschrocken in den Weg. »My Lord, das hat er so nicht gemeint!«

»Ach nein? Ganz offensichtlich hat er Euren neuen Stand vergessen.«

»Ja, ich bin mir sicher, daß er es vergessen hat.« Sie blickte Ranulf unruhig an, während sie ihre Hände hob, als wolle sie seinen Schlag abhalten.

Ranulf biß die Zähne zusammen, es machte ihn rasend, daß Ariane den Jungen so leidenschaftlich verteidigte, und daß dies ihn so scharf schmerzte. Er war noch nie von einer solch unbedachten Eifersucht für ein Weib ergriffen worden. Doch er war ja auch noch nie zuvor von einer solch irritierenden und widerspenstigen Dirne geplagt gewesen, und auch noch nie von derart glühenden Anhängern.

»Ich bitte Euch, my Lord. Er ist nur ein Junge. Ein dummer Junge«, fügte Ariane mit einem strafenden Blick auf Gilbert hinzu.

Ranulfs Augen streiften den Jungen kalt, der eine drohende Haltung annahm. »Anscheinend ist er noch klein genug, um sich hinter den Röcken einer Frau zu verstecken. In seinem Alter hatte ich mir schon fast die Sporen verdient.«

Gilbert richtete sich auf und trat mit geraden Schultern vor. »Ich verstecke mich hinter niemandem. Wenn Ihr wollt, my Lord, daß ich meine Kampfestüchtigkeit unter Beweis stelle, werde ich Eurem Wunsch gerne nachkommen.«

Ranulf schickte ihm ein verächtliches Lächeln. »Junge, du siehst zu weich aus. Mir scheint, du bräuchtest ein wenig Unterricht, ehe du einen Ritter zum Kampf aufforderst.«

»Gilbert ist kein Soldat«, griff Ariane hastig ein. »Er ist ein Gelehrter.«

»Dann schlage ich vor, daß er seinen Gelehrtenpflichten nachgeht«, riet Ranulf, seine Stimme gefährlich leise.

Mit einem frustrierten Blick auf Ariane zog Gilbert kampfeslustig an seiner Stirnlocke und beugte sich dann dem Herrn mit geheucheltem Respekt, obwohl er so aussah, als hätte er lieber Gift geschluckt.

Als der Junge sie verlassen hatte und in die Kapelle gegangen war, blickte Ranulf weiterhin auf Ariane hinab.

»Ich bitte Euch, ihm seine Impertinenz zu vergeben, edler Herr«, sagte Ariane rasch, denn sie wußte, daß Gilbert zu weit gegangen war.

»Ich habe Leute schon für geringere Vergehen auspeitschen lassen.«

»Bitte ... laßt ihn laufen. Er wollte mich nur beschützen.«

»In meinen Augen habt Ihr langsam zu viele Beschützer«, murmelte Ranulf als Antwort.

»Bitte ...« wiederholte sie.

»Ihr bittet schon wieder um Milde, Sklavin?«

»Ja, darum bitte ich.«

»Was bleibt Euch denn noch, womit Ihr verhandeln könntet?«

Ariane senkte angesichts der Herausforderung in seinen bernsteinfarbenen Augen den Blick. Sie erinnerte sich an ihren Plan, Ranulf durch ihre Hilfeleistung zu gewinnen. »Ich habe nichts, was ich Euch bieten kann.«

»So schüchtern. So demütig.« Sein Tonfall verspottete sie. »Ich schwöre, Eure Demut ist so falsch, wie es Eure angebliche Vergewaltigung war.«

Ariane biß sich fest auf die Zunge. Ihre Demut war tatsächlich vorgespielt, doch sie wollte es nicht zulassen, daß sie auf Ranulfs Provokation einging.

»Was? Keine Erwiderung? Seid Ihr plötzlich stumm geworden?« Er schnaubte spöttisch. »Ihr wärt besser beraten, wenn Ihr Eure Taktik ändertet. Folgsamkeit steht Euch nicht.«

Er beobachtete, wie sie ihren Kopf emporwarf, und spürte Zufriedenheit. Sie war nicht eingeschüchtert, sondern hatte nur versucht, ihre Wut zu verbergen. Ranulf lächelte in grimmigem Triumph.

Er hatte Ariane tatsächlich provozieren wollen, doch nur, damit sie mit demselben Mut, den sie in früheren Konfrontationen gezeigt hatte, zurückkämpfte. Er stellte fest, daß er ihren Zorn viel mehr genoß, als Furcht oder Demut.

Gerade jetzt blitzten ihre wunderschönen Augen Funken, als sie durch zusammengebissene Zähne erwiderte:

»Ich hatte Euch dahingehend verstanden, daß Ihr von Euern Geiseln Folgsamkeit wünschtet.«

Sein Lächeln wurde sardonisch und breit. »Es ist mir neu, daß Ihr so bereitwillig meinen Wünschen nachkommen wollt, Dirne.«

Ehe sie dieser Herausforderung etwas entgegnen konnte, ging er weiter in die Offensive: »Ich dachte, man hätte Euch ausreichend Arbeit gegeben. Doch scheint Ihr immer noch Zeit zu finden, Liebestreffen mit meinem rebellischen Gefolge zu arrangieren.«

»Liebestreffen?« Arianes vorsichtiger Blick wurde schmal. »Wessen genau beschuldigt Ihr mich diesmal?«

»Nach der Unterhaltung zu urteilen, die ich unterbrach, wart Ihr gerade dabei, meinen Umsturz zu planen. Wollt Ihr etwa bestreiten, daß Ihr mit Eurem Liehaber gegen mich intrigiert habt?«

Ihre grauen Augen wurden bei dem einen Wort weit. »Liebhaber? Macht Ihr Scherze?«

»Wollt Ihr das etwa verleugnen, Dirne?« ließ Ranulf nicht locker.

»Selbstverständlich leugne ich das!« erwiderte Ariane zornig. »Gilbert ist mein Bruder.«

Ranulf starrte sie an. *»Bruder?«*

»Eigentlich Halbbruder. Der niedergeborene Sohn der Geliebten meines Vater. Ich habe Euch von ihm erzählt ... Ach, Ihr ... Ihr...« Sie stotterte vor Empörung über seine Andeutung. »Inzest ist eine Todsünde!«

Ranulf blickte in ihre blitzenden Augen und spürte ein riesiges, übermächtiges Gefühl der Erleichterung. Der Junge war ein naher Verwandter! Das erklärte natürlich die ganz offensichtliche Wärme zwischen ihnen. Außerdem erklärte es die stachelige Feindseligkeit, mit der Gilbert ihm begegnete.

Er hatte allen Grund, den Herrn abzulehnen, der seine Schwester gefangengenommen, ihr Erbe für die Krone beansprucht, und ihre Verlobung aufgelöst hatte. Ranulf warf den Kopf zurück und lachte laut über seinen Fehler.

Allerdings würde er die offensichtliche Mißachtung des Jungen nicht dulden, noch würde er zulassen, daß er weiter seine Ränke schmiedete. Er mußte jedoch den Jungen auch bewundern, der solche Treue zu seiner Schwester zeigte. Er schätzte Treue an einem Mann — gerade so, wie er eine Frau mit Durchsetzungskraft hoch schätzte.

Er zog die spitzzüngige, heißäugige Dirne, die nun vor ihm stand, auf jeden Fall der zurückgezogenen, schüchternen Dame vor, die Ariane während der vergangenen Tage gespielt hatte. Lieber war ihm, sie schrie ihn ehrlich an, als daß sie ein Mäuschen spielte.

Zweifellos jedoch waren sie und ihr Bruder immer noch dabei, seinen Fall zu planen. Ihr zu trauen, wäre gleichbedeutend damit gewesen, um einen Tritt in die Magengrube zu bitten — oder um einen Dolchstoß in den Rücken.

»Der Junge hat Glück, Euch als seine Verteidigerin zu haben«, sagte Ranulf endlich und seine Stimme wurde weich, »doch muß er von allen guten Geistern verlassen sein, wenn er überhaupt in Betracht zieht, mich herauszufordern.«

»Gilbert ist außerordentlich klug«, erwiderte Ariane fest, »und ein guter Kanzlist. Das hättet Ihr bereits wissen können, wenn Ihr Euch die Mühe gemacht hättet, die Menschen genauer anzusehen, die Euch jetzt dienen. Ein Herr sollte sich mit dem Charakter und den Tugenden seines Gefolges vertraut machen, wenn er ein gerechter Richter sein will.«

»Welch hübsche Rede«, sagte Ranulf trocken und spürte den Stich ihrer Beleidigung. »Allerdings steht meine Herrschaft hier nicht zur Diskussion — noch geht sie Euch überhaupt irgendetwas an.«

»Claredon geht mich etwas an, wie auch seine Leute.«

»Jetzt nicht mehr.« Sein spöttisches Grinsen war eine absichtliche Herausforderung. »Ihr habt keine anderen

Rechte, als die, die ich Euch bewillige. Und nun schlage ich vor, daß Ihr Euch zur Messe aufmacht, ehe ich Euch auch dieses Privileg wieder nehme.«

Kapitel 13

Der Sturm brach am folgenden Abend aus. Zu später Stunde hallten in Claredon plötzliche Ausbrüche trunkenen Gelächters wider, und die ausgelassene Musik eines Minnesängers erfüllte den Saal.

Anstatt sich in seine Privatgemächer zurückzuziehen, hatte Ranulf es vorgezogen, mit seinen Leuten Würfel zu spielen, und schließlich sang er mit ihnen Lieder und sah zu, wie sie mit den Burgdirnen tanzten. Mittlerweile waren die meisten seiner Ritter vom Alkohol benebelt. Eine ganze Weile schon hatten sie eine lederne Weinhaut herumgereicht, so wie auch die Mädchen, die für ihre Unterhaltung sorgten. Bertran de Ridefort führte sie alle bei ihrem Spaß an.

Die Feier war etwas aus dem Ruder gelaufen, doch zögerte Ranulf, ihrem harmlosen Vergnügen ein Ende zu bereiten. Seine Leute brauchten nach den langen Monaten des Dienstes, den sie ihm geleistet hatten, endlich eine Abwechslung. Unerklärlich war jedoch, daß diese Lustbarkeiten seine eigene Laune eher verschlechterten.

Als eine braunhaarige, zerzauste Dirne mit riesigen, nackten Brüsten die Röcke hob, um ihre Scham zu Schau zu stellen, und Bertrans Mannheit herausforderte, warf der Ritter seinen dunklen Kopf in den Nacken und brüllte voll gutgelaunter Trunkenheit. Unter kreischendem Gelächter warf er die Hure auf einem der langen Tische flach auf den Rücken. Er schob ihr Hemd hoch bis zur Hüfte, lockerte seine Beinkleider und stieß sein Glied zwischen ihre fleischigen weißen Schenkel, wobei er vor Vergnügen grunzte, während sie quiekte. Mit jeder seiner großen Hände hielt er eine ihrer Brüste umfaßt, während seine Hüften rhythmisch pumpten und seine Lust von den obszönen Scherzen und Ermunterungen der rüpelhaften Zuschauer angefeuert wurde.

Ranulf saß auf der Empore am Herrschaftstisch und starrte grüblerisch in das Kaminfeuer. Früher, in alten Zeiten, war es durchaus so gewesen, daß er mit seinen Leuten herumgehurt hatte, doch heute abend hatte er keine Lust, sich an der Belustigung zu beteiligen, oder sich an den Zuwendungen der Dienstmagd Dena zu erfreuen. Als sie zu ihm geschlendert kam und ihre Korsage herunterzog, um ihre nackten Brüste gegen sein Gesicht zu pressen, zog er sich zurück.

Dena war seit der Besetzung mittlerweile zweifellos von der Hälfte seiner Männer genommen worden, und sie stank nach Schweiß, Sex und Bier, ein Geruch, der so anders war als der saubere süße Duft ihrer ehemaligen Herrin — die ohne Zweifel bereits oben in ihrem keuschen Bett schlummerte.

»Ich kann Euch Vergnügen bereiten, das so süß ist wie der mit Honig versetzte Wein, den Ihr da gerade trinkt, my Lord«, schnurrte Dena in sein Ohr.

Ranulf, von seinen Gedanken abgelenkt, blickte die beiden Menschen an, die sich auf dem unteren Tisch paarten, keuchend und wogend unter dem Gebrüll der Menge. »Nicht heute abend, meine Süße. Ich fürchte, daß ich dir heute abend nicht gerecht sein kann. Ohne Zweifel würde Bertran dir einen lebhafteren Zeitvertreib bereiten.«

Dena schmollte kokett. »Der ist ein ungeschickter Kerl, er hat keine Ahnung, wie man einer Frau Lust bereitet.«

Payn saß neben ihnen, und er schmunzelte und streckte die Hand aus, um Denas wohlgeformten Hintern zu tätscheln. »Paß nur auf, daß Bertran nicht hört, wie du dich über seine Künste lustig machst, Dirne, sonst wird er sehr gekränkt sein.«

Dena warf dem höchsten Vasallen Ranulfs ein freches Grinsen zu, und wandte dann ihre Aufmerksamkeit wieder dem Herrn zu. Sie ergriff Ranulfs Hand und führte sie unter ihre Röcke, wo sie seine Finger gegen ihre Spalte preßte, die glitschig und heiß war.

Das erregende Gefühl ließ Ranulf die Zähne zusammenbeißen. Nach all dem Feiern dieses Abends, und nicht zuletzt aufgrund von Bertrans Aufführung, war er steif und sehnte sich nach einer Frau. Und eine Erleichterung wäre so bequem zu haben! Er mußte nur seine geschwollene Mannheit freilassen und die willige Dirne auf seinen Schoß herabziehen, um seinen Schmerz sofort zu lindern.

Es tat ihm ein wenig leid, als Payn die Hand nach Dena ausstreckte, sie ergriff und von ihm fortziehen wollte. Mit einer koketten Bewegung ihres Kopfes weigerte sie sich jedoch, von ihm abzulassen. Zum Erstaunen beider Männer stützte sie ihre Hüften zwischen ihnen an die Tischkante und lehnte sich kühn zurück, die Ellbogen hinter sich aufgestützt. Sie warf ihre Röcke nach oben, um den dunklen Busch zwischen ihren nackten Schenkeln zu offenbaren, spreizte die Beine weit auseinander und griff als lüsterne Einladung mit der einen Hand an ihren fraulichen Hügel.

Der Anblick dieses heißen rosa Fleisches führte Ranulf wahrhaftig in Versuchung. Schon jetzt war sein Stab geschwollen und dick und spannte gegen seine Beinkleider. Er überlegte gerade, sie zu nehmen, als es in der Halle plötzlich tödlich still wurde, abgesehen von Bertrans keuchenden Atemzügen.

Ranulf bemerkte, daß alle seine Leute auf einen Punkt hinter ihm blickten. Seine Augen wurden weit, als er Ariane sah, die am Fuß der steinernen Treppe stand und in schockiertem Entsetzen auf die Gesellschaft starrte. Ungefähr zwanzig Herzschläge lang blieb sie vor Schock stocksteif dort stehen, entsetzt darüber, wie Ranulf und seine Ritter auf den Tischen in der Halle ihres Vaters ihre Unzucht trieben, doch dann kam die Wut über sie.

»Mutter Maria, habt ihr denn gar kein Schamgefühl?«

Kein einziger der Männer antwortete.

»Nicht in der Halle meines Vaters«, warf sie ihnen wie einen Fluch hin, und ihre Stimme zitterte vor Wut und Abscheu. »Und auch nicht auf diesen Tischen. Ihr werdet Claredon nicht auf diese Weise beschmutzen!«

Ehe irgendjemand antworten konnte, marschierte sie entschlossen an den Tisch der Herrschaft, wo sie die erste Waffe, derer sie habhaft werden konnte, ergriff: einen Eßdolch. Sowohl Ranulf und Payn richteten sich in ihren Sitzen auf, alle ihre Instinkte bei dieser drohenden Gefahr geweckt, doch Ariane ignorierte sie, während sie das Messer vor Denas Gesicht schwenkte.

»Hinaus mit dir! Geh und führ deine Orgien draußen bei den Tieren in den Ställen fort — und wage es nicht, dich hier noch einmal blicken zu lassen!«

Dena wimmerte vor Furcht und glitt vom Tisch hinunter auf die Knie. Payn half ihr auf die Füße. Sie schlich an Ariane vorbei und floh dann eilig zur großen Tür.

Als Dena verschwunden war, richtete Ariane ihre Wut auf die ganze Gesellschaft. Sie hätte den ganzen Haufen vergiften mögen, und so wütete sie blind um sich und zeigte mit dem Messer auf die Tür: »Raus! Ihr alle, raus, und zwar sofort! Verschwindet endlich!«

Die überraschten Ritter blickten Ranulf an, dessen Gesicht sich zu einer rätselhaften Maske verdunkelt hatte. Als ihr Herr keine Anstalten machte, diesen Befehl rückgängig zu machen, begannen einige, rückwärts auf die Tür zuzugehen, fort von der messerschwenkenden Furie.

»Raus, sagte ich!«

Einige der Soldaten hielten noch ihre Stellung, bis Ranulf kaum wahrnehmbar nickte und damit ihren Befehl unterstützte. Dann eilte selbst Bertran, zu gehorchen.

»Bei der heiligen Jungfrau«, sagte Payn mit einem bewundernden kleinen Lachen. »Die haben noch nicht einmal die Schwerter gezogen. Mein Kompliment, Demoiselle. Noch nie habe ich sie ihre faulen Hintern so rasch bewegen sehen. Was für eine Walküre sie doch ist, Ranulf.«

Sie sah tatsächlich großartig aus, eine kriegerische Frau, die den Anspruch auf ihren Thron erhob.

Abgesehen davon, daß sie eigentlich seine Sklavin sein sollte. Er war fasziniert gewesen, wie sie seine tapferen Ritter und Wachleute aus der Halle getrieben hatte — in gewisser Hinsicht fühlte er sich selbst allerdings auch zurechtgewiesen.

Er hatte seine eigenen strengen Gesetze gebrochen, indem er eine solche Ausschweifung in seiner Halle geduldet hatte. Allerdings war es nicht an ihr, seine Leute herumzukommandieren.

Ariane mußte das Ausmaß ihrer Übertretung ebenfalls erkannt haben, denn sie richtete sich plötzlich auf und blickte Ranulf an. Graue Augen kreuzten mit bernsteinfarbenen die Klingen. Sie zitterte noch vor Wut, doch als er ihr Handgelenk nahm und sanft das Messer aus ihren verkrampften Fingern löste, protestierte sie nicht.

»Eine solch ekelhafte Zurschaustellung konnte ich nicht zulassen«, sagte sie, um ihren unbedachten Ausbruch zu rechtfertigen.

»Es war wirklich geschmacklos«, stimmte Ranulf sanft zu, was sie vollkommen durcheinanderbrachte. Sie hätte nie erwartet, daß er sie gegen seine eigenen Männer unterstützte.

Er hielt noch immer ihr Handgelenk umfaßt, während er langsam auf die Füße kam. Er war von ihrem Ausbruch fasziniert gewesen, doch konnte er nicht zulassen, daß er ohne Zurechtweisung blieb.

»Gute Nacht, Payn«, warf Ranulf achtlos über die Schulter, während er die plötzlich Widerstand leistende Ariane zur Treppe zog.

Payn lachte leise. »Ich würde dir ja dasselbe wünschen, jedoch habe ich große Zweifel, ob es angebracht ist.«

Zu Arianes Entsetzen entließ Ranulf die Wachleute und führte sie geradewegs in sein Privatgemach. Dort schloß er sorgfältig die Tür. Ariane beobachtete ihn mißtrauisch. Im Kamin brannte ein kleines Feuer, die Kerze neben dem Bett erhellte die Kammer schwach. Im goldenen Licht glänzten Ranulfs Augen gefährlich.

Er lehnte seine breiten Schultern gegen die mit Eisenbändern beschlagene Tür und kreuzte über seiner mächtigen Brust die Arme. Selbst diese entspannte Haltung beunruhigte Ariane.

»Was ... habt Ihr vor, my Lord?«

Sein wölfisches Lächeln ließ ihr Herz erneut rasen. »Ihr werdet mir doch zustimmen, daß Ihr für Euren Ausbruch eine Strafe verdient habt?«

Ariane richtete sich auf. »Nein, das tue ich nicht. Ich konnte doch nicht tatenlos zusehen, wie Ihr mit Eurer Bettgespielin solch liederliches Benehmen an den Tag legtet.«

»Entrüstung steht einer Sklavin nicht zu.«

Sie spürte schon wieder, daß die Wut in ihr hochkochte, doch sie bemühte sich, sie in Schach zu halten. »Süße Mutter Gottes, daß Ihr kurz davor wart, auf dem herrschaftlichen Tisch mit dieser ... dieser Schlampe Eure Unzucht zu treiben!«

Ranulfs Augen wurden nachdenklich und schmal. »Könnte es sein, daß Ihr eifersüchtig seid, meine Süße?«

»*Eifersüchtig?* Da schmeichelt Ihr Euch, my Lord. Ich schätze es nur einfach nicht, wenn Claredons Halle mit derartig schamloser Ausschweifung entwürdigt wird.«

»Komm her«, sagte er mit seidiger Stimme.

»Habt Ihr ...habt Ihr vor, mich zu schlagen?«

»Ich schlage keine Frauen. Außerdem mag ich Eure Haut gerade so, wie sie ist. Warum sollte ich sie verunstalten wollen? Also kommt jetzt her.«

Da sie wußte, daß er ohnehin ihre Folgsamkeit erzwingen würde, wenn sie sich weigerte, ihm zu gehorchen, bewegte sich Ariane langsam auf ihn zu. Der goldene Glanz in seinen Augen schien weicher zu werden.

»Ich habe diese Dirne nie genommen.«

Ariane betrachtete Ranulf skeptisch, sie war nicht willens, ihm diese Behauptung zu glauben. »Aber Ihr hättet es getan, wäre ich nicht dazwischen gegangen.«

»Stimmt, Ihr seid dazwischen gegangen ... daher —« er lächelte bedeutungsvoll auf sie hinunter — »ist es jetzt an Euch, das wiedergutzumachen.«

Ariane tat einen Schritt zurück, und ihre Fingernägel gruben sich in ihre Handflächen. »Ihr habt kein Recht, von mir zu verlangen, daß ich Euch auf diese Weise diene.«

Ein kühles Lächeln huschte nur kurz über seine Lippen. »Ihr vergeßt, daß es sehr wohl mein Recht als Herr ist, jede Leibeigene meiner Güter zu nehmen.«

Ihre Blicke verhakten sich, kämpften miteinander, und Ariane spürte in sich den Trotz aufsteigen. In ihrem Schock über Ranulfs plötzliche Wandlung hatte sie einen Moment lang ihr Ziel vergessen, die Verlobung zu vollziehen.

Sie hatte davon geträumt, daß dieser Mann von ihr Besitz nahm, hatte sich sogar danach gesehnt. Doch es sollte nicht in Wut geschehen, nicht als Rache oder als Strafe für kleinere Missetaten. Sie wollte, daß Ranulf sie in Liebe nähme.

Jetzt war nicht das geringste Anzeichen von Liebe oder gar Zärtlichkeit in seinem Ausdruck zu entdecken. Nur eine gefährliche, verführerische, männliche Arroganz, die deutlich signalisierte, daß er sie auf seine Weise haben wollte.

Sie reckte ihr Kinn empor. »Ich vergesse nichts, my Lord. Tatsächlich erinnere ich mich sogar sehr gut an Euer Versprechen, mich zu heiraten. Ich erinnere mich auch daran, daß die Kirche mich für Eure *Frau,* nicht für Eure Leibeigene hält.«

Ranulf ließ sich nicht herausfordern. »Die Ehe wird bald annuliert sein.«

»Vielleicht auch nicht. Es gibt immer noch die Möglichkeit, daß sich die Kirche auf meine Seite stellt.«

Er lächelte gleichmütig. »Die Angelegenheit liegt ohnehin jetzt in den Händen des Papstes.«

»So scheint es mir auch.«

»Allerdings . . .« Er streckte die Hand aus, um eine Locke ihres seidigen Haares zu befingern. »Solange Ihr Euch fälschlich als meine Frau erklärt, sehe ich keinen Grund, warum ich nicht die Rechte eines Ehemannes genießen sollte. Niemand würde mir das versagen wollen.«

»Was . . . Was meint Ihr damit?«

»Ihr seid mein Besitz. Warum sollte ich mich also nicht Eures hübschen Leibes bedienen?«

Seine Stimme war tief geworden, ein einziges sinnliches Streicheln, und sie klang wie ein Versprechen von Lust. Ariane spürte, wie sie erstarrte, während sie den Schauer zu unterdrücken suchte, der sie durchzitterte. »Ihr wollt mich zu Eurer Hure machen?«

Ungerührt schüttelte Ranulf den Kopf. »Ihr widersprecht Euch. Man kann nicht gleichzeitig Hure und Ehefrau sein.«

»Oh doch, solange Ihr Euch weigert, mich als Eure Gattin anzuerkennen.«

»Ich werde Euch nie als solche anerkennen«, erwiderte er beiläufig.

»Und ich werde nicht die Hure für Euch abgeben.«

»Ihr tut es doch auch für andere Männer.«

In einem Anfall rasenden Zorns hieb sie ihm mit der offenen Handfläche ins Gesicht.

Ariane starrte entsetzt auf den scharlachroten Abdruck ihrer Hand auf seiner Wange. Zu ihrer Überraschung zogen sich Ranulfs Mundwinkel zu einem langsamen Grinsen empor, während er sich die rote Wange rieb. »Ich habe es viel lieber, wenn Ihr mich bekämpft. Eine temperamentvolle Dirne verspricht viel größere Lustbarkeit als eine brave.«

»Lustbarkeit!« Ihre Augen blitzten vor Wut. »Oh Ihr ... Ihr ... arroganter Kerl! Wenn Euch nach Lustbarkeiten verlangt, dann solltet Ihr zu Eurer Bettgespielin zurückkehren.«

Sein Arm schoß förmlich vor und wand sich um Arianes Taille. Mit unwiderstehlicher Kraft zog Ranulf sie zu sich, und sie spürte das Begehren, daß so überzeugend und eindeutig an der Wölbung unter seinem Hemd zu erkennen war. »Ich will keine andere Dirne«, murmelte er. »Ich will nur dich.«

Sie fing an sich zu wehren, doch sein Griff war zu fest. »Habt Ihr vor, mich zu vergewaltigen?« verlangte sie atemlos zu wissen.

»Vergewaltigung oder Verführung ... Das darfst du dir aussuchen.« Das amüsierte Licht in seinen Augen sagte deutlich, daß er wußte, was sie wohl wählen würde.

Ranulf beugte den Kopf. Mit unnachgiebigem Entschluß eroberte er ihren Mund, auf sinnliche Herrschaft aus. Er hatte jetzt lange genug auf ihre Hingabe gewartet. Zu lange schon hatte er ihre Widerspenstigkeit ertragen, hatte seine strenge Selbsbeherrschung bewahrt. Sie war nicht seine edle Gattin, sondern nur eine rebellische Geisel. Sie sollte sein Bett mit ihm teilen, anstatt ihn wahnsinnig zu machen. Die Ehe würde annuliert oder auch nicht, und zwar unabhängig davon, ob er sein wildes Verlangen nach ihr endlich befriedigte. Er konnte sein Begehren jetzt nicht mehr zurückhalten.

Bei ihrem leisen Protestgeräusch ließ Ranulf seinen Mund eine kleines bißchen sanfter werden, doch weigerte er sich, sie loszulassen. In wenigen Minuten würde er sie unter sich haben, würde in sie eindringen. Wenn sie keine Jungfrau mehr war, wenn sie ihn mit anderen Liebhabern betrogen hatte, wäre mit Gottes Hilfe sein fieberhaftes Begehren nach ihr danach vorüber.

Der Tumult seiner Gefühle war in der wilden Leidenschaft offenbar. Er küßte sie, als nähme er, was ihm ohnehin gehörte. Seine Zunge tauchte tief in sie ein, lotete die Tiefen ihrer Honigsüße aus. Sie focht gegen die Herrschaft seines Mundes zunächst an, preßte ihre Handfläche gegen seinen Brustkorb, doch er vereitelte ihren Widerstand, indem er ihre Handgelenke nahm und ihre Arme mit Gewalt um seinen Hals schlang. Ehe sie entkommen konnte, griff er nach ihrem Gesäß, während der andere Arm sich fester um ihre Taille schlang, bis sich ihr Rücken gegen den machtvollen Druck aufbäumte.

Einen Moment später spürte er ein winziges Schaudern durch Ariane laufen, hörte ein leichtes Stöhnen, ein bezauberndes Geräusch der Hingabe. Durch ihre Unterwerfung wurde seine eigene Leidenschaft angespornt und erhöht, und Ranulf vertiefte seinen Kuß, verlangte sie, nahm sie in Besitz . . . und triumphierte, als sich ihre Arme freiwillig um ihn schlossen. Als er endlich von ihrem Mund abließ und seinen Kopf erhob, starrte Ariane in seine hellen, triumphierenden Augen. Sie konnte die Wahrheit darin lesen: Die Zeit des Wartens war vorüber.

Sie schloß die Augen und schwankte gegen ihn, spürte die harte Ausbuchtung seines Gliedes gegen die sanfte Nachgiebigkeit ihrer Hüften pulsieren. Er hatte gewonnen. Sie würde Ranulf nicht bekämpfen, obwohl er sie nur begehrte, um seine Lust zu stillen. Sie wollte diese Verbindung vollziehen, und zwar nicht mehr nur, um ihre rechtliche Position als seine Ehefrau zu stärken. Sie wollte Ranulf, wollte seine Küsse, seine Zärtlichkeiten, wollte von ihm besessen werden. Und sie wollte den Versuch unternehmen, seine Feindseligkeit zu überwinden.

Sie konnte nur beten, daß er ihr nicht zu sehr wehtun würde. Sie hatte noch bei keinem Mann gelegen. Ranulf war so kraftvoll, so stark, daß er sie auseinanderreißen könnte, wenn er sie zu grob nahm.

»Ranulf«, flüsterte sie, und ihre Augen flehten ihn an, er möge sanft sein. »Ich will dich nicht mehr bekämpfen. Zeig mir, was du von mir willst, wie ich dir Lust bereiten kann.«

Ranulfs Augen wurden bei dieser Ergebung dunkel. Er nahm einen tiefen Atemzug, versuchte das Hämmern seines Blutes zu verlangsamen, dankbar dafür, daß sie endlich bereit war, ihm nachzugeben. Er hatte noch nie eine Frau seinem Willen unterworfen. Er mochte Vergewaltigungen nicht, hätte vor allen Dingen nicht diese Frau vergewaltigen wollen, deren kühle, königliche Schönheit und trotziger Geist ihn von Anfang an bezaubert hatten. Wenn sie jemals von der Macht erführe, die sie über ihn hatte ... dann helfe ihm Gott ...

Er wünschte, sie mit der Lust zu erobern, davon verstand er etwas. Die leidenschaftlichen Verführungskünste, die von seinen Dirnen so geschätzt wurden, würden ihm auch jetzt Beistand leisten. Und doch war Ariane nicht wie diese Frauen. Dieser Tumult, den er in sich wüten fühlte — dieses warme Aufknospen, daß er in seiner Brust spürt, ähnelte keinem vertrauten Gefühl. Er war entsetzt, als er merkte, daß seine Hände zitterten.

»Also Verführung«, murmelte er, und die Worte waren ein rauhes, hitziges Reiben an ihren Lippen, während er sie sanft an sich zog und in einen neuerlichen sinnlichen Kuß mit ihr versank, der ihren Pakt besiegeln sollte.

Fast andächtig löste er den Zugfaden am Ausschnitt ihres Kleides und zog das Oberteil herunter, entblößte ihre wunderschönen Brüste, die sich bereitwillig für die Zärtlichkeiten eines Mannes emporwölbten. Ihre rosenfarbenen Brustwarzen waren bereits vor Erregung aufgerichtet. Er beugte seinen Kopf hinab und nahm eine in seinem Mund gefangen.

Schockiert japste Ariane nach Luft, als sie das starke

Saugen an ihrer geschwollenen Rosenknospe spürte. Eine unglaubliche Hitze spülte über sie, die von der sanften Geisselung seiner Zunge noch intensiviert wurde. Was machte er nur mit ihr? Es war unanständig, daß er wie ein Neugeborenes saugen wollte. Und doch fand sie keine Kraft, ihn wegzuschieben. Ihre Finger gruben sich in seine Schultern, und ihre Knie wurden weich.

Er unterwarf ihre andere Brustwarze derselben sanften Behandlung durch seine Zunge, derselben brennenden, nassen Hitze. Zu ihrem Erschrecken hörte er dann mit diesen Zuwendungen auf und fing an, sie zu entkleiden. Innerhalb von Sekunden hatte Ranulf all ihre Kleider entfernt, und sie stand nackt vor ihm, ihre Haut vor Scham und Begehren errötet. Nach einer langsamen, verzückten Betrachtung ihres Leibes schien er jedoch nicht mehr von ihrer Nacktheit in Anspruch genommen zu sein. Er starrte auf die abgeschürfte Haut an ihrer Schulter und am Hals, die die rauhe Wolle ihres Kleides verursacht hatte. »Deine Kleider haben dir das zugefügt?« fragte er und streckte die Hand aus, um die Stelle mit seinen Fingerspitzen zu berühren.

Ariane zuckte zusammen und nickte.

Sein Bedauern milderte sein scharfes Begehren, verursachte ein sanfteres Verlangen in ihm. Er wollte sie berühren, ihre Schmerzen lindern, und so trat er an sie heran, um einen sanften Kuß auf die Erhöhung ihres Schlüsselknochens zu setzen. Die Berührung war unglaublich zart, und doch spürte sie sie so intensiv, als wären seine Lippen glühende Kohlen. Ariane blickte ihn verwirrt an. Sie konnte nicht verstehen, warum Ranulf so sanft zu ihr war. Er handelte wahrhaftig nicht so, als ob er Rache an ihr üben wollte ...

Ohne ein Wort hob er sie auf seine Arme und trug sie zum Bett. Dort ließ er sie auf das weiche Marderfell hinabgleiten und gab ihr einen zärtlichen Kuß. Dann richtete er sich auf, um sich auszuziehen.

Ariane geriet plötzlich außer Atem, während sie ihn beobachtete. Sie war nicht in der Lage, fortzusehen.

Er löste die Bänder unter den Ärmeln seines Hemdes, zog es über den Kopf und warf es beiseite. Die sehnigen Muskeln, die sich auf seinen Armen und Schultern und an seinem kraftvollen Brustkorb wölbten, traten nun hervor. Ihre Augen wurden dunkel, als sie die langsam heilenden Wunden an Ranulfs Seite sah.

Als er seine Schuhe und Unterbeinkleider ausgezogen hatte, konnte sie einen Blick auf seine starken Oberschenkel und Waden werfen. Dann schaute sie höher — und ihr stockte der Atem. Er war vollkommen erregt, seine Erektion steinhart und bis zu seinem Bauchnabel aufgerichtet. Sie strebte stolz aus dem schwarzlockigen Wald an seinen Leisten empor.

Ariane zitterte angesichts dieser pulsierenden Größe, und dennoch lief ein Schauder der Erregung beim Anblick des schamlosen, verführerischen Mannes ihre Wirbelsäule empor. Er war potent und vital, er war der Gipfel einer jeden weiblichen Fantasie, und sie wollte ihn.

»Hast du Angst vor mir?« fragte er und seine Stimme war nur mehr ein rauhes Flüstern.

Ariane schluckte und zwang sich, den Kopf zu schütteln. Sie wollte jetzt nicht daran denken, wie sehr Ranulf ihr mit seiner bemerkenswerten Größe und Stärke wehtun könnte. Sie wollte nur an die unglaubliche Lust denken, die seine Zärtlichkeiten sie erst neulich hatten empfinden lassen.

»Gut.« Sein Lächeln leuchtete. »Ich würde nicht wollen, daß du dich fürchtest.«

Wie konnte sie überhaupt Angst haben, wenn er sie ansah, als wäre sie die schönste Frau der ganzen Christenheit?

Dann kam er zu ihr ins Bett. Ranulf hatte den Blick immer noch in ihre Augen gesenkt, während er sich neben sie setzte und seine Hand langsam und erfahren über ihren Körper führte. Sie wurde steif und zitterte bei dieser federleichten Berührung. Als sein Streicheln ihren flachen Bauch erreichte, holte sie plötzlich Luft. Und als er seine langen Finger an der Erhöhung ihres Venushügels spreizte, hörte sie ganz auf, zu atmen.

Ranulf lächelte zufrieden ob ihrer Reaktion. Sein Begehren, das Pulsieren seines Blutes, und die Anschwellung seiner Erektion verursachten in ihm ein Verlangen, das so wild war, daß es die Grenze zum Schmerz fast überschritt. Und doch konnte er sein Bedürfnis noch nicht befriedigen. Zuerst mußte er die wunderbare Aufgabe erfüllen, sie zur Lust zu bringen.

Sie erschrak, als Ranulf ein Kissen nahm und es sorgfältig unter ihre Hüften legte. Ihre Wangen färbten sich scharlachrot. »M- my Lord ... Ranulf ... was hast du vor?«

Ohne ihr zu antworten, veränderte er seine Stellung und kniete sich zwischen ihre gespreizten Beine. Sie spürte seinen sanften Atem, als er sich herabbeugte, um ihren Bauch zu küssen.

»Halt still«, befahl er, als ihre Hüften sich nervös bewegten. Seine erhitzten Augen strichen über ihren Körper, und er ließ seine Hände langsam an den zitternden Innenseiten ihrer Schenkel hochlaufen, zwang sie, sich ihm weit zu öffnen. Ariane zitterte vor Scham und Erwartung. Er schien das Dreieck rotgoldener Locken zwischen ihren Schenkeln genau zu untersuchen.

Voller sinnlicher Entschlossenheit glitten seine Hände unter ihren Körper, um die blassen Halbkugeln ihres Gesäßes zu umfassen. Ariane biß sich auf die Unterlippe, um nicht zu wimmern, während er sie langsam drückte und knetete, und seine Finger dabei die dunkle Spalte zwischen ihnen streichelten.

»Ranulf ...« murmelte sie und protestierte. »Du solltest das nicht ... Das ist doch sündig ...«

»Schschsch«, befahl er in einem rauhen Tonfall.

Zu ihrer Bestürzung wandte er jetzt all seine Aufmerksamkeit dem erwartungsvollsten Teil ihres Körpers zu. Er teilte die glatten Lippen ihrer Spalte mit seinem Daumen, führte eine forschende Fingerspitze über den kleinen versteckten Hügel in ihrem Geschlecht, umkreiste ihn langsam.

Ariane wimmerte.

Zu ihrem unendlichen Schock beugte sich Ranulf erneut hinab und preßte genau dort seinen Mund schamlos auf sie. Von einem unerträglichen Aufwallen der Lust erfaßt, wurde sie stocksteif.

»Nein!« keuchte sie auf und versuchte, sich ihm zu entziehen.

Ranulf lachte leise über ihre Reaktion, ergriff ihre Handgelenke, zwang ihre Hände an die Seite, hinderte sie an jeder weiteren Bewegung. Dann wandte er sich ihr erneut zu, fand mit seinem Mund ihre Essenz. Er leckte ihr erhitztes Fleisch, ließ sie das sanfte Gleiten seiner Zunge spüren ... und dann saugten sich seine warmen Lippen sanft in einem Kuß an ihr fest.

Ariane zitterte bei diesem erotischen Angriff. Seine skandalösen Zärtlichkeiten erschütterten sie. Welche sündhafte Verrückheit erfaßte sie hier?

Und doch konnte sie nicht den Willen aufbringen, zu protestieren, während seine Zunge sie leckte, und die geschwollenen, schmerzenden Lippen ihres Fleisches bedrängte. Sein forschender Kuß entflammte ihre Sinne, raubte ihr den Atem. Ihre Haut wurde heiß, während er ihre Sinne vergewaltigte, eine unglaubliche Lust schoß durch ihren Körper.

Er gab ihr keine Gelegenheit, seinem brennenden Mund zu entkommen. Seine Zunge kreiste und leckte und durchstach sie mit ihrem Feuer.

Ariane biß die Zähne zusammen, um ein Stöhnen zu unterdrücken, doch Ranulf fuhr fort, sie zu seinem eigenen Vergnügen zu schmecken. Ihr urwüchsiger Moschusduft machte, daß seine Lenden sich vor Begehren wanden. Ihr Geschmack war berauschend, so heiß und süß wie wilder Honig. Gnadenlos streichelte er sie, genoß ihren Geschmack, knabberte an ihrer saftigen Süße, bis ihre sanften Schluchzer ihm sagten, daß sie heiß war und nach ihm pulsierte.

Dann ließ er seine Zunge vorsichtig in sie hineingleiten, ein fast quälerischer Akt der Inbesitznahme. Die freche Invasion zwang sie zu einem schaudernden Stöhnen. Sie bäumte sich auf und schrie, doch ihre Hüften wogten empor, um seinem genießerischen Mund entgegenzukommen.

»Ranulf ... Du lieber Gott ...«

Ihr leiser, beseeligter Ausruf begeisterte ihn. Sein Griff an ihrem Gesäß wurde fester. Er hielt ihren wogenden Leib fest, sein Mund fest gegen sie gepreßt, während sie in den Konvulsionen der Leidenschaft erzitterte.

Als das letzte Nachbeben vorüber war, strich sein Mund zärtlich über ihr erhitztes Fleisch, das nun von Arianes eigenen Tau feucht war. Dann bewegte er rasch seinen schweißnassen Körper empor. Ohne ihr Zeit zur Erholung zu geben, streckte sich Ranulf über Ariane aus und ließ seine Hüften in die Wiege ihrer Schenkel sinken. Er konnte nicht länger warten. Noch nie war er so hart gewesen. Er hielt sich über ihr und zwang ihre Schenkel mit seinen Knien weit auf. Als die brennendheiße Spitze seines Schaftes genau vor ihr aufgerichtet war, zögerte er jedoch. Hatte sie schon einmal mit einem anderen Mann so gelegen? Hatte sie schon andere Verehrer in ein ähnlich leidenschaftliches Begehren getrieben, mit diesem bezaubernden Körper? Oder war sie wirklich so unschuldig, wie es schien?

Er versuchte, seine irrationale Eifersucht abzutun und konzentrierte sich auf die wunderschöne Frau unter sich. Er brauchte das, brauchte sie, begehrte die wilde Erleichterung, die nur sie ihm gewähren konnte.

Benebelt von jener feurigen Explosion, die ihre Sinne

so verstört hatte und ihren Puls jagen ließ, reckte Ariane sich ihm bereitwillig und ohne Zögern entgegen, obwohl sich ihr Liebhaber gerade anschickte, mit seinem riesigen Schaft in ihren Körper einzudringen.

»Ranulf ... bitte«, flüsterte sie, und in ihrer Stimme lag ein Betteln, sie wußte nicht worum.

»Sch, meine Süße«, murmelte er heiser. »Öffne dich für mich.«

Jeder einzelne seiner Instinkte brüllte Ranulf förmlich an, sie jetzt rasch zu nehmen, endlich das wilde, fast verzweifelte Schmerzen seiner Lenden zu lindern, doch er ließ sich langsam in sie hinein, die Zähne zusammengepreßt. Trotz seiner Sorgfalt jedoch drängten sich ihre Schenkel zusammen, es war der erfolglose Versuch, dieses ungewohnte Eindringen aufzuhalten. Als er jedoch jene zerbrechliche Barriere spürte, die ihm den Zugang verwehren wollte, zog sich Ranulf kurz zurück, vor Angst, er könne sich nicht unter Kontrolle halten, aus Sorge, er könne ihr Schmerzen bereiten, doch er konnte jetzt nicht aufhören ... konnte nicht aufhören ... konnte nicht. Ariane zuckte vor Schmerz zusammen, als ihr zartes jungfräuliches Häutchen sich dehnte und schließlich riß, dann schrie sie auf, als er stärker in sie eindrang. Seine steife Länge war wie eine riesige Lanze, die sie durchbohrte, eine mächtige Waffe, die sie auseinanderriß.

Sie hörte sich selbst schluchzen, spürte, wie sein Mund sanft über sie strich, als er ihre Lippen zärtlich küßte, um ihren Schmerz zu lindern.

Ranulf konnte nicht mehr tun, als jetzt vollkommen still zu halten, während sie erschauerte. Er hatte das Bedürfnis, gleichzeitig zu fluchen und in Triumphgeschrei auszubrechen. Eine Jungfrau! Eine keusche Unschuld, die von keinem anderen Mann berührt worden war. Er war ihr erster Liebhaber, und sie war sein. Sie waren jetzt auf das intimste miteinander verbunden, sein hartes Fleisch in der erhitzten Süße ihres Leibes vergrabem? Er biß die

Zähne zusammen, hielt das wilde Verlangen zurück, zwang sich zu warten, bis sie die Lust würde annehmen können, bis die Fülle eines Mannes sie ausdehnen, und er tief in sie hineinstoßen konnte. Seine mächtigen Oberschenkel hielten ihre schlanken weit auf, sein breiter Brustkorb berührte kaum ihre Brüste. Ihr Atem war nur noch ein flaches Keuchen. Ihre Augen waren fest geschlossen.

»Ariane. Schau mich an.«

Sie gehorchte zögernd, und ihre Augenlider hoben sich langsam, um leuchtend graue Augen zu offenbaren, die in Tränen schwammen. Seine eigenen Augen glühten mit Feuer. »Geht es jetzt besser?«

»J- Ja ...« antwortete sie ehrlich, obwohl in ihrer atemlosen Antwort wenig Zuversicht lag. »Kannst du mich noch tiefer aufnehmen, mein Herz?« Sie blickte ihn skeptisch an. »Da ist noch mehr von dir?«

Sein Lächeln war zärtlich und gleichzeitig amüsiert. »Ich fürchte ja. Aber ich kann es auch lassen, meine Rute ganz in dich zu senken.«

»Nein ... bitte ... ich will dich ... ganz.«

Während sie sprach, bewegte sie ihre Hüften vorsichtig, hob sie ein wenig an, um ihm besseren Zugang zu verschaffen.

Ranulf schnappte nach Luft. Die leisesten ihrer Bewegungen ließen ihn wild werden. Er wollte sofort noch tiefer in sie eindringen, doch mit einer gewaltigen Kraftanstrengung zwang er sich, seine Ungeduld im Zaum zu halten. Langsam verlagerte er sein Gewicht über ihr, strich absichtsvoll mit seiner haarigen Brust über ihre Brüste.

Ihre sensiblen Brustwarzen wurden bei dieser erregenden Berührung fest, waren das Echo des pulsierenden Schmerzes zwischen ihren Schenkeln. Doch er konnte sie nicht davon ablenken, was der Rest seines Körpers tat, der tief in sie eindrang, ganz in sie eintauchte, und sich vollständig in ihr versenkte.

Ariane hielt den Atem an ... Es war merkwürdig, doch die Wundheit war gewichen, hatte einen knospenden Schmerz hinterlassen, der nicht ausschließlich wehtat. In Wahrheit spürte sie eine verräterische Wärme in sich aufkeimen, die die scharfen Kanten des Schmerzes und ihrer Ängstlichkeit verwischte. Dann kamen Ranulfs Lippen auf ihre, und sie spürte ihren eigenen Geschmack auf seinem Mund — ein Geschmack, der schockierend und gleichzeitig erotisch war. Ariane bebte, als sich seine warme Zunge mit überraschender Sanftheit in ihren Mund drängte. Fordernd bewegte sie ihre Hüften gegen ihn.

Fast stöhnte sie vor Protest, als sie spürte, wie sein Stab sich aus ihr zurückzog. Doch Ranulf hatte keineswegs vor, sie ganz zu verlassen. Statt dessen glitt seine Hand zwischen ihre Leiber, und seine Finger fanden die heiße glatte Knospe, die das Zentrum ihrer Lust war.

Ariane wimmerte auf und streckte die Arme nach ihm aus, wand sie ihm fest um den Hals. Blind murmelte sie seinen Namen, als flehe sie um Gnade, doch er fuhr gnadenlos fort, sie zu streicheln, sein Rücken aufgerichtet, die Augen halb geschlossen. Sie spürte den Schauder, der ihn durchdrang, kurz bevor ihr Körper sich wieder aufs neue entflammte.

Die Welt verschwand, es blieb nur noch flammendheißes Begehren. Ihre Hände ergriffen die muskulösen Schultern des Mannes über ihr, und ihre Hüften wanden sich.

»Ja, meine Süße«, sagte Ranulf in rauher Zustimmung, ermutigte sie in ihrer Wildheit, ermutigte sie, loszulassen.

Sie war sich nur schwach seiner tiefen Stimme bewußt, bemerkte kaum die Erhöhungen der vernarbten Haut unter ihren Fingerspitzen, während sie sich in seinen Rücken krallte. Verzweifelt suchte sie nach der Erleichterung von der unglaublichen Anspannung ihres Körpers. Innerhalb von Sekunden bäumte sie sich in ihrem nächsten unkontrollierbaren Höhepunkt auf, und ihr keuchender Lustschrei bewegte Ranulf zutiefst.

»Herr Jesus!« Er spannte sich einen Augenblick lang an, und seine Augen schlossen sich in sinnlichem Schmerz. Dann konnte er sich nicht mehr zurückhalten. Er fing an sich zu bewegen, und seine Hüften stießen in einem heißen, drängenden Rhythmus in sie hinein, während Ariane sich an ihm festhielt und zitterte und bebte.

Ranulfs Explosion war von einer solch gewaltigen Intensität, daß er in seiner urwüchsigen Erleichterung aufschrie, als er sich in sie ergoß.

Lange danach noch lagen sie aneinandergeschmiegt, unbeweglich. Ranulf holte tief Luft, während er versuchte, seine Gedanken zu ordnen. Seine Haut war vom Schweiß durchnäßt, sein Körper heiß vor Begehren, der Wut seines Verlangens die Spitze genommen, doch war er noch immer nicht ganz befriedigt.

Er begehrte sie nach wie vor.

Sein Körper fühlte sich schwer und schläfrig an, doch er war schon wieder halb steif. Er wollte den heißen Zufluchtsort zwischen ihren Schenkeln nicht verlassen, doch er wußte, daß er das um Arianes Willen tun mußte. Langsam und mühevoll erhob sich Ranulf von ihrem Körper und verlagert sein Gewicht auf eine Seite. Dann hob er den Kopf.

»Vergib mir …« murmelte er und blickte auf ihr errötetes Gesicht hinab, das von der wilden Lockenpracht ihrer Haare eingerahmt war. Ihr Atem war leiser geworden, und ihre Augen geschlossen.

Sie machte ein leises Geräusch, das Zustimmung sein konnte, doch Ranulf mochte sein Benehmen nicht so leichtfertig entschuldigen.

Das Geschehene überwältigte ihn. Es mochte ja sein, daß er in den letzten Wochen keusch gelebt hatte, doch das erklärte nicht diese Urkraft, und auch nicht sein wildes Verlangen nach Ariane. Er spürte dieselbe Wachheit, die er immer nach einem Kampf erlebte, die Nervenenden aufgebracht und das Blut wild pochend. In ihm war immer noch ein Brennen, eine wilde Sehnsucht nach dieser Frau, er war von dieser einen Inbesitznahme nicht befriedigt worden.

Eine solche Reaktion war in seiner Erfahrung einzigartig.

Ranulfs Lippen verzogen sich zu einem reuigen Lächeln, als er auf die schlafende Frau in seinem Bett hinabblickte. Anscheinend spürte Ariane nichts von derselben Not wie er. Sie war in einen erschöpften Schlaf gefallen.

Sein Blick ging über ihre schlanke Figur mit den wunderschönen Brüsten und hielt inne, als er auf ihre Beine traf. Ranulfs Lächeln schwand. Helles Blut, mit seinem perligen Samen vermischt, befleckte ihre Schenkel und die Laken. Seine Augen wurden vor Triumph dunkel. Die Beanspruchung ihrer Jungfernschaft war ein Sieg. Er war der erste Mann, der sie besessen hatte. Der einzige.

»Du bist jetzt mein«, stellte er mit leisem Flüstern fest, während er eine helle, wirre Locke von ihrem Gesicht strich.

Dann, mit einer Zärtlichkeit, die ihm selbst fast fremd war, zog Ranulf Ariane in seine Arme, drückte ihren Kopf an seine Schulter, deckte sie beide zu und schloß die Augen.

Ariane wurde plötzlich wach, und sie spürte stechende Tränen hinter ihren Augenlidern. Ranulfs Zärtlichkeit vor wenigen Minuten, als er ihren Körper genommen hatte und ihr das Wunder gezeigt hatte, eine Frau zu sein, brachte sie zum Weinen. Unter anderen Umständen wäre dieser kraftvolle, charismatische Mann ihr Ehemann, das Bett ihr Ehebett, und diese Nacht ihre Hochzeitsnacht.

Statt dessen hatte er ihren Leib beansprucht, wie er sich den einer beliebigen Leibeigenen genommen hätte, nur um seine Herrschaft über sie zu beweisen. Er hatte sie wie einen Gegenstand behandelt, an dem er seine Bedürfnisse befriedigen konnte. Er hatte ihr eine niederschmetternde Lust ermöglicht, doch nur als Mittel, um ihre Unterwerfung zu erzwingen.

Ihr jedoch hatte die Vereinigung wesentlich mehr bedeutet. In ihrem Herzen hatten sie wirklich zueinander gefunden. Ranulf hatte sich standhaft geweigert, sie als seine Frau anzuerkennen, doch sie fühlte sich ihm jetzt zugehörig. Sie gehörte allein ihm.

Kapitel 14

»Guten Morgen, meine Süße.«

Ariane bewegte sich unter der Bettdecke, als sie die rauhe männliche Stimme in ihr Ohr murmeln hörte. Sie spürte die warmen Lippen, die ihren Hals liebkosten, begleitet von dem sinnlichen Reiben einer stoppeligen Wange gegen ihre Haut, und zwang ihre Augen auf. Sie blinzelte Ranulf an, der sich über sie beugte, auf einen Ellbogen gestützt. Er lächelte, und die Verwandlung seiner dunklen Züge war überraschend. In der Morgendämmerung sah er anrührend jungenhaft und unglaublich verführerisch aus.

»Hast du denn keinen rechten Gruß für deinen Liebhaber?«

Vom Schlaf noch benommen, zerrte sie ihren Blick von ihm fort und versuchte, ihre Gedanken zu ordnen. Die Sonnenstrahlen, die durch die Fensterläden hindurchschienen, ließen sie erkennen, wie spät es war. »Warum hast du mich nicht früher geweckt?«

»Du warst von den gestrigen Anstrengungen ermüdet.« Ariane errötete, als die sinnlichen Erinnerungen sie plötzlich überschwemmten.

Ranulf war sich des Tumults von Gefühlen nicht bewußt, der in ihr tobte, und beugte sich hinab, um ihren von der Leidenschaft noch wunden Mund mit einem zarten Kuß zu bedecken. »Du hast mir gestern nacht gutgetan, meine Dirne.« Seine sonnige Laune förderte Arianes wunde Gefühle. Nicht nur war sie schockiert, von den frechen, sündigen Aufmerksamkeiten eines nackten Mannes an ihrer Seite geweckt zu werden, es schmerzte sie auch, so deutlich an ihre Hingabe erinnert zu werden — und an ihr schamloses Benehmen. »Soll ich mich etwa von diesem Lob geehrt fühlen?« erwiderte sie spitz und mit einer vom Schlaf noch rauhen Stimme.

Zu ihrer Überraschung lachte Ranulf freundlich auf. »Wahrhaftig, das solltest du. Ein solches Lob erteile ich nicht leichtfertig.« Er blickte sie mit erhitzten Augen an. »Ich frage mich übrigens, ob das Vergnügen immer so groß sein wird. Jetzt, wo ich deinen Körper kenne.« Mit einem Finger zog er ihre Unterlippe nach. »Ich frage mich auch, ob dein Vergnügen noch größer sein kann. Zu gerne ginge ich dieser Frage genauer nach, doch wirst du ohne Zweifel noch wund sein, nachdem ich deinen Leib so wenig geschont habe.«

Ihre Augen waren vor Entsetzen weit geworden, als er den Vorschlag gemacht hatte, ihre sündhafte Paarung bei Tageslicht zu wiederholen, doch dank Ranulfs Rücksicht entspannte sie sich etwas und bewegte vorsichtig die Hüften. Bei dem Kneifen, das sie zwischen ihren Schenkeln spürte, zuckte sie zusammen.

»Schmerzt es dich?«

Widerwillig schüttelte sie den Kopf. Ihre körperlichen Symptome schmerzten sie weit weniger, als ihr Gewissen es tat. »Nicht sehr.«

»Gut.« Ranulf lächelte nachsichtig. »Für den Rest des Morgens darfst du im Bett bleiben. Doch ich sollte wohl aufstehen. Meine Leute werden sich zwar nicht wundern, mich noch mit einer hübschen Dirne im Bett zu finden, doch gibt es Angelegenheiten, die meiner Aufmerksamkeit bedürfen.«

Ariane schloß vor Beschämung die Augen. Nach dem

Auftritt, den sie gestern abend in der großen Halle gehabt hatte, würden seine Leute ganz genau wissen, was in der Nacht zwischen ihnen geschehen war. Sie hatte bei Ranulf gelegen, wenn nicht bereitwillig, denn doch ohne übermäßigen Protest. »Ich habe nicht den Wunsch, hier in deinem Zimmer gefunden werden«, murmelte sie, »und noch weniger, daß man mich in Eurem Bett weiß. Im übrigen habe ich nicht vor, den ganzen Tag faul herumzuliegen.«

»Wie du wünschst. Doch habe ich vor, deine Strafe zu erleichtern. Du wirst nicht mehr in der Waschküche arbeiten müssen.«

»Deine Großzügigkeit ist wirklich überwältigend.«

Ranulf ignorierte ihren Sarkasmus und streckte die Hand nach einem Gegenstand aus, den er zwischen den Kissen versteckt hatte. Er hielt ihn hoch, damit sie ihn betrachten konnte. »Vielleicht wird dir das wenigstens gefallen.«

Er hielt einen Goldschmuck in der Hand, das erkannte Ariane mit warmem Erstaunen. Es war ein Halsring, dessen Enden von nordischen Figuren, von Drachen mit Augen aus Edelsteinen geschmückt waren.

Ranulf ließ vorsichtig seine Hand unter ihren Hals gleiten und legte ihr den Torques um, während Ariane ihn zutiefst erstaunt anstarrte.

»F-für mich, my Lord?«

»Das sollte eigentlich mein Hochzeitsgeschenk an dich werden«, murmelte er, »doch obwohl es keine Hochzeit geben wird, sehe ich keinen Grund, warum du es nicht trotzdem haben sollst. Betrachte es als Gegenleistung für das Geschenk, das du mir gestern nacht bereitet hast.«

Meine Jungfräulichkeit, dachte Ariane mit einem wilden Stich des Schmerzes, und spürte das kühle Metall wie Eis an ihrer Haut. Sie hätte Ranulf vielleicht lieben können, doch bedeutete sie ihm nicht mehr als eine der Burgschlampen. Er hatte seine Lust an ihr befriedigt und ihr das Vergnügen mit einem hübschen Pfand bezahlt. »Vergib mir, wenn ich nicht die rechte Dankbarkeit ausdrücke, edler Herr«, sagte sie bitter.

Ranulf erschrak bei dieser beißenden Antwort. Er hatte noch nie einer Dirne ein solch teures Geschenk gemacht, und er hätte gedacht, daß sie sich ob dieser kostbaren Geste erfreut zeigen würde. Die Damen, die er bei Hofe kennengelernt hatte, freuten sich alle über teure Geschenke, doch Arianes Augen hatten vor Mißtrauen geglitzert und nicht vor Gier, und nun starrte sie ihn mit hochmütiger Verachtung an, als hätte er sie schwer beleidigt.

»Ich dachte, das würde dich etwas versöhnlicher stimmen«, sagte er unsicher. Er beschloß, ihren unverständlichen Ärger mit seinen Verführungskünsten zu bekämpfen. Sanft zog er die Decke fort und legte eine ihrer rosigen Brüste frei. Dann führte er sie in noch größere Verlegenheit, als er seine Hand ausstreckte und diesen blassen Hügel umfaßte. Obwohl sie sich unter seiner Berührung wand, beugte er sich nieder und preßte seine Lippen gegen ihr wundes Schlüsselbein. »Und deine eigenen Kleider darfst du auch wiederhaben. Ich werde nicht zulassen, daß diese rauhen bäuerlichen Kleider deine zarte Haut zerstören.«

Ariane versuchte, die Welle von Anspannung und Aufregung, die jede noch so leise Berührung in ihr weckte, zu unterdrücken und hob spöttisch eine Augenbraue. »Spüre ich da etwa Gewissensbisse, my Lord, für deine abscheuliche Behandlung?«

Ranulf schüttelte den Kopf und weigerte sich, auf diesen Streit einzugehen. »Darüber werde ich nicht noch einmal mit dir debattieren, meine Süße.« Seine Hand strich langsam ihren Leib hinunter und schob sich unter die Bettdecke.

Ariane holte tief Luft, als seine Finger sich in dem warmen Flecken zwischen ihren Schenkeln aufhielten: »Nein ... nicht! Das ist unanständig!«

»Tatsächlich?«

»Du weißt, daß es das ist«, keuchte sie, während sie versuchte, seinen untersuchenden Fingern zu entkommen. »Die Kirche hat derartige Dinge verboten.«

Ranulf grunzte, doch nahm er seine Hand von ihrem Schenkel und ließ sie besitzergreifend auf ihrem Bauch ruhen. »Ich glaube kaum, daß eine weitere Sünde meine Seele noch schwärzer machen könnte. Die, die etwas davon verstehen, haben mir versichert, daß ich von Dämonen besessen bin.«

Ariane war zu schockiert von seiner Blasphemie, um die Bitterkeit in seinem Tonfall zu erkennen. »Deine Seele mag ja nicht mehr zu retten sein. Doch was ist mit meiner?«

Sein Blick durchsuchte aufmerksam ihr Gesicht. »Bist du wirklich so rein und unschuldig?« Als sie keine Antwort auf diese Frage wußte, zuckte Ranulf mit den Achseln. »Die Ausschweifungen der Kirche sind bestens bekannt. Die Hälfte der Kleriker bricht regelmäßig ihre eigenen Gesetze und hält Orgien ab, die unsere Vergnügung in der Halle gestern nacht zahm aussehen lassen.«

»Selbst dann ... Ich möchte nicht, daß du mich ... so berührst.«

»Willst du etwa sagen, daß ich dich nicht errege?« fragte er mit einem amüsierten Lächeln.

Es ärgerte Ariane ungemein, daß er die wahre Quelle ihres Unwohlseins erkannt hatte: seine Fähigkeit, ihre Leidenschaft mühelos zu erregen und sie so in eine wollüstige Frau zu verwandeln. »Du erregst mich nicht halb so sehr, wie es dir deine unglauliche Eitelkeit einredet«, erwiderte sie.

»Eitelkeit?« Seine Augenbrauen schossen in die Höhe. »Keine Dirne hat sich bislang über meine Liebeskünste beschwert.«

Ariane verdrehte die Augen und betete um Geduld. Ranulf von Vernay war ein arroganter, verwöhnter Mann, der sich seiner Macht über Frauen so sicher war, daß sie ihn am liebsten geohrfeigt hätte.

»Vielleicht hast du nie eine Beschwerde gehört, weil du nie eine hören wolltest.«

Seine Zähne blitzten in einem langsamen Grinsen auf. Nachlässig und wie als Antwort strich seine Hand wieder ihren Leib empor zu ihrer Brust. Mit seinem Daumen und seinem Zeigefinger kniff er sanft die empfindliche Brustwarze und ließ sie dadurch augenblicklich fest werden. Ariane schnappte erneut nach Luft.

»Vielleicht protestierst du ja nur, weil du das fürchtest, was ich dich fühlen lasse.«

»Dich fürchte ich überhaupt nicht«, knirschte Ariane und wünschte, sie könnte jenes überhebliche Grinsen aus seinem Gesicht ausradieren. »Ich habe einfach keine Lust, dir zuzuhören, wenn du mit deinen Eroberungen angibst.«

Ehe sie jedoch noch irgendetwas sagen konnte, hörte Ranulf plötzlich mit seiner Neckerei auf und erhob sich, um sich anzukleiden. Völlig unbeeindruckt von seiner eigenen Nacktheit schritt er quer durch den Raum und bückte sich nach seiner Kleidung. Sie hatte einen guten Blick auf sein festes Gesäß und auf seine langen, nackten Schenkel, die so glatt und voller Muskeln waren.

Ariane stellte fest, daß sie ihn in hilfloser Bewunderung anstarren mußte. In jeder harten Linie seines Körpers lag Stärke und Kraft, eine maskuline Schönheit. Eine Schönheit, die die schrecklichen Narben auf seinem Rücken noch merkwürdiger hervortreten ließ. Sie erinnerte sich daran, wie sie gestern nacht jene rauhen Erhebungen unter ihren Fingerspitzen gespürt hatte, als sie sich, in den Wogen der Leidenschaft schwankend, an ihn geklammert hatte. Von ihrem Mitleid erschrocken — wie auch von einem anderen, heißen Gefühl für ihn — , wandte Ariane ihren Blick ab, während Ranulf sich wusch.

Sie war erstaunt, daß er nicht von ihr verlangte, ihm zu

dienen, während er sich anzog, doch als sie widerwillig ihre Hilfe anbot, antwortete Ranulf: »Nein, für dich habe ich eine bessere Verwendung.«

»Und welche?« fragte Ariane mißtrauisch.

»Du wirst mir fortan als Bettgespielin dienen.«

Ariane richtete sich abrupt auf und preßte die Bettdecke an ihre Brust. »Nein, das werde ich nicht!«

Kühl richtete sich sein Blick auf sie. »Das wirst du wohl, Demoiselle. Deine neuen Pflichten werden die Dienste im Bett beinhalten. Und du wirst dich in deine neue Stellung einfinden.«

»Solange du dich weigerst, mich als deine Ehefrau anzuerkennen, ist mein Platz bestimmt nicht in deinem Bett!«

»Ist er wohl«, erwiderte er knapp. »Du gehörst mir, und ich kann mit dir machen, was ich will. Ich werde dich nach meinem Gutdünken nehmen, wann und wo ich dies will.«

Ariane starrte ihn entsetzt an. Die Verletzung, die seine Behauptung ihr zufügte, war mehr als Empörung oder Demütigung. Sie konnte es einfach nicht ertragen, daß er sie so beiläufig benutzen wollte, wie sich jeder Ritter irgendeine Schlampe nahm, oder wie ein Hengst sich einer Stute näherte.

Als Ranulf den Ausdruck in ihren Augen bemerkte, wurden seine Züge weicher. »Du wirst es schon nicht schrecklich finden. Ich vermute, es wird dir sogar irgendwann gefallen.«

»Lieber würde ich den Schweinestall sauberschrubben.«

Er sandte ihr ein freches Grinsen — dieses kraftvolle, schelmische, männliche Lächeln, das er so selten zeigte. »Vielleicht, doch bin ich nicht mehr wütend genug, daß ich das von dir verlangen würde. Und außerdem wären dort deine Schönheit und deine Fähigkeiten verschwendet.«

Ihre Hände ballten sich vor Wut und Verzweiflung um den Rand der Decke zu Fäusten. »Warum?« rief sie mit leiser Stimme. »Warum mußt du mich so beschämen, wenn es zweifellos andere Frauen gibt, die hocherfreut wären, das Bett mit dir zu teilen?«

Ranulf war von dieser Frage überrascht und betrachtete sie unsicher. Es war doch keine Schande, die Aufmerksamkeit des Herrn zu erregen! In Wahrheit sollte Ariane sich von seiner Gunst geehrt fühlen. Er konnte hundert Dirnen nennen, die willig ihren Platz eingenommen hätten. »Du bist eine begehrenswerte Frau, und ich begehre dich. Ich brauche keinen anderen Grund.«

Er wandte sich ab, um sein Hemd anzuziehen, verärgert, daß sie seinem Plan so vehement widersprach. Sie sollte dankbar sein, daß er sie von ihren erdrückenden Pflichten in der Waschküche erlöste hatte — und über ihren Sieg triumphieren, würde sie ihn nur erahnen. Er hatte den Kampf gegen seinen eisernen Willen verloren, hatte endlich seinem besessenen Verlangen nach ihr nachgegeben. Er hatte ihretwegen sogar seine altbewährten Grundsätze aufgegeben. Selten vorher hatte er seinen Frauen erlaubt, auch bei ihm zu schlafen. Und jetzt war er gewillt, für Ariane Ausnahmen zu machen.

In Wahrheit gefiel ihm der Gedanke, daß sie in seinem Bett wach wurde, rosig und nackt, und er ihre vom Schlaf geröteten Wangen sehen und ihren Geruch wahrnehmen könnte. Er würde sie morgens gleich als erstes nehmen, wenn seine Leidenschaft stark und unmittelbar war. Er hatte es gern, wenn sie in seiner Nähe war, allein, um das Vernügen zu haben, sie zu berühren. Er mochte es auch, sie zu küssen. Er küßte seine Frauen selten auf die Lippen, doch die Hitze dieses süß geschwungenen Mundes verhexte ihn. *Sie* verhexte ihn.

Er wollte nichts mehr, als gleich jetzt in dieses Bett zurückzukehren, um ihre köstliche Hitze zu schmecken, sich tief in ihr zu vergraben und ihre Leidenschaft zu erforschen. Er wollte den gesamten Tag mit ihr verbringen, ihr beibringen, wie sie ihren Leib genießen konnte und ihr zeigen, wie sie ihm zu Willen sein konnte. Doch er erinnerte sich an Arianes wunden Zustand und begrub diese Idee.

Ein Gefühl der Zärtlichkeit überkam Ranulf, als er sich an ihren Schmerz erinnerte. Wie zerbrechlich und zart hatte sie sich doch in seinen Armen angefühlt. Wie unschuldig. Und wie heiß und wild war sie geworden, als sie sich in Ekstase unter ihm gewunden hatte. Er würde ihr Zeit lassen, sich von seiner Zuwendung zu erholen, doch heute nacht ... Der Gedanke, was er dann mit ihr anstellen würde, ließ Ranulf plötzlich steif werden.

Er sollte sich selbst verfluchen für seine Hingabe gestern nacht, das wußte Ranulf. Durch sein eigenes Verschulden hatte er ihren Verlobungsvertrag besiegelt. Doch das machte nichts. Er würde seinen Antrag an Rom nicht zurückziehen. Die Annulierung würde wie geplant durchgeführt werden. Auch würde er es nicht zulassen, daß er sich schuldig fühlte. Ariane konnte niemandem als sich selbst die Schuld geben, was die Konsequenzen ihrer Lust anging.

In der Zwischenzeit würde er sich ihren Leib unterwerfen, bis er endlich seine wilde Leidenschaft für sie befriedigt hatte. Er hatte vor, sie durch seine Liebeskünste warm und schwach und biegsam zu halten, bis sie sich daran gewöhnt hatte, von ihm in Besitz genommen zu werden. Ariane war starrköpfig und hatte einen starken Willen, sie war mehr als eine Herausforderung für einen jeden Krieger, auch für ihn. Er würde jeden Vorteil nutzen müssen, der sich ihm bot, um sie zu überwinden, um sie zum Nachgeben zu zwingen.

Ranulf ignorierte die wütende Frau, die ihm Blicke wie Dolche zuwarf. Er legte einen Rock von waldgrünem Samt an und warf nachlässig einen Mantel über die Schultern. Dann wandte er sich ihr zu.

»Gewöhne dich an dein Schicksal, Chérie. Ich will dich von heute an jeden Abend in dieser Kammer vorfinden. Ich erwarte, daß du meiner Lust dienst, sobald ich zurückkehre.«

Mit diesen Worten stürmte Ranulf aus dem Zimmer und beendete das Gespräch genauso abrupt, wie er es schon so oft zuvor getan hatte, wenn sie sich stritten.

Ariane lag ein Fluch auf der Zunge, als sie ihm nachstarrte. Er hatte ihren Körper so beiläufig genommen wie er auch die Burg ihres Vaters eingenommen hatte. Und nun hatte er vor, ihre sündige Beziehung zu festigen, indem er sie zu seiner Geliebten machte, ohne den Segen der Kirche. In nur wenigen Wochen war sie von einer Verlobten zur Leibeigenen, dann zur Sklavin, und nun zur Bettgespielin geworden. Sie hätte angesichts der Ungerechtigkeit dieser Ereignisse schreien mögen.

Sie war es gewöhnt, sich mit den Pflichten einer Burgherrin beschäftigt zu halten. Seit vier Jahren hatte sie die Hausangestellten in Claredon beaufsichtigt, so wie sie auch für die Domestiken verschiedener Gutshäuser und minderer Lehngüter zuständig gewesen war. Die körperlichen Aufgaben, die ihr während der letzten Wochen aufgetragen worden waren, hatten wenigstens den Vorteil gehabt, daß sie zu müde war, um überhaupt nachdenken zu können, zu ausgelaugt, um über ihre tausendfachen Sorgen zu grübeln. Sollte sie nun den ganzen Tag lang herumfaulenzen, ohne irgendeine Ablenkung, würde die Langeweile sie bald zu Verzweiflung treiben, und ihre Sorgen würden sie wahnsinnig werden lassen.

Und dann war da noch die Schande, Ranulf in einer solch erniedrigenden Rolle zu dienen. Sie war eine edelgeborene Dame, eine, die seine geehrte Frau hätte sein sollen. Vielleicht verdiente sie ja eine Strafe dafür, daß sie versucht hatte, ihn zu Anerkennung ihrer Verlobung zu zwingen, vielleicht auch für ihren Ausbruch in der Halle gestern nacht, doch verdiente sie nicht diese Erniedrigung, die er ihr zufügen wollte. Ranulf war ein grausamer, herzloser Rohling.

Nein, das war das Problem, Ranulf war eben kein Rohling. Er hatte ihr nie körperlichen Schmerz zugefügt, noch hatte er jemals die Hand gegen sie erhoben, selbst wenn er gewissenlos auf ihrem Herzen herumgetrampelt war. Seinem schlechten Ruf und rauhen Ton zum Trotz war der Schwarze Drache von Vernay zurückhaltend und sanft zu Frauen. Sogar zu ihr, obwohl sie ihm ausreichend Grund zur Wut geliefert hatte. Selbst seine Strafe war maßvoll gewesen. Doch seine Liebeskünste ...

Ariane schloß die Augen, als sie sich an Ranulfs zärtlichen Angriff auf ihre Sinne erinnerte. Sie wünschte, er hätte sie wütend angeschrien, denn gegen seine Wut konnte sie sich verteidigen. Doch wie sollte sie ihm nur widerstehen, wenn er zärtlich und rücksichtsvoll war?

Sie hörte sich selbst seufzen. Sie hatte Ranulf vorhin belogen. Sie fürchtete ihn wohl, sie fürchtete nicht nur den kalten, gnadenlosen Kriegsherrn, der als der Schwarze Drache bekannt war, sie fürchtete noch mehr den zärtlichen verführerischen Liebhaber, der er gestern Nacht geworden war.

Voller Bitterkeit befingerte sie den goldenen Reif an ihrem Hals, dessen Drachen sie als Ranulfs Besitz kennzeichneten. Sie wollte ihn wütend abreißen, doch dann nahm sie das kostbare Metall vorsichtig von ihrem Hals. Sie konnte es nicht ertragen, es zu zerstören. Ranulf hatte sie einstmals hoch genug geachtet, um ihr ein so kostbares Geschenk machen zu wollen, das der Braut eines Edelmannes angemessen war. Sie würde es behalten, aber sorgsam verstauen, denn sie war entschlossen, es nie zu tragen, ehe Ranulf sie nicht zur Braut nahm.

Sie wünschte, daß sie ihn hassen könnte. Doch sie fürchtete, daß es dazu bereits zu spät war. Nach all den Jahren der Qual und Vernachlässigung, denen er sie unterworfen hatte, war Ranulf trotz seiner gegenwärtigen

Grausamkeit immer noch der umwerfende und verwirrende Krieger, der vor so langer Zeit ihr junges Herz erobert hatte.

Doch er würde ihr Herz nicht wollen, das wußte Ariane. Er würde sie benutzen, bis er seiner neuesten Eroberung überdrüssig war, und dann würde er sie fortwerfen, zugunsten irgendeiner anderen Dirne, die ihm besser gefiel.

Allein der Gedanke ließ heiße Tränen in ihr aufsteigen. Süße Mutter Gottes, wie konnte sie sich nur vor einem solchen Schmerz schützen? Sie würde gezwungen sein, seine Leidenschaft zu ertragen, sich seinen fleischlichen Zuwendungen zu unterwerfen, jede Nacht, und vielleicht auch jeden Tag, und, Gott steh ihr bei, sie konnte nicht einmal leugnen, daß das nicht genau das war, was sie wollte.

Kapitel 15

Ranulf war schon aus der Halle verschwunden, als Ariane sich endlich hinunter wagte, um ihren Hunger zu stillen. Zu ihrem Erstaunen waren die Wachen, die ihr normalerweise folgten, nirgends zu sehen.

Die Geliebte des Herrn zu sein, bot offenbar einen unerwarteten Vorteil, den sie noch nicht bedacht hatte: Ranulf würde vielleicht irgendwann in seiner Wachsamkeit nachlassen, so daß sie aus dem Burgfried schlüpfen und ihren so dringend notwendigen Besuch unternehmen konnte.

Zu ihrer weiteren Überraschung fand sie Payn FitzOsbern allein an dem herrschaftlichen Tisch vor. Er rief sie sofort zu sich, als hätte er auf sie gewartet.

»Werdet Ihr mir mit Eurem Frühstück Gesellschaft leisten, Demoiselle?«

Ariane schaute ihn mißtrauisch an, doch der Ritter lächelte. Es war ein freundlicher, überzeugender Gruß, und auf merkwürdige Weise fühlte sie sich wohl. »Es würde mich sehr ehren, meine Dame. Kommt, ich werde Euch nicht beißen«, fügte er mit lachendem Unterton hinzu, während er aufstand, um den Stuhl neben sich für sie hervorzuziehen — es war der Stuhl des Herrn.

»Ich würde gerne meine Bitte um Verzeihung für unser unzüchtiges Betragen gestern vorbringen«, sagte er, sobald sie sich gesetzt hatte. »Ihr wart im Recht. Es war unverzeihlich, Claredons Halle auf diese Art zu entehren.«

Ehe sie antworten konnte, erhob Payn die Hand und rief einen Leibeigenen zu sich. »Bring deiner Dame sofort etwas zu essen.«

»Dame?« erwiderte Ariane bitter, als sie wieder allein waren. »Ich sehe, daß Lord Ranulf versäumt hat, Euch über meine neue Rolle in Kenntnis zu setzen.«

»Doch, er hat es mir schon gesagt. Und ich muß sagen, ich bin Euch sehr dankbar.«

»Dankbar?«

»Ja, dafür, daß Ihr ihm seine Wut genommen habt. Als sein erster Befehlshaber bin ich es, der immer die Hauptwucht seiner Launen zu ertragen hat. Und heute morgen war er sehr viel ausgeglichener als seit Monaten.« Ariane wurde starr. Doch Payn schenkte ihr fröhlich einen Kelch Wein ein.

Der Diener kehrte mit einer Platte mit kaltem Hammel und Brot zurück und setzte sie vor Ariane ab. Payn schickte den Mann wieder fort und betrachtete sie dann gedankenvoll. »Was wißt Ihr über Ranulf, Demoiselle?«

Sie stach ihren Eßdolch in den Hammel. »Ich weiß, daß er ein rücksichtsloser, kaltherziger, despotischer, arroganter Tyrann ist, der seine Versprechen nicht einhält.«

Payn ließ ein mitleidiges Grinsen aufblitzen. »Nein, ich meinte, was wißt Ihr über seine Vergangenheit?«

Ariane runzelte die Stirn. »Nur das, was mir mein Vater

erzählt hat. Und ich habe natürlich Gerüchte gehört. Es heißt, der Schwarze Drache sei in der Schlacht unbesiegbar und gegenüber seinen Feinden gnadenlos, und man behauptet ... er habe seinen eigenen Vater bekämpft und auch besiegt. Sein Erbe soll er nur mit dem Schwert angetreten haben können.«

»Keins der Gerüchte ist übertrieben. Ranulf war gezwungen, die Ländereien der Vernay auf diese Weise zurückzuerobern, als sein Vater seine Geburt in Zweifel zog und ihn enterbte.«

»Dann ist es also wahr? Über seine Mutter ...« Sie zögerte, war sich nicht sicher, wie sie die Frage taktvoll stellen sollte.

»Ihr Ehebruch? Ja, das ist wahr. Vor seiner Geburt gönnte sich seine Mutter eine Affäre mit einem niedergeborenen Freien — mit dem Jäger der Burg. Bis heute ist nicht geklärt, wessen Kind Ranulf ist, obwohl ich meine eigenen Meinung dazu habe. Ranulf ähnelt Yves von Vernay viel zu sehr in Aussehen und Charakter, um irgendjemand anderes Sohn zu sein.«

»Ihr scheint Ranulf gut zu kennen.«

»Besser als manch anderer. Wir wurden als Jungen bei demselben normannischen Herren aufgezogen.«

Ariane nickte abwesend. Es war üblich, daß ein edelgeborener Sohn seine ritterliche Lehrzeit in einem anderen Adelshaushalt absolvierte.

»Von Anfang an«, bemerkte Payn, »war Ranulf bei der rigorosen Ausbildung, der wir unterworfen waren, immer der beste. Er besiegte regelmäßig die anderen Knappen, sogar mich, und wir waren ihm alle hörig. Er war groß für sein Alter, doch war sein Erfolg auf mehr als nur körperliche Vorteile zurückzuführen. Es schien, als sei er dazu getrieben, zu beweisen, daß er besser als jeder andere war. Nicht, daß er rücksichtslos gewesen wäre.« Payn lächelte in Erinnerungen versunken. »Tatsächlich war Ranulf der erste, der die weniger Starken unter uns verteidigte. Und mehr als einmal hat er Schwächlinge vor einer brutalen Faust geschützt. Doch keiner von uns kannte ihn wirklich gut. Er hatte wenig Freunde, denn er blieb für sich. Jahre vergingen, ehe er mir die Geschichte seiner Abstammung erzählte, und dann auch nur, weil er mich für seinen Freund hielt und der Wein seine Zunge gelockert hatte. Es war keine hübsche Geschichte.«

Mit nachdenklichem Gesichtsausdruck nahm Payn einen Schluck von seinem Wein, während Ariane ungeduldig wartete, daß er fortfuhr. Sie war voller Mitleid.

»Yves von Vernay war ... Wie soll ich es sagen ... ein bitterer Mann. Er brachte den Liebhaber seiner Frau um und erschlug fast auch sie. Wegen ihrer Sünde ließ er sie für den Rest ihres Lebens in einer Turmzelle einschließen. Die Kirche, das wißt Ihr vielleicht, hält Ehebruch nicht mehr für einen ausreichenden Grund, um eine Ehe aufzulösen. Und was ihr Kind anging, so blickte Lord Yves es nie anders an als mit Abscheu, was ohne Zweifel ein Segen für Ranulf war. Bis er vier war, wurde er gar nicht bemerkt, doch dann hatte er das Pech, daß der Burgherr auf ihn aufmerksam gemacht wurde. Yves ... beschloß, den verabscheuten Sohn für die Sünden der Mutter zu bestrafen. Seine Methode war — den Leib zu schinden, um die Seele zu reinigen.« Payn blickte Ariane gerade an. »Ranulfs Rücken hat die Wucht seiner Wut ertragen müssen.«

»Mutter Gottes, diese schrecklichen Narben«, flüsterte Ariane, und ihre Stimme war vor Entsetzen schwach. »Welcher Mann würde einem Kind so etwas zufügen?«

»Entsetzlich, nicht wahr? Sein edler Vater wollte ihm den Teufel austreiben, die Dämonen aus seiner Seele entfernen.«

»Dämonen — aber er war doch nur ein Junge! Ein Kind! Vollkommen unschuldig an dem Fehlverhalten seiner Mutter.«

»Ja, eine Junge — doch hatte er von Anfang an das

Rachebedürfnis eines Mannes. Zwei Jahre durchlitt Ranulf diese Qual, bis er endlich zur Erziehung fortgeschickt wurde. Er war befreit von der Grausamkeit seines Vaters, doch er hat sie nie, nie vergessen. Seine wahren Narben sind weit tiefer als die auf seinem Rücken.«

Ariane blickte ihn verzweifelt an. »Sir Payn ... das ist eine schreckliche Geschichte. Doch warum erzählt Ihr sie mir?«

»Ich wollte, daß Ihr wißt, was für ein Mann Ranulf ist, daß ihr die Begebenheiten kennt, die ihn zu dem Mann geschmiedet haben, der er jetzt ist. Ich wollte Euch außerdem verständlich machen, warum er guten Grund hat, sich vor Edelfrauen zu hüten.«

Sie runzelte fragend die Stirn.

»Ich glaube fest, Ranulfs Zögerlichkeit, Euch zu heiraten, stammt aus seinem tiefen Mißtrauen gegenüber Damen Eures Standes. Er hat es noch nie deutlich gesagt, doch ich bin mir sicher, daß er Angst vor Euch hat.«

»Angst? ... Vor mir? Warum in aller Welt sollte er vor mir Angst haben?«

»Dazu komme ich noch, my Lady.« Payn lächelte schwach. »Seht Ihr, Ranulf hat vor langem schon gelernt, Frauen nicht zu trauen. Er hält die meisten für ehrlos. Erst der Ehebruch seiner Mutter, der sein Leben zu einer lebendigen Hölle werden ließ. Dann seine späteren Erfahrungen ... Nun, ich vermute, das sollte ich erklären. Ihr habt Ranulfs Charme ja erlebt. Er kann —«

»Ich darf widersprechen«, unterbrach Ariane ihn steif. »Ich habe nicht das geringste Anzeichen von *Charme* in Lord Ranulf entdecken können.«

»Nun, vielleicht will er unter den gegenwärtigen Bedingungen nicht den Versuch unternehmen, Euch zu charmieren, Demoiselle ... Sein Erfolg bei Frauen also. Frauen scheinen ihn zu umschwärmen wie Bienen den Honig, trotz seiner finsteren Art. Ich habe seine Anziehungskraft nie wirklich verstanden, muß ich zugeben«, fügte Payn mit einem nachdenklichen Lächeln hinzu. »Ranulf hat eigentlich nicht das, was ihr Damen männliche Schönheit nennen würdet.«

Vielleicht nicht Schönheit in der üblichen Weise, dachte Ariane. Es war seine grobe, magnetische Männlichkeit, die so schön war. Das, wie auch die Leere in seinen Augen, die sie bislang nie verstanden hatte, machten seinen Zauber aus. Jede Frau würde diejenige sein wollen, die ihn zähmte, die das wilde Wesen beruhigte — und ihm Trost bot. Sie hatte dieses instinktive Ursehnen auch in sich gespürt, neben ihrer Furcht und ihrer Wut.

»Fahrt doch bitte fort«, murmelte Ariane höflich.

»Sehr wohl. Wie ich schon sagte, schloß Ranulf seine militärische Ausbildung ausgezeichnet ab. Doch nachdem er sich die Sporen verdient hatte, blieb er bei seinem Ziehvater, um ihm zu dienen. Er war ja auch ein Drittgeborener und hatte keine Hoffnung, die riesigen Güter von Vernay zu erben. Und wie Ihr wißt, hat ein landloser, armer und nicht kampferprobter Ritter nur wenig Möglichkeiten, im Leben voranzukommen. Doch dann ... gab es einen Skandal. Kurz gesagt, die Frau seines Ziehvaters versuchte ihn zu verführen.«

»Die Gattin des Herrn?« Ariane starrte ihn schockiert an. »Die Burgherrin?«

»Ja. Ranulf, davon bin ich überzeugt, war vollkommen unschuldig an dem, dessen er angeklagt wurde. Bei seiner Vergangenheit hätte er niemals einem anderen Mann die Hörner aufgesetzt, und schon gar nicht seinem eigenen Dienstherren. Noch weniger wäre er gegen seinen Lehensherren im Kampf angetreten, obwohl man ihn damals einen Feigling nannte, weil er das verweigerte. Er quittierte lieber unehrenhaft den Dienst seines Herren, anstatt sich herausfordern zu lassen. In Wahrheit tat er dem Mann einen Gefallen. Denn Ranulf hätte mit Leichtigkeit gewonnen. Jedenfalls gab auch ich meine Stellung dort auf, um ihm zu folgen.«

»Ihr müßt sehr viel von ihm gehalten haben.«

»Es gibt keinen anderen Herren, dem ich würde dienen wollen«, sagte Payn schlicht. »Wie es sich herausstellte, war die Entscheidung für uns beide von Vorteil. Wir verbrachten zwei Jahre damit, Turniere in der Normandie und in ganz Frankreich zu besuchen. Wir wurden reich mit den Lösegeldern, die wir dort gewannen. In den Jahren danach kämpften wir als Söldner für Graf Gottfried von Anjou. Wir halfen Gottfried dabei, die Normandie von Frankreich zu erobern, und waren ihm behilflich, seinen Sohn Heinrich zum Herzog zu machen.«

Ariane hatte schon viel von Gottfried Plantagenet gehört, einem weisen und mächtigen Herrscher, der die Normandie erobert und sie zu einer Macht aufgebaut hatte, mit der man rechnen mußte.

Irgendwann hatte er seinen jungen Sohn Heinrich zum Herzog gemacht, der jetzt der neue König von England war.

»Ranulfs legendäre Fähigkeiten wurden dem jungen Heinrich zur Kenntnis gebracht, und als sich der nächste Skandal anbahnte, trat Ranulf in die Dienste Heinrichs ein.«

»Der nächste Skandal?«

Payns Lächeln war nicht heiter. »Die Edeldamen an Gottfrieds Hof erwiesen sich als nicht ehrenhafter als irgendwelche anderen, die Ranulf gekannt hatte. Während er dort war, verfolgte ihn eine verheiratete *Dame* leidenschaftlich. Als er jedoch ihre Avancen nicht erwiderte, behauptete sie, Ranulf hätte sie vergewaltigt.«

Payn wartete, er ließ seine Worte auf sie wirken. Auch sie hatte in trügerischer Absicht behauptet, von Ranulf vergewaltigt worden zu sein. Doch die Umstände waren anders, dachte sie trotzig. Ranulf hatte versprochen, sie zu heiraten, und war dann nach fünf Jahren von seinem Versprechen zurückgetreten.

»Ihr seht also«, sagte Payn sanft, »Ranulfs Glaube, daß

edelgeborene Damen sein Vertrauen nicht wert sind, beruht auf guten Gründen.«

»Eure Behauptung legt allerdings eine Frage nahe. Wenn er mich so wenig achtete, warum hat er dann unserer Verlobung zugestimmt?«

»Aus den üblichen Gründen. Erben und Land. Es ist meine Überzeugung, daß ihm letzteres am wichtigsten war.«

»Aber zu dem Zeitpunkt besaß Ranulf doch schon riesige Ländereien, oder nicht?«

»Ja, ihm sind für seine Dienste bei Gottfried mehrere reiche Lehen zugesprochen worden, und dann wurde er auch noch für seine Loyalität dem jungen Heinrich gegenüber reichlich belohnt — vorrangig dafür, daß er Heinrich geholfen hatte, seine Herrschaft über die Normandie zu festigen und später, den englischen Thron zu erobern. Doch da hatte Ranulf bereits die Domänen von Vernay zurückgewonnen. Doch dürft Ihr den Haß nicht vergessen, den er für seinen Vater hegte. Der hat jede seiner Taten beeinflußt, jeden seiner Gedanken überschattet, und das schon sein ganzes Leben lang.«

»Ich vermute, er wollte sich an seinem Vater rächen?«

»Nachdem Ihr seinen Rücken gesehen habt, könnt Ihr ihm das verdenken?«

Ariane schüttelte traurig den Kopf.

Sie konnte verstehen, daß ein Mann dazu getrieben werden konnte, für jene schrecklichen Narben Rache zu suchen.

»Doch die Auspeitschungen waren nicht die treibende Kraft dahinter«, sagte Payn leise. »Selbst dann hätte Ranulf vielleicht noch sein Schicksal akzeptiert. Doch kurz nachdem er Heinrichs Vasalle geworden war, starben Ranulfs beide ältere Brüder innerhalb von Monaten. Doch auch nach ihrem Tod weigerte sich Lord Yves weiterhin, Ranulf als seinen Sohn anzuerkennen oder ihn zum Erben zu machen. Da endete Ranulfs Duldsamkeit. In

Heinrichs Namen belagerte er Vernay und forderte seinen Vater zum Kampf bis auf den Tod heraus.«

»Und was geschah?« fragte Ariane aufgewühlt.

»Natürlich hat Ranulf gewonnen. Doch er ließ seinen Folterer am Leben. Sein Vater floh nach Frankreich und suchte bei König Ludwig Unterschlupf — wo er auch heute noch ist. Man sagt, daß Yves sich zuletzt Gott zugewandt hat, obwohl ich nicht verstehe, wie ein so gottloser Mann hoffen kann, seine schwarze Seele noch zu retten. Als Buße ging er auf eine Pilgerfahrt ins Heilige Land und kehrte als veränderter Mann zurück. Ranulf aber weigerte sich, ihm zu vergeben.«

Ariane konnte Ranulfs Gefühle vollkommen verstehen.

»Aus Dankbarkeit, daß er ihm solch riesige Ländereien erobert hatte, machte Herzog Heinrich Ranulf zum Schloßvogt von Vernay und gab Ranulf das Recht, sich als Sohn seines Vaters zu bezeichnen. Später bekam er die gesamte Domäne von Vernay zu Lehen. Doch Ranulf war es nicht zufrieden und verfolgte weiter sein Ziel, einer der mächtigsten Barone der Normandie zu werden.« Payn machte eine Pause und blickte sie direkt an. »Er wußte, daß Ihr als Erbin eines Lehens dieses Ziel zu verwirklichen dienen würdet.«

»Und deswegen stimmte er zu, mich zu heiraten.«

»Ja, doch tat es ihm fast sofort leid, das merkte ich. Wenn man einem Mann so lang gedient hat, wie ich Ranulf gedient habe, kennt man selbst seine verborgensten Gefühle.«

Ariane senkte den Blick, um den Schmerz in ihren Augen zu verstecken. »Auch ich habe Gefühle, Sir Payn. Ich habe ihm einmal die Treue geschworen, ihn als Ehefrau zu ehren und ihm zu dienen. Ich hätte ihm auch mein Herz geschenkt, und doch hat er mich zurückgewiesen.«

»Ich möchte seine Taten nicht rechtfertigen, edles Fräulein«, sagte Payn leise. »Ich versuche nur, sie Euch verständlich zu machen. Ranulf ist ein tapferer Mann; sein

Mut und seine furchtlosen Taten haben das bewiesen. Der gefürchtete Name des Schwarzen Drachen ist wohl verdient. Doch bei all seinem Mut fürchtet er doch, erneut verletzt zu werden. Und als Ihr Euch geweigert habt, ihm Claredon zu übergeben, wie auch sein Vater sich geweigert hat, ihm Vernay zu überlassen, da habt Ihr Gefühle der Wut und des Hasses in Ranulf geweckt, die er schon sein Leben lang kennt.«

»Das kann ich verstehen — jetzt. Aber noch einmal: Warum erzählt Ihr mir das alles?«

»Weil ich ihn wie einen Bruder liebe. Er verdient viel besseres als das, was das Schicksal ihm bislang geboten hat.«

»Eure Treue zu ihm ist bewunderungswürdig«, erwiderte Ariane ehrlich. »Nur wenige Männer würden einem landlosen, enteigneten Ritter mit einer solchen Hingabe dienen, wie Ihr sie gezeigt habt.«

»Er hat sich meine Treue zehnfach verdient, Demoiselle. Seine Fähigkeiten in der Waffenkunst sind unbestritten, wie es auch seine Erfolge als militärischer Anführer sind. Doch ist er auch ein guter Herr, einer, der sich erwiesenermaßen um die Verwaltung seines Besitzes größte Mühe gibt. Ranulf hat seine Lehen immer gerecht und mit Mitgefühl verwaltet.«

Ariane nickte langsam. Er war nicht das Monster, das sie gefürchtet hatte. Der Schwarze Drache, das verstand sie jetzt, war nicht so schrecklich, wie sein Name nahelegte.

»Das dachte auch mein Vater«, sagte sie leise. »Das war der Grund, warum er Ranulf als meinen zukünftigen Mann gewählt hat.«

»Es ist immer noch eine kluge Wahl. Ranulf ist nicht herzlos, Demoiselle. Es ist nur so, daß er sein Herz hinter einem festen Schild versteckt hat. Ranulf ist ein Krieger. Das Töten ist sein Handwerk — dazu war er geboren. Er weiß nichts von Liebe oder Zärtlichkeit, aber alles vom

Kampf. Gewalt und Schlachten haben sein ganzes Leben bestimmt. Nun ja, auch Dirnen, doch welcher Ritter hätte sich nicht die Hörner abgestoßen?«

Sie lächelte ironisch. »Selbstverständlich, welcher Ritter hätte das nicht?«

Payn räusperte sich. »Die richtige Frau könnte ihn verändern.«

»Glaubt Ihr ... daß ich diese Frau sein kann?« fragte sie mit gepreßter Stimme.

»Darauf vertraue ich. Doch wird es Euch nicht leicht fallen. Ranulf vergißt nichts von dem, was man ihm einmal angetan hat, und es gibt bereits einiges, was gegen Euch spricht: Eure Weigerung, Claredon aufzugeben, die Freilassung des Lehensmannes Eures Vaters, die trügerische Behauptung, Eure Verlobung sei vollzogen ...«

»Jetzt ist sie vollzogen«, sagte Ariane errötend.

»Mag sein, doch die Art, wie es geschah, wird wohl kaum als Basis für eine glückliche Ehe dienen können. Und dann ist da noch der Verrat Eures Vaters gegen die Krone. Auf Grund Eurer Verwandtschaft seid auch Ihr als Verräterin verdächtig.«

Abrupt reckte sie das Kinn in die Höhe, und ihr gesamter Körper wurde starr. »Mein Vater ist kein Verräter, my Lord, und ich auch nicht. Als König Stefan starb, sprach sich mein Vater sofort für Heinrich aus — und nichts geschah in der Zwischenzeit, um seine Überzeugung zu ändern. Als er nach Bridgenorth aufbrach, war er einer von Heinrichs Leuten. Seine Unschuld wird bewiesen werden.«

Payn blickte sie lange an. »Selbst wenn ich Euch glaube, Demoiselle, ist doch meine Meinung nicht die entscheidende. Es ist Ranulf, der überzeugt werden muß.«

»Was ... schlagt Ihr vor, daß ich tun soll?«

»Geht vorsichtig mit ihm um, Demoiselle. Irgendwie müßt Ihr sein Vertrauen gewinnen. Ohne Vertrauen wird Ranulf niemals seine tiefsitzenden Ängste überwinden.«

Sie blickte auf ihre Hände hinab. »Euer Vertrauen ehrt mich, Sir Payn. Ich hoffe nur, daß ich mich dessen wert erweisen kann. Wie Ihr schon sagt, wird es sicher nicht einfach.«

Payn ließ ein Grinsen aufblitzen, das Respekt und Mitgefühl verriet. »Mir scheint, wenn es irgendeiner Dame gelingt, dann wärt Ihr das.«

Er stand vom Tisch auf und verbeugte sich tief vor Ariane. »Ich freue mich auf den Tag, an dem Ihr Euren rechtmäßigen Platz als Dame von Claredon wieder einnehmt, Demoiselle.« Er wandte sich um und ging aus der Halle.

Ariane beobachtete ihn in nachdenklichem Schweigen. Sie war voller Hoffnung, zum ersten Mal seit Wochen. In Payn FitzOsbern hatte sie vollkommen unerwartet einen Verbündeten gefunden. Sie hatte ihm zugehört, zunächst, weil sie förmlich danach gierte, mehr über Ranulf zu erfahren, doch auch, weil sie wußte, daß es nicht schaden würde, die Zuneigung seines wichtigsten Vasallen zu gewinnen. Nun war sie überrascht, daß auch sie eine wirkliche Zuneigung für diesen gutaussehenden Ritter empfand. Er war Ranulf ein treuer und vertrauter Freund gewesen, und sie wäre wahrhaftig geehrt, könnte sie ihn ebenfalls ihren Freund nennen.

Ariane hatte ihr Frühstück kaum angerührt. Sie überdachte all das, was Payn ihr über Ranulfs schreckliche Vergangenheit gesagt hatte, und ihr Herz preßte sich zusammen.

Ariane schüttelte den Kopf. Sie kämpfte eine Welle wilder Zärtlichkeit für ihn nieder. Es würde schwer werden, sich seines Vertrauens als würdig zu erweisen. Ranulf dazu zwingen zu wollen, ihre Ehe anzuerkennen, hatte sein Herz gegen sie nur noch fester werden lassen.

Dazu kam noch, daß auch sie ein Geheimnis in sich trug, daß sie niemandem zu offenbaren wagte, vor allem nicht dem neuen Herren von Claredon, der die Macht über Leben und Tod innehatte. Ariane seufzte erschöpft.

Die Herausforderung, die ihr bevorstand, war unglaublich groß. Sie wollte nicht mehr nur ihre Recht als Ranulfs Ehefrau gewinnen. Sie wollte auch sein Herz gewinnen. Und diese Aufgabe würde schwerer sein als alles, was sie sich jemals vorgestellt hatte.

Kapitel 16

Ranulf kehrte mittags früher als geplant zur Burg zurück. Er hatte den Morgen damit verbracht, die Ländereien zu begutachten, und er war zufrieden mit dem was man ihm gezeigt hatte. Es hatte keine weiteren Akte des Widerstands gegeben. Doch während Ranulf die Stallungen und die Schmiede besichtigte, mit den Verwaltern der Hundezwinger und der Brutkäfige und der Scheunen sprach, waren seine Gedanken dauernd abgelenkt. Ständig mußte er sich an das Vergnügen erinnern, das Ariane ihm gestern Nacht beschert hatte, und das wilde Verlangen, sie erneut zu nehmen, wuchs. Feuer wütete in seinen Lenden. Er verzehrte sich immer noch nach ihr. Seine Besessenheit war so stark wie zuvor — vielleicht sogar stärker.

Sein Stolz gebot jedoch, daß er sein Verlangen unter Kontrolle hielt. Er hatte Ariane befohlen, ihn am Ende des Tages in den Privatgemächern zu erwarten, und dabei würde es bleiben. Im übrigen hatte er seinen Leuten eine Jagd versprochen, eine wohlverdiente Pause nach der täglichen Routine des Ritterdienstes. Auch er wollte sehen, was seine Wälder an Wild bereithielten. Ranulf tröstete sich damit, daß ihn auch ein bloßer Blick auf Ariane schon zufriedenstellen würde. Entsprechend groß war seine Enttäuschung, als sie sich zum Mittagsmahl nicht in der Halle zeigte.

Das Essen schien ihm endlos lange zu dauern, und er

mußte sich größte Mühe geben, den Anschein guter Laune zu bewahren, und mußte seine Blicke davon abhalten, dauernd die Halle nach ihr abzusuchen. Payn war merkwürdigerweise noch fröhlicher, als es sein ohnehin immer sonniges Gemüt sonst war. Der Ritter stimmte gerne zu, als Ranulf ihn anwies, die Jagdgesellschaft im Innenhof zu versammeln und ihn dort zu erwarten. Er unterließ sogar jeden Kommentar über die eigenartige Ankündigung des Herrn, er wolle seine Handschuhe aus dem Privatgemach holen. Die Knappen hätten diese Aufgabe sofort willig auf sich genommen. Wie Ranulf zu seinem wachsenden Unmut feststellte, befand sich Ariane jedoch auch nicht in den herrschaftlichen Gemächern, und so führte ihn seine Suche in das benachbarte Stickzimmer. Zu seiner Überraschung fand er Ariane dort umgeben von ihren Damen. Sie war mit einer Stickarbeit beschäftigt.

Die klappernden Webstühle der anderen und das weibliche Geschnatter verstummten abrupt, als man seiner gewahr wurde. Bei dem plötzlich eintretenden Schweigen blickte Ariane erstaunt empor und sah Ranulf in der Tür stehen. Seine kraftvolle Figur wirkte merkwürdig in diesem Raum, der ausschließlich für Frauen gedacht war.

Sie war irritiert, daß Ranulf sie hier aufsuchte, und noch irritierter war sie von seinem intensiven Blick. Seine brennende Augen glänzten, und sein Verlangen nach ihr trat deutlich zutage. Ariane errötete, legte ihre Stickerei beiseite und erhob sich. Sie folgte ihm in das Vorzimmer. »My Lord? Wie kann ich dir dienen?«

Die Wahl ihrer Worte war ungeschickt, denn seine bernsteinfarbenen Augen wurden dunkel. Seine Hände schlossen sich um ihre Arme, als wolle er sie an sich ziehen — doch dann zwang Ranulf sich, innezuhalten. Seine Mannheit war warm und geschwollen, und er wollte nichts sehnlicher, als Ariane berühren. Und doch weigerte er sich, sich von ihrer Anziehungskraft ablenken zu lassen.

»Was machst du hier, Dirne?« verlangte er von ihr zu wissen, und sein Ton klang brüsker als beabsichtigt.

Ariane blickte vorsichtig zu ihm hoch. »Nun, ich sehe nach dem Rechten. Die Handarbeiten sind seit deiner ... Einnahme von Claredon vernachlässigt worden.«

»Ich kann mich nicht entsinnen, dir erlaubt zu haben, deine Zeit mit derartigen Aufgaben zu verbringen.«

»Aber du hast doch gesagt, ich soll nicht mehr in der Küche arbeiten.«

»Du brauchst überhaupt nicht mehr zu arbeiten. Deine einzigen Pflichten sind die als meine Bettgespielin — und die beinhalten, mein Bett mit mir zu teilen und jederzeit verfügbar zu sein.«

Heiße Farbe stieg in ihrem Gesicht auf, doch sie schaffte es, in ruhigem Ton zu antworten: »Ich bin es nicht gewöhnt, untätig zu sein.«

»Du wirst schon nicht untätig sein«, erwiderte Ranulf, und seine Stimme senkte sich und wurde rauh. »Ich habe vor, dich derart zu beschäftigen, daß du keinen weiteren Gedanken an Arbeit wirst verschwenden können.«

Ariane biß die Zähne zusammen, auf keinen Fall wollte sie jetzt mit ihm streiten. Selbst wenn er sie jede Nacht auf den Rücken warf und es auch den größten Teil eines jeden Tages so hielt, würde es immer noch viele Stunden geben, und auch Aufgaben, die die Aufmerksamkeit einer Dame verlangten.

Sie wollte nicht zusehen müssen, wie ihr einstiges Zuhause verkam, weil es keine Burgherrin gab. Ihre edle Mutter wäre empört, sähe sie den traurigen Zustand, in dem sich die Burg seit der Einnahme durch Ranulfs Truppen befand.

Sie gemahnte sich an ihren Beschluß, Ranulfs Herz zu erobern, senkte den Blick und murmelte: »Wie du wünschst, my Lord.«

Ihre fügsame Antwort erregte Ranulfs Mißtrauen noch weiter, und dennoch konnte er weder in ihren Worten noch in ihrer Haltung etwas entdecken, mit dem er es hätte begründen können.

»In Zukunft wirst du bei den Mahlzeiten zugegen sein«, sagte er kühl. »Ab heute abend. Und ich erwarte ein großes Festessen. Nach Jagden habe ich immer großen Appetit.«

»Du hast vor, auf die Jagd zu gehen?« fragte sie erschreckt.

»Ja.«

Ihr Blick ging unruhig aus dem Fenster. Sie hatte bislang nicht auf die Geräusche geachtet, von Reitern, Jagdleuten und von der Meute, die sich im Hof versammelten. Böse Ahnungen stiegen in ihr auf.

»Wo wirst du jagen, my Lord?«

»Warum interessiert dich das?«

»Im südlichen Wald soll es reichlich Wild geben.«

»Tatsächlich? Wie merkwürdig, daß du mich in solchen Dingen beraten willst.«

Als Ariane das durchdringende Interesse in Ranulfs Augen sah, achtete sie sorgfältig auf ihre Gesichtszüge.

»Ich wünsche nur, daß dein Unternehmen erfolgreich ist. Wir alle würden uns über frisches Wild zum Abendessen freuen — und schließlich ist deine Laune auch besser, wenn du zufrieden bist«, konnte sie nicht verhindern, spitz hinzuzufügen.

Auf seinem Mund zeichnete sich ein Lächeln ab.

»Ich habe bislang noch keine besondere Bereitwilligkeit deinerseits bemerkt, meine Wünsche zu befriedigen, Demoiselle. Ob es noch einen anderen Grund für deine Sorge gibt?« Er sah sie forschend an. »Vielleicht verstecken sich Aufständische im nördlichen Wald, und du willst mich deswegen nach Süden lenken?«

Sie versuchte, leichthin zu antworten: »Wenn es noch Rebellen auf den Ländereien von Claredon gibt, dann weiß ich nichts von ihnen.«

»Im östlichen Teil des Waldes sind sie also«, ließ Ranulf nicht nach und beobachtete sie genau.

Durch Ariane wogte ein kalter Schauder, als Ranulf diesen Teil des Waldes erwähnte. Hastig senkte sie ihre Augenlider über ihre Geheimnisse. Sie hätte nie davon anfangen sollen, doch jetzt blieb ihr nichts anderes übrig, als die Unterhaltung durchzufechten.

»Der östliche Wald soll von bösen Geistern heimgesucht sein, edler Herr. Die Leibeigenen und Dorfbewohner meiden ihn, und kein Jagdhund will dort freiwillig zur Jagd gehen.«

»Böse Geister?« Seine harte Stimme wurde drohend, blieb aber leise. »Welch glücklicher Zufall, daß ich in derartigen Aberglauben kein Vertrauen setze.«

»Selbstverständlich glaube auch ich nicht an diese Altweibergeschichten«, versicherte sie ihm, die Augen weiterhin gesenkt, »doch es ist wohl war, daß wilde Wölfe in diesen Wäldern streifen.«

»Um so mehr Grund also, dort zu jagen. Ich würde meinen, daß du es als lobenswert erachtest, den Wald von Wölfen zu befreien.«

»Ja ... Aber ...« Ariane geriet ins Stottern.

»Vielleicht«, sagte Ranulf drohend, »versuchst du, jemanden zu decken? Ist das vielleicht der Ort, an dem du dich immer mit deinem Liebhaber triffst?«

Sie blickte überrascht hoch, ihre Augen weiteten sich. »Du weißt genau, daß ich vor dir noch nie einen Liebhaber hatte.«

»In der Burg wird anderes erzählt.«

Sie richtete sich kerzengerade auf. »Du selbst hast doch den Beweis meiner Unschuld gespürt.«

»Es gibt Wege, Leidenschaft zu genießen, ohne ein Jungfernhäutchen zu zerreißen, wie ich dir wohl schon gezeigt habe.«

»Ich habe noch nie einen Liebhaber gehabt«, erwiderte Ariane mit wachsender Empörung.

Ranulfs Blick wurde grimmig, als er ihr Kinn mit einer Hand ergriff und sie zwang, seinem Blick zu begegnen. »Noch nicht einmal den Vasallen deines Vaters? Der Gefangene, den du befreit hast, Simon?«

Ariane zuckte bei dem Druck von Ranulfs Fingern zusammen. »Weder Simon, noch irgendein anderer Mann.«

»Und so soll es auch bleiben«, sagte Ranulf, und seine Stimme war leise und angespannt. »Von jetzt an werde ich dein einziger Liebhaber sein. Jeden Mann, der dich auch nur berührt, bringe ich um. Hast du das verstanden?«

»Ja ... bitte, Ranulf ... du tust mir weh.«

Er ließ sie so plötzlich los, als hätte er glühende Kohlen in seiner Hand.

»Ich habe keinen Liebhaber«, sagte Ariane leise, »weder im Wald noch sonstwo. Ich wollte dir nur einen Rat geben.«

Er konnte ihr nicht glauben. »Eine zu große Aufgabe für dich«, erwiderte er steif, während er zur Treppe schritt. »Du solltest lieber beten, daß ich keine Spur deiner verräterischen Verschwörer finde.«

Ariane sah ihm nach und preßte voller Furcht eine Hand an ihren Mund. Bei der Gnade Gottes, was hatte sie nur getan? Ranulfs Verdacht zu wecken, war unverzeihlich dumm gewesen. Ranulf war kein Idiot, sondern ein erfahrener Ritter. Er würde den östlichen Wald nach Rebellen absuchen lassen, und vielleicht auf das Geheimnis stoßen, für dessen Bewahrung sie ihr Leben geben würde. Trotz seiner bisherigen Milde würde er in diesem Fall nicht so bereitwillig Gnade und Mitleid walten lassen, davon war sie überzeugt.

»Nein«, ermunterte Ariane sich selbst. Noch war nicht alles verloren. Vielleicht war es sogar ein Segen, daß Ranulfs Verdacht sich auf eine Rebellion richtete. Solange er nach Übeltätern suchte, mochte er ihr Geheimnis übersehen. Sie würde die Hoffnung nicht aufgeben. Sehr bald schon würde sie eine Möglichkeit finden, den Bewohnern des Waldes zu Hilfe zu kommen. Noch hatte sie Zeit, einen Plan zu entwerfen, wie sie Ranulfs Wachsamkeit entkommen konnte.

Sie würde beten, wie er es vorgeschlagen hatte. Sie würde beten, daß das Geheimnis des Waldes von Claredon noch für eine Weile sicher war.

Ranulf fand keine Spur von Wölfen oder Rebellen, und auch keine sonstigen Anzeichen von Revolte in dem Wald, der sich eine Viertel Meile östlich der Burgmauer befand. Doch schienen die Jagdhunde tatsächlich die Gegend zu fürchten, sehr zum Ärger der Wärter. Sie winselten und schnüffelten und erschreckten vor jedem Schatten, bis sie endlich die Spur einer Wildsau aufnahmen und nach Norden tobten.

Die Jagd sehr erfolgreich — die Gesellschaft hatte zwei Wildschweine und fünf Hirschkühe erlegt —, und Ranulf war sehr erleichtert, daß sein Verdacht offensichtlich unbegründet gewesen war.

Es war Arianes Zauber, der ihn rasch zurück zum Burgfried reiten ließ, als der Tag vorüber war. Dieser Zauber, der auch das Singen in seinem Blut bewirkte, als er sein Streitroß einem Pagen übergab und die Treppe zum Turm hinaufsprang. Sein Puls raste, als er Ariane in der Halle sah, wo sie die Leibeigenen anwies, die Fackeln an den Wänden anzuzünden und die Tische in der Mitte zu decken.

Sie trug ein fließendes Kleid von narzissenfarbener Seide über einem langärmeligen, scharlachroten Unterkleid. Das goldenen Band, das ihre Stirn umfing, reflektierte das Licht der Fackeln, wie auch ihr helles, ungebundenes Haar, in dem kupferfarbene und goldene und flachsfarbene Strähnen zu sehen waren.

Doch sein Geschenk trug sie nicht, bemerkte er mit einem scharfen Stich der Enttäuschung, wenn sie auch ohne den Schmuck schön genug war. Ihr Anblick raubte Ranulf den Atem.

Er unterdrückte den Wunsch, sie gleich in dem Moment in seine Arme zu nehmen, und warf ihr nur ein herrschaftliches Nicken zu, das ihre Gegenwart zu Kenntnis nahm. Wie ein unreifer Jüngling, der ein Mädchen beeindrucken will, rannte Ranulf hinauf, um den schlimmsten Dreck und das Blut der Jagd fortzuwaschen, bevor er rasch zurückkehrte.

Ariane stand neben der Empore und erwartete seine Ankunft. Payn, der mit den Leuten jovial gescherzt hatte, kam noch vor Ranulf an ihren Tisch. Der Ritter beugte sich über ihre Hand und schenkte ihr ein Lächeln männlicher Anerkennung, das Ranulf mit den Zähnen knirschen ließ.

»Ihr ehrt uns mit Eurer Gegenwart, meine Dame«, sagte Payn bewundert, während er den Stuhl für die Burgherrin hervorzog. »Nicht wahr, Ranulf?«

Ranulf, irritiert, daß die Ritterlichkeit seines Vasallen der seinigen zuvorgekommen war, grunzte zustimmend. »Das Kleid steht dir gut«, sagte er dann mit sanfterer Stimme.

Ariane senkte bescheiden die Lider. »Danke, my Lord. Es war freundlich, daß du mir meine Kleider hast zurückgeben lassen.« Ihr sanfter Stich traf, und Ranulf ärgerte sich um so mehr.

Immerhin war das Essen, mochte es vielleicht auch kein Festmahl sein, dennoch das beste Mahl, das ihm seit seiner Besitzergreifung von Claredon vorgesetzt wurde. Das Wild würde erst am nächsten Morgen zerlegt werden, doch gab es Fasan und geröstetes Ferkel und Räucherhering mit Gewürzen und köstlichen Saucen. Während des ersten Ganges wurde Ranulf aufgrund von Payns Bemerkungen klar, daß Ariane selbst diese Vorkehrungen getroffen hatte. Er war sich nicht sicher, ob es ihm gefiel, und doch konnte er an dem Resultat nichts Schlechtes finden.

Payns überschäumende Komplimente fingen jedoch an, ihn zu ärgern, so daß Ranulf kaum noch merkte, was er aß. Er wollte dieses Mahl endlich hinter sich bringen, so daß er sie allein haben konnte, ganz für sich, unter sich.

Eine Truppe von Jongleuren sollte die Abendgesellschaft unterhalten, doch Ranulf hatte nicht die geringste Absicht, ihnen zuzuschauen. Und als sie seinem Blick begegnete, erkannte auch Ariane dies.

Sie spürte, daß ihr Puls rascher wurde, als sie das dunkle Leuchten seiner Augen wahrnahm. Auch sie hatte die Speisen kaum berührt, ihre Gedanken waren bei der Nacht vor ihr. Ihre Haut fühlte sich heiß an, und sie empfand ein sinnliches Gefühl der Erwartung.

»Geh und laß mir ein Bad bereiten«, murmelte ihr Ranulf ins Ohr, kaum hatte die Musik begonnen. Als Ariane nickte und sich zum Gehen erhob, fügte er hinzu: »Und du wirst dabeisein, um mir zu dienen.«

Die Leibeigenen, die Ariane rief, eilten, ihren Befehl auszuführen, und in Kürze erwartete den Herrn ein dampfendes parfümiertes Bad in den Privatgemächern. Der letzte der Diener war gerade gegangen, als er oben ankam.

Ranulfs Augen brannten vor Lust, und er zog sie in seine Arme, kaum hatte sich die Tür hinter ihnen geschlossen. Sein Mund bedeckte ihren in wilder Besitzergreifung, und sie schmeckte das volle Ausmaß seines Begehrens. Feuer, heiß und süß, wallte durch sie beide, raubte ihnen beiden dem Atem. Sie konnte spüren, wie er fest wurde, gegen sie anschwoll, und als er schließlich den Kopf hob, zitterte sie. Sein Lächeln war anzüglich, während seine Hand frech unter ihre Röcke fuhr. »Das habe ich schon seit heute morgen tun wollen.«

Zu ihrem Erstaunen — und auch ein wenig zu ihrer Beschämung — zog Ranulf sie zuerst aus, wobei er sich genauso viel Mühe gab wie eine Kammerjungfer. Der Unterschied lag allerdings darin, daß er seinen Mund und die Hände bewußt einsetzte — an ihrer nackten Haut schnüffelte, sie liebkoste, ihren Körper streichelte ... die Masse seidiger Wellen ihres Haars glättete. Als sie nackt vor ihm stand, bebte sie vor Verlangen.

»Du führst mich ohne alle Gnade in Versuchung, Hexe«, murmelte er mit rauher Stimme, während er sich bückte, um ihre knospige Brustwarze zu schmecken. »Deine Kühle läßt jeden Mann für dich brennen, macht ihn heiß, das versteckte Feuer zu suchen.«

Kühle? Wie konnte sie kühl sein, wo sich doch diese sengende Hitze in ihr entflammte?

Ariane unterdrückte ein Wimmern. Es erschrak sie, wie wenig Widerstand sie gegen ihn aufbieten konnte. Sie unternahm einen letzten verzweifelten Versuch, schob seine breiten Schultern fort, versuchte, ihn dazu zu bringen, den Kopf von ihrer Brust zu heben. »My Lord ... nein ...«

»Doch«, insistierte Ranulf, während seine Hand zwischen ihre nackten Beine glitt. Er ließ seinen Finger über ihre süße heiße Spalte streichen, fuhr mit ihm um deren Lippen. »Du willst mich, Dirne. Sieh doch, wie dein Honig für mich fließt.«

Sie wollte ihn wirklich. Er besaß die Macht, sie alles außer seiner sinnlichen Berührung vergessen zu lassen. Seine Finger öffneten sie langsam, suchten sich einen Zugang und fanden ihn. Arianes Atem stockte, und sie erbebte, als sein Finger langsam in sie hineinglitt.

Ranulfs Augen leuchteten vor Triumph, als er ihre Hingabe spürte. Er fing ihre Hand ein und zwang sie unter sein Hemd, legte sie auf die Wölbung seines Gemächts. »Merkst du, wie sehr ich dich auch will? Zieh mich aus«, befahl er heiser.

Mit zitternden Händen gehorchte sie. Ranulf leistete ihr dabei Hilfe, er war zu ungeduldig, um noch warten zu können. Während sie sein Hemd und seinen Rock beiseite legte, hatte er schon seine Stiefel und Strümpfe und die Hose ausgezogen. Als sie sich ihm wieder zuwandte, stand er nackt und prachtvoll vor ihr.

Ariane konnte den Blick nicht von ihm abwenden, konnte nicht verhindern, ihn tiefer zu senken ... über den dicken Pelz hinab, der seinen breiten Brustkorb bedeckte, den ebenholzschwarzen Pfad entlang, der auf seinem Bauch schmaler wurde. Sein riesiges Glied stand von dem lockigen schwarzen Haar zwischen seinen Schenkeln ab, lang und errötet und vor Verlangen geschwollen. Heute jedoch erschreckte es sie nicht, da sie wußte, welch Vergnügen es ihr bereiten würde.

Ranulf beobachtete auch sie. Seine Augen waren hungrig auf die hellen Kugeln ihrer Brüste fixiert.

Ohne ein Wort trat er auf sie zu und nahm sie in seine Hände, wobei er mit der rauhen Fläche seiner Daumen über ihre Brustwarzen strich. Sie zog heftig die Luft ein, als eine zittrige Woge des Verlangens ihren Leib durchschoß. Er lächelte, ein sinnliches, männliches Lächeln.

»Komm, sei mir zu Diensten.« Er nahm ihre Hand und führte sie zum Badezuber. Er stieg hinein und ließ sich auf den Knien in die dampfenden Tiefen sinken.

Sie hätte sich neben ihn knien wollen, doch Ranulf kam ihr zuvor und streckte die Hand nach ihren nackten Hüften aus. Seine bernsteinfarbenen Augen glitzerten. Dann beugte er sich vor und drückte einen festen, heißen Kuß auf den weichen Hügel zwischen ihren Schenkeln.

Ariane keuchte vor Entsetzen auf, und ihre Hände griffen nach seinen Schultern, damit sie sich aufrecht halten konnte. »Nein ... Ranulf ... das ist Sünde.«

Er ignorierte ihr Flehen und zwang ihre Beine sich für ihn zu spreizen, genoß den süßen Duft dieser Frau. Der Anblick ihres eröteten Geschlechts trieb ihn an den Rand des Wahnsinns.

»Da hätte ich doch gerne eine Probe«, murmelte er heiser, während seine Zunge an ihrer Spalte entlangfuhr. Sie zog sich mit einem Ruck zurück, doch konnte sie ihm nicht ganz entkommen. Ranulf fing ihr Handgelenk in einem Griff wie aus samtenem Stahl und zog sie neben der Wanne herab. Schwach, benebelt sank sie auf die Knie. »Zeig mir, wie du mir dienen kannst«, befahl er und preßte ihre Handfläche gegen seine Brust, so daß sie sein heftig schlagendes Herz spüren konnte.

Sie mußte ihn waschen. Er verrieb die Seife auf ihrer Handfläche und führte dann ihre Hand über seinen Körper, bis ihr eigenes primitives Verlangen, ihn zu berühren, sie überwältigte. Ihre zitternden Finger glitten über seine behaarte Brust, streichelten tiefer, tunkten in das warme Wasser ein, glitten über die harte Erhebung seines Bauches.

Dann zögerte sie.

»Alles. Mein Stab ist steif und schmerzt. Nimm ihn in deine Hand.«

Ariane gehorchte und fand sein granithartes Glied, glatt und mit einer Hitze pulsierend, die nichts mehr mit der Temperatur des Wassers zu tun hatte.

»Fester, enger ... Du kannst mir nicht wehtun.«

Sie drückte sanft zu, und die Leidenschaft, die in seinen Augen flammte, erschütterte sie bis in ihr Innerstes.

»Ah ...Ja ... Bereite mir Lust, Dirne ...« Mit einem leisen Stöhnen schloß Ranulf die Augen und überließ sich den Wellen der Lust. Seine Hüfte stieß in ihrer Hand empor, einmal, zweimal ... Und dann zog er sich plötzlich zurück. Diese Extase wollte er nicht allein genießen.

Ranulf erhob sich halb aus dem Wasser, schlang seine kräftigen Arme um sie, hob sie in die Wanne und setzte sie rittlings auf sich, ihre Knie zu beiden Seiten seiner Hüfte, ihre Schenkel weit geöffnet.

Ariane keuchte vor Protest auf und widerstand seinem Griff. Doch Ranulfs Arme schlossen sich fest um sie. »Sch«, sagte er heiser, »du hast wohl noch nie einen Mann geritten.«

»Das ist wider die Natur.«

»Oh . . . Aber gar nicht, meine Süße.« Seine Augen glühten. »Das ist die natürlichste Sache der Welt.«

Seine Hände schlossen sich um ihr Gesäß und hoben sie leicht an, um sie dann langsam auf seinen Stab hinabzuführen. Seine lange Rute erfüllte sie gänzlich. Ariane wimmerte, bäumte den Rücken auf und preßte ihre reifen nassen Brüste gegen die Härte seines muskulösen Oberkörpers.

Seine Erwiderung war ein Laut aus den Tiefen seiner Kehle und ein noch tieferer Stoß. Er konnte die köstliche Erregung, die eine solch tiefe Penetration ihm schenkte, kaum ertragen.

Sie stieß einen unverständlichen Ausruf der Leidenschaft aus, und ihr schlanker Körper verkrampfte sich. Dann überraschte sie ihn, indem sie ihre Zähne in seine Schulter senkte.

Er lachte, ein leises männliches Geräusch des Triumphs, und griff ihr Gesäß noch fester, ließ sie im Rhythmus mit seinen Stößen auf und nieder gehen, bis auch Ariane entbrannte und vor Leidenschaft loderte. Ihre keuchenden Atemzüge klangen laut in seinen Ohren, während ihre Hüften wild pumpten und das Badewasser über den Rand der Wanne spritzte. Ein Dutzend Herzschläge später explodierte sie, bäumte sie sich auf, ihr Kopf in hilfloser Hingabe in den Nacken geworfen, während ihre Nägel sich in sein Fleisch senkten.

Bei ihrem Aufschrei ließ Ranulf seine eigene Kontrolle fahren und zog sie dichter an sich heran, seine rauhe Erregung im Einklang mit ihrer Raserei, während er tief in ihr wogte.

»Gott! . . .«

Durch einen heißen Nebel spürte Ariane, wie sich sein muskulöser Leib verkrampfte, hörte sie das rauhe Stöhnen Ranulfs, als die Zuckungen der Leidenschaft ihn übermannten, und auch er die Extase genoß.

Sie klammerten sich aneinander, als es vorüber war, atmeten schwer, und die Wellen der wilden, ungebändigten Lust spülten weiter über sie und wichen nur langsam zurück.

Schließlich stellte Ariane fest, daß sie schwach in Ranulfs Armen lag, ihr Gesicht in der nassen Beuge seiner Schulter vergraben. Er streichelte ihren nackten Rücken, streichelte ihr Haar, seine Hände sanft und beruhigend. Mit einem leisen Seufzen der Zufriedenheit kuschelte sie sich an ihn, als wolle sie sich nie wieder bewegen.

Es erschreckte sie daher, als sie Ranulf erneut in sich anschwellen und steif werden spürte. Ihre schläfrigen Augen öffneten sich weit, als er sie hochhob und aufstand.

»Das Bad kann warten«, murmelte er, »ich nicht.«

Er trug sie zum Bett und senkte sich noch tiefer zwischen ihre Beine, bedeckte ihre nasse Gestalt, drückte ihre Schenkel mit den seinen weit auf. Sein dringendes Bedürfnis, sie erneut zu nehmen, war wie ein unstillbares Fieber.

Sie nahm sein Gewicht, sein wütendes Begehren auf sich, während sie beide zu einem neuen erschütternden Höhepunkt emporstiegen, und als endlich die Explosion kam, wußte keiner von ihnen beiden mehr, wer der Sieger und wer der Besiegte war.

Kapitel 17

Zwei ganze Tage und auch noch eine dritte Nacht blieb Ranulf in seinem Privatgemach, mit seiner Geliebten von der Welt abgeschottet. Er verbrachte die ganze Zeit damit, Ariane Lust zu bereiten und ihr zu zeigen, wie sie ihm Lust bereiten konnte.

Leibeigene brachten ihnen die Mahlzeiten, so wie auch frisches Badewasser und Holz für den Kamin. Niemand wagte es, sich dem Befehl des Herrn, ihn nicht zu stören, zu widersetzen, er hätte dadurch den Unwillen des Schwarzen Drachen auf sich gezogen. Nur Payn wurde eine Audienz gewährt, alle anderen wurden fortgeschickt.

Ranulf konnte sich an keine befriedigendere Zeit mit irgendeiner Dirne erinnern. Ariane lernte schnell, und der Widerstand, den sie jedesmal zu leisten vorgab, wenn er sie in seine Arme nahm, schmolz nach den ersten paar erhitzten Küssen hin. Er genoß es, ihren trotzigen Stolz zu überwinden. Er freute sich daran, jede Nuance ihres Gesichtsausdrucks zu beobachten, wenn sie unter ihm zu ihrer Lust fand, genoß es, ihre Augen weich und benebelt zu sehen nach der Liebe.

Gerade jetzt — am zweiten Nachmittag ihrer Intimität, während ein böiger Frühlingsregen gegen die Fenster trommelte — sah sie ausgesprochen befriedigt aus. Ihr Haar war ein wildes Durcheinander, das sich über seine breite Brust ergoß, und ihre schlanken seidigen Glieder waren noch mit den seinen verwoben.

Ranulfs große Hände streichelten ihren nackten Rücken. Der Sturm der Leidenschaft, den sie gerade im Bett überstanden hatten, war so wild wie der, der draußen vor dem Fenster wütete. Das machtvolle Schaudern, das ihn noch vor kurzem hatte verkrampfen lassen, echote immer noch in seinem ganzen Körper, und er lag in süßer Trägheit und verwirrender Zufriedenheit da. Es erstaunte ihn, wie sehr er den warmen Cocon der Nähe, der sie umgab, genoß. Es war ihm fremd, in der Umarmung einer Geliebten zu bleiben, doch stellte er fest, daß er Ariane nicht loslassen wollte. Allerdings wollte er sie niemals wissen lassen, wie tief sie ihn anrührte.

Ariane spürte derweil eine starke Woge der Zärtlichkeit in sich aufsteigen, und das seltsame Bedürfnis, diesen starken, vitalen Mann in ihre Arme zu nehmen, ihn zu halten und zu beschützen und vor Schaden zu bewahren.

Sie stützte sich auf einen Ellbogen, durchforschte sein strenges, gutaussehendes Gesicht, versuchte, seine Miene zu lesen. Und während sie ihn betrachtete, glitt sein Blick zu ihrem Mund und wurde dunkel.

Sie erkannte diesen erhitzten Blick wieder — er war Ausdruck seines unstillbaren, lüsternen Appetits, und doch lag diesmal noch mehr darin. Eine Frage, ein Mißtrauen war in den bernsteinfarbenen Tiefen, als hätte Ranulf plötzlich erkannt, daß eine Adlige, eine von denen, denen man niemals trauen konnte, ihm nicht noch mehr Schmerz zufügen durfte. Sie mußte diesen Verdacht unbedingt aus seinen Augen entfernen.

Und während sie noch darüber nachdachte, hob seine Hand ihren Kopf, damit er sie küssen konnte.

Schwäche und Wärme durchfluteten Ariane bei dem zärtlichen Druck seiner Lippen, dem sinnlichen Stoß seiner Zunge. Zitternd wehrte sie sich gegen das wilde Verlangen, versagte es sich selbst wie auch ihm. Ihre Hände drückten gegen die warme, weichbeflaumte Brust. »My Lord ... hast du immer noch nicht genug?«

»Genug? Nein. Von dir werde ich nie genug bekommen können, Dirne.« Als sie weiter zögerte, hob er eine fragende Augenbraue. »Willst du etwa leugnen, daß du mich auch willst, Geliebte?« fragte Ranulf leise, doch er kannte die Antwort schon.

Sie konnte ihm nichts versagen. Er hatte sie in den vergangenen Tagen zu seinem Eigengut gemacht, sie für immer als sein gebrandmarkt. Und dennoch konnte sie nicht zulassen, daß Ranulf erführe, bis in welche Tiefen er sie berührte. Dann wäre sie wahrhaftig seine Sklavin. Nein, sie konnte sich nur bemühen, weiter diesem prachtvollen, selbstsicheren Krieger standzuhalten.

Frech griff Ariane hinab und faßte sein Gemächt. Sie lächelte, als er plötzlich die Luft einzog, während sie seine anschwellende Mannheit in ihre Hand nahm, die schlanken Finger um die pulsierende Erhebung wand, wie er es sie gelehrt hatte. »Willst du leugnen, daß du auch mich willst, mein arroganter Drache?«

Seine Augen flammten feuerglänzend auf. Zu ihrer Überraschung kniete er sich zwischen ihre Beine, ließ seine Arme unter ihre Schenkel gleiten, zog sie fast zu seinen Schultern empor und öffnete sie dann, um sie zu betrachten. Seine Augen glitzerten, als er ihr köstliches rosa Fleisch begutachtete, das noch von der Saat seiner letzten Besitzergreifung glänzte.

»Nein ... Ranulf ... bitte ... Ich kann nicht mehr ertragen.«

Sie schüttelte den Kopf, doch ihre Stimme verriet sie, und ihre Worte endeten in einem Aufkeuchen, als er den Kopf senkte und sie mit der Zunge befriedigte.

Als Ranulf am folgenden Morgen endlich widerwillig das Privatgemach verließ, nahm er seine Pflichten als Herr mit unglaublicher Energie wieder auf. Seine Leute mußten für die Trägheit der letzten Tage büßen und eine doppelt anstrengende Übung auf dem Exerzierplatz vollführen.

Danach löschte er mit Payn seinen Durst bei einer Flasche Bier am herrschaftlichen Tisch.

»Also ...« fragte Payn beiläufig, »wirst du die Verlobung jetzt wieder gelten lassen?«

»Gelten lassen?«

»Wirst du die Dame Ariane jetzt ehelichen?«

Ranulf runzelte die Stirn. »Nein.«

»Nein?« Payns Mundwinkel hoben sich in einem lüsternen Grinsen. »Es gibt doch keinen Zweifel mehr, daß Eure Verbindung vollzogen worden ist. Die gesamte Burg war Zeuge Eurer beider Zurückgezogenheit in den vergangenen Tagen. Und es ist unwahrscheinlich, daß Rom eine Annulierung aussprechen wird, nachdem du die Reize der Dame so gründlich erprobt hast.«

»Das braucht Rom ja schließlich nicht zu wissen.«

Das Grinsen schwand aus dem Gesicht des gutaussehenden Ritters. »Habe ich deine Erlaubnis, frei zu sprechen, my Lord?«

Ranulf beobachtete ihn mißtrauisch. »Du weißt, daß du sie immer hast.«

»Nun denn ... Bist du nicht übermäßig streng mit der Dame?«

»Streng?« Ranulf richtete sich zu seiner Verteidigung auf. »Wieder und wieder habe ich heroische Mühen auf mich genommen, mich zu bremsen, um ihr und ihren rebellischen Anhängern Milde zu erweisen, — und nun willst du behaupten, ich sei streng?«

»Ich spreche nur von Eurem Verlobungsvertrag.«

»Ein Vertrag, der aufgelöst worden ist. Solange ich noch einen Atemzug in mir habe, wird sie von ihrer Gier nicht profitieren.«

»Bist du dir sicher, daß es Gier ist, Ranulf?« fragte der Ritter leise.

Nein, dessen war er sich nicht mehr sicher. Es gab Momente, in denen er sich fragte, ob er Ariane möglicherweise falsch beurteilte, ob ihre Motive nicht doch so unschuldig waren, wie sie vorgab.

»Sie hat mir übrigens gesagt ...« begann Payn.

»*Was* hat sie dir gesagt?« verlangte Ranulf zu wissen, als er zögerte.

»Daß sie dir willig ihr Herz geschenkt hätte. Ich glaube ... daß sie eine wahrhafte Ehe mit dir wollte.«

Ranulf starrte ihn für einen Moment an. Dann schüttelte er den Kopf. Er konnte nicht glauben, daß Arianes List mit den Bettlaken irgendetwas mit dem Wunsch nach einer wirklichen Ehe zu tun hatte. Sie konnte doch nicht so rasch ihre Verachtung für ihn vergessen haben!

»Sie verfolgt auch mit dieser Behauptung ihre egoistischen Interessen«, erwiderte er knapp, damit Payn bloß nicht den Zweifel bemerkte, der in ihm nagte. Oder die Macht erriete, die Ariane langsam über ihn errang. »Als meine Frau, unter meinem Schutz, könnte sie den Konsequenzen entgehen, die der Verrat ihres Vaters für sie bedeutet. Ich wäre dann für ihre Taten zur Verantwortung zu ziehen.«

»Sie behauptet, ihr Vater sei unschuldig.«

Ranulfs Augenbrauen schossen förmlich empor. »Natürlich tut sie das. Schließlich muß sie seine Haut retten — und auch ihre eigene.«

Er schüttelte störrisch den Kopf. »Ihre vorgebliche Treue zu ihrem Vater könnte genauso falsch sein, wie ihre Lüge, wir hätten miteinander geschlafen ... Und ihre Unterstützung Walters und seiner Rebellion entspricht ausschließlich dem Wunsch, die Kontrolle über Claredon zu behalten und dem Schicksal als politische Geisel zu entgehen. Wenn sie den anderen hochwohlgeborenen Damen, die ich kenne, auch nur im Geringsten ähnelt, verkauft sie ihre Seele an den Meistbietenden. Und sie würde nicht im mindesten zögern, ihren Herrn zu verraten, wenn das zu ihrem Vorteil gereichte.«

»Meinetwegen, aber was, wenn sie eben doch anders ist?«

Ranulfs Augen wurden vorwurfsvoll und schmal. Er wollte diese Möglichkeit überhaupt nicht bedenken. Auch erstaunte es ihn nicht übermäßig, daß Payn ihre Sache vertrat. Sie hatte alle um sich herum verhext, warum also nicht auch seinen wichtigsten Vasallen? Doch ärgerte es ihn sehr, daß er sich gegenüber seinem vertrautesten Freund rechtfertigen mußte.

»Sie ist nicht anders. Nach drei Wochen in ihrer Gesellschaft denke ich wohl, daß ich sie beurteilen kann.«

»Aber du hast doch einmal zugestimmt, sie zu heiraten.«

»Ja, als ich sie noch für eine reiche Erbin hielt — ein schüchternes, demütiges Mädchen, die meinen Befehlen widerspruchslos folgt.«

Payn lachte. »Komm schon, Ranulf. Ich kenne dich viel

zu gut. Ein demütiges Mädchen würde dich furchtbar langweilen. Du genießt doch die Herausforderung, sie zu zähmen.«

Das stimmte. Er genoß tatsächlich die Herausforderung, und zwar sehr.

Payn schürzte die Lippen und füllte ihre Gläser aufs Neue, während er seine Worte sorgsam bedachte. »Es gibt übrigens Vorteile, wenn du sie jetzt heiratest, auch wenn du bereits ihre Burg und Ländereien besitzt.«

Sie könnte mir Söhne schenken, dachte Ranulf mit einem merkwürdigen Aufwallen der Freude.

»Ich glaube nicht, daß es von Schaden wäre, darüber nachzudenken, Ranulf. Du hast nach all diesen Jahren Ruhe verdient. Du könntest dich auf deine Güter zurückziehen, deine Erben erziehen, endlich einmal die Früchte deiner Arbeit genießen.«

»Zurückziehen?«

»Ja. Du würdest Heinrich zwar immer noch Ritterdienste schuldig sein, aber vierzig Tage sind in einem Jahr ja nicht viel.«

»Guter Gott, womit sollte ich denn die Zeit verbringen?«

Payn grinste. »Wie gesagt, mit der Verwaltung deiner Güter.«

Der Mund seines Herrn verzog sich angeekelt.

»Und was die Freuden des Leibes angeht«, fuhr Payn fort, »Dirnen sind nicht dasselbe wie eine Ehefrau. In letzter Zeit stelle ich fest, daß ich mich nach ... nach etwas anderem ... nach mehr ... sehne, nach der Sanftheit einer warmen und liebenden Frau an meiner Seite.«

Sanftheit. Eine warme und liebende Frau. Ranulf mußte sofort an Ariane denken und zuckte innerlich zusammen. Es hatte in seinem Leben noch nie Sanftheit oder Luxus oder ein angenehmes Dasein gegeben. Er wollte auch nichts davon wissen. Ein angenehmes Dasein führte zu Schwäche. Und Schwäche dann zur Niederlage. Seine

Tage waren mit Kämpfen erfüllt, und so mochte er es. Er brauchte sie nicht, die Sanftheit irgendeiner Frau. Er brauchte überhaupt keine Frau. »Ich weiß, was los ist«, bemerkte er zynisch. »Du läßt langsam nach. Wahrscheinlich hat dich die Übung heute morgen aus dem Lot gebracht.«

Payn hob einen durchdringenden Blick zu seinem Herrn empor. »Hast du dich noch nie danach gesehnt, daß eine ganz besondere Frau deine Träume und dein Leid mit dir teilt?«

Ranulf sah zu Boden. Er hatte viel zu wenige Träume, die er einer Frau bieten könnte, und viel zuviel Leid.

Payns leise Stimme fuhr unerbittlich fort. »Hast du noch nie den Stich der Einsamkeit tief in deiner Seele gespürt?«

Ranulf blickte finster in sein Glas Bier. Den Schmerz der Einsamkeit hatte er sein ganzes Leben lang gespürt, auch wenn er sich das niemals eingestanden hatte. Die Dunkelheit, die in seiner Seele wütete, hatte ihn leer gemacht, ihn ausgehöhlt, und er war jetzt kalt wie Eis. Keine Frau könnte ihn auf Dauer dort wärmen, keine die Ödnis aus seiner Seele entfernen.

Er gab ein kurzes, hohles Lachen von sich. »Du redest ja wie ein Minnesänger.«

»Geht es dir denn nicht so?« wiederholte Payn. Er ließ nicht locker.

»Ich habe schon vor langem gelernt, von nichts anderem zu träumen als von Rache.«

»Rache ist ein kalter Bettgenosse, mein guter Freund. Und wenn du sie geübt hast, was bleibt dann?«

Ja, was? fragte er sich. Vielleicht wurde er langsam alt. Zu oft hatte er in letzter Zeit eine schmerzende Müdigkeit tief in seiner Seele gespürt, und auch sein Geist war von dem dauernden Kampf, sich selbst zu beweisen, ausgelaugt. Zu oft stellte er fest, daß er sich fragte, ob dieser Kampf noch irgendeinen Sinn hatte. Es gab Zeiten, in denen er sogar eifersüchtig auf die Bauern und deren einzigen Ehrgeiz war, ein Schwein oder eine Kuh zu besitzen. Sie schienen mit ihrem Los zufrieden zu sein.

Ranulf bemerkte, wie verdrießlich seine Gedanken geworden waren, und gab ein unmutiges Geräusch von sich. »Bei Gott, wenn ich jemandem meine Seele offenbaren will, dann lasse ich den Priester rufen!«

Payn nickte, während er einen leisen Seufzer von sich gab. »Nun denn ... Wenn du dich weigerst, die Dame Ariane zu heiraten, dann wäre es wenigstens ehrenhaft, sie freizulassen — ihr zu erlauben, einen anderen zu heiraten.«

Nein, dachte Ranulf mit einem wilden Aufwallen von Eifersucht. Ariane gehörte ihm.

»Sie ist deine Geisel, und eine Schönheit. Sie würde dir eine ordentliche Summe einbringen.«

Ranulf runzelte die Stirn. Er dachte nicht gerne darüber nach, was sein Umgang mit ihr für ihre Zukunft bedeutete. Doch würde ihre fehlende Jungfernschaft ihren Wert nicht derart mindern, daß sie keinen Mann fände. Sie besaß Stolz und Grazie und eine verhexende Schönheit, die einem jeden Herrn wohl anstünde, und einen Zauber, der jeden Mann für sie entbrennen ließ. Ein erfahrener Mann würde sie gerne zur Frau nehmen, auch ohne Reichtümer und Ländereien.

In diesem Moment erschien Ariane in der Halle, und Ranulf rang bei ihrem Anblick nach Luft. Ihr blaues Seidenkleid formte ihre hochgewachsene Figur, unterstrich jede ihrer weiblichen Kurven, betonte ihre festen üppigen Brüste, während der goldene Gürtel, den sie locker um die Taille geschlungen hatte, die schlanken Hüften zierte, die ihn in den vergangenen Tagen auf so wunderbare Weise erfreut hatten. Ihr Haar hatte sie geflochten und als Krone auf ihrem Kopf hochgesteckt, und er wollte nichts mehr, als es befreien und seine Hände und sein Gesicht in der seidigen Masse vergraben.

Da wandte sie den Kopf, und ihre Augen trafen sich in einem langen stillen Moment. Der Funke des Verlangens, der zwischen ihnen übersprang, ließ Ranulfs ganzen Leib erzittern.

Ranulf fluchte leise vor sich hin, verspottete sich selbst wegen dieser Schwäche und zwang sich, fortzublicken. Er nahm einen tiefen Schluck Bier und bemerkte zu seinem Vasallen: »Sie ist meine Bettgespielin, nichts weiter.«

Und sie würde auch nie etwas anderes werden, das schwor sich Ranulf grimmig. Er mochte ihren herrlichen Leib beanspruchen, doch heiraten würde er sie nicht. Er mochte sie begehren, doch würde er nicht zulassen, daß er ihrem Zauber noch stärker verfiel. Niemals würde er irgendeiner Frau die Macht geben, ihn so zu zerstören, wie sein verabscheuter Vater zerstört worden war.

Sein Benehmen verwirrte Ariane. Nachts war Ranulf der sinnliche, leidenschaftliche Liebhaber ihrer Träume, bei Tage fast ein Fremder.

Sie beobachtete ihn bei jeder Gelegenheit, versuchte verzweifelt, die Gründe für seine Haltung zu verstehen. Und noch wichtiger, die versteckten Geheimnisse seines Herzens. Gegenüber seinen Leuten und denen, die von ihm abhängig waren, war Ranulf bester Laune und bewies oft jenen Charme, von dem Payn erzählt hatte. William, der junge Page, den Ranulf auszubilden versprochen hatte, betete ihn an, und auch die anderen Leute folgten ihm, einer nach dem andern.

Ihr Halbbruder Gilbert jedoch verurteilte Ranulf nach wie vor wegen der demütigenden Rolle, die er ihr aufgezwungen hatte. Er sprach immer noch davon, ihn vor ein ziviles Gericht zu bringen, doch Claredons Leibeigene hatten die Herrschaft des neuen Herrn voll angenommen, und auch die Vasallen ihres Vaters brachten Ranulf einen widerwilligen Respekt oder sogar Ehrerbietung entgegen.

Ihr gegenüber jedoch blieb sein Benehmen kühl und distanziert, außer wenn sie mit ihm das Bett teilte. Daß er ihr immer noch nicht traute, war hinreichend klar. Ranulf gab sich ihr körperlich hin, doch schien er entschlossen, sich jeder tieferen Form der Intimität zu verweigern.

Es gab sogar Zeiten, in denen er absichtlich versuchte, sie in Rage zu versetzen. Sie vermutete, daß er Vergnügen daran hatte, die Grenzen ihrer Selbstbeherrschung zu erproben, denn dann konnte er seine beachtliche Überzeugungskraft anwenden, um sie zu besänftigen. Ihre eigene Verletzlichkeit beunruhigte Ariane fast genauso, wie Ranulfs entschlossene Distanz. Sie hatte sich geschworen, ihn auf die Knie zu zwingen, doch war sie diesem Ziel noch kein Deut näher gekommen. Im Gegenteil, er hatte sie völlig in der Hand, und sein Begehren war unersättlich. Es war Ariane kaum möglich, ihn mit anderem Zeitvertreib abzulenken. Eines Abends holte sie voller Verzweiflung die zierlich geschnitzten Schachfiguren und das blankpolierte Spielbrett ihres Vaters hervor.

Ranulfs Augen glänzten bei dem Anblick, dann wurden sie zweifelnd. »Du spielst?«

»Man billigt mir sogar einiges Können zu. Mit meinem Vater habe ich regelmäßig gespielt.«

Und so begannen sie endlich einmal mit einem neuen Zeitvertreib. Ranulf schlug sie in vier von fünf Spielen vernichtend. Doch Ariane konnte ihn oft genug besiegen, damit das Spiel ihm dennoch eine Herausforderung war. Diese geistigen Kämpfe fügten ihrer ohnehin lebhaften körperlichen Beziehung eine gewisse Würze zu.

Und doch wollte Ariane noch soviel mehr. Sie wünschte mehr als alles andere, daß er sie respektieren könnte und ihr vertraute. Sie wollte, daß er sie mit Zärtlichkeit betrachtete, daß seine Augen mit Liebe weich würden.

Sie wollte ihn trösten, wollte beweisen, daß sie ihm eine gute Ehefrau sein könnte. Sie war von Kindesbeinen an dazu erzogen worden, einen riesigen Adelshaushalt zu führen, und sie wußte, wie sie sein Leben noch bequemer gestalten könnte, wenn er es nur zuließe. Doch Ranulf widerstand beharrlich ihrem Ansinnen. Eines Tages versuchte sie es erneut.

»Es wäre vielleicht etwas weniger mühsam, wenn ich die Schlüssel zur Burg hätte«, führte sie an. »Ich könnte nach dem Rechten sehen, ohne daß ich für jede kleine Aufgabe um deine Erlaubnis bitten müßte.«

Ranulfs Augenbrauen hoben sich ungläubig. »Du glaubst auch nur einen Moment lang, daß ich dir die Schlüssel überlassen würde? Meiner Geisel?«

»Willst du lieber Burgherrin spielen, my Lord?« erwiderte Ariane trocken. »Irgendwie kann ich mir dich nicht in der Rolle vorstellen.«

Seine Lippen wollten lächeln, doch er versuchte, kühl zu bleiben. »Ich brauche niemanden, der mir den Haushalt führt. Dafür habe ich einen Seneschall.«

»Der Aufsicht benötigt. Die Aufsicht einer Frau.«

Ranulf runzelte mißtrauisch die Stirn. »Ist dies ein neuerlicher Versuch, mich davon zu überzeugen, daß ich dich heiraten soll?«

Damit lag er bemerkenswert dicht an der Wahrheit, doch Ariane schaffte es, beiläufig die Achseln zu zucken. »Claredon ist schon mein ganzes Leben lang mein Zuhause gewesen, my Lord. Ich kann nicht zusehen, wie es vor die Hunde geht. Außerdem brauche ich eine Beschäfigung. Ich langweile mich zu Tode, wenn du nicht im Burgfried bist.«

Er lächelte. »Dann sollte ich wohl seltener weg sein.«

Als er sich zu ihr beugte, um sie auf den Hals zu küssen, zog sich Ariane zurück. Ranulfs Gesichtsausdruck wurde wieder kühl. »Dich mir zu versagen, ist wohl kaum der rechte Weg, mich zu überreden, Demoiselle. Wenn du klug bist, hast du ausgeschmollt, bis ich zurückkehre.«

Und doch schickte er an demselben Nachmittag einen

Stoffhändler zu ihr, so daß sie Seidenfäden für die Stickerei ihrer Damen aussuchen konnte — eine Geste, die sie sehr bewegte.

Aber es gab außer der Haushaltsführung noch ein weiteres dringendes Problem. Ihre Besuche im Wald waren durch ihre Gefangenschaft vollkommen unterbunden, und sie war bereits Wochen überfällig, die Bewohner dort brauchten dringend Lebensmittel.

Es gab niemanden, den sie mit dieser Aufgabe betrauen konnte. Nur sie und noch zwei weitere Menschen wußten um das Geheimnis des angeblich von Geistern bewohnten Waldes von Claredon: ihr Vater und Simon Crecy, und beide Männer waren fort. Also mußte sie sich selbst um diese Aufgabe kümmern.

Die Lösung kam eines Nachmittags, am Ende des ersten Monats seit Ranulfs Eroberung von Claredon. Sie besuchte seinen Knappen, um nach dessen Schulterwunde zu sehen. Der Junge war immer noch ans Bett gefesselt und hatte Fieber, außerdem litt er weiterhin Schmerzen. Die Wunde zeigte Anzeichen einer schlimmen Vereiterung.

Ariane verbrachte den Nachmittag in der Kräuterküche, stampfte und brühte Kräuter auf, um einen Tee gegen das Fieber zu bereiten, und mischte eine Packung, die das Gift aus der Wunde ziehen sollte.

Ein Stirnrunzeln verdunkelte Ranulfs Gesichtszüge, als er entdeckte, daß sie seinen Knappen besucht hatte, und sein Ton wurde drohend. »Was soll das, daß du meinen ausdrücklichen Befehlen zuwiderhandelst?«

»Ich wollte nur sehen, wie es mit Burcs Wunde steht. Ich fühle mich für seine Verletzung verantwortlich.«

»Mein Bader kann nach dem Jungen sehen.«

»Dein Bader hat nicht viel ausgerichtet«, erwiderte Ariane verächtlich. »Burc braucht dringend medizinische Hilfe. »Und ich habe nicht die Absicht, ihn sterben zu lassen, damit du einen weiteren Anlaß hast, mir zu mißtrauen.«

Sie sah, wie Ranulf schwankte, und milderte ihren Ton. »Kannst du mir nicht dieses eine Mal trauen, Ranulf? Ich hatte nicht vor, ihm irgend etwas zuleide zu tun. Das schwöre ich dir.«

»Meinetwegen also«, murmelte Ranulf rauh.

Ihr Vorrat an medizinischen Kräutern war durch die Behandlung des Knappen sehr geschrumpft. Sie mußte Ranulf um Erlaubnis bitten, Frühlingskräuter sammeln zu dürfen. Ariane erkannte erfreut, daß sie damit endlich einen legitimen Vorwand hätte, das Gelände der Burg zu verlassen. Sie würde sogar anbieten, ihre Wachleute mitzunehmen. Ohne Zweifel würde sie sie später für eine Weile überlisten können.

Am Abend, als sie wieder mit ihm über das Schachbrett gebeugt saß, holte sie tief Luft und wappnete sich. »Wenn ich heute abend gewinne, my Lord, darf ich dann um einen Preis bitten?«

»Du darfst darum bitten«, erwiderte er und betrachtete die Elfenbeinspielsteine. »Aber ich weiß nicht, ob ich ihn gewähre.«

Sie brauchte all ihre Konzentration und ihr Können, doch sie gewann das Spiel. So beiläufig wie möglich bat sie daraufhin um die Erlaubnis, im Wald Kräuter sammeln zu dürfen.

Sein Gesicht wurde eine rätselhafte Maske, als wäre ein Fensterladen vor ihm geschlossen worden. »In dem Wald, von dem die Leibeigenen von Claredon glauben, er sei von Geistern beherrscht und von Wölfen bewohnt?«

Abrupt senkte Ariane den Blick, sie wollte nicht, daß er die Lügen in ihren Augen entdeckte. »Ja, my Lord.«

Ranulf antwortete nicht gleich. Gegensätzliche Regungen kämpften in ihm, während er ihr friedliches Gesicht betrachtete. War es an der Zeit, ihr die Gelegenheit zu geben, sich zu beweisen? Konnte er ihr ausreichend trauen, daß sie die Burg mit einem solch unschuldigen Vorhaben verließ? Oder hatte sie irgendetwas im Sinn, das ihm schaden sollte?

»Ich werde morgen fort sein«, sagte er schließlich ohne besondere Betonung. »Wenn es nicht regnet, darfst auch du gehen. Du wirst eine bewaffnete Wache zu deiner Sicherheit mitnehmen, falls du auf einen Wolf triffst, der auf dein schönes Fleisch begierig ist.«

Sie war erstaunt, daß Ranulf so leicht nachgegeben hatte, daß er weder Rebellen noch Liebhaber erwähnt hatte. Doch hinterfragte sie lieber nicht ihr Glück.

Am folgenden Morgen sah sie erleichtert zu, wie er mit einer ganzen Gesellschaft von Rittern fortritt.

Sie zog sich eines ihrer ältesten Wollkleider und einen Mantel an und ließ ihren Zelter satteln, außerdem Reitpferde für zwei ihrer Kammerzofen und die Hebamme der Burg. Während die Frauen zwei Tragkörbe auf den Lastpferden ausrichteten, in die sie Körbe und Tontöpfe und Stoffbeutel legten, packte Ariane zwei Körbe mit Lebensmitteln voll — Brot und Käse und Braten, Gemüse und getrocknete Früchte. Ein Lederbeutel mit Wein rundete die Vorräte ab. Eine weitere Flasche packte sie für ihre normannische Eskorte ein.

Als sie losritten, hatte der Regen gerade aufgehört und die Luft war frisch und kühl. Der Frühlingswind duftete nach jungen Bäumen und wilden Blumen, die in süßem Durcheinander wuchsen.

Ariane tat die meiste Zeit so, als beteilige sie sich am Sammeln der Kräuter, doch während sich die anderen Frauen über die Wiese verteilten, ging sie unauffällig bis in den Wald hinein.

Arianes Herz klopfte wild, als sie sich endlich von der Gesellschaft entfernt hatte. Niemand folgte ihr, davon war sie überzeugt, doch beeilte sie sich trotzdem. Ihre Schritte waren fast lautlos, während sie auf einem Teppich aus Moos fortschritt.

Als sie an einer Kleinbauern-Hütte ankam, hielt sie

inne, und ihr Blick verschwamm hinter Tränen. Die Sonnenstrahlen verliehen der dunstigen Lichtung einen goldenen Glanz, gaben ihr eine fast himmlische Ausstrahlung. Und doch litten die Bewohner unter dem Fluch des Satans. Ariane wischte sich traurig die Feuchtigkeit aus den Augen und zwang sich, weiterzugehen.

Eine Viertelstunde später trat sie schon wieder aus dem Wald hervor. Wie immer nach solch einem Besuch war ihr das Herz schwer, und doch war es seit der Einnahme von Claredon durch Ranulf nicht mehr so leicht gewesen.

Die Ruhe auf der Wiese beunruhigte sie. Von ihren Frauen war nichts zu sehen, und auch nichts von der Eskorte.

Statt dessen sah sie am gegenüberliegenden Ende der Wiese einen Ritter in voller Rüstung auf seinem Streitroß sitzen.

Ariane hielt abrupt inne und starrte ihn entsetzt an. Der Schwarze Drache erwartete sie.

Kapitel 18

»Mutter Gottes«, keuchte Ariane, und alle Farbe wich aus ihrem Gesicht.

Bewegungslos saß Ranulf auf seinem massigen schwarzen Hengst, die rechte Hand auf dem Griff seines Schwertes.

Der Schrei eines Habichts gellte über die Wiese. Doch Ariane bemerkte es kaum. Sie stand wie angewurzelt da, während Ranulf sein Streitroß in Gang brachte und langsam heranritt. Entsetzen preßte ihre Brust zusammen.

»Was machst du hier, Dirne?« verlangte er zu wissen, und sein bedrohlicher Tonfall ließ sie schaudern.

Sie zwang ihre Antwort an dem trockenen Knoten in ihrem Hals vorbei. »K-Kräuter sammeln, my Lord.«

»Du warst sehr lange fort. Es dürfte also eine reichhaltige Ernte sein, die du vorzuweisen hast. Zeig mir deine Körbe.«

Sie stand wie gelähmt da und starrte ihn an.

»Tu, was ich dir sage!«

Mit zitternden Händen schob sie die Deckel der beiden Körbe in ihren Händen beiseite. Außer ein paar Zweigen und Blättern enthielten sie nichts.

Ranulfs Gesicht wurde noch härter. »Meine Leute sagen, deine Körbe seien mit Essen gefüllt gewesen. Hast du etwa meinen Feinden Lebensmittel zukommen lassen?«

»N-nein. N-natürlich nicht.«

»Lüg mich nicht an, Dirne!«

Ariane zuckte vor Angst zusammen. Sein Gesicht war eine Sturmwolke, und seine durchdringenden Augen wahre Eiszapfen. Es war Wahnsinn gewesen, zu glauben, er würde auf ihren dünnen Vorwand hereinfallen, vollkommen idiotisch, ihr Vorhaben so schlecht zu planen. Sie hätte wenigstens ihre Körbe mit irgendwelchen Pflanzen füllen sollen, nachdem sie das Essen zur Hütte gebracht hatte.

»Kennst du die Strafe, die auf die Unterstützung von Rebellion steht?«

»Ich versuchte n-nicht, Hilfe zu —«

»Und was hast du dann soweit draußen gemacht? Hast du dich etwa nicht mit Verrätern getroffen? Wenn ich in das Gehölz dort drüben reite, finde ich dann etwa nicht Simon Crecy?«

Sie starrte Ranulf an und suchte verzweifelt nach einer Antwort. »Ich schwöre bei meinem Leben, es hat nichts mit einer Rebellion zu tun.«

»Ein Liebestreffen also? Die Dienstmagd Dena hat erzählt, daß du oft in den Wald gehst, um dort einen Liebhaber zu treffen.« Seine Stimme war rauh, kehlig, sogar bitter.

Ariane rang nach Luft ob dieser Lüge. »Das ist nicht wahr! Ich habe keinen Geliebten!«

Seine eisige Miene änderte sich nicht. »Ich habe dir vertraut — und so zahlst du es mir heim, mit List und Betrug.«

Sie schüttelte verzweifelt den Kopf. Seine Anschuldigungen waren falsch, doch zitterte sie vor Angst, daß Ranulf das Geheimnis entdecken würde, welches sie mit ihrem Leben zu bewahren geschworen hatte. Dumme Idiotin! Sie wußte, wie wenig Ranulf ihr vertraute, doch blind war sie in seine Falle getappt. Es schien nun klar zu sein, daß er sich auf die Lauer gelegt hatte — und sie hatte ihn geradewegs an diesen Ort geführt.

»Nein, Ranulf ... Es ist alles ganz anders.«

»Nein?« wiederholte er mit einem bellenden Gelächter. Der wilde Schmerz, den er spürte, überraschte ihn. Er wollte ihre Lügen nicht hören. Er wollte nicht nachdenken, nicht überlegen müssen, nicht die schreckliche Bitterkeit fühlen, die sich bei ihrem Verrat in sein Herz schnitt.

»Ich schwöre dir, es gibt keine Rebellion und keinen Liebhaber.«

Er weigerte sich, ihr zu glauben.

Er focht einen inneren Kampf, um das erstickende Hämmern seines Herzens zu überwinden. Sie schützte etwas oder jemanden — Simon Crecy vermutlich. Aber bei Gott, er würde ihr Geheimnis aufdecken, und wenn er jeden Zoll dieses Waldes durchkämmen mußte.

»Komm her.«

Die Stimme aus Stahl duldete keinen Widerstand, doch Ariane konnte ihn nur anstarren.

Als sie zögerte, wurden Ranulfs Augen schmal wie zwei Lanzen. »Sofort, Dirne!«

Sie machte einen zögernden Schritt rückwärts, und ihr Hals schloß sich vor Angst.

Ranulf warf sein Bein über den Sattelknauf und ließ

sich auf den Boden fallen. Mit zwei Schritten hatte er sie erreicht und sie in seinem zwingenden Halt genommen, so daß sie ihre Körbe fallenlassen mußte. Seine Lederhandschuhe gruben sich in ihre Arme, und er versuchte, die Wahrheit aus ihr herauszuschütteln. »Trotze mir nicht, Dirne. Es braucht nur wenig, und ich schlage dich.«

Ariane gab einen Entsetzensschrei von sich und versuchte, sich aus seiner Umklammerung fortzudrehen, doch ihr Widerstand wurde ein sinnloses Bemühen um ihr Gleichgewicht, bis sie stolperte und rückwärts hinfiel. Laut riß ihr Kleid entzwei, denn Ranulf ließ sie nicht los. Sein schwerer, gepanzerter Leib folgte ihr hinab, und sein kräftiger Oberkörper preßte ihre keuchende Brust unter sich, seine Schenkel spreizten die ihren. Als Ranulf seinen Kopf zurückbog, trafen sich ihre Blicke — der ihre voller Angst, seiner hart und glitzernd.

Ariane wimmerte. Sein schwerer Brustschutz drückte ihr die Luft ab, und sein Kettenpanzer stach ihr schmerzhaft in die Haut. Tränen sprangen ihr in die Augen. »Ranulf ... Du tust mir weh ...«

Finger wie stählerne Handschellen wanden sich um ihre Handgelenke und zwangen ihr die Arme über den Kopf.

»Nein, ich bitte dich ...«

»Ja, bitte nur, Dirne, bitte mich, dir die Lügen zu vergeben, dein treuloses Herz, die sinnlosen Beteuerungen deiner Unschuld.« Sie atmete in einem Schluchzen aus.

»Du weinst? Ich werd' dir etwas geben, worüber du wirklich weinen kannst.«

Ranulf nahm ihren Mund mit hungriger Gewalt, und seine Zunge schob sich brutal zwischen ihre Lippen, während seine stahlbekleideten Hüften sie gegen den unnachgiebigen Boden drängten. Alles, was sie tun konnte, war, es über sich ergehen zu lassen.

Als er endlich den Kopf hob, ging sein Atem schwer.

Durch den roten Nebel seiner Wut sah er in ihren grauen Augen die Tränen schwimmen, die sie zu Teichen aus Silber verwandelten, sah ihren wunden Mund zittern, hörte ihre flachen Atemzüge.

Mit einem wilden Fluch preßte Ranulf seine Augen wieder zu. Mein Gott, was war über ihn gekommen? Welche Teufel waren in ihn gedrungen, daß er sie mit derartiger Brutalität behandeln konnte? Er hatte sie übel behandelt, hätte sie vielleicht sogar vergewaltigt. Er hatte seinen eigenen Schwur gebrochen, sich niemals zu Gewalttätigkeit gegen eine Frau hinreißen zu lassen.

Er fluchte weiter, löste sich abrupt von ihr und kam steif wieder auf die Füße. Mit geballten Fäusten stand er über ihr. »Steh endlich auf, verdammt nochmal!«

Ariane bekam kaum Luft und starrte ihn ängstlich an. »Was ... hast du vor?«

»Ich werde diesen Wald absuchen, jeden einzelnen Zentimeter, bis ich deine Truppen finde.«

Beim allergnädigsten Gott, dachte Ariane, während Panik in ihr aufstieg. Sie mußte etwas unternehmen, um ihn davon abzuhalten.

Mit aller Kraft leistete sie Widerstand, als Ranulf sie auf die Füße zerrte und in seinen Armen hochhob. Doch als er sie auf sein Streitroß gesetzt hatte, kam ihr eine Idee, die aus blinder Verzweiflung geboren war.

Ohne nachzudenken ergriff Ariane die Zügel, wirbelte den Hengst in Richtung der Burg herum und versenkte ihre Hacken in seine Seiten.

»Bei allen Hunden des Teufels!« Sie hörte Ranulfs wilden Fluch, hielt aber keine Sekunde inne. Sie wagte noch nicht einmal, über die Schulter zu blicken, ob er ihr folgte.

Der Hengst widerstand ihr. Er war es nicht gewöhnt, eine so leichte Reiterin zu tragen, doch die Verzweiflung verlieh ihr Kraft. Sie wußte, daß sie Ranulfs Strafe nicht für lange entkommen würde, doch ihre wilde Tat würde dazu dienen, ihn abzulenken, und ihr vielleicht etwas Zeit geben. Sie war mit seinem Pferd geflohen und hatte ihn weit von der Burg stehengelassen. Sie betete, diese Verzögerung möge ihr irgendeine Chance geben, die Bewohner des Waldes zu warnen. Sie mußten fliehen.

Sie galoppierte zurück nach Claredon, als wären ihr tausend Teufel auf den Fersen, und ritt donnernd über die Zugbrücke. Die Wachen am Tor stießen alarmiert ins Horn.

Als sie im inneren Burghof zu einem plötzlichen Halt fand, war sie augenblicklich von einem Dutzend Leute umringt, die alle auf einmal eine Antwort von ihr verlangten.

»Seid Ihr angegriffen worden? Der Herr? Was ist mit ihm?«

»Wieviel Angreifer?«

»Wo ist er, my Lady?«

Ariane wagte nicht, gegenüber seinen Rittern und Wachleuten zuzugeben, daß sie Ranulfs Streitroß entführt hatte. Wenn sie ihn vor seinen Leuten lächerlich machte, würde er um so wütender sein. Doch mußte sie irgendeine Erklärung für ihre aufgeregte Ankunft und ihr unordentliches Aussehen bieten.

»Nein, nein ... nichts dergleichen«, murmelte sie atemlos. »Es war nur ein Unfall, ich bin gefallen, und mein Kleid hing an einem Ast ... Lord Ranulf hat mich zurückgeschickt, daß ich mich umziehe. Lord Ranulf ... er wird gleich kommen.«

Auf den Gesichtern spiegelte sich Unglaube, doch widersprach niemand ihrem Bericht, außer um zu fragen, ob ihr Herr zu Fuß käme.

»Ja«, erwiderte sie zögernd. »Irgendjemand sollte ihm wohl sein Pferd bringen.«

Mehrere der Leute traten sofort vor.

Ariane saß mit der Hilfe eines Knappen ab. Furcht wand sich in ihrem Magen, als sie losging, um Gilbert zu suchen. Sie hoffte verzweifelt, daß er ihren Befehl ohne Nachfrage ausführen und ihre Warnung forttragen würde. Sie mußte ihn schwören lassen, wie sie geschworen hatte.

Zu ihrem Entsetzen konnte sie Gilbert jedoch nirgendwo finden.

Sie hatte die Hoffnung schon aufgegeben und wollte in die Burg zurückkehren um eine ihrer Damen zu bitten, die Warnung zu überbringen, als sie Payn FitzOsbern über den Hof auf sich zukommen sah. Ariane hielt abrupt inne. Ihr Herz sank, als sie den strengen Blick auf seinen edlen Gesichtszügen bemerkte.

Der große Ritter hielt vor ihr inne und beobachtete aufmerksam ihr Gesicht. »Was höre ich da von einem Unfall?«

Sie fand es schrecklich, ausgerechnet diesen Mann anlügen zu müssen. »Kein Unfall, eigentlich. Ranulf ...«

Sie brach ab und ließ ihn seine eigenen Schlußfolgerungen ziehen.

Er runzelte die Stirn, als sein Blick auf das zerrissene Kleid unter dem Saum ihres Mantels ging.

»Ich habe sein Pferd genommen«, fügte Ariane zögernd hinzu.

»Ein schwerer Fehler, my Lady.«

»Ich weiß, doch er hätte ...«

Der Ausdruck in Payns Augen war ernst. »Ich kenne Ranulf, er hätte Euch keinen Schaden zugefügt, ohne daß er ernsthaft herausgefordert worden wäre.«

Er wartete geduldig auf eine Erklärung. Ariane rang jedoch die Hände vor Aufregung. Sie mußte dringend jemanden finden, der ihre Botschaft überbringen konnte —

Die Trompete des Torhüters schallte und gab eine Ankunft bekannt, und Arianes Herz zog sich zusammen. War Ranulf schon so bald zurückkgekehrt?

»Ich muß gehen!« rief sie aus und drehte sich fort, doch Payns Hand schoß vor, um sie davon abzuhalten.

»Ich glaube nicht, my Lady.«

Ariane wurde blaß. »Sir Payn, ich bitte Euch inständig —«

»Mein Eid gilt Ranulf. Ich werde mich nicht an Eurer Seite gegen ihn stellen. Ihr solltet ihn hier erwarten.«

Sie schüttelte mit blinden Augen den Kopf. Payn hatte den Grund ihrer Angst mißverstanden. Sie wußte, daß sie sich vor Ranulf nicht verstecken konnte. Ihre Angst galt den Konsequenzen, sollte er das Geheimnis erfahren. Doch wurde ihr die Wahl von Ranulfs Vasallen abgenommen. Zitternd stand Ariane neben Payn, unfähig, ihren Arm seinem Griff zu entwinden, und hatte nur geringen Trost ob seiner Nähe.

Minuten später ritt der Schwarze Drachen durch die Tore des inneren Hofes, unter den Augen einer schweigenden Menge.

Ranulf hielt neben Ariane und stieg langsam ab, wobei sein Blick ausschließlich auf sie gerichtet war. Sein Gesichtsausruck war kalt, streng, unversöhnlich, er selbst eine aufragende, rachsüchtige Gestalt.

Ariane duckte sich unter diesem Blick.

»Ich werde dich zum letzten Mal fragen«, sagte Ranulf mit tödlicher Sanftheit. »Wen wolltest du im Wald treffen?«

»Das kann ich dir nicht sagen«, erwiderte Ariane mit einer Stimme, die vor Leid zitterte. Ein Leben war in Gefahr, eines, das ihr kostbarer war als ihr eigenes. Sie konnte Ranulfs Milde nicht genug trauen, als daß sie es riskieren wollte, ihr teures Geheimnis preiszugeben. »Ich habe einen heiligen Eid geschworen. Du kannst mich schlagen, mich gefangennehmen, mir mit dem Tod drohen, doch ich kann es dir nicht sagen.«

Bei den Möglichkeiten, die sie aufzählte, flammte in Ranulfs Augen für einen Augenblick bitterster Schmerz auf. Doch verschwand er, kaum hatte sich die Maske über seine Gesichtszüge gesenkt. Seine Pflicht war ihm entsetzlich, doch konnte er es nicht zulassen, daß ein solcher Trotz ungestraft blieb.

»Dein Ungehorsam und deine Halsstarrigkeit müssen bestraft werden. Payn, du wirst diese Geisel in den Kerker bringen, wo sie eingesperrt wird, bis sie ein volles und wahrhaftiges Geständnis abgelegt und sich von den Rebellen losgesagt hat, die sie zu beschützen sucht.«

»Nein! Das könnt Ihr nicht tun!«

Der Schrei kam von einem jungen Mann, der sich gerade durch die Menge der Zuschauer durchdrängelte.

Gilbert, erkannte Ariane voller Verzweiflung. Hätte sie ihn doch nur eher gefunden!

Der Junge war wild entschlossen, sie zu verteidigen, so schien es. »Ihr könnt meine Herrin nicht gefangensetzen. Ich fordere Euch, my Lord! Ich fordere Euch heraus. Meßt Euch mit mir im Einzelkampf!«

»Ihr wollt mich bekämpfen?« Ranulfs Mundwinkel gingen ungläubig empor, als er auf den schmal gebauten Jüngling hinabblickte. »Man wird mich nicht dazu bringen können, einen Schwächling, der noch naß hinter den Ohren ist, zu ermorden.«

»Feigling! Übelsinnender Feigling!«

Ranulf wurde stocksteif, und ein kollektives Keuchen war aus der Menge zu hören. Ranulfs Kinnlade wurde fest, und er machte gegenüber einem seiner Sergeanten eine Geste.

»Man gebe ihm ein Schwert. Und einen Helm und eine Halsberge. Wenn er einen Kampf so sehr wünscht, dann soll er ihn auch haben.«

»Süße Mutter Gottes, nein! My Lord ... Ich flehe Euch an. Dein Streit gilt mir, nicht Gilbert.«

»Was brauchst du so lang?« fragte Ranulf Payn kalt. »Bring sie in den Kerker.«

»Ja, my Lord«, erwiderte sein Vasalle.

Payn festigte seinen Griff an Arianes Arm, als er sie auf den Turm der Burg zuzog, während ihr trotziger junger

Bruder mit einem schweren Hemd aus Kettenpanzer angekleidet wurde.

Man mußte sie die Außentreppe des Burgfrieds emporzwingen, denn sie versuchte dauernd, über ihre Schulter zurückzusehen.

Als Payn sie in die Halle führte, legte Ariane eine Hand über den Mund, um ein Wimmern zu ersticken. »Ranulf wird ihn umbringen ...«

»Nein, er wird dem Dummkopf von Jungen nur eine Lektion erteilen.«

Sie schüttelte den Kopf. Es war ihre Schuld, daß Gilberts Leben jetzt in Gefahr war, daß seine halsstarrige Treue diesen ungeübten Jüngling dazu gebracht hatte, einen mächtigen Kriegsherrn zum Kampf herauszufordern.

»Die Disziplinierung des Jungen hat mit Euch nichts zu tun«, sagte Payn leise, als könne er ihre Gedanken lesen. »Er war verrückt, Ranulf auf diese Weise herauszufordern, und das vor seinen Vasallen und Leibeigenen. Ein Herr kann nicht zulassen, daß seine Autorität so offensichtlich in Frage gestellt wird.«

»Ich weiß«, flüsterte Ariane heiser. »Doch bin ich es, die Ranulf bestrafen sollte.«

»Ich vermute auch, daß er das noch tun wird«, gab Payn zu. Am Fuß des Treppenhauses hielt er inne und entzündete eine Binsenleuchte an einer Wandfackel. Damit leuchtete er ihnen bei ihrem Abstieg an der Küche vorbei und die schmale Treppe hinunter.

Der Kerker von Claredon war ein dunkles Loch unter der Küche der Burg — kalt und feucht und voller Ungeziefer. Ariane schauderte es, als Payn zur Seite trat, um ihr Zugang zur winzigen Zelle zu ermöglichen. Sie mußte sich bücken, damit ihr Kopf nicht an die Decke stieß.

Sie sank auf die Knie, zog den Saum ihres Mantels schützend um sich und sah dankbar zu, wie er eine Fackel für sie anzündete. Wenigstens würde man sie nicht im Dunkeln eingekerkert lassen.

»Es tut mir sehr leid, daß die Dinge so gekommen sind, wahrhaftig. Ich hatte mir mehr von Euch erhofft.«

Sie konnte die Enttäuschung in Payns Tonfall hören, die leise Zurechtweisung, als er sich umwandte. Ariane ließ den Kopf verzweifelt hängen. Die schwere Tür schwang langsam zu, und sie war eine Gefangene, allein mit dem Echo ihres Herzklopfens und mit den Gebeten für ihren so mutwilligen und treuen Bruder.

Draußen im Hof zwang Ranulf sich, dem Jungen seine Strafe zuzuteilen. Gilbert hatte sich geweigert, seine Herausforderung zurückzuziehen, obwohl man ihm die Gelegenheit gegeben hatte. Immerhin mußte Ranulf dem Jungen für seinen Mut Anerkennung zollen. Gilbert kämpfte wie besessen, obwohl seine Ungeschicklichkeit bemitleidenswert war.

Ranulf hatte keinerlei Schwierigkeit, sich zu verteidigen. Der Leib des Jungen würde am nächsten Morgen mit schmerzhaften blauen Flecken übersät sein, doch würde er überleben, um die Geschichte seines ersten bewaffneten Kampfes zu erzählen.

Die Auseinandersetzung dauerte nicht sehr lange. Ranulfs überwältigende Überlegenheit schien die Wut des Jungen nur noch zu vermehren, doch erlaubte er sich nur ein einziges Zugeständnis an den Schmerz: er schrie nur einmal auf, als Ranulfs Schwert seine Rippen traf. Bald jedoch stolperte Gilbert vor Erschöpfung umher.

Irgendwann fiel er auf die Knie, und Ranulf konnte handeln.

Innerhalb von Sekunden sah sich Gilbert mit der Spitze eines Schwertes konfrontiert, das vor der verwundbaren Höhlung unter seinem Kinn schwebte.

Doch unbeeindruckt von der Schneide an seinem Hals starrte er mit haßerfüllten Augen empor. Genauso, erinnerte sich Ranulf, hatte er seinen eigenen verabscheuten Vater angestarrt.

»Wenn Ihr ihr etwas antut«, schwor Gilbert, »dann bringe ich Euch um! Ich schwöre es, das werdet Ihr mir bezahlen!«

Einer von Ranulfs Vasallen trat mit geballter Faust vor, als wollte er den Jungen hinstrecken. »Halt deine freche Zunge im Zaum, unverschämter Welpe.«

Ranulf drückte die Schwertspitze noch fester an die Kehle des Jungen.

Gilbert zog vor Schmerz eine Grimasse, doch hielt er seine brennenden Augen weiter auf Ranulf gerichtet, seine Verzweiflung und seine Wut sprudelten förmlich aus ihm heraus. »Was für ein Ritter ist das denn, der Krieg gegen Frauen führt? Ein Feigling! Ich habe das Recht, meine edle Schwester zu verteidigen. Ihr habt Euch Ihr aufgezwungen, habt sie entehrt — und nun habt Ihr sie auch noch in den Kerker gesteckt, und das alles für nichts.«

Er spuckte förmlich die Worte hervor. Das gefährliche Schweigen seines Herrn ignorierte er. Ranulf griff den Knauf seines Schwertes noch fester und holte einen beruhigenden tiefen Atemzug. Er wußte, daß er entweder diesen Jungen zum Schweigen bringen mußte, oder eine noch strengere Strafe verhängen, nur um seine Autorität zu wahren.

Ehe er sich jedoch entscheiden konnte, was zu tun wäre, fuhr Gilbert in seinem wütenden Wortschwall fort. »Ich sage Euch, sie ist unschuldig, sie unterstützt keine Rebellen!«

Ranulf wurde stocksteif, und sein scharfer Blick wandte sich Gilbert zu.

Er fragte sich, was der Junge wohl wußte, und sah streng um sich.

»Geht jetzt.« Mit einer knappen Geste schickte Ranulf die Menge der Schaulustigen fort, und seine Leute verstreuten sich und gingen ihren Geschäften nach.

Ranulf zog sein Schwert von Gilberts Kehle fort. »Du weißt, wohin sie im Wald geht?«

»Ja . . . aber Euch werde ich es niemals sagen!«

Ranulf wußte, daß den Jungen die Androhung körperlicher Strafen nicht brechen würden. Nicht, da er sich in eine solche Wut hineingesteigert hatte. »Vielleicht wird Eure Zunge etwas lockerer, wenn ich Eure Dame vor Euren Augen auspeitschen lasse.«

Sein Drohung, Ariane Leid zuzufügen, war vorgetäuscht, doch wenn der Junge sie glaubte, würde er vielleicht bereitwilliger das Geheimnis offenbaren.

Gilbert schluckte krampfhaft, und seine Augen zeigten zum ersten Mal wahre Furcht. Nach langem Zögern fragte er: »Wenn ich es Euch sage ... werdet Ihr sie dann verschonen? Werdet Ihr sie aus dem Kerker lassen?«

»Glaub' nicht, du könntest einen Handel mit mir vereinbaren. Sag mir, was du weißt, und dann werden wir weitersehen.«

»Ihr könnt ihr glauben«, murmelte Gilbert und senkte den Blick.

»Mit wem trifft sie sich? Mit Rebellen oder mit einem Liebhaber?«

Gilbert verzog seinen blutigen Mund und machte ein abfälliges Geräusch. »Rebellen kennt sie gar nicht — und Ihr seid ihr einziger Liebhaber.«

»Bei Gott, wie kannst du eine solche Behauptung aufstellen?«

»Ich war es, der ihr die Kalbsleber brachte, um die Bettlaken mit ›Jungfrauenblut‹ zu färben.«

Ranulf starrte ihn lange an, er wußte instinktiv, daß der Junge die Wahrheit sagte. »Mit wem trifft sie sich denn dann?« wiederholte er angespannt.

»Ich weiß es nicht, doch sind es keine Rebellen. Seit mehreren Jahren macht sie diese Besuche.«

»Wie weiß er das?«

»Ich ... ich bin ihr einmal gefolgt.«

»Er hat seiner Dame nachspioniert?«

»Ich machte mir Sorgen. An dem Tag ging sie allein hin. Sonst hat unser Vater sie begleitet, Lord Walter.«

»Ich warte«, sagte Ranulf mit warnendem Unterton, als der Junge still wurde.

»Ich hab' schon lange Jahre ihr Geheimnis bewahrt. Sie wird es mir nie vergeben, wenn ich es Euch sage.«

»Ich werde dir nie vergeben, wenn du es nicht tust«, erwiderte Ranulf streng. »Und ihr auch nicht.«

Es folgte eine lange Pause. »Sie geht ... zu einer Hütte im Wald.«

»Um dort jemanden zu treffen«, gab ihm Ranulf das Stichwort.

Gilbert nickte langsam. »Es sind Frauen ... zwei Frauen, glaube ich. Ich hab' bloß einen kurzen Blick auf sie erhascht. Ihre Gesichter waren verschleiert, und die Hände hatten sie verbunden. My Lord, ich fürchte ...« Er blickte auf, und seine Stimme war tonlos. »Ich fürchte, es sind Leprakranke.«

Kapitel 19

Die leisen Schritte vor der Kerkertür weckten Ariane aus ihrer betäubten Erstarrung. Ruckartig hob sie den Kopf, als der schwere Riegel zurückgeschoben wurde. Ihr schien es wie eine Ewigkeit, seit Payn sie in ihr kaltes Gefängnis gebracht hatte, doch wahrscheinlich war erst eine Stunde vergangen. Sie hatte den Rücken fest gegen die kalte Wand gepreßt und ihre Arme um die Knie geschlungen, und sie blickte furchtsam empor, als die Tür langsam aufschwang. Der junge Mann, der durch den Türspalt schaute, war einer von Ranulfs Knappen, erkannte Ariane mit gewisser Erleichterung.

»Lord Ranulf hat mir befohlen, Euch zu ihm zu bringen.«

»Was ...« fing sie die Frage mit krächzender Stimme an. Sie hielt inne, schluckte die Trockenheit in ihrem

Hals hinunter und versuchte es erneut. »Was will er von mir?«

»Ich weiß es nicht, my Lady. Ich weiß nur, was er befohlen hat. Würdet Ihr wohl mit mir kommen?«

»Bitte ... sag er mir ... mein Bruder Gilbert ... was weiß er von seinem Schicksal?«

»Ich glaube nicht, daß ihm etwas zuleide getan wurde. Doch hat my Lord ihn einsperren lassen.«

Zutiefst erleichtert kam Ariane auf die Füße und folgte dem jungen Mann. Der Knappe ging vor ihr die enge steinerne Treppe empor und führte sie heraus, nicht allerdings in die herrschaftlichen Privatgemächer, wie Ariane erwartet hatte, sondern durch die große Halle hindurch und hinaus auf den Burghof. Am Fuß der Treppe des Burgturms wartete Ranulf auf sie. Er saß auf seinem Schlachtroß. Sie blinzelte, als sie ihn im hellen nachmittäglichen Sonnenlicht sah, doch zwang sie sich, zu ihm zu gehen. Immer noch trug er seinen Kettenpanzer, hatte er sein Schwert um seine Hüfte gebunden und das Schild mit dem Wappen eines schwarzen Drachen an den Sattel befestigt.

Er reichte ihr schweigend die Hand hinab. Offensichtlich erwartete er, daß sie das Pferd bestieg und sich vor ihn setzte. Ariane schauderte, trotz der Wärme ihres Mantels und des milden Frühlingswetters, doch gehorchte sie. Sie brachte kein Wort hervor, während Ranulf sie seitlich vor sich auf sein Schlachtroß hinsetzte und losritt.

Es kam keine Erklärung, als sie durch die Tore und über die Zugbrücke ritten, doch als er sein Streitroß nach Osten wandte, verwandelte sich ihre Vorahnung zu Furcht. Der Wald! Dorthin brachte er sie! Er würde sie zwingen, das zu verraten, was ihr am heiligsten war. Lieber Gott ihm Himmel ...

»My Lord ... bitte ... Ich flehe dich an, laß uns umdrehen.«

Er gab keine Antwort.

»Bitte, Ranulf, ich *flehe* dich an.«

»Du flehst mich an«, wiederholte er leise, die Stimme von Eiseskälte gefärbt. »Wieso sollte ich dein Flehen erhören, nach dem Verrat, den du an mir begangen hast?«

»Es war kein Verrat, das schwöre ich. Ich werde alles tun, was du von mir verlangst, alles geben, was du willst, wenn du nur auf dieser einen Sache nicht bestehst.«

»Was bleibt dir eigentlich noch, womit du verhandeln könntest, Dirne? Dein Gut gehört mir, und du auch.«

Seine strenge Erwiderung ließ keine Widerrede zu. Ariane griff die Mähne des Pferdes und schwieg hilflos. Sie wußte, daß weiteres Bitten sinnlos wäre.

Verzweifelte Tränen glitten ihr Gesicht hinunter, Tränen, die Ranulf nicht beachtete. Er haßte den Ausdruck, der nun seinetwegen in ihren Augen lag — verfolgt, gequält — doch zwang er sich, ihn zu ignorieren.

Er brauchte keine Anweisungen von ihr, sondern schien genau zu wissen, wohin die Reise ging. Sie überquerten die Wiese, auf der Ranulf sie entdeckt hatte, und drangen dann in den Wald ein. Das Sonnenlicht schickte seine Strahlen durch hochgewachsene, frühlingsgrüne Eichen und Birken.

Arianes Entsetzen wurde mit jedem Schritt, den sie vorwärtskamen, größer. Ein Entsetzen, daß sich auch dem Pferd mitteilte. Es schnaubte und tänzelte, so daß Ranulf es mit Kandare und Sporen scharf disziplinieren mußte.

Als die Freibauernhütte sichtbar wurde, ließ er das Kampfroß halten.

Die Hütte war alt und nachlässig aus Ruten mit grobem Putz gebaut, darüber ein Reetdach, das dringend repariert werden mußte. Mit seinen geschlossenen Läden hatte es eine Aura von Verlassenheit, von Tod.

»Was ist das für ein Ort?« verlangte Ranulf leise von ihr zu wissen.

Ariane konnte nicht sprechen. Sie schluchzte stumm,

doch verhärtete Ranulf sein Herz vor ihren Tränen. Er würde nicht zulassen, daß sie ihn mit derartigen Listen zur Milde zwang. »He da in der Hütte, zeigt Euch, oder seid des Zorns des Herrn von Claredon gewiß!«

Zunächst wurde seine Forderung mit Schweigen quittiert. Wenig später jedoch quietschte eine Angel, und die heruntergekommene Tür ging nach innen auf.

Ranulfs Hand festigte sich um den Knauf seines Schwertes, als eine Gestalt hinaus ans Licht trat, ganz in Schwarz gewandet.

Sie war hochgewachsen, und hielt sich mit einer ihm wohlvertrauten königlichen Anmut. Ihr Gesicht war verschleiert, und um ihre Hände waren dunkle Verbände gewickelt. »My Lord Ranulf«, sagte sie in einer wohlklingenden leisen Stimme, und macht vor ihm einen höflichen Knicks. »Wie kann ich Euch dienen?«

Ariane gab ein erstricktes Schluchzen von sich und beugte den Kopf. »Guter Gott, vergib mir«, flüsterte sie.

»Weise nicht dir die Schuld zu, meine Tochter. Es war nur eine Frage der Zeit, wann man uns entdecken würde.«

Die Frau hob den Schleier, um ihr Gesicht zu offenbaren. Die alternden Züge mußten einstmals wunderschön gewesen sein. Doch ihre enstellte Haut trug jetzt die unverwechselbaren Anzeichen von Lepra.

Ranulf wich bei dem Anblick zurück. Er hatte das Gefühl, eine Faust habe sich in seinen Magen gegraben. So kampferprobt er auch sein mochte, angesichts dieser gefürchteten Krankheit konnte er nicht gelassen bleiben. Und doch war es nicht das Leiden selbst, das ihn tief berührte, sondern die Identität der Frau.

Sie war vor fünf Jahren bei den Verlobungsfeierlichkeiten zugegen gewesen, hatte auf einem Ehrenplatz auf der Tribüne gesessen. Er hatte sie als die Dame von Claredon gekannt, damals. Die Gattin von Lord Walter, die Mutter seiner Braut.

»My Lady Constance?« brachte er endlich heraus.

Arianes Mutter lächelte schwach. »Wie Ihr seht, my Lord. Ich bedaure, daß ich Euch nicht unter glücklicheren Umständen begrüßen kann.«

»Man sagte mir ... Ihr wäret tot.«

»Das bin ich auch — für die Welt. Ich wohne hier im Wald verborgen, nur von meiner Aufwartefrau versorgt.«

»Aber ... Warum?« war alles, was Ranulf einfiel. Sein Kopf schwirrte. War dies das Geheimnis, das Ariane ihm vorenthalten hatte?

Ein weiteres trockenes Lächeln huschte über die Lippen von Lady Constance. »Anderswo wäre ich nicht willkommen. Ihr seid Euch sicherlich der Behandlung bewußt, die Leprakranke von denjenigen erfahren, die nicht von der Krankheit betroffen sind.«

Ja, die kannte er. Die Krankheit war so gefürchtet, daß die unglückseligen Opfer oft aus ihren Häusern gejagt und von der Gesellschaft ausgeschlossen wurden. Manche wurden sogar gesteinigt.

Sie machte eine einladende Geste zur Hütte hin. »Ich würde Euch gerne in meine bescheidene Unterkunft einladen, my Lord, doch wäre eine solche Nähe nicht ratsam. Normalerweise erlaube ich Ariane nicht einmal, so dicht zu kommen, wie Ihr es seid, aus Furcht vor einer Ansteckung.«

Ranulf schüttelte stumm den Kopf, versuchte seine Gedanken zu ordnen. Das einzige, worauf er sich konzentrieren konnte, war Ariane — und was ihre Ausritte hierher bedeuteten.

Er nahm ihr Kinn in seine behandschuhten Finger und wandte ihr Gesicht zu sich, blickte aufmerksam in ihre tränenvollen Augen. »Das ist also dein Geheimnis?«

Sie nickte, versuchte, ihren Tränen Einhalt zu gebieten. Ja, dies war ihr schreckliches Geheimnis: Daß ihre Mutter damals nicht gestorben war, wie es die Welt glaubte, sondern von einer Krankheit befallen, die Schrecken und

Furcht gleichermaßen unter Leibeigenen und Adligen verbreitete.

»Ich mußte herkommen. Sie brauchten Nahrungsmittel ... Es war seit dem letzten Mal soviel Zeit vergangen. Sie waren in bitterer Not.«

Eine riesige Beengung verließ Ranulfs Brust, die Wut, der Schmerz, die Bitterkeit, alles begann, sich aufzulösen. Er spürte Mitleid und war gleichzeitig so sehr erleichtert, daß Ariane ihn nicht verraten hatte! *Sie hatte ihn nicht betrogen.*

Er zwang sich, seine Aufmerksamkeit wieder ihrer Mutter zuzuwenden.

»Wie kam es, daß Ihr von der Krankheit befallen wurdet?«

»Ich pflegte meinen kranken Sohn, my Lord. Jocelin kehrte mit der Seuche aus dem Heiligen Land zurück, und ich konnte ihn nicht verlassen. Die Liebe einer Mutter kennt keine Weisheit, fürchte ich.«

Die Liebe einer Mutter? So etwas hatte er nie erfahren.

»Manche sagen, Lepra sei die Strafe Gottes für Todsünden.«

Ariane gab ein ersticktes Geräusch des Protests von sich. »Dann ist Gott blind und grausam«, erwiderte sie leidenschaftlich, und es war ihr egal, ob ihre Worte blasphemisch waren. »Meine Mutter hat sich nur der Sünde schuldig gemacht, sich zu sehr zu sorgen. Und mein Bruder ... der ging als Gottesknecht auf eine heilige Pilgerfahrt. War das etwa eine Sünde?«

»Ariane«, sagte Lady Constance sanft.

»Starb Jocelin an der Krankheit?« fragte Ranulf. »Ich hörte, er sei auf dem Schlachtfeld gestorben.«

In den grauen Augen von Lady Constance flammte der Schmerz auf, Augen, die so sehr denen ihrer Tochter ähnelten. »Ja, im Kampf. Er war ein Soldat, ganz der Sohn seines Vaters, und er zog es vor, sein junges Leben ehrenhaft im Kampf zu beenden, anstatt seinen verwüsteten

Körper ertragen zu müssen. Gäbe es für mich doch nur einen ähnlichen Ausweg ...«

»Nein, Mutter!«

Constances rauhe Lippen bogen sich zu einem traurigen Lächeln. »Gott segne dich, meine Tochter, du bist meine Unterstützung gewesen. Wenn du nicht wärest, hätte ich es nicht ertragen können.« Sie sagte es ohne große Bitterkeit. »In Wahrheit ist es schwerer, ein Kind zu verlieren, als der eigenen Sterblichkeit ins Gesicht zu blicken. Ich habe ein gutes Leben gehabt, ich bin auf Gottes Königreich vorbereitet.«

Ariane unterdrückte ein Schluchzen.

»Ihr lebt zu zweit hier?« fragte Ranulf leise.

»Meine Kammerzofe, Hertha, eine treue Dienerin, ist immer bei mir geblieben.«

Eine ältliche, grauhaarige Frau, vom Alter gebeugt, trat aus der Hütte heraus und machte dem neuen Herrn von Claredon einen tiefen Knicks. Sie schien nicht an der gefürchteten Krankheit zu leiden, bemerkte Ranulf.

Constance erklärte: »Mein Mann, Lord Walter, ließ nicht zu, daß ich das Schicksal aller Leprakranken teile. Er erlaubte mir, hier Zuflucht zu suchen, und behauptete gegenüber der Welt, ich sei von gesetzlosen Räubern während einer Reise erschlagen worden. Außerdem wurden Gerüchte über Gespenster im Wald gestreut — um mich vor den Leibeigenen zu schützen.«

Ranulf schwieg.

»Und nun ... » murmelte die Dame Constance. »Jetzt, da Ihr unser Geheimnis kennt, my Lord, werdet Ihr uns von Eurem Besitz verbannen?«

Ranulf ließ langsam sein Schwert in seine Scheide zurückgleiten, und Ariane wandte flehende Augen auf ihn. »Ranulf ... *bitte* ... ich flehe dich um Gnade an. Sie wird sterben, wenn du sie fortweist! Ich werde alles tun, was du von mir verlangst, wenn du sie nur schonst.«

Sein Mund verzog sich kurz. Wie konnte sie nur glauben, daß er diese arme Seele zu einem so grausamen Schicksal verdammen könnte? Das Leben in einem dieser höllengleichen Lepradörfer würde noch viel schlimmer sein, als die schreckliche Existenz, die sie ohnehin zu ertragen hatte. Ihr Mann und ihre Tochter hatten viel auf sich genommen, um sie zu beschützen. Und er wäre bestimmt nicht derjenige, der diese Bemühungen zerstören würde.

»Ich wünsche Euch nichts Böses, my Lady«, erwiderte er leise. »Ich sehe keinen Grund, warum das Geheimnis offenbart werden sollte. Oder warum Ihr nicht so weiterleben solltet, wie bisher.«

Bei seiner Antwort spürte er Arianes angespannten Körper vor Erleichterung gegen sich sacken. Sie vergrub das Gesicht in den Händen. Er versuchte, ihre Gefühle nicht zu beachten, und blickte ernst ihre edle Mutter an.

»Eure Tochter darf Euch Nahrung bringen, aber nur mit einer Eskorte, die sie bis an den Rand des Waldes begleitet. Auch ihr soll schließlich kein Leid geschehen.«

»Dafür sind wir dankbar, my Lord. Unsere Vorräte sind geschrumpft seit . . . seit Eurer Ankunft«, endete Lady Constance taktvoll.

»Ich bedaure, daß ich so wenig für Euch tun kann«, bemerkte er wahrheitsgemäß. Er hätte gerne dieser anmutigen Dame in ihrem tapferen Kampf beigestanden.

»Es wird reichen, wenn Ihr meiner Tochter erlaubt, mich gelegentlich zu besuchen. Wir haben so selten Gesellschaft.«

Arianes Augen wurden warm. »Ranulf . . .« brachte sie mit rauher Stimme hervor. »My Lord, ich danke dir.« Ihre kehlige Stimme zitterte vor Erleichterung, doch war es die begleitende Geste, die ihn erstaunte: Sie griff seine behandschuhte Hand und zog sie an ihre Lippen.

Ranulf entzog sie ihr verlegen. Eine solch demütige Dankbarkeit war ihm peinlich. Lady Constance sagte: »Ariane erzählt mir, daß Ihr Claredon unter Eure Kontrolle gebracht habt. Könnt Ihr mir sagen, my Lord ... Gibt es irgendwelche Nachricht von meinem Mann?«

Zum ersten Mal seit Beginn dieses Gesprächs schien sie etwas weniger gefestigt.

Ranulf wollte keine falschen Hoffnungen wecken. »Ich bedaure, my Lady, daß Lord Walter des Verrats angeklagt worden ist. Er hat sich mit Hugh Mortimer verschworen. Gegenwärtig wird er von König Heinrich in Bridgenorth belagert.«

Sie biß sich auf die Lippe. »Ich verstehe wenig von der Politik, doch glaube ich nicht, daß mein Mann ein Verräter sein kann.«

Ariane hatte genau dasselbe über diesen Mann gesagt, und Ranulf überfiel ein merkwürdiges Gefühl von Neid. Zwei derartig treue Frauen waren ihm ganz und gar fremd. »Heinrich ist ein gerechter Herrscher. Er wird nicht ohne einen Beweis von Schuld so handeln.«

Lady Constance nickte resigniert und überraschte ihn mit ihrer nächsten Aussage. »Ich bedaure, daß die Umstände die Auflösung Eurer Verlobung mit meiner Tochter notwendig gemacht haben. Ich hätte mich geehrt gefühlt, Euch meinen Schwiegersohn zu nennen.«

Ranulf bemerkte mit Überraschung, daß sie das ehrlich zu meinen schien. Würde sie ihn immer noch so wohlmeinend betrachten, wenn sie wüßte, wie er ihre Tochter behandelt hatte? Daß er sie gezwungen hatte, ihm als Sklavin und als Bettgespielin zu dienen?

»Wir müssen uns auf den Weg machen«, sagte er rauh.

Lady Constance lächelte. »Wie Ihr wünscht, my Lord. Doch bitte ich Euch, meine herzliche Dankbarkeit ausdrücken zu dürfen. Gehabe dich wohl, meine Tochter.«

Ranulf wandte sein Streitroß um und lenkte es in Richtung Claredon. Er war sich bewußt, daß Ariane über seine Schulter zurückblickte, bis ihre Mutter nicht mehr zu sehen war. Dann wischte sie mit einem kleinen Schniefen ihre Augen und sah wieder nach vorn.

Eine Weile lang ritten sie schweigend. Ranulfs Gedanken wirbelten durcheinander.

Es gab keine Rebellenbande. Ariane hatte keinen geheimen Liebhaber. Ihre Sünde war die der Hingabe und der Treue, nicht des Verrats. Jetzt verstand er, warum sie geschwiegen hatte.

Es dauerte noch einige Momente, ehe er sie leise fragen hörte: »My Lord, hast du das ernst gemeint? Du wirst sie nicht verbannen?«

Ariane wandte sich im Sattel zu ihm um. Er brachte sein Schlachtroß zum Stehen. Sie waren am Rand des Waldes angekommen. Vor ihnen lag eine grüne, von der Sonne gewärmte Mai-Wiese.

Seine goldenen Augen waren weich und sanft. »Warum hast du mir die Wahrheit verborgen? Warum bist du nicht zu mir gekommen? Ich habe in der Vergangenheit doch Milde gezeigt, wenn du darum gebeten hast.«

»Das wagte ich nicht zu riskieren. Ich konnte mir nicht sicher sein ... Du hättest sie vielleicht lieber tot sehen wollen.«

Ranulfs Mund verzog sich schwach. »Haben die Berichte, die du vom Schwarzen Drachen gehört hast, mich als so bösartig dargestellt?«

Ariane ließ den Kopf hängen. »Ich konnte das Risiko nicht eingehen, my Lord, und ich hatte einen Eid geschworen.«

Ariane weinte wieder, jetzt leise. Vorsichtig schlossen sich seine Arme um sie. Er spürte, wie Zärtlichkeit und Mitleid und Verzweiflung ihn erfüllten. Ihre Verlassenheit rührte sein Herz, wie nichts es in den vergangenen Jahren gerührt hatte. Er verstand nicht, was genau ihn dazu trieb, sie zu trösten. Er hatte gedacht, daß der letzte Rest von Sanftheit in den vergangenen Jahren durch Wut und Bitterkeit ausgelöscht worden war. Doch vielleicht irrte er sich. Der Ausbruch an Gefühlen, der jetzt durch ihn wogte, war so stark, daß es ihm den Atem raubte.

Ranulf hob sie vom Pferd und sprang selbst ebenfalls ab. Sie ließen sich auf der Wiese nieder. Friedlich verharrten sie dort, während der Tag zu Ende ging. Ihr Körper wurde von seinem gewiegt, und beide wollten sie den verzauberten Augenblick nicht unterbrechen. Ariane beruhigte sich langsam.

Sie wollte, daß nichts die süße Trägheit verdürbe, die sich über sie gesenkt hatte, dieser Cocon betäubender Wärme. In seine Arme eingeschlossen, seine Hitze in ihrem Rücken, seine muskelschweren Arme um sie gelegt, konnte sie sich fast einbilden, er sei nicht ihr rachsüchtiger Lehensherr und sie nicht seine machtlose Geisel.

Sie konnte Ranulfs gegenwärtige Sanftheit kaum verstehen. Er hielt sie umarmt, als sei sie eine kostbare Geliebte, als sei sie etwas unendlich Schönes, unendlich Kostbares, als ob jeder seiner Gedanken ihrer Bequemlichkeit gelte.

Ariane nahm seinen Trost jedoch dankbar an. Ihr Herz war leichter, seit sie wußte, daß ihre Mutter vor ihm nichts zu fürchten haben würde.

»Hast du eigentlich versucht, ein Heilmittel für sie zu finden?« fragte er nach einiger Zeit leise.

Ariane seufzte wieder. »Wir haben über die Jahre hinweg zahllose Kräuter und Heilmittel versucht. Meine Mutter ist in der Heilkunst sehr bewandert, und sie hat mir einiges von dem beigebracht, was sie weiß, doch diese Krankheit übersteigt unser Können bei weitem. Ich fürchte, es ist hoffnungslos.«

Erschöpft schloß sie die Augen. Es gab kein bekanntes Mittel gegen Lepra. Manchmal schwand die Krankheit von selbst, oder dank Gottes Gnade. Öfter jedoch mündete die Krankheit im Tod.

»Wir hatten gehofft … gebetet … daß sie hier in diesem Wald, geschützt vor weltlichen Sorgen, gesund werden könnte, doch bislang hat sich keine Besserung gezeigt.

Allerdings hat sich ihr Zustand auch nicht verschlechtert. Doch mein edler Vater ...«

»Was ist mit deinem Vater?«

»Er hat vor langem schon die Hoffnung verloren. Er wurde so bitter, nachdem erst sein Sohn starb und dann seine Frau krank wurde. Und während die Jahre vorübergingen, schien es ihm gleichgültig zu werden.« Ariane zögerte und biß sich auf die Lippe. »Wie sehr wünschte ich, daß ich als Sohn geboren wäre, anstatt als enttäuschende Tochter!«

»Enttäuschend?«

Sie nickte stumm, und ihre Wange rieb sanft gegen Ranulfs Arm, der ihrem Kopf ein Kissen war. Sie hatte ihrem Vater nie viel bedeutet, nicht ein Zehntel dessen, was ihm sein einziger Sohn gewesen war. Sie bezweifelte zwar, daß Walter sich bewußt war, daß er ihr das Gefühl gab, sie sei minderwertig, weil sie als Mädchen geboren wurde. Und doch waren alle Entscheidungen ihres Lebens davon bestimmt gewesen. Sie hatte verzweifelt versucht, in allen Dingen eine gute Tochter zu sein, so auch bei ihrer Verlobung mit Ranulf.

»Ich habe meinen Vater enttäuscht«, sagte sie mit leiser Stimme. »Da ich kein Sohn war, war es mir nicht möglich, seinen Besitz zu übernehmen, nicht ohne einen Ehemann, der ihn für mich verwalten würde.« Ariane gab ein leises Lachen von sich. »Ich konnte nicht einmal seine Burg in seiner Abwesenheit halten, wie er es mir aufgetragen hatte. Und ich konnte noch nicht einmal die Verlobung aufrechterhalten, die er für mich arrangiert hatte.«

Ranulf spürte einen raschen Stich des Schuldgefühls, doch wollte er weder seine Eroberung von Claredon noch seine Auflösung der Verlobung zum Thema machen. »Mir scheint, daß du ihm sehr gute Dienste erwiesen hast, innerhalb der Beschränkungen, die dein Geschlecht dir auferlegt.«

»Es mag sein. Doch es ist eine Welt der Männer, die nur von Männern beherrscht wird.«

Er hörte das Beben des Schmerzes in ihrer Stimme. Ein Schmerz, der genau den Gefühlen entsprach, die in seinem eigenen Herzen verschlossen waren. Er konnte mithören, was sie nicht gesagt hatte: wie sie versucht hatte, die perfekte Tochter zu sein, wie sie sich an unmöglichen Meßlatten gemessen hatte, in der Hoffnung, die Aufmerksamkeit ihres Vaters zu erringen.

Ranulf stützte sich auf einen Ellbogen, nahm ihr Kinn und wandte ihr Gesicht zu ihm. »Ich bin aber froh, daß du kein Mann bist, Chérie.«

Sein Lächeln, so weich und anrührend, konnte sie jedoch nicht aufmuntern. Ranulf sah den leeren Blick in ihren Augen und strich über die zarte Linie ihres Kiefers. Er wünschte, er könne ihre Verzweiflung lindern. Er spürte einen primitiven, fast wilden Besitzerinstinkt ihr gegenüber, ein Gefühl, daß er noch nie für irgendeine Frau zuvor empfunden hatte.

In dem Moment sank die Sonne hinter den knorrigen Eichen, die sich am Rand der Wiese emporreckten. Ariane schauderte. Sorgsam zog Ranulf einen Saum des Mantels über sie und nahm sie noch fester in die Arme.

Er stützte sein Kinn leicht auf ihrem Kopf ab und blickte über ihren stillen Zufluchtsort. Ariane hatte ihm ihre Sorgen über ihre Mutter anvertraut, hatte ihr angespanntes Verhältnis zu ihrem Vater gebeichtet. Das alles hatte in ihm schmerzhafte Erinnerungen an seine eigene Vergangenheit geweckt. Auch er kannte die Hoffnungslosigkeit, sich nach etwas zu sehnen, was man niemals haben konnte. Als Junge hatte er verzweifelt gewollt, daß der Mann, der sein Vater war, ihn einmal wahrnähme, nur ein einziges Mal, ohne Haß, ohne ihn als ›Teufelsbrut‹ zu verfluchen. Er erwartete gar nicht Zuneigung, doch wenigstens die Anerkennung seiner Existenz.

»Auch ich wünschte einst«, murmelte Ranulf tonlos,

»daß ich irgendjemand anderes sein könnte, nur nicht der, der ich bin, der uneheliche Bankert einer treulosen Schlampe.«

Seine Stimme war leise, und Ariane konnte den stillen Schmerz hören, der in dem lag, was er nicht sagte. Sie bemerkte in ihm eine Einsamkeit, die sogar noch größer war als ihre eigene, eine öde Verzweiflung, die in seiner Seele geeitert hatte. Sie schwieg und fragte sich, ob er noch weiter sprechen würde.

Die Stille zwischen ihnen dehnte sich aus. Schließlich forderte sie ihn leise auf: »Erzähl es mir.«

Ranulf löste sich aus ihrer Umarmung und setzte sich ein Stück zurück.

Ariane spürte das Fehlen seiner Wärme sehr.

Ihren eigenen Kummer vergessend wandte sie sich zu ihm. Seine Augen waren geschlossen, und ein sehniger Unterarm ruhte auf seiner Stirn.

»Ich war niemandes Sohn«, sagte er schließlich.

Die stille Verzweiflung in seiner Stimme machte, daß sie sich danach sehnte, seinen Kopf beschützend auf ihre Brust zu ziehen. Doch war sie alles andere als sicher, daß er von ihr solchen Trost annehmen würde. Vorsichtig streckte sie nur die Hand empor, streichelte mit ihren Fingern sein Gesicht, fuhr über die strengen Winkel und Ebenen. Sie spürte, wie er sich einen Moment lang anspannte, doch wies er ihre Berührung nicht zurück.

»Du wurdest in Vernay geboren?«

»Ja. Meine edle Mutter kannte ich nie. Sie ist seit zwanzig Jahren tot. Ich wurde nach meiner Geburt in die Obhut einer Amme gegeben.«

»Das war, als dein Vater sie gefangensetzte?«

Er verzog erstaunt den Mund. »Wer hat dir das erzählt?«

»Sir Payn. Er sagte … dein Vater hätte dich schrecklich mißhandelt, als du noch ein Kind warst, als Strafe für die Sünden deiner Mutter. Und … ich habe die Narben gesehen, habe sie berührt.«

»Ah, ja, die Narben. Das Zeichen meiner Reinigung.« Seine Brust hob und senkte sich in lautlosem Gelächter, freudlos und bitter. »Meine frühesten Erinnerungen gelten den Auspeitschungen durch meinen Vater. Sie sollten meine Mutter für ihren Ehebruch bestrafen, und aus mir, ihrem Sohn, den Teufel vertreiben.«

Auspeitschungen, dachte Ariane in stiller Verzweiflung, die wütende Narben auf Ranulfs Seele hinterlassen hatten, nicht nur auf seinem Körper.

»Ich dachte, er hätte recht, den Teufel aus mir treiben zu wollen.«

»Nein!« rief Ariane sanft aus. »Du warst doch nur ein Kind, ein hilfloses, unschuldiges Kind. Ein schutzloses Wesen in den Händen eines brutalen Monsters.«

»Ja, schutzlos war ich wohl. Mein edler Erzeuger war bitter und voller Haß, und vor Wut schier wahnsinnig.« Er starrte in das schwindende Licht. Seine Augen waren trocken und brannten, seine Brust von einem altvertrauten Schmerz beherrscht. »Ich wurde zur Erziehung bei einem anderen Herrn untergebracht, als ich sechs war. Herrgott, wie war ich froh, meinem Vater zu entkommen. Ich haßte ihn. Ich kann die Male nicht zählen, an denen ich mir wünschte, er sei tot.«

»Aber … du hast ihn nicht umgebracht, als es die Gelegenheit schließlich gab.«

Ranulfs Kiefer spannte sich reflexartig an, als er die Jahre bedachte, in denen er ausschließlich für seine Rache gelebt hatte. Er erinnerte sich an die Entbehrungen, die seinen Willen gestärkt hatten, noch mächtiger zu werden als sein verabscheuter Vater.

»Nein, obwohl ich das leidenschaftlich gern getan hätte. Er weigerte sich, mir zu geben, was mir zustand, warf mich in die Ecke wie einen alten Lappen. Daher schloß ich mich Heinrich an und erhielt so die Erlaubnis, mir zurückzuholen, was mir genommen worden war. Ich kämpfte um das, was ohnehin meines gewesen wäre.

Und so schlug ich meinen eigenen Vater im Kampf.« Ranulf lachte leise, aber ohne Humor. »Ich tat so, als spüre ich keine Schuld für meine Rache. Doch konnte ich ihr nicht entkommen, ich konnte ihn nicht umbringen. *Ich nahm meine Hand von ihm.* Nach allem, was er mir angetan hatte, konnte ich mich immer noch nicht dazu durchringen, den letzten Schlag zu tun.«

Arianes Hals wurde von einem wilden Schmerz ergriffen. »Mein Vater sagte immer . . . daß nur ein tapferer Mann seinen bittersten Feinden Gnade erweisen kann.«

»Tapfer? Ist es denn tapfer, seinen eigenen Erzeuger tot zu wünschen?«

»Du hattest doch guten Grund.«

Ariane beobachtete Ranulf mit Trauer und hilfloser Verzweiflung.

Plötzlich war sie von einer unendlichen Zärtlichkeit für ihn erfüllt. Sie verbarg ihr Gesicht in seinem Hals, ihre Arme fest um ihn geschlungen, fürchtete, weinen zu müssen. Er war ein Mann voller Schmerz, und sie wollte diesen Schmerz heilen. »Du bist nicht für die Sünden deiner Mutter verantwortlich zu machen«, flüsterte sie heiser, »und auch nicht für den Wahnsinn deines Vaters.«

Ranulf entwandt sich ihren Armen und setzte sich plötzlich aufrecht. Er drehte ihr seinen Rücken zu. Sein Brustkorb fühlte sich eng an, und in ihm wogte ein Übermaß an Gefühl.

Warum hatte er ihr seine innerste Verzweiflung gebeichtet?

Weil du wolltest, daß sie dich versteht, flüsterte eine spöttische Stimme in deinem Kopf. *Du wolltest, daß sie die Dämonen kennt, die dich geformt haben, und die dich zu dem gemacht haben, der du jetzt bist, hart, rücksichtslos, ohne jede Weichheit.*

Er spürte, wie ihre schlanken Arme ihn erneut umgaben. Er hätte die Umarmung abweisen wollen. Doch konnte er sich nicht dazu überwinden, ihre Wärme abzulehnen, ihre Sanftheit, den Trost, den sie anbot. Sein Körper war stocksteif, und er hielt die Luft an.

»Es ist nicht deine Schuld!« wiederholte Ariane nachdrücklich, und ihre Stimme endete in einem Schluchzen.

Sein Brustkorb wurde unerträglich eng. Sie weinte, weinte für ihn. Er wand sich in ihren Armen um.

»Ariane ...« flüsterte er, und offenbarte in diesem einen unbedachten Moment die Sehnsucht seiner Seele. *»Ich brauche dich.«*

In stummer Erwiderung erhoben sich ihre Lippen zu seinen, boten ihm Trost.

Ranulf stöhnte auf, ein Laut von Leidenschaft und Hingabe, ein Eingeständnis seiner eigenen Einsamkeit. Er spürte ein verzweifeltes Bedürfnis, ihren Trost anzunehmen, sich in dieser Frau zu vergraben und zu vergessen, einfach alles zu vergessen, außer sie selbst.

Es dauerte lange, bis er sich beruhigt hatte. Ranulf barg seinen Mund in ihrem Haar. Er fühlte sich verletzlich und es war ihm vollkommen unverständlich, daß er dieser Frau, die seine Feindin sein sollte, seine Seele offenbart hatte. Die Schwäche, die er gezeigt hatte, beunruhigte ihn.

Er hatte lediglich sie trösten wollen, hatte nicht gegen sein eigenes Schicksal wüten wollen, hatte nicht zulassen wollen, daß sie in seine Vergangenheit und in die Dunkelheit seiner Seele eindrang. Es gefiel ihm nicht, daß sie einen solchen Vorteil über ihn errang.

»Wir sollten zurückkehren«, murmelte er knapp.

Ariane hob bei diesem plötzlichen Stimmungswechsel erstaunt den Kopf.

Ranulf blickte um sich, sah überall hin, nur nicht in ihre Augen. »Ich werde dich morgen hierher begleiten. Unsere Affäre wird uns einen Vorwand bieten, daß du hierher kommen kannst, um deine edle Mutter zu besuchen. Niemand wird Fragen stellen.«

Ariane seufzte still. Ranulf war bereits wieder der distanzierte kühle Fremde, ein eiserner Krieger ohne die geringste Weichheit.

Und dennoch faßte sie Mut. Er hatte sich ihr gegenüber geöffnet. Zwar vorsichtig nur, jedoch war es ein Anfang.

Der Schwarze Drache von Vernay mochte ein mächtiger Krieger sein, doch war er auch ein einsamer und verletzter Mann — ein Mann, der sie brauchte.

Kapitel 20

Das Gespräch auf der Wiese hatte Ranulf stärker berührt, als er jemals hätte zugeben wollen. Er begann, ernsthaft seine Meinung in Frage zu stellen, daß Ariane nicht viel besser war als die treulosen, edel geborenen Damen, die er bislang kennengelernt hatte. Er gab sich dennoch Mühe, weiterhin wachsam zu bleiben. Seine Erleichterung darüber, daß Ariane ihn nicht betrogen hatte, war groß, doch nicht so groß, als daß er gleich alle seine Strategien aufgegeben hätte.

Daher beobachtete Ranulf sie genau, und bemerkte kleine Dinge, die er sich bislang geweigert hatte, wahrzunehmen. Ariane forderte ihre Leute durchaus, doch war sie sehr beliebt bei ihnen. Sein Knappe Burc sang ihr Loblied, was ihre sanfte und darüber hinaus erfolgreiche Behandlung seiner Wunden anging. Sie hatte sogar den Respekt und die Bewunderung einiger seiner Vasallen erworben, insbesondere von Payn FitzOsbern, bemerkte Ranulf.

Tatsächlich hatte Ranulf wenig an ihrem Betragen auszusetzen. Ihre praktische, aufmerksame Art war sehr angenehm, auch wenn ihre spitze Zunge und ihr Trotz ihn zuweilen in Rage bringen konnten.

Auch ihre körperliche Reaktion auf ihn war erfreulich, sehr erfreulich sogar sogar. Er hatte noch nie eine Frau besessen, die so vollkommen seine fleischlichen Bedürfnisse erfüllte. In seinem Bett verwandelte sich die königliche Jungfrau in eine lustvolle Dirne, die so sehr seinen anstrengenden leidenschaftlichen Herausforderungen entsprach, daß er nie wieder eine andere Geliebte haben wollte.

Ihre Gegenwart erfüllte seine Sinne, jeden seiner wachen Gedanken. Er war vollkommen verhext, erkannte Ranulf. Zu den unpassendsten Gelegenheiten ertappte er sich dabei, daß er an sie dachte, daß er sich an die Süße ihres Geschmacks erinnerte, an die seidige Sanftheit ihres Körpers: während langweiliger Erörterungen von Profiten und Renten, während der Schlichtung von Streitigkeiten unter den Leibeigenen, sogar mitten in einem Trainingskampf angesichts bewaffneter Gegner — ein durchaus gefährlicher Moment, um seine Gedanken schweifen zu lassen. Er konnte das Gefühl nicht erklären, das ihn zu solchen Gelegenheiten durchströmte, so unerwartet, daß er sich nicht dagegen zu wappnen wußte. Es schien ihm oft ein bedrohliches Gefühl zu sein, von dem er glaubte, es mit aller Kraft bekämpfen zu müssen. Er konnte es nicht zulassen, daß Ariane durch die Mauer drang, mit der er sich schützte.

Auch mochte er seinen Verdacht noch nicht vollkommen aufgeben. Vielleicht hatte sie sich doch vorgenommen, ihn in eine Falle zu locken, hatte ihre fraulichen Waffen mit methodischem Kalkül gegen ihn gewandt. Sie schien sie seit jenem Tag auf der Wiese weicher und noch süßer auf ihn zu reagieren, — ob dies nur auf ihre Dankbarkeit zurückzuführen war?

Er wußte, daß Ariane sich ihm aufgrund der Milde, die er ihrer Mutter erwiesen hatte, verpflichtet fühlte. Doch schien auch sie ihm nicht endgültig zu trauen, und das störte Ranulf. Er bewunderte dagegen die Treue, die Ariane ihrer Mutter gegenüber bezeugte. Was die Menschen anging, die sie liebte, reagierte die junge Frau mit dem

Mut und der Wildheit einer Löwin. Als er feststellte, wie sehr er sich wünschte, auch für sich selbst eine solche Hingabe beanspruchen zu können, schalt er sich einen Wahnsinnigen. Er würde niemals zulassen, daß er sein Herz verlor ...

Was jedoch Arianes Mutter anging, so hielt Ranulf Wort und begleitete Ariane am folgenden Tag abermals zu der Kleinbauernhütte, mit reichlich Proviant für die leidende Frau im Gepäck. Er bedauerte, daß er nicht mehr unternehmen konnte, um Lady Constance beizustehen. Doch dann kam ihm eine Idee. Er schickte einen seiner vertrautesten Ritter mit Wachleuten nach Vernay in die Normandie, die die sarazenische Konkubine Layla herbeiholen sollten, die in den östlichen Heilkünsten bewandert war. Von seinen Plan sagte er Ariane nichts, denn er fürchtete, daß er nur sinnlos Hoffnungen bei ihr wecken würde.

Außerdem verbannte er die Dienstmagd Dena aus Claredon und schickte sie auf eines der anderen Güter. Er verabscheute den Neid und die Falschheit, die Dena an den Tag gelegt hatte, und wollte keine Leibeigene in seinem Hause haben, die ihrer Herrin nur so geringe Treue erwiesen hatte.

Schließlich setzte Ranulf Arianes Halbbruder frei, ermahnte ihn jedoch, seinen leichtfertigen Trotz zu zügeln. Die Befreiung seiner Schwester aus dem Kerker hatte jedoch schon viel dazu beigetragen, die unbedachten Ausbrüche des Jungen zu bremsen, mehr, als es irgendeine Drohung leisten konnte. Ranulf war Zeuge, als Gilbert Ariane aus ganzem Herzen dafür um Verzeihung bat, daß er ihr Geheimnis preisgegeben hatte.

Zwei Tage nach Lady Constances Entdeckung bekam er einen Brief, der König Heinrichs Siegel trug.

»Ein Ruf?« fragte Payn, als Ranulf das Pergament aufgerollt und den Inhalt gelesen hatte.

»Nein, ein Auftrag«, erwiderte er fast grimmig, und reichte den Brief seinem Vasallen. »Die Dame Eleonore erbittet eine Eskorte auf ihrer Reise zum Lager des Königs in Bridgenorth.«

»Und dazu hat sie ihren Lieblingsritter als Eskorte ausgesehen«, vermutete Payn mit einem amüsierten Ton.

Ranulf zog eine Grimasse. »Das siehst du falsch. Ohne Zweifel will die Königin mich nicht favorisieren, sondern verlangt vielmehr meine Begleitung, um mich zu ärgern. Sie hat mir wohl nie vergeben, daß ich eine ihrer Damen vor zwei Jahren bei Hof zurückgewiesen habe, und sie weiß, daß ich weit lieber im Kampf engagiert wäre, als mich unter ihr Gefolge zu mischen. Doch den Befehl eines Königs stellt man nicht in Frage. Sag den Leuten, daß wir in drei Tagen nach London aufbrechen.«

Noch lange lag Ranulf an diesem Abend wach. Er hatte kein Lust auf die unangenehme Pflicht, die vor ihm lag, denn sie erinnerte ihn an das, was er bei Edelfrauen am stärksten verabscheute. Königin Eleonore war eine Meisterin darin, Männer zu beherrschen, mit ihren Leidenschaften zu spielen, und sie dazu zu bringen, ihren Befehlen zu folgen. Doch ihre Treue galt ausschließlich sich selbst. Sie hatte erreicht, daß ihre Ehe mit Ludwig von Frankreich annuliert wurde, nachdem sie ihm zwei Kinder geboren hatte, und setzte dann ihr Machtstreben fort, indem sie den jungen Heinrich von der Normandie ehelichte. Die halbe zivilisierte Welt lag Eleonore zu Füßen, denn sie zog hingebungsvolle Poeten und Süßholzraspler an wie der Honig die Fliegen, mit ihrer Schönheit und mit ihrem Geist, welcher wirklich außerordentlich war. Ihr Hof war eine Hölle an Intrigen und Komplotten, die die wunderschöne Königin nicht nur ermutigte, sondern anführte. Ranulf hätte sich hundert andere Aufgaben ausdenken können, die er lieber als diese erfüllen wollte. Zu seiner Überraschung tat es ihm auch leid, daß er so lange von Claredon würde fort sein müssen. Die erste längere Zeit, die er von Ariane fort mußte.

Er wollte nicht von ihr weg.

Sie murmelte einen leisen Protest, als er sie aus ihrem tiefen Schlaf weckte, doch er ignorierte das, zog ihren Rücken an sich, richtete ihr weiches Gesäß vor seine pulsierenden Lenden. Ihr Atem wurde schneller, als sich sein Arm um ihre Hüften schlang, und seine Finger suchten und massierten die empfindliche Knospe zwischen ihren Beinen, bis sie naß war. Und als er prüfend in sie ging, ihren Körper überredete, ihn zu empfangen, wimmerte sie bald vor Lust.

Sein Gesäß wurde fest und er stieß von hinten in ihre glatte heiße Passage, schob seinen geschwollenen Stab tief in sie hinein, schloß die Augen und tat so, als könne er das Gefühl von Einheit ignorieren, das er spürte, sobald er sich mit ihr vereinigte, behauptete sich selbst gegenüber, er brauche sie nur, um seine fleischlichen Bedürfnisse zu stillen ...

Früh am nächsten Morgen, ehe Ariane wach wurde, stand Ranulf auf und eilte zum Exerzierplatz, wo er sich bis an den Punkt physischer Erschöpfung trieb, um seine verliebte Besessenheit auszulöschen. Doch natürlich versagte er bei diesem Unterfangen.

Nachdem er unzählige Stunden lang vollkommen sinnlos eine Patrouille über das Gut hin und her gescheucht hatte, kehrte Ranulf spät am Abend zurück. Ariane wartete in den Herrschaftsräumen auf ihn. Sie arbeitete an einer Stickerei, und Wein und Speisen standen bereit, um seinen Hunger und Durst zu löschen. Im Kamin brannte ein warmes Feuer.

Bei seinem Eintritt legte sie sofort ihre Handarbeit beiseite und schenkte ihm ein weiches Lächeln zur Begrüßung. Ranulf wurde bei ihrem Anblick regungslos. Ihr helles Haar schimmerte wie geschmolzenes Kupfer in dem Licht des Kamins, während ihre elfenbeinfarbene Haut von einer überirdischen Schönheit leuchtete. Sie sah zum Verwechseln einer Wandmalerei von der Jungfrau Maria ähnlich, die er einst gesehen hatte, die Muttergottes kurz vor der Geburt ihres Sohnes.

Ein gefährliches Bild gewann in seinem Geist Gestalt: Ariane, wie sie mit seinem Kind schwanger war. Es erfüllt ihn mit einer Sehnsucht, die ihn erschütterte. Er mußte sich abwenden, um diese Schwäche nicht zu verraten.

Ariane würde sein Kind nicht tragen wollen ... Oder doch? Würde sie zärtlich für seinen Säugling sorgen, ihn mit einer Zuneigung aufziehen, die er sein ganzes Leben lang ersehnt, doch nie gekannt hatte? Er hatte Geschichten davon gehört, daß es zwischen einer edlen Mutter und ihrem Kind durchaus Liebe geben konnte, doch das hatte er als Fantasterei abgetan, denn er glaubte, daß nur Bauern ihren Kindern eine solche Zuneigung zeigen konnten.

Und doch hatte auch Arianes Mutter das Gegenteil bewiesen. Lady Constance hatte ihr Leben aufs Spiel gesetzt, um ihren eigenen Sohn zu pflegen, und sie hatte auch den Bastard Gilbert aufgenommen, um ihm ein besseres Leben zu ermöglichen. Wäre Ariane willens, dasselbe mit seinen Bankerten zu machen? Würde sie seine Kinder auf Claredon erziehen, wenn er das von ihr verlangte?

Nicht, daß er sie das jemals fragen würde. Seine Kinder würde er bestimmt nicht ihren Müttern entreißen und sie in ein fremdes Land bringen, sie der Einsamkeit und dem Spott aussetzen, nur um sein eigenes Bedürfnis nach ihrer Gesellschaft zu befriedigen. Sie waren jetzt gut versorgt, ihre Zukunft lag sicher vor ihnen. Sie würden es dort, wo sie lebten, gut haben.

»Wie war Euer Tag, edler Herr?« unterbrach Ariane sanft seine Gedanken und erhob sich, um ihm aus seiner Rüstung zu helfen.

Ranulf antwortete knapp: »Es ging so.« Als er den forschenden Blick bemerkte, den Ariane ihm zuwarf, erneuerte er seinen Schwur, sein Herz und seinen Geist gegen alle Eindringlinge zu festigen.

Ariane vergab ihm jedoch seine schlechte Laune. Seit sie von ihrer Angst wegen des Zustands ihrer Mutter erlöst worden war, war sie zu sehr von Dankbarkeit überwältigt, um sich an Ranulfs gelegentlich brüsker Art oder seiner üblichen Distanziertheit zu stören. Sie hatte die Hoffnung, daß Ranulf mit der Zeit aufhören würde, sie als seine erbitterte Feindin zu betrachten, sie als jemanden wahrnehmen würde, der für sein Glück bedeutsam, ja sogar lebenswichtig war.

An jenem Tag auf der Wiese hatte sie einen Blick hinter die undurchdringliche Mauer tun dürfen, die er zwischen sich und allen anderen errichtet hatte. Sie hatte den verletzlichen Kern berührt, der in ihm lag, die zarte Mitte, die er immer beschützte und fernhielt. Er hatte ihr eine sanftere Seite seines Charakters gezeigt, hatte sein kettengepanzertes Herz für einen winzigen Moment offenbart, und sie würde keine Ruhe geben, bis sie dieses Schild gänzlich auseinandergerissen hatte. Sie wollte, daß Ranulf in Sanftheit und voller Vertrauen die Hand nach ihr ausstreckte. Sie wollte diesen dauerhaften Schmerz in ihrem eigenen Herz lindern.

Doch bereits am folgenden Morgen erkannte Ariane, wie weit entfernt sie noch davon war, Ranulfs Vertrauen zu besitzen.

Der Tag begann schlecht, denn sie mußte von Payn hören, daß Ranulf auf Befehl des Königs fortreisen würde und daß niemand Geringeres als die neue Königin von England, Eleonore von Aquitanien, Claredon womöglich einen Besuch abstatten würde.

Ariane war verärgert über Ranulfs Sprachlosigkeit und eilte, den Burgfried zu begutachten — sowohl den Turm als auch das Gelände der Burg. Dabei stellte sie im Geiste Listen der zahllosen Aufgaben auf, die vorher noch zu bewältigen waren. Sie mußte nach tausend und einem

Detail sehen, selbst wenn Ranulf es ihr verboten hatte, sich im Haushalt zu betätigen. Unter keinen Umständen, und wenn er sie dafür wieder in den Kerker würfe, würde sie es zulassen, daß die Königin von England Claredon in einem schlechten Zustand sah.

Als Ranulf zum Mittagsmahl einkehrte, summte der ganze Burgfried vor Geschäftigkeit. Die Leute bereiteten seine Abreise vor, wie auch Königin Eleonores mögliche Ankunft. Ranulf runzelte bei diesem Treiben die Stirn, während er die Treppe hinauf zu den Privatgemächern lief. Er bedauerte die Umstände, die eine solche Vorbereitung auf königlichen Besuch verursachten, und er war beunruhigt ob der riesigen Kosten. Königliche Besuche waren dafür bekannt, daß sie so manchen hilflosen Gastgeber in den Ruin getrieben hatten.

Als er jedoch das Vorzimmer der herrschaftlichen Gemächer betrat, hielt er plötzlich an, als sei ihm mit einer Lanze ein Stoß in die Magengrube versetzt worden. Payn und Ariane standen vor der Tür, die Köpfe zusammengesteckt, und lachten.

Dieser Anblick ließ einen wütenden Stich der Eifersucht durch Ranulf fahren. Ihre grauen Augen leuchteten mit Amüsement und mit Bewunderung für den großgewachsenen, gutaussehenden Ritter.

»Was ist hier so komisch?« verlangte Ranulf zu wissen, und beide zuckten sie bei seiner Stimme zusammen.

»Es war nichts, Ranulf«, sagte Payn hastig. »Lady Ariane erzählte mir von einem Besuch von König Stefan auf Claredon.«

»Hast du nichts Sinnvolleres zu tun, als dir von meiner Bettgespielin Geschichten erzählen zu lassen?«

Payn wurde stocksteif und sah zunächst aus, als würde er diese Bemerkung zurückweisen, doch dann verbeugte er sich nur knapp. »Wie du wünschst, my Lord.«

Als er gegangen war, wandte Ranulf seinen stechenden Blick Ariane zu. »Versuch nicht, mit deinen Künsten meine Leute zu gewinnen, Dirne. Damit wirst du keinen Erfolg haben.«

Arianes Augen wurden bei seinem feindseligen Tonfall und dieser Unterstellung weit. »Wir haben uns nur harmlos unterhalten, my Lord, nur das —«

»Du willst meinen Vasallen verführen, und das nennst du harmlos?«

»Verführen? Bist du *wahnsinnig*?« erwiderte Ariane ungläubig.

Ranulfs wilder Blick gab in nichts nach. Sein Herz trommelte gegen seine Rippen, in seiner Brust tobten die zerstörerischen Gefühle. »Ich weiß wohl, wie du bist, Dirne. Und ich werde nicht zulassen, daß du mit den Strategien, die dein Geschlecht so gerne einsetzt, einen Vorteil erringst.«

»Diese absurde Anschuldigung werde ich nicht mit einer Antwort würdigen.«

Sie wollte an ihm vorbeieilen, doch eine grausame Hand unterband ihre Flucht.

Seine Finger bissen förmlich in ihr Handgelenk, während er zwischen den Zähnen hervorbrachte: »Du gehörst mir, Ariane. Ich rate dir, das nicht zu vergessen.«

Ihr Kinn hob sich stolz und ihre Augen blitzten gefährlich, doch hielt sie ihre Stimme leise. »Ich bin mir ganz darüber im klaren, daß ich dir gehöre, my Lord«, erwiderte sie. »Doch ich halte mich für deine Frau, nicht für deine Bettgespielin. Und wenn du glaubst, mich zu kennen — dann bist du im Unrecht und vollkommen blind. Dein Verdacht ist völlig grundlos, und wenn du schon mir nicht vertraust, so solltest du dich schämen, daß du deinen Freund beschuldigst, dich auf diese Weise zu entehren. Sir Payn ist ein ehrenwerter Mann — und er verdient solche schändlichen Anwürfe überhaupt nicht. Es zeigt, wie wenig du seiner Treue würdig bist, wenn du so gering von ihm denken kannst —«

Ranulf unterbrach ihre beißende Schimpftirade und

zog sie an sich, sein Blick war erschreckend, als er streng auf sie hinabblickte. Ariane keuchte bei seiner Wildheit auf und wurde dann still.

Die Luft war plötzlich mit etwas Stärkerem als mit Ranulfs Wut elektrisiert. Unter seinem Hemd spürte sie, wie er fest und steif wurde. Sie konnte das Flackern der Lust in seinen Augen lesen, ein Versprechen der Heimzahlung.

Ranulf zog sie in das Gemach, trat die Tür hinter ihnen zu und schritt zum Bett, eine erschrockene Ariane im Schlepptau. Innerhalb von einer Sekunde hatte er sie auf die Matratze gestoßen, und im nächsten Herzschlag war er über ihr. Seine Hände hielten ihre Handgelenke. Seine Schenkel waren wie Granit auf ihren, preßten sie hinab, während seine bernsteinfarbenen Augen vor Wut glitzerten.

»Deine Kritik werde ich nicht dulden, Dirne.« Doch diese Erwiderung hatte wenig mit ihren Scheltworten zu tun, das wußte Ranulf. Sie hatte ihn in Angst und Schrecken versetzt, als sie solches Amüsement und eine solche Zuneigung zu seinem Vasallen zeigte, und dafür wollte er sie jetzt bestrafen.

Er hielt ihre Handgelenke mit einer Hand gefangen und schob ihre Röcke empor, so daß ihr Unterleib seinem Blick offenbart wurde. Seine Augen verdunkelten sich mit dem heißen Flimmern der Lust, seine Nasenflügel weiteten sich bei ihrem Duft. Sie lag vor ihm, gespreizt, offen, bereit, daß er sie nähme.

Er hatte gedacht, daß sie sich ihm widersetzen würde, doch sobald sie den Schock seines plötzlichen Angriffs überwunden hatte, machte Ariane keine Anstalten zu kämpfen oder sich zu widersetzen. Sie hatte ja gewollt, daß Ranulf sie so sehr begehrte, daß er diese eisige Kontrolle verlöre, und nun zitterte er am Rande einer Explosion, so wie sie auch. Sie konnte ihren Puls wild klopfen hören. Das pulsierende Schmerzen zwischen ihren Beinen hatte sein Echo in ihrem Blut, und ihr Körper bereitete sich darauf vor, von ihm in Besitz genommen zu werden.

Sie beobachtete Ranulf erregt, der den Saum seines eigenen Hemdes hochzog und an den Schnüren seiner Unterbeinkleider zerrte, um seine Männlichkeit zu befreien, die dick und geschwollen von seinen Lenden abstand.

»Mach die Beine breit«, befahl er heiser.

Sie gab ihm sofort nach, von ihrem eigenen Begehren geleitet. Als er sich in sie drängte, wimmerte sie vor Lust. Er war riesig und großartig, und sie war heiß und willig. Es war, als würde sie von einem erhitzten, glatten Stahl durchdrungen, und mit dem ersten Stoß schwebte sie bereits in Ekstase. Er zeigte ihr keine Zärtlichkeit, sondern stieß grob in sie hinein und zog sich wieder heraus, pumpend vor Wut. Er beanspruchte sie voller Triumph. Aber Ariane wollte auch keine Zärtlichkeit, keine Zurückhaltung. Sie bäumte sich wild gegen ihn auf, genoß diese Besitzergreifung.

Nur wenige Momente später schrie sie auf, ein hohes, klagendes Geräusch des der Lust. Ihr Laut wurde mit seinem heiseren Stöhnen eins, als er sich mit der Kraft seines Samens aufbäumte, der aus seiner Rute spritzte.

Danach lagen sie verausgabt und keuchend nebeneinander, ihre Leiber immer noch miteinander verbunden.

Endlich erhob sich Ranulf wortlos von ihr und stand auf, um seine Kleidung zu richten. Dick und schlaff und naß hing seine Mannheit an ihm herab.

»Wisse, daß du mein bist«, sagte er angespannt.

»Das weiß ich doch«, erwiderte Ariane mit inniger Überzeugung. Sie mußte seine Zweifel endlich besänftigen. »Ich gehöre dir. Ich will keinen anderen Mann ... als Geliebten oder Ehemann.«

Er betrachtete sie einen langen Moment, ehe er sich abwandte.

Die Wildheit schien ihn verlassen zu haben, doch die

Kälte blieb. Er brachte keine Bitte um Verzeihung für diesen Ausbruch an Gewalt vor. Nicht zu diesem Zeitpunkt, auch nicht später, als sie zum Mahl in die Halle hinabgingen, und zu keinem anderen Zeitpunkt, während er sich für seine Abreise nach London am folgenden Tag vorbereitete. Er tat so, als habe seine wahnsinnige Eifersucht nicht existiert.

Und dennoch nagten Reue und Leid an Ranulf. Er konnte nur die Worte nicht finden, um zu erklären, wie schwer es war, die Ängste und Vorurteile eines ganzen Lebens beiseite zu werfen, oder eine Bitte um Verzeihung auszudrücken, die auf seinen Lippen lag.

Und so sagte er nichts.

Beim Abschied im Morgengrauen des folgenden Tages herrschte Schweigen zwischen Ariane und Ranulf. Er hatte ihren Leib noch einmal beansprucht, ehe er seinen Knappen kommen ließ. Danach hatte er nur kurz mit ihr gesprochen, um ihr seine Befehle zu geben. Als sie ihm eine sichere Reise wünschte, erwiderte er dies mit einem knappen Nicken.

Und doch wandte er sich im letzten Moment zurück, unfähig, sie zu verlassen, ohne noch einmal ihre Süße zu schmecken, ohne noch einen letzten Kuß von ihr zu bekommen, der ihn auf der vor ihm liegenden Reise begleiten würde.

Ariane sah das Verlangen in Ranulfs bernsteinfarbenen Augen, als er sie in seine Arme zog, spürte das erhitzte Begehren in seinem kraftvollem Leib, in den glühenden Lippen. Doch als er sie losließ, war wieder die Maske der Kühle über ihn gefallen.

Und er hatte kein freundliches Wort des Abschieds für sie, überhaupt kein Wort.

Ariane ließ ihn mit schwerem Herzen von dannen ziehen. Sie sah aus dem Fenster der Herrschaftsräume hinaus, als Ranulf in voller Rüstung sein mächtiges Roß bestieg und über die Zugbrücke ritt, hinter sich sein Gefolge.

Als sie schon lange außer Sicht waren, ließ Ariane ihren Atem mit einem langen Seufzer entweichen. Es machte sie wütend, daß sie Ranulf jetzt schon vermißte. Es war unglaublich, doch sie sorgte sich um ihn. Es gab zahllose Gefahren, die Reisende erwarteten. Straßenräuber und Verbrecher, Söldner und andere mächtige Ritter, die gierig genug waren, alle Vorbeikommenden zum Kampf herauszufordern ... Doch war ihre Sorge absurd. Ranulf war ein kampferprobter Krieger, der fast drei Jahrzehnte des Kriegs und des Streits ohne ihre Hilfe überstanden hatte. Und es war seit Menschengedenken das Schicksal der Frauen, auf die Rückkehr ihrer Männer zu warten.

Kapitel 21

Als Ariane aus der Ferne die Trompete des Wachmannes hörte, richtete sie sich straff in ihrem Stuhl auf, der bei ihren Hofdamen im Webraum stand. Ranulf! War er zurückgekehrt?

Erfolglos versuchte sie, ihrer Aufregung Herr zu werden, und trat zu den schnatternden Frauen ans Fenster, um zu sehen, was die Unruhe herbeigeführt hatte.

Ein einzelner Reiter kam auf die Burg zugeritten, und er trug einen Wimpel mit den königlichen Farben von König Heinrich.

»Die Königin!« quietschte Gleda und verlieh der Aufregung Ausdruck, die alle von ihnen empfanden.

Der Reiter schien wirklich ein Herold zu sein, der die Ankunft des Gefolges der Königin ankündigen sollte, denn er trug seine eigene Fanfare, in die er oft und lang stieß. Der Wachmann am Torhaus unterstellte ihm offensichtlich freundliche Absicht, denn bald war über den ganzen Burgfried das Kreischen und Klappern der Zugbrücke zu hören, die sich langsam über den Wassergraben senkte.

Ariane rief eine ihrer Kammerzofen zu sich und eilte in ihr Gemach, wo sie rasch ihr altes braunes Wollkleid gegen ein wesentlich schöneres aus roter Seide tauschte. Sie hatte ihre Garderobe hierher in ihre eigenen Kammern bringen lassen, wie auch Ranulfs Dinge, so daß die herrschaftlichen Gemächer für Königin Eleonore und ihre Damen bereit waren. Nur die schönsten Räume des Hauses waren schießlich einem so wichtigen Besuch angemessen.

Arianes Magen fühlte sich an, als schlinge er sich in Knoten, während sie ein letztes Mal die Falten ihres Gewandes glättete und auf den Eingang des Turms zuging. Als Ranulfs Geisel hatte sie ihre Kompetenzen bei weitem überschritten, indem sie den Besuch der Königin vorbereitete, doch hatte sie nicht mehr getan als jede andere Burgherrin auch — hatte sich mit dem Verwalter und dem Wildhüter zusammengesetzt, wie auch mit den Leuten aus der Küche, hatte sich versichert, daß in den Lagerräumen, der Küche, in der Speisekammer, der Getränkekammer, in den Fischteichen, den Taubenschlägen und in den Hasenkäfigen ausreichend Vorräte vorhanden waren, hatten den Leibeigenen im Haushalt ihre Pflichten zugewiesen — all die vielen Kleinigkeiten, die dazu beitragen würden, den Besuch erfolgreich zu gestalten.

Und Payn hatte ihr freie Hand darin gelassen. Wenigstens er traute ihrem Urteil in diesen Fragen, denn er wußte, daß sie nichts tun würde, was Claredon zur Schande gereichen könnte.

Ariane Anspannung wuchs, als sie den Turm verließ, um mit Payn am Kopf der Freitreppe zu warten. Der Ankömmling war tatsächlich ein Herold der Königin und inzwischen konnte Ariane auch eine Vorhut erkennen, die auf die Tore zusprengte. Die Panzer glitzerten in der spätnachmittäglichen Sonne. Das hellrote Banner, das an der

Spitze des Zugs flatterte, schien Ranulfs Drachenwappen zu tragen.

»Das ist Ranulf, my Lady«, murmelte Payn an ihrer Seite.

Schon löste sich ein einzelner gepanzerter Reiter auf einem schwarzen Schlachtroß aus der Gruppe und kam im Galopp auf die Burg zugeritten. Ariane spürte, wie ihre Erwartung sich noch steigerte. Ranulf war mehr als eine Woche fortgewesen, und sie hatte ihn schrecklich vermißt. So überraschte es sie nicht, daß sie zitterte, während sie mit Payn die lange Treppe in den Burghof hinabstieg, um dort ihren zurückkehrenden Herrn zu erwarten. Wenig später kam Ranulf rasch in den inneren Burghof geritten, und die Hufe seines Schlachtrosses schlugen einen schweren Rhythmus, der mit Arianes plötzlich heftig gewordenen Puls im Einklang war.

Ranulf ließ seinen Hengst anhalten und begrüßte seinen Vasallen freundlich. Payn gab den Gruß zurück. Ariane hielt die Luft an. Ranulfs konischer Helm mit dem stählernen Nasenschutz verdeckte den größten Teil seines Gesichts, doch konnte sie seinen Blick auf sich spüren.

Dann zog er seinen Helm ab und schob den kettengepanzerten Kopfschutz zurück, und sein rabenschwarzes, von Schweiß getränktes Haar und ein Dreitagebart auf seinem harten Kinn kamen zum Vorschein.

Beim Anblick dieser strengen, schönen Gesichtszüge wurde sie von Freude durchflutet. Freude, in die sich ein wildes Aufwallen von erotischer Hitze mischte.

Ariane ahmte das höfische Gebahren ihrer edlen Mutter nach und machte ihm einen tiefen Knicks. »My Lord, seid willkommen.«

In Ranulfs Augen zeichnete sich ob der Wärme ihres Grußes Überraschung ab, doch zwang er sich, ihn neutral zu erwidern. Der Menge, die sich im Hof versammelt hatte, sollte seine Empfindungen nicht spüren. Es fiel ihm schwer genug nicht von seinem Pferd zu springen und Ariane sofort in seine Arme zu ziehen. Also nickte er nur, bestätigte ihren Willkommensgruß, und wandte sich dann wieder seinem Vasallen zu.

»Wie war die Reise?« fragte Payn, während ein Page das Streitroß des Herrn fortführte.

»Es hat in meinem Leben schon angenehmere gegeben«, erwiderte Ranulf ärgerlich. »Die Dame Eleonore besitzt die Halsstarrigkeit eines Maulesels.«

Es erstaunte Ariane zu hören, wie verächtlich er von seiner Königin sprach. Es erstaunte sie allerdings noch mehr, daß er mit keinem Wort ihren Auftritt als Burgherrin erwähnte. Statt dessen schien er sie vollkommen zu ignorieren, während er Payn über die Ereignisse während seiner Abwesenheit von Claredon befragte. Eine Weile danach kam eine Truppe Reiter durch die inneren Burgtore geritten, angeführt von einer lachenden, blonden Dame auf einem schneeweißen Zelter, dessen Sattel und Zaumzeug mit silbernen Schmuckmedaillen und Troddeln verziert waren.

Ariane hatte bereits von der eigensinnigen Herzogin gehört, die jetzt Königin von England war. Die Schönheit der Eleonore von Aquitanien war, so hieß es, atemberaubend. Außerdem wurde ihr nachgesagt, daß sie geistvoll und zudem eine großartige Reiterin sei — und Ariane schenkte diesen Behauptungen bereitwillig Glauben, während sie beobachtete, wie Ranulf der Dame aus dem Sattel half.

»Herrjeh! Ich dachte, wir kämen niemals an«, sagte Eleonore mit einem hellen Lachen.

»Willkommen in Claredon, my Lady«, erwiderte Ranulf so steif, daß Ariane die Mißstimmung zwischen den beiden sofort spürte.

Payn trat vor, um sich über die Hand der Königin zu beugen. »Mein Gruß an Euch, edle Dame.«

»FitzOsbern, gerade der rechte, um meine verletzten

Gefühle zu besänftigen. Euer Lehensherr hat den Benimm eines Lastochsen.«

»Mag sein, Eure Majestät«, erwiderte Payn mit einem Lächeln, »aber er ist ein Ochse, auf den man sich verlassen kann, und er wird seinem Herrn gut dienen.«

Sie schnaubte zierlich durch die Nase. »Ich schwöre Euch, Lord Ranulf hätte mich wohl in Säuglingswindeln wickeln lassen, hätte ich das zugelassen. Er hat von mir verlangt, mich in dieser stickigen Gerätschaft da drüben herumtragen zu lassen, bis ich es nicht eine einzige Minute länger ertragen konnte.«

Sie warf einen wütenden Blick auf die vergoldete, mit Seidenvorhängen ausgestattete Sänfte, die gerade polternd durch die Tore hereingetragen wurde. Abrupt gingen ihre blauen Augen neugierig zu Ariane. »Das ist also die Erbin, von der man mir so viel erzählt hat.«

Ariane versank in einem tiefen Knicks. »Ihr erweist uns eine große Ehre, Eure Majestät.«

»Tatsächlich? Ein merkwürdiger Gruß von der Tochter eines Mannes, der des Verrates gegen meinen Ehemann, den König, angeklagt ist.«

Nun war es an Ariane, sich stocksteif aufzurichten. »Angeklagt ist in der Tat der passende Begriff, my Lady. Es ist ein Glück für meinen edlen Vater, daß von König Heinrich erzählt wird, er sei ein gerechter Herrscher, der die Schuld oder Unschuld eines Mannes auf der Grundlage von Beweisen und nicht Gerüchten beurteilen wird.«

Eleonore blinzelte, offensichtlich erfüllte sie diese Antwort mit Respekt, und ihr Mund verzog sich reuig. »So ist er wirklich.«

»Wir haben keine Mühe gescheut, um für Eure Bequemlichkeit Sorge zu tragen«, fuhr Ariane fort. »Ich bin mir sicher, daß Ihr alles zu Eurem Wohlgefallen finden werdet.«

»Das werden wir sehen«, erwiderte Königin Eleonore und warf Ranulf ein kokettes Lächeln zu. »Ich erkenne wohl, daß Ihr mit der Unterwerfung Claredons alle Hände voll zu tun hattet, wenn diese Dame dazugehörte.«

Ohne eine Antwort oder eine Hilfe abzuwarten, rauschte die Königin majestätisch die steinerne Treppe empor und ließ die Gefolgsritter und die Damen folgen.

Ariane hörte Ranulf angewidert seufzen, und sie stellte fest, daß sie am liebsten auch so reagiert hätte. Sie hob den Saum ihrer Röcke und ging ihm voran in die große Halle, wo Knappen silberne Kelche mit Wein reichten, der mit Nelken gewürzt war.

»My Lord«, murmelte Ariane Ranulf zu. »Ich habe der Königin und ihren Kammerzofen deine Privatgemächer bereitet und deine Dinge in meine alte Kammer räumen lassen. Ich hoffe, daß du dieser Entscheidung zustimmst?«

Ranulf beugte seinen Kopf zu ihrem hinab, so dicht, daß sie den warmen Hauch seines Atems an ihrer Wange spüren konnte. »Jede Kammer ist mir recht, solange du sie mit mir teilst, Dirne.«

Ariane konnte nicht verhindern, daß ihr Puls bei der Hitze in seiner Stimme zu rasen anfing. Seiner Unterhaltung mit Payn hatte sie entnommen, daß Ranulf nur diese eine Nacht bleiben würde. Schon früh am nächsten Morgen wollte er weiterreiten und der Kavalkade der Königin Geleit geben. Er hatte für ihre Sicherheit zu sorgen und sie zum Lager ihres königlichen Ehemannes im Nordwesten zu führen. Aber es schien, als wolle er diese eine Nacht mit ihr verbringen — soweit es seine Pflichten als Gastgeber zuließen.

»Heute abend wirst du bei mir am Herrschaftstisch sitzen«, fügte Ranulf zu ihrer Überraschung hinzu. Dann ließ er sie stehen, um sich zu baden und neu zu kleiden. Ariane hatte genug damit zu tun, Bäder und Unterbringungsmöglichkeiten für die wichtigen Gäste zu richten. Sie sah Ranulf erst wieder, als er zum festlichen Abendmahl, das sie zuzubereiten befohlen hatte, in die große Halle zurückkehrte.

Ariane fand ihn in seiner schlichten schwarzen Tunika über einem scharlachroten Unterkleid wunderschön. Die angereisten Ritter und ihre Damen trugen kostbarere und reicher geschmückte Garderobe, doch der Herr von Claredon wirkte durch sich selbst.

Als jedoch die Königin Eleonore erschien, stellte ihre prachtvolle Erscheinung die gesamte Gesellschaft in den Schatten. Die langen, glockenförmigen Ärmel ihres Überkleids waren mit schwerer goldener Stickerei dekoriert, und das enge, langärmelige Unterkleid aus golddurchwirktem Samt schimmerte im Licht der Fackeln.

Eleonore nahm am herrschaftlichen Tisch neben dem Herrn den Ehrenplatz ein. Sie teilte mit ihm den Weinkelch und die Schale aus altbackenem Brot, in der das Fleisch gereicht wurde. Wie befohlen, hatte sich Ariane an Ranulfs andere Seite gesetzt, wo sie ihr Abendessen mit Payn einnahm.

Die köstlichen Fleischgerichte, die sie bestellt hatte, wurden als einzelne Gänge serviert: Wildbret, Wildschweinschaufel, gebratener Schwan, Fleischpasteten mit Brotkrumen und Kräutern, Haubenküchlein, frische Meeräsche, Aalpastete, alle Gerichte mit heißen Saucen, die mit Pfeffer oder Ingwer oder Senf gewürzt waren, sowie mit gedämpften Früchten. Zum Abschluß gab es Käse.

Später begann ein Harfenspieler die Gäste zu unterhalten, und wieder wurde honiggesüßter Wein ausgeschenkt.

Während der ganzen Mahlzeit hatte Königin Eleonore ein fröhliches Geschwätz in Gang gehalten, daß sie mit Komplimenten über die Gerichte unterbrach. Das Fest war offensichtlich ein Erfolg. Daher war Ariane sehr erstaunt, als die Königin während des dritten Liedes aufstand und sich an sie wandte. »Lady Ariane, auf ein Wort mit Euch.«

Ariane warf einen besorgten Blick auf Ranulf, der in

seinen Weinkelch starrte, doch wagte sie es nicht, dem Befehl zu widersprechen, sondern folgte Eleonore und zweien ihrer Hofdamen zögernd in die privaten Gemächer.

Sie sah schweigend zu, wie die Königin bis auf ihr Unterkleid ausgezogen, und ihr langes Haar gelöst wurde. »Geht jetzt«, befahl Eleonore dann ihren Frauen. Als sie fort waren, nahm sie einen polierten Handspiegel und eine silberne Bürste, setzte sich auf einen Schemel und kehrte Ariane den Rücken zu. »Würdet Ihr mir wohl helfen?«

Ariane erkannte, was von ihr erwartet wurde, und stellte sich hinter die Königin. Sie nahm die Bürste und ließ sie sanft durch die goldene Masse von Eleonores Haar gleiten.

»Wie ich höre, seid Ihr in einer schwierigen Situation«, begann Eleonore, während sie Ariane im Spiegel beobachtete. »Erst der Verrat Eures Vaters, und dann Lord Ranulfs Auflösung Eurer Verlobung.«

Ariane schwieg.

»Ich muß gestehen, ich war sehr beunruhigt, als ich von der Behandlung hörte, die Euch Lord Ranulf angedeihen läßt. Euch in sein Bett zu zwingen, ohne Euch zu ehelichen ... ich kann nicht anders, als dies zu mißbilligen.«

Ariane mußte gar nicht erst fragen, wie die Königin davon erfahren hatte. Der Tratsch unter den Dienstboten war hinreichend bekannt.

»My Lady, ich habe keine Klagen, was Lord Ranulf angeht.«

»Ihr hegt zärtliche Gefühle für den Mann, ist es das? Ich habe vorhin Euren Blick bemerkt, den Ihr ihm schenktet.«

»Ist das so offensichtlich?« fragte Ariane entsetzt.

»Nun — für mich auf jeden Fall. Mich haben schon immer die Angelegenheiten des Herzens interessiert, deshalb bin ich wohl aufmerksamer als die meisten. Wenn Ihr ihn anseht, liegt in Eurem Gesicht eine Weichheit, eine Sehnsucht ...«

Ariane ahnte, daß das stimmte.

»Ich glaube, daß ich diese Anziehungskraft verstehe. Ich kannte Ranulf, als er noch bei Hofe war. Und einige meiner Hofdamen waren ganz verrückt nach ihm, obwohl er nichts von ihnen wissen wollte. Es ist ein Jammer, daß er Euch nicht heiraten will.«

Ariane murmelte ihre Zustimmung.

»Doch denke ich, daß ich Euch einen Ausweg aus Euren Schwierigkeiten zeigen kann ... indem ich Euch eine Stellung in meinem Dienst als Hofdame anbiete. Wenn ihr an meinen Hof kommt, seid Ihr unter meinem Schutz.«

Die Haarbürste in Arianes Hand schwebte in der Luft, und ihre Augen weiteten sich bei diesem großzügigen Angebot. Als Hofdame der Königin, das wußte Ariane, wäre sie vor allen Konsequenzen sicher, die die Taten ihres Vaters haben mochten.

Eleonore erläuterte ihr verlockendes Angebot: »Heinrich belagert immer noch die Burg von Mortimer in Bridgenorth. Wenn die Belagerung erfolgreich beendet ist, wird Eurem Vater wegen Verrats der Prozeß gemacht. Schließlich hat er die Rebellion unterstützt.«

Ariane biß sich auf die Unterlippe. Eleonore war ein gefährlicher politischer Gegner — oder eine kluge Wohltäterin. Wenn sie den Schutz der Königin annahm ... Doch dann schüttelte sie langsam den Kopf. Sie konnte niemals ihren Vater im Stich lassen, nicht ihre Mutter, nicht die Leute von Claredon, nur um sich selbst zu retten. Und dann war da noch Ranulf ...

»Eure Großzügigkeit überwältigt mich, Majestät. Ich bin Euch von Herzen dankbar, doch muß ich leider absagen. Claredon ist meine Heimstatt, und ich habe die Hoffnung noch nicht aufgegeben ...«

Als sie innehielt, hakte Eleonore nach: »Ihr habt noch Hoffnung ...?«

»Daß Ranulf eines Tages mich als etwas ... als jemanden sehen wird, dem er vertrauen kann.«

»Ihr habt Euch in ihn verliebt.« Das war keine Frage, sondern eine Feststellung.

»Ja«, gab Ariane zu, und stellte sich selbst zum ersten Mal dieser Erkenntnis. Gegen ihren Willen, gegen jegliche Vernunft und Urteilsfähigkeit hatte sie sich in Ranulf verliebt.

»Ich habe mich dagegen gewehrt, ihn zu lieben«, murmelte Ariane, »doch das war hoffnungslos.«

»So sei es denn«, sagte Eleonore brüsk, »doch glaubt nicht, daß Ihr Euch später an mich wenden könnt, sollte es Euch noch schlimmer ergehen als jetzt.«

Ariane wußte, daß das Gespräch sein Ende gefunden hatte. »Ja, Eure Majestät.«

Sie hatte das Angebot der Königin, sie zu unterstützen, ausgeschlagen, und mußte nun mit den Konsequenzen leben.

Ariane tat das Geständnis ihrer Gefühle für Ranulf sofort leid, denn sie konnte nicht ausschließen, daß Eleonore möglicherweise ihr Wissen mißbrauchen würde.

Nachdem sie aus der Kammer der Königin entlassen worden war, kehrte Ariane in die Halle zurück, wo sie viele der Gäste bereits betrunken vorfand. Der Herr der Burg schien jedoch noch nüchtern.

»Was wollte Königin Eleonore von dir?« verlangte Ranulf zu wissen, als sie auf ihren Platz zurückkehrte.

Sie begegnete seinem forschenden Blick mit einem gezwungenen Lächeln. »Sie bat mich, ihr die Haare zu bürsten.« Ranulf starrte sie für einen langen Moment an, doch glücklicherweise verlangte er nicht, über ihre Unterhaltung mit der Königin unterrichtet zu werden. »My Lord, ich würde mich gerne zurückziehen.«

»Zieh dich zurück, ja«, sagte er, und seine Stimme fiel in einen tiefen Bariton hinab. »Doch nicht zum Schlaf. Ich erwarte ein süßes Willkommen.«

Ein wildes Aufwallen von Erregung fuhr durch Ariane, als sie das Versprechen der Leidenschaft in seinem Blick sah. »Wie du wünschst, my Lord. Ich werde dich in deinem Bett erwarten.«

Nur wenig später kam er zu ihr. Ariane hatte gerade noch Zeit gehabt, sich auszukleiden, als Ranulf schon vor ihr stand.

Im Kamin brannte nur noch schwach ein Feuer, und im vergehenden Licht der Glut sah sie, daß seine Augen hart und hungrig waren.

Er streckte jedoch nicht gleich die Hand nach ihr aus, sondern nahm ihr nur die Haarbürste ab und legte sie beiseite. Mit einem sanften Finger unter ihrem Kinn wandte Ranulf ihren Blick nach oben und ließ seine Augen ihre bezaubernd hübschen Gesichtszüge streicheln, blickte auf die volle, glänzende Mähne, die dick in herrlicher Wirrnis über ihre Schultern fiel. Ranulf senkte seine Finger in die unglaubliche Weichheit und ließ das warme Gewicht ihres Haares über seine Hände fließen, während er ihren süßen Mund suchte.

Er hatte sich so nach Arianes Gesellschaft gesehnt! Er konnte sich das Gefühl der Verbannung überhaupt nicht erklären, daß er empfunden hatte, als er von ihr fortgewesen war. Noch weniger konnte er sich die wunderliche Sanftheit erklären, die er spürte, wenn er in ihrer Nähe war.

Er fing ihren Mund in einem Kuß und trank von ihrer Süße, steckte seine Zunge tief in ihre einladende Wärme, eine innige Imitation des fleischlichen Aktes, und dann streichelte er ihren nackten Körper in drängender Erregung. Sofort bäumte sich Ariane gegen ihn auf, die Spitzen ihrer Brüste hart und schmerzend unter seinen Fingern.

Beide sehnten sich nach mehr als schlichten Zärtlichkeiten. Ariane zog Ranulf mit zitternden Händen aus. Als sie schamlos ihre Finger um seine starke Wurzel schloß, konnte sie hören, wie sein Atem hart und rauh an ihrem Ohr ging.

Ariane ließ ihn nicht los, zog ihn zum Bett und streckte sich einladend auf den Laken hin. Weit spreizte sie ihre Beine, damit er sie sich nähme. Sie begehrte ihn.

Ranulf ließ sich zwischen ihre willig geöffneten Schenkel hinab und stieß tief in sie hinein. Ihren Schrei der Leidenschaft erstickte er mit seinem Mund.

Wortlos streichelte er sie, entzündete sie und brachte ihren Körper zu immer neuen Gipfeln, bis sie beide zu einem erschütternden Höhepunkt der Extase gelangten.

Ranulf erholte sich als erster von dieser Leidenschaft. Er lag schlaff über Ariane, ihre Arme hielten ihn leicht umarmt. Sie fand langsamer ins Bewußtsein zurück, wurde sich zuerst der feuchten Wärme seiner Haut bewußt, und dann der drückenden Schwere seines mächtigen Körpers.

Doch machte ihr sein Gewicht nichts aus, es tröstete sie instinktiv, ihn auf sich zu spüren. Ariane seufzte und hielt ihn noch fester. Ranulf war zu ihr nach Hause zurückgekehrt.

Beim ersten Licht des Tages ritten sie fort. Sie waren schon ein Dutzend Meilen von Claredon entfernt, als die Königin sich zum ersten Mal dazu herabließ, das Wort an ihn zu richten. Sie kam auf ihrem Zelter zu Ranulf heran und lenkte das Gespräch auf Ariane, in einer Art, die sein Herz einen Satz machen ließ und alle seine sonstigen Gedanken in die Flucht jagte.

»Ich muß zugeben, daß ich von der Dame Ariane gestern angenehm überrascht war. Ich habe mich ausführlich mit ihr unterhalten. Ich konnte von ihrem Schicksal nicht anders als gerührt sein.«

»Ihr Schicksal, Eure Majestät?« fragte Ranulf vorsichtig.

»My Lord Ranulf, laßt uns nicht um den heißen Brei herumreden«, sagte die Königin überfreundlich. »Ihr habt Euch das Mädchen ganz unterworfen, obwohl sie ihr Stand hätte schützen sollen. Ein ehrenhafter Ritter würde sie dafür entschädigen.«

Seine Augen wurden schmal und dunkel. »Hat sie behauptet, ich hätte sie entehrt?«

Eleonores melodisches Lachen war wie das Klingen von kristallenen Glocken. »Nein, gegen Euch wollte sie absolut nichts sagen, ich mußte das erst von meinen Hofdamen erfahren. Es schmerzt mich, wenn eine Edelfrau so schlecht behandelt wird. Daher bot ich ihr Zuflucht am königlichen Hof an, als eine meiner Hofdamen.«

Ranulf spürte, daß Panik wie ein Messer durch seinen Magen stieß. »Hat Ariane um Euren Schutz gebeten?«

»Nein, doch bot ich ihn ihr dennoch an. Sie verweigerte ihn allerdings.«

»Sie weigerte sich . . .?« Ranulf starrte Eleonore ausdruckslos an.

»Ja. Sie behauptete, sie hätte nicht den Wunsch, ihre Heimstatt zu verlassen, trotz all der schrecklichen Schwierigkeiten, denen sie sich gegenübersieht. Eine solche Treue ist doch bewundernswert. Findet Ihr nicht auch?«

Erleichterung flutete durch Ranulf wie süßer Wein. Er wußte nicht, warum Ariane sich entschlossen hatte, auf Claredon zu bleiben. Er war nur glücklich, daß sie ihn nicht verlassen wollte.

»Ihr habt Euch mit dem Mädchen einen wahren Schatz erobert, Lord Ranulf. Wenn Ihr das nur erkennen würdet.«

Ranulf wandte sich um und starrte die Königin an.

»Es könnte Euch Schlimmeres passieren, als sie zu heiraten.«

Seine Kiefernmuskeln spannten sich an. »Mir scheint,

daß Ihr ein ungewöhnliches Interesse an meinen Angelegenheiten habt, my Lady.«

Eleonore lächelte freundlich. »Ihr seid Euer eigener Herr, my Lord. Ich würde mir niemals anmaßen, Euch einen Rat geben zu wollen. Ich werde nur das sagen, was so mancher Ritter zu seinem Leidwesen erkennen mußte: ein Schwert ist eine kalte Gattin.«

Mit dieser spitzen Bemerkung lenkte Königin Eleonore ihren Zelter wieder zurück zu ihren eigenen Rittern. Ranulf blieb allein, hing seinen wirbelnden Gedanken nach und fragte sich, warum Ariane wohl das Angebot der Königin ausgeschlagen hatte.

Kapitel 22

Eine gedankenvolle Falte lag auf Ranulfs Stirn, als er eine Woche später von seinem Platz am herrschaftlichen Tisch aus über die große Halle von Claredon sah. Sein Willkommensgruß heute morgen war fast so ausführlich gewesen wie der, mit dem der Besuch von Eleonore geehrt wurde. Doch diesmal war er nicht in Begleitung einer Königin, die derartig sorgfältige Vorbereitungen gerechtfertigt hätte. Auch das Bankett, das vor ihnen stand, war nicht zu rechtfertigen.

»Sie hat wahrhaftig ihre Kompetenzen überschritten«, murmelte Ranulf leise, doch war es laut genug gewesen, daß Payn ihn gehört hatte.

»Ich jedenfalls empfinde es als eine Verbesserung«, sagte der Ritter und grinste. »Wahrhaftig, ich hatte völlig vergessen, wie angenehm es sich in einem wohlgeordneten Haushalt lebt.«

Ranulf grunzte. »Die Dirne hat sich meine Abwesenheit zunutze gemacht, wie auch deine halbherzige Aufsicht. Du hast noch nicht einmal die schlimmsten ihrer Exzesse unterbunden. Du weißt sehr wohl, daß ich mein Geld lieber für eine Rüstung ausgebe, als für solch eine Tunika, wie sie sie mir geschenkt hat.«

An diesem Morgen war ihm Ariane auf dem Burghof entgegengekommen und hatte ihm eine selbstgefertigte Tunika überreicht, — safranfarbene Seide, die Ärmel und Kragen mit schwarzen und goldenen Blättern bestickt. Die Farben spiegelten seine Haare und seine Augen wieder.

Das Kleidungsstück gefiel ihm, was ihm jedoch nicht gefiel, war ihr Grund, es ihm zu schenken. Ariane war offensichtlich fest entschlossen, all seine Abwehr zu durchbrechen und eine Hochzeit durchzusetzen. Denn es war üblich, daß eine Ehefrau ihren Mann bei seiner Rückkehr von einer Reise mit einem Willkommensgeschenk begrüßte. Ariane hatte sich heute benommen, als sei sie seine Gattin ...

Und obwohl er es hätte besser wissen müssen, trug er die Tunika jetzt, hatte sie mit einem breiten Gürtel befestigt, der mit Bernsteinen dekoriert war. Er war nicht in der Lage gewesen, das Geschenk abzulehnen, ohne als Rohling dazustehen. Sogar sein Knappe hatte sich wohl gegen ihn verschworen, denn er hatte dafür gesorgt, daß er ihr Geschenk anzog. Burc hatte sich genug von seiner Schulterwunde erholt, um seinem Herrn beim Ankleiden zu helfen. Der dumme Junge hatte unaufhörlich Arianes Loblied gesungen.

»Der Stoff war ja vorhanden«, sagte auch Payn zu ihrer Verteidigung. »Er ist vor drei Wintern gekauft worden, als Hochzeitsgeschenk an dich, und du selbst gabst ihr neulich die Erlaubnis, den Faden zu kaufen.«

Ranulf schüttelte den Kopf. Sie schienen sich alle in einem Komplott gegen ihn verschworen zu haben: Burc, Payn, Königin Eleonore, selbst der König, alle schienen sie zu wollen, daß er diese Dame heiratete.

Ranulf hatte Eleonore ohne weiteren Zwischenfall zu

Heinrich gebracht. Dort hatte er sich noch zwei Tage aufgehalten, um die Zukunftspläne seines Herrn zu besprechen. König Heinrich, ein wegen seines gewalttätigen Naturells bekannter Herrscher, tobte vor Wut über die langwierige Belagerung von Mortimers Burg. Doch die Ankunft seiner Königin konnte die Laune etwas verbessern. Und schließlich hatte auch Heinrich vorgeschlagen, Ranulf möge seine Verlobung wieder gelten lassen. Dies alles erregte seinen Widerwillen zutiefst.

»Willst du damit sagen«, hakte Payn noch einmal nach, »daß du die Annehmlichkeiten der Dame Ariane nicht genossen hast?«

Ranulfs Stirnrunzeln wurde noch tiefer. Das Problem war doch, daß er diese Annehmlichkeiten zu sehr genoß. Er würde noch danach süchtig werden, wenn er nicht aufpaßte. Jetzt schon stellte er fest, daß sein Vergnügen an Krieg und Kampf geringer geworden war. Nachdem er einige Wochen luxuriös auf Claredon gelebt hatte, war er nicht mehr ganz so willig, sich dem strengen Leben auszusetzen, das er immer gekannt hatte. Sein Aufenthalt in Heinrichs Lager hatte diesen Stimmungswandel bereits offenbar gemacht. In Zelten zu schlafen, auf dem feuchten harten Boden, Langeweile zu erdulden und den Regen, von Ungeziefer durchsetzte Gerichte bei den Mahlzeiten, all dies war nicht mehr besonders attraktiv ...

»Mir scheint, du unterschätzt die Vorteile, die eine Ehefrau zu bieten hat«, sagte Payn mit einem Grinsen.

»Bei Gott, du klingst ja schon wie Königin Eleonore.«

»Hat sie dich gedrängt, Ariane zu heiraten?«

»Sie hat Andeutungen gemacht und brachte den König dazu, ihre Ansicht zu unterstützen.«

»Vielleicht solltest du auf sie hören. Vielleicht solltest du wirklich dem Eheglück eine Chance geben«, stichelte Payn unerschrocken weiter. »Und wenn deine Pflichten als Ehemann dir zuviel werden, kannst du sie immer noch auf eine deiner anderen Burgen fortschicken.«

Ranulfs Hand mit dem Weinkelch zuckte, und die dunkle Flüssigkeit schwappte über den Rand. »Ich werde doch nicht heiraten, nur um meine Gattin dann zu verbannen oder sie wegzuschließen!«

»Dann ... » Payns Gesichtszüge wurden plötzlich ernst und besorgt, »solltest du dann nicht Ariane freilassen?«

»Ich passe nur gut auf die Dinge auf, die mir gehören«, murmelte Ranulf zu seiner Verteidigung.

»Ich glaube, daß man ihr trauen kann«, behauptete Payn ruhig, »und daß ihre Tugend ohne Zweifel ist. Das würdest du selber auch merken, wenn du sie nur endlich gerecht beurteiltest.«

Ranulf zwang sich, seine aufkeimende Wut unter Kontrolle zu halten und seinen festen Griff um den Weinkelch zu lockern. Dann zuckte er nachlässig mit den Schultern. Das Gespräch war beendet. Er würde Ariane nicht zur Frau nehmen. Mit dem gegenwärtigen Stand der Dinge war er zufrieden. Ariane wollte sein Gut nicht verlassen, obwohl ihr die Möglichkeit dazu gegeben worden war, und da sie hierblieb, würde sie ihm als Bettgespielin dienen. Bis er von ihr genug hatte, würde er sie nicht loslassen. Er konnte sie gar nicht loslassen.

Der Frühling hatte England mit aller Macht in Besitz genommen, und die Bäume und Blüten standen in voller Farbenpracht. Die Sonne wärmte die Erde täglich, und nachts gingen sanfte Regen auf die Felder herab und schufen so die Bedingungen für einen reiche Ernte.

Es war die Jahreszeit der Erneuerung, des Friedens und der Versprechungen. Eine Zeit, in der Liebende sich an der reinen Freude am Leben freuten.

Ihr Geliebter schien jedoch entschlossen zu sein, dunkle Wolken an seinem Horizont bewahren zu wollen, bedauerte Ariane. Sie lernte jedoch, Ranulf besser zu verstehen. Sie bebte nicht mehr bei seinem strengen Stirnrunzeln, zuckte auch nicht mehr bei seinen scharfen Bemerkungen zusammen. Doch beunruhigte sie das Wissen, daß er sie immer noch als seine Feindin betrachtete.

Sie hatte alles in ihrer Macht Stehende getan, um ihm ihren Wert zu beweisen, um zu zeigen, daß sie ihm eine fähige Burgherrin und eine gute Frau sein würde. Sie hatte willig gearbeitet, um Ranulfs Leben angenehmer zu machen, und um sich für das Wohlbefinden ihres Herrn unersetzlich zu machen. Mit Mühe hatte sie sogar ihre scharfe Zunge im Zaum gehalten, denn sie hatte sich an den Rat erinnert, den ihre Mutter ihr einst gegeben hatte: Es fiele den Frauen zu, ihre Männer zu charmieren, sie zu zivilisieren, und ihnen beizubringen, ihre kriegslüsternen Neigungen im Zaum zu halten.

Bedauerlicherweise konnte Ariane jedoch ihren Fortschritt nur in kleinen Zeichen erkennen — ein erhitzter Blick hier, ein Lächeln oder eine zärtliche Berührung da. Doch weigerte sie sich, die Hoffnung aufzugeben. Ranulf brauchte eine Frau, er brauchte sie. Sie durfte den Versuch, ihn davon zu überzeugen, nicht aufgeben.

Eines Abends, als sie am Schachbrett saßen, versuchte Ariane erneut, ihre Sache durchzusetzen und war plötzlich wieder einmal dabei, sich mit ihm über die Frage der Schlüssel für die Burg zu streiten.

»Ich kann nicht verstehen, warum du in dieser Frage so störrisch bist. Vielleicht habe ich deine Weisheit überschätzt. Ich glaubte, daß es dir gefallen würde, wenn deine Burg in ordentlichem Zustand ist.«

Er machte in seinem Hals ein trockenes Geräusch. »Vergib mir, wenn ich deinen Bemühungen mißtraue, mir zu Gefallen zu sein.«

»Warum? Was habe ich getan, daß du mich immer noch verdächtigst?«

Sein Blick hob sich und sah forschend in ihr Gesicht. »Versagt deine Erinnerung so schnell? Du hast meine Bettlaken mit deinen angeblichen Jungfrauenflecken gefärbt, und du hast versucht, mich zu zwingen, dich zu heiraten.«

Ariane wurde rot. Sie wünschte, er hätte ein weniger unbarmherziges Erinnerungsvermögen. »Das war ein Fehler, das gebe ich zu. Ich wollte dich dazu bringen, dein Versprechen einzuhalten, mich zu heiraten, doch wählte ich den falschen Weg.«

Ranulf war davon nicht besänftigt und sah sie scharf an. »Und jetzt denkst du, daß du mich davon überzeugen kannst, dich zu meiner wahren Frau zu machen, indem du den Aufgaben einer Burgherrin nachgehst?«

Ariane senkte den Blick, um ihren Schmerz zu verdecken. Das war tatsächlich zunächst ihre Strategie gewesen, doch hatte sie nicht damit gerechnet, daß sie sich in diesen störrischen, hartherzigen Kerl verlieben würde. Sie schüttelte den Kopf. Es war ihr schmerzlich bewußt, daß Ranulf sie nicht liebte. »Nicht um meinetwillen, sondern um deine Bequemlichkeiten zu erhöhen.«

Ranulfs Augenbrauen schossen hoch, ungläubig, daß sich Ariane auch nur das geringste bißchen aus seinem Los machte.

»Eine Burg braucht eine Herrin«, insistierte sie. »Und ein Herr braucht eine Gemahlin.«

»Bislang ging es mir ohne durchaus gut.«

»Tatsächlich?« Ihr Ton war zweifelnd. »Man hat mir erzählt, daß Vernay ein kalter, feindseliger Ort ist, der dir so wenig Freude bereitet, daß du dich weigerst, dort zu leben.«

Jetzt war es an Ranulf, stocksteif zu werden. »Mir scheint, daß Payn dir lauter unsinnige Geschichten erzählt hat.«

»Sind sie unsinnig, my Lord? Oder weigerst du dich einfach, der Wahrheit ins Gesicht zu sehen?«

Ranulf wandte seine Aufmerksamkeit wieder dem Schachbrett zu. »Gute Diener können auch nach meiner Bequemlichkeit sehen, und jede Dirne wird meine fleischlichen Gelüste erfüllen. Wozu brauche ich also eine Frau?«

Sie zögerte nur einen Moment. »Zum einen, damit du Söhne bekommst.«

»Ich habe Söhne, ein halbes Dutzend Kinder, die überall in der Normandie verstreut sind, bis hin nach Poitou.«

»Eheliche Söhne, keine, die von den Fesseln der Leibeigenschaft gebunden sind, sondern die dem Adel entstammen. Hast du dir niemals einen Erben gewünscht?«

Ranulf bewegte sich unwohl auf seinem Schemel. Es hatte wohl Zeiten gegeben, zu denen er sehnsüchtig an edelgeborene Söhne gedacht hatte, die ihm nachfolgen würden. Jugendliche Ebenbilder seiner selbst, die er zu Rittern heranziehen konnte. Er würde sie mit Sanftheit und Mitleid erziehen, nicht mit der Peitsche. Doch adlige Söhne konnten nur aus dem Mutterleib einer Edelfrau geboren werden, und er hatte noch keine kennengelernt, der er hätte trauen können — nicht vor Ariane.

Seine Gedanken flüchteten vor diesem beunruhigenden Bild. »Meine Wünsche gehen dich wohl kaum etwas an«, murmelte er. »Und ich glaube, du bist am Zug.«

Er spürte ihre wachsende Wut, und aus irgendeinem unerklärlichen Grund beruhigte sie ihn. Ranulf schwor sich im stillen, wenigstens einige ihrer Wünsche zu erfüllen, was die Leitung seines Haushalts anging. Wahrhaftig, Ariane war eine ausgezeichnete Herrin, und wenn es ihre Laune versüßen würde, und er ihre Treue damit gewinnen könnte, dann war er bereit, Konzessionen zu machen. Nicht, daß er seine Kapitulation jetzt gleich bekanntgeben wollte ...

Ranulf sagte laut: »Ich weiß sehr wohl, daß du einen Haushalt führen kannst, Dirne, doch ist das noch lange kein Grund, dich zu heiraten. Ich brauche dich, um die Einsamkeit meiner Nächte zu lindern ... und die der Tage.« Er schenkte Ariane ein schelmisches Grinsen. »Du bist tatsächlich zu etwas gut. Ich gebe zu, ich finde dich recht unterhaltsam.«

»Unterhaltsam!«

»Ja. Deine Wut zum Beispiel amüsiert mich. Deine scharfe Zunge erregt mich.« Sein Blick ging über sie, hielt bei ihren Brüsten inne. »So wie auch dein wunderschöner Leib. Ich mag die Herausforderung, die eine freche hübsche Dirne bietet.«

»Du ... du ...« stammelte sie zornig.

Arianes Wut wurde noch heftiger. Sie nahm einen der hölzernen Läufer und warf ihn Ranulf an die breite Brust. Er prallte ab und fiel mit einem lauten Klappern auf den Boden.

Er lachte bei diesem Ausbruch, und der warme Laut erfüllte den ganzen Raum. Der Kerl hatte tatsächlich die Frechheit, auch noch zu lachen. Ihre Augen blitzten, als sie nach einer anderen Figur greifen wollte. Doch Ranulf war schneller. Er stürzte um den Tisch herum und fing sie ein, wobei er ihre beiden Arme an ihre Seite preßte. Mit einer einzigen, leichten Bewegung warf er sie auf die Felle vor dem Kamin. Ariane kämpfte gegen seine Umarmung, doch konnte Ranulf sie mit Leichtigkeit unterwerfen. Als sie endlich aufhörte, sich zu winden, und ihn nur noch wütend anstarrte, grinste er auf sie hinab, und seine Augen leuchteten. »Du hast mich herausgefordert und verloren, Demoiselle. Jetzt hast du ein Pfand zu bezahlen.«

Ehe sie überhaupt Atem holen konnte, bedeckte er ihren Mund roh mit dem seinem. Sein Kuß war hungrig, voller Begierde, und als er endlich wieder den Kopf hob, glühten seine Augen vor Verlangen. »Ah, was tust du mir an, Dirne ...«

Er blickte sie einen Moment lang schweigend an, ehe er den Kopf schüttelte. Eine intime, amüsierte Wärme kam in seine Stimme, als er bemerkte: »Doch scheinen deine Fähigkeiten, mich zu verführen, etwas unzulänglich. Warum versuchst du nicht, deine fraulichen Künste zu nutzen, meine Leidenschaft anzuregen und meine Urteilsfähigkeit zu schmälern, anstatt mich dauern zu bekämpfen? Eine kluge Bettgespielin weiß sehr wohl, wie man einen Mann den eigenen Launen unterwerfen kann — mit Honig, nicht mit Essig.«

»Ich bin nicht wie deine Bettgespielinnen«, sagte Ariane steif, und ließ sich von seiner Neckerei nicht provozieren.

Erwartungsvoll lächelte er vor sich hin. Er hatte ihren Kampf genossen, doch würde er ihre Hingabe noch befriedigender finden.

Er beugte sich wieder zu ihr hinab, und mit einer plötzlich rauhen Stimme murmelte er: »Und ich bin nicht wie andere Männer. Ich habe sogar vor, dir Milde zu erweisen und dir eine Buße zuzuteilen, die dir gut gefallen wird.«

Ariane schlug auf seine breiten Schultern ein. Sie haßte es, wie ihre verräterischen Sinne geweckt wurden, wenn Ranulf sie mit seinen sanften, erregenden Küssen traktierte. »Ich werde überhaupt keinen Spaß daran haben, du eingebildeter Lump, deine Berührung verschafft mir kein Vergnügen.«

»Keines?« Sein langsam anwachsendes Lächeln sprach von einer einzigen sinnlichen Zärtlichkeit. »Mir scheint, du lügst, Dirne. Soll ich es dir beweisen?«

Ariane fürchtete, daß er seine Fähigkeiten nicht unter Beweis stellen mußte. Ranulf wußte sehr wohl, daß er jede Regung ihres Körpers im Griff hatte. Sie wand sich unter ihm, doch sie konnte sich nicht befreien.

Er machte sich nicht die Mühe, sie auszukleiden, sondern zog einfach die Korsage ihres Kleides herunter, um sie in ihrer vollen Schönheit zu entblößen. Seine goldenen Augen leuchteten auf. Einen Herzschlag lang vergrub er sein Gesicht in ihren Brüsten und nahm den süßen warmen Duft ihrer Haut in sich auf. »Ob ich dich wohl heiß machen kann?«

Sein Mund senkte sich wieder zu ihr hinab, schmeckte

und küßte ihre aufrechten Brustwarzen, bis sie wimmerte.

Er lächelte. »So will ich dich haben, meine Süße ... daß du um mich betteltst.«

Er griff nach unten, zog ihre Röcke hoch und ließ eine forschende Hand zwischen ihre Schenkel gleiten. »Zeig mir, wo ich dich streicheln soll.«

Sie versuchte erfolglos, seinen suchenden Fingern zu entkommen. »Ranulf, bitte ...«

»Bitte?« Sein neckendes Grinsen war voller Intimität. »Das Wort gefällt mir besonders gut, wenn es aus deinem Munde kommt.«

»Nein, Ranulf! Das ist unanständig.«

Er lachte, ein tiefes erotisches Lachen, das ihr einen Stich zufügte. »Du willst jetzt Schüchternheit vorschützen, nach allem, was wir uns gewesen sind?«

»Was ich dir gewesen bin? Du hast gesagt, ich bedeute dir nichts.«

»Nein, Dirne, du bedeutest mir sehr viel.«

»Du willst nur meinen Leib.«

»Und dein Leib will mich«, murmelte er rauh an ihrem Hals.

»Nein ...«

Anstatt zu antworten, rieb er seinen Daumen an den feuchten, geschwollenen Lippen ihres Geschlechts entlang, und fand die empfindliche Stelle, an der ihre ganze Leidenschaft sich sammelte. »Diese Knospe ist dick und saftig — ein Beweis deines Verlangens, meine Süße. Kannst du ehrlich behaupten, daß es dir nicht gefällt, wenn man dich hier streichelt?«

Ihr unterdrücktes Wimmern ließ ihn triumphierend lächeln. Vorsichtig ließ er zwei Finger in ihre glatte Passage gleiten, und Ariane atmete heftig. »Also gefällt es dir gar nicht, von mir berührt zu werden, mein Fleisch in dir vergraben zu wissen?«

Seine Finger stießen tiefer zu, und sein Daumen streichelte weiter. Ihr ersticktes Keuchen war die einzige Antwort, die er hören wollte.

»Ich möchte dich schmecken«, kündigte er leise und zufrieden an.

Er bewegte seinen Mund über ihren Körper hinab, auf ihre Fraulichkeit zu, und seine starken Hände spreizten ihre nackten Schenkel auseinander, seinem Vergnügen entgegen. Als er seinen Kopf auf sie hinabsenkte, biß Ariane die Zähne zusammen, versuchte verzweifelt, nicht auf jeden der zart provozierenden Stöße seiner Zunge zu reagieren, doch war das süße Leiden fast zuviel für sie. Ihre Hüften bäumten sich seinem Mund entgegen, als hätten sie einen eigenen Willen.

Als ein Stöhnen tief aus ihrem Hals emporstieg, hörte Ranulf auf und blickte sie triumphierend an. Seine Lippen, naß von ihrem Tau, verzogen sich zu einem zärtlichen, wissenden Lächeln.

Ohne Eile hob er seine Tunika und zerrte an seinen Beinkleidern, um sich zu befreien. Dann senkte er sich langsam auf sie, seufzte vor Vergnügen, als er in sie eindrang. »Möglicherweise werde ich dir bis zum Morgengrauen keine Ruhe geben«, flüsterte er, und fing an, sich drängend in ihr zu bewegen.

Mit einem leisen Stöhnen schloß Ariane die Augen und gab sich ihm hin. Und als wenige Momente später die unendliche Ekstase über sie kam, war ihre Lust intensiver als je zuvor. Doch auch ihr Herz schmerzte stärker als je zuvor.

Ranulf begehrte sie nur wegen ihres Körpers, während sie verzweifelt seine Liebe brauchte und ersehnte.

Als es vorüber war, als er ihren zitternden Körper im Nachbeben der Leidenschaft umarmt hielt, fühlte sie, wie sich hilflose Tränen in ihren Augen sammelten.

»Ariane?« Ranulf stützte sich auf einen Ellbogen, seine Augen waren dunkel, als er sie weinen sah, und voller Sorge. »Habe ich dir weh getan?«

Ja, wollte sie schreien, doch sie schnüffelte nur und wischte die Feuchtigkeit fort, entschlossen, ihm keinen Grund zu geben, dies für eine weitere weibliche List zu halten. »Nein, es ist nichts.«

Mit einem verwunderten Stirnrunzeln streichelte er ihre nasse Wange mit seinem Daumen, fuhr mit ihm hinab zu ihrem zitternden Mund.

»Halt mich einfach fest ...« flüstere Ariane und preßte ihr Gesicht gegen seine Brust.

Ranulf wand unsicher seine Arme um sie und hielt sie fest an sich gedrückt, tröstete sie schweigend mit seiner Umarmung.

Kapitel 23

Ariane seufzte auf, während sie die prachtvollen ritterlichen Kämpfe auf dem Exerzierplatz beobachtete. Selbst von ihrer Stelle am Fenster der herrschaftlichen Gemächer aus konnte sie Ranulf von den Dutzenden anderen behelmten und in Rüstung gekleideten Reitern unterscheiden. Er war der kräftigste unter ihnen, beherrschte sie alle, war der schönste.

Sie hatte sich hoffnungslos in diesen gefühllosen Kerl verliebt und war ihm hilflos ausgeliefert.

Es war schrecklich, es machte sie wütend, und es war völlig ungerecht. Immer, wenn sie sich an Ranulfs neckisches Gelächter erinnerte, kochte ihr Blut. Er hielt sie für unterhaltsam! Er brauchte sie nur, um seine fleischliche Lust zu stillen und seine Langeweile zu überbrücken.

In den zwei Wochen seit seiner Rückkehr von König Heinrichs Lager hatte Ranulf ihr eine Leidenschaft gezeigt, die sie regelmäßig keuchend und schwach im Bett zurückließ. Doch reichte ihr diese Leidenschaft nicht mehr aus. Ariane wollte mehr. Irgendwie, auf irgendeine

Weise, das hatte sie sich geschworen, würde Ranulf sie lieben müssen.

Leider aber hatte sie noch keine passende Strategie gefunden, die ihr helfen würde, dieses Ziel zu erreichen. Während der Mai in einen herrlichen Juni übergegangen war, hatte sie wenig Fortschritte gemacht. Ranulf blieb unverletzbar, unüberwindbar.

Er hatte verschiedene häusliche Angelegenheiten an sie übergeben, hatte die Küche wie auch die Dienstboten der Burg unter ihre Aufsicht gestellt, doch hatte sie weder die Schlüssel der Burg erhalten, noch durfte sie in die Bücher Einsicht nehmen. »Er betrachtet mich mit der zärtlichen Sorge eines Ochsen«, murmelte Ariane zu sich selbst, während sie Ranulf beobachtete.

Seine gelegentlichen Bezeugungen sanfterer Gefühle irritierten sie. Vor drei Tagen hatte er ihr ein kostbares Schmuckstück geschenkt, die Art von Geschenk, die ein Herr seiner Gattin geben mochte. Die mit Juwelen besetzte Brosche, die als Spange eines Umhangs diente, war aus Onyx in der Form seines Wappens geschliffen. Es war ein aufrechtstehender Drache, mit Rubinen als Augen. Rundherum waren weitere kostbare Steine angebracht.

Als Ranulf ihr das Schmuckstück gab, war ein warmes Leuchten über Arianes Gesicht gegangen — bis sie die Bedeutung des Geschenkes erkannte: Es brandmarkte sie als seinen Besitz.

»Gefällt es dir nicht?« fragte Ranulf.

»Nein ... Ich meine ... es ist wunderschön. Es gefällt mir gut, my Lord.« Doch hatte sie nicht die Wahrheit gesagt. Lieber als alle Juwelen des ganzen Königreichs hätte sie eine Liebeserklärung von ihm bekommen.

Sie wollte sich gerade vom Fenster abwenden, als die Trompete des Wachmannes Ankömmlinge an den Toren der Burg kundtat. Ariane sah eine kleine Gesellschaft über die Zugbrücke und durch den äußeren Burghof reiten. Ein merkwürdiges Gefühl der Vorahnung wirbelte in ihrem Magen, als sie erkannte, daß eine Gestalt in der Gruppe eine Frau war.

Verschleiert und unter einem weiten Mantel verdeckt, lenkte die Frau ihren Zelter auf die trainierenden Ritter zu. Als Ranulf sie sah, ritt er im Galopp auf sie zu und begrüßte sie. Ariane hätte ein Jahr ihres Lebens hingegeben, um die Worte zu hören, die sie wechselten — bis sich die verschleierte Frau tief hinabbeugte und Ranulfs behandschuhte Hände küßte.

Ein Stich des Schmerzes ging durch Ariane, so wild, daß er ihr den Atem raubte, doch zwang sie sich, vom Fenster fortzugehen. Sie würde es nicht zulassen, daß sie dumme Schlußfolgerungen zog. Zweifellos gab es nachvollziehbare Erklärungen für eine solche Geste. Viele Menschen küßten dem Herrn die Hand, zum Beispiel Menschen, die sein Wohlwollen wünschten.

Ariane versuchte jedoch erfolglos, den Knoten der Furcht zu lösen, und ging hinab in die große Halle, wo die Neuankömmlinge gerade eintraten.

Einer von Ranulfs jüngeren Rittern, Richard von Lorne, trat sofort auf Ariane zu, begleitet von der fremden Frau. »Darf ich Layla von Akkon vorstellen, my Lady, vom Herrn aus Vernay hierhergerufen. Lord Ranulf befiehlt, daß Ihr ihr ein eigenes Zimmer zuteilt.«

Akkon im Heiligen Land? Vernay in der Normandie? Ein eigenes Zimmer? Lauter zusammenhanglose Gedanken schossen Ariane durch den Kopf, doch konnte sie sich nur auf den letzten konzentrieren. Es war ungewöhnlich, daß Gäste eigene Räume zugewiesen bekamen, es sei denn, sie waren höchsten Standes. Burgen hatten gemeinhin nur wenige Kammern und mußten Hunderten von Leuten Obdach gewähren.

In dem Moment hob Layla den Schleier, und Ariane stockte der Atem, als sie der unglaublichen Schönheit dieser Frau gewahr wurde. Ganz offensichtlich kam sie aus dem Osten, denn Layla hatte mandelförmige Augen unter schweren schwarzen Brauen und Wimpern, volle rubinrote Lippen und eine dunkelgolden leuchtende Haut. Üppig und schwül war ihre Figur, die jeden Mann verlocken mußte.

War diese Schönheit Ranulfs Bettgespielin? Eine Sarazenin aus dem Osten? Und warum war sie aus Vernay hierher gebracht worden?

Ariane gab sich Mühe, höflich zu nicken, und den übermittelten Befehl zu befolgen. Der eifersüchtige Gedanke daran, daß Ranulf irgendeine andere Frau zur Leidenschaft bringen könnte, verbrannte sie förmlich.

Sie tat wortlos, was man ihr befohlen hatte, und führte Laila in einen Alkoven, der neben dem Schlafsaal der Frauen lag. Es war eine kleine Kammer, in der ein Bett direkt an die Wand gebaut worden war, mit reichen Vorhängen verdeckt. Die ganze Zeit über warf ihr die sarazenische Schönheit wissende Blicke zu. Als Layla ihren Dank in einem schwer akzentuierten Französisch aussprach, nickte Ariane. Sie war von diesem Schlag immer noch wie benebelt. Ihre Gedanken wirbelten, und sie kehrte mit blutendem Herzen in die Herrschaftsgemächer zurück.

Als Ranulf später mit seinem Knappen Burc direkt vom Exerzierplatz hereinkam, stand Ariane steif am Fenster, den Rücken zu ihm. Sie fühlte sich verletzlich. Würde Ranulf sie auch nur berühren, würde sie zerbrechen, spräche er, dann würde sie explodieren.

»Hast du Layla willkommen geheißen?« fragte Ranulf, während er seinen Schwertgurt öffnete, unschuldig, nichts von Arianes Anspannung ahnend.

»Ich tat, wie du mir befahlst, my Lord«, erwiderte sie leise und bemühte sich angestrengt, jedes Gefühl aus ihrer Stimme fernzuhalten. »Sie ist deine Bettgespielin, nicht wahr?«

»Sie war es einmal. Sie hat eine unglückliche Geschichte. Mein edler Vater hat sie aus einem Freudenhaus in Akkon geholt. Sie war aus einer guten Familie entführt und von Sklavenhändlern dorthin verkauft worden. Mein Vater nahm sie mit« — Ranulfs Tonfall wurde ironisch — »um ihre heidnische Seele zu retten, und brachte sie nach Vernay, wo ich sie nach seiner ... Abdankung erbte.«

Ariane spürte, wie ihr Herz nach dieser Erklärung noch enger wurde. Sie hatte keine Zweifel mehr, daß er seine wunderschöne sarazenische Konkubine hierhergeholt hatte, damit sie ihm zu Diensten sei. *Jede Dirne wird meine fleischlichen Bedürfnisse erfüllen können,* hatte er erst vor kurzem behauptet. Doch war er offenbar mit ihr so unzufrieden, daß er statt dessen eine fremdländische Schönheit in sein Bett holte. Wenn Ranulf glaubte, daß sie seinen Plänen lammfromm zustimmen würde, schwor sich Ariane, dann täuschte er sich.

Ihre Hände ballten sich plötzlich zu Fäusten, und sie wandte sich um. Ihr Gesicht war hart, doch der Schmerz, der in ihren Augen schimmerte, war eindeutig.

Ranulf erkannte dies und warf dann einen Blick auf seinen Knappen. »Laß er uns einen Moment allein.«

Als Burc gegangen war, hob Ranulf sorgenvoll die Augenbrauen. »Was fehlt dir, mein Liebling?«

»*Liebling?* Du bringst deine Hure in mein Haus, damit sie mich in deinem Bett ersetzt, und dann nennst du mich mit Kosenamen?« Arianes Stimme zitterte vor Verachtung und Wut.

Ranulf tat einen vorsichtigen Schritt rückwärts. »Du irrst. Ich habe nicht vor, dich durch Layla zu ersetzen.«

»Hast du vor, uns abwechselnd zu genießen? Ist es etwa das?« Ihre Stimme verlor die Kontrolle. »Oder womöglich gleichzeitig?«

Ranulf schenkte ihr ein trauriges Lächeln und schüttelte den Kopf. In der Vergangenheit hatte er durchaus derartige Leistungen vollbracht. Doch Ariane zu bitten, an solch sündigen Vergnügungen teilzunehmen, lag ihm derzeit am allerfernsten. Er hatte keinen Wunsch, mit

Layla zu schlafen, oder überhaupt mit irgendeiner anderen Dirne außer Ariane.

Doch bevor er sich verteidigen konnte, wies sie ihm schon mit flammenden Augen die Tür.

»Ich werde dich mit niemandem teilen, hast du verstanden? Auf jeden Fall nicht mit dieser … dieser heidnischen Kreatur!«

Ranulfs versöhnliches Lächeln schwand, und seine Augen wurden schmal. Es war eine Sache, ihre scharfe Zunge zu genießen, wenn er einen geistvollen Schlagabtausch provoziert hatte. Etwas anderes jedoch war es, zuzulassen, daß sie Bedingungen stellte.

Sie ignorierte seinen warnenden Blick. »Ich werde eine so abscheuliche Behandlung nicht erdulden«, erklärte Ariane. »Und ich werde dich mit niemandem teilen!«

Ranulf starrte sie erstaunt an. Ihre stürmischen Augen sandten Blitze aus, doch glitzerten auch Tränen darin. Er hatte noch niemals einen solchen Ausbruch bei ihr erlebt.

»Was ist denn nur, Liebling?« fragte er langsam. »So widerspenstig, wie du dich gibst, könnte man fast glauben, daß du eifersüchtig bist.«

»Eifersüchtig!« Ihre Augen blitzten. »Mir ist völlig gleichgültig, wieviele Frauen du woanders hast! Doch werde ich mich nicht dem allgemeinen Gespött der Leute im Burgfried aussetzen.«

»Diese Burg und alles, was darin ist — also auch du — gehört mir, Dirne. Willst du mir etwa vorschreiben, wen ich in mein Bett lassen darf und wen nicht?«

»Mir würde es nicht im Traum einfallen, dir dein Vergnügen zu versagen«, erwiderte sie vernichtend. »In Wahrheit wäre es mir sogar eine große Erleichterung, wenn ich endlich von deinen lüsternen Aufmerksamkeiten befreit wäre.«

Er starrte sie für einen langen Moment an, sah die Verletztheit, die in ihren Augen schimmerte, hörte das tränenvolle Zittern in ihrer Stimme. Aus Ranulfs Gesichtsausdruck wich die Wut. Trotz ihrer harten Worte wußte er, daß sie log. Sie war tatsächlich eifersüchtig. Sie war eifersüchtig wegen einer Dirne, die ihm nichts bedeutete.

Ein langsames Lächeln männlichen Triumphes ging über Ranulfs Gesicht. Diesmal war Ariane im Unrecht. Sie war in einen dummen, ungerechtfertigten Anfall von Eifersucht ausgebrochen, während er seine Ruhe bewahrt hatte. Sie war eifersüchtig! Sein selbstzufriedenes Lächeln weitete sich zu einem Grinsen aus. Ihm gefiel der Gedanke durchaus.

Seine gute Laune hatte jedoch dieselbe Wirkung, als würde man auf Flammen Öl gießen. »Du wagst es auch noch, zu lachen?« Ariane kreischte auf und ballte in ohnmächtiger Wut die Fäuste, wünschte, sie könnte ihn schlagen. »Oooh, du ... du Hund!« Vor Rage zitternd, machte sie Gebrauch von der einzigen Waffe, die ihr blieb. »Muß ich dich daran erinnern, daß die Kirche Ehebruch für eine *Sünde* erachtet?«

»Ehebruch!« Das Grinsen schwand von Ranulfs Zügen.

»Ja, Ehebruch! Wenn ein Mann mit jemandem Unzucht treibt, der nicht seine Frau ist, dann gilt das als Sünde.«

Ranulf war plötzlich ernst. Er kreuzte die Arme über der Brust. »Du bist nicht meine Frau, Dirne. Darf ich dich daran erinnern, daß zwischen uns niemals ein Gelübde gesprochen wurde?«

»Das wird die Kirche anders sehen!« erwiderte Ariane beißend. »Deinem Antrag auf Annulierung der Ehe muß nicht zwingend stattgegeben werden.«

Spöttisch verzog sich sein Mund zu einem Grinsen. »Mir scheint, daß deine Verurteilung des Ehebruchs ein wenig übertrieben ist, Liebling. Ich habe noch nie eine Dame deines Standes erlebt, die Prinzipien über persönlichen Ergeiz stellen würde.«

»Ich bin nicht im geringsten wie die Edeldamen, die du kennst, du blinder, dickköpfiger Ochse. Ich schätze Ehre und Treue und Tugend genauso wie du — sogar mehr!

Und ich werde deine scheinheiligen Maßstäbe nicht länger dulden — und auch nicht deine abscheuliche Behandlung. Wenn du mit deiner Schlampe liegen willst, dann wirst du nicht mehr bei mir liegen.«

Ranulf starrte sie mit einem bedrohlichen Blick an. »Was für ein Recht hast du, mir Vorhaltungen zu machen?« verlangte er zu wissen. »Welchen Grund hast du für deine besitzergreifende Art?«

»Du willst einen Grund dafür wissen? Weil ich eine dumme Idiotin bin! *Weil ich dich liebe,* du verfluchter Kerl.«

Nach diesem Satz herrschte lange vollkommenes Schweigen. Ranulf konnte das langsame Schlagen seines Herzens hören, während er Ariane in überraschtem Unglauben ansah.

Sie *liebte* ihn? Liebe? Also Zärtlichkeit und sanftmütige Sorge? Also kopflose Besessenheit?

Ranulf schüttelte benebelt den Kopf. Er bezweifelte ihre Behauptung, weigerte sich, ihr Liebesgeständnis zu glauben. Sein ganzes Leben lang war er von edel geborenen Frauen wie ihr manipuliert worden. Vielleicht war dies ein neuerlicher Versuch, ihn dazu zu zwingen, ihre Verbindung anzuerkennen.

Ranulf hielt seine Gesichtszüge ausdruckslos und lehnte eine muskulöse Schulter gegen den eichenen Bettpfosten. »Hast du jetzt alles gesagt?«

Ariane war, als hätte er sie geohrfeigt. Sie hatte ihm gerade ihre Liebe erklärt, doch er blieb kühl, und seine Augen ausdruckslos. Nein, nicht ausdruckslos. In ihnen lag Zweifel, sogar Mißtrauen. »Nun zieh mal deine Krallen wieder ein, mein Kätzchen. Ich habe nicht nach Layla geschickt, damit sie als meine Bettgespielin dient, sondern damit sie als Heilerin wirkt.«

Arianes Entsetzen ließ nach und wurde von Verwirrung ersetzt. »Eine ... Heilerin?«

»Ja. Ich habe sie hergeholt, weil sie in den medizinischen Künsten des Orients bewandert ist. Sie entstammt einer Familie von Ärzten — Ärzten, deren Wissen viel fortgeschrittener ist, als das unserer Bader. Ich hatte gehofft, daß Layla in der Lage wäre, deiner kranken Mutter zu helfen.«

Jetzt war es an Ariane, ihn schockiert anzustarren. »Du hast sie hierhergeholt ... um meine Mutter zu heilen?«

»Um eine Heilung zu versuchen, ja. Du selbst hast gesagt, daß für Lepra keine Behandlung bekannt ist. Wir können von Layla keine Wunder erwarten, doch wenn sie das Leiden deiner edlen Mutter lindern kann, wird es mir die Kosten wert gewesen sein.«

Als Ariane weiter stumm blieb, fuhr Ranulf fort: »Als ich sie holen ließ, litt Burc immer noch an seinen Wunden, so daß man glauben wird, daß ich sie zu seiner Pflege gerufen habe. Niemand kennt den wahren Grund. Und ich nehme an, daß die meisten Layla für meine Bettgespielin halten werden, gerade so wie du. Es wäre sicherlich weise, diese Annahme zu unterstützen, wenn wir das Geheimnis deiner Mutter bewahren wollen.«

Ariane sah ihn wortlos an.

»Ich hätte gedacht, daß du dich freust«, sagte Ranulf trocken, »aber statt dessen schreist du mich an wie eine Marktfrau.«

»Ich fr-freue mich doch«, stotterte Ariane. »Und ich bin dankbar ... unglaublich dankbar, my Lord.« Beruhigt und außerordentlich beschämt senkte sie den Kopf. »Vergib mir, ... für meine Worte. Ich entschuldige mich ... auf das Demütigste.«

Er kam zu ihr herüber und hob ihr Kinn, damit sie seinem Blick begegnete. Seine bernsteinfarbenen Augen hatten sich mit einer Hitze entzündet, die sie gut erkannte.

»Spar dir deine Dankbarkeit für Layla auf. Du kannst mich mit deinen Diensten dafür entschädigen. Jetzt schlage ich vor, daß wir uns mit ihr beraten, um zu sehen, wie deiner Mutter geholfen werden kann.«

»Aber ... Wird sie eine Leprakranke überhaupt pflegen wollen?«

»Ich habe keine Zweifel, daß die Dirne gierig genug sein wird«, sagte Ranulf zynisch. »Wenn sie ihr helfen kann, habe ich vor, sie mit ihrer Freiheit zu belohnen, und ihr die Rückkehr ins Heilige Land zu ermöglichen.«

»Ranulf ...« Ein riesiger Knoten würgte Ariane im Hals, so daß ihre Stimme zitterte. Sie konnte kein Wort hervorbringen und streckte daher die Hände nach seinen aus, um sie zu küssen, wie sie es bei Layla gesehen hatte.

Ranulf entzog sie ihr abrupt und sah peinlich berührt aus. »Komm jetzt, hilf mir, mich zu waschen, und dann werden wir Layla rufen.«

Layla zeigte nicht die geringste Überraschung darüber, daß sie in die Herrschaftsgemächer ihres Herrn gerufen wurde, und das in der Gegenwart einer anderen schönen Frau. Tatsächlich zeigte Laylas sinnliches, katzengleiches Lächeln, als sie das riesige Bett sah, eher freudige Erwartung als Schrecken.

Anscheinend hatte die Sarazenin dieselbe Schlußfolgerung wie Ariane gezogen, was den Grund für ihre Gegenwart auf Claredon anging: daß sie Rivalinnen wären in Bezug auf die fleischlichen Gunstbezeugungen des Herrn. Ranulf nahm Layla jedoch rasch diese Hoffnung und erklärte sein Vorhaben.

Ihre Gefühle konnte man über die exotischen, ausdrucksvollen Gesichtszüge huschen sehen: beleidigte Enttäuschung, kluge Resignation, und schließlich wachsende Freude. Sie schien Ranulfs Gleichgültigkeit ihren Reizen gegenüber zu bedauern, doch war sie ganz offensichtlich bereit, ihre Rückkehr in die Heimat zu verdienen. Ohne eine Sekunde zu zögern, versprach sie, ihr Bestes zu geben, um der armen, leidenden Frau zu helfen. Sie sprach von einer bestimmten grüne Paste für die Haut, die aus altbackenem Brot und dem Saft von Granatäpfeln bereitet wurde. Die Salbe wurde mehr, wenn sie an feuchten, warmen, dunklen Orten liegengelassen wurde.

Doch als Ariane nachts bei Ranulf im Bett lag, kehrten ihre Sorgen bezüglich der wunderschönen Konkubine mit aller Macht zurück. Ranulf hatte zwar behauptet, er habe nicht vor, sie durch seine ehemalige Bettgespielin zu ersetzen. Doch hatte er während des ganzen Abendmahles kaum ein Wort mit ihr gewechselt. Und später hatte er sie nicht geliebt, sie nicht einmal berührt. Statt dessen hatte er sich abgewandt, sich auf die Seite gerollt und ihr seinen vernarbten Rücken gezeigt.

Ariane spürte, daß sein Rückzug nicht bloße Gleichgültigkeit war, er schien eher in ihrer Gegenwart befangen zu sein. Vielleicht hatte ihn ihr Liebesgeständnis doch in Aufruhr versetzt. Es tat ihr jetzt leid, daß sie die Wahrheit so gedankenlos herausposaunt hatte. Sie hatte es ihm irgendwann sagen wollen, hatte ihre Gefühle zugeben wollen, doch nicht auf diese Art.

»Und warum wendest du dich von mir ab? Habe ich irgendetwas getan, was dir mißfällt?« flüsterte sie nach langen Minuten leise.

Mit einem Seufzen rollte Ranulf sich herüber und nahm Ariane in seine Arme. Sie kuschelte sich dankbar an seine nackte, heiße Haut. Doch Ranulf streichelte abwesend ihr Haar und sprach nicht mir. Er schien abgelenkt, tief in Gedanken, war sich kaum ihrer Gegenwart bewußt.

Ranulf dachte tatsächlich über ihr Liebesgeständnis nach. Arianes Aussage hatte ihn entsetzt. Konnte das wahr sein? Durfte er wirklich glauben, daß sie ihn liebte? Oder war dies nur eine weitere List, um seine Hingabe zu erreichen?

»Ranulf?« murmelte sie in das Schweigen hinein. »Es war mir ernst. Ich liebe dich.« Sie spürte, wie er neben ihr stocksteif wurde.

»Wirklich?« Der Zynismus seines Tonfalls zeigte deutlich seinen Zweifel.

Ariane zog sich zurück, versuchte, sein Gesicht zu sehen. »Warum kannst du mir denn nicht glauben?« fragte sie leise.

»Liebe«, murmelte er. »Für mich hat dieses Wort keine Bedeutung.« Er hatte niemals die Liebe einer Frau erfahren, und er hatte sie auch nie gewollt. Die Liebe war immer mit Schmerzen verbunden.

Ariane blickte voller Kummer und mit wehem Herzen in sein Gesicht. Nach all seinen Erfahrungen konnte sie verstehen, warum Ranulf verächtlich über die Liebe sprach. Warum er nicht an ihre Macht glauben konnte. Warum er nicht glauben wollte, daß irgendeine adlige Frau ihrem Eid treu sein könnte. »My Lord, willst du mich für die Sünden anderer verdammen?«

Er sagte kein Wort.

»Du hast meine Liebe und meine Treue«, schwor Ariane leise. »Gott ist mein Zeuge, daß ich sie dir freiwillig gebe und von ganzem Herzen.«

Ranulf erwiderte verzweifelt ihren Blick. Er wollte ihr so gerne glauben.

Und doch konnte er die strengen Lektionen seines Lebens nicht vergessen. Er hatte die Wahrheit gesagt. Von der Liebe verstand er nichts. Nach so vielen Jahren des Hasses bezweifelte er, ihrer überhaupt fähig zu sein.

Sein Mund verzog sich mit unverhohlener Bitterkeit. »Ich kann deine Liebe nicht erwidern. Ich habe kein Herz.«

Sie legte ihre Hand auf seine nackte, muskulöse Brust, spreizte ihre Finger über seinen Rippen, spürte das stetige rhythmische Schlagen unter ihrer Handfläche. »Ich glaube doch, my Lord. Es will nur überredet werden, sich aus seiner Rüstung zu befreien.«

Er betrachtete sie traurig, und seine Augen waren gequält.

»Was soll ich nur mit dir machen?« murmelte er mehr zu sich selbst.

»Könntest du mir nicht einfach vertrauen, Ranulf?«

Er preßte seine Augen zusammen. Ihr zu trauen, wäre so, als würde er seine Brust für einen Schwertstoß öffnen. Er fühlte sich zerbrechlich, als er den Kopf senkte und sein Gesicht zwischen ihre Brüste preßte, als suche er dort nach Trost. Seine Unsicherheit berührte Ariane. Sie umarmte ihn sanft, und ihre Finger strichen über sein dunkles Haar. Sie wollte ihn nicht dazu drängen, Zusagen zu machen. Sie wußte, wie schwierig es sein würde, sein Herz zu gewinnen, wie sehr Ranulf Angst davor hatte, sie zu lieben oder ihr zu vertrauen.

Schweigend, zärtlich, hob sie sein Gesicht zu sich empor und zog es an ihre Lippen. Und still erneuerte sie ihren Eid, ihn dazu zu bringen, sie zu lieben.

»Wie kann ich wissen, *ob sie mir treu ergeben sein wird*?« Zutiefst verunsichert beriet sich Ranulf am anderen Morgen beim Frühstück mit Payn.

»Wissen kannst du es nicht, Ranulf«, erwiderte Payn ernst. »Du mußt einfach Vertrauen haben, daß sie dir treu ist.«

Ranulf runzelte die Stirn. Er würde eine treulose Frau niemals ertragen können. Eher würde er sie in einem eifersüchtigen Wutanfall umbringen — oder sie in den Kerker werfen.

Konnte er Ariane das antun? Was für ein Ehemann wäre er für sie, bei seiner brutalen Vergangenheit? Von Liebe oder Zärtlichkeit wußte er nichts. Er hatte nichts, was er ihr geben konnte.

Und was war mit Ariane selbst? Sie behauptete, ihn jetzt zu lieben. Doch was, wenn sie ihr eigenes Herz nicht verstanden hatte? Würde er zusehen können, wie sie sich von ihm in Gleichgültigkeit und Verachtung löste? Ranulf blickte auf und suchte sie — und runzelte bei dem Anblick, der sich ihm bot, die Stirn. Der junge Gilbert begleitete Ariane aus der Halle.

Ranulf unterdrückte den eifersüchtigen Impuls, ihnen zu folgen und zwang sich, seine Mahlzeit einzunehmen. Er würde ihre Treue nicht in Frage stellen. Sie hatte um sein Vertrauen gebeten, und er würde es ihr geben ... diesmal. Und doch fiel es ihm schwer, schwerer, als unbewaffnet gegen eine ganze Legion von feindlichen Rittern anzureiten.

Vor der Halle betrachtete Ariane ihren Halbbruder zweifelnd. Sie hatte in den vergangenen Wochen wenig von ihm gesehen, er schien ihr geradezu aus dem Weg zu gehen, als habe er Angst, ihr gegenüberzutreten, seit er das Geheimnis ihrer Mutter dem neuen Herrn von Claredon verraten hatte.

Gilbert blickte sie jetzt ernst an.

»My Lady, ich habe eine Botschaft für dich. Ein Leibeigener hat sie zur Burg gebracht und mir übergeben, auf daß ich sie direkt dir aushändige, und niemandem sonst.«

Er holte ein Stück Pergament aus seinem Gürtel hervor und gab es ihr mit einer Verbeugung.

Neugierig und mit einem wachsenden Gefühl des Unbehagens nahm Ariane es an und überflog rasch die beiden kurzen Zeilen.

»Mutter Maria im Himmel«, flüsterte sie, und ihr Herz begann zu hämmern.

»Was ist, my Lady?« fragte Gilbert ängstlich, und sein leidenschaftliches Mitgefühl wurde wieder deutlich.

»Simon Crecy ist zurückgekehrt.« Sie blickte auf und sah ihren Bruder entsetzt an. »Er will, daß ich ihn im Wald treffe.«

Kapitel 24

Den Rest des Tages litt Ariane.

Sie wollte so dringend Ranulf ihre Treue beweisen! Wäre sie also dem neuen Herrn wirklich ergeben, würde sie Simons Botschaft an ihn übergeben und zulassen, daß Ranulf sich damit befaßte. Was wäre ein besserer Beweis, als ihm seinen Feind auszuliefern? Doch damit würde sie einen guten Mann in den Tod schicken. Ranulf war bei Simons Flucht und der Geschichte mit dem Hinterhalt wild vor Wut gewesen, und er wäre noch wütender, wenn er entdeckte, daß sein Gegner sich im Wald herumtrieb. Und schlimmer noch, wenn sie dabei erwischt würde, wie sie einen Flüchtigen beschützte, würde Ranulf ihre Tat als endgültigen Verrat erachten ...

Doch womöglich hatte Simon eine Botschaft von ihrem Vater dabei oder war nach Claredon zurückgekehrt, um für Walters Sache Hilfe zu suchen. Und Ranulf würde nun all ihren Hoffnungen diesbezüglich ein rasches Ende bereiten.

Doch nein, Ranulf war ein fairer und gnädiger Herr. Sicherlich würde er Simon nicht ohne einen Prozeß verurteilen. Sicherlich würde er ihr die Gelegenheit geben, vom Schicksal ihres Vaters zu hören, ihm zu helfen, wenn es sich ergab.

Mutter Gottes, was sollte sie nur tun?

In Arianes Augen war die Verzweiflung deutlich zu sehen, als sie sich schließlich Ranulf näherte.

»Was fehlt dir?« verlangte er zu wissen, von ihrer offensichtlichen Unruhe berührt.

Sie fand den Mut zu einer Antwort. »Ich möchte gerne mit dir sprechen, my Lord ... In einer höchst dringlichen Angelegenheit.«

»Ja?«

»Unter vier Augen, wenn ich darf.«

Ranulf nickte kurz und führte sie in die herrschaftlichen Gemächer. Dort wandte er sich mit einem forschenden Blick zu Ariane und war überrascht, Tränen in ihren Augen schimmern zu sehen.

»Es gibt etwas, das ich dir sagen muß«, murmelte sie und ihre Stimme zitterte. »Es könnte meinen Vater angehen ... Aber zuerst ...« Ein Träne rollte ihr die Wange hinab. »Ich möchte, daß du weißt, Ranulf ... Meine Treue gehört jetzt dir ... Auch wenn es bedeutet, daß mein Vater des Verrats wegen umgebracht wird. Ich lege sein Schicksal in deine Hände.«

Ranulf war über ihre Erklärung verwirrt und betrachtete sie aufmerksam.

Ariane schluckte den Schmerz in ihrem Hals hinunter. »Der Lehensmann meines Vaters, Simon Crecy ist nach Claredon zurückgekehrt und ... und hat gebeten, daß ich ihn treffe.«

Sie konnte sehen, wie Ranulfs Gesichtszüge sich verdunkelten und rief aus: »Ranulf, ich flehe dich an! Hör mir bitte zu!«

Einen langen Moment starrte er sie an und zwang sich, sich zu beruhigen. Er holte tief Luft und versuchte, ihren flehenden Blick zu ermessen. Die grauen Tiefen ihrer Augen beinhalteten keine Geheimnisse, keine List, nur eine stille Verzweiflung. »Sehr wohl. Du hast meine ungeteilte Aufmerksamkeit, Demoiselle. Was geschieht hier? Sag mir, plant dieser Simon einen Angriff auf die Burg?«

Sie schüttelte den Kopf. »Seine Vorhaben kenne ich nicht.« Bei Ranulfs skeptischem Blick reichte Ariane ihm das Pergament, das ihr Bruder ihr gegeben hatte. »Ich sage die Wahrheit, Ranulf . . . Ich habe keine weitere Nachricht von Simon außer dieser Botschaft.«

Er überflog den Zettel rasch, ehe er sie wieder mit seinem durchdringenden Blick fixierte.

»Was willst du nun von mir?« fragte Ranulf schießlich.

In ihr wallte Hoffnung auf. »Wenn du mich zu Simon

begleiten würdest ... dann könnte ich erfahren, welche Nachrichten er von meinem Vater bringt.«

»Und warum sollte ich das tun, Demoiselle? Wie kann ich sicher sein, daß dein Vasalle nicht einen Hinterhalt plant, um mich umzubringen?«

Ariane schüttelte wieder den Kopf, und die Tränen rannen über ihr Gesicht. »Simon ist ein mutiger und treuer Ritter, my Lord. Das sind Eigenschaften, die auch du hoch schätzt. Als er aus Claredon entkam, hatte er vor, nach Norden zu Mortimers Burg zu reiten und für das Wohlergehen meines Vaters zu wirken. Ich kann nicht glauben, daß er irgendeine Rolle bei dem Hinterhalt auf deine Truppen gespielt hat.«

»Ist er in Begleitung anderer Leute?«

»Ich weiß es nicht. Diese Botschaft ist das einzige, was ich erhalten habe.«

»Von deinem Bruder, Gilbert?«

Sie nickte zögernd.

Er war sehr lange still, bis er endlich sagte: »Gut, ich werde dich begleiten. Doch werde ich Ritter mitnehmen, um für alle Fälle gewappnet zu sein.«

»Ich danke dir, my Lord«, sagte Ariane inbrünstig. »Doch ... Simon könnte fliehen, wenn er die Ritter sieht.«

»Dann wird man ihn verfolgen und gefangennehmen«, erwiderte Ranulf kühl. »Damit mußt du dich zufriedengeben, Demoiselle.« Ariane nickte und schluckte ihre Tränen hinunter. Dann holte sie einen Mantel, um sich gegen die Feuchtigkeit des windigen Tages zu schützen.

Ranulf folgte ihr unbehaglich hinab. Dies hier widersprach jeder schmerzhaften Lektion, die er jemals gemacht hatte, jedem Instinkt der Vorsicht, ihre Geschichte auf Treu und Glauben zu akzeptieren.

Der graue Tag endete bereits, als er genügend Ritter und Wachleute versammelt hatte, um eine Nachhut zu bilden.

Ariane ritt auf ihrem eigenen Zelter neben ihm und war

sich seines Schweigens deutlich bewußt. Ranulf trug seinen Kettenpanzer und den Stahlhelm, war die Verkörperung eines unbesiegbaren, unerbittlichen Kriegers. Sie wußte, daß er nicht zögern würde, seine beachtliche Macht auszuüben, sollte er bedroht werden.

Sie ritten in Richtung Osten, zu dem Wald, in dem die Hütte ihrer Mutter versteckt lag.

»Es ist nicht mehr weit, my Lord«, murmelte sie, als sie die Wiese erreichten, wo sie und Ranulf jenen zärtlichen, verzauberten Frühlingstag verbracht hatten.

Mit einem langen Blick auf sie erhob Ranulf die Hand und befahl seinen Männer, ihn hier zu erwarten. Allein ritt er mit Ariane in die Dunkelheit des Waldes. Nach einer Weile brachte sie ihr Pferd neben einer dichten Ansammlung von Eichen zum Stehen.

»Simon?« rief sie leise. »Ich bin gekommen, wie du gebeten hast.«

Unverkennbar war das Geräusch von Stahl zu hören, und Panik raste durch ihre Adern. Innerhalb von Sekunden hatte Ranulf sein Schwert kampfesbereit in der Hand, während Ariane rief: »Nein, Simon! Halt inne! Wir kommen in guter Absicht!«

In der darauffolgenden Stille hörte sie nur noch ihren Herzschlag. »Ich habe mich für deine Unschuld bei dem neuen Herrn von Claredon verbirgt. Wenn du gegen ihn das Schwert ziehst, erklärst du dich selbst zu seinem Feind.«

Als keine Antwort darauf kam, fügte Ranulf grimmig hinzu: »Zeige dich, Simon Crecy, kein Ehrenmann lungert im Schatten herum.«

Mit strengem Ausdruck, die Hand auf dem Griff seines Schwertes, trat der hochgewachsene Ritter aus dem Schatten hinter einer dicken Eiche hervor. Jeder Zoll seiner Haltung verriet Vorsicht, Mißtrauen, und doch stellte er sich dem mächtigen normannischen Kriegsherrn ohne zu zögern.

Simon sagte vorwurfsvoll zu Ariane: »My Lady, von Euch hätte ich mehr Diskretion erwartet.«

»Vor meinem Herrn Ranulf habe ich keine Geheimnisse«, erwiderte sie leise. »Er hat zugesagt, dich anzuhören. Wie geht es dir, Simon?«

Der Ritter betrachtete Ranulf erneut mißtrauisch. »Recht gut, my Lady.«

»Du kannst frei sprechen«, versicherte ihm Ariane. »Hast du irgendeine Nachricht von meinem Vater?«

»Nachricht? Ja. Doch gibt es nichts Gutes zu berichten. Ich habe es nicht geschafft, Bridgenorth Castle zu betreten, und so kann ich nur Gerüchte weitergeben.«

»Was hast du gehört?«

»Ich habe keine Beweise, my Lady. Nur einen Verdacht.«

»Erzähl ihn uns«, drängte sie ihn.

»Die Belagerung von Bridgenorth verlangt einen harten Zoll von den Verteidigern der Burg«, erwiderte Simon und sah Ranulf aufmerksam an. »König Heinrich bereitete sich darauf vor, Kriegsmaschinen vor den Burgmauern aufzustellen, als Hugh Mortimer seinen Gesandten losschickte, um Friedensbedingungen auszuhandeln. Als die Vertreter von Mortimer sich mit dem König trafen, konnte ich einen Pagen befragen. Der Junge sagte, daß Lord Walter im Kerker der Burg gefangengehalten wird, weil er sich geweigert hat, sich gegen König Heinrich auszusprechen.«

»Gefangener? Er hat sich geweigert?« Ein wildes Aufwallen der Hoffnung ging durch Ariane. Wenn das stimmte, bedeutete es, daß ihr Vater kein Verräter war.

»Es heißt, daß Walter krank ist, my Lady. Wenn er sich Mortimer entgegengestellt hat, dann ist es sehr wahrscheinlich, daß er für seinen Trotz bestraft wird ... ausgehungert wird, sogar gefoltert. Mortimer ist dafür bekannt, daß er in seiner Wut keine Skrupel kennt.«

Sie wandte sich um, und blickte Ranulf flehend an.

»Ranulf ... *Bitte,* du mußt mir erlauben, daß ich zu ihm reite. Sein Zustand könnte sehr ernst sein.«

Ranulfs bernsteinfarbene Augen zeigten kein Interesse. »Dein Vater ist des Hochverrats angeklagt worden. Du erwartest, daß ich seine Unschuld glaube, ohne daß man mir Beweise dafür liefert?«

»Ich schwöre es dir«, sagte Ariane verzweifelt, »als er sich nach Bridgenorth aufmachte, hatte er nicht vor, Verrat zu begehen. Du hast Simon gehört. Mein Vater ist Heinrichs Mann.«

»Das ist wahr«, fügte Simon ernst hinzu. »Walter hat einmal überlegt, sich für Stephens Bastard, William, auszusprechen. Doch er hat seinen Fehler erkannt, je mehr er von dem jungen Mann erfahren hat. Er wußte, daß England einen starken Herrscher braucht und war bereit, den neuen König zu unterstützen.«

»Und doch hat Walter Mortimer Ritter gestellt, um ihm in der Rebellion Beistand zu leisten«, erinnerte sie Ranulf. »Willst du das bestreiten?«

Sie schüttelte den Kopf. »Er hat nur jene Ritter gestellt, die er Mortimer für das Land, das er als Lehen von ihm hielt, schuldete. Seine Ehre verlangte von ihm, daß er diese Verpflichtung einhielt.«

Bei ihrer leidenschaftlichen Verteidigung runzelte Ranulf gedankenvoll die Stirn. Ariane hatte immer die Unschuld ihres Vaters verteidigt, und in Wahrheit ergab etwas anderes wenig Sinn. Es wäre der Gipfel der Dummheit, sich gegen einen mächtigen neuen König zu stellen, der bereits viele von den großen Landesfürsten Englands auf seiner Seite hatte ...

Zögernd stellte Ranulf fest, daß Arianes flammende Verteidigung ihres Vaters ihn langsam überzeugte.

Während Ranulf weiter nachdachte, grub Ariane ihre Nägel in die Handflächen, und wartete ängstlich auf seine Entscheidung. »Mein Vater ist unschuldig«, wiederholte sie endlich in einer leisen, bittenden Stimme, »und ich will es beweisen. Ich könnte zu Heinrich gehen und für meinen Vater vorsprechen —«

»Nein.« Ranulf schüttelte langsam den Kopf. »Ich kenne Heinrich gut. Er würde dich nicht anhören. Er hat vor, die Rebellion zu beenden und an all jenen ein Exempel zu statuieren, die seine Herrschaft angefochten haben.«

Ariane biß sich fest auf die Lippe. Sie konnte nicht untätig bleiben, wenn es eine Chance gab, ihren Vater zu retten. »Ranulf, bitte … Ich flehe dich an, erlaube mir, daß ich zu ihm gehe.«

Ranulf ließ sich Zeit mit seiner Antwort ehe er endlich sagte: »Nein.«

»Nein! Aber —« Er hob seine Hand und unterbrach ihren protestierenden Aufschrei. »Ich werde nach Norden zum Lager des Königs reiten und mit ihm sprechen. Mich wird er anhören.«

Ariane starrte ihn an, sie wagte kaum zu glauben, daß Ranulf sich ihretwegen solche Mühe machen wollte.

»Wenn jedoch Walter für schuldig befunden wird«, fügte er warnend hinzu, »wird es wenig geben, das ich für ihn tun kann. Doch werde ich den König um Milde bitten.«

Ihre Hoffnung bekam Flügel. Ihre Liebe für ihn schwoll an, bis sie dachte, daß ihr Herz platzte. »Das würdest du für mich tun, my Lord?«

Ranulf schaute abrupt fort. »Für die Gerechtigkeit«, murmelte er halbherzig. »Ich sehe es nicht gerne, wenn ein ehrbarer Mann ungerecht verurteilt wird.«

Im Wunsch, das Thema zu wechseln, wandte er seine Aufmerksamkeit wieder Simon zu. »Ihr werdet mir Euer Schwert übergeben, und mir Eure Mannestreue schwören.«

Simon senkte den Kopf. »Mein Schwert werde ich Euch übergeben, my Lord, und schwören, niemals meine Hand gegen Euch zu erheben, doch diesen Eid, den Ihr von mir verlangt, kann ich Euch nicht schwören.«

Ranulfs Augenbrauen fuhren zusammen. »Ihr wollt mir mein Recht auf Mannestreue als Euer Lehensherr verweigern?«

»Ich will nicht leugnen, daß Ihr hier der Herr seid«, erwiderte Simon. »Ihr habt die Macht über Claredon, und es ist nicht wahrscheinlich, daß Ihr diese jemals wieder aufgeben werdet. Doch werde ich Euch nicht Mannestreue schwören, my Lord. Ich bin Walters Lehensmann, sein geschworener Ministeriale, und ich halte meinen Eid an ihn für heilig. Solange er lebt, werde ich ihm nicht abtrünnig sein.«

Ranulfs Mund entspannte sich und er nickte, denn er respektierte einen Mann, der, selbst wenn es sein eigenes Leben kosten konnte, seinen Prinzipien treu blieb. An Simons Stelle hätte er dasselbe getan. »My Lord«, fügte der Ritter hinzu, »wenn Ihr mir jedoch erlauben würdet, mein Schwert zu behalten, könnte ich es im Interesse meines Herren Walter nutzen ... würdet Ihr mir erlauben, unter Eurer Fahne zu reiten?«

»Ja«, stimmte Ranulf zu. »Seid willkommen.«

»Man sollte sobald wie möglich nach Bridgenorth zurückkehren. Die Zeit drängt.«

»Wir werden morgen früh reiten«, versicherte ihn Ranulf. »Kommt jetzt, kehrt mit uns nach Claredon zurück, so daß Ihr meine Leute über den Stand der Belagerung informieren könnt.«

Ranulf und Ariane warteten, während Simon das Pferd holte, daß er hinter der Baumgruppe angebunden hatte. Dann ritten sie schweigend zusammen nach Claredon.

Ranulf gab sich schuldbewußten Gedanken hin. Wenn er Ariane zu seiner Frau machte, konnte er sie vor den Konsequenzen des Verrats ihres Vaters schützen. Er hatte durch seinen Entschluß, die Verlobung zu lösen, einen unnachgiebigen Krieg gegen sie geführt, hatte Ariane als eine Feindin behandelt. Es war ein ungleicher Kampf gewesen, sie war die weitaus Schwächere, trotz ihres Mutes und der störrischen Unterstützung durch ihre Leute. Kein Ritter, der diesen Namen verdiente, würde seinen Ehrenkodex so verletzen, wie er es getan hatte.

Und nun wollte er morgen früh abermals abreisen und sie für Wochen, vielleicht sogar länger, allein lassen. Er würde endlich handeln müssen, heute Nacht oder nie.

Ranulf spürte, wie sein Herz wild schlug, als er eine Entscheidung fällte. Er würde Ariane zu seiner Frau machen. Jetzt, heute abend, ehe er seine Meinung wieder ändern könnte. Sein Herz schlug immer noch unnatürlich, als sie die Halle erreichten, wo viele der Burgleute beim Abendmahl saßen. Ariane ging gleich auf die Treppe zu, doch Ranulf hielt sie zurück. »Bleib einen Moment, meine Dame.« Er wandte sich zu einem Leibeigenen und befahl ihm, den Priester zu holen.

Ariane schickte Ranulf einen fragenden Blick. »Fehlt dir etwas, my Lord?«

»Nein. Du sollst nur endlich deinen Willen bekommen, Demoiselle«, erwiderte er rätselhaft.

Ihre Verwirrung wuchs weiter an. »Meinen Willen?«

»Du willst doch schon lange meine Frau werden. Ehe ich gehe, werde ich dich heiraten.«

Arianes Mund klappte nach unten, und sie starrte Ranulf schockiert an. »Warum?« fragte sie schließlich, und ihr Atem ging rauh und rasch.

»Warum?«

»Warum willst du nach so langer Zeit einer formellen Verbindung zwischen uns zustimmen? Nachdem du dich so fest dagegen ausgesprochen hast, und so lange?«

Ranulf blickte fort, er wollte ihrem Blick nicht begegnen. »Weil König Heinrich es wünscht. Als ich ihn zuletzt sah, drängte er mich dazu, dich zu heiraten. Wenn ich seinen Gefallen erreichen will, möchte ich ihn nicht von einer geschwächten Position aus ansprechen.«

»Ist das alles?« fragte sie still. »Ist das dein einziger Grund?«

Es war nicht der einzige Grund, und auch nicht der wichtigste, doch war es Tatsache, daß er seine Position stärken konnte, indem er Heinrichs Wünschen in Bezug auf diese Ehe entsprach. Ranulf hatte keine Lust, seine Gefühle der Reue gegenüber Ariane zuzugeben, und auch nicht sein Bedürfnis, sie zu beschützen, oder seine Schwäche, das Verlangen, das eine wilde Bessenheit geworden war.

»Das reicht als Grund«, erwiderte er also grimmig.

»Nein, my Lord«, sagte Ariane einfach und schüttelte den Kopf. »Es ist nicht genug. Nicht für mich.« Sie holte tief Luft. »Du magst wünschen, mich aus politischen Überlegungen zu heiraten, doch ich kann dem nicht zustimmen. Ich werde nicht den Schwur leisten, deine Frau zu werden. Ich werde dich nicht heiraten.«

Kapitel 25

Jetzt war es an Ranulf, zu starren. Hatte er sich da verhört? »Sagst du gerade, daß du dich weigerst?«

»Ja, my Lord«, erwiderte Ariane leise. »Ich werde dich nicht heiraten.«

Verwunderung, Unglaube und Zweifel kämpften in Ranulf miteinander. Es wäre ihm nie in den Sinn gekommen, daß sie möglicherweise nein sagen könnte. Doch vielleicht war Ariane ja nur kokett, tat so, als würde sie sein großzügiges Angebot ausschlagen, um noch weitere Konzessionen aus ihm herauszulocken.

Von dieser List irritiert, starrte er sie einschüchternd an, doch Ariane erwiderte seinen Blick ernsthaft und traurig.

»Einstmals hast du doch politische Nützlichkeit für einen ausreichenden Grund zur Heirat gehalten«, wies Ranulf sie zurecht.

»Das ... das war, ehe ich dich kannte.«

Sein Stirnrunzeln wich und wurde von einer unsicheren Miene ersetzt. »Was soll das heißen, ›ehe du mich gekannt hast‹?«

»Jetzt verstehe ich *dich* viel besser, Ranulf. Und dieses Verständnis ist mir wichtiger als irgendwelche Politik.« Sie schaute fort, konnte seinem Blick nicht länger begegnen, und faltete die Hände, damit sie nicht zitterten. »Der ursprüngliche Grund für eine Verbindung zwischen uns besteht nicht mehr. Ich habe einer arrangierten Ehe zugestimmt, um meinem Vater zu Gefallen zu sein, und um Claredon einen starken Herrn zu sichern, wenn mein Vater irgendwann aus diesem Leben scheidet. Doch wie du mich oft erinnert hast, bist du bereits der Herr von Claredon. Und mein Vater in seiner gegenwärtigen Gefahr hat zweifellos wichtigere Sorgen, als über den Verehrer, den ich einmal heirate, nachzudenken.«

Ein vernichtendes Gefühl ergriff Ranulf in der Magengrube, während er versuchte, ihrem Gedankengang zu folgen. Die Umstände zwischen ihnen hatten sich tatsächlich radikal verändert — doch gab es immer noch Gründe, die für die Ehe sprachen, jedenfalls auf seiner Seite. Er hatte ursprünglich der Verlobung zugestimmt, um seine eigenen Interessen zu verfolgen, und das galt immer noch. Er wollte Erben von Ariane. Auch die politischen Gründe waren immer noch stichhaltig, vor allen Dingen wenn der König jetzt ihre Verbindung wünschte.

»Ich werde die Bedingungen des Ehevertrags großzügig gestalten, wenn es das ist, was dich beunruhigt.«

Ariane holte Luft, um sich zu beruhigen, und nahm jedes Gramm an Mut zusammen, das sie in sich fand, denn sie wußte, daß sie hier das größte Risiko ihres Lebens einging. »Ich danke dir, my Lord, doch ich muß dir absagen.«

Er konnte nicht glauben, daß sie wirklich vorhatte, sich ihm zu verweigern. Er hatte erwartet, daß sie bei dem Angebot jauchzen würde. Sie hatte schließlich die

Schlacht zwischen ihnen gewonnen, bei Gott, er war jetzt bereit, Ariane genau das zu geben, was sie seit Wochen von ihm verlangte.

Ranulf fühlte sich auf irrationale Weise von ihrem unerklärlichen Umkehren verraten. Doch er war nicht in der Lage, dieses Gefühl als Schmerz zu erkennen. Und so suchte er in der Wut Zuflucht. Er hatte gerade den Mund geöffnet, um eine brennende Erwiderung zu tun, als er die Menge bemerkte, die sich um sie versammelt hatte, und auf seine Befehle wartete.

»Wir werden dies noch einmal zu besprechen haben«, murmelte er deshalb nur.

»Es gibt keinen Grund, es noch einmal zu besprechen, my Lord.«

Ranulf griff ihren Arm und führte sie auf die Treppe zu. »In die Privatgemächer — *jetzt,* Dirne, wenn dir deine Haut noch lieb ist.«

Sie gingen wortlos die Treppen hoch, das einzige Geräusch waren ihre Tritte und das Klingen seiner Sporen.

»Also, was soll dieser Unsinn bedeuten?« verlangte er wütend zu wissen, als er hinter ihr die Tür geschlossen hatte. »Seit Wochen verlangst du, daß ich dich zu meiner Gattin mache.«

»Ich habe meine Meinung geändert«, erwiderte Ariane leise. »Ich will dich nicht mehr heiraten.«

»Warum um Himmels Willen nicht?« rief Ranulf aus, zwischen Schmerz und Wut hin und hergerissen.

Ihr eigener Blick war verzweifelt. »Weil du behaupten willst, daß ich dich überlistet hätte, daß ich dich in eine Verbindung gezwungen hätte, die du nur mit Widerwillen eingegangen bist. Ich werde dich nicht dazu bringen, eine Ehe zu schließen, die dir so zuwider ist, my Lord.«

Er starrte sie einen langen Moment an. »Sie wäre mir nicht zuwider«, gab er endlich zu, wenn auch ungern.

»Wäre sie doch. Ich werde dich nicht zwingen, mich gegen deinen Wunsch zu heiraten.«

Ranulf schüttelte knapp den Kopf. »Ich habe mich mit dem Gedanken an die Ehe versöhnt. Ich werde auf Wunsch meines Königs handeln —«

»König Heinrichs Wünsche sind für mich nicht Grund genug«, wiederholte Ariane störrisch.

Ranulf murmelte einen Fluch und schüttelte erneut ungläubig den Kopf. »Ich stimme zu, dich als meine edle Gattin zu ehren, und du weigerst dich? Nein, das kann ich nicht verstehen, Dirne. Du wirst mich heute abend heiraten, wie geplant, so daß ich morgen mit einem guten Gewissen abreiten kann.«

Ihr Kinn hob sich. »Siehst du, Ranulf? Du nennst mich Dirne, in diesem verächtlichen Ton, als sei ich Dreck unter deinen Füßen.«

Ranulf sah verwundert aus. »Das bedeutet doch gar nichts. Ich nenne alle Weiber ›Dirne‹.«

»Ich weiß.« Der Schmerz in ihrem Hals ließ ihre Stimme zittern. »Doch will ich dir mehr bedeuten als andere Frauen. Ich will mehr, weitaus mehr, my Lord. Ich will als deine Partnerin im Leben angenommen werden, als die Mutter deiner Kinder, als deine wahre Liebe — nicht deine Sklavin, deine Bettgespielin, deine Leibeigene.«

Er starrte sie an, versuchte, ihren Gesichtsausdruck zu verstehen, und merkte, daß es ihr tödlich ernst war. »Du verlangst viel, Dir — Demoiselle.«

»Nicht gar so viel.«

Seine Lippen preßten sich zusammen. »Erwartest du von mir einen Kniefall? Ist es das, was du verlangst?«

Ariane schüttelte traurig den Kopf.

»Also was dann, bei allen Heiligen?«

»Ich will einen Ehemann, der mir vertrauen kann.«

»Vertrauen?« Ranulf runzelte die Stirn. »Was hat das denn in der Sache zu bedeuten?«

»Alles, my Lord. Du glaubst, adlige Frauen können ihren Schwüren nicht treu bleiben, du glaubst, wir hätten kein Ehrgefühl, keine Skrupel. Doch ich halte einen Eid für heilig. Ich habe vor, meinem edlen Gatten treu zu bleiben, bis zu dem Tag, an dem ich sterbe.«

Mißtrauisch betrachtete er Arianes wunderschönes Gesicht und erkannte, daß sie die Wahrheit sprach. Er kannte den Wert, den sie einem Eid beimaß, er hatte den Beweis dafür in ihrer Hingabe an ihre Eltern gesehen, an ihre Leute. Und war es diese Überzeugung, warum er schließlich riskiert hatte, aufzugeben, warum er jetzt darauf bestand, daß sie ihn heiraten sollte.

Ranulf tat einen beruhigenden Atemzug. Er beschloß, daß es weiser sei, die Vorteile dieser Verbindung zu betonen. »Muß ich dir aufzählen, was deine Wittumsrechte sein werden, Demoiselle?«

»Nein, sie sind mir egal.«

»Das ist dir egal?« Sein Mund verzog sich skeptisch. »Und was wäre, wenn ich sterben sollte, ich werde in ein bewaffnetes Lager reiten, zu einer Burg, die belagert wird? Ich könnte von einem Pfeil getroffen werden, oder von Räubern auf der Straße umgebracht werden. Als meine Wittwe würdest du bestimmte Anrechte auf meinen Besitz haben.«

Sie zuckte bei dem Gedanken daran, daß Ranulf sterben könnte, zusammen, doch weigerte sie sich, fortzusehen. »Du verschätzt dich bei deinem Urteil über meinen Charakter«, sagte Ariane leise. »Wenn du glaubst, daß Gedanken an Reichtum und Macht mich dabei leiten, wenn ich deine Frau werden will, dann irrst du dich.«

»Als meine Frau hättest du größeren Einfluß auf die Verwaltung deines geliebten Claredon«, versuchte er es noch einmal.

»Vielleicht . . . Doch wird Claredon auch ohne mich überleben. Du wirst es gerecht verwalten, daran habe ich keinen Zweifel.«

Seine Augen wurden schmal. »Und wenn ich deinen Vater freibekomme, wirst du es dir dann noch einmal überlegen?«

»Meine Entscheidung hat nichts mit meinem Vater zu tun. Ich bin zutiefst für alles, was du getan hast oder noch tun wirst, dankbar. Dankbarer, als ich es dir je sagen kann, Ranulf. Doch deine Großzügigkeit hinsichtlich meiner Eltern wird mich in dieser Sache nicht umstimmen können.«

In Ranulf entstand ein unbekanntes Gefühl von Panik. »Du hast ein wichtiges Detail vergessen, my Lady«, sagte er angespannt. »Wir sind womöglich verheiratet. Deine List mit den Bettlaken hat unsere Verbindung vielleicht zustandegebracht, ob du willst oder nicht. Rom kann sich weigern, den Vertrag aufzulösen.«

»Doch genausogut kann die Annulierung gewährt worden sein«, entgegnete Ariane leise.

»Wenn der Papst noch nicht gehandelt hat, werde ich meinen Antrag zurückziehen.«

Sie antwortete nicht.

Der Schlag, den sie ihm versetzt hatte, war plötzlich auf seinen Gesichtszügen zu erkennen. Ariane war von seiner Reaktion erschrocken und bewegte sich auf ihn zu, streckte eine bittende Hand zu ihm aus. Ranulf mußte erkennen, daß sie nicht ihn selbst ablehnte. Sie gab ihm die Freiheit, die Wahl zu treffen, eine Chance, zu entscheiden, was er wirklich wollte.

Ihre Gesichtszüge wurden flehend weich, als sie zu ihm emporblickte. »Du verstehst immer noch nicht, nicht wahr, Ranulf? Ich will ja deine Frau sein, aber wenn du deine tiefsten Gefühle nicht dir selbst gegenüber zugeben kannst, wenn du nicht weißt — *wirklich weißt* — daß ich dich glücklich machen kann, daß unsere beiden Herzen wie eines wären, dann muß ich dein Angebot einer Ehe ablehnen.«

Er blickte fort und sagte steif: »Du willst von mir geraspeltes Süßholz hören, doch bin ich ein Krieger und kein Dichter.«

»Nein«, erwiderte sie ernst. »Es ist mir egal, welche

Worte du benutzt, obwohl, wenn du mich wirklich liebtest, würdest du nicht zögern, es von den Mauern der Burg herabzurufen. Es ist nur wichtig, was du für mich fühlst. Wenn du mir nicht vertrauen kannst, wenn du glaubst, daß ich dich in eine Falle gelockt habe, damit du mich heiratest, wirst du mich irgendwann einmal hassen. Und das könnte ich nicht ertragen.«

»Ich könnte dich niemals hassen«, sagte er steif, und seine Stimme war leise.

»Doch lieben tust du mich auch nicht.«

Ein langes Schweigen trat ein.

Ranulf starrte sie an, er wollte unbedingt ihren Verdacht zerstreuen. Sie irrte sich. Er wollte mehr als Arianes Körper, er wollte *sie,* wollte sie ganz. Er wollte sie für immer an sich binden, in der Ehe. Und er wollte ihr glauben. Er wollte ihr so gerne vertrauen, wollte sich sicher sein, daß sie ihn niemals verraten würde. Er wollte ihr sein Herz offenbaren, wollte die Angst in ihm selbst freilassen. Er wollte sie lieben. Doch konnte er die Worte nicht an der Enge in seinem Hals vorbeizwingen.

Der Schmerz ließ seine Stimme rauh werden. »Ich biete dier meine Hand. Mußt du auch noch meine Seele haben?«

»Nein, Ranulf«, sagte Ariane leise. »Nicht deine Seele. Dein Herz. Ich will deine Liebe. Nichts anderes wird mir reichen. Und falls du jemals frei sagen kannst, daß du mich liebst, dann werde ich vor Gott meinen Eid schwören, mit all der Liebe, die in meinem eigenen Herzen liegt.«

Wie konnte er denn Liebe eingestehen? wollte Ranulf brüllen. Wie konnte er geben, was er nicht besaß?

Als er schwieg, lächelte Ariane traurig. Ihr Herz schmerzte unsäglich.

Sie streckte die Hand empor, um seine Wange mit den Fingerspitzen zu berühren. Ranulf zuckte zusammen, als hätte sie ihn verbrannt.

»Du verlangst zuviel von mir«, sagte er fast bitter, biß die Zähne zusammen und wandte sich ab, um zur Tür zu gehen. »Diese Angelegenheit ist zwischen uns noch nicht erledigt«, warf er über die Schulter, ehe er aus dem Raum ging, und die Tür fest hinter sich schloß.

»Ich bete mit ganzem Herzen, daß dies stimmt«, flüsterte Ariane vor sich hin, und fragte sich, ob sie einen schrecklichen Fehler gemacht hatte.

Bin ich dumm, daß ich dein Vertrauen will, mein Geliebter?

Sie seufzte, wußte, daß sie nicht zulassen konnte, daß sie die Hoffnung aufgab. Eines Tages, mit Gottes Hilfe, würde sie den Panzer um das Herz des Drachen durchstoßen können und ihren kostbarsten Traum verwirklichen.

Benebelt, mit dem Gefühl, als sei ihm eine Lanze direkt auf die Brust gestoßen worden, ging Ranulf hinab in die Halle und rief nach Wein, während er seinen ihm zustehenden Platz am Herrschaftstisch einnahm.

»Fehlt dir irgendetwas?« fragte Payn nach einem Blick auf die beunruhigte Miene seines Lehensherren.

»Sie hat sich geweigert, mich zu heiraten«, sagte er stumpf.

Payn sah ihn erstaunt an. »Sie hat sich geweigert?«

»Ja, sie will mir nicht glauben, kannst du es fassen? Sie sagt, daß ich ihr nicht genug vertrauen würde.«

Sein Vasalle beobachtete ihn schweigend und sagte schließlich: »Ja traust du ihr denn, my Lord?«

»Genug, um sie zu heiraten. Was will sie denn noch von mir?«

Es dauerte eine lange Weile, bis Payn antwortete. »Ich vermute, daß ich ihre Haltung verstehen kann.«

»Kannst du das wirklich?« Ranulf schüttelte bitter den Kopf, versuchte, daß Gefühl zu ignorieren, das in seiner Seele kämpfte. Er sollte zufrieden sein, daß Ariane sich ihm verweigert hatte. Seit Wochen — Jahren — hatte er versucht, einer Ehe mit ihr zu entkommen. Warum also spürte er diesen Schmerz in seiner Magengrube, in seiner Brust? Warum spürte er diese nagende Angst in sich? Nicht Angst davor, sich an Ariane zu binden, sondern sie zu verlieren. »Dann kannst du mir vielleicht ihre Antwort erklären«, erwiderte er grimmig. »Nie werde ich verstehen, was die Frauen sich denken.«

»Ich fürchte, daß das genau das Problem ist, my Lord. Lady Ariane ist nicht wie die anderen Frauen ihres Standes — und das willst du einfach nicht einsehen.«

»Genau dasselbe hat sie auch gesagt«, erwiderte Ranulf stumpf.

Payns Gesichtsausdruck wurde ernst. »Kannst du ihr denn nicht das Vertrauen schenken, um das sie bittet, Ranulf?«

Er starrte auf den Tisch. »Was macht es denn aus, wenn ich es tue oder nicht?«

»Ich glaube, daß es sehr viel ausmacht, wenigstens ihr. Mehrfach schon hast du Lady Ariane eines Verbrechens verdächtigt — doch jedesmal hat sich dein Mißtrauen als falsch erwiesen. Doch du willst sie einfach nicht von Verrat und Täuschung freisprechen. Sie hat ausreichenden Grund, ihr Schicksal nicht in deine Hände legen zu wollen. — Liebst du sie?«

Ranulf erschrak bei dieser Frage. Er konnte sie nicht mit Sicherheit beantworten. Er konnte die Besessenheit, die er für Ariane spürte, nicht benennen, diese namenlose Emotion, die sein Herz überschwemmte, sobald sie in der Nähe war, sobald er an sie denken mußte.

»In Wahrheit ... Ich weiß es nicht.«

Payn nickte mitleidig. »Dann rate ich dir, überlege dir sorgfältig, was du für sie fühlst, my Lord. Suche in deinem Herzen, in deinem Gewissen. Wenn du irgendetwas für sie empfindest außer Leidenschaft, dann sag es ihr. Eine Frau hört diese Dinge gerne —«

Pater John kam in dem Moment herbeigeeilt, und seine

ältlichen Gesichtszüge waren besorgt. »Ihr habt mich rufen lassen, my Lord?«

Ranulfs Antwort war fast ein Knurren. »Ich habe mich geirrt. Kehrt zu Eurer Herde zurück«, befahl er bitter. »Es scheint mir, daß ich Eurer Dienste doch nicht bedarf.«

An dem Abend wurde keine Hochzeit gefeiert.

Ranulf sprach kaum zwei Worte zu Ariane während des Abendmahles, und dann blieb er mit seinen Leuten in der Halle, bis weit über die Mitternacht, schob den Moment hinaus, an dem er sie wieder sehen mußte.

Als er endlich zu ihr kam, ihren warmen Körper aus dem Schlaf holte, erwähnte er den inneren Kampf mit keinem Wort, der in seinem Herzen wütete. Doch er liebte sie mit einer wilden Dringlichkeit, die an Verzweiflung grenzte. Denn egal, was sonst zwischen ihnen stand, sein Verlangen nach ihr hatte nicht nachgelassen. Seine Leidenschaft war nicht zu bremsen.

Am nächsten Morgen begleitete sie ihn in den Hof. Sein Kriegsroß scharrte mit den Hufen, während er die letzten Anweisungen an seine Lehensleute ausgab, die in Claredon bleiben sollten, darunter auch Payn.

Von Ariane verabschiedete er sich zuletzt. Als Ranulf sich endlich zu ihr wandte, konnte er die schicksalhaften Worte nicht aussprechen, die sie sich so zu hören sehnte.

»Ich werde alles für deinen Vater tun«, sage er steif, während er seine ledernen Handschuhe anzog.

Sie blickte in Ranulfs strenges, regungsloses Gesicht, wollte so gerne in seinen Armen liegen, wünschte sich so sehr, daß sie die Dinge zwischen ihnen wieder richten könnte. »Ich danke dir, my Lord.«

Er berührte sie nicht, umarmte sie nicht und küßte sie auch nicht. Sie stand unbeweglich, ihr Herz voller Schmerz, als er wortlos sein Pferd bestieg.

Doch als er die Zügel in die Hand nahm, wandte sich

Ranulf in einer Stimme, die laut genug war, daß alle sie hören konnte, an sie: »My Lady, ich gebe die Burg in Eure Obhut. Bewahrt sie wohl, bis ich zurückkehre.«

Ariane spürte eine Schluchzen in ihrem Hals. Er vertraute ihr also immerhin soweit! Sie konnte nur hoffen, daß er ihr eines Tages auch sein Herz anvertrauen würde.

Mit einem zitternden Lächeln nickte sie ernst, und nahm die Verantwortung an. »Wie Ihr wünscht, edler Herr.«

Ohne ein weiteres Wort wandte er sein Roß um und galoppierte an die Spitze der Truppe von Rittern und Waffenleuten.

Durch einen Nebel von Tränen beobachtete Ariane, wie er fortritt, ohne sich noch einmal umzuwenden. Nur das Drachenbanner winkte neckisch in der Frühlingsluft.

Kapitel 26

Es war für Ranulf eine beunruhigende Reise. Seine Gedanken verfolgten ihn auf dem ganzen Weg nach Norden, und der Rat seines Vasallen echote in seinem Gehirn mit einem unnachgiebigen, hämmernden Drängen: *Schau in dein Herz, schau in dein Herz, schau in dein Herz!*

Was fühlte er für Ariane? Was lag in den Tiefen seines Herzens verborgen, außer Leidenschaft?

Ihre großzügige Art, die mutige Verteidigung ihrer Leute, ihre Hingabe an die, die sie liebte, ihre leidenschaftliche Sorge, all das zeichnete einen Menschen aus, dem man trauen konnte. Sie war eine Kriegerfrau, und für jeden Herrscher die ideale Gattin. Sie war viel mehr wert als er selbst, stellte Ranulf resignierend fest.

Bei Gott, er hoffte, betete, daß Rom die Annulierung nicht gewähren würde. Falls doch, hätte er keinen gesetzlichen Anspruch mehr auf Ariane.

Würde er sie dann aufgeben können?

Die Frage war absurd. Er konnte sich die öde Leere eines Lebens ohne sie nicht vorstellen.

Wenn du nicht weißt, daß ich dich glücklich machen kann, daß ich dein Leben erfüllen kann, wie du meines, daß unsere beiden Herzen wie eines wären ...

Ja, er wußte es. Er konnte ihr sein Herz schenken ... hatte es ihr schon geschenkt. Er wollte verzweifelt, daß sie ihn liebte, und er liebte sie. Sein Verlangen ging über sein Blut hinaus, über ein Fiebern seines Fleisches. Es kam tief aus seinem Innersten, aus seiner Seele. Sie hatte etwas in ihm berührt, von dem er nicht wußte, daß er es überhaupt besaß. Er liebte sie.

Ranulf öffnete seine Augen dem grauen Tag und starrte verwundert auf die sanften Hügel der englischen Landschaft. *Ich liebe sie.*

Der Satz fuhr durch seine Gedanken, warf Echos durch seinen ganzen Körper, ja sogar durch seine Seele.

Er warf den Kopf zurück und lachte, was seine Männer erschrak. Zum ersten Mal in seinem Leben fühlte er sich von der Last der Bitterkeit befreit, die er immer mit sich getragen hatte. Er fühlte sich wie ein neugeborenes Kind, hilflos, unschuldig, voller Wunder über die Welt, die es umgab.

Er liebte Ariane, brauchte sie — ein Bedürfnis, das so rein und stark war, wie sein Bedürfnis nach Luft. Wenn sie sein wäre, würde er vom Leben nichts mehr verlangen, als zwischen ihr und der Welt zu stehen, sie vor aller Trauer und jedem Schaden zu bewahren.

Doch Ariane, so wie er sie kannte, würde sich weigern, seinen Schutz einfach anzunehmen. Sie würde sich neben ihn gegen die Welt stellen, an seiner Seite kämpfen, als seine Partnerin, seine Seelengefährtin.

Ein trauriges Lächeln ging über Ranulfs Lippen, während er sich an ihre stürmischen Begegnungen erinnerte. Ein Lächeln, das rasch schwand. Er hatte versucht, die sen Funken des Feuers in Ariane zu löschen, diesen kostbaren Geist, den er sorgsam hätte beschützen sollen.

Doch die Zeit der Fehler war vorbei. Er hatte die Ketten seiner Vergangenheit abgeworfen, und er würde sie ehren, wie sie es verdiente.

Doch gab es noch Arbeit zu tun, erinnerte sich Ranulf plötzlich und wurde ernst. Er hatte versprochen, ihrem Vater zu helfen. Um Arianes Willen betete er, daß Walter unschuldig war. Er konnte nicht den Gedanken an ihre Trauer ertragen, sollte ihr Vater wegen Verrats gehängt werden.

Der Anblick von Heinrichs Lager war ihm vertraut. Zelte und Pavillone waren über ein riesiges Gelände verteilt, vor jedem Eingang wehten Banner, und große Schlachtrösser waren dort angebunden. Dazu die Menschenmenge — Ritter und Bogenschützen, Knappen und Page, Köche und Marketänder, Schmiede und Waffenschmiede und die Kuriere. Ranulf beobachtete das Durcheinander mit geringer Begeisterung. Wie grundlegend hatte er sich in den vergangenen Monaten geändert! Groß war er gewesen, im Kampf, bei Festen, im Feiern, beim Huren, doch jetzt wollte er nur noch eines, nach Hause zurückkehren, nach Claredon, zu Ariane.

Das königliche Zelt war das größte, und selbst Ranulf, so hoch sein Stand sein mochte und so sehr er als Ritter geschätzt wurde, konnte nicht sofort eintreten. Man ließ ihn draußen warten, bis der König bereit war, ihn zu empfangen. Dieser Aufschub machte es ihm allerdings möglich, von den Ereignissen zu erfahren, die stattgefunden hatten, seit er Königin Eleonore hierher begleitet hatte. Es schien, daß Heinrichs Bemühungen, die rebellischen Barone zur Umkehr zu bewegen, langsam erfolgreich waren.

»Sie haben um Verzeihung gebeten«, informierte ein Ritter Ranulf freundlich. »Ihre Reserven sind verbraucht, so daß sie wahrscheinlich sogar mit dem Teufel einen Pakt eingehen würden.«

Ranulf nickte zustimmend. Heinrich hatte gezögert, Mortimers Burg zu stürmen und wertvolle Männer zu verlieren, indem er die Burgmauern zerstören ließ. Stattdessen hatte er es vorgezogen, die Bewohner der Burg mit einer langandauernden Belagerung auszuhungern. In diesem Moment selbst befand sich Heinrich bei Beratungen mit denen, die die Bedingungen der Aufgabe aushandelten.

Als er endlich hineingelassen wurde, fand Ranulf Heinrich umgeben von seinen ständisch hohen Rittern, wie auch von den Verwaltern und Ministerialen, alle in bester Laune.

Ranulf drängte sich durch die Menge und ließ sich auf ein Knie hinab, um dem König die Hand zu küssen. »My Lord, mein König, ich gratuliere Euch zu Eurem Sieg.«

»Ah, Ranulf, der beste meiner Ritter! Ihr seid gerade rechtzeitig gekommen, um die Beute zu teilen.«

Der junge rothaarige Herrscher von England und der Normandie war nicht übermäßig groß gewachsen, doch war er voll wilder Energie. Jetzt grinste er breit.

Ranulf stieß erleichtert die Luft aus. In solch großzügiger Laune würde Heinrich zugänglicher sein für ein Thema, das er ohne Zweifel unangenehm fand. Er würde Walter wenigstens eine Audienz gewähren. Ranulf küßte erneut die Hand des Königs und erhob sich. »Ich brauche keinen Anteil an der Beute, Majestät«, sagte er vorsichtig. »In Wahrheit habe ich nur um eine Gnade zu bitten. Daß Ihr mir Euer Ohr als ein gnädiger und unparteiischer Richter leiht. Mir scheint, daß es guten Grund gibt, zu glauben, daß Walter von Claredon fälschlich des Verrats angeklagt worden ist.«

In der Nacht wurden die Bedingungen der Niederlage angenommen, und Mortimers Burg fiel schließlich den

Belagerern zu. Ranulf war einer der ersten im Burgfried, doch während die anderen noch den Turm nach herumirrenden Rebellen absuchten, machte er sich mit seinen Leuten direkt zum Kerker auf.

Er hörte keinen Protest, als er vom Gefängniswart die Schlüssel einforderte. Er öffnete die schwere Tür mit den Metallbanden und machte seinem Knappen, Burc, eine Geste, er möge ihm mit einer Fackel folgen, und nickte auch Simon Crecy zu, er solle ihn begleiten. Dann bückte er sich, um in die Grube hinabzusteigen.

Der Gestank war überwältigend. Innen gab es kaum ausreichend Platz, um aufrecht zu stehen. Ranulf hielt die Luft an, während er die unglückselige Kammer durchsuchte. Ein Dutzend Gestalten — dünn, schmutzig, abgerissen — stand dort, an die Wände gekettet. Ranulfs Hals wurde vor Mitleid mit diesen armen Seelen, die einstmals Männer gewesen waren, eng, und er betete, daß sich Arianes Vater noch unter ihnen befand.

»Ich suche Walter von Claredon«, sagte Ranulf leise, und Mitleid machte seine Stimme rauh.

Der Kopf eines Mannes kam langsam hoch, die Kette klappernd, als er versuchte, die Augen vor der blendenden Fackel zu schützen.

»Ich bin Walter«, flüsterte er heiser. Er hielt sich immer noch stolz aufrecht, trotz seines Leidens, ein mutiger Ritter, sogar in dieser Qual.

Ranulf schluckte schwer. »Ich bin Ranulf von Vernay. Erinnert Ihr Euch an mich, my Lord? Ich bin auf Bitten Eurer Tochter hier.«

»Ariane?« krächzte die heisere Stimme.

»Ja, Ariane. Eure Tochter, die Euch nie aufgegeben hat. Die niemals ihren Glauben an Eure Unschuld verloren hat.«

Walter von Claredon war wieder ein freier Mann. Man hatte ihn ihm Kerker von Bridgenorth gefunden, gerade so, wie es die Gerüchte hatten verlauten lassen — ein Umstand, der seine Behauptung, er sei unschuldig, in jedem Fall unterstützte. Sein schlechter gesundheitlicher Zustand war Zeugnis der Folter, die er erlitten hatte. Und mit einem Dutzend Ritter, die gewillt waren zu schwören, daß er sich geweigert hatte, sich der Rebellion anzuschließen, erhielt Walter die volle Verzeihung des Königs, während er noch auf dem Krankenlager ruhte. Er hatte keine ernsten Wunden, er war nur ausgehungert, und mit Gottes Hilfe, mit Zeit und guter Pflege würde er sich wieder ganz erholen.

Doch dauerte es noch ganze zwei Wochen, ehe er wieder ausreichend Stärke gewonnen hatte, um sich vor den König zu stellen und aufs Neue einen Treueid zu leisten.

So wurde Walter wieder in die Gnade des Königs aufgenommen und erhielt seine Ländereien zurück. Zusätzlich bekam er ein Erblehen von ausnehmender Größe, weil er so unbeugsam treu gewesen war.

»Ihr habt mir wohl gedient, Walter von Claredon«, erklärte Heinrich und befahl einem Kanzlisten, daß er Walter eine Urkunde ausstellen möge, die seinen neuen Stand als Baron erklärte.

Walter war noch zu schwach, um zu reisen, und blieb weitere vierzehn Tage in Bridgenorth. Ranulf blieb ebenfalls dort, denn er wollte nicht ohne Arianes Vater nach Claredon zurückkehren, wagte es nicht, ihr ohne ihn entgegenzutreten. Er hatte regelmäßig Boten geschickt, die ihr über den Gesundheitszustand ihres Vaters berichteten, und hatte zwei Antworten erhalten, die ihre Dankbarkeit ausdrückten. Doch war Dankbarkeit kein Ersatz für Liebe.

Der Sommer breitete seine nährende Wärme über ganz England aus, als sie endlich Vorbereitungen trafen, um nach Claredon zurückzukehren. Sie reisten zu Pferde, in kurzen Etappen. So schwach Walter auch sein mochte, er besaß einen Mut, der ganz dem seiner wunderschönen Tochter ähnelte.

Während die Kavalkade sich jedoch Claredon näherte, wechselten sich in Ranulf Ungeduld und nagende Angst ab.

Ariane hatte keinen Grund mehr, ihn zu heiraten. Ihr Vater war frei, ihr Erbe an sie zurückgegeben. Und nach den Leiden, die sie unter ihm erfahren hatte, mochte sie sich wohl eher wünschen, daß er zur Hölle fuhr.

Kapitel 27

Zu warten war das Schlimmste. Manchmal wollte Ariane vor Ungeduld schreien, während sie den Ausgang der Ereignisse erwartete. Das Schicksal der beiden Männer, die sie am meisten in der Welt liebte, hing in der Luft, wie auch ihr eigenes.

Nachdem die Rebellion gescheitert war, waren ihre Ängste wenigstens in dieser Hinsicht geringer. Die Befreiung ihres Vaters aus der Gefangenschaft und die volle Begnadigung durch den König ließen Ariane vor Erleichterung weinen. Sie konnte sich jetzt auf Walters Rückkehr nach Claredon freuen. Auch die Lage ihrer Mutter war hoffnungsvoll. Layla hatte begonnen, Lady Constance die Haut mit ihrer Salbe zu bestreichen. Gilbert, der entsetzt gewesen war, als er von der Identität der Leprakranken im Wald erfuhr, stellte Layla die Eskorte für ihre Missionen, nur zu gern wollte er der großzügigen und liebreizenden Herrin von Claredon helfen, die ihn aus der Leibeigenschaft emporgehoben hatte.

Blieb also ihre Beziehung zu Ranulf, die Ariane immer noch in Angst versetzte. Würde sie jemals eine Zukunft mit ihm haben? Würde er sie jemals lieben können? Ihr vertrauen können? Inzwischen war auch noch ein Bote aus Rom mit einer offiziellen Urkunde gekommen, die das Siegel des Papstes trug! Was auch immer diese Urkunde beinhaltete, würde über ihr Schicksal entscheiden, das wußte Ariane, und sie kämpfte schwer gegen den Wunsch an, einen Brief zu öffnen, der Ranulf galt.

Als an einem prachtvollen Sommernachmittag im Juli der Wachmann mit seiner Trompete endlich Besucher ankündigte, flog Ariane förmlich zum Fenster der Frauenstube. Sie konnte zwei Banner über der Truppe flattern sehen, und das eine trug den Habicht ihres Vaters, das andere den beeindruckenden Drachen.

Bei dem Anblick füllte sich ihr Herz mit Freude. Freude und Unruhe. Ihr Vater war sicher, und Ranulf war zurückgekehrt. Sie hatte sich große Sorgen gemacht, daß er vielleicht für immer fortblieb. Er war hier nicht mehr der Herr, seit Claredon an ihren Vater zurückgegeben worden war.

Mein Geliebter, bist du jetzt endlich gekommen, mich zu holen?

Ariane rief sofort ihre Frauen zu sich und eilte, sich mit einem Kleid aus waldgrünem Samt zu schmücken, in dem sie sich besonders hübsch fand.

Ihr Herz schlug wie wild, als sie die Treppe hinuntereilte und neben Payn im Hof ihren Platz einnahm. Sie hatte kaum Zeit, wieder zu Atem zu kommen, als die Gesellschaft berittener Männer auch schon durch die inneren Burgtore ritt.

Sie konnte die Augen nicht von den beiden Rittern wenden, die die Truppe führten. Ihr Blick bewegte sich ängstlich zwischen ihnen hin und her, wünschte sich voller Leidenschaft, daß sie wüßte, was Ranulf dachte, und stellte fest, daß sie den Helm verfluchte, der seinen Gesichtsausdruck vor ihr verbarg.

Nur mit Mühe konnte sie ihren Blick von ihm zerren, während Lord Walter von seinem Pferd stieg und den Helm abgenommen bekam.

»Vater«, murmelte sie, und Tränen füllten ihre Augen, als sie ihm ihre Hände reichte. Er schien in den Monaten seiner Abwesenheit um zehn Jahre gealtert zu sein, und sein Gesicht war schmal, von Erschöpfung gezeichnet. »Willkommen zu Hause.«

Zu ihrem Erstaunen umarmte ihr Vater sie fest und drückte sie an seinem gepanzerten Brustkorb. »Ich dachte, ich würde dich nie wieder sehen«, flüsterte er heiser.

Er hielt sie einen langen Augenblick, und als er schließlich von ihr zurücktrat, lächelte er. »Du hast gut gehandelt, meine Tochter, my Lord Ranulf sagte mir, daß du Claredon mutig verteidigt hast, und zu mir hieltest, als sich die ganze Welt gegen mich wandte.«

Ariane war von dem unerwarteten Lob ihres Vater überrascht, und Tränen des Stolzes und des Glücks glitten achtlos über ihre Wangen. Ranulf, der still gewartet hatte, bis sie ihn bemerkte, spürte einen Stich der Eifersucht bei dieser offensichtlichen Nähe, die Vater und Tochter in diesem bewegenden Moment verband. Er wollte an dieser Nähe teilhaben, er wünschte sich, derjenige zu sein, den sie begrüßte und für den Liebe und Hingabe sanft aus ihren grauen Augen leuchteten.

Er sehnte sich danach, sie in die Arme zu nehmen, das Schlagen seines Herzens zu beruhigen, das wie eine riesige Trommel der Angst in ihm donnerte. Ohne Claredon in seinem Besitz hatte er keine Macht mehr über Ariane. Nachdem jetzt sowohl ihr Vater als auch ihr Erbe gesichert waren, würde sie sich leicht von ihm lossagen können. Schließlich blickte Ariane zu ihm auf.

Ihr Gesichtsausdruck war etwas unsicher, während sie sein Gesicht forschend betrachtete. »Ranulf ... my Lord. Wie kann ich dir jemals vergelten, daß du meinem Vater geholfen hast?«

In seinem Lächeln lag eine Trauer, die er nicht verstecken konnte. »Ich möchte deine Dankbarkeit nicht, Demoiselle.« Was er wollte, was er brauchte, war ihre Liebe.

Payn nutzte die Gelegenheit, die Spannung zu unterbrechen, indem er Ranulf auf die Schultern hieb und sich vor Walter verbeugte. »Meine Herren, kommt in die Burg, und laßt uns diesen frohen Tag feiern. Lady Ariane bereitet schon seit Tagen Eure Ankunft vor, und für heute abend ist ein Fest geplant, das Euch begeistern wird.«

Walter nickte zustimmend und schlug sich auf den Kettenpanzer, der seinen Bauch bedeckte. »Eine großartige Idee, meine liebe Tochter. Ich könnte eine gute Mahlzeit wohl gebrauchen, um dieser knochigen Figur wieder etwas Fleisch zu geben. Jede Wette, mich könnte ein grüner Jüngling mit einer Feder vom Pferd heben.«

Ariane wurde vor Freude über seine Zustimmung rot. Sie nahm die erhobene Hand ihres Vaters und führte ihn die Treppe hinauf und in die große Halle, wo viele der Ministerialen der Burg bereits warteten, um den zurückgekehrten Herrn zu begrüßen.

Die Feier, die dann folgte, dauerte bis in den Abend hinein. Die Pflichten als Burgherrin beschäftigten Ariane sehr, so daß sie keine Gelegenheit hatte, mit Ranulf zu sprechen, wie sie es zu tun sehnlichst wünschte.

Auch Ranulf war ob dieses Aufschubs unruhig, beobachtete sie mit besitzergreifenden Augen, während sie an der anderen Seite ihres Vaters saß — zu weit von ihm entfernt, dachte er. Er aß sehr bescheiden und trank nur sehr wenig. Er wollte Ariane in seine Arme nehmen und sie jetzt in diesem Moment hinauftragen, sie mit seinem Körper bedecken, um ihren Mund mit seinem einzufangen und von ihrer Süßigkeit zu trinken. Wenn du es in deinem Herzen weißt … Er wußte es jetzt ganz genau, und er war auch bereit, ihr das zuzugeben, ihr seine Seele zu offenbaren.

Doch würde er Ariane nicht zwingen, ihn zu heiraten. Er wollte sie nie wieder zu etwas zwingen. Er wollte, daß Ariane aus freien Stücken zu ihm käme, aus freiem Willen, weil sie ihn liebte.

Diesmal würde er um sie werben müssen. Ranulf erinnerte sich an die vergoldete Truhe, die er kurz nach Beginn des Festmahles zu ihrer Kammer hatte bringen lassen. Ein Ritter, der die Hand einer Dame gewinnen wollte, brachte ihr Geschenke. Er hatte ein kleines Vermögen ausgegeben, um Stoffe und Schmuck von Händlern und Goldschmieden zu kaufen, hatte gebetet, daß solche Reichtümer Ariane überzeugen könnten. Alles, was ihm jetzt blieb, war, zu hoffen.

Der Abend war schon weit fortgeschritten, und reisende Minnesänger bereiteten lebhafte Unterhaltung, ehe Ranulf den Mut faßte, sich vom Tisch zu erheben und Ariane aufzusuchen.

Er beugte sich zu ihr hinab und murmelte ihr ins Ohr: »Darf ich um ein Wort unter vier Augen bitten, Demoiselle? In der Kammer?«

»Ja, my Lord, wie du wünschst«, sagte sie atemlos, und seine Hoffnung flog hinauf in den Himmel, als er das rätselhafte Lächeln sah, das sie ihm schenkte.

Ariane entschuldigte sich bei ihrem Vater und der Gesellschaft, zündete eine Kerze an und führte ihn hinauf zu ihrer Kammer. Ranulf folgte ihr.

»Du wolltest mich sprechen?« fragte sie unsicher.

»Ich habe dir eine Geschenk mitgebracht«, sagte Ranulf verlegen, und zeigte auf die Truhe, die sein Knappe gleich hinter der Tür abgestellt hatte.

Verwirrt kniete Ariane vor der Kommode nieder und hob den Deckel auf. Ihr Atem verwandelte sich zu einem Keuchen, als sie die darin glitzernden Kostbarkeiten sah. Mit zitternden Händen holte sie einen goldenen Kettengürtel hervor, der mit Rubinen besetzt war, und einen mit denselben kostbaren Steinen besetzten Kranz. Darunter lagen Meter um Meter von kostbaren Seiden, samtenen Stoffen, Zindeltaft und Damast, wie auch Hermelin und Nerzfelle.

Sie wandte sich mit fragenden Augen an Ranulf. »Was soll das heißen, my Lord?«

»Ich wußte nicht, was ich dir sonst schenken sollte«, erwiderte er mit einer Stimme, die kaum hörbar war. »Deinem Vater ist sein Besitz zurückgegeben worden. Dein Erbe ist damit gesichert. Dein kostbares Claredon ist jetzt vor mir sicher.«

Ariane hielt den Atem an, wartete, doch keine weiteren Erklärungen kamen. »Ich brauche keine Reichtümer, Ranulf.«

»Ich weiß«, sagte er bitter. »Du brauchst wohl auch mich nicht.«

Sie verstand ihn nicht. Langsam erhob sie sich und ging auf bleischweren Beinen zu einer anderen Kommode, aus der sie das versiegelte päpstliche Dokument hervorholte. »Das kam während deiner Abwesenheit aus Rom.«

Verzweiflung stieg in ihm auf. »Weißt du, was darin steht?« fragte er heiser.

»Nein. Ich würde mich nie in deine persönlichen Angelegenheiten mischen.«

Er nahm die Urkunde zögerlich an.

»Willst du sie nicht öffnen, my Lord?«

Ranulf gab ein stilles Fluchen von sich. Er wollte das eklige Ding verbrennen, es zerreißen, ungelesen, und doch mußte er wissen, was vor ihm lag.

Mit zitternden Händen brach Ranulf das Siegel und las die Botschaft. Sein Herz schlug in einem schweren, langsamen Rhythmus, während er versuchte, das Latein zu erkennen, das vor seinen Augen verschwamm. Doch gab es keine Zweifel, was das Dokument zu sagen hatte. Es war eine Bestätigung seiner schlimmsten Ängste.

Sein Kopf sank hinab. Die Entscheidung war nun von ihm genommen worden.

»Die Annulierung ist gewährt worden«, flüsterte er.

»Jetzt bist du also von mir befreit«, sagte sie tonlos.

»Nein, da irrst du dich, Ariane.« In seiner Antwort lag Trauer. »Von dir wäre ich nie frei.«

Ranulf blickte sie an. Ihr Gesicht war blaß, ihre Augen von derselben schrecklichen Trauer erfüllt, die auch ihn innerlich zerriß.

Sein Mund verzog sich bitter. »Bist du nicht zufrieden, Demoiselle? Jetzt hast du die Gelegenheit, eine andere Verbindung für dein Haus einzugehen. Nachdem Claredon dir zurückgegeben ist, wird deine Hand von reicheren und mächtigeren Herren begehrt werden, als ich es bin — ein Emporkömmling, der nur so tut, als sei er adlig geboren, der dich schlecht behandelt hat, deine Tugend beansprucht hat, und deine Ehre befleckt.«

Sie schüttelte den Kopf. »Ich will keinen anderen Herrn als dich.«

Er wurde stocksteif, wagte nicht, sich zu bewegen, fürchtete, er hätte sie falsch verstanden. Schließlich wandte er den Blick ab, konnte ihren Augen nicht begegnen. » Auch ich will dich, Ariane ... Ich möchte, daß du meine Frau wirst. Ich möchte mit dir an meiner Seite in die Zukunft gehen. Ich möchte mich auf meinen Gütern niederlassen und edle Söhne zu Männern erziehen. Möchte meinen Töchtern zusehen, wie sie zu Schönheiten wie ihre Mutter werden.«

Arianes Atem stockte. Sie hob eine zitternde Hand an ihre Schläfe, wagte nicht zu glauben, daß er das wirklich meinte. »Du willst dich niederlassen? Ich dachte ... du wärst lieber ein Krieger.«

Ranulf gab ein tiefes Seufzen von sich. »Das war ich einmal, doch bin ich es leid, zu kämpfen. Der ewige Krieg hat mich müde gemacht. Ich habe genug vom Blutvergießen. Meine Ländereien kenne ich kaum, und das möchte ich ändern.«

»Wirst du nach Vernay zurückkehren?«

»Nein«, erwiderte er scharf. »Ich verabscheue Vernay. Ich habe vor, in England zu bleiben.«

»Hier, auf Claredon?«

»Nicht hier, hierher gehöre ich nicht.«

»Dann ... Wohin?«

»Heinrich hat mir Ländereien im Westen geschenkt, und mir befohlen, dort eine Burg zu bauen, um die Sümpfe zu verteidigen. Ich glaube, daß ich dort einen neuen Anfang machen kann. Ich möchte der Einsamkeit, dem Haß, den Schlachten endlich ein Ende bereiten. Ich möchte ein Leben mit dir ... Wenn du mich haben willst.«

»Und wie steht es mit dem Vertrauen, Ranulf? Ich würde es nicht ertragen, zusehen zu müssen, wie unsere Ehe von Mißtrauen und Verdächtigungen zerstört wird. Ich möchte einen Mann, der mir vertrauen kann.«

»Ich vertraue dir, Ariane ... so sehr, wie ich überhaupt jemandem vertrauen kann.«

Er wandte den Kopf und zwang sich, ihrem Blick zu begegnen. »Meine Liebe, gehört dir, alle Liebe, die ich zu geben habe, wenn das, was ich fühle, Liebe genannt werden kann, dann, ja, liebe ich dich.«

Ariane ging auf ihn zu, stellte sich hinter ihn, wand ihre Arme um Ranulfs kräftige Figur und preßte ihre Wange gegen seinen Rücken.

Er drehte sich langsam in ihren Armen, und blickte zweifelnd auf sie hinunter. Sie durchsuchte seine stolz gemeißelten Gesichtszüge, sah darin die Verletzlichkeit, die Unsicherheit.

Er nahm ihre Hände in die seinen und starrte auf ihre miteinander verflochtenen Finger hinab. »Ich weiß nicht, wie man liebt. Ariane, wirst du es mich lehren?«

»Ja ... gerne, von Herzen gern.« Eine unendliche Freude durchfuhr sie, als sein vorsichtiges Lächeln ihres erwiderte. »Aber bist du dir sicher, Ranulf? Wirklich sicher?«

»Sicherer als jemals zuvor. Du bist mein Leben. Du liegst mir im Blut. My Lady ... Meine Liebe ... Ariane ... Könntest du, würdest du diesem demütigen, geschlagenen Krieger dein Herz schenken?«

Ihr Blick wurde sanft. »Es ist bereits dein, Ranulf. Ich schwöre dir meine Liebe.«

Ein Lächeln leuchtete auf seinem Gesicht, hell und blendend wie weißes Sonnenlicht, während eine Flamme übermäßiger Freude sich in ihm ausbreitete. »Und deine Hand? Wirst du mich ehelichen und meine Gattin sein?«

»Ja, mein Geliebter. Ich werde dich gerne ehelichen.«

Er warf einen Blick auf das Pergament, das er immer noch in Händen hielt. »Diese Annulierungsurkunde ... Ich brauche sie nicht mehr.«

Zu ihrem Entsetzen warf er die Urkunde in den Kamin und sah zu, wie die Flammen langsam das Pergament leckten.

»Was wird Rom dazu sagen?« meinte sie.

»Mir ist es egal, was Rom dazu sagt.« Er warf seinen Kopf zurück und lachte, ein volles und schallendes Gelächter reinster Freude.

Es war dieses Lachen, das sie vollends überzeugte. Ranulf wollte sie wirklich zu seiner Frau. Sie hatte fast ihr halbes Leben auf diesen Augenblick gewartet.

Kapitel 28

Die Hochzeit zwischen Ariane von Claredon und Ranulf von Vernay war für alle Anwesenden Grund zum Jubel. Die Feierlichkeiten, die ihre Eheschließung heiligten, wurden auf der Türschwelle der Kirche des Gutes gehalten statt in der Burgkapelle, so daß alle Leute von Claredon an der Feier teilnehmen konnten.

Der morgendliche Himmel glitzerte in einem tiefen sommerlichen Blau, eigens für diesen Anlaß; die klare Luft hallte von der freudigen Musik der Minnesänger wider, während die lange Prozession ihren Weg von der Burg bis zur Kirche machte. An der Spitze und mit ihrem

Vater zur Rechten ritt Ariane einen weißen Zelter, dessen scharlachrote Satteldecke mit wilden Drachen bestickt war, und auf dessen Brustschild winzige Glocken klingelten.

Ranulf hatte gehofft, daß die Stoffe, die er ihr mitgebracht hatte, sich für ein Hochzeitskleid eignen würden, und das taten sie wirklich. Ariane trug ein Unterkleid aus leuchtend scharlachrotem Samt, das mit einem Überkleid aus dem feinsten Paile bedeckt war — ein Stoff aus bedruckter Seide, die mit Goldfäden gewebt war. Um ihre Hüften hatte sie den kostbaren doppelten Gürtel geschlungen, und an ihrem Hals leuchtete der schwere goldene Reif, den er ihr vor Wochen geschenkt hatte. Ihre Hofdamen hatten ihr üppiges Haar in zwei lange Zöpfe geflochten, die von scharlachroten Bändern und golddurchwirkter Spitze umschlungen waren, und auf ihrem Kopf ruhte die goldene Kappe, die mit Rubinen besetzt war.

Der Pfad zur Kirche, in der sie ihr Bräutigam mit den bäuerlichen und adligen Hochzeitsgästen gemeinsam erwartete, war mit blutroten Rosen bestreut, deren süßer Duft die Luft erfüllte. Ranulf sah in Scharlachrot und Schwarz und Gold prachtvoll aus. Das Schwert, das er um seine Hüfte gegürtet trug, hatte einen mit Juwelen besetzten Griff und eine ebensolche Scheide, und um ihn herum trugen seine Lehensleute Schilder und Banner mit seinem gefürchteten Drachenwappen.

Er beobachtete mit besitzergreifenden Augen, wie seine wunderschöne Braut zu ihm kam. Er liebte sie, und er hatte vor, den Rest seines Lebens damit zu verbringen, ihre Verbindung und sie zu ehren.

Mit demütiger Andacht streckte Ranulf die Hand hinauf, um seiner Braut vom Pferd zu helfen.

»My Lady«, murmelte er Ariane ins Ohr. »Ich schwöre dir meinen Eid: Du wirst niemals Grund haben, diesen Tag zu bereuen.«

Sie schenkte ihm ein leuchtendes Lächeln, voller Freude und Versprechen. »Ich weiß, my Lord Ranulf. Und ich leiste dir denselben Schwur.«

Liebe und Stolz wogten in Ranulfs Brust auf, wild und überwältigend, ehe er sich umwandte, um sie die wenigen Stufen zur Kirchentür hinaufzuführen. Dort hielten sie vor Pater John inne.

Zahllose Gäste waren eingeladen worden, um bei der Hochzeit zugegen zu sein: die Ritter von Claredon und ihre Damen, Ranulfs Vasallen und seine Waffenleute, die benachbarten Herren mit ihren Familien, wie auch die Handwerker und freien Leute und Leibeigenen, die auf den Gütern von Claredon Dienst leisteten. Die Gäste versammelten sich nun, um Pater John zu lauschen, der feststellte, daß es keine Hinderungsgründe für die Eheschließung gab, nach den Bedingungen, die die Kirche aufgestellt hatte. Er fragte daraufhin, ob die Verlobten ihre freie und feierliche Zustimmung zu dieser Verbindung gaben.

Als Ranulf und Ariane aus ganzem Herzen bejahten, verlas der Priester die Besitzrechte beider Parteien. Der Herr von Vernay schenkte seiner Dame ein Wittum, ein Drittel seines Besitzes nach seinem Tod, während der Herr von Claredon ihr eine Mitgift gab: Kleider, Wäsche, Gebrauchsgegenstände, Möbel und großzügig bemessene Ländereien.

Ariane hörte kaum ein Wort davon. Sie war in einer Wolke der Freude befangen, zu abgelenkt, um sich auf solch materiellen Dinge konzentrieren zu können.

Der nächste Ritus wurde im Latein gefeiert, die Hingabe der Braut durch ihren Vater und ihre Mutter. Ariane spürte einen bittersüßen Schmerz in ihrem Hals, denn ihre geliebte Mutter konnte hier nicht zugegen sein. Doch tröstete sie das Wissen, daß Lady Constance sie in der Kirche erwartete, auf der Galerie der Kapelle verborgen. Allein ihre gesundheitlichen Fortschritte waren Grund zur Freude. Laylas merkwürdige Heilmittel schienen Wirkung auf Constances leidende Haut zu haben, und die Sarazenin war zuversichtlich, daß sogar eine völlige Genesung irgendwann möglich sei.

Ariane war über den stolzen Ton in der Stimme ihres Vaters erfreut, als er sie Ranulf übergab und sagte: »Dir vertraue ich meine Tochter Ariane an. Hüte sie wohl.«

»Vor Gott verspreche ich, sie zu beschützen«, erwiderte Ranulf, wobei er ihre Hände in die seinen nahm und ihr tief in die Augen blickte.

Als Pater John den Ring gesegnet hatte, steckte Ranulf den kleinen Goldreifen zunächst über drei Finger von Arianes rechter Hand, ehe er ihn zu seinem endgültigen Platz an ihrer Linken brachte, wo er bis zu ihrem Tod bleiben würde, ein Pfand der Treue und Unzerbrechlichkeit. Das Metall, das von seiner Berührung warm war, schien nicht heller, als das Gold in den Augen ihres Geliebten. »Mit diesem Ring nehme ich dich zur Frau«, schwor Ranulf feierlich auf Latein, »mit meinem Leib ehre ich dich, und meine Güter gebe ich dir.«

Erst dann betraten sie die Kirche, wo die Eheschließung vor Gott feierlich besiegelt wurde. Ehe sie auf dem Boden im Kirchenschiff niederkniete, spürte Ariane, daß sie die Liebe ihrer Mutter umgab. Lady Constance hatte schon vor Tagen dem Paar ihren Segen gegeben, und am nächsten Morgen, so hatte Ariane versprochen, würden sie ihre Mutter in der Hütte im Wald besuchen.

Es folgte eine Messe, und nachdem sie der Kirche ein großzügiges Geschenk gemacht hatten, knieten die Braut und der Bräutigam nieder, um die feierliche Segnung des Paters zu empfangen. Schließlich wurde Ariane von ihrem edlen Gatten aus der Kirche geführt, wo ein Chor von glücklichen Rufen und Hurras und läutende Glocken sie begrüßten. Sie konnte ihren Halbbruder Gilbert in der Menge ausmachen, wie auch Ranulfs vertrauten Vasallen und Freund Payn, deren Lächeln ihre eigene Freude wiedergaben.

Wie es üblich war, setzte Ranulf sie auf sein Roß und saß hinter ihr auf. Unter dem Schallen von Trompeten und dem wehenden Banner führte er die Prozession von der Kirche zum Heim des Bräutigams — in diesem Fall zur Burg von Claredon.

Ariane, sicher in seinen Armen, lehnte sich gegen Ranulfs breite Brust.

»Also ... Bist du jetzt zufrieden, Dirne?« fragte Ranulf mit amüsierter Wärme in der Stimme. »Jetzt hast du ja endlich dein Ziel erreicht.«

Ariane spürte ein Glühen der Freude bei diesem zärtlichen Necken, doch schüttelte sie frech den Kopf. »Du darfst mich in Zukunft mit Madame ansprechen, mein edler Gatte. Ich bin nicht mehr deine Dirne, noch nicht einmal Demoiselle. *Ich bin deine Frau.*«

»Jawohl, meine süße Gattin, dann werde ich dich in Zukunft Madame rufen.«

Als Ariane den Kopf wandte, um zu ihm emporzublicken, sah er in ihren Augen dieselbe verzehrende Liebe, von der er wußte, daß sie auch in seinen leuchtete.

Die Feierlichkeiten dauerten den ganzen Tag und bis halb in die Nacht hinein. Es fand draußen auf einer nahegelegenen Wiese statt, damit alle Gäste teilnehmen konnten.

Die Adligen feierten unter schattigen Pavillonen. Das frisch verheiratete Brautpaar und die wichtigsten Gäste saßen am Ehrentisch. Die langen Tische draußen bogen sich unter den Köstlichkeiten: Wild, geröstete Wildschweine, Tauben, Fasane, Pfauen und Schwäne, Fisch und Neunaugen, die in gutgewürzten Saucen schwammen. Käse und Süßspeisen folgten sowie kleine Gebäcke, die mit Honig gesüßt waren.

»Wirst du mit mir trinken, my Lady?« fragte Ranulf mit rauher Stimme und bot Ariane Wein aus einem hochdekorierten silbernen Kelch, der mit Drachen verziert war. Als sie einen Schluck genommen hatte, nahm er ihr den

Kelch aus der Hand und wandte ihn so, daß seine Lippen den Rand dort berührten, wo ihr Mund gewesen war. Sein sinnliches Lächeln streichelte sie mit Wärme, denn es erklärte eindeutig sein Verlangen nach ihr.

Ranulf spielte seine Rolle als großzügiger Herr, verteilte Geschenke an die Hochzeitsgäste, doch beobachtete er dabei unablässig seine wunderschöne Braut und dachte ungeduldig an den Abend, der vor ihnen lag. Heute Abend würde Ariane aus freien Stücken zu ihm kommen, in Liebe. Sie würde ihm dann ganz gehören. Er fühlte die Hitze in seinen Lenden aufwallen, die dem Feuer in seinem Herzen entsprach.

Als die Dämmerung sich langsam über die Landschaft senkte und riesige Feuer zur Erhellung der Nacht angezündet wurden, war seine Sehnsucht zu einem wilden Verlangen angewachsen. Er wollte nur noch Ariane, allein, in ihrem Bett.

Das Ehepaar wurde beim Licht der Fackeln zur Burg begleitet, zum Brautzimmer hinauf — Arianes ehemalige Kammer, die jetzt für sie und Ranulf bereitet war, solange sie in Claredon bleiben wollten. Es war üblich, daß die Hochzeitsgäste bei der Entkleidung für die Hochzeitszeremonie zur Hand gingen. Dadurch war die Kammer voller Leute und mit fröhlichem Geschnatter erfüllt, bis alle für einen ernsten Moment zum Schweigen gebracht wurden.

Der hölzerne Fußboden war von Rosen bedeckt. Ariane und Ranulf knieten darauf nieder, während Pater John das Ehebett segnete. Dann, nach einem letzten Blick auf seine Frau, begleitete Ranulf die Männer nach unten, während die Frauen die Braut entkleideten und ins Bett legten. Als sie endlich fertig waren, schlossen sie die Bettvorhänge ringsum.

Wenig später hörte Ariane, wie Ranulfs Ritter ihn mit viel Gelächter und frechen Bemerkungen zu seinem Hochzeitslager trugen. Das Scherzen wurde noch gröber, als ihm sein Schwert und seine Kleider abgenommen wurden. Doch endlich schloß sich hinter den Männern die Tür und eine gesegnete Stille trat ein.

Ariane stellte mit Erstaunen fest, daß sie zitterte. Sie hatte diesen Augenblick so lange schon ersehnt, daß er ihr wie ein süßer Traum erschien.

»Ariane?« murmelte Ranulf in die Stille hinein.

»Ich bin hier«, erwiderte sie unsicher.

Seine Lippen formten sich zu einem Lächeln, als er das leichte Zittern in ihrer Stimme hörte. Es schien, als sei sie genauso nervös wie er selbst. Er ging zum Bett. Mit klopfenden Herzen zog er die Vorhänge auseinander. Seine Braut trug nichts als eine Hochzeitsgirlande aus Rosen, und Ranulf holte hingerissen Luft, als er ihre schlanke weiße Figur im sanften Licht der Kerzen schimmern sah.

Er brachte sein wildes Verlangen mit seinem Willen unter Kontrolle und wandte sich ab, um sich einen Silberkelch Wein einzugießen. Dann kehrte er zum Bett zurück und setzte sich neben sie, wobei er eine straff muskulöse Flanke an ihre Hüfte lehnte.

Sie trank förmlich den Anblick seines wunderschönen, vernarbten Körpers, auf dem die Muskeln und Sehnen spielten, seine breite Brust mit ihrem Fell aus rabenschwarzem Haar ... Ihr Blick senkte sich auf den Kelch und hielt dort fragend inne.

»Ich habe kaum einen Tropfen getrunken«, erklärte Ranulf, »und stelle fest, daß ich großen Durst habe.«

»Vielleicht willst du mich ja auch mit dem Wein betrunken machen«, schlug Ariane mit einem neckischen Blick vor, »damit ich um so nachgiebiger bin.«

Er lächelte, dieses seltene zärtliche Lächeln, das sie so unglaublich liebte. »Ach, nein, nie, my Lady. Ich möchte, daß du heute Nacht im Besitz all deiner Sinne bist. Ich habe vor, daß du jede Nuance, von allem, was ich mit dir tue, spürst.« Sein sinnlicher Ton ließ ihren Puls rasen. Er blickte auf ihre Lippen hinab. »Ich dachte, wir könnten mit einer Lektion in ehefraulichem Betragen beginnen.«

»Tatsächlich?« Sie lächelte unsicher. »Was für eine Art Lektion?«

»Eine darüber, wie man seinem Ehemann zu Gefallen ist.«

»Ja . . .« antwortete Ariane atemlos.

Ranulfs Hand erhob sich langsam, um ihre Wange zu berühren. Tief in ihren Blick gesenkt, fing er an, sie zu streicheln.

Ariane genoß seine Berührung, wie eine Blüte, die sich der Sonne öffnet.

»Möchtest du etwas trinken, meine Liebste?« fragte er, während ihre Augenlider sich langsam senkten. Er brachte den Kelch an ihren Mund und ließ sie einen Schluck nehmen. Dann nahm er ihn fort und bedeckte ihren Mund mit seinem, um den Wein von ihren Lippen zu trinken.

Dann zog er sich zurück, senkte langsam seinen Zeigefinger in den Kelch und brachte ihn an ihre offenen Lippen, glitt über die feuchte Fläche, bis ihr Mund rot und naß und mit Wein betaut war. Ariane konnte nicht länger ruhig bleiben. Drängend nahm sie seine Hand und preßte einen Kuß auf seine Handfläche.

»Ja, Ranulf«, flüsterte sie. »Lehr mich, wie ich dir zu Gefallen sein kann.«

»Das tust du schon ... Du bist mir schon sehr zu Gefallen, meine Liebste.«

Das Kosewort wärmte ihr Herz, und sein brennender Blick wärmte ihr Fleisch und ließ ihr Blut durch die Venen rasen.

»Bleib still liegen«, sagte er heiser, während seine Finger sich sanft über ihrem Hals spreizten, und seine Handfläche auf ihrem schwer schlagenden Puls ruhte.

Sie nickte schwach, bereit, Ranulf seinen Willen zu lassen — wenigstens bis die Extase unerträglich wurde.

Sie lag vollkommen still, während er noch einmal seinen Finger in den Kelch senkte und ihn träge ihren Hals hinunter zu ihrer linken Brust führte, so daß die Brustwarze fest wurde und sich zusammenzog, als die kühle Flüssigkeit ihr erhitztes Fleisch berührte. Dann beugte er sich hinab, um den Tropfen mit seiner Zunge fortzulecken.

Ariane wimmerte — und wimmerte erneut, als sich sein Mund um ihre Brustwarze schloß und sanft saugte. Sie wollte keine Zärtlichkeit, sie wollte Wildheit, wollte, daß sein machtvoller Körper hart in ihren stieß, wollte Ranulfs Leidenschaft ihrer eigenen gleichmachen.

Ihre Finger krallten sich in sein dichtes ebenholzfarbenes Haar, während sich ihr Rücken aufbäumte, ihre schmerzende Brust sich ihm anbot. Und immer noch wollte Ranulf den Moment nicht beenden. Sein heißer Mund und seine rauhe nasse Zunge waren ohne Eile, offensichtlich hatte er vor, sie vor Verlangen verrückt zu machen. Sie spielten leidenschaftlich mit ihrer aufstrebenden Brustwarze, zogen an ihr, erregten sie.

Heiß und schaudernd biß Ariane die Zähne zusammen und warf ihren Kopf ruhelos auf dem Kissen hin und her. Ihre Wangen waren gerötet, ihr Atem kam in leisem Keuchen, als er sich abermals zurückzog.

Mit einem Lächeln, das ein sinnliches Versprechen beinhaltete, ließ Ranulf seinen Finger erneut in den Wein tauchen.

Sie wußte, welches Vergnügen als nächstes kam, noch bevor er die Spalte zwischen ihren Schenkeln berührte. Ihre Hüften bäumten sich hilflos auf, bis Ranulfs rauher Befehl erneut ertönte, der ihr sagte, sie solle stillhalten.

Seine Augenbrauen zogen sich konzentriert zusammen, während er das frauliche Fleisch, das sich ihm darbot, sanft streichelte ... die nasse Knospe mit Wein rieb ... die bebenden Falten auseinanderteilte ... seine Finger tief, tief in sie hineingleiten ließ, durch ihr leises Stöhnen der Leidenschaft ermutigend.

Endlich bückte sich Ranulf, um den Kelch auf dem Boden abzusetzen und beugte sich dann über sie. Seine heißen, offenen Lippen preßten sich in die duftende Wärme unter ihrer Brust ... auf ihren flachen, zitternden Bauch ... auf die seidigen Locken, die ihre Fraulichkeit schützten.

»Ranulf ... Bitte ...« bettelte sie keuchend, während ihre Hüften sich schamlos gegen seinen heißen Mund wölbten, von ihm in Besitz genommen werden wollten.

Er spreizte ihre Beine noch weiter und küßte sie dort, genoß die glatte, geschwollene Süßigkeit, nahm ihren Duft in sich auf, ließ seine Zunge streicheln und untersuchen und zärteln, bis sie fast wahnsinnig war.

»Ich liebe deine Lustgeräusche«, flüsterte Ranulf an ihrem feuchten, erhitzten Fleisch. »Ich liebe deinen Geschmack. Ich liebe dich, Ariane, meine Schöne.«

Sie konnte nicht antworten. Das schmerzende, dringende Verlangen war zu stark. Heiß und fieberhaft streckte Ariane ihre Arme nach ihm aus, und ihre zitternden Finger schlossen sich um seine Erregung ... genossen das erregende Gefühl seiner pulsierenden männlichen Kraft ... freuten sich an dem Gefühl, wie er in ihrer Hand pulsierte und brannte.

Ranulf wurde bei ihrer Berührung in Flammen gesetzt. Er konnt das Spiel nicht länger fortsetzen. Sein Atmen wurde angestrengt, er streckte seinen langen Körper über ihr aus und ließ sich langsam zwischen ihre ausgebreiteten Schenkel sinken.

Ariane keuchte vor Vergnügen, als sie seine riesige, erhitzte Macht in sich fühlte. Sein hartes Fleisch erfüllte sie, besitzergreifend und befehlend. Durch einen sinnlichen Nebel blickte sie zu ihm empor.

Er stöhnte in zärtlichem Leiden auf, während er den Rhythmus seiner Besitznahme beschleunigte, seine Stöße feurig und drängend, bis sie unter ihm schauderte und sich wand.

Sie gab ein Schluchzen der Freude von sich, während sie sich ihm in wilder Hingabe entgegenbäumte. Und dann begann der unnachgiebige Höhepunkt. Er spürte, wie er in ihr anwuchs, einen Moment, ehe sein eigener Körper wild in ihrem explodierte.

Lange, lange Augenblicke später kam er wieder zu Bewußtsein. Er kämpfte um Atem und versuchte, sein Gewicht von Ariane zu nehmen, doch murmelte sie einen Protest und schloß die Arme noch enger um ihn. Ee blieb also, wo er war, hörte seinem schlagenden Herzen zu.

»Ariane, meine Geliebte«, flüsterte er in ihr Haar. »Ich werde dich zerdrücken.«

»Mmmmm. Bin ich wirklich deine Geliebte?«

»Ja, für immer.«

»Sag es mir noch mal.«

»Meine Geliebte ... meine Liebe ... mein Herz ...«

Als Antwort hob sie ihre Lippen zu den seinen, zu einem Kuß, der beredt von Liebe sprach.

Mit dankbarer Bescheidenheit, die er noch nie zuvor empfunden hatte, senkte Ranulf sein Gesicht in ihr rosenduftendes Haar.

Ehefrau, dachte er glücklich. *Meine edle Gattin.* Er umarmte sie, streichelte sie, konnte sie nicht loslassen. Zärtlichkeit war in ihm, heiß, honigsüß, erfüllte ihn mit wundersamer Andacht. Er fühlte sich stark, unangreifbar. Mit ihr an seiner Seite würde das Leben einen Reichtum und eine Erfüllung besitzen, die er zuvor nie gekannt hatte. Er würde nicht mehr alleine kämpfen. Die öde Einsamkeit war besiegt. Sein bitterer Haß, sein Bedürfnis nach Rache war fortgespült, und seine Seele gereinigt. Ranulfs Blick senkte sich tiefer, auf ihre ineinanderverschlungenen Beine. Dies war ihr Ehebett, er hoffte, daß er hier mit Ariane ein Kind zeugen würde. Er wollte einen Sohn — oder eine Tochter — ein Kind, das aus ihren Lenden kam.

Irgendwo in den dunkelsten Winkeln seiner Seele hatte er es immer gewußt. Sie war für ihn geschaffen, war seine Herzgefährtin. Sie gehörte ihm, genauso, wie er ihr gehörte. Ranulf schloß die Augen, überwältigt von der Tiefe seiner Liebe, die er für diese Frau spürte. Er würde für sie sein Leben geben, ohne Bedauern oder Skrupel. Er würde all seine weltlichen Besitztümer für sie aufgeben — in Wahrheit alles, was sie von ihm verlangte. Und dafür würde sie ihm ihr Herz schenken, sie würde ihm beibringen, was Liebe bedeutete, würde ihn Sanftheit lehren.

Niemals wieder würde er absichtlich auf die Suche nach Schlachten gehen. Er würde es zufrieden sein, eine Dynastie hier, in seinem neuen Land aufzubauen, mit Ariane als seiner Herrin, seiner Frau, seiner Geliebten.

Seine Arme schlossen sich noch fester um sie. Sie war ihm so teuer.

»Liebste«, murmelte er, und er suchte ihre Lippen für einen weiteren Kuß.

Ariane brachte sich noch einmal aus dem Schlaf und blickte ihn anbetend an. »Ich liebe dich«, flüsterte sie.

»Und ich dich«, erwiderte Ranulf andächtig. »Ich hätte nie gedacht, daß ich so fühlen könnte.«

Arianes Augen verschwammen in Tränen und sie lächelte zu ihm empor. »Ich werde dich nie verlassen, mein Geliebter. Ich schwöre bei Gott, dir gegenüber allen anderen die Treue zu halten, für immer.«

»Und dafür verpfände ich dir mein Leben. Bis zum Tag, an dem ich sterbe, soll es deines sein.«

Und sie besiegelten ihre Eide zärtlich erneut mit einem Kuß.

Kapitel 29

Burg Marsden, England: Mai 1158

Die warmen Lippen, die seine nackte Haut küßten, konnten ihn nicht mehr erregen, und auch nicht das kühle, seidige Haar, das über seinen nackten Rücken glitt. Ranulf lag auf dem Bauch, auf duftenden Leintüchern ausgestreckt, befriedigt und verausgabt, sein Körper vor Schweiß glänzend. Seine lustvolle junge Frau zu befriedigen war sogar für einen Mann seiner Stärke und seines Durchhaltevermögens anstrengend.

In seinem tauben Zustand hatte er keine Energie mehr, um auf Arianes erotische Zärtlichkeiten einzugehen. Nur das plötzliche, klagende Aufweinen aus der Wiege neben dem Kamin konnte Ranulf sofort in Bewegung bringen und rief ihn aus seiner köstlichen Lethargie wach. Wenn es nicht die eine Dirne war, die seine Aufmerksamkeit verlangte, dann war es die andere, dachte er, und Gelächter stieg warm in ihm auf.

»Nein, meine liebste Frau, laß mich nur«, sagte er, als Ariane sich erhob.

Die neue Burg von Marsden war gerade rechtzeitig für die Geburt ihrer Tochter Blanche fertiggebaut worden. Ihr jetzt zwei Jahre alter Sohn war noch auf Claredon geboren. Bereits zu groß für seine Wiege, schlief Alain im Nebenzimmer in der Gegenwart seiner Kinderfrau.

Ranulf murmelte beruhigende Zärtlichkeiten und hob seine unruhige Tochter hoch. Mit unendlicher Zärtlichkeit wiegte er sie gegen seine Brust, und stillte ihr Weinen.

Ariane beobachtete die beiden und lächelte, als sie sah, wie die breitesten Schultern aller Christenheit ein solch zierliches Bündel beschützten. Niemals, selbst in ihren wildesten Träumen, hätte sie sich Ranulf so vorstellen können wie er sich über seine winzige Tochter beugte und andächtig ihren seidigen Kopf mit dem lockigen Flecken rabenschwarzen Haars streichelte. Mit diesen starken Händen, die ein Kriegsschwert mit tödlicher Macht und mit Genauigkeit einsetzen konnten, und die jetzt mit so unglaublicher Zärtlichkeit streichelten. Ranulf war seinem Sohn innig zugetan und so stolz, wie jeder Vater es wäre, doch wie es manchmal bei starken Männern der Fall war, schmolz er bei seiner kleinen Tochter förmlich hin.

Irgendwann stellte er fest, daß Ariane ihn beobachtete, und hob eine dunkle Augenbraue empor. »Was findest du so amüsant, meine Liebe?«

»Dich, my Lord. Ich erinnerte mich gerade an den schrecklichen Drachen, der damals von Claredon Besitz ergriffen hat. Dem wilden Krieger ähnelst du überhaupt nicht mehr.«

Ranulfs Mund verzog sich zu einem Grinsen, als er sich an den bitteren Mann erinnerte, der er einstmals gewesen war. Er konnte es kaum glauben, wie sehr sich sein Leben in nur einigen kurzen Jahren verändert hatte. Er hatte jetzt eine Familie, ein Zuhause. Er war von Menschen umgeben, die er liebte, und die ihn liebten — eine Frau und Kinder, wie auch treue Ministerialen und Vasallen. Er brauchte keinen Krieg mehr und keinen Konflikt, um sich erfüllt zu fühlen. Statt dessen kannte er eine tiefe Zufriedenheit — eine Zufriedenheit, von der Ariane ihm geschworen hatte, daß er sie immer behalten sollte.

In dem Moment entfuhr Blanche ein Schluchzer, der laut genug war, um die ganze Burg aufzuwecken. In weisem Entschluß trug Ranulf sie sofort zu ihrer Mutter, damit Ariane sie stillen konnte. Er kam zu ihnen ins Bett und beobachtete liebevoll, wie sie ihre hungrige Tochter an ihre Brust legte. Adelsfrauen ließen meistens Säugammen die Kinder versorgen. Doch Ariane hatte sich anders entschlossen. Sie gab sich ihren Kindern hin, geradeso wie er.

Die Ehe hatte seiner Hurerei ein Ende gesetzt. Zum Bedauern so manch weiblichen Herzens war der Herr von Vernay und von Marsden viel zu sehr seiner wunderschönen edlen Gattin zugetan, um an irgendeiner der Burgdirnen ein Interesse zu haben — oder an irgendeiner anderen Frau.

Ranulfs Blick schweifte kurz über die Herrschaftsgemächer, die jetzt das Zentrum seines Lebens geworden waren. Ariane hatte ihre neue Burg zu einem wahren Zuhause gemacht, hatte diese Räume für ihre Bequemlichkeit eingerichtet, an den Steinwänden und auf dem Holzboden farbenfrohe Seidentapisserien und Pelzdecken und gewebte Teppiche ausgebreitet.

Die letzten Jahre waren von reichem Ertrag gewesen. Als Belohnung für den treuen Waffendienst seines Ritters hatte König Heinrich Ranulf das großzügige Lehen von Marsden als Erblehen gegeben, und hatte befohlen, daß dort eine Burg gebaut werde, um eine loyale Basis für die Krone zu schaffen.

Er war niemals auf Vernay, mied die bitteren Erinnerungen dort. Überhaupt war er nur einmal in die Normandie zurückgekehrt, um seine Ländereien zu begutachten und Payn FitzOsbern die Burgherrschaft über Vernay zu verleihen, als Belohnung für seine Jahre treuen Dienstes — ein Preis, auf den jeder Ritter stolz gewesen wäre. Ariane hatte den Plan mit ebensoviel Leidenschaft gutgeheißen wie Ranulf. Sie hatte ihm mit dem Mut und der Treue einer Kriegerfrau beigestanden, hatte ihre Pflichten als Dame mit Ruhe und Sanftheit ausgeübt, hatte kein Klagen von sich gegeben, als er zu Feudaldiensten fortgerufen wurde. Zögernd hatte sich Ranulf an den Kampagnen des Königs in Wales beteiligt, doch war er bald nach Hause zurückgekehrt, gerade noch rechtzeitig zur Geburt seiner Tochter.

Seine Gesichtszüge wurden weich, als er auf sie hinabsah, und eine wilde Liebe schwoll dabei in seiner Brust an. Sie war winzig und wunderschön, so wunderschön, daß er lieber nicht über die zahllosen Herzen nachdenken wollte, die sie brechen würde, wenn sie erst älter war. Ja, er war milder geworden, dachte Ranulf zufrieden. Payn würde ihn gnadenlos necken, könnte sein Vasalle sehen, wie durch und durch er von den Frauen in seinem Leben beherrscht wurde — obwohl es Gerüchte gab, daß Payn vor kurzem eine Dame gefunden hatte, die ihm zugetan war.

Als Blanche zu Ende getrunken hatte, brachte Ranulf seine Tochter in ihre Wiege zurück und rief nach ihrer Amme, die die Windel des Kindes wechselte und sie in eine neues Hemd kleidete. Auch nachdem die Frau gegangen war, blieb er an der Wiege stehen, steckte die Decke fest um Blanche und beobachtete sie beim Schlafen.

»Ranulf«, rief Ariane schließlich, »ob du wohl vor der Ernte noch einmal ins Bett kommst? Mir ist kalt.«

Sie konnte unmöglich über die Temperatur der Kammer klagen, das wußte er, nicht bei dem Feuer im Kamin und dem milden Frühlingswetter. Seine Augen waren warm und neckend, als er zu ihr ins Bett kam, und sie seinen nackten Leib in seine Arme schloß. »Du befiehlst, meine Geliebte, und ich gehorche. Ich bin nur ein demütiger Ritter, der seiner Dame zu Diensten sein will.«

Ariane erstickte einen Ausbruch von Gelächter an der erhitzten Haut seiner pelzigen Brust. »Du bist der am wenigsten demütige Ritter, den ich kenne, mein arroganter Gatte.«

Mit vorgespieltem Schmerz griff sich Ranulf ans Herz und seufzte tief. »Das trifft mich schwer.«

»Tatsächlich?«

Er beugte sich nieder, um ihre Lippen, ihren Hals ihre bloße Brust zu küssen.

Das waren die letzten Worte gewesen, die für eine lange Weile gesprochen wurden. Bereitwillig und freudig schloß Ariane die Augen und legte sich zurück, gab sich der Anbetung seiner Liebe hin.

Ihr Glück war unermeßlich. In einer Woche würden ihre Eltern nach Marsden kommen, um ihren ersten Besuch bei den Enkeln zu machen. Lady Constance war von ihrer schrecklichen Krankheit geheilt, nur Narben waren zurückgeblieben. Für diese Leistung war Layla mit ihrer Freiheit belohnt worden. Ariane würde Ranulf immer dankbar für den Dienst sein, den er sowohl ihrer Mutter als auch ihrem Vater erwiesen hatte.

Sie würde ihn immer lieben, tief und unwiderruflich. Sie hätte sich keinen besseren Herrn und Gatten aussuchen können, und wenn sie ganz England und die Normandie danach abgesucht hätte. Ranulf war durch ihr Beisammensein sanfter geworden, war so weich und leidenschaftlich geworden, wie es sich eine Frau nur wünschen konnte.

Atemlos bäumte sich Ariane gegen seine erotischen Zärtlichkeiten auf und lächelte ihn an. Sie hatte ihren feurigen, goldäugigen Drachen gezähmt, hatte ihn zum Liebhaber ihrer Träume gemacht.